치우천왕기

③

치우천왕기 ③

신시에 이는 바람 — 이우혁 장편소설

엘릭시르

차례

두 영웅의 첫 대결 2

황제(黃帝)는 공동산에 가서 광성자(廣成子)를 만나 대화하였다.
많은 이야기가 오간 다음 광성자는 자신이 신체를 단련한 지
천이백 년이나 지났다고 했다.
감탄한 황제는 놀라 엎드려 절하고 예로 광성자를 대하며 말했다.
"그대, 광성자야말로 대자연과 한 몸이 된 인물이라 할 만하오!"
—『포박자(抱朴子)』,「등섭(登涉)」 편에서

헌원이 이끄는 수천 명의 대군은 서서히 치우 형제와 그 벗들이 있는 골짜기 주변을 에워쌌다. 크게 지르는 함성도, 욕설도 없는 조용한 포위였다. 그사이 골짜기 안의 치우군도 싸울 준비를 갖추어 가고 있었다. 보돈차르와 툰툰을 제외하고는 아무도 이렇게 큰 규모의 싸움을 겪어 보지 못했다. 젊은 전사들은 흥분되어 이리 뛰고 저리 뛰었다.

보돈차르가 치우천에게 지휘를 맡긴다고 하자 사람들은 고개를 끄덕였다. 치우천은 아직 젊고 경험이 없었지만 여러 부족이 섞여 있는 터라 구심점이 없어서 다른 대안도 없었다.

야율쿠리가 치우천에게 말했다.

"골짜기를 벗어나는 게 좋지 않을까? 이러다간 갇혀 버리겠다."

치우천은 고개를 저었다.

"아냐. 저쪽이 수가 더 많으니 좁은 곳을 막고 싸우는 게 낫다. 그보다 어서 움직여야 한다."

치우천은 가슴이 뛰어 흥분을 제대로 가라앉히지 못했다. 그것을 보

고 야율쿠리가 말했다.

"천! 겁내지 마라. 저런 지나족 돼지 새끼들은 겁낼 것 없다. 헌원이 별거냐? 헌원이 싸움을 잘한다는 말은 들어 본 적 없다! 우리 키탄 전사들만으로도 때려 부술 수 있다! 안 그러냐, 전사들아?"

야율쿠리가 호기롭게 외치자 근처에 있던 키탄족 전사들이 우렁찬 함성을 질렀다. 허나 치우천은 상기된 얼굴로 신중하게 말했다.

"야율쿠리! 네 용기는 훌륭하지만 저쪽은 많고 우리는 적다. 더구나 우리는 서로 손발을 맞춰 본 적도 없으니 머리를 써서 싸워야 한다."

여러 부족의 전사들을 한데 모아 싸우기는 쉽지 않다. 그 때문에 서로 다른 부족끼리의 연합은 별로 좋지 않다고 알려져 있었다. 그런 예가 없지는 않으나 그럴 때는 어느 한 부족이 주축이 되고 나머지는 그 부족의 움직임에 맞춰 싸우는 방법이 일반적이었다.

그러나 치우천은 생각이 달랐다. 주축이 되는 부대를 정해 합쳐 버리면 통솔은 쉽지만 힘을 충분히 발휘할 수 없다고 여겼다. 여러 부족이 가진 개성을 살려 잘 활용하면 한 부족의 전사들보다 더 낫다고 생각했다. 치우천은 자신이 생각한 전략을 여러 사람에게 설명했다. 하지만 너무 복잡하여 대부분 의아한 표정을 지었다.

"뭐가 그리 복잡하냐? 제길! 그냥 붙어서 싸우면 그만 아니냐?"

야율쿠리가 툴툴거리자 초초룬도 한마디 거들었다.

"우리 미아우 전사는 왜 뒤로 세우느냐? 우리도 잘 싸울 수 있다!"

마구잡이로 붙어서 싸우는 것밖에 모르던 각 부족의 전사들에게 치우천의 전략은 복잡하고 의외였다. 더구나 꾀라고는 해도 뒤로 물러서거나 속임수를 쓴다는 것이 취향에 맞지 않았고, 그렇게 한다고 해서 쉽게 이길 것 같지도 않았다.

치우천은 답답한 마음을 억누르고 사람들을 설득했다. 다행히 보돈차르와 구르, 양역이 치우천의 생각을 따르겠다고 나섰다. 다른 사람들은 여전히 시큰둥한 표정을 지었다.

키타야가 '치우천을 대장으로 삼기로 해 놓고 말을 안 들으면 어쩔 것이냐'고 화를 내며 작전을 내키지 않아 하던 사람들과 하마터면 싸움까지 벌일 뻔했다. 한참이나 아옹다옹한 끝에 각 부족 전사들은 간신히 치우천의 말대로 움직이는 데 동의했다. 그러느라 시간을 한참이나 지체하는 동안에도 지나족의 군대는 서서히 거리를 좁혀 오고 있었다.

치우천은 시간을 끄는 것이 답답하여 발을 굴렀다.

"서두릅시다!"

그때 치베가 달려와 소리쳤다.

"천 안다. 지나족도 여러 부족이 섞여 있는 것 같다. 카린산 여인족 말고도 다른 부족도 있다!"

"어느 부족?"

"훈족과 타타르족 같다."

그 말을 듣고 보돈차르가 고개를 끄덕였다.

"그럴 테지. 지나족이 여러 천 명이나 되는 전사를 끌고 이렇게 먼 길을 오기는 힘들었을 것이다. 주변 다른 부족의 전사들을 끌어들여 저렇듯 많은 수를 채웠을 것이다."

"훈족을 조심해야 하네. 말도 잘 타고 싸움에 익숙한 전사들이 많다네."

구르가 조언하자 치우천은 다급하게 이야기를 받았다.

"그보다 어서 자기 자리로 돌아가는 게 급합니다. 그래야 제대로 싸울 수 있습니다."

치우천이 조바심을 내자 보돈차르가 싱긋 웃었다.

"천 안다. 서두르지 마라. 대장이 조급해하면 부하들이 불안해한다."

지휘를 치우천에게 맡기기로 결정하자 각 부족은 그의 명에 따라 여기저기로 움직였다. 각 부족장 또는 부족의 대표자가 치우천의 말에 따르고, 부족의 전사들은 자기 부족 대장의 말을 따랐다. 형요 자매에게는 부족 간에 연락을 취하는 일을 맡겼고, 도깨비들은 소녀와 울라트를 지키도록 했다.

"너무 느려. 이래서는 안 되는데……."

치우천이 발을 동동 구르자 형요가 조심스레 충고했다.

"나도 초조하지만, 천 너는 초조해하면 안 돼. 저 많은 사람들이 어떻게 그리 빨리 움직일 수 있겠어?"

각 부족의 전사들은 저마다 자리를 찾아 우왕좌왕하는가 하면, 물러서지 않겠다고 투정을 부리기도 하고, 숨지 않겠다며 부족장에게 맞서기도 했다. 전투 직전이었지만 대장의 명령이 금방 전달되지도 않았다. 무리 안에도 작은 우두머리들이 있고 몇 단계를 밟아야 하니 더했다. 결국 따르더라도 전사 개개인이 작전을 이해할 수 없으니 행동도 느려졌고 각 부대는 치우천이 생각한 대로 움직여 주지 않았다.

"안 되겠다. 시간이 모자라. 형요, 너희 자매는 부족장들에게 어서 전사들이 자리를 잡게 하라고 전해. 내가 나가서 시간을 끌어야겠다."

치우천은 리미와 포리에게 손짓을 하여 따르게 하고 말을 타고 앞으로 달려 나갔다. 그러자 소녀도 말을 타고 달려 나왔다.

"소녀님은 왜 나오십니까?"

치우천이 의아해하자 소녀는 날카롭게 눈을 빛내며 말했다.

"내가 있는데도 카린족이 쳐들어오다니…… 감히 누가 왔는지 봐야겠어요."

치우천은 위험하니 관두라고 하려다가 소녀의 눈이 뭔가 결심한 듯 형형하게 빛나는 것을 보고는 입을 다물었다. 리미와 포리는 말없이 치우천의 뒤를 그림자처럼 따라왔다.

지나족은 꾸준하게 움직여서 이백 보 정도의 거리를 두고 치우 일행이 있는 골짜기를 포위하고 있었다. 치우천이 말을 달려 나오자 지나족의 진(陣) 중앙이 조금 움직이면서 몇 사람이 마주 달려 나왔다. 바로 헌원과 지, 끽구와 처음 보는 초로의 남자였다.

치우천은 헌원과 이야기를 나눌 만한 거리에 이르자 낭랑하게 외쳤다.

"주신 사울아비 치우천이 공손헌원님께 인사드립니다."

헌원도 침착한 음성으로 대답했다.

"지나 화산족 헌원이 인사드리네. 몸은 좋아졌는가?"

"염려해 주신 덕분에 많이 좋아졌습니다."

그때 소녀가 말을 달려 지나족 왼편에 자리 잡고 있는 카린족에게 달려갔다. 언제 따라왔는지 요요와 미요가 뒤를 따랐다. 치우천과 헌원은 거기에는 눈도 돌리지 않고 침착하게 이야기를 나누었다.

"이렇게 먼 길을 직접 오시다니 뜻밖입니다."

치우천의 말에 헌원은 담담하게 대꾸했다.

"자네와 자네 아우의 일인데, 먼 길이라고 마다할 수 있겠는가? 더구나 하나같이 유명한 자네의 벗들도 만날 수 있게 되었는데 말일세."

"제 벗들이 모이는 것을 어떻게 아셨습니까?"

"지(知)가 애를 써 주었네."

헌원의 말에 지가 이상하게 생긴 커다란 눈을 빛내며 흉한 표정으로 웃었다.

"자네가 꾀를 잘 쓴다는 사실은 이미 들어서 잘 알고 있었지. 필시 자네가 친구들에게 도움을 청하리라 믿었다네. 그래서 자네가 떠나자마자 사람을 풀어 살폈더니만, 아니나 다를까 자네 벗들이 전사들을 끌고 움직이더군. 그래서 우리도 오게 된 것일세."

치우천이 웃으며 되받았다.

"고생이 많으셨겠습니다. 이 많은 전사들을 끌고 오시는 게 쉽지 않았을 텐데요."

그러자 헌원 옆에 있던, 치우천이 처음 보는 초로의 남자가 입을 열었다.

"처음 보는군. 말은 많이 들었네. 나는 광성자라고, 도의 길을 걷는 사람일세. 카린산에서 도를 닦은 일이 있기에 헌원님을 돕게 되었네."

치우천은 고개를 숙여 인사해 보였다. 지나족의 진을 훑어보니 지나 전사가 아닌 다른 부족의 전사들이 훨씬 많아 보였다. 타타르나 훈족의 전사들이 대부분이고 지나 전사는 이천 명도 안 되어 보였다. 먼 길을 가기 힘들었기 때문에 근방 부족을 설득하거나 위압하여 대군을 편성했으리라.

치우천은 재빨리 생각했다.

'그렇다면 헌원도 지휘하기는 쉽지 않을 것이다. 나만 그런 게 아니겠지.'

얼른 생각을 접고 치우천이 외쳤다.

"광성자님께도 인사드립니다. 그런데 뒤에 못 보던 전사들이 많군요. 여러 부족의 친구들이 오신 것 같습니다."

"훈족 나단선우의 부족과 타타르 유루칸족의 전사들이 헌원님을 도와주러 오셨다네. 카린의 쑤앙마이께서도 헌원님과는 오랫동안 친분이 있던 터라 전사를 보내 주셨고 말이네. 이 정도는 되어야 자네가 섭섭하지 않지."

끽구가 외쳤다.

"이봐! 천! 이쯤 되었으니 순순히 우리를 따라가는 게 어떨까? 이제 밑천이 떨어지지 않았는가? 끝낼 때는 손을 들 줄도 알아야지."

치우천이 피식 웃으며 말했다.

"인사는 그만하고 싶으신가 보군요. 좋습니다. 헌원님, 도대체 저와 제 아우 중 누구를 원하시는 것입니까? 도대체 우리 형제의 어디에 이 수 많은 전사들이 고생할 만큼 가치가 있는지 저는 도저히 모르겠습니다."

헌원은 여전히 웃지도 찡그리지도 않은 담담한 얼굴로 말했다.

"자네 형제는 그만한 가치가 있다네."

"우리는 주신에서 쫓겨나 갈 데도 없는 불쌍한 형제일 뿐입니다."

"말 돌리지 말게. 자네는 자부 선인을 뵌 적이 있지?"

광성자가 외치자 치우천은 흠칫했다.

"그게 무슨 상관입니까?"

이번에는 헌원이 위엄 있게 나섰다.

"그 이유 하나만으로도 자네는 내 편이 되어 줘야만 하네."

치우천은 자조 섞인 소리로 하하 웃었다.

"자부 선인을 뵌 적은 있지만 제가 눈이 어두워 그분을 몰라보고 가 르침을 받을 기회를 차 버렸답니다. 저는 눈이 멀어도 그렇게 멀 수가 없는 못난 놈이랍니다."

치우천의 비아냥거리는 듯한 말은 듣는 둥 마는 둥 광성자가 엄숙하 게 말했다.

"혼돈 선인께서 과거, 홍균 선인께 전한 말이 있었느니라. 나는 홍균 선인께 들었으니. 이 땅에 두 대선인이 있었으니 혼돈 선인과 자부 선인 인데, 두 대선인은 가르침을 이을 이를 남겨 두셨다 했느니. 가르침을 이 어받은 두 사람이 힘을 합하면 못할 일이 없지만 그렇지 않을 때는 영원 한 적수가 될 것이며 온 세상이 싸움에 휘말릴 것이라고 말이야……."

치우천은 대수롭지 않은 얘기라는 듯이 흐트러진 자세로 웃으며 말 했다.

"그런 예언이 있었습니까? 거참 놀랍군요. 허나 헌원님, 헌원님은 앞날이 정해져 있다고 믿으십니까?"

"무슨 소린가?"

"예언을 믿으신다면 앞날이 전부 정해져 있다고 믿으시는 거겠지요. 그렇다면 저나 헌원님이 어떻게 될지도 정해져 있으니 어떻게 한다고 될 일이 아닐 겁니다. 또 앞날이 정해져 있지 않다고 믿으신다면 모든 것이 사람 하기에 달린 일이니 그런 예언 따위는 믿지 않아도 될 것 아닙니까? 하하."

광성자가 노기 섞인 음성으로 외쳤다.

"알량한 생각으로 대선인의 가르침을 희롱하지 말게! 하늘이 정한 일을 사람이 따를 수도 있고, 사람이 세운 일을 하늘이 이루시는 일도 있다! 모든 것이 이것 아니면 저것이라고 둘로 딱 나누어 생각하면 안 되느니라! 대선인의 예언은 틀림없는 것이야!"

"헌원님께서는 그럼 혼돈 선인의 가르침을 이으신 분인가요?"

"그렇느니라."

"그렇군요. 헌데 사람 잘못 보셨습니다. 저는 자부 선인의 가르침을 이은 사람이 아니랍니다. 말씀드리지 않았습니까? 자부 선인을 뵌 적은 있으되 가르침은 전혀 받지 못했습니다. 온 세상을 싸움에 휘말리게 하고 헌원님과 영원한 적수가 된다구요? 아이쿠, 저는 그럴 위인이 되지 못한답니다. 주신에서도 쫓겨나고……."

헌원이 차분한 목소리로 입을 열었다.

"그런 처지임에도 자네는 많은 전사들을 거느리고 나와 맞서고 있지 않은가? 자네는 자부 선인에게 가르침을 받지 못했다 말하지만, 자부 선인을 만나 뵌 사람은 자네뿐일세. 그런 것 말고 내가 본 자네의 능력만으로도 나를 충분히 두렵게 하고도 남네."

치우천은 입을 다물어 버렸다. 헌원이 타이르는 어조로 계속 말했다.

"자네는 왜 나를 마음에 들어 하지 않는 것인가? 나는 자네가 좋고, 자네가 아깝네. 자네는 내 뜻과 다른 뜻을 가졌다고 들었네. 그 때문에 나를 따를 수 없다는 것도. 자네가 가진 뜻은 대체 무엇인가?"

치우천은 흐트러진 자세를 바로 세우고 엄숙하게 표정을 바꾼 다음 말했다.

"주신 사울아비 치우천이 말합니다. 저는 아직 어리고, 아는 것이 적어서 지닌 뜻도 크지 못합니다. 그렇지만 헌원님과 제가 갈 길은 서로 다르니, 이제 제가 헌원님을 따를 수 없는 이유를 말씀드리겠습니다."

헌원은 묵묵히 치우천을 한참 바라보다가 입을 열었다.

"말하게나. 듣겠네."

소녀는 말을 몰아 카린산 여전사들이 늘어서 있는 곳으로 달려갔다. 달리면서 소녀는 커다랗게 외쳤다.

"나는 소녀다! 쑤앙마이의 열세 작은 자매였던 소녀다! 이곳의 대장은 누구냐?"

소녀가 몇 번씩이나 외치자 카린족이 웅성거리기 시작했고, 곧 무리 가운데에서 말을 탄 세 명의 여전사가 나왔다. 그중 한 명은 비냐였고, 다른 두 명은 예전 쑤앙마이의 집 안을 지키던, 흰호랑이 가죽을 두르고 머리를 길게 늘어뜨린 여전사였다.

"비냐! 유우! 가나! 나를 모르겠어?"

소녀가 외치자 비냐가 소리쳤다.

"소녀! 너는 어째서 주신 놈들이랑 같이 도망친 거야?"

"그걸 모르겠어? 나는…… 나는……!"

소녀가 말을 더듬는 사이 유우가 외쳤다.

"소녀! 어서 몸을 피해라. 우리는 쑤앙마이께 지나족을 도와 싸우라는 명령을 받았다.”

소녀는 치미는 화를 이기지 못해 힘껏 외쳤다.

“어떻게 그럴 수가 있니! 저들은 무라를 도와 괴물을 물리쳐 준 사람들인데!”

소녀의 말을 듣고 가나가 맥이 빠진 듯 대답했다.

“그건 알지만, 지나족이 흘린 피가 더 크잖아? 주신족은 몇 명이 죽었을 뿐이지만, 지나족은 더 많이 죽었어.”

“그렇다면 아무 편도 들지 말아야지!”

“그럴 수 없어. 쑤앙마이께서는 헌원님의 명령을 들으라고 하셨어. 소녀, 너도 알지? 쑤앙마이의 명령은 거역할 수 없어!”

“쑤앙마이께서는 어째서!”

소녀가 애가 타서 외치자 비냐가 거칠게 말했다.

“너야말로 어째서 그러는 거냐! 저런 놈들이나 따라다니고! 상대가 누구건 쑤앙마이의 명령이 떨어진 이상 우리는 무조건 싸워야 한다! 너까지 죽이고 싶지 않으니 어서 물러서란 말야!”

성질이 거친 비냐는 당장이라도 달려 나가 싸움에 뛰어들 기세였다. 소녀가 다시 외쳤다.

“그럴 순 없어! 자매들아, 이건 옳지 못한 일이야! 가려면 나를 죽이고 가!”

“소녀! 쑤앙마이의 명령을 거역할 셈이야?”

유우와 가나가 동시에 외치자 소녀는 지지 않고 안타까운 목소리로 외쳤다.

“쑤앙마이는 내게 명령을 내리신 적 없어! 나는 내가 하고 싶은 대로 할 거야! 싸우지 말라는 것은 주신 사람들 때문만이 아냐! 싸움이 나서 너희도 많이 죽고 다칠 것이 안쓰러워 못 보겠단 말야. 지나족이 뭔데,

우리 카린족 여전사가 그 돼지들의 말을 들어야 하지? 응?"

"쑤앙마이의 명령이잖아!"

비냐가 날카롭게 외치자 소녀가 맞받아쳤다.

"쑤앙마이께서 지나족을 도우라고 하셨지, 싸우라면 싸우고 죽으라면 죽는 지나족의 개가 되라고 하셨니? 응? 쑤앙마이께서도 우리 자매들의 피를 보는 것은 원치 않으실 것 아냐? 싸우지 마, 응? 싸우는 척만 하고, 죽이고 죽고 하지 마! 응? 제발 부탁이야! 우리는 자매로 같이 자랐잖아."

소녀가 눈물을 흘리면서 애처로운 몸을 가늘게 떨며 간절하게 하소연했다. 유우와 가나는 눈물이 핑 돌아 금세 눈시울이 붉어지자 고개를 숙였다. 비냐만은 애써 고개를 돌리며 외쳤다.

"안 들은 것으로 하겠어! 싸우지 않을 수 없어! 어서 돌아가서 숨어!"

"너희가 날 죽이지 않아도, 너희가 치우천을 죽이면…… 나도 죽을 거야!"

소녀는 마지막으로 외치고 눈물을 뿌리며 말을 달려 골짜기 안으로 들어갔다. 소녀와 비냐 등의 대화는 전부 카린 말로 한 것이라 지나족은 물론이고 요요와 미요도 알아듣지 못했다.

치우천은 헌원을 똑바로 바라보며 진중한 목소리로 말했다.

"헌원님은 온 세상의 부족을 엮어 하나의 부족으로 만든다는 생각을 하고 계십니다. 부족보다 큰, 나라를 만들려고 하시는지도 모르지요. 그것은 크고 훌륭한 뜻이며, 이 세상에 태어나서 무엇을 이루고자 하는 사람이라면 누구나 꿈꾸는 큰 뜻입니다. 허나 그것은 절대 이룰 수 없는 꿈입니다. 저는 그렇게 생각합니다."

지가 나서서 헌원 대신 물었다.

"어째서 이룰 수 없다는 것인가?"

"첫째, 헌원님은 지나족의 이름으로 세상을 뭉치려 하십니다. 그러나 세상에는 우리 주신 말고도 자신의 조상과 살아온 방법을 아끼는 부족들이 많습니다. 모든 부족은 여러 천 년 동안 각자의 방식대로 살아왔습니다. 이것을 버리고 지나족이 되어 산다는 것은 있을 수 없는 일입니다. 제 벗 한 사람은 그것은 아버지 어머니를 버리고 사는 것과 마찬가지라고까지 했습니다."

"세상에 처음부터 여러 부족이 있었던 것도 아니네. 그렇게 생각한다면 하나로 합쳐지지 못할 이유 또한 없지 않은가?"

"받아들이지 않을 사람들이 많을 것입니다. 만약 모든 부족이 하나로 사는 것이 하늘의 뜻이었다면, 왜 부족들이 똑같은 말, 똑같이 사는 법을 가지게 하지 않았겠습니까?"

"흩어진 것은 다시 모을 수도 있는 법이고, 다른 것들도 같아질 수 있는 것이다."

"저는 그렇게 생각하지 않습니다. 헌원님, 만약 저나 제 벗처럼 그 말에 따르지 않는 부족이라면 헌원님께서는 그들을 쳐서라도 하나로 합치려 하실 것입니다. 그렇지 않습니까?"

"그럴 수도 있네. 나도 싸움은 싫네만."

"그렇게 되면 피는 강을 이루어 땅을 덮을 것이고, 슬픈 울음소리는 곳곳마다 메아리쳐서 하늘을 가릴 것입니다. 그래야만 할까요?"

"보다 큰 것을 위해서, 보다 영광된 앞날을 위해서라면 할 수 없는 일이네."

"그럼 두 번째 이유를 말씀드리겠습니다. 설령 전쟁을 벌인다 해도, 헌원님은 모든 부족을 정복하실 수 있다고 보십니까? 헌원님이 주신이나 키탄, 마갸르, 몽골, 미아우, 타타르, 훈족, 거기다 카린이나 창족까지 하나로 아우른다고 합시다. 허나 사람이 사는 곳은 지금 우리가 아는 곳만이 아닙니다.

내가 데리고 있던 도깨비들도 사람입니다. 그들의 땅은 가는 데에만도 몇 해씩이나 걸릴 정도로 멀고 우리와는 사는 방식도 다릅니다. 카린 너머에는 과보족의 땅이 있고, 그 너머에는 내 도깨비인 리미나 개르가 살던 곳이 있으며, 또 그 서쪽에도 헤아릴 수 없이 많은 부족이 있답니다. 남으로도 싱카가 살던 곳이나 마냥이 살던 곳처럼 세상은 끝없이 넓게 있구요.

헌원님이 우리가 아는 부족을 합하여 큰 부족을 세웠다고 해서, 싸움이 없어지고 영원한 평화가 오겠습니까? 세상을 하나로 만들려면 우리가 아는 부족을 합치고 난 다음에도 과보족과 싸워야 하고, 그다음은 리미의 부족과, 개르의 부족과 싸워야 할 것이고 싱카의 부족, 마냥의 부족이 가진 땅도 빼앗고 사람을 합쳐야 할 것 아닙니까? 모든 사람이 다 죽어 없어질 때까지 싸움만 하겠다는 말씀입니까?"

헌원은 조용히 이야기를 듣고만 있었으나 지는 어이가 없다는 듯이 외쳤다.

"그들은 도깨비 아닌가? 도깨비들의 부족을 합쳐서 뭐하겠는가?"

"그들은 도깨비가 아니라 사람입니다."

"그들은 도깨비야."

"좋습니다. 헌원님도 그들이 도깨비가 아니란 것을 차차 아시게 될 것입니다만, 일단 넘어가도록 합시다. 마지막으로 세 번째 이유를 말씀드리겠습니다. 정말 헌원님의 뜻이 이루어져서 세상을 하나로 만든다고 하지요. 그러면 평화가 오겠습니까?"

"서로 맞서 싸우는 부족들이 없어지는데 무슨 전쟁이 있고 싸움이 있단 말인가?"

치우천은 하하 웃었다.

"그렇게 생각하십니까? 저는 주신 사람이고 치우 집안사람이지만, 같은 집안 안에서도 치우가람, 바람 형제와는 앙숙이며 싸워야만 할 운명이 되었습니다. 제 외할아버지는 제 어머님의 아버지이신데도 그분과 맞서야 합니다. 한 집안 안에서도 싸움이 이리 많을 수 있는 게 사람 사는 일입니다. 그런데 그 많은 부족을 하나로 합치고 서로 다른 사람들이 섞여 사는데도 싸움이 없고 다툼이 나지 않을까요? 부족이 하나로 모이기만 하면 된다 믿는 것은 너무나 달콤한 상상 같습니다."

"싸움이 일어나더라도 그것은 작은 일이다. 전쟁은 아니야. 원한이 있으면 갚아야 하고, 말로 풀지 못하면 무기를 들 수도 있다. 그러나 부족 간에는 다르다는 이유만으로 피를 흘리는 싸움이 일어나지 않던가?"

치우천이 빈정대듯 되받았다.

"같은 부족 안에서는 싸움이 없고 갈라지는 일이 없습니까? 그렇다면 헌원님과 유망님은 왜 갈라섰습니까?"

그 말을 듣자 헌원이 처음으로 약간 주춤했고, 지가 노기 띤 음성으로 외쳤다.

"유망님과 헌원님은 뜻이 서로 다르기 때문이다! 헌원님의 뜻대로 이루어진다면 세상 사람들은 평안할 것이다!"

이에 치우천도 지지 않고 외쳤다.

"그렇게 크게 만들어진 부족이 갈라지지 않고 그대로 하나가 되어 살 수 있단 말입니까?"

"잘 다스리면 된다. 잘 다스리면 되는 것 아닌가!"

"헌원님을 얕보아서 하는 말이 아닙니다. 그러나 사람의 재주에도 한계가 있습니다. 한 사람이 그렇게 넓은 땅, 그렇게 많은 사람을 다스릴 수는 없습니다."

"부하를 쓰면 된다. 부하가 또 부하를 쓰고 또 부하를 쓰면 되는 것이다!"

"믿을 만한 부하는 그렇겠지요. 허나 부하가 만약 윗사람의 뜻을 거스른다면? 깊은 물속은 들여다볼 수 있어도 사람 마음속은 들여다 볼 수 없습니다. 앞날을 점치고 땅에 묻힌 것도 볼 수 있는 주술사조차 사람의 마음속은 들여다볼 수 없습니다. 유망님만 해도 헌원님의 마음속을 미리 보실 수 있었나요? 헌원님도 모든 것을 꿰뚫어 보신다고 자신하실 수 있을까요? 하물며 헌원님이 돌아가시고 나면? 헌원님의 뒤를 이을 사람이 그만한 그릇일지 아닐지, 계속 부족을 그렇게 유지할 수 있을지 아닐지 자신하실 수 있습니까?"

헌원은 치우천이 유망을 배신한 자신을 비난하자 처음으로 얼굴에 노기를 띠었다. 그러나 말은 하지 않았다. 대신 지가 새빨갛게 변한 얼굴로 호통을 쳤다.

"닥쳐라!"

창백한 안색으로 노려보고 있는 헌원의 모습에서 뿜어져 나오는 무시무시한 기운에 치우천은 압도당하는 기분이 들었다. 치우천은 떨리는 손에 힘을 주며 외쳤다.

"헌원님, 그런 식으로는 안 됩니다. 부족이 커지면 커질수록 지도자가 가진 힘도 그만큼 강해집니다. 그러면 그걸 탐내는 자들도 많아질 수밖에 없습니다. 내가 지도자가 되겠다, 아니 내가 되겠다 하고 일어서기 시작하면 예전보다 더 많은 피를 흘리는 전쟁이 일어납니다. 한번 갈라서면 지금보다 더 큰일이 날 것입니다.

예전에는 자기 부족과 이웃 부족만 물리치면 그만이었지만, 하나가 된 다음에는 전부 굴복시켜야 멈출 수 있기 때문에 싸움은 더욱 치열해질 것입니다. 부족을 합쳐 크게 세우면 싸움이 없다고요? 저는 반대로 생각합니다. 부족을 너무 크게 세우면 그 때문에 사람들은 더 싸우고, 피는 강물처럼 흘러 묻히지도 못한 뼈가 사방에 깔리며, 억울하게 죽은 귀신들이 세상을 뒤엎을 것입니다."

지는 마침내 화를 이기지 못해 새파래진 얼굴로 커다랗게 외쳤다.

"네 이놈! 좁쌀 같은 머리로 감히 세상의 큰일을 희롱하다니!"

"좁쌀 같은 머리로도 희롱당하는 것이 세상의 큰일입니까? 세상의 큰일이란 그렇게 하찮습니까?"

그때 헌원이 지를 물러서게 하고 조용히, 그러나 엄숙한 목소리로 말했다.

"그럼 네 뜻은 뭐냐? 이것도 저것도 다 안 된다는 것이냐?"

"저는 뜻이랄 것이 없습니다. 다만 모든 것이 하늘 뜻대로 이루어진다고 생각할 뿐입니다. 사람들이 갈래갈래 나뉘어 아웅다웅 싸우는 것이 안쓰럽다면, 사람들끼리 싸우지 않고 살 수 있게만 하면 됩니다. 구태여 다른 부족을 정복할 필요가 어디 있습니까? 정복한 부족은 좋겠지만, 정복당한 부족 사람들이 얼마나 비참해질지 생각해 보십시오. 세상 부족을 하나로 만드는 것이 세상 사람들을 위해서라고 하시지 않았습니까?

헌원님의 방식으로는 안 됩니다. 모든 부족을 지나족으로 합치는 것은 안 됩니다. 각자의 부족이 그대로 살게 놓아두는 것이 좋습니다. 모두 평화롭게 지내면 그만 아닙니까? 서로 싸우기 싫다면, 지나족이 그 일을 하면 됩니다. 지나족은 지금도 주신보다 땅도 넓고 사람도 많습니다. 다른 부족을 정복하거나 피를 흘리지 않아도, 지나족이 싸움을 말리고 중간에 서 주면 싸움은 자연스레 없어질 것입니다. 그것이야말로 온 세상 사람들을 평화롭게 만드는 길입니다."

뒤로 물러나 있던 지가 다시 외쳤다.

"그런 짓을 뭐하러 하겠느냐! 얻는 것 없이 뭐하러 그런 고생을 한단 말이냐!"

지의 말에 치우천이 맞받아쳤다.

"세상 모든 사람을 위해서입니다! 그 때문에 다른 부족들을 하나로 만든다고 하지 않으셨습니까!"

"세상 사람들도 중요하지만 지나족이 가장 중요하다!"

핏대를 세우며 지가 외치자 치우천은 냉소를 띠며 말했다.

"아하. 그랬나요? 처음부터 그렇게 말하시지 그랬습니까? 아, 물론 좋죠. 자기 부족이 가장 중요하단 것을 누가 모르겠습니까? 그러니 자기 부족이 잘살고, 힘이 세지기 위해 다른 부족을 친다면 말리지 않겠습니다. 허나 저는 주신 사람입니다. 저는 주신을 위해 애써야겠고, 제 벗들도 각각 제 부족을 위해 싸워야겠지요. 자기 부족이 가장 중요하니까 말입니다. 지님, 그러면 처음부터 알아듣기 쉽게 말씀하시지, 왜 세상 사람을 위해서라고 말해서 사람을 속이려 한단 말입니까? 저도 속을 뻔하지 않았습니까!"

지는 화가 나서 말을 제대로 잇지 못했다.

"이…… 이 녀석! 헌원님의 큰 뜻을 마음대로 깎아? 속…… 속임수? 저…… 저…… 혓바닥을 잘라 버려야!"

치우천은 눈도 깜빡하지 않고 헌원에게 말했다.

"헌원님, 가르침을 주셔서 감사합니다. 자기 부족만 생각하지 않고, 모든 사람을 위해 애써야 된다는 것, 잘 배웠습니다. 저는 그 길을 가려 합니다. 다 헌원님의 덕이겠지요. 그러려면 세상 부족을 힘으로 누르려는 헌원님부터 막아야겠군요. 작고 힘없는 부족들의 힘을 모아서 말입니다. 그래야 가르침을 주신 은혜를 받드는 것이 되지 않겠습니까? 하하핫!"

끝났다는 듯이 치우천이 크게 웃자, 헌원은 몸을 부르르 떨었다. 그 때 옆에서 듣고만 있던 끽구가 얼굴이 붉으락푸르락 변하더니 노기를 띤 무시무시한 목소리로 외쳤다.

"이놈! 헌원님의 은혜를 이런 식으로 갚아, 응?"

끽구의 얼굴을 쳐다보며 치우천은 껄껄 웃었다.

"은혜요? 은혜는 물론 갚아야 합니다. 그런데 뭐가 은혜입니까?"

치우천의 말에 어이가 없다는 듯이 끽구가 발을 구르며 소리쳤다.

"처음에 알지도 못하는 네놈을 유망님께 데리고 가 다리를 고쳐 주려한 것도, 카린산으로 가서 괴물을 물리치도록 한 것도……."

치우천이 끽구의 말을 가로채며 소리쳤다.

"그것들은 은혜가 아닙니다! 유망의 막사에서 있었던 일을 치우가람 형제가 알게 된 것은 누구 때문입니까? 카린족이 은혜를 베푼 우리를 잡으려고 몰려와 있는 것은 무엇 때문입니까? 그것들은 은혜를 베푼 것이라 할 수 없습니다!"

"유망 막사 어쩌고는 무슨 소리냐?"

광성자가 의아한 듯 묻자 치우천이 웃으며 대답했다.

"지님에게 여쭈어 보시지요. 그것을 아는 이는 상망님과 지님, 두 분뿐인데 제 생각에는 상망님은 아니고, 지님이 하신 일 같으니까요."

지의 안색이 해쓱해져 입을 열지 못하자 치우천은 계속 말했다.

"그뿐만 아닙니다. 주신 한웅님이 번개범의 습격을 받은 뒤 마주친 늑대 떼는 도대체 누가 부렸을까요? 그 일행에는 우리 형제도 있었습니다. 우리도 해침을 받은 셈이니 은혜라고 말할 수는 없겠지요."

"늑대를 부렸다니? 왜 딴청을 부리느냐?"

"모르시는 일입니까?"

"모른다!"

지가 딱 잡아떼었으나 치우천은 여전히 여유롭게 웃으며 말했다.

"그 일은 증거가 없으니 은혜 이야기로 돌아갑시다. 제가 받은 은혜는 그런 것들이 아닙니다. 진정으로 상대를 위해 주어야 은혜가 됩니다. 태산 회의 때 헌원님은 저를 아끼시어 끽구님과 싸우는 것을 멈추어 주셨습니다. 그 일은 제가 잊을 수 없습니다. 그리고 아직 모자란 저에게 큰 능력이 있다고 힘을 북돋워 주시고 용기를 내도록 해 주셨습니다. 그것도 제가 잊을 수 없는 일입니다. 헌원님, 저 치우천, 비록 헌원님과 다른 길을 걷습니다만 그 은혜는 잊지 않을 것입니다. 제 목숨을 구해 주셨으니 나중에 기회가 생기면 저도 헌원님의 목숨을 구해 드리겠습니다."

치우천이 말을 마치자 마침내 헌원은 한숨을 내쉬며 입을 열었다.

"자네 너무하는군. 첫째, 나의 뜻을 그렇게 마음대로 풀이해서는 안 되네. 나도 세상 사람을 위하려 생각하고 있는데 말일세. 자네의 이야기는 지나친 감이 있어."

"뜻이 다른 사람들끼리는 할 수 없는 일입니다."

"그리고 두 번째, 유망 막사의 일은 나중에 지에게서 들었네. 변명처럼 들릴지 모르지만 그것은 내가 시킨 일이 아니네. 내 자네 형제를 얻기 위해 자네 형제들이 주신에서 높은 자리에 오르는 것을 막으라고 명한 적은 있네. 솔직히 인정함세. 그러나 지가 그런 고자질을 하여 그 때문에 자네 형제가 사막에 던져지게 될 줄은 몰랐네. 나중에 듣고 나도 많이 걱정했다네. 카린족에게 기인과 전사들을 보낸 것은 자네가 본 그대로일세. 나는 자네들을 잃고 싶지 않았네. 이건 조금의 거짓도 없는 진실일세."

담담한 태도로 솔직하게 말하는 헌원을 보자 치우천도 마음이 흔들렸다. 치우천은 생각에 잠겼다.

'알고 보니 그랬군. 부족도 다른 처지에 그만한 모략은 부릴 수 있긴 하다. 더구나 우리 형제를 크게 보아주어서 그런 것 아니겠는가? 정작 주신 사람들은 우리를 몰라주는데, 하필 헌원이 우리를 알아주다니……'

생각을 거두고 치우천이 입을 열었다.

"그러면 한웅님을 덮친 늑대는 무엇입니까? 비휴님과 관련 없다는 말씀입니까?"

"비휴는 그곳에 간 일이 없네! 세상은 넓으니 늑대를 부리는 사람이 비휴 하나뿐이라고 누가 감히 말할 수 있겠는가?"

헌원이 단호하게 말하자 치우천은 한숨을 내쉬었다. 헌원이 거짓말을 하는 것 같지는 않았기 때문이다.

'그러면 그것도 유망이 한 일일까? 또 누가 늑대를 그렇게 부릴 수 있단 말인가? 가리족일까?'

치우천의 표정이 복잡해지는 것은 아랑곳하지 않고 헌원이 계속 말했다.

"여러 이야기 할 것 없네. 나는 많이 생각했네. 자네가 자부 선인의 가르침을 이은 사람이라면 어떻게 하나, 하고 말일세. 아직 어린 자네 형제가 사람들의 마음을 사로잡는 것이 두려웠네. 더구나 자네가 나와 뜻을 달리하고 있다는 것도 눈치채고 있었네. 자네가 나를 아는 것처럼, 나도 자네를 알 수 있었다네. 어둠 속에서, 내 마음 속에서 속삭이는 소리가 들렸다네. 자네를 없애라고. 장차 자네는 내 뜻을 펴는 데 가장 큰 걸림돌이 될 것이라고. 그러니 자네 형제를 없애야 한다고……."

헌원은 쓸쓸히 웃으며 말끝을 흐렸다. 쓸쓸해 보이면서도 당당한 헌원의 모습은 우뚝 서 있는 커다란 산 같았다. 치우천마저도 그 모습에 위압되어 자신도 모르게 고개를 끄덕여 보였다.

"자네를 해치려 했다면 내게는 얼마든지 기회가 있었네. 그럼에도 해치지 않은 것은 자네의 능력이나 자네 아우의 힘을 탐내서만도 아닐세.

나는 자네를 좋아했네. 자네는 나를 정말로 이해할 수 있는 사람일세. 그런 자네와 같이 힘을 합치고 싶었던 것일세."

"저도 그렇습니다. 헌원님만큼 큰 분은 만나 뵌 적 없습니다. 서로의 뜻이 달라 한스러울 뿐입니다."

"지금이라도 늦지 않았네. 나와 힘을 합치지 않겠는가? 같이 세상을 호령해 보세."

헌원의 은근한 말투에 치우천은 웃으며 되받았다.

"헌원님이야말로 지금이라도 뜻을 돌리시는 것이 어떻습니까? 전쟁을 하거나 다른 부족을 정복하지 않아도 충분하지 않습니까?"

끽구가 우악스럽게 외쳤다.

"곧 죽을 놈이 여전히 큰소리! 네놈의 잘난 벗들 몇몇이 이 많은 전사들을 당해 낼 수 있을 것 같으냐!"

치우천은 끽구를 노려보며 마주 소리쳤다.

"덤벼 보시오. 우리는 두렵지 않소."

두 사람을 번갈아 보며 결국 헌원은 얼굴을 굳혔다.

"아쉬운 일이군. 자네를 해치고 싶지는 않았는데……."

"저도 헌원님과 싸우기는 싫었습니다. 허나……."

치우천은 크게 외치면서 입고 있던 겉옷을 양손으로 부욱 찢어서 땅에 내팽개쳤다. 그러고는 소리쳤다.

"더 이상 저도 어쩔 수가 없군요!"

헌원도 뭐라 대꾸하지 않았으나 역시 소맷자락을 찢어 땅에 팽개쳤다. 이제 두 사람은 원수가 되었다는 표시였다. 헌원은 침통한 얼굴로 뒤돌아보지 않고 진중으로 달려 들어가며 지와 끽구에게 단호하게 말했다.

"할 수 없다. 반드시 죽여라."

그 말을 하는 헌원의 얼굴에는 안타까우면서도 차라리 후련하기도 한, 복잡한 표정이 떠올랐다.

헌원의 명이 떨어지자마자 끽구가 고함을 질렀다.

"전부 나가라!"

끽구의 고함 소리에 맞추어 지나 측의 육천에 달하는 군대가 함성을 지르면서 산이 이동하듯 전진하기 시작했다.

치우천은 도깨비들과 함께 날듯이 말을 달려 골짜기 안으로 들어섰다. 치우천이 들어서자마자 준비하고 있던 보돈차르가 달려왔다.

"지나족이 움직인다!"

치우천은 서둘러 말을 달려온지라 숨을 헐떡이며 말했다.

"헌원이 몹시 화가 났습니다. 단번에 우리를 공격할 것이지만 뒤도 조심해야 합니다. 저를 절대 놓치지 않으려 할 것이기 때문에 많은 수로 우리를 에워싸고 덤비려 할 것이 틀림없습니다."

"키타야 부족장은 왼쪽, 구르 부족장은 오른쪽, 초초룬은 뒤쪽으로 갔다. 잘할 거야."

형요가 달려와 말하자 치우천은 고개를 끄덕이며 보돈차르와 야율쿠리에게 고개를 돌렸다.

"자! 이제 시작입니다. 제 꾀가 제대로 맞으면 다행이지만 들어맞지 않을 때는 형요 자매를 보내 전하겠습니다. 그대로 따라 주십시오. 제가 풀피리를 높이 불면 무조건 물러서라는 뜻입니다."

"알고 있다, 천 안다."

보돈차르가 자신에 찬 목소리로 말하자 야율쿠리도 호탕하게 웃으며 말했다.

"염려 마라! 천! 흐흐, 드디어 끽구와 붙어 볼 기회가 생겼구나! 이거

신나는구나, 신나!"

싸움을 좋아하는 야율쿠리는 힘이 펄펄 넘쳤다. 치우천은 걱정스레 말했다.

"야율쿠리! 끽구와는 절대 혼자 붙으면 안 된다. 만에 하나 네게 무슨 일이 생기면 키탄 전사들은 어쩌느냐?"

그러면서 치우천은 쇠돌이와 부루벼락, 마파람을 불렀다.

"쇠돌이! 너는 벼락 형과 함께 다니고, 마파람 형은 야율쿠리와 함께 다니며 그를 도와주세요. 꼭 둘이 같이 다니면서 저쪽의 기인들과 만나면 힘을 합쳐 싸워야 합니다."

쇠돌이가 볼멘소리로 투덜거렸다.

"나도 끽구와 겨뤄 보고 싶은데……."

쇠돌이를 보며 치우천이 씩 웃었다.

"우리 전사 수가 비슷했다면 나도 그랬겠지만, 지금은 저쪽이 너무 많아 어쩔 수 없어. 비겁해 보이겠지만 이건 전쟁이다. 우리는 무조건 두 사람이 저쪽의 한 사람을 맡는다! 절대 지거나 다쳐서는 안 되기 때문이다! 다만 카린족이 문제인데……."

치우천이 말끝을 흐리자 어느 틈에 왔는지 소녀가 끼어들었다.

"카린족은 싸울 마음이 없을 겁니다. 염려하지 않아도 됩니다."

"정말입니까, 소녀님?"

"지나족이 뭐가 예뻐서 목숨 걸고 싸워 주겠습니까? 섣불리 움직이지 않을 것입니다."

치우천이 안도의 한숨을 내쉬자 별안간 낄낄 웃는 소리와 함께 누가 바람같이 달려왔다. 비울걸이었다.

"히히, 나도 짐을 덜어 주지! 네 고기 맛 보기가 이리도 힘들 줄이야! 신도 울루라는 떡대들은 귀신을 부릴 줄 아니까 도깨비를 부릴 줄 아는 내가 맡겠네!"

치우천은 갑자기 사라졌던 비울걸이 나타나자 기쁨에 겨워 목소리를 높였다.

"비울걸! 어디 가셨었습니까?"

"뭘 준비하느라고 말야. 좌우간 신도 울루 걱정은 말게!"

비울걸은 치우천의 대답도 듣지 않고 사라져 버렸다.

양역이 다가와 물었다.

"천! 나는 뭘 하지? 여기서 놀고 있으란 거냐?"

치우천이 웃으며 고개를 저었다.

"그럴 리가 있느냐? 너도 보돈차르님과 함께 나가라! 네 말 타는 재주가 제일 뛰어나니 그러는 게 좋아."

배치를 마치자 앞서 나가 있던 치베가 큰 소리로 외치며 달려왔다.

"지나족이 다가온다!"

치우천이 힘차게 외쳤다.

"모두 가자!"

치우천의 말이 떨어지자마자 보돈차르와 치베, 양역이 거느린 이백 명의 기마 부대는 함성을 올리면서 요란하게 달려 나갔고, 그 뒤를 이어 야율쿠리, 쇠돌이, 부루벼락, 마파람이 이끄는 이백 명의 키탄 전사들이 줄을 지어 서서히 전진했다. 전사의 수는 얼마 되지 않았지만 용맹한 대장들이 뽑아 데리고 온 전사들이라 사기는 충천했다.

한편, 헌원은 상망과 지에게 보고를 듣고 있었다. 꾀가 많은 지와 경험이 많고 노련한 상망이 작전을 짰기 때문이다.

지가 입을 열었다.

"저쪽의 수가 적으니 에워싸서 잡아 버릴 것입니다. 끽구가 이끄는 전사들과 나단선우가 이끄는 훈족의 말 탄 전사들이 앞에서 들이치고, 비휴가 천랑대로 도울 것입니다. 타타르 유루칸족의 전사들은 둘로 나뉘어서 양쪽의 벼랑을 올라가 그들을 덮칠 것이며, 신도 울루는 따로 오백 명의 전사들을 이끌고 저들의 뒤를 막을 것입니다. 저들은 꼼짝달싹도 못할 것입니다."

헌원은 고개를 끄덕이다가 물었다.

"카린족은?"

상망이 대답했다.

"일단 앞줄에는 세우지 않고, 어느 한쪽이 행여 밀리게 되면 집어넣으려 합니다. 아무리 그래도 여자들이라……."

헌원은 고개를 저었다.

"그럴 필요 없네. 카린족의 여전사는 충분히 용감하다네. 그러니……."

헌원은 말끝을 흐리며 조금 생각하다가 상망에게 말했다.

"이렇게 하세. 카린족은 일단 내세우지 말고 그대로 구경만 하라고 하세. 내가 보기에 카린족의 여전사 대장은 성질이 급한 것 같으니, 분명 왜 자기들은 싸우게 하지 않느냐고 물어볼 것일세. 그때 상망 자네가 그녀의 화를 돋우도록 하게. 그러면 카린 여전사들은 화가 나서 무섭게 싸워 줄 것일세."

상망과 지가 동시에 손뼉을 쳤다.

"좋은 꾀입니다!"

헌원은 목소리를 낮춰 말했다.

"몽골족이 말을 잘 타니 분명 앞장서 나올 걸세. 허나 훈족의 나단선우는 용감하지만 둔한 사람 같으니, 몽골족을 이기지 못할 수도 있네. 만약 나단선우가 물러서게 되면 때를 놓치지 말고 카린족 여전사들을 돌진시키게. 몽골족이 지친 틈에 카린족 전사를 집어넣고, 다시 비휴가 천랑대를 부려 나아가게 하면 저들은 무너질 것일세."

상망과 지는 고개를 끄덕이면서 웃으며 물러섰다. 헌원은 마지막으로 한마디를 더 했다.

"광성자 스승께도 말씀드려서 술법을 사용하도록 권하게."

"우리 수가 훨씬 많은데 그럴 필요까지 있겠습니까?"

지의 말에 헌원은 고개를 저었다.

"이건 전투일세. 쓸 수 있는 수는 전부 써야지. 모조리 잡아 버려야 하네."

같은 시각, 치우천은 형요에게 헌원과는 전혀 다른 지시를 내리고 있었다.

"이건 전투야. 그러니 쓸 수 있는 수를 다 써서는 안 된다. 남겨 두었다가 만약의 사태에 대비해야 해. 초초룬에게 그렇게 전해라."

초초룬은 뒤를 지키라고 한 것이 불만인 듯 계속 둘째 형요를 시켜 말을 전해 왔다. 초초룬에게는 미아우 말을 아는 둘째 형요가 가 있었고, 키타야에게는 셋째 형요, 구르에게는 넷째 형요가 가 있었으며, 첫째 형요는 주신 말을 알기에 치우천 옆에 있었다.

첫째 형요가 둘째 형요의 말을 전해 주었다.

"초초룬이 아주 불만이 많은데?"

"머지않아 싸우기 싫어도 싸우게 된다. 우리 수가 훨씬 적은 것을 몰라서 그러느냐고, 자꾸 투덜거리지 말고 기다리라고 전해!"

치우천은 불안하고 지친 나머지 짜증을 냈다. 둘째 형요가 물러서자 치우천은 높은 곳으로 급히 올라가 보돈차르와 야율쿠리의 부대를 지켜보았다.

지나족의 군대는 넓게 반달형으로 골짜기 입구를 에워싸고 있었다.

중간에는 이천 명가량의 전사들이 천 명씩 뭉쳐 자리잡고 있었다. 끽구와 나단선우가 이끄는 부대였다. 그들이 고함을 지르면서 전진하자 거기에 맞서 보돈차르의 부대와 야율쿠리의 부대가 각각 전진하는 모습이 보였다. 나단선우의 부대에 기마병이 많았으므로 보돈차르는 그쪽으로 향했고, 야율쿠리의 부대는 끽구의 부대로 향했다. 양쪽이 함성을 지르며 돌진하는 광경을 치우천은 가슴이 터질 것 같은 두근거리는 마음으로 지켜보았다.

'내가 잘못 생각하지는 않았을까? 여러 천 명의 벗들의 목숨이 나한테 달려 있다. 실수하면 안 된다! 실수하면 안 돼!'

보돈차르의 기마 부대가 질서정연하게 달려 나가자 그를 맞아 훈족의 부대도 역시 앞으로 우르르 몰려나왔다. 그러다가 훈족의 우두머리인 나단선우가 여섯 명의 부하를 거느리고 앞으로 달려 나오자 보돈차르 역시 치베와 다른 두 명의 용사를 거느리고 달려 나왔다. 부족끼리 전쟁을 할 때, 대장들이 앞장서서 나와 이야기를 나눈 뒤 싸움을 시작하는 것이 당시의 관습이었다.

보돈차르가 차분하고 침착한 표정으로 물었다.

"나는 몽골의 보돈차르요! 훈족 같은데, 어느 부족이오?"

나단선우는 머리부터 발끝까지 붉은 물을 들인 가죽옷과 깃털로 꾸미고 있어서 마치 불덩어리 같았다. 구레나룻을 길게 기르고 덩치가 크고 사나워 보이는 억센 남자였다.

"나는 훈의 나단족, 나단선우다! 많은 선물을 주신 헌원님을 도와 너희 거지 같은 쓰레기들을 청소하려고 이 외진 곳까지 오셨다!"

보돈차르는 냉랭하게 웃으며 되받았다.

"왜 왔나 했더니 선물을 받고 왔군? 진정한 전사는 물건이나 욕심 따위를 위해 싸우지 않는다. 전사가 싸우는 것은 세 가지 이유뿐이다! 명예! 벗! 약속! 전사는 이 세 가지만을 위해 싸워야 한다!"

"망아지 새끼 같은 몽골족 놈이 잘도 나불거리는구나! 듣도 보도 못한 놈이 전사인 척하는 게냐?"

치베가 보돈차르의 옆에서 외쳤다.

"승냥이 같은 훈족의 욕심꾸러기야! 내 선물을 받아라!"

치베가 소리치며 휙휙 세 발의 화살을 내쏘았다. 나단선우가 재빨리 커다란 돌도끼를 들어 치베의 화살을 막았으나 화살은 나단선우 양옆에 있던 전사들의 어깨와 뺨을 꿰뚫어 말에서 떨어뜨렸다.

나단선우는 화를 내며 외쳤다.

"비겁하게 활부터 쏘다니! 죽여라!"

나단선우가 크게 외치며 무서운 기세로 달려 나가자 훈족 전사들도 뒤를 따라 미친 듯이 고함을 지르며 달려 나가기 시작했다. 보돈차르는 태산처럼 침착하게 서 있다가 훈족이 화살의 사거리에 들어오자마자 때를 놓치지 않고 외쳤다.

"쏴라!"

몽골 전사들은 활을 재고 있다가 동시에 화살을 세 번 날렸다. 이백 개씩 세 번, 도합 육백 개의 화살이 날아들자 달려들던 나단선우의 부하들은 말과 함께 고꾸라지며 와르르 넘어졌다. 그러나 훈족의 기세는 대단해서 쓰러진 자기편을 짓밟으며 계속 들이닥쳤다.

보돈차르는 물러서라고 외치면서 말을 달렸다. 몽골족의 기마술은 아무도 따를 수 없었으며, 그들은 말을 타고 달아나면서도 뒤를 향해 간간이 화살을 쏘아 날렸다. 만약 뒤를 쫓는 것이 훈족이 아닌 다른 부족이었다면 그냥 물러섰을 수도 있을 터였다. 그러나 훈족은 말 타면서 화살을 날릴 만큼은 아니었으되 기마술이 뛰어났다. 일단 싸움에 나서면

난폭하기 이를 데 없는 훈족은 화살에 맞아 쓰러지면서도 두려움 없이 몽골족의 뒤를 쫓았다.

나단선우는 맨 앞에 서서 도끼를 휘둘러 화살을 쳐내면서 무섭게 돌진했다.

야율쿠리와 끽구의 부대는 보병이었기 때문에 맞붙을 때까지는 조금 더 시간이 걸렸다. 자기만큼이나 큰 말을 탄 끽구가 달려 나와 거대한 덩치를 보이자 용감한 키탄족 전사들은 그 기세에 잠시 술렁거렸다. 그러나 야율쿠리는 전혀 주춤거리는 기색 없이 달려갔고 마파람도 말없이 따랐다.

"이게 누구냐! 지나족 제일의 뚱보 돼지 끽구 아니냐? 우하핫! 잘 만났다! 오늘 내가 너를 돼지 찜으로 만들어 주마!"

야율쿠리는 달려 나가자마자 욕부터 했다. 끽구는 화가 나서 씨근거리며 외쳤다.

"너는 누구냐? 보아하니 키탄족의 고양이 새끼 같구나!"

"나는 키탄 울크리족의 야율쿠리다! 뚱보 돼지를 찜 쪄 먹으려고 여기까지 달려 오셨느니라! 자, 받아라!"

야율쿠리가 외치면서 기이한 무기를 꺼냈다. 여자 손목 같은 굵기에 거의 사람 키만큼 긴 나무 막대기였는데 양끝에 구리도끼날이 달려 있었다. 야율쿠리는 긴 도끼를 휘두르며 끽구에게 대답할 틈도 주지 않고 달려들었다. 끽구는 급히 양손에 쥔 구리추를 엇갈리게 휘둘러 야율쿠리의 긴 도끼를 막았다.

두 사람의 무기가 부딪히는 순간, 둘 다 똑같이 시큰거리는 느낌을 받았다.

'이 키탄 놈의 힘이 꽤나 세구나!'

끽구가 속으로 흠칫거리는 사이 야율쿠리도 속으로 혀를 내둘렀다.

'사람들이 끽구, 끽구 하더니만 대단한 힘이구나! 비보다 더 센 것 같다!'

끽구는 아수타란과 싸우면서 얻어맞은 상처와 화상이 아직 다 낫지 않아 평소보다 힘이 못했다. 야율쿠리는 힘도 강했지만 태산 회의 몽둥이 시합에서 금천에게 아깝게 패했을 정도로 싸움 실력도 타고 난 전사였다. 긴 도끼는 태산 회의 때 투르크의 긴 머리 전사가 기다란 몽둥이를 이용하여 금천과 막상막하로 싸웠던 것을 보고 만든 무기였는데, 그간 야율쿠리는 이 무기로 제법 오랫동안 연습하여 끽구를 상대로 쓰게 된 것이다.

둘 다 보통이 아닌 솜씨인지라 지나족과 키탄족 모두 전쟁중이라는 것마저도 잠시 잊고 넋이 나가 두 사람의 싸우는 모습을 바라보았다. 야율쿠리의 긴 도끼는 길이 덕분에 상당히 유리하게 싸움을 이끌어 가서 끽구는 세 발짝이나 뒤로 물러섰다. 끽구가 든 구리추는 짧아서 아무래도 불리했다. 야율쿠리는 끽구를 몰아붙이자 신이 나서 도끼를 휘둘러 댔다.

끽구가 우렁차게 소리를 지르면서 왼손의 구리추로 야율쿠리의 도끼를 막고는 오른손의 구리추로 야율쿠리의 도끼를 내려치자 끽구의 엄청난 힘에 세 개의 무기가 동시에 부러져 버렸다. 엄청난 힘 때문에, 받쳤던 구리추와 내려친 구리추가 야율쿠리의 도끼와 함께 부서져 버린 것이다.

야율쿠리는 반 토막만 남은 도끼를 던져 버리며 화가 나서 소리를 질렀다. 반만 남은 도끼는 무게가 맞지 않아 마음대로 휘두를 수 없었기 때문이다. 대신 야율쿠리는 긴 팔을 휘둘러 끽구에게 맨손으로 달려들었다.

끽구는 놀라서 흠칫했다.

'이런 미친 자식이 있나! 맨손으로 덤벼?'

그러나 끽구도 맨손인 것은 마찬가지였다. 야율쿠리는 끽구보다 덩치가 작았지만 역시 우람한 체구를 지녔고 팔다리가 길었다. 두 사람은 마구잡이로 엎치락뒤치락 싸우기 시작했다. 야율쿠리가 끽구를 몇 대 더 때리고 찼지만 끝내 끽구가 야율쿠리의 팔을 잡아 비틀기 시작했다. 야율쿠리는 있는 힘을 다해 버텼지만 힘으로는 역시 끽구를 당할 수 없었다.

그때 마파람이 바람처럼 달려오면서 품에서 세 개의 돌을 꺼내 던졌다. 마파람의 달리기는 말만큼 빨랐으며 활 솜씨도 태산 회의에 나갔을 정도로 뛰어났지만 돌 던지기에도 상당히 능했다. 돌 던지기는 사울아비라면 누구나 익히는 기술이었기 때문이다.

끽구는 야율쿠리의 팔을 부러뜨리려 용을 쓰던 차라 미처 돌을 막지 못했다. 세 개의 돌 중 두 개가 끽구의 어깨를 맞혔고 한 개는 눈언저리를 맞혔다.

"아이쿠!"

끽구가 눈에서 불이 번쩍 하는 것을 느끼며 한 손으로 눈을 감싸 쥐자 야율쿠리가 기회를 놓치지 않고 끽구의 배에 발길질하며 빠져나왔다. 끽구가 중심을 잃고 엉덩방아를 쿵, 찧는 순간 지나족이 정신을 차리고 와! 하며 몰려오기 시작했다. 키탄족 역시 몰려나왔다. 마파람은 야율쿠리를 일으켜 함께 뒤로 물러섰다. 어느 틈엔가 야율쿠리의 팔이 시퍼렇게 부어 있었다. 그럼에도 야율쿠리는 미친 듯이 웃으며 소리쳤다.

"주신 사울아비! 봤냐? 내가 끽구를 넘어뜨렸다! 우하하하! 내가 끽구를 쓰러뜨렸다!"

"그래 봤소, 봤어! 어서 무기를 드시오!"

삽시간에 눈이 시퍼렇게 멍든 끽구가 다른 전사의 무기를 받아들고 분노의 함성을 지르며 야율쿠리를 쫓아가려는 순간, 앞을 두 사람이 막 아섰다. 쇠돌이와 부루벼락이었다. 쇠돌이는 구리로 된 도리깨를 휘두 르고 부루벼락은 채찍을 휘둘렀는데, 둘 다 기다란 무기여서 끽구가 접 근하는 것을 쉽게 허락하지 않았다. 쇠돌이의 도리깨에 어깻죽지를 다 시 맞은 끽구가 비명을 질렀다.

"이런 개새끼들! 무더기로 덤비다니! 다 죽인다!"

끽구는 머리끝까지 화가 나서 부루벼락이 휘두르는 채찍을 온몸으로 받아 내며 마침내 쇠돌이의 도리깨 끝을 낚아챘다. 그러고는 단번에 무 기를 빼앗으려는데 뜻밖에도 쇠돌이의 힘이 만만치 않아, 자신의 힘에 맞서는 것이 아닌가?

'제기랄. 내가 언제 이리 약해졌단 말인가?'

쇠돌이나 야율쿠리 모두 힘에서는 누구에게도 지지 않을 장사들이었 지만 끽구는 그것을 모르고 자기의 힘이 약해진 것 아닌가 생각했다. 끽 구가 분통이 터져 있는 힘을 다해 도리깨를 낚아채는 순간 구리로 된 도 리깨의 굵은 사슬이 두 사람의 힘을 버티지 못하고 툭 끊어져 버렸다.

젖 먹던 힘까지 쓰던 쇠돌이가 제 힘을 이기지 못해 뒤로 나뒹구는 사이 끽구가 쇠돌이의 머리를 밟아 버리려 발을 들자 부루벼락이 재빨 리 끽구의 발목을 채찍으로 휘감았다. 그러나 화가 끝까지 치민 끽구의 힘을 당할 자는 없었다. 끽구는 잠시 비틀거렸을 뿐, 도리어 부루벼락의 채찍을 손에 쥐고 끌어당겼다.

부루벼락이 채찍을 놓치지 않으려고 버티자 끽구는 고함을 지르면서 벌컥 힘을 쏟아 아예 채찍째 끌어당겨 부루벼락을 저만치 집어던져 버렸다. 무시무시한 힘이었다. 마파람이 재빨리 부루벼락을 일으켜 세 웠다. 다시 몽둥이를 주워 들고 온 야율쿠리와 자루만 남은 도리깨를 든 쇠돌이가 끽구를 막아섰다.

끽구는 치민 화를 이기지 못해 고래고래 악을 썼다.

"파리 새끼들! 모조리 짓눌러 죽이겠다!"

끽구가 날뛰자 쇠돌이와 야율쿠리가 힘을 합쳐도 끽구를 막지 못했다. 거기에 마파람과 부루벼락이 가세했는데도 끽구를 쓰러뜨릴 수 없었다. 그는 성이 나 길길이 날뛰는 범 같았다. 수가 많은 지나 전사들과, 그들과 함께 편성되어 있던 말을 타지 않은 훈족 전사, 타타르 전사들이 우르르 몰려들자 마파람이 외쳤다.

"야율쿠리! 물러서야겠소!"

"아, 분하다, 분해! 끽구 이 멧돼지 새끼! 목숨도 길구나!"

야율쿠리는 연신 억울하다고 외치면서 키탄 전사들을 물러서게 했다. 몇 발짝 물러서서 활을 쏘고 다시 몇 발짝 달아나다 활을 쏘는 식으로 지나족을 저지하면서 물러서자, 끽구는 커다란 돌멩이를 주워 마구 던졌다. 화살에 맞아 쓰러지는 지나 전사도 많았지만 끽구의 돌멩이에 맞은 키탄 전사들은 비명조차 제대로 못 지르고 박살이 나 버렸다. 끽구의 무시무시한 힘과 용맹에 키탄 전사들은 몸을 떨었고, 야율쿠리와 쇠돌이도 분하다고 외치면서 달아났다.

끽구는 분이 풀리지 않은 듯 계속 길길이 날뛰며 그 뒤를 따랐다.

"겁쟁이들아! 거기 서라!"

보돈차르의 부대와 야율쿠리의 부대가 각각 나단선우와 끽구의 부대를 당하지 못해 골짜기 안쪽으로 물러서는 모습을 보고 헌원이 크게 외쳤다.

"지금이다! 한 번에 몰아쳐야 한다! 비휴와 상망에게 사람을 보내라! 유루칸과 신도 울루에게도 연락하라!"

그와 동시에 높은 곳에서 상황을 보고 있던 치우천도 외쳤다.

"키타야, 구르 부족장께 신호해라!"

보돈차르와 야율쿠리의 부대는 황망하게 골짜기 안으로 도망쳐 들어갔다. 나단선우와 끽구는 그것을 보고 기가 살아서 골짜기 안으로 앞다투어 뛰어들려고 했다. 뒤에 처져 있던 지가 그것을 보고 외쳤다.

"안 된다! 함정이야!"

하지만 이미 때가 늦어, 골짜기 위쪽에서 커다란 돌멩이와 나뭇등걸들이 요란하게 쏟아져 내리기 시작했다. 키타야와 구르 부대가 골짜기 양편에 매복해 있었던 것이다. 나단선우와 끽구의 부대는 골짜기 안으로 뛰어들다가 머리 위에서 우박처럼 쏟아져 내리는 돌멩이를 맞고 순식간에 아수라장이 되었다.

골짜기 입구가 좁고 또 많은 전사들이 뒤에서 계속 밀고 들어오는 판이라 빠르게 뒤돌아 도망칠 수도 없었다. 쏟아져 내린 돌멩이들은 순식간에 백 명도 넘는 지나족과 훈족의 전사들을 깔아뭉개 버렸다. 나머지 전사들은 아우성치면서 뒤로 물러섰지만 약 이백 명의 전사들이 골짜기 안으로 뛰어든 다음이라 금세 빠져나갈 수도 없었다.

치우천이 다시 신호하자 보돈차르와 야율쿠리의 부대가 뒤로 돌아 고립된 이백 명의 적 전사들을 에워싸고 죽이기 시작했다. 끽구와 나단선우도 골짜기 안에 있었지만 사납게 날뛰는 통에 잡을 수 없었다. 그러나 나머지 이백 명의 전사들은 소리 한번 질러 보지 못하고 성난 키탄족과 몽골족에게 맞아 죽었다. 골짜기 위의 키타야와 구르는 기뻐서 환호성을 올렸고 일제히 소리를 높여 지나족을 향해 비아냥거렸다.

"제길! 꾀에 빠졌습니다!"

상망이 분해서 이를 갈자 헌원이 차분하게 말했다.

"한 번 속았으나 우리 수가 훨씬 많다. 계속 밀어붙이면 얄팍한 꾀도 소용없다. 한꺼번에 사방을 친다!"

상망이 알았다고 외치자 연락병들이 일제히 달려 나갔다.

끽구와 나단선우는 안색이 새파랗게 질린 채 골짜기 밖으로 뛰쳐나가 남은 전사들을 물러서게 하려는데 비휴가 달려왔다.

"헌원님의 명이다! 물러서지 마라! 한 번 당했다고 물러서면 더 손해다! 밀어붙여라!"

비휴가 외치면서 크게 휘파람을 불었다. 저 뒤에서 으르렁거리는 포효와 함께 천 마리가 넘어 보이는 늑대들이 땅을 까맣게 뒤덮으며 달려오기 시작했다. 비휴의 천랑대였다.

비휴는 숨을 헐떡이는 끽구와 나단선우에게 말했다.

"먼저 늑대들을 풀고 그다음에 공격하자!"

나단선우가 크게 너털웃음을 웃었다.

"늑대가 오려면 오래 걸린다. 놈들에게 쉴 틈을 주면 안 된다! 나, 나단선우가 싸우는 것을 잘 보아라!"

의기양양하게 외치면서 나단선우는 대답도 듣지 않고 고함을 지르며 뛰쳐나갔다. 끽구는 나단선우의 모습을 보며 허허 웃었다.

"훈족은 용감하군! 그런데 타타르족은 뭐 하느냐? 유루칸은 어디 있지?"

비휴가 대답했다.

"뭔가 하고 있을 것이다."

"천! 큰일이다! 적이 산을 올라와 공격하고 있어!"

셋째 형요와 넷째 형요가 동시에 달려와 떠들자 첫째 형요의 안색이 변했다.

"왼쪽이냐? 오른쪽이냐?"

치우천 옆에 있던 툰툰이 묻자 첫째 형요는 두려운 표정으로 대답했다.

"양쪽 다! 구르와 키타야 부족장 둘 다 위험해!"

"뭐?"

툰툰이 놀라 소리치자 치우천은 고개만 끄덕여 보였다. 그때 전방을 살피던 미요가 달려와서 외쳤다.

"천님! 천님! 앞에 늑대 떼가 나타났어요! 어디서 나타났는지 헤아릴 수도 없어요!"

그 말에 안색이 창백해지면서 몸도 약간씩 떨었지만 치우천은 마치 남의 일인 것처럼 담담히 말했다.

"비휴의 천랑대다. 별수 없다. 보돈차르님과 야율쿠리가 어떻게든 막아 주어야 한다."

"구르님과 키타야님은?"

형요가 묻자 치우천은 해쓱한 얼굴로 고개를 저었다.

"할 수 없다. 버틸 수 있을 때까지는 버텨야 한다."

툰툰이 다급하게 나섰다.

"우리가 버틸 수 있는 것은 골짜기 속에 있기 때문일세. 그런데 높은 곳을 빼앗기면 우리는 꼼짝도 할 수 없네!"

"어떻게 하자는 말씀인지요?"

치우천이 묻자 툰툰이 얼른 대답했다.

"뒤를 맡고 있는 미아우 전사들에게 골짜기의 양쪽 등성이를 지키는 데 도우라고 하는 것이 어떨까?"

치우천은 고개를 저었다.

"그러면 뒤는 비운다는 말입니까? 분명 뒤에서도 쳐들어올 것입니다. 돕고는 싶지만 사람 수가 너무 적습니다."

그러는 사이 골짜기 양쪽에서는 타타르족끼리 싸움이 벌어지고 있었다. 유루칸이 이끄는 타타르족의 군대가 산을 기어올라 구르와 키타야의 군대를 공격하기 시작한 것이다. 눈 덮인 산등성이에서의 싸움이라 싸워서 죽는 사람도 많았지만 미끄러져 떨어져 죽는 사람도 많았다. 죽어 가는 자와 죽이는 자의 고함성과 미끄러져 떨어지는 자들의 처절한 비명 소리가 사방을 메우기 시작했다. 같은 타타르족끼리라 욕설과 고함 소리도 지독했다.

동시에 나단선우의 부대가 다시 한번 정면을 매섭게 몰아붙였다. 보돈차르의 기마병들도 화살을 다 써 버린 터라 크게 고함을 지르면서 맞붙어 싸우며 나아갔다. 훈족의 수가 많았지만 몽골족은 보돈차르의 질서 정연한 지휘로 한 덩어리로 뭉쳐 적진을 여기저기 돌파했다. 앞에 선 보돈차르의 기마술은 눈부실 지경이었다.

나단선우는 보돈차르를 벼르고 있던 터라 그를 잡기 위해 죽어라 달렸지만 자기 쪽 진영만 흐트러뜨렸을 뿐 따라잡을 수 없었다. 보돈차르의 기마대가 훈족의 진지를 두 번 돌파하자 엉성하게 열을 지었던 훈족의 대열이 뿔뿔이 흩어지기 시작했다.

눈을 번뜩이며 그 광경을 보고 있던 야율쿠리가 크게 고함을 지르자 잠시 기다리며 숨을 고르던 키탄족이 달려 나갔다. 이를 데 없이 정확한 순간이었다. 무리한 공격으로 숨이 차고 지쳐 대열이 흐트러져 우왕좌왕하던 훈족은 옆으로 키탄족의 급습을 받자 삽시간에 무너지기 시작했다. 나단선우는 소리치며 부하들을 한데 모으려 했지만 바로 그때 누가 크게 외치며 달려들었다.

"훈족 대장이 너냐?"

양역은 적의 대장을 노리고 있었는데 지금이 절호의 기회라 여긴 것이다. 무서운 기세로 순식간에 말을 달려온 양역은 나단선우가 정신을 차릴 겨를도 없이 구리칼로 나단선우를 후려치고 지나갔다. 나단선우는 얼결에 돌도끼로 칼을 막기는 했지만 돌도끼가 구리칼을 당하지 못하고 부서지는 바람에 어깨에 큰 상처를 입고 말에서 떨어져 버렸다.

양역은 나단선우가 힘이 세고 싸움을 잘하기 때문에 맞서 싸우면 승산이 없다고 여겨 기회를 노려 기습했는데 용케 성공한 것이다. 대장이 말에서 떨어지자 훈족은 일제히 비명을 질렀고 키탄족과 몽골족은 환호성을 질렀다.

양역이 말을 돌려 나단선우를 끝장내려는데 갑자기 말이 크게 울면서 걸음을 멈추었다. 그 바람에 양역은 땅에 떨어져 데굴데굴 굴렀다. 그리 멀지 않은 곳에 있던 마파람과 부루벼락이 놀라서 달려가려고 했지만 발이 땅에 엉겨 붙은 듯 달려갈 수가 없었다. 놀라 아래를 보니, 검은 나무덩굴이 튀어나와 발을 휘감고 있는 것이 아닌가.

"이게 뭐냐!"

나단선우가 쓰러진 곳을 중심으로 나무덩굴이 빠른 속도로 둥글게 퍼져가고 있었다. 거기에 있던 사람이건 말이건 덩굴에 발이 감겨 움직일 수가 없었다. 마파람이 외쳤다.

"주술이다! 지나족에 주술사가 있다!"

검은색 나무덩굴은 무서운 기세로 둥글게 퍼져 나가며 자라나고 있어 사람들은 거기에 휘감기지 않도록 서둘러 피해야 했다. 덩굴은 훈족과 키탄, 몽골족 사이로 퍼져 나가 싸우던 사람들을 둘로 갈라놓았다. 야율쿠리는 이를 부드득 갈았다.

"이런 제길! 다 죽일 수 있었는데!"

아직은 높은 곳을 차지한 구르와 키타야의 군대들이 버티고 있었지만 유루칸의 전사들이 결사적으로 덤벼들어 양쪽 다 사상자가 빠른 속도로 늘어났다. 아무리 높은 곳을 차지하고 있어도 수가 세 배 이상 차이가 나니 오래 버티기 힘들었다. 유루칸은 구르 쪽을 공격하고 유루칸의 동생인 치미르칸이 키타야 쪽을 공격하고 있었는데, 부족장들은 서로 지독하게 욕을 퍼부었다. 부족장들은 안면이 있기는 했는데 원래부터 사이가 좋지 않았던 것이다.

"지나족 돼지 새끼들에 빌붙은 놈들아! 네놈들은 타타르족의 망신이다!"

"주신 놈의 개가 된 너희는 뭐가 나은 줄 아느냐?"

화살이 떨어진 구르와 키타야의 부하들은 돌을 집어 던지다 못해 얼음덩어리, 눈덩이까지 집어 던지며 분투했다. 유루칸의 부하들은 수많은 사상자를 내면서도 꾸역꾸역 올라와서 마침내 구르와 키타야의 전사들과 처절한 육박전을 벌이기 시작했다.

앙가마이의 한 전사는 상처를 입자 크게 고함을 지르며 유루칸족의 전사 두 명을 한꺼번에 껴안고 벼랑 아래로 뛰어내려 함께 죽었다. 유명한 씨름꾼 보챠두의 두 아들이 이번 싸움에 와 있었는데, 그 둘 역시 무기를 들 틈도 없이 씨름 기술로 적을 붙잡아 벼랑으로 떨어뜨려 죽였다.

앙가마이와 앗수라트의 전사들은 치우 형제에게 입은 은혜를 기억하고 있었기에 필사적으로 싸웠고 죽음을 두려워하지 않았다. 하지만 돌로 된 무기들이 박살 나고, 화살도 오래전에 떨어지고, 활까지 휘두르다 부러져 나갔으며, 집어 던질 돌과 얼음덩이마저 바닥이 났다. 그들의 수는 서서히 줄어들었다.

한편, 다 잡은 훈족을 놓치게 된 보돈차르는 이를 갈고 눈을 빛내며 외쳤다.

"주술사가 방해를 하면 일이 힘들어진다! 치베! 치베!"

보돈차르가 부르자 치베가 외치며 즉시 달려 나갔다.

"제가 주술사를 죽이겠습니다!"

눈이 밝은 치베는 저만치에서 한 사람이 땅에 단정하게 앉아 눈을 감고 손으로 계속 허공에 동그라미를 그리는 모습을 볼 수 있었다.

광성자였다. 주술사가 틀림없다고 생각한 치베는 말을 타고 달려 나가며 활을 꺼냈다. 거리가 멀었지만 치베는 있는 힘을 다해 활을 당겨 쏘았다. 화살은 안타깝게도 거기까지 날아가지 못하고 도중에 떨어져 버렸다. 나무덩굴이 번져 와서 더 전진할 수도 없었다.

양역과 나단선우 부근에 퍼져 있던 나무덩굴은 살아 있는 것처럼 끊임없이 움직여서 그 두 사람을 훨씬 비켜나 있었다. 나단선우는 비틀거리며 일어서고 있었지만 양역은 괴로운 듯 신음만 할 뿐 일어서지 못하고 있었다. 말에서 떨어지면서 많이 다친 모양이었다. 그대로라면 양역이 나단선우에게 맞아죽을 것 같았다.

"양역을 구해야 한다!"

부루벼락이 안타깝게 외치자 마파람이 소리치며 달려 나갔다.

"내가 한다!"

마파람은 기다란 창 두 개를 들고 바람처럼 달려 나갔다. 그러다가 덩굴이 번져 오는 곳에 이르자 창끝을 땅에 꽂으며 몸을 허공에 날렸다. 몸이 떨어지려 할 때 나머지 창끝을 땅에 꽂아 다시 몸을 앞으로 날렸다. 창 두 개로 기막힌 재주를 부려서 마파람은 간신히 나무덩굴 위를 지나 양역의 부근에 떨어져 내렸다.

마파람이 양역을 채 일으킬 틈도 없이 나단선우가 달려들었다. 나단선우는 어깨에 길게 상처를 입어 온몸이 피투성이가 되었지만 상처 따위는 신경도 쓰지 않는 듯, 부서진 돌도끼를 휘두르며 마파람에게 돌진했다. 마파람은 양역을 보호하며 있는 힘을 다해 싸웠지만, 나단선우의 힘에 밀려 손이 어지러워졌다.

더구나 여러 명의 훈족 전사들이 몰려들기 시작했다. 치베가 놀라서 급히 화살을 쏘아 마파람을 위기에서 구했다. 그러나 훈족 전사들은 그쪽으로 갈 수 있는 데 반해, 이쪽 전사들은 나무덩굴 때문에 갈 수 없었다. 정신없이 활을 쏘던 치베의 손이 허전해졌다. 화살통이 빈 것이다.

"제기랄!"

치베는 분통을 터뜨리며 빈 활을 땅에 내팽개쳤다. 그와 동시에, 나단선우의 일격을 간신히 받아 낸 마파람은 칼이 부러지는 바람에 중심을 잃고 비틀거리며 땅에 쓰러져 뒹굴었다. 마파람은 몸을 추슬러 양역을 들쳐 업고 비틀비틀 달아나기 시작했다. 워낙 걸음이 빨라 비록 다친 몸으로 양역을 업었다 해도 웬만한 사람보다 빨랐다.

지칠 줄 모르는 나단선우는 뒤를 쫓아가면서 거치적거리는 키탄과 몽골 전사들을 쳐 죽였다. 마파람과 양역이 물러서고 나단선우가 날뛰기 시작하자 훈족은 힘을 얻어 몽골족과 키탄족을 밀어붙이기 시작했다. 쇠돌이와 부루벼락도 견디지 못하고 뒤로 물러서기 시작했다.

"제길! 이대로는 안 되겠어!"

쇠돌이가 돌을 던지며 크게 외치자 부루벼락이 말했다.

"우릴 도와줄 사람은 없는 건가?"

보돈차르나 야율쿠리도 다른 사람을 도울 처지가 아니었다. 끽구의 부대가 나단선우를 돕기 위해 들이쳤기 때문이다.

"저놈들은 이제 끝이다! 한 명도 남기지 마라!"

끽구가 부러진 구리추 대신 사람 키의 두 배는 넘을 듯한 커다란 구리몽둥이를 휘두르며 외쳤다. 말도 타지 않은 끽구는 달려오던 몽골 기마 전사 한 명을 몽둥이로 무섭게 후려쳐 말과 전사를 한꺼번에 짓뭉개며 박살 내 버렸다. 무시무시한 끽구의 위세에 키탄족과 몽골족 전사들은 두려움에 몸을 떨었다. 끽구의 부대 뒤로는 비휴가 부리는 천 마리도 넘는 늑대들이 포효하며 새까맣게 달려 들어왔다.

치우천은 참담한 표정으로 그 광경을 지켜보았다. 마치 넋이 나간 사람 같았다. 벗들은 있는 힘을 다해 훌륭하게 싸웠지만 수가 너무나 적었다. 이대로라면 몰살당할 판이었다.

리미와 싱카가 치우천에게 달려왔다.

"주인님! 우리도 싸우게 해 주십시오!"

리미가 씩씩하게 외치자 싱카도 말했다.

"저쪽에 주술사가 있는 것 같습니다. 제가 막겠습니다!"

도깨비들은 전날 거친 싸움을 겪은 터라 도저히 싸울 만한 상태가 아니었다. 그런데도 자청해서 나가겠다고 하자 치우천은 눈물이 핑 돌아 그저 고개만 끄덕였다.

'갈 데까지 갔구나. 이제 남은 것은 초초룬의 전사들뿐이다. 뒤가 뚫리더라도 당장 무너지는 것은 막아야 하지 않을까…….'

치우천이 최후의 수를 생각하고 있는데 엎친 데 덮친 격으로 초초룬에게 보냈던 둘째 형요가 달려왔다. 그녀의 말을 듣고 첫째 형요의 안색이 변했다.

"천! 뒤에도 지나족이! 신도 울루가 오백 명도 넘는 군대를 거느리고 오고 있대! 초초룬의 전사만으로는 역부족이라서……."

"뭐!"

치우천의 안색이 하얗게 변했다. 이제는 정말로 방법이 없었다. 싸울 수 있는 사람은 모조리 투입해 더 이상 남은 사람이 없었다. 골짜기를 방패 삼아 사방에 부대를 배치하여 그들로 하여금 서로 연계하여 도와서 싸운다는 전략이었는데 수에서 압도적으로 차이가 나자 방법이 없었다. 더구나 비휴의 늑대 무리, 카린족 여전사들까지 들이닥친다면 전멸은 시간 문제였다.

치우천의 눈앞이 캄캄해졌다.

'이제야말로 끝인가? 더 이상 어쩔 수 없단 말인가?'

치우천은 비통한 나머지 자기도 모르게 크게 외쳤다.

"아우야, 여기서…… 우리 형제가 벗들과 함께 죽나 보구나!"

생사의 기로에서

죽고 사는 것은 한 사람에게는 가장 중요한 일이다.
그러나 사람은 자신보다 크다고 믿는 어떤 것 — 자식, 신념, 공동체, 자존심 등 — 을
위해서 기꺼이 목숨을 버리기도 한다.
자신의 목숨보다 귀중한 것이 없는 사람은 불행한 사람일지도 모른다.

치우비는 이제야 정신을 차리고 있었다. 속이 메슥거리고 몸에 힘이 하나도 없었다. 정신이 들자마자, 미처 눈을 뜨기도 전에, 수많은 사람들이 싸우는 소리가 들려왔다. 막 깨어나 멍한 와중에도 뭔가 일이 크게 벌어지고 있구나 싶어 눈을 떴다. 좁은 천막 안이었다.

주위를 돌아보니 자신의 짐과 형의 짐이 가지런히 놓여 있었다. 치우비는 밖에서 들리는 소리가 심상치 않아 먼저 무기부터 찾아 들었다. 카린족에게서 얻은 커다란 돌도끼를 드는데 도끼의 무게가 예전 같지 않게 묵직하게 느껴졌다.

'아 참, 아홉구비의 힘이 없어졌지.'

도끼와 구리단검 두 자루를 챙긴 치우비는 막사를 나섰다. 밖에는 수많은 막사들이 빽빽이 들어섰는데 이상하게 주변에는 한 사람도 보이지 않았다. 치우비가 막사를 나서자 두 사람이 외치며 달려왔다. 울라트와 소녀였다. 두 사람 말고는 모든 사람들이 싸움에 참가하고 있었던 것이다.

울라트는 반가운 마음이 들었지만 상황이 다급하여 울상을 지으며 외쳤다.

"비 오라버니! 일어나셨군요! 큰일 났어요."

"무슨 큰일이지?"

소녀가 얼른 울라트를 막아서며 서툰 주신 말로 말했다.

"몸은 괜찮나요?"

치우비는 속이 메슥거려 힘이 별로 나지 않았으나 일부러 크게 대답했다.

"멀쩡합니다. 힘이 펄펄 넘치는군요."

그러자 울라트가 재빨리 재잘거렸다.

"다행이에요! 지금 우리 편과 지나족이 싸우는데 아무래도 우리가 밀리는 것 같아요! 어서 도와줘야 해요!"

"지나족과 싸운다고?"

치우비는 의아하여 중얼거렸으나 곧바로 고개를 끄덕였다.

'일이 벌어지긴 벌어졌군.'

헌데 전에는 이런 급한 일에 닥치면 머릿속이 꽉 막힌 것처럼 잠시 아무 생각도 나지 않곤 했으나 지금은 머리가 아주 맑았다.

울라트가 다시 외쳤다.

"이걸 어째요! 우리 아버지 쪽이…… 밀리는 것 같아요!"

"아버지? 키타야님이 오셨니?"

"맞아요! 아버지만 아니라 구르님, 보돈차르님, 야율쿠리님, 초초룬님 등등 모두 도와주러 와서 지나족과 싸우고 있다구요."

"뭐? 모두 모였다구? 난 대체 얼마나 정신을 잃고 있었지?"

"이틀이에요!"

"그런데 어떻게……. 아니, 지금 이럴 때가 아니다. 내가 가마. 울라트! 아버님은 염려 마라!"

치우비는 씩씩하게 외치면서 달려 나갔다. 울라트는 천하무적으로 믿어 마지않는 치우비가 정신을 차린 것만으로도 모든 일이 잘 풀릴 것이라는 생각을 하고 있었다. 그러나 소녀의 안색은 여전히 어두웠다.

치우비가 아무리 용감해도 혼자서 수천 명을 당해 낼 수 없지 않은가.

'마지막인가……'

소녀도 굳게 마음을 다잡고는 손에 작은 단검을 쥐고 치우천이 있는 쪽으로 천천히 걸음을 옮기기 시작했다.

울라트는 치우비가 정신을 차렸다는 기쁜 소식을 전하기 위해 소녀를 앞질러서 재빨리 달려갔다.

"앗수라트의 전사들아! 마지막까지 힘을 내라! 한 놈이라도 더 죽이고 죽자!"

키타야는 온몸이 피투성이가 되었지만 용감하게 부하들을 독려하고 있었다. 키타야가 끌고 온 타타르족 전사는 이백오십 명이었는데, 싸울 수 있는 자는 반으로 줄어 백 명 남짓밖에 되지 않았다. 치미르칸이 이끄는 타타르족은 천삼백 명이나 되었는데 벌써 삼백 명 가까이 쓰러졌다.

앗수라트족이 더 많은 상대를 쓰러뜨렸어도 사람 수의 비율은 오 대 일에서 십 대 일로 불리해져만 갔다. 더구나 이제 치미르칸의 전사들이 비탈길을 거의 다 올라온 탓에 높은 곳에서 공격하는 이점조차도 없었다. 앗수라트족은 밀리고 밀려서 부상자들을 가운데 두고 둥글게 원으로 뭉쳐져 있었는데, 치미르칸이 이끄는 유루칸족이 그들을 빈틈없이 에워싸며 다가오고 있었다.

"지독한 놈들이다! 하지만 이제 끝이다! 모조리 죽여 버려랏!"

구레나룻을 기른 곱슬머리 치미르칸이 외치자 유루칸족의 전사들은 괴성을 지르며 달려들었다. 그때 갑자기 커다란 고함 소리가 들리면서 한 사람이 비탈을 날듯이 올라왔다.

"내가 왔습니다! 키타야님! 비가 왔습니다!"

"오오! 치우비님이다! 치우비가 왔다!"

앗수라트족은 마지막 벼랑 끝에 몰린 판국이었는데 치우비의 음성을 듣자 구원이라도 받은 것처럼 웅성거렸다. 그 이름을 듣자 유루칸족도 주춤하며 돌진을 멈추었다. 태산 회의 때 이름을 날린 대용사 치우비의 이름은 유루칸족에게도 알려졌기 때문이다. 몇 명의 유루칸족 용사들이 앞을 막아서려 했지만, 치우비가 무지무지한 도끼를 휘두르자 제풀에 기가 꺾여 주춤거리며 물러섰다. 치우비는 훌쩍 몸을 날려 앗수라트족과 유루칸족 사이에 뛰어들었다. 치우비의 당당한 모습을 보자 잇수라트족은 환성을 올리면서 사기가 충천해졌다. 치우비는 아무런 표정 변화 없이 담담한 얼굴로 서서 유루칸족을 보았다.

그런 치우비의 모습을 바라보며 치미르칸이 코웃음을 쳤다.

"흥! 용사, 용사 하지만 솜털도 안 가신 어린놈이 아닌가? 얘들아! 저 아이를 잡아 죽여라! 태산 회의의 대용사를 죽이면 명예가 아들, 손자들에게 전해질 것이다!"

치미르칸이 외치자 유루칸족이 화답하듯 고함을 질렀다. 유루칸족 중에서도 힘세고 난폭한 몇몇 전사들은 치우비를 먹잇감처럼 쳐다보며 손에 침을 퉤퉤 뱉어 무기를 고쳐 쥐었다. 치우비는 치미르칸의 목소리를 듣고 그의 위치를 파악했다. 말을 알아들을 수는 없었지만 그의 말을 듣고 유루칸족이 함성을 지르는 것으로 보아 틀림없었다.

'저놈이 우두머리다!'

치우비는 목소리를 내지 않고 몸을 날려 달리기 시작했다. 치우비를 향해 달려들던 유루칸족 전사들이 깜짝 놀라 앞을 막아서려 했다. 치우비는 무라에게서 배운 몸놀림을 이용하여 번개같이 그들 무리 하나를 피하고, 다시 앞을 막아서는 두 사람의 전사를 향해 도끼를 힘껏 휘둘렀다. 두 사람의 전사가 동시에 도끼에 밀려 허리가 꺾이며 허공으로 떠오르더니 저만치 날아가 떨어졌다. 말할 것도 없이 즉사였다.

다시 두 사람의 전사가 방패를 들고 치우비의 앞을 막아섰으나 치우비는 멈추지 않고 오히려 발에 힘을 주어 밀어붙이는 방패를 어깨로 들이밀었다.

"어이쿠!"

방패가 산산조각이 나면서 치우비의 어깨에 받힌 두 전사는 비명을 질렀다. 두 사람의 몸은 치우비의 어깨에 얹힌 채 치우비와 함께 계속 밀려나갔다. 또다시 몇 사람의 전사들이 창을 찔러 들어왔다. 허나 창들은 치우비의 어깨에 받힌 유루칸 전사들의 몸에 박혀 버렸다. 치우비가 맹렬한 기세로 달려들자 깜짝 놀란 치미르칸이 외쳤다.

"저런…… 저런 미친놈! 저놈을 막아! 어서!"

한꺼번에 수십 명의 전사들이 인간 벽을 쌓듯 치우비의 앞으로 와르르 몰려갔다. 그러나 치우비는 달려들던 기세를 멈추지 않고 그들 한가운데로 두려움 없이 뚫고 들어가면서 더더욱 힘을 주어 밀어붙였다. 창과 칼과 방패 들이 산산조각나면서 세 명의 전사가 치우비의 어깨에 퉁겨 날아갔고, 두 사람이 치우비의 발에 짓밟혀 한 사람은 목이 부러지고 한 명은 어깨가 박살 났다.

성난 소가 짚단을 헤치듯 수십 명의 전사들을 단번에 뚫은 치우비는 치미르칸이 있는 쪽으로 곧바로 달려왔다. 일이 다급해지자 옆에서 치미르칸을 지키던 용맹한 전사 두 명이 동시에 고함을 지르며 덤벼들었다. 치우비는 그들과 싸우는 대신 어깨에 얹고 있던, 창에 뚫려 엉망이 된 유루칸족의 시체를 잡아 던졌다. 전사 하나가 피할 틈도 없이 시체를 껴안고 나뒹구는 순간 치우비는 몸을 껑충 날리면서 다른 한 명의 전사를 발로 차 버렸다. 퍽! 소리와 함께 전사의 아래턱이 으깨어지면서 부러진 이빨들이 허공으로 튀어 올랐다.

치미르칸은 얼이 빠져서 몸을 돌려 피할 생각도 하지 못했다. 입을 반쯤 벌리고 남의 일인 양 멍하니, 달려드는 치우비의 얼굴을 바라볼 뿐이었다. 고함 한번 지르지 않고, 조금도 일그러짐 없이 침착한 치우비의 표정을 본 순간, 치미르칸의 발은 얼어붙어 버렸다.

'저건…… 사람이 아니다!'

치우비는 처음으로 우렁차게 기합을 넣으며 크게 도끼를 휘둘러 치미르칸의 정수리를 내려쳤다. 치미르칸의 얼빠진 얼굴이 순식간에 사라지고 피가 사방으로 튀었다. 일격에 몸이 박살 나면서 둘로 갈라져 버렸다. 순식간에 벌어진 일이라서 유루칸족의 전사들은 넋이 나가고 얼이 빠졌다.

치우비는 치미르칸을 죽이기는 했지만 수많은 유루칸 전사들 사이에 혼자 서 있었다. 그러나 조금도 겁내거나 흥분하지 않고 담담한 표정을 짓고 있었다. 치우비는 차가운 눈길로 주변의 유루칸족 전사들을 둘러보았다. 치우비와 눈길이 마주친 전사들은 몸을 떨면서 주춤거리며 뒤로 물러섰다.

치우비가 고함을 지르며 도끼를 움켜쥐어 뽑아 들자 유루칸족의 전사들은 비명을 지르면서 달아나기 시작했다. 순식간의 일이었다. 대장이 눈 깜짝할 사이에 죽는 모습을 보았고, 치우비의 무서운 힘을 보았기 때문에 더 이상 저항할 마음을 가질 수가 없었다. 몇 명의 전사들이 도망치지 말고 싸워 대장의 복수를 하자고 했다. 허나 일단 몇 명이 도망치기 시작하자 두려움은 걷잡을 수 없이 전염되었다. 천 명이나 되는 유루칸족의 전사들은 순식간에 썰물처럼 비탈을 구르듯 도망치기 시작했다.

죽어 가던 몰골의 앗수라트족은 환호성을 지르며 유루칸족의 뒤를 쫓았다. 치우비는 유루칸족이 도망치자 비로소 숨을 내쉬면서 도끼를 땅에 세워 몸을 의지하며 헐떡였다.

키타야가 한달음에 다가왔다.

"치우비! 굉장하네! 세상에 어떻게……."

치우비는 힘없이 웃어 보였다.

"뾰족한 방법이 생각나지 않아서 모험을 했을 뿐입니다. 속으로 죽는 줄 알았습니다. 대장을 해치운 뒤에도 저들이 저에게 덤볐다면 살아나지 못했을 겁니다."

힘겹게 말한 뒤 치우비는 숨을 몰아쉬며 그 자리에 털썩 주저앉았다. 짧은 동안의 싸움이었지만 예전보다 기운이 약해진데다 무리하여 힘을 쓴지라 탈진해 버린 것이다.

반대쪽 산등성이에서는 앙가마이족의 구르가 혈전을 벌이고 있었다. 구르는 키타야보다 냉정하고 침착하게 지휘를 하는 편이라 아직 포위되지는 않았다. 돌이나 화살도 조금은 남아 있었다. 그러나 저쪽 산등성이로는 유루칸족의 전사들이 올라와 앙가마이족을 밀어붙이고 있었다. 키타야와 치미르칸은 둘 다 앞뒤 가리지 않고 용감하게 싸우는 성격이고, 구르와 치미르칸의 형인 유루칸은 둘 다 차분하게 조금씩 전진하는 성격이라 이쪽은 저쪽만큼 사상자가 많지 않았다. 그러나 구르의 침착한 지휘도 유루칸족의 수를 감당하기는 힘들었다. 구르는 비통하게 한숨을 쉬었다.

"이대로는 지키지 못할 것 같구나. 만약 내 명령이 떨어지면 마지막

돌과 화살을 던지고 비탈을 내려가 도망친다!"

구르가 도망칠 준비를 하는데 갑자기 저쪽 산등성이에 올라섰던 유루칸족의 전사들이 혼란스러워지기 시작했다. 푸른색의 연기가 일어나면서 거기에 닿은 유루칸 전사들이 비명을 지르며 땅을 뒹굴기 시작했다. 구르가 의아하여 바라보는데, 걸걸한 목소리가 들려왔다.

"지나족의 쓰레기들아! 우리 미아우의 독 맛이 어떠냐?"

초초문이었다. 초초문이 거느린 미아우족 전사들은 독가루가 든 검은 가죽 주머니를 허리에 차고 있었다. 미아우족은 말린 잎사귀로 얼굴을 빈틈없이 가리고 가죽 손싸개로 감싼 손으로 독가루를 뿌리고 있었다. 높은 산비탈이라 바람이 심했는데 바람을 등지고 독가루를 뿌려 대니 견딜 수 없었다.

"독가루다!"

"미아우족의 독가루다! 아이쿠!"

"나 죽는다! 살려 줘!"

미아우족의 독가루는 지독하여 조금이라도 마신 유루칸 전사들은 캑캑거리며 목을 쥐어뜯으면서 땅에 구르고, 심한 자는 거품을 물고 기절하거나 죽기도 했다.

부족장 유루칸이 놀라서 소리쳤다.

"미아우 놈들이 독을 쓴다! 제기랄 뭘 하느냐? 활을 쏴라! 활을!"

그러나 바람이 거세게 부는데다 독가루가 바람을 타고 이리저리 날아드는 통에 활을 쏠 경황이 있을 리 없었다. 구르가 때를 놓치지 않고 마지막 남은 화살과 돌을 던지게 하니, 유루칸족은 거짓말처럼 죽어 넘어져 갔다. 피해가 막대해지자 유루칸은 이를 갈면서 외쳤다.

"안 되겠다. 일단 물러서라. 비탈을 내려가서 다시 싸울 준비를 해라!"

유루칸족이 물러서자 앙가마이족은 뒤를 쫓으려 했으나 구르가 소리처 말렸다.

"함부로 움직이지 마라! 화살과 돌을 주워 모아라!"

구르가 부하들을 단속하는 사이 초초룬이 달려왔다.

"구르 부족장! 멀쩡하군요!"

"고맙소, 초초룬! 그런데 당신은 뒤쪽을 비워 두고 온 거요?"

구르는 노련하여 상황을 제대로 판단할 줄 알았다. 초초룬은 히죽 웃으며 털털하게 말했다.

"지켜 줄 사람이 있어서 왔수. 아무래도 여기가 급한 것 같기도 하구요."

"대체 누가?"

구르가 의아하여 눈을 크게 뜨자 초초룬은 히히히 웃었다.

초초룬이 떠난 뒤편으로 쳐들어간 것은 신도와 울루였다. 신도 울루가 거느린 지나 전사들은 바로 치우 일행과 카린까지 동행한 그 전사들에다 백 명가량을 더 투입하여 오백 명이었다. 그들은 골짜기 뒤를 돌아 배후를 칠 작정이었다. 그들은 끽구나 나단선우의 부대보다 훨씬 일찍 떠났지만 먼 길을 돌아야 했기 때문에 싸움이 한창인 때에야 골짜기 뒤쪽에 다다랐다.

골짜기 입구에 도달하자 신도 울루는 몇 사람을 보내 앞을 살피게 했지만 아무도 없다는 보고가 들어왔다. 아직도 얼굴에는 요요에게 긁힌 상처 자국이 선명한 신도가 코웃음을 치며 말했다.

"뒤쪽은 지키는 놈도 없군!"

울루가 웃으며 고개를 끄덕였다.

"수가 모자라니 그럴 수밖에! 이대로 뒤를 들이쳐서 끝장을 내자!"

신도와 울루는 따라오던 전사들에게 쳐들어가라고 외쳤다. 신도와 울루가 소리친 여운이 채 사라지기도 전에 괴이한 웃음소리가 울려 퍼졌다.

"히히히…… 그렇게 될까?"

"누구냐!"

신도가 버럭 고함을 지르자 저편 바위 뒤에서 한 사람이 비틀비틀 걸어 나왔다. 꾀죄죄하고 흉측하기 이를 데 없는 차림의 쭈그렁 노인 비울걸이었다. 비울걸은 힘이 없는 듯 비척거리는 걸음걸이로 골짜기 어귀의 한가운데에 서더니 울상을 지어 보이며 말했다.

"내가 너희를 막기로 했어!"

지나족 전사들은 배를 움켜잡고 웃음을 터뜨렸다. 무섭고 흉하게는 생겼지만 금방 쓰러져 죽어도 이상할 것 같지 않은 노인네가 달랑 혼자서 무기도 없이 오백 명의 전사를 막겠다고 하다니 웃기지 않을 수 없었다.

전사 중 한 명이 깔깔거리고 웃으며 외쳤다.

"노인네 혼자서는 좀 힘들 텐데?"

"힘들긴 하겠지만…… 그렇지만…… 나밖에 없거든!"

비울걸의 목소리가 몹시도 처량해서 지나족 전사들은 다시 한번 배를 움켜쥐고 웃음을 터뜨렸다. 신도 울루는 비울걸이 대단한 사람이란 것은 알았지만 역시 어이가 없어서 픽, 하고 실소를 터뜨렸다. 앞서 소리쳤던 지나 전사가 또다시 외쳤다.

"너희 그렇게 사람이 없냐? 아들이나 손주라도 부르지 그러냐?"

"아들도 없고, 손주도 없다네."

"무기도 없냐?"

"나는 무기는 만져 본 적도 없다네."

비울걸이 그야말로 처량 맞게 어깨를 늘어뜨리고 양손을 들어 더러운 옷소매를 탈탈 털어 보이자 지나족은 더 참지 못하고 마구 웃었다. 개중에는 배를 잡고 데굴데굴 구르는 자도 있었다.

"그럼 뭘로 우리를 막을 거냐?"

"글쎄……. 생각해 봐야겠는데……. 물러갔다가 나중에 천천히 오면 안 될까? 이 노인네에게 생각할 시간을 줘야지."

비울걸이 정말로 구걸하는 것처럼 말하자 지나족은 급기야 눈물까지 흘리며 웃어 댔다. 신도 울루도 기가 막혀서 웃었지만 이내 정신을 차리면서 외쳤다.

"비울걸! 무슨 수작이냐? 밟혀 죽기 싫거든 썩 물러서라!"

신도 울루의 목소리가 들리자 비울걸은 두 사람을 바라보며 히죽 웃었다.

"재미있었냐? 어땠어? 내가 좀 웃겼냐?"

신도 울루는 어이가 없어서 동시에 외쳤다.

"그래! 웃겼다! 웃기는 수작 그만하고 비켜라!"

돌연 비울걸은 표정을 바꾸면서 엄청나게 크고 냉혹하기 짝이 없는 음성으로 외쳤다.

"그러면 다들 죽어도 되겠군!"

신도 울루는 섬뜩한 기분이 들어 웃음기를 거두었으나 대부분의 지나 전사들은 여전히 깔깔거리며 웃고 있었다. 그러자 비울걸은 느닷없이 어깨를 힘 있게 펴면서 외쳤다.

"나 비울걸, 언제나 혼자 다니지만 도깨비 왕이란 이름이 괜히 붙은 것이 아니다. 자, 이제 죽을 준비들 해라!"

비울걸이 외치면서 음산하게 웃음을 터뜨리자 땅에서 흰 연기가 피어오르기 시작했다. 연기는 비울걸의 주위에도, 신도 울루의 주위에도, 지나족의 한가운데에도 곳곳에서 피어올랐다. 지나 전사들은 그제야

놀라 경계하며 무기를 고쳐 쥐었다. 그때를 놓치지 않고 비울걸이 크게
외쳤다.

"할!"

피어오르던 흰 연기들이 형체를 갖추더니 순식간에 무시무시한 괴물
의 형상으로 변해 지나 전사들을 덮쳐 갔다. 뭐라 표현할 수 없을 정도
로 끔찍한 몰골이었다. 어떤 놈은 여러 개 달린 팔에 날카로운 손톱을
지녔고, 어떤 놈은 커다란 입만 붙어 있었는데 입안에 또 입이 달렸으며
줄줄이 날카로운 이가 돋아 있었다. 어떤 놈은 기둥처럼 굵은 다리 하나
로 깡충거리며 뛰었고 어떤 놈은 뱀이나 지네처럼 땅을 기어 다니며 흉
악한 발톱을 휘둘러 댔다. 허공을 휙휙 날아다니는 불덩어리 같은 것들
도 있었다.

"도깨비다! 괴물이다!"

"도깨비들이다!"

도깨비들은 지나족의 앞만이 아니라 지나족의 대열 한가운데에서,
옆에서, 뒤에서, 머리 위에서 나타났다. 지나 전사들은 정신을 차리지
못하고 허둥댔다. 말이 놀라 울부짖고 사람들은 적과 아군을 구별하지
못하고 무기를 휘둘러 댔다. 사방팔방이 도깨비들로 가득 차 있어 다른
사람은 보이지도 않는 것 같았다.

신도 울루조차도 처음에는 정신을 차리지 못하고 복숭아나무 몽둥이
를 사방으로 휘저었다. 신도 울루는 몽둥이를 휘두르다가 서로 한 대씩
때리고 얻어맞았다. 그제야 둘이 동시에 외쳤다.

"제기랄! 이건 허깨비다!"

도깨비들이 몽둥이에 맞는 느낌이 없자 신도 울루는 비울걸의 도깨
비 무리가 실제로는 형체가 없는 허깨비에 불과하다는 것을 알아차렸
다. 신도 울루는 소리쳐서 부하들을 수습하려고 했다.

"허깨비다! 헛것이니 속지 마라! 없다 생각하면 그만이야!"

그러나 보통 전사들이 당장 눈앞에서 으르렁거리는 괴물들을 없다 생각하고 넘길 수가 없었다. 지나족은 뒤엉켜 무기를 휘두르다가 스스로의 무기에 맞아서 수도 없이 죽어 넘어지고 있었다.

비울걸이 낄낄 웃었다.

"뭐? 허깨비? 정말 허깨비인지 아닌지 볼까?"

비울걸이 다시 허공에 대고 일갈하자 허공을 날던 도깨비불들이 일제히 모여들어 신도 울루를 향해 덮쳐 들어갔다. 신도 울루는 몽둥이를 휘둘러 자신들을 보호하려 했으나 도깨비불들은 헤아릴 수 없이 많았다. 그들이 와서 부딪힐 때마다 타격이 심했다.

순식간에 신도 울루는 수없는 잔 돌멩이에 맞는 것 같은 아픔에 비명을 질렀다.

비울걸이 낄낄거리며 웃었다.

"잘난 척하더니만, 꼴좋구나!"

비울걸이 약을 올리자 신도와 울루는 화가 치밀어 날아드는 도깨비불을 상관하지 않고 동시에 손을 맞잡고 주문을 외우기 시작했다. 신도 울루 주변으로 검은 안개가 피어오르면서 사방으로 퍼졌다. 검은 안개가 신도 울루를 에워싸자 도깨비불들은 감히 안개를 뚫을 엄두를 못내는 듯 헛되이 허공을 날기만 했다.

비울걸의 안색이 변했다.

"네놈들도 믿는 구석이 있었구나!"

비울걸도 양손을 크게 휘두르며 몇 번 돌리다가 땅을 가리켰다. 이번에는 누런 연기가 땅에서 뭉클뭉클 솟아오르면서 커다란 사람의 형상을 갖추어 갔다. 때를 맞춰 신도 울루의 검은 안개도 기이한 사람의 형상을 갖추기 시작했다.

비울걸의 안개는 이윽고 형체가 또렷한 거대한 누런색 도깨비의 모습으로 변했다. 키는 사람의 서너 배도 넘을 정도로 크고 이빨이 튀어나오고 이마에 작은 뿔이 솟아 험상궂은 얼굴에 가슴이 떡 벌어지고 손이 엄청나게 컸다.

비울걸이 외쳤다.

"도깨비 왕 비울걸의 명이다. 땅도깨비야, 저놈들을 혼내 줘라."

그에 비해 신도 울루가 불러낸 검은 안개는 하체가 분명치 않은 음산한 망령 같은 모습으로 변했는데, 크기는 비울걸이 불러낸 땅도깨비와 맞먹을 정도로 컸다. 신도 울루도 지지 않고 외쳤다.

"귀신의 지배자 신도 울루의 명이다! 죽은 자를 다스리는 저승의 전사여! 저 녀석을 없애라!"

거대한 도깨비가 땅을 흔들면서 쿵쿵거리고 신도 울루를 향해 달려가자 검은 망령이 도깨비의 몸을 휘감아 돌면서 공격하기 시작했다. 땅도깨비도 지지 않고 거대한 손을 휘둘러 싸우기 시작했다. 거대한 두 괴물은 막상막하였다.

땅도깨비와 망령은 둘 다 불러낸 사람의 조종을 받아 싸우는 것이었기에 비울걸과 신도 울루는 진땀을 흘리며 정신을 모았다. 비울걸은 양손의 집게손가락을 관자놀이에 똑바로 대고 도깨비를 조종하고, 신도 울루는 눈을 감고 똑바로 손을 마주 잡고 앉은 채 주문을 외우고 있었다.

비울걸과 신도 울루의 힘은 비슷하여 밀고 당기는 괴물들의 접전이 계속되었지만, 이윽고 신도 울루의 망령이 점점 비울걸의 땅도깨비를 밀어붙이기 시작했다. 식은땀을 흘리던 비울걸이 크게 소리를 지르자 땅도깨비는 있는 힘을 다해 망령을 몸으로 감아 안고 핑그르르 빠르게 회오리처럼 돌다가 둘이 함께 섞여서 공기 속으로 사라져 버렸다. 이윽고 땀에 흠뻑 젖어 눈을 뜬 신도 울루가 껄껄 웃었다.

"못 당할 것 같으니 꼼수를 쓰는 거냐, 비울걸?"

비울걸이 헐떡이면서 맞받아쳤다.

"제길! 네놈들은 둘이잖느냐! 더구나 나는 땅도깨비 말고도 많은 도깨비를 불러내서 힘이 나눠졌어! 다음번에는 용서 없다!"

"어딜 도망치려느냐?"

신도 울루가 외치자 비울걸이 낄낄 웃었다.

"내가 도망치겠다는데 네놈들이 어쩔 거냐? 네놈들 부하들이나 챙기지그래?"

신도 울루가 놀라서 돌아보니 사방에 부하들이 하나도 보이지 않았고, 백 명도 넘는 시체와 부상자들, 버려지고 부서진 무기들만이 즐비했다.

"이…… 이게……!"

신도 울루와 비울걸이 겨루는 사이, 지나 전사들은 도깨비들의 환영과 도깨비불을 당해 내지 못하고 서로 죽고 죽이다가 사방으로 뿔뿔이 흩어져 도망쳐 버린 것이다. 도깨비들에 거대한 괴물까지 나타난데다 대장의 명령조차 없으니 남아 있는 자가 있다면 그게 더 이상했다. 전부 죽지는 않았지만 흩어진 부하들을 수습하는 것은 시간이 걸릴 터였다. 부하들 일이 급하여 비울걸을 잡을 생각은 할 수도 없었다. 신도 울루는 부하들을 부르면서 허둥지둥 달려갔다.

비울걸이 헐떡이며 숨을 고르다가 한마디 내쏘았다.

"밥통들아! 부하는 돌보지 않고 그저 지는 게 싫어서……! 너희는 재주는 있을지 몰라도 대장감은 못 돼!"

치우천은 지옥 밑바닥에서 기어 나온 기분에 환하게 웃었다. 울라트가 달려와서 치우비가 깨어났다는 소식을 전하기 무섭게, 이번에는 둘째 형요가 달려와서 비울걸이 혼자 신도 울루의 부대를 흩어 버렸다는 소식을 전했다. 이어 셋째 형요와 넷째 형요가 달려와 치우비가 치미르칸을 죽이고 키타야 부대를 구했다는 것과 초초룬이 독을 써서 구르 부대를 구했다는 소식도 알렸다. 세 방향의 위험이 한풀 꺾이자 치우천은 기뻐서 소리쳤다.

"이제 됐다! 이길 수 있다! 형요! 키타야와 구르에게 알려라. 비탈을 내려가서 나단선우와 끽구의 부대의 옆구리를 공격하라고! 한 번 더 타격을 준다면 우리를 쫓지 못할 것이다!"

형요는 고개를 끄덕이면서 곧바로 달려갔다. 치우천 옆에 혼자 남은 울라트를 쳐다보며 치우천이 말했다.

"이제 앞이 문제다. 비휴의 늑대 무리가 오는데……. 저것만 잠시 막을 수 있으면 우리가 이긴다!"

"못 막으면요?"

치우천은 조용히 대답했다.

"전멸이다."

어느 결엔가 치우천 곁에 소녀가 다가와 말없이 서 있었다. 상황이 나아졌다고는 하나 아직 위험하기는 마찬가지였다.

보돈차르와 야율쿠리는 끽구의 부대와 맞서 고전하고 있었고, 쇠돌이와 부루벼락은 나단선우의 부대에 밀리고 있었다. 더구나 나단선우와 끽구가 사자처럼 날뛰고 광성자가 불러낸 나무덩굴이 무섭게 번져나가서 제대로 싸우기조차 힘들었다.

그때 다섯 명의 도깨비들이 고함을 지르며 달려왔다. 다섯 뿐이지만 험악하고 괴상한 생김새의 도깨비들이 나타나자 지나족은 주춤했다. 특히 붉은 머리 리미와 노란 금발의 개르는 머리 빛깔만으로도 기가 질리게 만들었다.

"도깨비다!"

"치우 형제가 도깨비들을 불러냈다!"

훈족과 지나족 사이에 섞여 있던 유루칸족의 전사들이 비명을 질렀다. 유루칸족은 앗수라트, 앙가마이와 같은 타타르족이라 치우 형제와 도깨비들의 이야기를 알고 있었다. 그것도 몇 배 부풀려진 이야기를. 그 때문에 도깨비들이 싸움터에 모습을 나타내자 유루칸족은 두려움에 떨며 동요했고 그에 전염되어 훈족의 전사들도 멈칫거렸다.

'타타르족이 저렇게 무서워하다니! 도깨비들이 그리 대단하단 말인가?'

싱카가 앞으로 나서서 양손을 어지럽게 교차시키면서 주문을 외우자 싱카의 허리에 찼던 두 자루의 칼이 허공에 날아올랐다. 두 자루의 칼이 살아 있는 것처럼 날아들자, 안 그래도 두려워하던 유루칸족은 비명을 지르면서 물러섰다.

싱카는 많이 지쳐 있던 참이라 그 칼로 사람을 해칠 자신은 없었다. 그러나 칼이 혼자 움직이자 유루칸족은 단박에 혼란에 빠졌다. 거기에다 용감한 리미와 개르가 각각 붉은 머리와 금발을 휘날리며 몸을 돌보지 않고 돌진하자 훈족마저도 삽시간에 기세가 흐트러졌다. 부하들이 갈팡질팡 어쩔 줄 몰라 하자 나단선우가 목이 터져라 외쳤다.

"바보들아! 도깨비들이라도 쳐 죽이면 그만 아니냐! 노란 머리, 붉은 머리 도깨비라도 별것 아니다!"

나단선우는 훈족이라 대륙의 서쪽에 있었기 때문에 머리색이 다른 도깨비들의 이야기를 들은 적이 있어서 부하들만큼 두려워하진 않았다. 훈족 중에는 다른 머리색의 도깨비가 있다는 이야기를 아는 사람은 꽤 많았다. 그러나 유루칸족이 워낙 무서워하자 두려움이 전염되고 만 것이다. 말로는 안 되겠다고 생각한 나단선우는 도끼를 치켜들고 싱카를 향해 달려갔다. 주술사를 죽이면 사태가 수습될 것 같아서였다.

하지만 마냥이 싱카의 뒤에서 창을 던지기 시작했다. 나단선우조차 금발이나 붉은 머리의 도깨비는 들어 보았지만 온몸이 칠흑처럼 새까만 도깨비는 듣도 보도 못한 터라 깜짝 놀랐다.

'저런 도깨비까지 있었다니? 무섭게 생겼구나!'

마냥은 달려오면서 죽은 전사들의 창을 잔뜩 주워 짊어지고 있었는데, 대장으로 보이는 자가 달려오자 소리를 지르면서 창을 연달아 던졌다. 새까만 마냥의 얼굴에서 눈의 흰자위만이 번득거려 빛나는 것 같았고, 소리를 지를 때마다 벌어지는 입은 검은 피부색 때문에 더욱 새빨갛게 보였다.

나단선우는 마냥의 창을 세 번까지 막아 냈으나, 모습에 놀라고 기가 죽어서 네 번째 창은 더 막지 못하고 머리에 맞았다. 원래라면 즉사했겠지만 네 번째 창은 돌로 만든 창끝이 무디어진 터라 나단선우의 단단한 머리를 뚫지는 못했다. 그러나 나단선우는 눈앞에 별이 튀는 것을 봄과 동시에 피를 뿜으며 기절해 쓰러졌다.

마냥이 단숨에 대장을 쓰러뜨리자 훈족마저도 도깨비의 공포에 떨었다. 더구나 싱카가 주문 외우기를 마치자 주변에서 바람이 일어 둥글게 사방으로 불어 나갔다. 그런데 바람에 닿은 나무덩굴들이 힘없이 사그라지며 흙으로 변해 부서져 버리는 것 아닌가. 나단선우가 쓰러지자 유루칸족과 훈족은 고함을 지르면서 제풀에 물러서기 시작했다. 끽구 역시 주술이 깨어지자 어리둥절해하다가 유루칸족과 훈족이 물러서는 모습을 보고 군대를 물렸다.

보돈차르와 야율쿠리는 죽다가 살아난 셈이었다. 그러나 물러서는 적의 뒤를 쫓을 힘이라곤 없었다. 지칠 대로 지쳐 기진맥진해진 야율쿠리가 역시 피투성이가 된 보돈차르와 치베를 보고 물었다.

"저놈들이 왜 물러나지?"

치베가 이를 악물면서 대답했다.

"늑대다! 우리를 늑대와 싸우게 하고 그다음에 다시 밀어붙이려는 것이다. 제길, 쉴 틈도 없군!"

보돈차르도 온몸에 묻은 피를 대강 닦아 내며 말했다.

"현원도 제법이군. 자기편 피해를 줄이려고 번갈아 싸우게 하고 있어. 이대로라면 힘들겠다."

지나족 부대는 힘들어지면 번갈아 나아가고 물러서며 조금씩이나마 쉬면서 싸웠지만 이쪽은 그럴 여유가 없었다. 힘이라면 남 못지않다고 자부하는 야율쿠리마저도 다리가 후들후들 떨릴 정도였다.

숨을 돌릴 여유도 없이 비휴가 부리는 늑대들이 일제히 달려들었다. 늑대들은 짐승이 별로 없는 카린산에 끌려오면서 먹이를 제대로 먹지 못해 뱃가죽이 등에 붙을 정도로 굶주려 있었다. 아귀 같은 늑대들이 무서운 기세로 밀어 닥치자 보돈차르마저도 얼굴빛이 해쓱해졌다.

그때였다. 골짜기 저편에서 바람같이 달려오는 흰 그림자가 두 개 있었다. 하도 빠르고 날렵하여 잘 보이지도 않을 정도였다. 야율쿠리가 놀라 외쳤다.

"저게 뭐지? 적인가? 뒤가 뚫렸단 말인가?"

치베가 눈을 부릅뜨고 한참 지켜보더니 소리 높여 외쳤다.

"저건…… 저건 무라다! 무라가 탄 개명수다!"

"무라? 그러면 카린족 아니냐? 그럼 적이 아닌가."

"모르겠다!"

비휴의 늑대 무리는 몽골족과 키탄족 바로 앞까지 몰려와서 이빨을 드러내고 침을 흘리며 무섭게 으르렁거리고 있었다. 키탄과 몽골 전사들은 이제 무기도 거의 부러져 없었다. 몽골족도 말이 지친데다 늑대를 두려워했기 때문에 하는 수 없이 땅으로 내려섰다. 골짜기 안쪽에 여분의 말이 있었지만 갈아탈 틈도 없었다. 상황이 급하니 늑대와 마구잡이로 싸울 참이었다.

그때 무라가 탄 개명수, 슈와 카가 키탄과 몽골 전사들의 머리 위를 훌쩍훌쩍 뛰어넘어 늑대들 앞을 막고 섰다. 길게 휘날리는 무라의 흰 머리와 창백할 정도로 흰 피부는 개명수의 흰 털과 어울려 뭐라 말할 수 없는 분위기를 자아냈다. 보기만 해도 영물 같아 보이는 흰호랑이를 타고 달려오는 흰 머리 여전사의 모습은 싸움에 지친 전사들의 눈에 신이나 선녀로 보였다.

피투성이와 흙 범벅이 된 키탄 및 몽골 전사들과, 막 물러서려던 지나족, 훈족, 타타르족의 전사들도 일제히 멍청한 눈으로 무라의 모습을 바라보았다. 무라는 무뚝뚝한 표정을 한 채 싸늘한 눈빛으로 늑대들을 돌아보더니 타고 있던 슈의 등을 가볍게 어루만졌다. 그러자 슈와 카가 갑자기 허리를 굽혀 힘을 주었다가 있는 힘을 다해 늑대들을 향해 포효했다. 영물인 카와 슈의 포효는 보통 호랑이의 것보다도 몇 배나 컸다.

늑대들은 캥캥거리며 혼란스러워하기 시작했다. 늑대는 원래 호랑이 앞에서는 오금을 펴지 못하는 동물이었으니 하물며 개명수 앞에서야 말할 나위 없었다. 늑대 무리가 순식간에 혼란에 빠지자 뒤쪽에 있던 비휴의 안색이 변했다. 비휴는 계속 휘파람을 불어서 늑대들을 다그쳤다.

비휴의 휘파람 소리를 듣고 늑대들이 용기를 내어 움직이려 하자 무라가 날카롭게 긴 소리를 냈다. 카가 훌쩍 늑대들 무리로 뛰어들면서 무서운 힘으로 두 마리의 늑대를 후려갈겼다. 카의 앞발에 맞은 늑대 두 마리는 피떡이 되어 으스러졌다. 카는 옆에 있던 늑대의 목을 물어 내던지면서 뒤에서 달려드는 늑대 한 마리를 꼬리로 후려쳐서 내동댕이쳤다.

카가 늑대들을 죽이는 사이 슈는 목을 높이 쳐들고 하늘을 향해 길게 울부짖었다. 그러자 사방에서 그에 화답하는 포효가 들리면서 골짜기 여기저기에서 흰호랑이와 흰표범 들이 달려 나오기 시작했다. 흰호랑이 개명수가 열두 마리였고 흰표범은 서른 마리도 넘었다. 개명수와 흰표범이 늑대에게 덤벼들자 늑대 무리는 크게 혼란에 빠지면서 아수라장을 방불케 하는 짐승 간의 싸움이 시작되었다.

개명수가 순식간에 여기저기에서 나타나자 엄청난 수의 늑대들은 위협하듯 이빨을 드러내면서도 뒤로 슬슬 물러서기 시작했다. 수많은 짐승들이 몰려나와 서로 울부짖고 싸우는 광경은 인간들이 감히 끼어들 엄두도 내지 못할 만큼 처절했다. 믿고 있던 천랑대가 삽시간에 반쯤 무너지자 먼발치에서 지켜보던 상망이 외쳤다.

"저 계집이 끝내 일을 망치려 드는구나!"

헌원도 노해서 말했다.

"저 여자는 쑤앙마이의 밑에 있던 무라 아닌가? 카린족은 나를 돕기로 되어 있었을 텐데?"

"저 계집은 쑤앙마이의 말도 듣지 않을 모양입니다!"

헌원은 화를 내며 외쳤다.

"카린족은 이 헌원을 배신할 참인가? 카린족은 왜 움직이지 않는 것인가?"

카린족은 아까 소녀의 말을 들은 후로 투지가 사그라져서 헌원이 두어 번이나 나가라고 다그쳤지만 선뜻 움직이지 않고 있었다. 헌원은 그것이 영 마음에 들지 않았다. 압도적인 힘으로 조금만 더 밀어붙였으면 되었을 텐데 벌써 헌원 측은 두 번이나 기회를 놓쳤다.

헌원은 분통을 터뜨리며 소리쳤다.

"카린족에게 따져라!"

상망이 대답한 뒤 카린족 여전사들에게 달려갔다. 비냐와 유우, 가나는 무라가 늑대들과 싸우는 광경을 본지라 안색이 변해 있었다.

상망이 도착하자마자 말에서 내리지도 않고 빈정대듯 외쳤다.

"그대들 카린족은 어떻게 된 것이지? 이제는 저들을 도와 싸우기로 한 건가?"

비냐가 허옇게 질린 얼굴로 말을 더듬었다.

"그렇지…… 않소! 저건 무라가 혼자 한 짓이오."

"혼자? 저 많은 개명수를 무라 혼자 데리고 있었나?"

차분해 보이는 인상의 유우가 변명하듯 나섰다.

"무라는 쑤앙마이의 개명수를 키우는 일을 했어요. 무라가 허락 없이 개명수들을 끌고 나온 것이 분명합니다. 우리는 모르는 일입니다! 무라 혼자서 한……."

유우의 말을 막아서며 상망이 성질을 부렸다.

"혼자건 아니건 무라는 카린족이다! 우리 늑대 무리를 엉망으로 만들고 있어! 그 때문에 다 이긴 싸움이 엉망이 되어 가고 있다! 이 책임을 어떻게 질 텐가?"

비냐는 이를 으드득 갈며 몸에 힘을 주었다. 비냐의 사나운 얼굴이 일그러지고 눈꼬리가 하늘로 치솟았다.

"무라는 우리 자매지만 쑤앙마이의 명을 어겼으니 그냥 둘 수 없다! 우리 카린족이 사내들 따위에게 겁쟁이 취급을 받을 수는 없다! 유우! 가나! 나가자! 가서 쓸어버리자."

비냐가 외치고 난 다음 길게 하늘을 향해 소리를 지르자 카린족도 높은 목소리로 함께 소리를 질렀다. 카린족의 전투의 함성이었다. 지금까지 움직이지 않아서 힘과 무기를 전혀 소모하지 않은 카린족은 힘이 넘치는 듯 싸움터를 향해 달려가기 시작했다.

"카린족이 움직였다! 큰일이군!"

가슴이 철렁 내려앉은 치우천의 안색이 변했다. 소녀도 답답하여 부르짖었다.

"꼭…… 꼭 싸워야만 하니? 자매들아!"

치우천은 형요를 소리쳐 불렀다.

"형요! 형요! 큰일이다! 구르님과 키타야님이 벌써 움직였을 텐데 카린족이 덮치면 포위하는 게 아니라 포위당하고 만다! 물러서게 해야 한다! 어서!"

형요도 안색이 변하며 외쳤다.

"이미 자매들이 갔어! 다시 오려면 한참 걸릴 거야!"

치우천의 안색이 파랗게 질렸다. 구르와 키타야에게 억지로 적을 포위하라고 시킨 것은 자신이었다. 이대로라면 그들이 도착하여 포위가 이루어질 때쯤 카린족에 의해 역 포위를 당할 공산이 컸다. 그렇게 되면 보돈차르나 야율쿠리의 부대는 어떻게 물러선다 해도 키타야와 구르 부대는 그야말로 한 사람도 살아남을 수 없었다.

필사적으로 타개책을 생각하던 치우천의 눈에 멀리서 뒤처져 달려가는 초초룬의 미아우 전사들이 보였다. 치우천은 하늘을 보고 바람의 방향을 살폈다. 바람이 지나족 쪽으로 부는 것을 알아챈 치우천은 곧 외치면서 달리기 시작했다.

"방법이 있다! 울라트! 소녀님! 도와주십시오!"

소녀와 울라트는 자신들이 전혀 도움이 되지 않아 불안해하던 차에 치우천이 외치자 다급히 물었다.

"뭘 하면 되죠?"

"소녀님은 울라트와 함께 막사로 가서 아무것이나 잘 타는 물건들을 한데 모아 놓으십시오! 골짜기 어귀에 쌓아 두면 됩니다. 형요는 초초룬에게 내 말을 전해 줘!"

개명수와 흰표범들이 늑대들과 맞붙자 보돈차르와 야율쿠리 등은 최후의 힘을 짜내서 남아 있던 끽구와 나단선우의 전사들을 향해 돌진했다. 때를 맞추어서 비탈을 구르듯 내려온 구르와 키타야의 부하들도 협공을 가하기 시작했다. 나단선우가 상처를 입고 쓰러지자 훈족은 제각기 흩어져서 후퇴하고 있었고, 유루칸의 부하들도 꽁무니를 빼기 시작했다. 동생 치미르칸을 잃은 유루칸이 슬픔에 빠지자 전사들도 전의를 상실했기 때문이다. 치우비와 도깨비들에게 놀라기도 했거니와 애당초 자기들의 싸움도 아닌데 굳이 그렇게까지 싸울 것은 없다는 생각에서였다.

그러나 아직도 지나 측의 부대는 천오백이 넘게 남아 있었고, 그에 비해 치우 측은 수많은 전사들이 죽거나 다쳐서 싸울 수 있는 전사의 수는 오백도 채 안 되었다. 처절하게 전투를 치른지라 그나마 무기도 거의 다 망가져서 손에 맞지 않는 적의 무기를 휘두르는 판이었다.

키타야의 전사 백여 명과 구르의 전사 이백 명은 이제야말로 마지막이라는 듯 필사적으로 끽구와 비휴가 통솔하는 부대의 옆구리를 쳤다. 보돈차르, 야율쿠리, 쇠돌이와 부루벼락도 마지막 힘을 짜내어서 후들거리는 팔에 억지로 힘을 주고 싸우기 시작했다.

전사의 수는 아직도 월등했지만 세 방향에서 공격을 받은 지나족은 다시 헝클어지기 시작했다. 더구나 지나족의 지휘관은 끽구와 비휴, 둘뿐인 셈이고 그에 비해 치우 측은 대장 격인 용사들이 많아서 지휘가 훨씬 일사불란했다. 지나족은 애써 대열을 유지하면서 세 방향의 공격에 가까스로 버티고 있었다.

끽구가 앞장서다시피 하여 정면을 막자 비휴가 재빨리 움직이며 왼쪽을 막았고, 급히 달려온 지가 고래고래 소리를 지르며 오른쪽을 막고 있었다. 비휴가 전사들을 챙기느라 정신이 없어지자 비휴의 늑대 무리는 개명수들에게 쫓겨 백여 마리의 시체를 남기고 어지러이 도망치기 시작했다.

개명수는 두 마리, 흰표범은 일곱 마리가 죽었을 뿐이지만 살아남은 짐승들도 많은 상처를 입어 흰 몸이 붉게 물들어 있었다. 가장 상처가 심한 것은 앞장서서 싸웠던 카였다. 무라는 안쓰러웠던지 슈의 등에서 내려 카의 등을 쓰다듬어 주고는 싸움터에 뛰어들었다. 개명수들의 상처가 심해서 더 이상 그들을 부릴 생각은 할 수 없었다. 슈도 고통스러워하는 자기 짝이 안쓰러웠던지 피에 물든 카의 몸을 천천히 핥아 주었다. 상처 입은 개명수들과 흰표범들도 절뚝거리며 흩어져 사라졌다.

그런 판국에 새로 천여 명의 카린족 여전사들이 몰려들었다. 비냐는 성질이 거칠기 짝이 없었지만 전사들을 부리는 데 능란했다. 치우 측 군대가 셋으로 나뉘어 있는 것을 파악한 비냐는 유우와 가나에게 삼백 명씩을 떼어 주어 양옆을 돕게 하고, 자신은 사백 명의 여전사들을 끌고 가운데로 돌진해 들어갔다. 새로운 적의 군대가 나타난 것을 보고 치우 측 전사들은 신음을 토해 냈다.

그때 치우천이 날듯이 달려오며 외쳤다.

"보돈차르님은 오른쪽으로 옮겨 키타야님의 뒤를 지켜 주시오! 야율쿠리는 왼쪽으로 옮겨 구르님의 뒤를 지키고 싸우시오!"

치우천이 직접 나서서 외치자 정신없이 싸우던 보돈차르와 야율쿠리는 정신을 수습하고 전사들에게 고함을 쳤다.

"움직여라! 어서 움직여!"

보돈차르와 야율쿠리는 부하들을 잘 다스렸기 때문에 대장의 명령이 떨어지자 즉각 전열을 가다듬고 자리를 옮기기 시작했다. 쇠돌이와 부루벼락, 치베 등의 용사들이 상황 판단을 잘해 전사들을 중간에서 독려하여 빨리 움직이는 데 큰 도움이 되었다.

키탄과 몽골족이 어깨를 맞대면서 순식간에 자리를 옮기자 치우의 진은 둘로 완전히 나누어졌다. 왼쪽에는 구르와 야율쿠리의 전사들이 서로 등을 맞대고 싸웠고, 오른쪽에는 키타야와 보돈차르의 전사들이 등을 맞대고 싸우기 시작했다. 구르의 전사들이 카린의 유우를 맞아 싸웠고 키타야의 전사들은 가나의 부대와 맞붙었다.

곧이어 무서운 속도로 비냐의 부대가 가운데를 뚫고 들어왔는데, 정작 정면에는 아무도 남아 있지 않았고 오히려 옆으로 움직인 야율쿠리와 보돈차르의 합공을 받는 꼴이 되어 버렸다. 간발의 차이였다. 만약 치우천이 조금만 늦었더라도 야율쿠리와 보돈차르의 부대는 힘을 비축한 비냐의 부대와 정면으로 격돌하여 전멸했을 것이다. 비냐의 부대가 무서운 기세로 달려왔기 때문에 오히려 방향을 돌릴 수 없어서 양측 면에서 협공을 받게 되었다.

"이게 무슨 일이냐! 제길! 어떻게 이렇게 된 거지?"

비냐는 화가 나서 고함을 질러 댔다. 비냐의 부대가 헝클어지려 하자 끽구와 비휴가 부하들을 거느리고 일제히 달려들어 그들을 도왔다. 이렇게 되자 치우 측의 부대는 비록 둘로 나누어진 채 포위되기는 했지만 서로 등을 맞대고 싸울 수 있게 되어 오히려 유리해졌다.

그에 반해 지나족은 수가 월등했지만 보다 넓게 사방에서 싸워야 했다. 특히 많은 수가 밀집한 중앙부는 상황이 심각했다. 넓지 않은 공간에 많은 전사들이 밀고 들어와서 움직일 수조차 없었다. 카린족 여전사와 지나족의 부대가 뒤섞여 대오가 흐트러진데다 보돈차르와 야율쿠리 부대의 협공에 제대로 대처하지 못하고 자꾸만 쓰러져 갔다.

멀리서 상황을 보고 있던 헌원이 탄식했다.

"세상에! 저런 수가 있었다니!"

방금 치우천이 쓴 방법은 교묘하기 이를 데 없어서 허물어지던 상황을 순식간에 역전시켰다.

상망도 기가 막히고 놀랍기도 해서 외쳤다.

"교묘하기 짝이 없군요!"

헌원이 갑자기 몸을 부르르 떨었다.

"치우천…… 나이도 어린 놈이 전사를 저리 부릴 줄 알다니! 저놈이 크면 세상에 상대할 사람이 없을 것이다! 상망!"

"예!"

"이제 더 볼 것 없다! 남아 있는 전사들을 전부 데리고 나가라!"

지나족은 헌원을 에워싼 오백여 명의 최후의 전사가 아직 남아 있었다. 그들은 헌원의 호위대였는데 그들마저 투입시키기로 한 것이다. 그야말로 최후의 밑천까지 거는 순간이었다. 마지막 수를 던진 헌원의 명령에 상망은 주저했다.

"그러면 헌원님과 발님은 누가 지킬는지요……."

"스무 명만 남게 하고 모두 나가게 해라! 어서 서두르게! 더 늦으면 우리가 진다!"

"무라! 너는 어째서…… 우리와 싸우겠단 거냐?"

구르의 부대를 공격하던 유우가 구르 부대의 선두에 선 무라를 발견하고 놀라서 외쳤다. 무라는 여전히 돌처럼 굳은 표정으로 말했다.

"물러서. 너와 싸우기 싫다."

"쑤앙마이께서는 지나족을 도우라고 말하셨어! 쑤앙마이의 명령을 어길 참이야?"

무라는 담담히 말했다.

"미안하다. 난 이미 맹세했어. 쑤앙마이께도 죄송하다고 전해 줘."

유우는 용감하지만 평소에는 온순하고 착한 성격이었으며, 쑤앙마이의 열세 자매들 중에서도 무라와 가장 친했다. 유우는 무라와 싸우게 되었다고 생각하자 눈물이 솟구쳤다.

"무라! 우리가…… 정말 싸워야 하니? 응?"

유우가 울면서 외쳤다. 무라도 표정이 변하지는 않았으나 두 눈에서 굵은 눈물이 흘러내렸다. 그러나 무라는 이를 악물고 두 주먹을 굳게 쥔 뒤 들어 보였다. 무기를 쓰지 않는 무라가 싸움을 시작할 때 취하는 자세였다. 유우는 그것을 보고 왁! 울음을 터뜨리며 외쳤다.

"쑤앙마이께서 용서하지 않으실 거야! 무라! 너는 그럼 죽어!"

무라는 하염없이 눈물을 흘리고 있었으나 굳은 표정을 풀지 않았다.

"그러니 네가 날 죽여 줘. 전사답게 죽고 싶다."

"저놈들이 그럴 가치가 있다고 생각하니? 응? 네가 죽을 까닭이 어디 있어?"

"난 그들을 믿는다."

무라가 약간 떨리는 목소리로 담담히 말하자 유우는 엉엉 울면서 들고 있던 창을 치켜들었다. 유우의 머리에 꽂혀 있던 공작의 긴 깃털들이 파르르 떨렸다. 순간 무라가 유우에게 몸을 날렸다. 그러자 유우는 울다가 버럭 소리를 질렀다.

"이게 뭐야!"

함께 자라며 연습을 했던 유우는 무라에 대해 너무도 잘 알고 있었다. 지금 무라의 움직임은 빠르기는 했지만 평소 무라의 싸우는 법과는 달랐다. 전혀 방어를 하지 않고 허점이 그대로 보였던 것이다. 유우는 긴 창을 휘둘러 무라를 찌르려다가 창끝이 무라에게 닿으려는 순간 번개같이 창을 비틀어서 땅에 꽂아 버렸다. 무라의 주먹이 유우의 관자놀이 급소를 노리고 날아들다가 관자놀이 앞에서 멈추었다. 둘 다 상대를 해치고 싶지는 않았던 것이다.

둘은 그렇게 멈춘 채로 잠시 움직이지 않았다. 그러다가 무라가 먼저 말했다.

"바보."

유우는 엉엉 울면서 돌연 무라를 와락 끌어안았다가 곧바로 떨어지며 외쳤다.

"카린의 여전사들이여! 더 싸울 수 없다! 후퇴다! 후퇴!"

무라는 흠칫 놀라며 외쳤다.

"유우! 그래선 안 된다! 싸움에서 물러서다니! 그럼 네가 벌을 받고 죽게 돼!"

유우는 눈물을 흘리며 빙긋 웃어 보였다.

"차라리 내가 죽을래. 그게…… 그게 낫겠어."

"유우! 안 돼! 유우!"

유우는 환하게 웃으며 눈을 감고 말했다.

"무라, 나의 자매. 너를 믿겠어. 네 믿음이 옳았기를 바란다. 이제 안녕. 영원히 안녕……."

무라가 뭐라 외쳤지만 유우는 재빨리 돌아서서 뒤도 돌아보지 않고 달려갔다. 카린족이 싸움을 멈추자 구르도 외쳤다.

"싸우지 마라! 저들이 물러가려 한다!"

구르의 부대도 싸움을 멈추었다. 양쪽 전사들이 몇몇 쓰러지기는 했지만 피차 큰 피해는 없었다. 구르의 전사들이 바라보는 가운데 카린의 여전사들은 숙연한 태도로 몸을 돌려 일제히 무라에게 작별의 표시로 인사를 한 다음 유우를 따라 뒤돌아서 떠나가 버렸다. 유우의 부대가 떠나자 목석같던 무라는 더 이상 참지 못하고 주저앉아 엉엉 울음을 터뜨렸다. 그 광경을 바라보던 구르와 구르의 전사들도 눈물을 글썽였다.

키타야의 부대와 싸우던 가나는 저쪽에서 카린족의 대열이 허물어지는 것을 발견하고 창을 휘두르며 달려갔다. 그곳에서는 치우비가 성난 곰처럼 닥치는 대로 카린 전사들을 집어 던지고 있었다. 치우비가 쓰던 도끼도 박살 나 부서진 지 오래여서 아예 무기조차 들지 않고 맨손으로 카린 여전사들의 무기를 부러뜨리고 팔을 잡아 비틀고 덜미를 잡아 던지고 있었다.

아홉구비의 힘은 잃었어도 힘은 여전했다. 한 가지 달라진 점이 있다면 예전에는 온 힘을 보이지 않으려고 반의 힘만으로 싸우곤 했는데, 지금은 전력을 다하고 있다는 것 정도였다. 그것만으로도 보통 전사들은 치우비의 상대가 될 수 없었다. 가나는 불같이 화를 냈다.

"치우비! 네놈이 얼마나 강한지 보자! 카린족의 가나가 여기 있다!"

가나가 커다란 창을 바람개비처럼 돌리며 달려드는데, 미처 다가서기도 전에 세 명의 형요 자매가 일제히 뛰어나와 앞을 막아섰다. 넷째 형요는 간신히 움직이며 연락을 취하기는 했지만 아직 싸울 만한 상태는 아니었기에 뛰어들지는 않았다.

"흥! 미친 계집 같으니! 너 따위가 비의 손가락 하나를 당할 수 있을 줄 아느냐? 우리 자매가 상대해 주마."

세 명의 형요 자매가 손발을 맞춰 기습해 들어오자 가나는 기겁을 했다. 다행히 가나의 창이 길었고 창 쓰는 법이 능란하여 형요 자매의 일격을 쳐낼 수 있었다. 간신히 목숨을 건지다시피 한 가나는 화가 나서 외쳤다.

"치사한 것들! 셋이 한꺼번에 덤벼?"

형요 자매는 깔깔 웃으며 외쳤다.

"응, 우린 원래 치사하다. 어쩔래?"

형요 자매는 가나의 주위를 빙글빙글 돌면서 가나를 에워싸고 몰아붙였다. 세 명의 형요 자매는 똑같이 생겼기 때문에 가나는 눈이 혼란스러웠다. 어찌어찌 세 번의 공격, 즉 아홉 번의 칼질을 창으로 막았지만 급기야 가나의 창은 어지러워지기 시작했다.

"죽어라!"

가나는 오른쪽 어깨와 왼쪽 다리에 칼을 맞았다. 들고 있던 창도 셋째 형요의 칼에 부러져 버렸다. 형요 자매가 일제히 쓰러진 가나를 향해 칼을 꽂으려는데 치우천이 황급히 외치는 소리가 들렸다.

"죽이지 마라!"

형요 자매의 칼이 가나의 목 줄기 앞에서 멈추었다. 치우천은 멀리서 외쳤다.

"죽이지 말고 인질로 잡아 물러서게 해라! 카린족과 싸워서 좋을 것 없다!"

눈치 빠른 형요 자매는 치우천의 뜻을 알아챘다. 첫째 형요가 피를 흘리며 헐떡이는 가나를 안아 일으키자 형요 자매가 동시에 타타르 말로 외쳤다.

"너희 대장이 잡혔다! 우리는 너희와 싸우기 싫으니 물러서라! 그럼 대장을 돌려보내 주겠다!"

몇 번 반복하여 외치자 카린족 여전사들이 술렁이기 시작했다. 부대장 격인 듯한, 나이 많은 여전사 한 명이 외쳤다.

"가나님을 해치지 마라!"

"어서 물러서라. 너희는 우리 원수도 아니지 않느냐? 물러가면 뒤쫓지 않을 것이다!"

첫째 형요가 외치자 카린 여전사들이 머뭇거렸다. 형요가 다시 악을
썼다.

"빨리 가지 않고 뭐 하냐! 이만하면 할 일은 다했잖느냐!"

카린족 전사들은 하나둘씩 싸우던 손을 멈추었다. 키타야의 전사들
은 거의 무력화된 상태라 상대가 손을 멈추자 안도의 한숨을 내쉬며 손
을 멈추었다. 치우비도 상황을 눈치채고 자기가 방금 팔을 비틀어 쓰러
뜨린 여전사 두 명을 일으켜서 웃으며 가라고 손짓을 했다. 나이 많은
여전사가 다시 뭐라고 카린 말로 외치자 카린족은 서서히 물러섰다.

형요는 그것을 보고 웃으며 가나를 놓아주며 말했다.

"물러서. 여기서 싸우다 개죽음당해 봐야 지나족 좋은 일밖에 더 되
겠어?"

가나는 비틀거리며 형요의 부축을 거절하며 형요를 노려보고는 말없
이 자기들 쪽으로 돌아갔다. 그러면서 외쳤다.

"두고 보자! 도깨비 같은 계집들!"

형요 자매는 깔깔 웃기만 했다. 가나가 돌아가자 카린족은 순순히 후
퇴하기 시작했다.

치우천이 달려와 말했다.

"잘했다, 형요!"

"헤헤."

형요 자매가 웃자 치우천이 말을 이었다.

"하지만 아직도 우리가 불리하다. 이제 가운데만 처리하고 나면 물러
나 후퇴한다. 모두에게 전해라. 알았지?"

"알았어!"

형요 자매는 번개같이 흩어졌다. 치우비가 형을 발견하고는 반가워

서 한달음에 달려왔다.

"형! 형! 이제 괜찮아졌어? 응?"

치우천은 아우를 대하자 반갑기 그지없었으나 상황이 워낙 다급했으므로 지시부터 내렸다.

"비야, 이럴 때가 아니다! 가운데가 밀리고 있다. 네가 가서 끽구를 막아야겠다."

치우비는 형의 얼굴을 보자 힘이 불끈 솟아 씩씩하게 외쳤다.

"좋아! 할 수 있어!"

치우천은 그런 치우비를 보며 걱정스레 말했다.

"조심해라. 너는 이제 옛날의 네가 아니다. 끽구를 맡기는 하되 맞붙어 싸우진 마라! 알았니?"

"알았어!"

치우비는 씩씩하게 달려 나갔다. 치우천은 동생이 걱정스러웠지만 다른 사람들의 상태는 치우비보다 더 심각했다. 치우천은 일어서지도 못할 만큼 지쳐 있는 전사들을 보면서 속으로 한탄했다.

'내가 무리하게 사람들을 움직였구나. 이대로라면 도망치지도 못하겠다. 아, 치우천! 치우천! 아직 한참 모자라는구나! 사람들을 제대로 알고 싸우게 해야지, 네 욕심만으로 몰아붙였구나. 바보! 더 좋은 수는 없었단 말이냐?'

치우천은 스스로를 책망하며 잠시 짬을 내어 자신도 열심히 움직여 남은 전사들을 수습했다.

아침에 시작한 싸움이었는데 어느덧 해가 뉘엿뉘엿 넘어가 노을이 붉게 물들어 가고 있었다. 치우천은 돌아온 첫째 형요에게 말했다.

"초초룬에게 연락해라. 그다음 일제히 물러서는 거다. 알았지?"

"조금만 더! 조금만 더 밀어붙여라!"

보돈차르가 외치면서 정신없이 말을 달리며 부하들을 독려하자 지역시 작은 체구에 어울리지 않게 고래고래 고함을 쳤다.

"조금만 더 버텨라! 우리가 훨씬 많지 않은가!"

치우비는 속이 메슥거리고 어지러워 금방이라도 까무러칠 것 같았지만 이를 악물고 적의 전사들을 헤치며 가운데로 나아갔다. 끽구가 무서운 힘으로 전사들을 수도 없이 쓰러뜨리는 광경을 보았기 때문이다.

'내가 아니면 끽구를 막을 사람이 없다! 비야, 힘을 내라! 힘을 내! 형님은 이보다 더한 고통도 웃으며 참지 않았던가!'

도끼를 휘두르며 달려오는 치우비를 보고 끽구는 험상궂은 얼굴에 씩 웃음을 지으며 외쳤다.

"치우비! 잘 만났다! 그래, 우리 한번 붙어 보자."

끽구도 하루 종일 격전을 치르느라 지쳐서 숨을 헐떡이고 있었지만 기세는 여전했다. 치우비와 끽구가 드디어 정면으로 맞붙게 되자 주변의 키탄족이나 지나족 전사들은 약속이라도 한 것처럼 두 사람의 주변에서 물러섰다. 괴물 같은 두 사람의 싸움에 다른 사람이 끼어들 여지가 없다고 생각했기 때문이다.

치우비는 힘을 잃기 전에도 끽구를 상대하기 어려웠던지라 지금은 더더욱 정면에서 맞붙으면 안 된다고 생각했다. 치우비는 땅에 떨어져 있던 커다란 도끼를 집어 들고 외쳤다.

"좋소! 끽구! 해봅시다!"

끽구는 커다란 구리몽둥이를 휘두르면서 덩치에 어울리지 않는 속도로 달려들며 몽둥이를 내려쳤다. 치우비가 힘을 주어 몽둥이를 막자마자 퍽! 하는 소리와 함께 도끼가 반이나 부서져 버렸다. 양팔이 시큰거려 하마터면 도끼를 놓칠 뻔했으나 간신히 버틴 치우비는 생각했다.

'끽구의 힘은 역시 무섭다. 힘으로 붙으면 안 되겠구나.'

치우비는 부서진 도끼를 끽구에게 던지며 몸을 놀려 옆으로 돌았다. 끽구도 몸을 돌렸지만 치우비가 조금 더 빨랐다. 치우비는 끽구를 직접 공격하는 대신 땅에 떨어져 있는 돌칼 두 자루를 양손으로 들자마자 칼을 끽구에게 던졌다.

끽구는 몽둥이로 그것들을 쳐냈으나 치우비는 그사이 땅에서 돌 한 개와 창 한 자루를 집어 던졌다. 끽구는 창을 걷어 냈지만 하마터면 돌에 얼굴이 맞을 뻔했다. 간신히 고개를 돌려 피하는가 싶었는데, 치우비는 이번에는 반쯤 부서진 방패를 집어 들어 끽구에게 내던졌다. 넓적한 방패까지 빙빙 돌며 날아오자 끽구는 기가 막혔다.

"장난 치느냐!"

끽구는 격노해서 몽둥이로 방패를 쳐서 박살 냈다. 방패 조각이 사방으로 튀는 틈을 타서 치우비는 재빨리 끽구에게 파고들면서 아랫배를 걸어찼다. 아수타란과 싸울 때 무라가 썼던 것과 비슷한 기습이었다. 치우비는 한 번 본 기술은 그대로 따라할 줄 알았다. 끽구가 아랫배에 타격을 받고 뒤뚱거리며 두 걸음을 물러서자 치우비 역시 물러섰다. 정확하게 치기는 했지만 단단한 돌벽을 친 것 같아 오히려 치우비의 발목이 뻐근해졌기 때문이다.

'단박에 쓰러뜨릴 수는 없겠구나. 하지만 많이 맞으면 결국 쓰러지질 수밖에 없을 것이다!'

치우비는 몸을 움직여 끽구의 뒤로 돌아가서 등을 후려갈겼다. 끽구는 화가 나서 외쳤다.

"치우비! 장난 그만하고 당당하게…… 어이쿠…… 맞서 싸우자!"

치우비는 대답하지 않고 끽구가 몽둥이를 휘두르면 무기며 돌을 던져 정신을 분산시키고, 틈을 보아 벼락처럼 달려들어 몇 대 때리고 물러나는 소모전을 계속했다. 무기며 방패며 돌, 얼음 조각을 집어 던지다가 급기야 쓰러져 있던 시체까지도 붙들어 던졌다.

다른 사람이 던지는 것이라면 끽구는 별 신경도 쓰지 않고 맞으며 역으로 공격했을 것이다. 하지만 치우비가 던지자 속도와 힘이 대단해서 피하든지 일일이 쳐내야 했다. 그래도 몇 대씩 얻어맞을 수밖에 없었는데, 처음에는 참을 만했지만 시간이 갈수록 버티기 힘들어졌다. 끽구는 이를 악물고 정신을 똑바로 차렸다.

"요놈!"

급기야는 정신을 차리고 벼르던 끽구가 몽둥이를 내던지더니 달려들던 치우비의 왼팔을 잡아챘다. 치우비는 발을 들어 끽구의 얼굴을 걷어차면서 팔을 빼려 했으나 끽구는 다른 손으로 치우비의 발을 막았다. 끽구의 손가락은 무쇠 집게 같아서 도저히 팔을 빼낼 수 없었다. 다시 세 번이나 주먹을 휘두르고 발로 찼지만 끽구는 팔을 풀지 않고 오히려 치우비의 뒤에서 허리를 끌어안아 조이기 시작했다. 끽구의 조이기에 걸리면 치우비도 허리가 온전하지 못할 것 같았다.

치우비는 마음이 급해져서 오른손으로 끽구의 팔을 후려쳤는데 운 좋게 관절 부위를 맞혔다. 아무리 끽구가 힘이 대단해도 관절은 보통 사람과 다를 바 없었다. 순간 끽구의 손에 힘이 풀리자 치우비는 간신히 벗어날 수 있었다.

그러나 빠져나가는 치우비의 등을 끽구가 걷어차자 치우비는 넘어지며 땅에 얼굴을 박았다. 끽구가 달려오며 치우비를 밟으려는 순간 치우비의 손에 끽구가 내던진 몽둥이가 잡혔다. 치우비는 급히 그것을 휘둘러 끽구가 다가오지 못하게 한 다음, 반동을 이용하여 몸을 폈다. 끽구의 몽둥이는 길고 무거워서 보통 사람은 들어 올릴 수조차 없었지만 치우비는 그럭저럭 휘두를 수 있었다. 치우비가 자기 무기를 휘두르자 끽구가 외쳤다.

"그건 내 거다!"

"버린 것이니 내가 쓰겠소!"

치우비가 껄껄 웃으며 몽둥이를 휘두르자 무기가 없는 끽구는 접근할 수 없었다. 끽구가 치우비를 상대하느라 시간을 보내는 동안 다른 사람들도 혼전을 거듭했다. 비휴가 날쌘 몸놀림으로 부루벼락을 후려갈기고 팔을 꺾어 쓰러뜨린 것을, 쇠돌이가 거대한 돌을 던져 비휴를 물러서게 하여 간신히 구해 냈다.

치베는 화살을 주워 모아서 날뛰는 비냐의 어깨에 화살 한 대를 쏘아 맞혔다.

"맛이 어떠냐!"

비냐는 물러서지 않고 마주 활을 쏘아 치베의 다리를 맞혔다.

"이건 어떠냐!"

치베가 몽골족 제일의 명궁이라면 비냐는 카린족 제일의 명궁이었다. 치베는 자기가 화살에 맞을 줄은 몰랐던 터라 놀라 주춤하며 물러섰다. 둘 다 똑같이 부상을 입었지만 비냐가 더 난폭하고 사나워서 한쪽 팔을 못 쓰면서도 기이하게 생긴 칼을 휘두르며 덤벼들었다. 보돈차르가 말을 달려 나가 침착하게 상대했다.

"치베! 물러서라!"

비냐의 칼 기술은 기괴하고 흉악해서 말을 타고 상대하면서도 간신히 막을 수 있을 뿐이었다. 비냐가 어깨를 다치지 않았다면 감당하기 힘들었을 터였다.

그때 광성자가 새로운 술법을 쓰기 시작했다. 그것을 본 싱카는 마냥과 함께 결사적으로 달려들었다.

"술법을 부리게 하면 안 된다! 방해해야 한다."

싱카는 술법으로는 광성자를 당할 자신이 없었다. 싱카도 일종의 주술사라 할 수 있는 요기의 능력을 일부라도 가지고 있는 터라, 술법을 쓰다가 중단하면 큰 피해를 입는다는 것을 잘 알고 있었다. 두 사람이 필사적으로 지나족 한가운데 뛰어들어 마냥이 창을 던지고 싱카도 칼을 날려 광성자를 노리자 광성자는 안색이 변하면서 피하는가 싶더니 피를 한 움큼 왈칵 토했다. 술법을 쓰다가 중단하여 부작용이 생긴 것 같았다. 그것을 본 지가 전사들에게 호통을 치자 전사들이 일제히 활을 쏘아 마냥과 싱카를 공격했다.

마냥과 싱카는 간신히 도망쳤지만 팔다리에 화살을 맞아 풀썩 쓰러지고 말았다. 리미와 개르가 재빨리 달려와 야수처럼 싸워 그들을 지켰다. 흉악한 두 도깨비의 모습을 본 지나족이 주춤거리자 그 틈을 타서 포리가 마냥과 싱카를 구해 달아났고, 리미와 개르도 물러섰다.

지나족과 카린족이 우왕좌왕하는 기색을 보이자 구르와 키타야의 남은 전사들이 달려왔다. 그 앞에 선 치우천이 커다란 목소리로 소리쳤다.

"물러서라! 골짜기 안으로 피하라!"

골짜기 뒤편에서 백여 명의 미아우 전사들이 달려 나왔다. 맨 앞에 선 초초룬이 외쳤다.

"벗들이여! 물러서라! 여기는 내가 맡는다!"

"제길! 왜 인제 오는 거냐?"

야율쿠리가 투덜거리자 초초룬이 외쳤다.

"준비하려면 시간이 걸린단 말야!"

치우천은 그사이 사람들에게 골짜기 안으로 물러서라고 외쳤다. 치우천의 목소리는 아무도 따를 수 없을 만큼 큰 울림이 있어서 키탄과 타타르, 몽골의 전사들에게 전해졌다. 치우 측 전사들은 몸을 돌려 골짜기 안으로 물러서기 시작했다. 치우비도 재빨리 끽구를 떼어 놓고 물러섰다.

"치우비! 꽁무니를 빼기냐? 승부를 가리자!"

끽구가 펄쩍 뛰며 외치자 치우비는 태연히 맞받았다.

"다음에 봅시다."

보돈차르도 비냐를 놓아두고 치베를 말 등으로 끌어올리며 물러섰고 도깨비들도, 쇠돌이와 부루벼락도 물러섰다. 전사들은 지치고 힘든 참이라 부상자들을 데리고 골짜기 안으로 몰려들었다. 뒷일은 생각할 여유조차 없었다. 지나족과 카린족이 추격하려 하자 초초룬이 앞에 버티고 서서 외쳤다.

"모든 벌레들의 어머니, 미아우 초초룬의 명이다! 벌레들의 제왕 타타츄이트의 이름으로 나는 것, 기어 다니는 것, 독을 지닌 것들은 모두 나와 나를 도와라!"

초초룬이 외치며 주문을 외우자 초초룬을 따라왔던 백여 명의 미아우 전사들은 등에 짊어졌던 나무 상자를 일제히 땅에 내려놓고 뚜껑을 연 다음 뒤로 물러섰다.

지나족과 카린족은 초초룬이 무슨 수작을 부리는지 의아하여 걸음을 멈추고 바라보았다. 백여 개의 상자에서 검은 연기 같은 것이 피어올라 허공을 맴돌며 퍼져 나가기 시작했다.

"저게 뭐지?"

비냐가 아픔도 모르는 듯 어깨에 꽂혔던 화살을 쑥 잡아 빼며 비휴에게 묻자 비휴는 고개를 가로저었다. 모르겠다는 뜻이었다. 그때 지가 달려오며 부르짖었다.

"제기랄! 벌레다! 저건 독벌레들이다!"

"뭐?"

끽구가 기분이 나쁜지 인상을 일그러뜨렸다. 미아우족이 지고 왔던 상자 안에는 벌통과 독벌레의 집이 가득 들어 있었다. 오랫동안 갇혀 있던 벌레들은 뚜껑이 열리자 미친 듯 허공으로 날아올랐다. 초초룬이 품에서 이상한 가죽 주머니를 꺼내 가루를 허공에 몇 번 뿌리며 잘 들리지도 않는 기이한 소리를 냈다. 그러자 벌레들은 한데 뭉쳐서 빙빙 돌다가 지나족 쪽을 향해 날아들었다.

"아이쿠쿠!"

지나족과 카린족 사이에서 비명이 터져 나왔다. 벌과 독벌레가 덤벼들어 쏘고 물어뜯기 시작한 것이다. 쫓으려 해도 벌레들은 잘 도망치지도 않았다. 손으로 치면 간단히 죽는 벌레들이지만 수가 많고 전신을 동시에 물어뜯으니 견딜 수 없었다. 벌에 쏘이면 아프기 그지없었고 벌레들이 물면 미친 듯이 가려워지며 몸이 퉁퉁 부어올랐다.

견디다 못한 지나 전사들은 몸을 쥐어뜯으며 울부짖기 시작했다. 이런 벌레 떼를 상대로는 끽구의 힘도, 비냐의 용맹도, 비휴의 날쌤도 소용이 없었다. 지나족과 카린족을 혼란에 빠뜨린 초초룬은 깔깔 웃으며 재빨리 도망쳐 골짜기 안으로 들어갔다.

상망이 이끄는 지나족 최후의 부대 오백 명이 도착했다. 상망은 지나족이 벌레 떼에 뜯겨 우왕좌왕하는 모습을 보고는 외쳤다.

"불이다! 불! 불을 피워 쫓아라!"

그러면서 상망은 말안장에서 큼지막한 주머니를 하나 꺼내들고 달리면서 뿌려 댔다. 상망은 의술에 능한 사람이라 여러 가지 약 가루를 잔뜩 지니고 다녔는데, 벌레들이 싫어하는 냄새를 내는 약 가루는 얼마든지 있었다. 상망이 가루를 뿌리자 벌레들이 견디지 못하고 일시에 물러서며 윙윙거렸다.

지나족과 카린족은 그 틈을 타서 부싯돌을 꺼내 횃불을 피워 들었다. 횃불이 없는 지나 전사 중에는 옷을 벗어 태워 휘두르는 사람도 있었다. 카린족은 깃털로 된 어깨 장식을 달고 있었는데 불이 잘 붙는 물건이었다. 카린족은 비냐의 지휘하에 어깨 장식에 불을 붙여 벌레들을 쫓기 시작했다. 상망이 뿌린 가루 약 냄새에다 수천 명의 사람들이 횃불과 불붙은 물건을 휘두르자 벌레 떼는 타 죽거나 뿔뿔이 흩어졌다.

초초룬은 믿던 벌레 떼가 흩어지자 욕을 하면서 골짜기 안으로 뛰쳐들어갔다.

그러나 이백 명이 넘는 지나족 사람들이 가려움과 고통으로 땅에 뒹굴었고, 카린족도 칠십 명이나 되는 전사들이 기력을 잃었다.

땅에 뒹굴며 몸부림치는 사람들을 수습하느라 곧바로 돌격할 수가 없었다. 그러는 중에 치우 측의 전사들은 한 명도 남지 않고 골짜기 안으로 도망쳐 들어가 버렸다.

상망과 지는 안타까워 발을 동동 구르며 서둘러 뒤를 쫓으라고 부하들을 닦달했다.

"이제 저놈들은 끝장이다! 밑천이 떨어졌으니 잡아 죽이기만 하면 되는데! 어서 길을 열지 않고 뭐 하느냐."

그때 골짜기 안에서 누가 말을 타고 달려 나오는 모습이 보였다. 끽구는 그게 누군지도 보지 않고 공격하라고 외쳤으나 비냐가 말렸다.

"멈추시오! 저건 우리 카린족이오."

그 사람은 바로 소녀였다. 비냐는 난폭하기는 했으나 소녀와는 정이 남아 있었다. 비냐는 소녀가 도망쳐 나온다 생각하고 기뻐했으나 끽구는 석연치 않다는 듯이 투덜거렸다.

"뭐? 저쪽에 있던 계집 아닌가?"

"말조심하시오! 함부로 해치면 안 되오!"

비냐는 말을 몰아 소녀를 마중 나갔다. 소녀는 창백한 안색으로 달려 나오며 비냐의 이름을 불렀다. 소녀는 자매 중에서도 가장 아름답고 연약해서 열세 자매들 모두 소녀를 좋아하고 아껴 주었다.

비냐는 미소를 띤 채 소녀에게 달려와 말했다.

"소녀! 잘 생각했다! 우리와 같이 쑤앙마이께 돌아가자!"

소녀가 울먹이면서 말끝을 흐렸다.

"날…… 날 다시 받아 줄 수 있어? 난 죄가 많은데……."

비냐는 날카로운 얼굴을 활짝 펴며 웃었다.

"그럼! 우리는 자매잖아."

소녀가 말 위에서 비틀거리자 비냐는 급히 말에서 내려 소녀를 부축해서 내렸다. 그러자 소녀는 비냐를 꼭 끌어안고 들릴 듯 말 듯 힘없는 소리로 속삭였다.

"날…… 용서해 줄 수 있어?"

"당연히……."

웃으며 대답하던 비냐는 옆구리가 뜨끔해지며 몸에서 힘이 빠져나가는 것을 느꼈다. 뭔가 잘못된 것 같아 팔을 저어 소녀를 밀쳐 내려 했지만 소녀는 비냐를 꼭 끌어안고 놓지 않았다.

"날…… 용서해 줘, 자매."

소녀는 나지막이 중얼거리면서 비냐의 옆구리에 박았던 단검을 더욱 깊숙이 찔러 넣었다. 비냐는 헉, 소리를 내며 의혹이 가득한 눈초리로 소녀를 보면서 스르르 고개를 떨구었다. 소녀는 얼굴색조차 변하지 않고 비냐를 안은 채 비냐에게 귀를 기울이는 듯하다가 외쳤다.

"뭐야! 비냐! 왜 그래?"

카린족은 먼발치에서 비냐와 소녀의 상봉을 보고 있었는데, 소녀가 외치는 소리에 놀라 안색이 변했다. 소녀는 크게 소리쳤다.

"뭐? 지나족이 너에게……? 비냐! 비냐!"

소녀가 외치면서 손을 놓자 비냐의 시체는 풀썩 땅에 쓰러져 버렸다. 소녀는 커다랗게 비명을 질렀다.

"지나족이 독을 썼어!"

카린 전사들은 크게 놀라고 당황했다. 같이 어깨를 맞대고 싸우던 지나족이 왜 비냐에게 독을 썼는지 알 수 없었다. 더구나 그 말을 한 사람은, 비록 저편에 가 있기는 하지만 열세 자매 중의 하나로 받들던 소녀가 아닌가. 쑤앙마이와 자매들에게 충성을 바치던 카린 여전사들로서는 그 말을 믿지 않을 수가 없었다. 카린 전사들의 눈매가 변하면서 그들은 근처의 지나족을 잡아먹을 듯이 노려보기 시작했다.

"뭐…… 뭐냐! 우리는 그런 적 없다!"

끽구가 놀라서 외쳤다. 그러나 소녀는 악을 썼다.

"지나족 이 나쁜 놈들."

그 소리에 카린 전사들은 일제히 분노하여 옆에 있던 지나족에게 덤벼들었다. 지나족은 어이도 없고 당황해서 순식간에 혼란스러워졌다.

상망과 지가 재빨리 나서서 외쳤다.

"무슨 짓이냐! 우리가 왜 그런단 말이냐! 속지 마라! 속지 마!"

상망과 지는 전사들에게 명하여 카린 여전사들을 해치지 말고 물러서라고 말했다. 그들이 재빨리 움직이지 않았다면 지나족과 카린족 사이에 혼전이 벌어졌을 것이다.

그러자 카린 전사들은 울고 장탄식을 내뱉으며 지나족을 욕하기 시작했다. 지나족은 삽시간에 기분이 울적해졌다. 카린족을 공격할 수도 없었고, 대열이 흐트러져 카린족과 지나족이 섞여 있어 골짜기로 돌격할 수도 없었다. 그들이 떠나기를 기다릴 수밖에 없었다. 끽구는 어이가 없어서 상망에게 물었다.

"이게 무슨 일이야?"

상망이 비휴에게 눈짓을 하자 비휴가 재빨리 달려가 비냐의 시체를 살폈다. 비냐는 독에 죽은 것이 아니었다. 비냐의 숨을 끊은 것은 옆구리에 박힌 단검이었다. 뒤로 물러서 있던 소녀를 노려보며 비휴가 물었다.

"카린족은 칼을 독이라 부르나?"

비휴가 화가 나서 소녀를 쳐 죽일 듯 다가오자 소녀는 비명을 질렀다.

"자매들아, 지나족이 나마저 죽이려 한다! 저 녀석이…… 칼로 비냐의 시체를 찔렀다!"

소녀가 재빨리 둘러대자 카린족은 무섭게 화를 내며 비휴를 향해 몰려들었다. 비휴는 당황스럽기도 하고 화도 나서 소리쳤다.

"내가 언제 그랬는가!"

"내가 봤어! 네가 단검을 찔렀지! 비냐를 독으로 죽이고 나에게 덮어씌우려고? 나를 죽여 입을 막으려는 거냐?"

카린족 여전사들은 비휴에게 욕을 퍼부으며 소녀를 보호하듯 앞을 가로막았다. 카린족을 이끌고 왔던 세 명의 자매 중 유우는 스스로 퇴각했고 가나는 패하여 물러섰으며 비냐마저 죽었으니 카린족은 대장이 없었다. 그러니 자연히 소녀에게 의지하듯이 모여들 수밖에 없었다.

카린족이 소녀를 에워싸자 지나족은 화가 나서 발을 굴렀다. 사실 카린족 중에서도 지나족이 이런 짓을 할 이유가 없다고 의아하게 생각하는 사람이 많았다. 그러나 그들이 보아 오던 소녀는 열세 자매 중에서도 예쁘고 항상 조용하며 아름다운 음악을 들려주던 선녀의 모습을 하고 있었다. 그 소녀가 거짓말을 하거나 자매인 비냐를 죽인다는 것은 상상도 할 수 없는 일이었다.

소녀는 여전사들이 자기를 보호하기는 하지만 따지고 들면 뒤가 켕기는지라 급히 소리쳤다.

"여전사들이여! 나는 이제 너희와는 다른 길을 걷는다. 허나 너희는 어찌할 건가? 자기 편이던 비냐를 죽인 돼지 같은 놈들을 도와 목숨을 걸고 싸울 것인가? 물러서라. 쑤앙마이에서도 너희를 탓하지 않을 것이다. 싸움을 그만두고 물러서라!"

"저런 간사한 계집!"

소녀가 카린족을 흩어 버리려 하자 지가 펄펄 뛰며 욕을 했다. 지가 조목조목 따지고 들려는데 지나 말을 아는 카린족 여전사들이 눈을 부라리며 외쳤다.

"가까이 오지 마라!"

"소녀님께 욕을 하다니! 죽여 버리겠다!"

소녀는 일이 잘되어 가자 카린족에게 작별을 고하고 재빨리 골짜기 안으로 들어갔다. 카린족은 소녀를 지키려는 듯 되레 골짜기 입구를 막고 섰다.

"저 계집을 잡아야 한다!"

"돼지 같은 지나족 놈들아! 저분을 건드리면 죽을 줄 알아라."

지와 카린족 사이에 말싸움이 붙자 상망이 우울한 얼굴로 훌쩍 비냐의 시체 옆으로 가더니 말했다.

"비냐님! 죽지 않았군요! 뭐라고요? 소녀가 칼로 찔렀다고요?"

카린족은 상망의 말을 듣고 다시 흥분했다.

"비냐님이 죽지 않았다고?"

"소녀님이? 그럴 리가!"

상망은 한숨을 쉬고 외쳤다.

"그것 보시오. 카린족 전사들, 당신들은 속고 있소. 속이려면 얼마든지 속일 수 있지 않소?"

상망이 재치 있게 대응하자 카린족은 웅성거리며 혼란스러워졌다.

지금은 한시라도 빨리 치우천을 뒤쫓아 잡을 때지 카린족과 시시비비를 가릴 때가 아닌지라 상망은 덧붙였다.

"더 따지고 싶지만 그럴 때가 아니오. 비냐님은 용감히 싸웠고, 당신들도 우리를 도와 용감하게 싸워 주었소. 당신들 입장은 알겠소. 더 붙들거나 싸워 달라고 하지 않겠으니 우리를 막지만 말아 주시오."

상망은 고개를 숙여 비냐의 맥을 자세히 짚어 보고 몇 군데 혈도를 누른 다음 말했다.

"비냐님의 숨은 끊어졌지만 완전히 죽지는 않은 듯하오. 내가 조치를 했으니 빨리 쑤앙마이의 여섯 무녀께 보이면 살릴 수 있을지도 모르오. 비냐님이 낫거나 만에 하나 죽더라도 그 시체를 조사해 보면, 우리가 그런 짓을 했는지 아닌지 알 수 있을 것이오. 그러니 물러서 주시오. 일이 급하오."

상망이 차분하게 말하자 카린족은 수군거리며 혼란에 빠졌다.

소녀를 믿지 않을 수 없었지만 의심 가는 면도 많았다. 거기다가 비냐가 살아날 수 있다는데 머뭇거릴 시간이 없었다. 카린 여전사 네 명이 달려 나와 비냐의 시체를 안아 들자 카린족의 부대는 빠르게 철수하기 시작했다.

상망과 비휴는 여자 하나 때문에 든든하던 지원군을 잃었다고 탄식했고, 끽구와 지는 미친 듯이 화를 냈다.

더 이상 머뭇거릴 때가 아니라는 듯이 상망이 외쳤다.

"이럴 때가 아니다! 더 꾸물거리면 놈들을 놓쳐! 이제 죽어 가는 놈들뿐이니 반드시 잡아야 한다!"

"골짜기 위는?"

아까 돌벼락에 당했던 끽구가 조심스레 묻자 지가 외쳤다.

"지금은 한 놈도 없다! 우리 전사도 많이 죽었지만 놈들은 몇 남지도 않았어!"

지나족은 이제 훈족과 타타르족에 이어 카린의 지원군마저도 잃었지만 아직도 그 수는 천오백이 넘었다. 그들은 마지막 힘을 짜내 골짜기 안으로 밀고 들어갔다.

그때 치우천이 외쳤다.

"지금이다!"

치우천이 신호하자 골짜기 안에 남아 있던 툰툰의 부족 수십 명이 일제히 불을 질렀다. 치우천은 울라트와 소녀에게 잘 타는 물건을 골짜기 입구에 쌓아 놓으라고 미리 일러두었다. 두 사람의 힘으로는 물건을 얼마 모을 수 없었지만, 초초문이 나가서 벌레 떼를 부르는 동안 툰툰과 부하들이 달려와 일을 도왔다. 상황이 급하여 막사니 음식이니 가죽이니 가리지 않고 탈 만한 것은 모조리 모아 쌓아 둔 것이다. 그래도 시간이 부족하여 초조해하자 소녀가 달려 나가 시간을 끌어 주어 아슬아슬하게 맞출 수 있었다.

골짜기 어귀에는 강한 바람이 불고 있었는데, 잡동사니 더미에 불이 붙자 치솟은 연기가 바람을 타고 밖으로 불어 나갔다. 골짜기 입구로 달려 들어오던 지나족은 매캐한 연기가 바람을 타고 불어닥치자 눈이 따갑고 매워 방향을 잃고 헤매기 시작했다.

"주술이다!"

"술법이다! 아이구! 주신의 풍백 우사가 왔나 보다!"

지나족 가운데서 누가 외쳤다. 주신의 풍백 우사는 대주술사로서, 바람을 바꾸고 안개를 불러낼 수 있는 능력을 지녔다고 알려져 있었다. 치우천이 쓴 방법은 주술이 아니었지만 당하는 입장에서는 그렇게 보였다. 지나족 사이에서 들리는 겁쟁이의 목소리는 아까 전투중에 도깨비를 두려워하며 소리 지르던 지나 전사의 목소리와 비슷했다. 치우천은 미소를 지었다.

'어떤 겁쟁이가 저렇게 자꾸 소리를 지를까? 지나족이 아니라 아예

우리 편 같구나! 상이라도 주고 싶다!'

끽구와 상망이 부하들을 수습하려 애쓰면서 버럭 소리쳤다.

"무슨 헛소리냐! 풍백 우사가 여기 왜 온단 말이냐? 헛소리하는 놈은 목을 베어 버린다!"

연기가 밀어닥쳐 앞을 볼 수 없자 방향을 잃은 지나족은 우왕좌왕하며 자기끼리 부딪히는 대혼란에 빠졌다. 방향을 잃자 대열은 완전히 흐트러졌다.

치우천은 높은 곳에서 그 모양을 내려다보다가 생각했다.

'지금 한 번만 더 들이친다면……. 하지만 그럴 순 없다. 지금 더 싸우게 하면 아예 도망칠 힘도 없어진다. 지금 아니면 도망칠 수도 없다.'

문득 치우천의 눈에 저 멀리 헌원과 발이 불과 스무 명밖에 안 되는 전사들의 호위를 받으면서 서 있는 모습이 들어왔다.

머릿속에 생각이 스쳤다.

'헌원도 있는 대로 전사들을 털어 넣었구나! 다시없는 기회다! 헌원을 잡으면 모든 일이 끝난다! 더구나 아우를 위해 발도 잡을 수 있다!'

그것은 도박이었다. 연기에 휘말려 혼란에 빠졌다고는 하나 지나족이 언제 대열을 수습할지 몰랐다. 그렇게 되면 기력을 잃은 이쪽의 전사들이 학살당할 위험마저 있었다.

치우천은 결정을 내리지 못하고 갈등했다.

'도망쳐야 하나? 아니면 헌원을 쳐야 하나?'

치우천은 욕심이 생겼다. 헌원을 잡으면 모든 일이 끝나리라 생각되었다. 헌원을 놓치더라도 발을 잡아 아우의 원을 풀어 줄 수 있을 것 같았다. 아우가 발을 잊지 못해 애타는 모습이 떠오르자 마음이 흔들렸다.

'싸울 힘이 없어진 사람들은 물러서게 하고, 기운 센 몇몇만 보내도 충분히 헌원을 잡을 수 있을 것이다!'

절충안을 택하기로 한 치우천이 외쳤다.

"모두 이 틈을 타서 물러서시오! 그리고 비야! 너는 도깨비들과 말 잘 타는 전사 스무 명만 골라서 똑바로 뚫고 나가라!"

"뚫고 나간다고?"

치우비가 의아해하자 치우천이 얼른 말했다.

"가서 헌원을 잡는다! 헌원은 지금 호위병도 얼마 없이 혼자 있다! 더구나…… 발도 그 옆에 있다! 갈 수 있겠니?"

치우비는 정신없이 싸우느라 발 생각은 까맣게 잊고 있었는데, 형의 입에서 발 이야기가 나오자 더 생각하지도 않고 힘차게 외쳤다.

"가겠어!"

"헌원만 잡으면 모든 것이 끝난다! 다른 것은 돌아보지 말고 헌원만 노려라! 리미, 개르! 너희는 비의 앞을 막는 것들을 치워라! 그리고…… 나도 간다!"

치우천 역시 당당하게 외쳤다. 아우를 믿지 못해서가 아니라, 목숨을 걸고 벌이는 도박이니만큼 자신이 빠질 수 없다는 생각에서였다. 보돈 차르가 그나마 상태가 괜찮은 몽골 전사 스무 명을 급히 불러 치우비에게 붙여 주자 치우 형제는 리미, 개르를 양옆에 거느리고 스무 명의 전사를 이끌고 무서운 기세로 달려 나갔다.

누가 승자인가?

결점이 많은 것은 부끄러워 할 일이 아니다.
일생 동안 결점이 없는 것이야말로 걱정해야 할 일이다.
—명(明)의 유학자이자 서화가, 진헌장(陣獻章)의 말

치우비와 치우천은 한 치의 망설임 없이 똑바로 지나족의 한가운데로 뛰어들었다.

치우천이 치우비에게 외쳤다.

"연기 때문에 방향을 잃을 수도 있다. 무조건 앞으로 달려라!"

치우비는 대답 대신 커다랗게 고함을 지르면서 끽구에게 빼앗은 구리몽둥이를 빗자루처럼 휘둘러 앞장섰다. 말할 수 없이 지쳐 있었으나 헌원을 잡고 발도 데리러 간다는 생각에 마지막으로 힘을 짜내었다.

치우비의 몽둥이에 맞은 지나족이 덤불처럼 옆으로 나가떨어져 길은 간단히 열렸다. 끽구와 상망 등은 연기 속에서 우왕좌왕하느라 그들과 마주치지 않았다. 치우비의 활약 덕분에 치우천과 리미, 개르는 순식간에 지나족을 돌파하여 골짜기 밖으로 벗어났다. 해는 저물어 사방은 이제 어두워지기 시작했다.

"이제 됐다! 달려라!"

헌원은 부하들이 골짜기 안으로 들어간 후 안개인지 연기인지가 자욱하게 끼는 모습을 보고 불안해하던 참인데, 골짜기 안에서 수십 명의 전사들이 뛰쳐나오자 깜짝 놀랐다.

'저건 누군가? 우리 편인가? 적인가?'

헌원 옆에서 몸을 추스르던 광성자는 감았던 눈을 뜨고 골짜기 쪽을 바라보다가 외쳤다.

"저건…… 치우 형제입니다!"

헌원의 안색이 창백해졌다.

"그럴 리가!"

"틀림없소! 헌원님. 어서 몸을 피하셔야 합니다!"

헌원은 광성자의 말을 듣지 못한 듯 멍하니 혼잣말로 중얼거렸다.

"그렇다면 부하들이 전멸했단 말인가?"

"아직 알 수 없지만 일단 피하셔야 합니다!"

광성자가 다시 외쳤으나 헌원은 고개를 저었다.

"그럴 수 없습니다. 광성자 스승!"

"무슨 말씀이오?"

"부하들을 다 죽이고 나 혼자 도망치란 말입니까? 이 헌원이…… 이 헌원이 등을 보이고 도망치라는 말입니까?"

헌원은 늠름하게 말하면서 등에 진 칼을 뽑아 들었다.

"지나족의 전사들이여! 우리는 끝까지 싸운다! 저쪽도 스무 명, 우리도 스무 명이다! 절대로 질 수 없다!"

헌원의 말에 남아 있던 스무 명의 전사들은 비장한 표정을 지으며 무기를 고쳐 쥐었다. 광성자가 간곡히 말했다.

"앞장선 자가 치우비입니다! 누가 그를 막겠습니까?"

"나는 물러설 수 없습니다!"

헌원의 결기 서린 목소리에 포기한 듯 광성자가 외쳤다.

"전사들아! 헌원님을 모셔라! 책임은 내가 진다!"

그러면서 결사적으로 헌원의 말고삐를 붙들고 늘어졌다.

"광성자 스승! 무슨 짓이오?"

"헌원님! 헌원님의 몸은 마음대로 할 수 있는 몸이 아닙니다! 헌원님의 몸은 지나족 모두의 것입니다! 나중에 저를 죽이십시오. 달게 목을 내밀겠소이다. 허나 헌원님이 다치시면 안 됩니다! 어두워지기 시작했으니 조금만 달아나면 저들도 쫓을 수 없습니다."

광성자가 애절하게 말하자 지나 전사 스무 명도 눈물을 흘리며 한 목소리로 외쳤다.

"헌원님! 명을 따르지 못하는 저희를 죽여 주십시오! 헌원님을 지키는 것이 저희 일입니다!"

지나족 전사들은 순식간에 헌원을 말에서 내리게 하여 힘센 전사가 탄 말 앞에 옮겨 태웠다. 광성자와 지나족 전사들이 빈틈없이 에워싸서 헌원은 말에서 뛰어내릴 수도 없었다. 헌원은 더 이상 말하지 못하고 탄식만 내뱉었다.

그때 뒤쪽에 처져 있던 발이 느닷없이 자신의 말 란란을 몰고 달려오며 외쳤다.

"치우비라고요? 그 멍청이가…… 그 멍청이가……!"

그러고는 크게 부르짖으며 달려 나갔다.

"비! 이 못된 놈이."

"안 된다! 발아!"

헌원이 놀라서 만류하려 했으나 발은 벌써 저만치 달려 나간 뒤였다. 헌원은 놀라서 외쳤다.

"발을! 발을 구해라! 어서!"

광성자가 헌원을 막아서며 외쳤다.

"제가 무슨 일이 있어도 발님을 구하겠습니다. 헌원님은 나가서는 안 됩니다. 전사들아, 어서 달려라!"

광성자는 울컥 피를 토하면서 말머리를 돌렸다.

스무 명의 지나 전사들은 헌원을 에워싸고 달아나기 시작했다. 헌원은 비명을 지르다시피 발의 이름을 불렀으나 지나 전사들은 눈물을 머금고 앞으로 달리기만 했다.

치우비는 형과 다른 전사들보다 한참 앞장서서 무서운 기세로 달려 나가다가 문득 발의 목소리를 듣고 멈칫거렸다.

"발……"

발이 달려올 줄은 치우천도 생각지 못하던 터였다.

"비야. 발의 말은 나중에 들어라! 헌원을 쫓아야 한다!"

치우비는 어쩔 줄을 몰라 자리에 멈추어 말머리만 빙빙 돌렸다.

발이 달려오며 외쳤다.

"비! 이 나쁜 놈아!"

"발! 나와 같이 가자! 어서……"

치우비는 발을 보자 반가운 마음에 발 가까이 말을 몰았으나 발은 비의 말은 듣지도 않고 느닷없이 치우비를 향해 작은 칼을 꺼내 휘둘렀다.

치우비가 눈을 휘둥그레 뜨며 외쳤다.

"이게 무슨 짓이야?"

"너는…… 너는 우리 아버지를 해치려는 거지? 그렇겐 못해! 못해!"

발은 엉엉 울면서 자그마한 칼을 휘둘러 댔다. 그런 것에 맞을 치우비는 아니었지만 울며 괴로워하는 발을 보자 마음이 납덩이처럼 무거워졌다.

"발아, 나와 함께 가지 않겠니? 응?"

"닥쳐! 너야말로 왜 나에게 오지 않았지? 응?"

"발, 어쩔 수 없었어. 너희 아버님이 우리를 잡으려고 많은 군사를 끌고 왔는데 어떻게……."

"듣기 싫어! 네가 아버지를 따른다고만 했으면 이렇게 되지 않았잖아!"

"나도 할 수 없었어, 발아! 나는…… 나는 형님의 뜻을……."

"또 그 잘난 형! 너에게 형이 있듯 나에겐 아버지가 있어! 너만 형의 말대로 하고 나는 아버지를 배신하라는 거야? 응?"

발이 외치면서 치우비의 가슴에 작은 칼을 찔러 들어왔다. 치우비는 길게 한숨을 내쉬며 칼을 막지 않고 가만히 있었다. 치우비의 가슴에 칼이 박히자 치우천과 리미, 개르도 놀랐지만 칼을 찌른 발이 가장 놀랐다. 발은 칼을 놓고 깜짝 놀라 뒤로 물러섰다.

치우비가 서글프게 웃으며 가슴에 박힌 칼을 뽑자 피가 분수처럼 솟구쳐 나왔다. 작은 칼이었지만 발이 흥분한 나머지 칼을 깊이 찔렀고 치우비가 전혀 방어하지 않은 탓에 상처는 깊었다. 치우비는 비틀거리면서 발에게 칼을 내밀며 힘없이 말했다.

"내 잘못이다, 발. 너에게 미안할 뿐이야. 마음이 안 풀리면 더…… 더 찔러도 돼……."

발이 비명을 지르며 크게 울음을 터뜨렸다.

"이…… 이 멍청이! 바보!"

치우비는 창백한 표정으로 힘겹게 말했다.

"발아, 너와 나는…… 이렇게 될 수밖에 없었는지도……. 허나 널 원망하지 않아. 나는…… 나는 그래도 너를 항상……."

치우비는 힘겹게 중얼거리다가 피를 쏟으며 말에서 굴러 떨어졌다. 치우천과 다른 전사들, 그리고 발이 동시에 비명을 질렀다. 치우천은 아우가 말에서 굴러 떨어지자 눈에서 불이 뿜어 나왔다. 치우천은 불같이 노하여 칼을 뽑아 들고 달려 나갔다.

"발!"

평소 웃음만 흘리던 치우천이었으나 정말로 화를 내자 기세가 엄청났다. 발이 놀라 어쩔 줄을 몰라 하는데 치우비가 힘겹게 손을 뻗으며 말했다.

"발…… 어서 가, 어서……. 형님이 화났어……."

"이 멍청아! 너는…… 너는 죽어 가는데……!"

치우비는 눈을 감으며 외쳤다.

"죽지 않아. 나는 죽지 않아. 꼭 너를 다시 만날 거야. 너를 찾아 갈 거야. 그리고……."

치우비는 고함을 치면서 죽을힘을 다해 몸을 일으켰다. 힘을 주자 가슴에서 다시 피가 솟구쳤다. 발이 어쩔 줄 모르고 머뭇거리는 사이, 무섭게 분노한 치우천이 칼을 휘두르며 발에게 달려들려 했기 때문이다. 치우비가 가슴에 피를 철철 흘리면서 형의 앞을 막아섰다.

"형…… 형! 제발……!"

그 말을 하자마자 치우비는 통나무가 넘어지듯 땅에 풀썩 쓰러져 버렸다.

치우천은 아우를 짓밟을까 두려워 급히 말을 세웠다. 불꽃이 이글거리는 치우천의 눈을 보는 순간 발은 겁에 질려 버렸다. 그러다가 눈을 감고 눈물을 주르륵 흘리면서 말에서 훌쩍 뛰어내려 꼿꼿이 섰다. 치우천은 말에서 내려 아우를 감싸 안아 부축한 다음 외쳤다.

"리미! 개르! 비를 돌봐라!"

치우천은 분노가 사그라지지 않은 눈빛으로 발을 향해 다가가려 했다.

발이 말했다.

"죽이세요. 차라리 나를 죽이세요."

"안 돼! 형님! 형님! 죽어서는 안 돼. 제발…… 제발……."

치우비는 의식을 잃어 가는 중에도 흐느끼면서 힘겹게 외쳤다. 치우천은 아우의 목소리를 듣지 않으려는 듯 눈을 감았다. 손에 든 칼이 부르르 떨리는가 싶더니 치우천은 한숨을 쉬며 발에게 조용히 말했다.

"이렇게까지 했어야 했소?"

발은 눈물만 흘릴 뿐 대답하지 않았다. 치우천은 한숨을 쉬며 어깨를 부르르 떨었다.

"내가 잘못 생각했군요. 나는 아우가 당신을 생각하는 것만큼 당신도 아우를 생각한다고 여겼소. 그런데…… 아니었던가 보군요."

발이 날카롭게 쏘아붙였다.

"나에게 뭘 바란 거죠? 부족도 아버지도 어머니도 다 버리고, 무턱대고 저 멍청이만 따라갈 거라 생각했나요? 그러면 왜 저 멍청이는 나를 따라오지 않죠?"

치우천은 담담하지만 노기 띤 목소리로 되받았다.

"내 아우가 당신 때문에 당신 아버지 밑에 엎드려야만 한단 말이오? 우리가 지나족과 싸우게 된 것은 당신 아버지와의 문제요."

"저 녀석이 우리 아버지를 해치려 했어요!"

"당신 아버지야말로 우리를 해치려 했소. 우리는 싸우고 싶어 하지 않았지만 당신 아버지가 끝끝내 우리를 몰아붙인 것이오."

"그럼 비는 나를 왜 데려가려 했죠? 왜 나보고 같이 가자고 한 거죠?"

"아우는 그냥 당신과 함께 가고 싶어 했을 뿐이오. 당신을 좋아했기 때문이오."

"나를 잡아간다고 내가 얼씨구나 저 멍청이 녀석을 따라갈 줄 알았나요?"

치우천은 싸늘하게 비웃음 소리를 냈다.

"내가 그렇게 하라고 일렀소. 허나 비가 당신을 강제로 잡았소? 잡으려고 하기나 했소? 비가 당신을 잡으려 했다면 저항이나 해 볼 수 있을 것 같소? 당신이 비를 따를 수 없다면 그냥 거절하면 되지, 왜 비에게 칼을……."

발은 말문이 막힌 듯 입을 다물었다. 치우천은 한마디 더 내쏘았다.

"당신이 비의 말대로 못 해 주는데, 당신은 비를 당신 종처럼 마음대로 할 수 있다고 생각했소? 비가 얼마나 괴로워하는지 아직도 모르겠소? 당신이 비를 찔렀는데도 비는 당신 걱정만 하고 있는데…… 당신은…… 당신은……!"

더 이상 참을 수 없다는 듯 말을 잇지 못해 돌아서던 치우천이 숨을 고르고 난 뒤 말을 이었다.

"돌아가시오. 아우의 부탁을 저버릴 수 없구려. 허나 다음번에는 반드시 당신과 당신 아버지의 목을 베어 버리겠소."

발은 뭐라고 더 말하려 했으나 입을 뗄 수가 없어서 왁 하고 울음을 터뜨렸다. 광성자가 달려오는 것을 보고는 치우천이 소리쳤다.

"데려가시오. 헌원과는 다른 쪽으로 달아나는 게 좋을 거요."

광성자는 서글픈 표정으로 발을 억지로 말 등에 태우더니 반대편으로 달려가 버렸다. 개르가 풀죽은 목소리로 입을 열었다.

"심장을 찔린 것 같지는 않습니다. 걱정 마십시오. 죽지 않을 겁니다."

치우천은 의식을 잃은 아우를 보고 눈물을 글썽이면서 이를 갈며 말했다.

"비야! 내 반드시 헌원을 잡으리라! 개르, 너는 비를 데리고 가라! 리미와 다른 이들은 나를 따르라! 헌원을 잡자! 헌원은 아직 멀리 못 갔다!"

치우천은 말고삐를 바싹 쥐고 헌원을 추적하기 시작했다. 이제 사방은 꽤 어두워져서 가까운 곳만 간신히 보일 정도였다. 그런데 갑자기 앞에서 어둠을 뚫고 많은 수의 사람들이 달려왔다. 헌데 지나족의 전사들 아닌가? 치우천은 깜짝 놀랐다.

'지나 전사들이 아직 남아 있었단 말인가?'

당황한 치우천 앞에 거대한 두 사람의 모습이 나타났다.

"치우천! 여기서 만날 줄이야!"

신도와 울루였다. 치우천은 놀라움을 감출 수가 없었다.

'신도 울루가 왜 여기 있단 말인가?'

비울걸의 도깨비들을 만나 부대가 뿔뿔이 흩어졌으나 신도 울루는 힘겹게 삼백 명가량의 전사들을 다시 긁어모을 수 있었다. 시간도 많이 지체하고 기가 꺾인 신도 울루는 더 나아가지 못하고 헌원의 명령을 받으려고 돌아오는 길이었는데 마침 도망치는 헌원 일행을 만났다. 이에 헌원은 서둘러 발을 구하고 자신의 뒤를 쫓는 치우천을 잡으라 이른 것이다.

어둠 속에서 수백 명의 적을 맞닥뜨린 치우천과 리미, 그리고 스무 명의 몽골 전사들은 당황할 수밖에 없었다. 도망치려 했지만 지나족은 어느새 뒤까지 포위한 다음이었다. 치우천은 낙담하여 생각했다.

'하늘이 나를 버리시는구나. 하필 이때 신도 울루가 돌아오다니! 내가 무리하게 욕심을 부려서 죽음의 길로 들어갔구나!'

신도 울루는 치우천을 잡으라고 호통을 쳤다. 지나 전사들이 어지럽게 달려들자 리미는 치우천을 지키려고 필사적으로 싸웠다. 스무 명의 몽골 전사들도 죽을힘을 다했고 치우천도 있는 힘을 다해 칼을 휘둘렀지만 중과부적이었다. 결국 리미는 피투성이가 되어 쓰러졌고, 스무 명의 몽골 전사들도 거의 다 죽어 넘어졌다. 남은 사람은 치우천뿐이었다.

바로 그때, 지나족의 후방이 소란스러워지며 누가 나타났다. 보돈차르와 야율쿠리, 키타야가 몇 명의 전사들을 데리고 달려온 것이다. 키타야와 같이 온 보챠두의 두 아들과 툰툰의 두 아들도 보였다. 그들은 몇 명 되지 않지만 하나같이 훌륭한 전사들이라서 뒤를 찔린 지나족은 잠시 갈팡질팡했다.

보돈차르가 날듯이 달려와 쓰러진 리미를 말에 태웠고 보챠두의 두 아들이 치우천을 호위했다. 야율쿠리는 마치 사자처럼 싸워서 앞길을 텄는데 아무도 그 앞을 막지 못했다. 마침내 그들은 포위망을 돌파하는 데 성공했다. 포위망을 벗어나자 그들은 뒤도 돌아보지 않고 도망쳤다. 달아나는 길에 치우천이 헐떡이며 물었다.

"어떻게 알고 왔지?"

야율쿠리가 대답했다.

"알려 준 사람이 있다. 어쨌든 천, 네가 안 죽어서 다행이다!"

"비는?"

"노란 머리 도깨비가 잘 데리고 왔더군."

"다른 전사들은? 무사히 후퇴했나?"

치우천의 말에 보돈차르와 야율쿠리의 낯빛이 흐려졌다. 키타야가 내키지 않는 듯 입을 열었다.

"후퇴하지 않았다네."

"네? 그러면……?"

"우리는 모두 자네 형제를 구하러 왔네. 자네 형제를 두고 어떻게 후퇴하겠는가?"

곧이어 보돈차르가 애써 침착하게 말했다.

"구르 부족장과 초초룬에게 지휘를 맡겼으니, 별일은 없을 걸세."

날은 완전히 어두워져서 피차 더는 싸울 수 없는 상황이었다. 보돈차르는 일행을 이끌고 골짜기로 들어가지 않고 한참을 돌아갔다. 밤이 깊을 무렵이 되어서야 그들은 어느 널찍한 벌판에 다다랐는데 그곳에 남은 전사들이 모여 있었다.

그런데 그 수가 믿어지지 않을 정도로 적었다. 부상자들이 많기는 했어도 치우천이 헌원을 잡으러 나설 때는 최소한 오백 명은 숨이 붙어 있었다. 그러나 지금 남아 있는 전사의 수는 삼백 명도 채 안 되었다. 더구나 멀쩡했던 구르는 중상을 입어 숨만 간신히 붙어 있었고, 초초룬도 화난 듯 술을 벌컥벌컥 들이켜고 있었는데 온몸이 피투성이였다.

"이게…… 이게 어찌 된 일입니까?"

치우천이 놀라서 외치자 보돈차르가 덤덤한 목소리로 대답했다.

"천 안다, 자네가 헌원을 잡으러 나가고 난 뒤 불태울 것이 없어져서 연기를 더 피울 수 없었다. 그래서 끽구와 비휴가 밀고 들어왔다. 우리는…… 우리는 미처 물러서지 못하고……."

비로소 상황을 파악한 치우천이 부르짖었다.

"물러서지 못한 게 아니라 물러서지 않은 것이지요? 저 때문에…… 저 때문에 물러서지 않았던 것입니까?"

보돈차르와 야율쿠리, 키타야는 입을 다물고 말하지 않았다. 그때 후퇴했으면 최후의 타격은 입지 않았을지도 모른다. 그러나 벗들의 입장에서는 물러설 수 없었다. 기껏 치우 형제를 구하러 여기까지 왔는데, 형제를 두고 물러설 수는 없었다. 지휘를 맡은 치우천이 빠져나간데다가 머뭇거리고 탈진한 상태에서 공격을 받아 순식간에 막대한 피해를 입었던 것이다.

치우천은 눈물을 쏟으며 절규했다.

"내 잘못입니다! 내 잘못 때문에 벗들을 저렇게……. 나는…… 나란 놈은……!"

치우천은 애통함을 이기지 못해 칼을 뽑아 들고 목에 갖다 댔다. 그때 야율쿠리가 호통을 치며 재빨리 치우천의 손을 쳐내자 칼이 땅에 떨어져 버렸다.

"무슨 짓이냐!"

보돈차르가 치우천에게 다가오더니 말했다.

"천 안다, 네 잘못이 아니다. 이게 잘못이라면 명령을 듣지 않은 우리의 잘못이다."

"제가…… 제가 모두를 죽였습니다. 욕심을 부려 무리하게 나서는 바람에……. 아아……."

치우천이 목 놓아 비통하게 울음을 터뜨리자 키타야가 버럭 고함을 질렀다.

"이 무슨 바보짓인가! 내가 아는 치우천이 이런 남자였나?"

"저는 바보입니다. 이 싸움에서 패해 사람들을 죽게 만들었습니다. 나 같은 바보는……."

보돈차르는 고개를 설레설레 저으며 말했다.

"천 안다, 아무도 그렇게 생각하지 않는다. 다섯 배, 여섯 배가 되는 지나족에 둘러싸였을 때, 우리는 다 죽었다고 생각했다. 그러나 네가 잘 이끈 덕분에 수많은 지나족과 훈족, 타타르족을 물리쳤다. 이건 이긴 싸움이다!"

키타야도 한마디 거들었다.

"결과적으로는 잘 안 되었네만 헌원이 혼자 있는 것을 꿰뚫어 보고 달려 나간 것은 잘못된 판단이 아닐세! 나라도 그렇게 했을 것이네! 다음번에도 똑같은 일이 벌어진다 해도 그럴 것이네!"

야율쿠리도 외쳤다.

"맞다! 우리는 칠백 명을 잃었지만 지나족과 훈족 개새끼들은 이천,

삼천은 죽었을 것이다! 이긴 전투란 말이다! 몇 배나 되는 전사들과 싸워서 더 많은 수를 죽였고, 저들이 잡으려는 너희 형제를 지켜 내지 않았는가? 하핫! 그랬으면 승리를 기뻐해야지, 왜 슬퍼하는 것이냐? 응?"

술을 퍼마시던 초초룬도 어느 결에 다가와 맞장구를 쳤다.

"젠장! 유루칸족의 치미르칸을 죽이고, 훈족의 나단선우를 고꾸라뜨렸고, 끽구와 비휴 같은 지나족 코를 납작하게 만든데다가, 헌원이 꽁무니가 빠지게 도망치게 만들었는데 이게 왜 승리가 아니란 말이지?"

야율쿠리가 초초룬에게 눈을 찡긋하며 외쳤다.

"하핫! 그래, 맞다! 잔치라도 벌이지 못할망정 왜 풀이 죽어 있나? 어차피 전사들은 싸우기 위해 존재한다. 우리는 실컷 싸웠고 조금도 부끄러울 것이 없다. 이번 싸움은 두고두고 부족 간에 이야깃거리가 될 것이다. 뭐가 걱정인가?"

치우천은 더 말하지 않고 애써 속마음을 숨기고 입을 열었다.

"그래, 내가 잘못 생각했다. 다들 힘써 싸워 주었고, 잘했어!"

그제야 부족장들이 웃는 낯을 보였다. 야율쿠리는 치우천의 등을 두들겨 주기까지 했다.

"그래! 그래야지!"

"다치거나 죽은 자들을 보살펴야 한다. 흩어진 전사들을 모을 수 있는 데까지 모아야 해."

치우천 쪽의 피해도 심각해서, 치우비, 구르, 양역은 정신조차 차리지 못하는 중상을 입었고 그 외 부루벼락, 초초룬, 치베도 상당한 상처를 입고 있었다. 리미와 마냥, 싱카는 목숨이 위험할 정도는 아니라도 한동안 옴짝달싹할 수 없는 중태였다. 그나마 중요한 사람들 중 당장 죽을 것 같은 사람이 없어 다행이었다.

보돈차르나 키타야, 야율쿠리 등도 크고 작은 상처를 입었지만 워낙 부상자들이 넘쳐 나는 이 상황에서는 상처를 입었다고 할 형편도 아니었다. 다들 너무 지쳐서 움직일 기력조차 없어 보였다. 그때 툰툰이 나섰다.

"그 일은 내가 하겠네. 나는 늙어서 그리 큰 힘을 쓰지 못했다네. 나는 밤눈이 밝으니 전사들을 모아 보겠네."

툰툰이 나서자 형요 자매도 말했다.

"우리도 돕겠어! 우리 자매는 밤만 되면 힘이 나니까."

보돈차르가 걱정스레 물었다.

"혹시 지나족이 여전히 우리 뒤를 쫓으면 어쩌지?"

치우천은 고개를 저었다.

"지나족도 그럴 상황이 아닐 겁니다. 날이 밝을 때까지는 움직이지 못할 것입니다."

"그렇겠군."

치우천은 다른 사람들에게 뒷일을 부탁하고 물러섰다. 속마음을 보이지 않으려 애썼으나 스스로를 책망하고 있었다.

'이긴 게 아니다. 무라가 돕지 않거나 소녀가 나서서 비냐를 물러서게 하지 않았다면 일방적으로 당했을 것이다. 운이 좋았을 뿐이다. 나는…… 나는 아직 멀었다. 헌원에게 진 것이다. 치우천! 치우천! 이 바보야! 너는 아직 멀었다!'

비슷한 시각, 헌원도 치우천을 잡지 못했다는 말에 비통한 표정을 감추지 못하고 있었다.

"그들을 잡을 수 없단 말인가? 더 쫓을 수 없는가?"

헌원이 안타까운 듯 묻자 끽구가 대답했다.

"끽구가 아룁니다. 날이 어두워졌고, 우리는 이곳 지리에 익숙하지도 못합니다. 다친 전사들이 많아 쫓기는 무리일 것 같습니다."

"일이 틀어졌구나! 다 틀어졌어! 우리가 완전히 진 것 아닌가?"

상망은 애써 헌원을 위로하려 했다.

"상망이 헌원님께 아룁니다. 비록 형제는 잡지 못했지만, 우리가 이긴 것입니다. 그놈들은 거의 다 죽어서 산산이 흩어져 도망쳤습니다. 백 명이나 살았을까요? 열에 아홉을 쳐 죽였으니 우리가 이긴 것입니다."

상망이 애써 과장하여 말하자 헌원은 고개를 가로저었다.

"우리 피해가 더 크지 않은가?"

지가 나섰다.

"지가 헌원님께 아룁니다. 우리 지나 전사들은 삼백 명 정도가 죽고 그 정도가 다쳤습니다. 허나 적은 구백 명 정도가 죽은 셈입니다. 훈족과 타타르족, 카린족의 피해가 조금 있지만 우리 부족도 아니지 않습니까?"

"치미르칸이 죽고, 나단선우는 숨만 붙어 있고, 카린족 대장 세 명도 패했다는데, 그게 조금 피해를 입은 것인가?"

"하지만 우리가 이겼습니다."

헌원은 한숨을 내쉬며 말했다.

"우리 편의 수가 여섯 배인데 저들을 이기지 못하고 쩔쩔맸다. 더구나 나는 쫓겨서 도망치기까지 했다. 치우천 치우비 녀석들도 결국 잡지 못했어."

헌원의 말에 지, 상망, 끽구의 얼굴빛이 숙연해졌다. 그 모습을 보고 헌원은 말을 이었다.

"내, 자네들을 나무라는 것이 아니네. 자네들은 잘 싸워 주었어. 그래, 우리가 졌다고는 할 수 없지. 그러나 생각해 보게. 만약 치우천에게 나와 같은 수의 전사가 있었다면? 하다못해 오백 명만 더 있었다면 어찌 되었을까……?"

헌원이 침통한 어조로 말하자 광성자가 몸을 추스르며 말문을 열었다.

"광성자가 말씀드립니다. 헌원님께서는 우리가 지지는 않았지만, 헌원님 스스로는 치우천에게 졌다고 생각하시는지요?"

헌원은 다소 슬픈 눈으로 광성자를 바라보았다.

"솔직히…… 그렇소, 광성자 스승."

"광성자가 말씀드립니다. 싸우기 전에 하는 준비도 싸움 못지않게 중요합니다. 헌원님은 놈을 얕보지 않고 더 많은 준비를 하셨고, 그대로 된 것입니다. 헌원님이 결코 졌다고 할 수는 없습니다."

헌원은 힘들게 고개를 끄덕이며 중얼거렸다.

"스승께서 말씀하시니 그렇다고 해 두지요. 허나…… 나는 두렵습니다. 보면 볼수록 나는 그 녀석이 두렵습니다. 누가 승자인지 누가 패자인지는 더 두고 보아야겠습니다만……. 그 녀석이 있는 한 나는 편히 잠들 날이 없을 것 같습니다."

헌원은 하늘을 보고 탄식하다가 이윽고 물었다.

"발은 무엇을 하고 있습니까? 광성자 스승."

"그저…… 울고만 있습니다. 통 말을 하지 않습니다."

헌원은 길게 한숨을 쉬면서 초롱초롱 빛나기 시작한 밤하늘의 별들을 올려다보았다.

"하늘의 뜻은 어디 있을까……?"

그날 밤은 마지막 힘을 쏟아 부상자들을 정신없이 돌보느라 치우 측 사람들은 완전히 곯아떨어졌다. 다음 날 날이 밝자 다행히 좋은 소식이 있었다. 툰툰과 형요가 길을 잃거나 도망쳤던 전사들 칠팔십 명을 수습해서 데리고 온 것이다. 절반은 심하게 다쳤지만 그래도 사람들을 구한 것이 기뻐서 치우천의 얼굴이 밝아졌다.

보돈차르가 다가와 귀띔했다.

"천 안다, 사람들의 기분을 풀어 주어야 한다. 대장이라면 반드시 어제 싸움에 대해 누가 잘하고 잘못했는지 따져 말해야 한다."

치우천은 정신이 번쩍 들었다. 당연히 해야 할 일이었다. 치우천은 낙담해 있었지만, 해야 할 일이 있다는 것을 알고 곧 기운을 차려 말했다.

"다친 사람을 빼고 부족장과 대장 들은 전부 모이시오!"

치우천은 차례대로 보돈차르, 키타야, 구르 등 부족장들의 공을 큰소리로 조목조목 칭찬해 주었다. 부족장의 공은 그를 따르는 전사들의 공을 함께 말하는 것이므로 당연히 가장 먼저 말해야 했다. 그때마다 박수 소리와 함성이 일었고 침울하던 분위기가 일시에 밝아졌다. 그것을 보고 치우천은 생각했다.

'보돈차르님은 부하를 부릴 줄 아는구나. 순식간에 사람들이 힘을 내다니. 앞으로도 배울 점이 많겠어.'

그다음 치우천은 전사를 이끌고 와 준 야율쿠리, 초초룬, 툰툰의 공을 말하고 격려했다. 마지막으로 부하들을 거느리고 오지 않은 사람들, 즉 치베, 형요 자매, 양역, 쇠돌이, 부루벼락과 마파람의 공을 일일이 말했다. 말하고 보니 열심히 싸우지 않은 사람이 없고 공을 세우지 않은 사람이 없어서 치우천은 새삼 감격하여 목이 메었다.

보돈차르가 다시 귀띔했다.

"자네 아우의 공도 크다. 그리고 도깨비들도 공이 크잖은가?"

"도깨비들은 그렇지만 비는…… 저와 비 때문에 다들 와 준 것 아닙니까?"

치우천은 아우의 공을 내세울 것이 없다고 생각했으나 보돈차르는 고개를 저었다.

"이건 싸움일세. 누가 잘 싸우고 못 싸웠는가 말하는 것이지, 누구 때문에 오고 말고 따지는 것이 아니다."

치우천은 그 말이 옳다고 여겨져서 치우비와 도깨비들의 공도 말했다. 리미, 마냥, 싱카, 개르, 포리 다섯은 사람들이 도깨비 신세인 자신들에게 박수를 쳐 주고 환호해 주자 감격하여 눈물까지 흘렸다. 치우천은 울라트도 안아서 높이 올리며 불을 지른 공과 도깨비들을 잘 가르친 공을 치하해 주었다. 울라트의 얼굴이 빨개지자 전사들은 와하고 웃으면서 더 열심히 박수를 쳤다.

키타야가 가죽 모자를 쓰고 낡은 옷을 입은 전사 한 명을 데리고 앞으로 나와 말했다.

"치우천, 이 사람이 누군지 아는가? 이 사람이 마지막에 달려와서 자네가 위험에 처했다고 알려 주었다네."

치우천이 보니 어디서 본 적이 있는 것 같았는데 쉽게 기억이 나지 않았다. 입은 옷은 낡았고 지나족 전사 차림이었으며, 키는 크지 않지만 체구가 강철같이 다부졌다. 얼굴은 번듯한 미남형으로 코가 높은 것으로 보아 서쪽 사람 같았다. 남자는 밝게 웃어 보이며 서툰 주신 말로 말했다.

"저번에 먼발치에서 뵌 적 있습니다. 기억 안 나십니까?"

치우천은 웃으며 솔직히 말했다.

"제가 머리가 나빠서 잘 기억이 나질 않군요. 미안합니다."

남자는 웃으면서 가죽 모자를 벗었다. 그러자 긴 머리가 출렁거리며 흘러내렸다. 그 특이한 모습을 보니 치우천도 누구인지 기억이 나서 크게 놀랐다.

"알한! 태산 회의 때 좋은 솜씨를 보여 주셨던 알한님 아니십니까?"

그 사람은 바로 태산 회의 몽둥이 시합에 결승까지 올라갔다가 금천에게 애석하게 패한 투르크의 전사 알한이었다.

"머리가 나쁘시다더니 잘 기억하시는군요."

야율쿠리도 알한을 기억하고는 놀라며 물었다.

"당신 같은 대단한 전사가 왜 지나족 차림을 하고 있는 거요? 그리고 여긴 어떻게 왔소?"

알한이 껄껄 웃으며 대답했다.

"나는 태산 회의 때 금천에게 진 것이 원통하여, 그대로 있다가는 숨이 막혀 죽을 것 같아 혼자 부족을 떠나왔습니다. 그러나 금천은 대족장이라 겨루기커녕 코빼기도 볼 수 없었습니다. 생각다 못해 지나족 속에 있으면 금천을 만날까 싶어서 지나족 전사들 속에 섞여 들어갔는데, 금천은 만나지 못하고 여기까지 오게 되었지 뭡니까?"

"그래서요?"

"그래, 이대로는 안 되겠다 싶어 도망치려 생각했는데 지나족 놈들이 치우천 당신과 다른 영웅들을 공격하지 않겠습니까? 나는 지나족과 감정이 좋지 않아, 당신들을 조금 도우려 했습니다. 도움이 되었는지 모르겠습니다만……."

"돕다니?"

야율쿠리가 의아해하자 알한은 껄껄 웃더니 평소와 전혀 다르게 아주 겁먹은 듯 가냘픈 소리를 내었다.

"아이쿠! 큰일이다! 도깨비다! 치우비다!"

치우천은 참지 못하고 크게 웃음을 터뜨렸다. 이제 보니 지나족 틈에서 계속 겁먹는 소리를 질러서 지나족의 사기를 흐트러뜨린 사람은 지나족이 아니라 알한이었던 것이다. 그의 목소리를 듣더니 다른 사람들도 와하고 큰 소리로 웃었다. 알한은 다부지고 힘센 전사였으나 말투가 차분하고 겸손했으며 익살맞은 면도 있었다.

알한도 허허 웃으며 말을 이었다.

"치우천님, 당신은 이제 지나족의 적입니다. 나도 언젠가는 금천과 싸워 명예를 되찾아야 하니 당분간 당신들과 함께 다니고 싶습니다. 저를 받아 주시겠습니까?"

치우천은 기뻤으나 신중하게 말했다.

"저는 집도 갈 곳도 없는 떠돌이 신세입니다. 많이 고생하실 텐데요."

알한이 호쾌하게 웃으며 되받았다.

"금천은 헌원의 부하이고, 세상에 헌원과 맞서는 사람은 당신뿐입니다. 나는 비록 지나족 편에 있었지만 어제 당신의 싸움을 보고 감탄했습니다! 더구나 나는 워낙 한곳에 눌러 있는 성격이 못 되어서 떠돌이로 지내는 편이 더 좋습니다. 전사라면 모험을 하면서 지내야지, 마을에서 빈둥거리고 지내서야 뭣에 쓰겠습니까? 언젠가 지나족과 싸우게 되어 금천을 상대하게 되었을 때 저를 내보내 주시기만 하면 됩니다."

치우천과 모여 있던 이들은 기뻤다. 알한이 금천에게 졌다고는 하나 태산 회의 몽둥이 겨룸에서 두 번째 자리를 차지한 대단한 용사였다. 그런 용사가 제 발로 찾아와 힘을 합해 주니 기쁘지 않을 수 없었다.

야율쿠리는 싱글거리며 알한의 어깨를 툭툭 두드리고는 말했다.

"전사는 전사를 알아보는 법! 알한님은 제대로 온 것이오. 나와도 한 번 겨뤄 보는 게 어떨까요?"

"지난번 야율쿠리님의 솜씨를 보고 감탄했습니다. 사양하지 않겠습니다."

치우천은 알한을 환대한 다음 비울걸에 대해 이야기를 했다. 비울걸은 신도 울루를 물리친 뒤 또 어디로 사라졌는지 보이지도 않았지만 치우천은 비울걸의 큰 공로도 잊지 않고 이야기했다. 그에 덧붙여 비울걸은 좋은 사람이니 앞으로는 용모만 보고 뭐라 해서는 안 된다는 당부도 했다. 사람들은 그의 공로가 크다는 것을 알게 되었는지라 고개를 끄덕이며 동의했다.

마지막으로 치우천은 무라와 소녀를 불렀다. 무라는 뭔가 말하려 하다가 채 말을 꺼내지 못하고 입을 다물었다. 그러자 치우천이 먼저 말했다.

"무라님은 저희 형제를 위해 부족까지 버리고 도와주셨습니다. 비휴의 천랑대를 물리쳐 주시고 카린족 한 부대를 물러서게 해 주셨습니다. 무라님이 아니었으면 위험했을 겁니다. 이 치우천, 평생 무라님의 은혜를 잊지 않겠습니다."

무라는 잠시 생각하다가 입을 열었다.

"카린족과 쑤앙마이를 미워하지 않으시면 그것으로 충분합니다."

치우천은 고개를 끄덕였다.

"카린족이 우리를 공격한 것은 쑤앙마이의 진심이 아니란 것을 압니다. 무라님의 말씀을 따르겠습니다."

무라는 많은 사람들의 환호를 받는데, 무라의 용모와 개명수를 타고 다니는 신비한 풍모 때문에 더 많은 박수가 나왔다. 그러나 무라의 얼굴은 여전히 무표정했고 눈에는 슬픈 빛이 가득했다. 자신을 위해 희생한 유우 때문이었다. 마지막으로 치우천은 소녀에게 말했다.

"소녀님은 마지막 순간에 카린족 비냐를 물러서게 해 주셔서 우리를 구했습니다. 대체 어떤 방법을 썼는지 궁금하군요."

사람들은 소녀가 여자인데도 혼자 용감히 나가 카린족 부대를 흩어버린 것만 알았지, 비냐를 기습하여 찔러 죽인 사실은 알지 못했다. 모두 후퇴하거나 불을 피우느라 제정신이 아니었기 때문이다. 치우천은 소녀도 무라처럼 비냐를 설득하여 물러서게 한 것으로만 알고 물었다.

소녀는 조용히 얼버무렸다.

"그냥 할 수 있는 일을 했을 뿐입니다. 천님을 위해서라면 무슨 일이

든 할 수 있습니다."

그 말을 듣고 전사들은 박수를 치며 휘파람을 불었다. 소녀의 말은 완전히 치우천에 대한 공개적인 감정의 표시처럼 들렸기 때문이다. 다들 소녀가 아름답고 매혹적이라 어울릴 사람은 치우천밖에 없다고 생각하고 있었기에 환성이 더 컸다. 치우천은 얼굴을 붉히며 싱긋 미소를 지었다. 그렇게 해서 논공행상이 끝났다.

잠시 후 초초룬이 다가와 치우천에게 속삭였다.

"천, 할 말이 있어."

"뭐지?"

초초룬이 낮은 목소리로 속삭였다.

"저 여자, 조심해야 해."

"무슨 소리야?"

"어제 자기 자매를 찔러 죽였어. 다른 사람은 못 봤겠지만, 나는 마지막에 물러섰기 때문에 볼 수 있었어."

그러면서 초초룬은 소녀가 비냐를 찔러 죽인 광경을 치우천에게 일러 주었다. 그 말을 들은 치우천은 놀랍기도 하고 당혹스러웠다. 치우천 역시 소녀가 겉보기와는 성격이 다르다는 것은 눈치채고 있었지만 소녀의 이번 행동은 도무지 믿을 수가 없었다.

"정말이야? 잘못 본 것 아니야?"

"틀림없어."

치우천은 혼란스러웠다. 사실 치우천도 소녀에게 호감이 일어 마음이 끌리고 있었다. 소녀가 비냐를 찌른 일은 비정하고 모진 면이 없지 않았다. 허나 소녀를 좋게 생각하는 치우천은 그 일이 꺼림칙하지만 나쁘게만 생각할 수도 없었다.

"하지만 나를 위해 한 일 아니겠어? 모두가 도움을 받은 것도 사실이고……. 소녀님도 그 때문에 큰 희생을 치른 셈인데……."

초초룬은 이해한다는 듯 고개를 끄덕이면서도 얼른 덧붙였다.

"물론 너를 위해 한 일이겠지. 그러나…… 지독한 면이 있는 것 같다."

잠시 입을 다문 초초룬은 생각했다.

'똑같이 천을 위해 한 일이라도 무라는 달랐다. 무라는 무뚝뚝해 보이지만 자매를 해치지 못하고 자기가 죽으려 했다고 들었어. 그러나 소녀는 눈 하나 깜빡하지 않고 자신을 믿고 달려온 자매를 죽였다. 돌 같은 무라는 아직도 울고 있는데 저 여자는 눈물 한 방울 흘리지 않고 슬퍼하지도 않는다. 겉으로는 아름답지만 마음속은 얼음이다. 무서운 여자다.'

그 말이 막 입 밖으로 튀어나오려 했지만 치우천의 눈치를 보고 초초룬은 입을 다물었다. 소녀를 헐뜯는 것처럼 들릴 수 있다고 여겼기 때문이다.

초초룬은 털털하게 웃으며 얼버무렸다.

"뭐, 헐뜯으려고 하는 말은 아냐. 저렇게 마음 굳센 여자가 있으면 든든하긴 해. 그러나 말야, 저런 여자가 적이 된다면…… 그땐 문제가 클 거야. 그러니 저 여자 마음을 놓치지 않도록 해. 벗으로서의 바람이야."

치우천은 당황하기는 했지만 초초룬에게 알았다고 간단히 대답한 뒤 그 일을 잊으려 애썼다. 초초룬과 오래 이야기를 나눌 상황도 아니었기 때문이다. 치우천은 대장들이 모인 가운데 이후의 거취를 정해야겠다는 생각에 다시 외쳤다.

"이제 돌아가야 하는데, 아무래도 지나족과 마주칠까 걱정됩니다. 흩어져서 가야 할까요, 아니면 어디까지 뭉쳐서 함께 가야 할까요?"

키타야가 먼저 입을 열었다.

"뭉쳐서 가는 것이 안전하겠지. 그러나 우리는 삼백 명도 넘으니 먹을 것이 걱정이네. 짐을 다 태워 버려서 다른 부족과 바꾸면서 갈 만한 것도 없고……."

보돈차르도 한마디 끼웠다.

"여러분, 우리가 흩어지면 지나족의 습격을 받을지도 모르오. 그리고 치우 형제가 다시 위험에 빠질지도 모르잖소?"

고개를 끄덕이며 야율쿠리가 말했다.

"어차피 우리는 적어도 일 년은 걸릴 생각으로 나오지 않았소. 그러니 앞으로 치우천이 자리 잡을 때까지 같이 있읍시다. 어떻소?"

초초룬도 야율쿠리의 말에 동의를 표시했다.

"일 년이 아니라 이 년도 괜찮아. 부족은 별일 없을 거야. 다만 다친 사람들이 다 나은 다음에 돌아가는 게 좋겠다."

부족장인 보돈차르와 키타야만은 때가 되면 돌아가야 한다고 말했다. 허나 그때가 되어도 보돈차르는 치베와 남은 몽골 전사들에게 당분간 치우천을 따르라 했고 키타야도 타타르 전사들을 치우천에게 맡기기로 했다. 구르가 나으면 키타야와 교대하여 치우천을 지키기로 했다.

모두의 말을 듣고 치우천이 입을 열었다.

"그런데 나는 어디 갈 만한 곳도 없습니다."

"왜 갈 곳이 없나! 우리 부족은 크진 않지만 자네들 정도는 받아들일 수 있다네."

키타야의 말에 치우천은 고개를 저었다.

"그건 안 됩니다. 제가 여러분 중 어느 부족에 있다고 알려지면 헌원이 사람을 풀어서 공격해 올지 모릅니다. 더구나 주신과 저와의 문제도 풀린 것이 아닙니다. 그러면 애꿎은 여러분 부족까지 싸움에 휘말리게 됩니다."

"어차피 우리는 전부 이제 헌원과 원수가 된 셈인데, 뭘!"

초초문의 말에 치우천은 고개를 저으며 되받았다.

"그렇지 않습니다. 여러분과 헌원이 싸웠다고 하지만 헌원이 전사들을 먼 곳까지 풀어 여러분의 부족을 습격하지는 않을 것입니다. 그러나 제가 있으면 이야기가 달라집니다. 먼 카린까지 왔으니 그곳도 치려 할 것입니다. 직접 오지 않더라도 나단선우나 유루칸을 움직인 것처럼 근처의 부족들을 시켜 싸움을 붙일지도 모릅니다. 저는 이미 여러분께 큰 은혜를 입었고, 저 때문에 많은 전사들이 죽었는데, 부족에까지 폐를 끼칠 수는 없습니다."

보돈차르가 걱정스레 물었다.

"그렇다고 주신으로 돌아갈 수도 없지 않은가?"

"지금 당장은 갈 수 없겠죠. 언젠가는 기회를 보아 돌아갈 테지만요……."

"기회?"

"나중에 말씀드리겠습니다. 좌우간 저희 걱정은 더 이상 마십시오."

"그럴 수는 없다! 너희 형제만 달랑 놓아두면 무슨 일을 당할지 누가 아는가? 너희 형제가 강하기는 하지만 둘만 있으면 전사 천 명만 몰려와도 죽는 게 뻔하잖나?"

야율쿠리가 소리 높여 말하자 치우천은 고개를 저었다.

"별수 없어, 야율쿠리. 마음은 고맙지만 우리 두 형제 갈 곳도 마땅치 않은데 삼백 명이나 되는 전사들을 어디서 살게 한단 말야?"

첫째 형요가 끼어들었다.

"천, 내 말 들어 봐……."

"말해 봐."

"내가 지난번에…… 괴물에게 우리 부모님과 마을 사람들이 전멸당했단 이야기를 했지?"

"그랬지."

"그곳은 지금 아무도 살지 않지만 꽤 넓어. 마을도 그대로 있고……
그리고 말야, 그 마을에는 굉장히 많은 보물이 있어."

"보물?"

초초룬이 눈을 치켜뜨자 형요가 말을 이었다.

"우리 부모님은 그 일대 도둑 왕이셨는데 쌓아 둔 보물이 없겠어? 엄
청난 보물이 있다고 알고 있어. 다만 우리 자매는 괴물이 무서워서 보물
을 그냥 놔두고 있었거든. 뭐, 딱히 쓸 데도 없고."

보돈차르가 웃으며 말했다.

"그거 좋은 이야기로군. 보물이 있으면 물건들을 바꿔 올 수 있으니
걱정할 게 없지. 안 그러면 이 많은 전사들이 한곳에 살기는 어려울 거
야. 사냥에도 한도가 있고 그렇다고 전사들에게 가축을 치고 밭이나 갈
라고 하면 싸움 기술이 무뎌질 테니까."

"그 보물은 너희 자매의 것이잖아?"

치우천의 말에 형요는 갑자기 눈물을 뚝뚝 흘리며 무릎을 꿇고 앉아
외쳤다.

"보물은 필요 없어! 우리 자매가 이제 사람답게 살게 되었는데 보물
을 뭐에 쓰겠어? 다만…… 다만 괴물을 잡아 원수를 갚아 줘! 보물은
가져가서 네 뜻을 이루는 데 써 줘. 제발……."

형요 자매가 애당초 치우 형제를 따라다닌 가장 큰 이유는 괴물을 잡
아 복수를 하는 데 도움을 받기 위함이었다. 더구나 지금은 삼백 명이
넘는 전사들과 다른 부족의 영웅까지 있으니 형요로서는 절호의 기회
라 생각한 것이다. 형요가 울면서 애원하자 다른 형요 자매와 미요, 요
요도 덩달아 울면서 사정했다.

그것을 보며 야율쿠리가 크게 웃었다.

"하하핫! 뭐, 무릎까지 꿇고 빌 일이야 있나? 어떤 괴물인지 몰라도 한 마리뿐일 텐데 이만한 수로 못할 일이 뭐가 있겠어?"

치우천은 고개를 저으며 야율쿠리에게 말했다.

"그 괴물은 신수일지도 몰라. 신수라면 간단치 않아. 전에 주신 한웅님은 천 명의 말 탄 사울아비와 주신 삼사까지 계셨는데도 신수를 당해 낼 수 없어서 위험했어. 비의 힘으로도 생채기밖에 내지 못할 정도였다."

"뭐? 신수가 그리 강한가? 나는 믿을 수 없다!"

야율쿠리가 눈을 휘둥그렇게 뜨자 초초룬은 짐짓 야무진 목소리로 한마디 끼웠다.

"별수 없잖아! 세상에 공짜가 어디 있어? 보물과 살 곳을 얻으려면, 그만한 위험은 겪어야 하는 거야! 천! 너는 사울아비잖아? 신수라고 해서 꽁무니를 빼겠다는 거야?"

"그렇지는 않지만 조심할 건 조심해야 한다는 뜻이야……."

치우천은 말끝을 흐리며 형요를 측은한 눈빛으로 바라보았다.

'우리 형제도 신수에게 어머니를 잃었는데 형요 자매도 신수에게 부모님을 잃었으니 같은 고통을 겪는 셈이구나. 신수가 무섭다지만 형요도 우리의 벗인데 어떻게 돕지 않을 수 있겠는가?'

마침내 결심한 치우천이 웃으며 형요를 일으키더니 고개를 끄덕였다.

"형요, 언젠가 나를 구해 주며 말했지? 벗 사이에는 고맙다는 말이 필요 없다고……. 그런데 이렇게 무릎까지 꿇다니 뭐하는 짓이냐? 네 일이 내 일이고, 모두의 일 아니겠어?"

야율쿠리가 크게 웃으며 외쳤다.

"됐구먼! 더 볼 것도 없네! 그리로 가자! 형요! 앞장서라! 괴물도 잡고, 얼마나 많은 보물이 있는지도 구경해 보자! 하핫!"

야율쿠리가 넉살 좋게 웃어 대자 보돈차르나 키타야 등도 빙그레 미소를 지었다. 알한도 웃으며 말했다.

"재미있군요, 재미있어요. 신수라니! 오자마자 이렇게 재미있는 싸움에 끼게 되다니, 제대로 온 것 같습니다. 제 솜씨도 보여 드리지요."

"하지만 이렇듯 심하게 싸우고 난 뒤 또 괴물과 싸운다면……."

"무슨 소리냐? 우리 전사는 강한 상대와 싸울수록 강해지고 명예가 커지는 것이다! 안 그러냐?"

야율쿠리가 소리 지르자 주위에 앉아 있던 전사들이 함성으로 화답했다. 부상자들마저도 껄껄 웃으며 소리를 지르다가 기침을 하기도 했다. 사람들이 많이 다치긴 했어도 그들은 어제 싸움에서 이겼다고 생각하고 있었다. 수많은 적과 싸워서 한 사람이 최소한 대여섯 명을 상대했고, 두서너 명 이상을 죽이지 못한 사람이 없을 정도였다. 단순한 전사들은 각자가 그렇게 용맹을 떨친 것만으로도 큰 영광이라 생각했다. 때문에 죽은 자들도 많았지만 침통한 분위기는 아니었다.

처음에 치우천이 이리 움직여라 저리 움직여라 할 때만 해도 전사들은 불만이 많았다. 그러나 나중에 보니 뭐가 어떻게 되었는지 잘은 몰라도, 그렇게 움직여서 많은 적을 상대하고, 평생 다시없을 만큼 원 없이 싸웠으며, 커다란 자부심까지 지니게 되지 않았던가? 전사들은 한결같이 치우천이 대장 역할을 잘해 질 싸움에서 이겼다고 생각하여 사기가 높았다. 이제는 치우천이 시키면 불구덩이라도 뛰어들 기세였다.

치우천은 전사들의 사기가 높은 것을 보고 이윽고 용기를 냈다.

'할 수 없다. 다른 방법이 없지 않은가. 잘 생각해 보면 신수라 해도 상대할 수 있지 않을까?'

치우천이 곰곰 따져 보니 지난번에는 번개범이 갑작스럽게 나타나 생각할 겨를이 전혀 없었지만 앞으로 상대할 괴물은 형요가 잘 알고 있었다. 그러니 이길 수도 있다는 생각이 들었다. 더구나 쑤앙마이에게서 신수와 대화할 수 있는 우린 구슬까지 얻지 않았는가. 이제와 생각하면 일이 이렇게 되려고 하늘이 정한 것이 아닌가 싶기도 했다. 거기에다 치우천의 마음을 움직이게 한 이유가 또 있었다.

'우리 형제는 번개범을 잡아 어머니의 원수를 갚아야 한다! 어차피 신수는 넘어야 할 벽이다! 이 괴물조차 상대 못하면 번개범도 이기지 못할 것이다. 신수 한 마리도 상대 못하면서 헌원을 이기고 그 뜻을 뛰어넘을 수는 없겠지! 용기를 내자! 용기를 내!'

마음을 정하자 치우천의 뇌리에 한 가지 생각이 번뜩이며 스치고 지나갔다.

'그렇구나. 이것은 하늘이 내린 기회일지도 모른다. 잘만 되면…… 우리 형제는 주신으로 돌아갈 수도 있다!'

치우천은 갑자기 떠오른 묘안에 기분이 좋아져서 크게 외쳤다.

"좋습니다! 갑시다! 형요의 마을로! 괴물을 잡아 보물을 얻으면, 여러분께 나눠 드리겠습니다!"

야율쿠리가 좋아서 소리를 높였다.

"하하, 괴물을 잡아 보물을 얻자! 가장 용감히 싸운 자는 많은 보물을 나눠 줄 것이다! 힘내자!"

그 소리를 듣자 전사들은 또다시 환호성을 올리며 힘을 냈다. 그리고 치우천의 뒤를 따라 걸음을 옮기기 시작했다.

모여드는 사람들

내가 남에게 잘한 일은 마음에 새겨 두지 말라.
그러나 내가 남에게 잘못한 일은 마음에 새겨 두어야 한다.
남이 내게 은혜를 베풀었으면 잊지 마라.
그러나 남이 내게 나쁜 일을 했으면 빨리 잊어야 한다.
—『채근담(菜根譚)』에서

카린 산맥에서 형요가 살던 마을까지 가는 데에는 한 달 반가량 걸렸다. 파루라 불리는 계곡을 넘어 험한 비탈을 하나 더 지나면 형요 자매가 살던 넓고 평평한 분지가 나온다고 했다. 원래는 한 달 정도 가면 되지만 부상자들이 많아서 속도를 낼 수 없기 때문에 진군이 느렸다. 여러 명의 부상자가 길을 가던 중 죽기도 했으나 대부분이 차차 회복되어 무리는 곧 안정을 되찾았다.

보돈차르나 야율쿠리, 키타야는 원래 많이 다치지 않았고 치베나 초초룬도 중상은 아니라 금방 털고 일어났다. 구르와 양역, 치우비의 상처가 제일 심한 편이라 한 달 정도 지나서야 완쾌가 되었다.

일주일 만에 정신을 차린 치우비는 침울한 표정으로 눈물만 흘렸다. 발과의 일이 마음에 맺혀서 견딜 수 없는 것 같았다. 벗들이 애써서 발의 일은 틀렸으니 잊어버리라고 충고해도 치우비는 입을 다물고 대답하지 않았다. 그러다가 한 달 정도 지나자 치우비는 예전과 다름없이 웃고 이야기하며 평상시와 비슷한 밝음을 되찾았다.

그러나 혼자 있는 밤이 되면 치우비는 하늘을 바라보며 한숨을 짓기도 하고 잘 때는 남몰래 눈물을 흘리기도 했다. 다른 사람과 어울릴 때는 내색을 하지 않았으나 속으로는 발을 잊지 못해 괴로워하고 있었다. 누구보다도 아우를 생각하는 형 치우천이 그런 일을 모를 리 없었다. 그러나 치우천도 이번만큼은 아무런 도움을 줄 수 없었다. 치우천은 그런 아우의 모습이 안쓰러워 자주 한숨을 지었지만 아우에게는 아무 말도 하지 않았다. 시간이 지나면 마음의 상처도 아물 것이라 애써 생각할 뿐이었다.

전사들이 차차 회복되고 파루 계곡이 가까워지자 치우천은 신수일지도 모를 괴물에 대적할 방법을 찾아 머리를 싸맸다. 형요 자매는 물론이고 다른 대장들까지 모여 식사를 하면서 의견을 나누었다. 형요도 괴물에 대해 그리 많은 것을 알지 못했다. 발자국이 사람 키만 하고 깊이 파였으니 아주 큰 괴물일 것이며 덩치도 무게도 대단하리라 짐작할 뿐이었다. 괴물이 단번에 백 명을 죽인 방법에 대해서는 치우천이 생각하여 답을 얻은 바 있었다.

"괴물에 대해 알 것 같습니다."

"어떤 놈 같은가?"

보돈차르가 흥미롭다는 듯이 묻자 치우천이 대답했다.

"형요 자매는 마을 사람들이 순식간에 백 명이나 죽었다고 말했습니다. 미처 도망치거나 움직일 틈도 없이 말입니다. 더구나 사람들의 몸은 상처 하나 입지 않았다고 했구요."

"무서운 일이네. 그런데 그게 뭘까? 독도 아니고……."

툰툰이 중얼거리자 치우천이 확신에 찬 목소리로 되받았다.

"그렇다면 방법은 하나뿐이죠. 내 생각이 틀림없다면…… 그 괴물은 차가운 놈입니다."

"차가운 놈?"

"상처 없이 사람들을 순식간에 죽이는 방법은 하나뿐입니다. 마을 사람들은 얼어 죽은 것입니다."

"얼어 죽었다고?"

야율쿠리가 놀란 듯 묻자 치우천은 고개를 끄덕여 보였다.

"지난번 추운 카린산에 갔을 때 떠오른 생각이 있었다, 야율쿠리. 그곳은 추운 날씨를 이용해 고기를 얼려서 보관하더군. 그렇게 얼린 고기가 다시 녹으니까 흐물흐물해져서 탄력도 사라지고 금방 상하곤 했지. 카린 부족은 일단 얼린 고기는 먹기 전까지는 녹이지 않는다고 했어."

형요가 부르짖었다.

"우리 부모님과 마을 사람들도 얼었다가 녹았기 때문에 시체가 그렇게……?"

치우천은 형요가 가엾은 듯 서글픈 눈길을 보내며 고개를 끄덕였다.

"그래. 파루 계곡이 밤에 춥기는 하지만, 얼음이 얼어붙을 정도는 아니야. 더구나 그때가 어느 계절이었지?"

"봄이야, 봄이었어!"

"그렇다면 날씨가 따뜻했겠군. 그분들은 괴물 때문에 단번에 얼어서 죽고 난 다음, 너희가 돌아왔을 때쯤에 녹아 있었던 거야. 얼었다가 녹으면 물이 많이 나오겠지만 봄철의 계곡은 메마르니 말라 버렸을 테고. 틀림없을 거야."

다른 사람들은 음식을 저장하는 방법을 보고 괴물의 정체를 파악한 치우천의 머리에 감탄했지만, 형요 자매는 부모님을 잃은 슬픔에 눈물을 떨구었다. 요요는 앞에 놓여 있던 고기를 보고는 가볍게 헛구역질을 하며 재빨리 저쪽으로 뛰어갔다. 사람들은 못 본 척했다.

치우천이 말을 이었다.

"괴물이 백 명을 한꺼번에 죽이고 마을 하나를 통째로 얼려 버릴 정도의 힘을 가지고 있으니 분명 보통 놈은 아니다. 신수이거나 고립자일 거야."

"고립자가 뭐지?"

고립자를 아는 사람은 아무도 없었다. 치우천은 발귀리에게 들은 이야기가 떠올라 무의식중에 입 밖으로 내뱉은 것이다. 치베가 묻자 치우천은 그저 웃으며 얼버무렸다.

"뭐, 신수의 일종이란 뜻이지."

"그렇게 무서운 놈이라면 조심해야 할 텐데……."

치우비의 말에 치우천이 싱긋 웃었다.

"내 생각은 다르다. 차라리 괴물이 뭔가 한 가지 특별한 재주가 있는 편이 낫다. 괴물이 차가운 주술을 주로 부리는 놈이라면 오히려 대적하기가 쉽지 않겠어?"

키타야가 고개를 끄덕이면서 끼어들었다.

"맞네. 괴물이 차가운 놈이라면, 우리는 불을 질러 놈을 상대하면 되겠군!"

치우천은 가볍게 고개를 저었다.

"그럴 수도 있죠. 그러나 불로만 상대하기는 무리일 겁니다."

"무슨 소린가?"

"괴물은 마을 하나를 통째로 얼려 버릴 정도의 힘을 가지고 있습니다. 어설프게 불로 상대하다간 되레 당할 겁니다. 뜨거운 것과 차가운 것은 서로 맞서지만, 그렇기에 부딪히면 격렬해집니다. 정면으로 부딪히면 위험할지 모릅니다. 주신 부소 집안의 주술사나 지나족 축융처럼 불에 익숙한 주술사가 있다면 몰라도 우리에게는 무리입니다."

"그러면? 같은 얼음으로 상대하자는 말인가?"

"여름이 다 되어 가는데 어디서 얼음을 구하겠습니까?"

초초룬도 약간 건방지게 코웃음을 치며 한마디 보탰다.

"맞아. 찬바람이 몰아치는데 불로 막을 수는 없잖아. 앞에다 불을 피우나? 아니면 제길, 차가운 걸 막으려고 몸에다 불을 지른단 말인가? 그건 안 돼."

"그러면 어떻게 하자는 것이지?"

키타야가 또다시 묻자 치우천이 차분하게 대답했다.

"괴물을 물리치려면 결국 불을 쓰긴 써야 합니다. 그러나 그러기 전까지 괴물을 상대하려면 찬 기운을 버틸 수 있는 방법을 생각해야죠. 리미, 너는 추운 지방에서 왔는데 뭐 아는 것 없느냐? 이야기를 들려 다오."

리미 등은 비록 도깨비였지만 계속 공을 세웠기 때문에 치우천은 대장들이 모인 식사 자리에도 말석이나마 끼워 주었다. 파격적인 일이었지만 도깨비들의 활약이 컸으므로 아무도 토를 달지 않았다. 말석에 앉아 있던 리미가 조심스레 입을 열었다.

"도깨비 리미가 말합니다. 특별한 생각은 나지 않습니다만……."

"네가 살던 추운 지방 이야기를 들려 다오."

"알겠습니다. 제가 있던 곳은 겨울엔 무척 추웠습니다. 그래서 가을만 되면 좀 더 남쪽으로 내려가서 옮겨 살다가 봄이 되면 다시 올라가곤 했습니다. 저는 열다섯 살 적에 아버지를 따라 곰 사냥을 가서 북쪽의 겨울을 겪어 보았는데 대단했습니다. 그렇게 추운 곳에서 가장 조심해야 할 것은 물입니다."

사람들이 의아한 눈빛으로 일제히 리미를 쳐다보았다.

"물? 물이 왜 무섭지?"

"너무나 춥기 때문에 물은 순식간에 얼어 버립니다. 눈물이나 콧물도 삽시간에 얼고 오줌을 누어도 금방 얼음 기둥이 되어 버릴 정도입니다. 어이쿠, 이거 식사중에 실례했습니다. 아무튼 그 정도로 춥고 위험하기 때문에, 잘못하여 얼음이 갈라져서 강물에 빠지는 사람이 나와도 아무도 그를 구하지 않습니다."

"물? 물에 빠진 사람을 왜 구하지 않느냐? 너무 추워서 빠지자마자 죽어 버리느냐?"

야율쿠리가 이상하다는 듯 고개를 갸웃거리자 리미가 이내 대답했다.

"그렇지는 않습니다. 그러나 물에 빠진 사람을 건져 봐야 온몸이 젖어 있기 때문에 금방 얼어 죽습니다."

"불을 피워 말려 주면 될 것 아닌가?"

키타야의 말에 리미는 살짝 웃었다.

"불을 피우기는커녕 옷을 벗을 틈도 없습니다. 숨을 서너 번 쉴 때쯤이면 꽁꽁 얼어붙고 마는 거죠. 지난번 카린산의 얼음 시체처럼 말입니다. 그런 사람을 건지려고 손이라도 내밀다가 손이 물에 젖으면 그 손 역시 얼어서 못 쓰게 됩니다. 제가 살던 곳에는 손이 없는 사람이 많은데, 물에 빠진 사람을 구하거나 다른 일로 손이 젖어서 도끼로 자신의 손을 잘라 버린 사람들이라 들었습니다. 그 정도입니다. 아, 제 손은 싸움터에서 잘린 겁니다만.

손싸개를 벗을 틈도 없을뿐더러 벗으려다가 다른 손까지 젖으면 양손 다 못쓰게 됩니다. 손이 얼어붙으면 온몸이 얼어붙고, 얼어 버린 손은 녹자마자 썩기 때문에 바로 잘라 버렸다는군요. 그런데 도끼로 내려치는데도 손이 꽁꽁 얼어 버린 상태라 아프지도 않으며 피도 나지 않고 부러지듯 잘라졌다고 하더군요. 추위는 그렇게 무섭습니다."

사람들은 그렇게 무서운 추위가 있다는 말에 흠칫하며 두려워했다.

보돈차르는 한숨을 길게 쉬며 탄식했다.

"몽골 평원도 겨울이 되면 춥지만, 그 정도로 추운 곳 이야기는 처음 듣는다! 대단하구나!"

치우천 역시 고개를 끄덕이며 말했다.

"그렇구나. 몸이 젖어 있으면 그야말로 큰일이겠군."

리미는 사나워 보이는 용모답지 않게 차분하게 말했다.

"맞습니다. 몸이 젖어 있지 않으면 사람도 추위에는 어느 정도 버틸 수 있습니다. 형요님 마을 사람은 너무 빨리 죽은 것 같아 이상합니다. 형요님, 혹시 그날 비가 내리지는 않았는지요?"

형요는 리미의 말에 세차게 고개를 끄덕이며 외쳤다.

"맞아, 그랬던 것 같아! 그래서 우리는 흙투성이가 되어서 서로 놀렸지! 기억이 나!"

"역시 그렇군요. 괴물이 아무리 무섭다고 해도 비가 오지 않았으면 그렇게 단숨에 꽁꽁 얼어붙지는 않았을 겁니다."

치우천도 무릎을 치며 감탄했다.

"그렇다. 리미! 아마 부족 사람들은 괴물이 나타나자 마을을 지키려고 밖으로 나갔겠지! 그래서 비를 맞은데다 괴물의 찬 기운을 쏘여서 순식간에 얼어 죽었을 거야!"

"그렇더라도 무섭습니다. 젖은 몸에 차가운 기운을 쐰다 해도 사람이 그렇게 단번에 얼어붙을 정도라면 몹시 위험합니다. 그런 괴물과 싸우려면 눈을 조심해야 할 것입니다."

"눈?"

"사람 몸 중에 눈은 항상 젖어 있는 곳이라 가장 위험합니다. 눈꺼풀을 계속 깜박거리니 웬만한 추위에는 별일 없지요. 그러나 눈을 부릅뜨고 있다가 그렇게 강한 괴물의 찬 기운을 쐬면 눈이 얼어붙을지도 모릅니다. 저는 그게 걱정되는군요."

"괴물과 싸울 때 눈을 감고 싸워야 한단 말인가? 그래서야 어떻게 싸워?"

야율쿠리가 기가 막히다는 듯 헛웃음을 치며 묻자 치우천이 나섰다.

"그러고서야 싸울 수 있겠나? 다른 방법을 찾아야지."

리미가 쑥스러운 듯이 머리를 긁적였다.

"조심해야 한다고 말씀드린 것뿐입니다."

"리미, 잘 말해 주었다. 부끄러워할 것 없다. 북쪽 사람들이 추위를 이겨 내는 방법에 대해 아는 것이 있느냐?"

"따뜻한 가죽옷을 겹겹이 입어야 하는데, 반드시 두 겹 이상으로 입습니다. 안에 입는 것은 털이 몸에 닿도록 해서 몸을 따뜻하게 하고, 밖에 입는 것은 털을 밖으로 나오게 합니다. 그래야 몸이 쉽게 젖지 않고 묻은 물이 잘 털어지며 바람도 막을 수 있습니다. 바깥에 입는 옷은 털이 긴 짐승 가죽이 좋기 때문에 곰이나 하다못해 늑대 가죽이라도 둘러야 합니다."

사람들이 입을 모아 좋은 묘책이라며 리미를 칭찬해 주었다. 초초룬이 킥킥 웃었다.

"삼백여 명의 전사가 안팎으로 가죽옷을 해 입으려면, 근처 짐승들이 씨가 마르겠구나."

"언제 그렇게 사냥을 하겠는가? 다른 부족과 말이라도 주고 바꾸어야지."

치우천이 웃으며 되받자 야율쿠리가 익살을 떨었다.

"아, 비휴가 안 오나? 비휴 놈이 쳐들어왔으면 좋겠다."

"그게 무슨 소린가?"

키타야가 고개를 갸웃거리자 야율쿠리는 키득키득 웃었다.

"비휴 놈이 오면 늑대를 수천 마리 끌고 올 것이니, 그놈들을 잡아 옷을 해 입으면 되지 않겠습니까?"

"원, 사람. 실없기는."

잠자코 듣고 있던 치베가 입을 열었다.

"활을 더 큰 것으로 만들어야 한다. 지난번에 번개범과 싸울 때 보니 신수들은 커서 보통 화살로는 가죽조차 뚫지 못하는 것 같았다. 그러니 큰 활을 만들어야 한다."

"얼마나 크게?"

형요의 말에 치베가 짐짓 의젓하게 대답했다.

"아주 커야 한다. 크면 클수록 좋다. 창보다 훨씬 큰 화살을 쏠 수 있게 만들어야 할 것이다."

"나 참, 그렇게 큰 활을 만드는 건 둘째 치고, 누가 당기고 겨누어 쏘느냐? 치베, 너도 될 말과 안 될 말은 가려서 해라."

형요가 핀잔을 주자 치우천이 손사래를 쳤다.

"큰 활 만들기는 쉽지 않겠지만, 치베의 말에도 일리가 있다. 신수와 싸울 때는 우리가 보통 쓰는 무기들은 작아서 도움이 되지 않는다. 다른 방법을 써야 한다."

잠시 말을 끊고 치우천은 사람들을 둘러보았다.

"아무래도 파루 계곡으로 들어가기 전에 준비를 해야 할 것 같습니다. 무턱대고 들어갔다가 괴물을 만나면 낭패니까요. 제가 생각한 게 있는데, 무기를 만들어 익히는 연습을 한 달쯤 해야겠습니다."

"좋은 생각이네."

"그리고 가죽 말인데, 아무래도 다른 부족과 물건을 바꾸어야 할 것 같습니다. 리미, 한 사람당 가죽이 얼마나 필요하지?"

"온몸을 완전히 감싸지 않으면 위험합니다. 옷 한 벌을 만드는 데 곰 가죽이라면 큰 놈이면 한 장, 작은 놈이면 두 장은 있어야 합니다. 늑대

가죽이라면 적어도 네 장은 있어야 할 겁니다. 사람 하나당 큰 곰 가죽 두 장이나 작은 곰 가죽 네 장, 아니면 늑대 가죽 여덟 장은 있어야 합니다."

초초룬이 대강 셈을 해 본 다음 한숨을 쉬었다.

"장난이 아니네. 늑대 가죽 이천사백 장? 그걸 구할 수 있을까? 그러려면 우리 말을 다 팔아야 할 텐데, 말 없이 어찌 움직이고 싸운담?"

요요가 형요에게 눈짓을 하자 형요가 우물쭈물하며 말문을 열었다.

"우리가 가진 물건들이 좀 있는데 말야, 거기 보태면 어떨까?"

형요 자매는 자신들의 처지를 알지 못하는 사람들을 위해 그동안 도둑질을 했던 것과 물건을 빼앗긴 사람들이 괴물에게 죽음을 당한 일, 그리고 적지 않은 보물을 쌓아 두었는데 그것을 그 근방에 감추어 두었다는 것 등등을 털어놓았다. 형요의 부모님이 수십 년 동안 모은 보물과는 비교할 수 없다 해도, 지나는 장사꾼들의 보물을 많이 털었던지라 늑대 가죽 이천사백 장 값어치는 되고도 남을 것이라는 이야기를 덧붙였다. 그러면서 형요는 기어드는 목소리로 말했다.

"훔친 물건이라 쓰라고 주기가 부끄럽긴 하지만……."

치우비가 그 말을 듣고 고개를 저었다.

"형요! 너희는 이제 도둑이 아니니 주인을 찾아 돌려주어야 하지 않을까?"

구르가 웃으며 나섰다.

"형요 자매가 물건을 빼앗은 사람들은 괴물이 다 죽였다고 하지 않았나? 그러니 이제는 임자 없는 물건이네. 오히려 우리가 그걸 괴물을 잡는 데 쓴다면 죽은 사람들도 고마워할 거요. 형요님, 고맙구려!"

치우천은 고개를 설레설레 젓다가 별수 없다는 듯 좋다고 말하자 형요는 히히히 웃었다.

다음 날 형요 자매는 말을 몇 마리 끌고 물건을 가지러 파루 계곡 부근으로 가기로 했다. 치우천은 혹여 괴물이 나타나지 않을까 걱정했지만 형요가 자신 있게 말했다.

"네 해 동안 괴물을 찾으려 해도 만나지 못했는데, 왜 하필 지금이겠어? 더구나 우리가 물건을 감춘 곳은 파루 계곡에서 떨어진 곳이야. 서두르면 열흘이면 돌아올 거야."

"거기가 어딘데?"

초초룬이 묻자 형요는 웃으며 혀를 쑥 내밀어 보였다.

"그건 비—밀. 히히히."

형요 자매는 말을 달려 떠나갔다.

그동안 치우천은 주변의 굵은 나무를 베고 사냥을 하여 뭔가를 만들도록 지시를 내렸다. 느긋하게 계획을 잡으니 다친 전사들이 나을 시간도 벌고, 다른 부족의 전사들끼리 실력을 겨뤄 기량을 쌓을 수도 있어 일석이조였다. 다만 삼백 명이 넘는 사람들의 식량이 걱정스러웠다.

"이 많은 사람들이 사냥으로 살 수는 없습니다. 대책이 있어야겠는데요."

"내가 부족에 가서 식량을 실어 오겠네."

키타야가 나서자 치우천은 웃으며 고개를 저었다.

"전사들을 보내 주신 것만도 고마운데 그런 신세까지 질 수는 없습니다."

"그러면 굶자는 겐가?"

치우천은 곰곰이 생각하다가 입을 열었다.

"키타야님, 구르님. 두 분은 이 근방 사정을 아시는지요?"

"우리 부족 사는 곳과는 꽤 떨어져 있지만 대강은 알지."

그러자 치우천은 미소를 지었다.

"우리는 사람이 많아서 걱정입니다. 그러니 사람이 많아야 할 수 있는 일을 하면 되겠지요."

"무슨 소리인가?"

"이 근방에서 도둑 떼가 많이 나오는 곳은 어디입니까? 유명한 녀석들이 있습니까?"

키타야와 구르, 보돈차르는 아하, 하며 무릎을 쳤다.

"좋은 꾀다! 도둑들을 잡아 그놈들의 물건을 빼앗자는 게지?"

치우천이 웃으며 고개를 끄덕였다.

"그렇습니다. 우리 정도의 전사들이 모였다면 웬만한 도둑들은 문제가 되지 않을 겁니다. 물론 물건을 주인에게 돌려주어야겠지만, 주인을 못 찾는 물건만 가지고 와도 꽤 될 것입니다."

구르가 웃으며 말했다.

"염려 말게. 이 근처는 강하고 큰 부족이 없기 때문에 도둑들이 우글거린다네."

키타야도 한마디 덧붙였다.

"주인을 찾아 줄 것까지야 있는가? 도둑들을 잡아 주기만 해도 물건 주인은 고마워할 것인데."

"그럴 수는 없습니다. 저 치우천, 힘없고 고달픈 신세지만 그런 사람들의 물건까지 가지고 싶진 않습니다. 형요의 물건이야 주인들이 대부분 죽었다니 돌려줄 수도 없지만 그 물건들은 다르잖습니까. 돌려준다 해도 주인을 못 찾을 물건도 제법 될 테니 그것으로 충분하리라 생각합니다."

보돈차르가 웃으며 말했다.

"만약 정말 우리에게 물건이 부족하다면? 그때도 전부 돌려주어야할까?"

그 말에 치우천은 정색을 했다.

"정말 급하다면 그렇지는 않을 것입니다. 저는 그렇게까지 좋은 사람은 아니거든요. 그러나 우리가 괴물을 이기고 형요 부모님의 보물을 얻으면 될 텐데 구태여 욕심을 내어서 무엇하겠습니까?"

자못 심각하게 말하는 치우천을 보며 보돈차르가 껄껄 웃었다.

"솔직해서 좋군그래! 천 안다는 헌원같이 위선을 떨지 않아 좋다. 도둑을 물리쳐 물건을 돌려주어서 사람들의 인심을 사려는 것도 염두에 두었겠지?"

치우천은 얼굴을 붉히며 말했다.

"고려하지 않은 것은 아닙니다만, 꼭 그 때문에 그러는 건 아닙니다."

"좋다. 좋은 일을 하는 것이고, 우리에게도 좋은 일인데 마다할 이유가 어디 있나? 더구나 전사들은 큰 싸움을 한 다음이라 지금쯤 몸이 근질근질할 거다. 훈련도 시킬 겸 잘되었다."

"보름입니다. 보름 동안 도둑들을 할 수 있는 만큼 잡으시고 시간에 맞춰 돌아오십시오."

보돈차르와 치베, 양역과 마파람이 오십 명 정도의 전사들을 몰고 떠나고, 야율쿠리와 쇠돌이, 부루벼락이 오십 명의 전사를 몰고 떠났으며, 마지막으로 키타야와 치우비, 초초룬이 오십 명의 전사를 데리고 도둑들을 잡으러 떠났다. 구르와 툰툰 등은 나머지 사람들과 나무를 베고 사냥을 하며 치우천의 지휘하에 기이한 무기를 만들기 시작했다.

약속한 열흘이 지나자 형요가 많은 말들에 물건을 가득 쌓아서 돌아왔는데, 생전 처음 보는 네 사람의 험상궂은 사내가 따라오고 있었다. 누구냐고 물으니 형요가 웃으며 말했다.

"이놈들은 도둑이야. 우리가 여자라고 깔보고 짐을 노려 밤에 숨어들지 않았겠어? 그래서 잡아 죽이려 했는데, 살려만 주면 뭐든 하겠다고 싹싹 빌지 뭐야. 뭐, 우리도 도둑이었으니 죽이기도 불쌍해서 잡일이나 시키려고 끌고 왔지."

네 사내들은 체구도 크고 험상궂었는데 형요 자매에게 얼마나 혼이 났던지 형요가 눈만 흘겨도 엎드려 싹싹 빌며 죽는 시늉을 했다. 치우천과 툰툰은 그것을 보고 웃음을 터뜨렸다. 점잖은 구르도 오랜만에 크게 웃으며 도둑들에게 소리쳤다.

"여자라고 우습게 보았다고? 형요 자매가 어떤 사람들인데? 너희가 죽지 못해 안달이 났구나. 타타르족과 몽골족이 모두 쫓아다녀도 잡을 수 없었던 도둑 중에서도 대도둑인데 너희 같은 피라미들이 어쨌다고? 이거 웃기는군, 하하핫."

형요도 배를 잡고 웃었다.

"히히히, 이 큰누님들을 건드리려 했으니 죽어도 싸지. 종살이시키는 것도 큰 덕을 베푸는 줄 알아라! 내가 마음을 고쳐먹어서 그렇지, 전 같으면 껍질을 벗겨서 소금을 뿌려 끓여 먹었을 거다!"

도둑들은 이 여자들이 유명한 도둑 형요라는 것을 처음 알았기에 무서워 설설 기었고, 모인 사람들이 전부 부족장이라는 말을 듣고 더욱 기가 꺾였다. 게다가 도깨비들을 보고는 덜덜 떨었는데, 치우비, 야율쿠리, 초초룬, 알한 등 태산 회의에서 이름을 떨친 용사들과, 유명한 주신 사울아비들까지 한데 모여 있다는 이야기를 듣고는 까무러칠 정도로 놀랐다.

왁자하게 웃는 가운데 치우천이 점잖게 웃으며 한마디 했다.

"형요, 아무리 도둑이라도 나는 사람들을 종살이시키는 것이 싫다. 이 녀석들도 몸이 번듯하여 밥값은 하게 생겼으니, 싸우게 해서 죄를 씻을 기회를 주는 게 어떨까?"

형요는 흔쾌히 고개를 끄덕이며 도둑들에게 치우천의 말을 전해 주었다. 도둑들은 크게 울면서 엎드려 고개를 조아리며 뭐라 떠들었다. 치우천은 알아들을 수 없는 타타르 말 사투리였는데 구르가 웃으며 해석해 주었다.

"저놈들도 원래 도둑은 아니었다는군. 부족이 망해서 떠돌다가 굶주려서 도둑질로 살아가게 되었다네. 이왕 죽었을 목숨들이니 자네 같은 영웅 밑에서 싸울 수 있다면 목숨을 아끼지 않고 싸우겠다고 하는군."

치우천이 고개를 끄덕이자마자 형요는 도둑들에게 뭐라고 소리쳤다. 받아 주기는 하되 열심히 안 하고 딴마음 먹으면 용서하지 않겠다고 겁을 주는 모양이었다.

이윽고 제 위치로 돌아가 일을 하는 사이, 툰툰은 구르와 그에 대해 이야기를 나누었다.

"허 참, 저런 도둑들을 마구 받아들여도 될까요?"

심각한 표정으로 툰툰이 말하자 구르가 웃으며 되받았다.

"형요 자매도 도둑이었지만 누구보다 용감하잖소?"

"그래도 형요 자매와는 질이 다르지요. 저런 잡도둑이 해 봐야 뭘 하겠소?"

구르가 웃으며 고개를 저었다.

"치우천은 아직 나이가 어리지만 그의 그릇은 저런 자들도 받을 수 있을 만큼 크다오. 나는 그렇게 믿소. 생각해 보시오. 우리는 각기 다른 부족인데 어쩌다 보니 정신도 차릴 겨를 없이 이렇게 한데 뭉치게 되었소. 그전에 우리 부족은, 미아우족이 독벌레와 뱀하고만 사는 괴물들이라 생각했다오. 그런데 당신과 벗이 되어 이렇게 이야기를 나누고 있지 않소?"

툰툰도 고개를 끄덕이며 웃었다.

"나는 타타르족이 잠도 양하고 잔다고 들었소. 그런데 만나 보니 다 같은 사람들이더구먼. 양가죽 냄새가 나긴 합디다만."

악의 없는 농담에 구르가 껄껄 마주 웃었다.

"그런 거요. 치우 형제 밑이라면 함께 뭉칠 수 있을 거요. 타타르족, 미아우족, 키탄족, 몽골족이 한데 어울릴 수 있는 것은 그들 아래뿐일 거요. 또 투르크족의 알한에다가 거만한 주신 사울아비도 몇 명이나 있잖소. 다들 태산 회의 때 이름을 떨친 용사들이오. 카린의 무라와 소녀는 또 어떻소? 카린족은 다른 부족 일에는 코끝도 안 돌리던 여자들이고 둘 다 높았던 사람들인데 자기 부족을 버리면서까지 형제를 도왔소. 형요는 도둑이었고, 비울걸은 사람들이 무서워하는 도깨비 왕이잖소? 아이쿠, 도깨비까지 저리 용맹한 전사들로 바꾸어 놓았으니, 더 말해 무엇하겠소?"

툰툰은 고개를 끄덕였다.

"누구보다 뛰어난 영웅들이라 그만큼 사람을 끄는 힘이 있는 것 같구려."

"그들이 사람들을 믿고 진심으로 대하기 때문에 사람들도 따르는 것이오. 더구나 사람들을 가리지 않고 받아들이니……. 그보다 그릇이 더 큰 사람은 없을 거요. 내가 볼 땐 나이가 들면 헌원이나 유망보다 더 커질 거요."

"하지만 아무나 받아들였다가 배신하는 사람이 나오면……."

툰툰이 말끝을 흐리자 구르는 고개를 저었다.

"힘으로 꺾어서 받아들인 사람은 언젠가 들고일어나지만, 마음으로 받아들인 사람을 누가 버린단 말이오? 툰툰 족장, 당신은 저 형제를 배신할 수 있소?"

"그럴 수 없소! 그럴 수 없소! 내 아들들이 다 죽고 부족이 망해도 저 형제를 배신한다는 건 꿈에도 생각할 수 없소. 이상하게 들릴지 모르지만 내가 생각해도 묘한 일이구려. 교활한 너구리, 나 툰툰이 이렇게 변하다니.”

구르도 툰툰을 마주 보며 동감이라며 웃었다.

치우천은 이런 이야기들이 오가는 것도 모른 채 무기를 만드는 일에만 신경을 썼다. 치우천이 하도 열성적으로 일하고 자신은 돌아보지 않자 소녀는 속이 상했지만 같이 자란 무라와 함께 있어서 그렇게 서운하지는 않았다.

무라는 바위처럼 조용히 옆에서 소녀의 이야기나 악기 연주를 들어주기만 할 뿐, 거의 입을 열지 않았다. 그것만으로도 소녀에게는 커다란 위안이 되었다. 열세 자매 중에서도 무라는 그런 성격 때문에 오히려 자매들이 더 좋아했고 큰언니처럼 따르던 터였다. 무라는 가끔 카와 슈를 타고 돌아다니는 것 외에는 없는 사람처럼 조용히 지냈다.

무기를 만들다 보니 어느덧 약속한 보름이 지나 세 갈래로 길을 나섰던 전사들이 돌아왔다. 그들은 생각보다 훨씬 많은 도둑들을 무찔렀으며 많은 물건과 가축들을 빼앗아 가지고 왔다. 험한 싸움을 겪어 자신감에 넘치는 전사들인지라 용감한 영웅들의 지휘를 받으니 도둑 따위는 상대도 되지 못해 다친 전사가 몇 있을 뿐 죽은 사람은 하나도 없었다.

치베의 화살이나 야율쿠리의 용맹, 치우비의 힘과 기술 앞에 도둑들은 추풍낙엽처럼 나가떨어지고 전의를 잃어 대부분 항복해서 작은 싸움조차 벌어지지 않았다. 많은 물건을 주변의 부족에게 돌려주었는데도 물건과 가축은 상당히 많아서 삼백 명이 아니라 천 명도 무장시키고 일 년을 먹고살아도 남을 만한 양이었다.

보돈차르와 키타야는 각각 백 명이 훨씬 넘는 사람들을 이끌고 왔다.

절반은 항복한 도둑이고 절반은 근처 부족에서 따라가겠다고 나선 젊은이들이었다. 보돈차르는 치우천과 비슷한 생각으로 그들을 받아들였고, 키타야는 마음 착한 치우비가 옆에서 도둑이라도 죽이지는 말자고 부탁했기에 무리를 이끌고 왔다.

따라온 사람들 대부분은 젊은 영웅들의 이야기를 듣고 피가 끓은 근처 작은 부족 젊은이들이었다. 이 일대는 큰 부족이 없어서 항상 도둑 떼에 시달려 왔는데 그들을 물리친 영웅들 밑이라면 지금보다 사는 게 훨씬 나으리라는 생각을 가진 사람들이 많았다. 치우천조차도 생각지 못했던 의외의 수확이었다.

다만 야율쿠리는 도둑들을 쓸어버리고 삼사십 명의 부족 사람들만 데리고 왔는데, 치우천이 도둑들도 굴복시켜 부하로 삼았다는 이야기를 듣고 입맛을 쩝쩝 다셨다.

"제길, 그럴 줄 알았으면 죽이지 말걸 그랬나."

치우천은 새로 삼백 명 가까운 사람들이 늘어나고 많은 물건도 생기자 좋아했다. 그러나 치우천은 새로 온 사람들을 하나하나 만나 본 다음 힘이 세거나 믿을 만해 보이는 사람들만 받아들이고 나머지는 놓아주거나 돌려보냈다.

가족이 있는 사람은 이곳으로 데리고 오게 하고 싶었으나 괴물을 물리치고 정착할 곳을 찾은 다음으로 미루었다. 그것만으로도 이백 명가량의 전사들이 새로 생겼다. 치우천은 얻어 온 물건들을 쌓은 뒤 모두가 무장하고 한두 달을 버틸 물건만 남기고 나머지는 전사들에게 나눠 주려 했다.

그것을 보고 보돈차르와 키타야, 구르가 펄쩍 뛰며 말렸다.

"우리는 괜찮네. 새로 부하들이 생겼으니 물건이 많이 필요할 것 아닌가?"

야율쿠리도 외쳤다.

"아야, 천! 정말 주려는 거야? 전에 했던 보물 이야기는 전사들 기를 세워 주려고 한 거야. 그럴 필요 없다구!"

치우천은 완강했다.

"아닙니다. 얻은 것은 나눠 가져야 하는 법입니다. 각 부족장께서는 많은 전사를 잃었으니, 그 가족에게라도 주십시오. 더구나 이건 제가 얻은 것도 아니고 부족장님들과 전사들이 싸워서 얻은 것 아닙니까? 이만큼 남겨 두는 것만도 제겐 염치없는 일입니다."

치우천은 끝끝내 고집을 피워 물건들을 쓸 만큼만 남기고 각 부족장과 전사들에게 고루 나눠 주었다. 부족장들은 사양하기는 했으나 일단 물건을 받으니 고맙고 기뻤다. 많기도 했지만 그보다 치우천의 배려에 마음이 흐뭇했다.

그러고 나자 치우천이 입을 열었다.

"새로 온 전사들이 있으니 부족장들께서는 염려 마시고 돌아가 부족을 돌보셔도 됩니다. 가겠다는 전사들은 다 데리고 가십시오."

"무슨 소리냐? 괴물을 잡아 자리 잡는 걸 보기 전에는 안 간다! 제길! 나를 뭘로 보고 그런 소리를 하는 거냐? 이 야율쿠리, 한번 도와주기로 했으면 끝까지 도와준다!"

야율쿠리가 외치자 다른 부족장들도 고개를 끄덕였다.

치우 형제는 고마워서 눈물이 날 것 같았다. 그러나 치우천은 목이 멘 소리로 말했다.

"집을 떠난 지 오래되었으니 돌아가고 싶어 하는 전사들이 있을지 모릅니다. 사람은 충분하고, 더 모을 수도 있으니 돌아가고 싶어 하는 사람은 보내 주십시오."

간곡한 치우천의 말에 부족장들도 선선히 동의했다. 사람 수가 늘어

나서 오히려 오래 머무르는 것이 폐가 될 수도 있다고 여겼기 때문이다. 그러나 떠나려는 사람은 몇 되지 않았고 그나마 집에 급한 일이 있는 사람뿐이었다. 그들도 하나같이 다시 돌아와 같이 싸우기를 원했다.

치우 형제는 은연중에 부족장보다 위로 받들어지는 처지였지만 뽐내거나 위세를 부리지 않았고, 떠나는 말단 전사들까지 일일이 진심으로 환송해 주었다. 그 모습을 지켜보던 부족장들이 너무 그러면 체면이 서지 않는다고 말했으나 치우천 치우비는 똑같이 듣지 않았다.

"체면은 남이 나를 생각해 줄 때 생기는 것이지, 내가 나를 생각해 준다고 생기는 것이 아닙니다. 우리를 위해 피를 흘린 전사들은 내 벗이고 형제인데, 어떻게 배웅하지 않을 수 있단 말입니까?"

전사들은 이런 치우 형제의 태도에 감격하여 눈물까지 흘리면서 내키지 않는 발길을 돌렸다.

보돈차르는 먼발치에서 그것을 보며 치베에게 물었다.

"치베, 네가 보기에 저 형제는 어떤가?"

치베가 간단하지만 분명하게 대답했다.

"제가 대신 죽어도 조금도 아깝지 않습니다."

보돈차르는 고개를 끄덕이며 말했다.

"그렇다. 저들의 행동을 하나하나 보아 두어라. 지금 저런 행동이 만약 머리로 생각한 것이라면 정말 무서운 사람이다. 헌원이 그렇다. 그러나 저 형제는 머리가 아니라 마음이 이끄는 대로 하고 있다. 그러면서도 사람들의 마음을 움직이고 저절로 따르게 만들고 있다. 저들 형제에게 배울 것이 많구나."

보돈차르는 과묵한 성격이라 말로 남을 칭찬하는 일은 극히 드물었다. 그것을 아는 치베는 자신이 칭찬을 들은 것처럼 좋아 연신 싱글벙글했다.

곧이어 보돈차르가 한마디 덧붙였다.

"허나 저들은 아직 젊다. 나이가 들고 지위가 더 높아져도 저런 마음을 간직할 수 있다면, 분명 세상에 길이 남을 큰일을 해낼 수 있을 것이다. 그러나 마음이 변한다면…… 어찌 될지 모르겠군."

"그럴 일은 없을 것입니다."

치베가 단호하게 말하자 보돈차르는 살짝 웃으며 되받았다.

"나도 그러기를 바란다."

우린 구슬의 힘

십이대선에 필적하는 도력을 깨우쳤으나
스스로 대도의 길을 거부한 대선인 발귀리는 몇 가지 유물을 남겼다.
그것들은 대개 소통에 관계되는 힘을 가졌는데,
이는 인간이 아니었던 발귀리의 일생에서 가장 큰 비중을 차지한 존재가
다른 종족인 인간이었기 때문이다.
소통이야말로 발귀리의 천착점이고 한계였으며 나아가서는 궁극의 이상이기도 했다.
때문에 그녀의 유물도 그런 성격을 띠게 되는데 우린 구슬도 그중 하나이다.

떠나는 전사들을 배웅한 뒤 치우천은 새로 만든 무기들을 부족장들에게 보여 주었다. 부족장들은 그것들을 보고 놀라 어떻게 쓰는 것인지를 물었다.

무기들은 그만큼 예사로 쓰는 것과는 달랐다. 가죽을 씌운 나무 방패도 있었는데, 너무 크고 무거워서 들고 싸울 수 없을 정도였다. 크고 기다란 통나무 끝을 깎아 불에 그슬려 뾰족하게 만든 뒤 거기에 열 개가 넘는 나무 막대기를 꽂아 놓은 무기는, 어떻게 쓰는 물건인지 도통 알수 없었다. 마지막으로 그릇을 구울 줄 아는 사람에게 시켜 급히 빚어 구워 낸, 어린애 머리통만 한 거칠고 동그란 그릇들이 잔뜩 쌓여 있었을 뿐, 흔히 무기로 생각하는 칼이나 창 따위는 하나도 없었다. 이것으로 어떻게 싸움을 한다는 것인지 아무도 알 수 없었다.

사람들이 의아해하자 치우천은 웃으며 대답했다.

"잘될지 모르겠습니다만 해 봅시다. 연습을 해야 신수를 이길 수 있을 것입니다."

치우천은 오백 명으로 불어난 전사들 가운데 힘이 센 삼백 명을 따로 가려내고, 나머지 이백 명에게는 가죽을 바꿔 오고 옷을 만드는 일을 맡겼다. 삼백 명은 각각 백 명씩으로 나누어 보름간 훈련을 시켰는데, 치우천은 부족장이 아니라 마음에 두고 있던 용사에게 훈련을 맡겼다.

구르가 한 부대를 맡고 양역이 한 부대를 맡았으며 의외로 마파람에게 한 부대를 맡겨 훈련을 시켰다. 각 부대는 부족 구분 없이 한데 섞여 있었다. 새로 뽑은 도둑들조차 몽골이나 키탄의 전사들과 나란히 땀을 흘렸다. 그러나 야율쿠리에게는 아무런 일도 주어지지 않았다.

자존심이 상한 야율쿠리가 드러내 놓고 투덜거렸다.

"나도 잘할 수 있는데 놀고먹으란 거냐? 내가 데려온 키탄족 전사들까지 다른 사람에게 맡겨 섞어 버리다니 나를 무시하는 거냐?"

치우천은 항상 그랬던 것처럼 웃는 낯으로 야율쿠리를 달랬다.

"야율쿠리, 내가 왜 너를 무시하겠느냐? 너는 더 중요하게 해야 할 일이 있다. 너만이 아니라 다른 분들도 할 일이 있다."

"더 중요한 일이냐? 그게 뭐냐?"

야율쿠리가 금세 좋아 싱글거리자 치우천이 웃으며 말했다.

"우리는 신수를 유인해야 한다. 보통 전사에게 시키기는 위험한 일이니, 너처럼 강한 용사들이 나서야 하지 않겠어?"

"제기랄! 유인? 그럼 또 도망치는 일이냐?"

야율쿠리가 짐짓 화난 듯 외치자 모두 껄껄 웃었다.

신수를 직접 상대하여 유인하는 일은 몹시 위험했다. 그렇기에 치우천은 피해를 극소화하기 위해 힘이 세고 재주가 많은 주요 인물들로 하여금 그 일을 시키려고 했다. 그런 일은 일반 전사를 시키는 것이 상례였으나 치우천은 파격적인 방법을 제안한 것이다. 다들 부족장에다 용사들이었지만 대부분 젊고 혈기 왕성한 사람들이라 그들을 설득하기도 쉬웠다. 모든 준비가 차질 없이 이루어졌다.

준비가 끝나자 치우천은 부족장들을 불러 모았다.

"이제 형요의 마을로 들어갑니다."

"괴물은?"

형요가 조바심이 나는 듯 묻자 치우천이 대답했다.

"거기 있다 보면 나타나겠지."

"괴물을 찾는 게 아니란 말야?"

"너희가 네 해 동안 찾아다녀도 찾지 못한 괴물을 내가 무슨 수로 찾겠어? 더구나 괴물을 찾아도 이 많은 사람들이 어떻게 한꺼번에 괴물에게 몰려간단 말인가? 괴물이 오게 만들어야 해."

치우천이 설명하자 형요는 납득했는지 고개를 끄덕였다. 다른 사람들도 그 방법밖에는 없다고 생각했지만, 야율쿠리는 약간 김이 빠지는 듯했다.

"괴물이 안 나타나면?"

"안 나타나면 할 수 없지. 허나……."

치우천은 말하다가 형요의 얼굴을 슬쩍 보고 웃으며 계속 말을 이었다.

"내 생각에는 머지않아 나타날 거야. 많은 사람들이 들어가 살면 떠들썩해질 것 아니겠어?"

"만약 괴물이 없…… 아니, 떠나 버렸으면 어쩌는가?"

치베의 말에 형요가 대뜸 눈을 부릅떴다.

"없긴 왜 없어! 치베 너……!"

"나는 없다고 말하지 않았다. 떠났으면 어쩌냐고 말하는 거다."

"분명히 없……다고 말하려 했잖아. 아직도 내 말을 안 믿는 거니? 이 쩨쩨한……."

"아니다! 아니야!"

치베가 입 한번 잘못 놀렸다가 형요에게 호되게 당해 땀을 삘삘 흘리는 동안 키타야가 신중하게 나섰다.

"그럴 수도 있네. 괴물이 마을을 덮친 것은 까닭이 있었을 것이네. 뭔지는 모르지만 괴물이 목적을 달성하고 떠나 버렸으면 어쩌는가?"

보돈차르도 한마디 끼웠다.

"차라리 떠나 버렸으면 문제가 없다. 그러나 만약 몇 년이 지난 다음에 돌아오면 어쩔 건가? 그때까지 계속 괴물만 기다리고 있을 수는 없지 않은가?"

치우천은 머리를 긁적이며 웃었다.

"그렇게 생각할 수도 있군요. 허나 그렇지 않을 것입니다."

"왜 그런가?"

"제 생각대로라면 괴물은 떠나지 않았을 겁니다. 파루 계곡 부근에 계속 있다고 생각하는데요."

"어떻게 그렇게 단정하는가?"

"마을 사람들이 죽은 것은 네 해 전의 일입니다. 그전까지는 형요 자매 악명은 있지도 않았죠. 부모님들이 대신 그…… 도둑질을 했을 테니까요. 그러나 괴물이 부모님을 죽인 후에 형요 자매는 도둑질을 시작했고, 이름이 알려졌죠. 그렇죠?"

"그렇지."

"괴물이 지나가는 상인들을 죽인 건 형요 자매가 활동하는 동안이었습니다. 그 때문에 형요 자매의 악명이 높아지지 않았습니까? 그러니 괴물은 아직도 그 부근에 있다는 말이 됩니다."

"그렇군! 그러나 괴물이 만약 우리를 보고 피한다면?"

구르의 말에 치우천이 고개를 저었다.

"피해 주면 차라리 다행입니다만 그럴 것 같지 않습니다. 한 번에 백 명의 사람을 죽일 수 있는 괴물이라면 신수가 틀림없고, 신수라면 사오백 명이 몰려온다 해서 두려워할 리 없죠. 도리어 괴물이 너무 빨리 덤벼들어서 기습을 받을까 그게 걱정되는데요."

"만약 그렇게 된다면?"

양역이 걱정스러운 듯 묻자 치우천은 걱정 말라는 듯 웃었다.

"그러면 시간을 끌어야지."

"어떻게?"

"어떻게라니? 흠, 뭐 말이라도 걸어서 시간을 끌어 봐야 하지 않겠어?"

황당할 정도로 솔직하고 태평한 태도인데도, 치우천이 말하면 황당하지 않고 정말 그렇게 될 것 같은 안도감마저 느끼게 했다. 항상 웃음을 잃지 않아서인지, 아니면 그만큼 대단한 재주를 보여 주었기 때문인지도 몰랐다. 그것은 치우천만이 갖고 있는 희한한 매력 중의 하나였다. 그 말만으로 사람들은 고개를 끄덕였다.

신중한 구르가 또다시 물었다.

"신수와 어떻게 이야기를 한다는 것이지?"

"이걸 쓰면 됩니다."

치우천은 품속에서 고운 가죽으로 잘 감싼 작은 물건을 꺼냈다.

"그게 뭐지?"

"우린 구슬이라고 합니다. 그러고 보니 진작 이야기했어야 했는데 경황이 없어서 잊어버렸군요."

치우천이 쑤앙마이에게서 우린 구슬을 얻는 것을 본 사람은 아무도 없었기에 모두가 놀라움을 감추지 못했다. 무라는 보았지만 과묵한 성격이라 아무 말도 하지 않았다. 치우천은 가죽을 풀어 우린 구슬을 보여 주고 그에 얽힌 사연도 설명해 주었다.

"아주 옛적에 선인이 만드신 구슬인데, 신수와 이야기할 수 있게 만드는 힘이 있다고 합니다. 지난번에 카린산에서 싸웠던 괴물, 아수타란도 원래 선인이었는데 이것을 얻다가 괴물이 되어 버렸다는군요."

타는 듯 붉은빛이 도는 우린 구슬을 보고 사람들은 신기해했다.

"정말 그걸로 신수와 이야기를 할 수 있을까?"

"쑤앙마이께서 하신 말씀이니 틀림없을 것입니다."

"그걸 사용하는 무슨 방법이나 주문 같은 게 있지는 않나? 그건 아는가?"

신중한 구르가 걱정하자 치우천은 아, 하며 놀라는 소리를 내다가 다시 웃었다.

"그렇군요. 그 생각은 미처 못했습니다. 그러나…… 만약 그런 주문 같은 게 필요했다면 쑤앙마이께서 말해 주셨을 테니 가지고만 있어도 되겠죠."

"정말 그럴까? 시험해 보는 게 어때?"

치우비까지 걱정스런 눈치를 보이자 치우천은 피식 웃으며 농담을 했다.

"나도 그랬으면 좋겠다만…… 신수가 있어야지. 네가 끌고 올래?"

"아이쿠, 형도 참."

치우천은 사람들을 둘러보았다.

"어떻게든 되겠지요. 제아무리 신수라 해도 준비를 할 만큼 했으니 그리 쉽게 당하지는 않을 것입니다. 다들 용기를 냅시다."

그로부터 이틀이 지난 날, 치우 일행은 전사를 끌고 파루 계곡으로 향했다. 오백 명에 달하는 전사 무리가 길을 가는지라 겁낼 것은 없었지만, 사람 수가 많고 새로 만든 무기들이 무거워 속도는 상당히 느렸다.

형요는 열흘 만에 파루 계곡까지 왕복했지만 전사들은 꼬박 보름이 넘어서야 파루 계곡 언저리에 도착할 수 있었다.

앞장섰던 치우천이 말문을 열었다.

"형요, 이제 파루 계곡까지는 멀지 않지?"

"오늘 밤은 쉬고 내일 아침 일찍 출발하면 해 지기 전에 도착하지."

"좋군. 이제야 왔구나. 혹시 이 근처에 마을이 있어?"

"저 앞에 가면 작은 타타르족 마을이 있는데, 그건 왜? 우리가 묵을 만큼 큰 마을이 아냐."

"그래도 좋으니 들러 봐야겠어. 길을 알려 줘."

"내가 같이 가면 되잖아?"

"너는 워낙 유명한 사람이니 안 가는 게 좋을걸."

치우천은 마을에서 멀찍이 떨어진 곳에서 야영을 하라 이르고 치우비와 양역, 타타르 사람인 키타야와 구르, 몽골족인 보돈차르와 치베만 데리고 마을로 향했다. 그들은 마을사람을 놀라게 할까 봐 무기를 감추고 장사꾼처럼 꾸며 마을로 들어갔다. 아직도 치우 형제에게 현상금이 걸려 있을지 모르기에 치우천 치우비의 이름은 입에 올리지 않도록 조심했다.

그곳엔 대략 사오십 채의 천막이 있었다. 양을 치며 사는 전형적인 타타르족의 작은 마을이었다. 키타야는 마을에 들어가자마자 부족장을 찾아 선물을 건네고 파루 계곡으로 가는 길을 물었다. 그러자 부족장은 놀라면서 정색을 하고는 그곳은 위험하니 다른 길로 가라고 권했다. 키타야가 왜 그러냐고 묻자, 부족장은 그곳에는 형요 형제라는 무서운 도둑 형제가 있어서 지나는 상인들을 죽인다고 말했다. 키타야는 속으로 웃으며 지금도 있느냐, 그렇게 무섭냐고 묻자, 부족장은 고개를 저으며 한탄하며 말했다.

"그놈들이야말로 이 근방의 재앙이오! 보름 전에만 해도 마흔 명이 넘는 타타르족 장사꾼들이 지나갔다오! 그런데 그들은 파루 계곡에 들어선 다음 날, 전부 시체로 변해서 발견되었소! 상처 하나 없고 몸이 흐물흐물한 이상한 시체로 변했단 말이오! 형요 형제는 악랄하고 무서운 놈들이니……"

부족장은 자기가 그토록 겁을 주는데도, 치우천 일행이 무서워하기커녕 도리어 잘되었다는 듯 마주 보며 미소를 머금자 어안이 벙벙했다. 부족장은 사람 좋은 늙은이라 몇 번이나 간곡하게 만류했지만 그들은 고맙다는 말만 하고는 등을 돌렸다.

부족장이 탄식하듯이 중얼거렸다.

"이름을 날리려고 형요 형제에게 덤비다 죽는 사람들이 또 나오는구나. 자기들이 끽구나 치우비라면 모를까, 불쌍하구나! 불쌍해!"

키타야와 구르는 자신들 앞에 걸어가는 치우비의 넓은 등을 보고는 참지 못해 껄껄 웃었다. 보돈차르 역시 나지막이 웃었다. 치우비나 치우천은 타타르 말을 잘 몰라서 왜 그들이 웃는지 몰랐으나 부족장은 그것을 보고 화가 나서 외쳤다.

"이 바보 같은 사람들! 반드시 후회할 거요! 형요 형제는 사람이 아니라 괴물이오! 괴물! 당신들은 죽은 목숨이오!"

마을 어귀를 나오면서 치우천이 들뜬 목소리로 말했다.

"또 사람들이 죽었다는 것은 안됐지만, 어쨌든 괴물이 있는 건 틀림없는 사실이군요. 분명 파루 계곡 부근에 어슬렁거리고 있을 겁니다."

치베가 머리를 긁적였다.

"제길, 형요를 볼 낯이 없구나! 창피해서 어쩔까! 나는 그 말을 안 믿었는데…… 정말 괴물이 설치고 있었다니!"

치우천이 치베를 달랬다.

"치베. 너는 조심하느라 그랬고 형요도 이젠 좋은 벗이니, 지나간 일로 그렇게 걱정할 필요 없다. 그동안 형요 자매에게 수도 없이 치사하다느니 쩨쩨하다느니 욕을 먹었으니 대가는 충분히 치른 셈이지."

마을을 나서려는 치우천의 앞을 조그마한 타타르족 어린아이가 달려와 막아섰다. 지저분하고 쇠약해 보이는 아이는 열 살가량 되어 보였다. 키타야가 쫓아내려 했지만 아이는 자꾸 전할 말이 있다고 소리쳤다. 키타야가 듣지도 않고 한 대 때려서 보내려는 것을, 아이를 좋아하는 치우비가 말렸다.

"그럴 것까지 뭐 있습니까?"

치우비는 웃으며 아이에게 허리에 찼던 주머니에서 말린 고기를 한 움큼 꺼내서 주려 했다. 그러나 아이는 고개를 저으며 꼭 전해야 할 말이 있다고 타타르 말로 떠들어 댔다.

구르가 그것을 보고 석연치 않다는 생각에 아이에게 물었다.

"무슨 전할 말이 있다는 거냐? 우리가 누군 줄이나 아느냐?"

"틀림없어요. 일곱 명의 낯선 사람들이 이맘때 찾아온다고 했어요. 예쁜 누나가 한 말이니 틀릴 리 없어요! 틀림없이 아저씨들이에요!"

"누가 그랬는지 모르지만, 사람 잘못 봤다."

구르가 웃어넘기려는데 아이는 계속 떼를 쓰듯이 외쳤다.

"아니에요, 아저씨들이에요! 누나가 말한 것하고 똑같은걸요! 누나가 말했다구요! 그 사람들은 아주 강한 용사들이랑 부족장들인데 반드시 이 말을 전해야 한다구요!"

구르와 키타야는 이상하다 싶었지만 시치미를 뗐다.

"우린 강한 용사도 아니고 부족장도 아니란 말이다."

아이는 완강하게 고개를 저었다.

"아닐 거예요. 아저씨들 중에 분명 그…… 뭐더라, 맞아요. 치우천 치우비 형제가 있을 거예요!"

그 말을 듣는 순간, 키타야와 구르의 안색이 확 변했다. 구르는 재빨리 아이의 손목을 잡아끌고 키타야는 사방을 둘러보았다. 누가 자신들을 알아보고 함정에 빠뜨린 것이 아닌가 싶어서였다.

아이는 당황한 기색 없이 생글거리며 웃었다.

"틀림없군요! 누나 말이 맞았어요! 아저씨들이 놀랄 테지만 안심하라고 했어요. 저는 아무에게도 이 말을 한 적이 없어요. 엄마 아빠에게도 말하지 않았다구요. 누나 말을 잘 들었단 말이에요."

키타야와 구르는 황당하여 도대체 어떻게 된 일인지 알 수 없었다. 주변에는 아무도 없어서 함정 같지도 않았다. 키타야와 구르는 치우 형제에게 그 말을 전해 주었다.

치우천도 크게 놀라며 구르를 사이에 두고 아이에게 물었다.

"그 누나가 누구냐?"

아이는 헤헤 웃었다.

"누군진 몰라요 예쁜 누나였어요."

"언제 그런 일을 시켰지?"

"일 년 전쯤요. 하지만 난 똑똑해요. 절대 잊어버리지 않았다구요!"

치우천 일행은 안색이 하얗게 변했다. 아이가 거짓말을 하는 것 같지는 않았다. 그렇다면 일 년 전에 치우천 일행이 이 작은 마을을 찾아오리란 걸 안 사람이 있단 말인가? 믿을 수 없는 일이었다.

"그 사람이 일 년 전에 왔다구? 혼자 왔느냐?"

"아니에요. 굉장히 많은 사람들과 말…… 아주아주 큰 가마가 저 아래쪽을 지나갔죠. 아주아주 큰 부족장이랬어요. 그래서 마을이 난리가 났어요. 그날 밤에 내가 놀고 있는데, 아주아주 예쁜 누나가 와서는 나에게 부탁했어요! 세상에 그렇게 예쁘고 좋은 사람은 처음 봤어요. 그 누나가 일 년 후에 일곱 사람이 들를 텐데, 그중 치우천 치우비라는 사람이 있을 테니……."

치우천이 참지 못하고 부르짖었다.

"맥달이다!"

치우비도, 양역도 얼굴이 하얗게 질려 말을 더듬거렸다.

"맥달님이…… 맥달님이 말을 남기셨던 거야!"

아무리 생각해 봐도 맥달이 틀림없었다. 일 년 전쯤이라면 주신 한웅이 태산 회의를 끝내고 지나가던 무렵이다. 추방당한 치우 형제는 몰랐지만 그때 사와라 한웅은 기습을 받자 또 위험이 있을지 모른다고 생각하여, 다른 길을 잡아 멀리 서쪽으로 빙 돌아서 신시로 돌아갔다. 중간에 이 작은 마을 부근에서 하룻밤을 지낸 적이 있는데, 그때 맥달이 마을의 꼬마에게 말을 남긴 것이다.

치우 형제는 모든 것을 알 수는 없었지만 대강의 상황은 그럭저럭 이해할 수 있었다. 너무도 놀라웠다. 맥달의 예언이 이 정도로 정확할 줄은 꿈에도 생각지 못한지라 치우천은 부르르 몸을 떨었다.

'사람이 아냐! 그 여자는 사람이 아니다!'

그것은 단순히 놀랍다거나 반갑다기보다는 공포에 가까운 감정이었다. 일 년 동안 자신이 걸어온 길은 스스로도 바로 앞을 짐작할 수 없었던 가시밭길이었다. 그런데 맥달은 모든 것을 정확히 꿰뚫어서, 치우 형제가 이 마을에, 그것도 정확히 일곱 사람만 데리고 온다는 것까지 알고 있었다.

치우천은 떨리는 몸을 주체할 수 없었다. 여태껏 수없이 죽을 고비를 넘기고, 신수나 대선인과 맞닥뜨렸어도 한 번도 이렇듯 떨린 적이 없었다. 그러나 지금은 달랐다. 이것은 힘이니 죽음이니 하는 것을 애당초 초월한, 공포라고도 할 수 없고 놀라움이라고도 할 수 없는 근원적인 두려움이었다. 치우천이라는 존재, 아니, 온 세상의 존재가 맥달 앞에서는 한낱 장난감이고, 먼지 무더기만도 못한 것 같았다. 그것은 존재의 불안감에서 오는 떨림이었다.

아이는 치우천이 떠는 모습을 보더니 생글거렸다.

"아저씨가 치우천님인 것 같네요. 누나가 살짝 말해 줬거든요. 제일 많이 떠는 사람이 치우천님이라구요. 히히, 이건 말하지 말랬는데."

키타야와 구르는 그 말을 듣는 순간, 자기도 모르게 눈을 감고 타타르족이 믿는 신의 이름을 수십 번이나 외웠다. 한참 지난 후에 아이의 말을 전해 들은 치우천은 까무러칠 지경이었고 나머지 사람들도 놀라서 현기증까지 났다. 냉정하고 침착한 보돈차르마저도 다리를 휘청거렸다.

아이는 자신이 말할 때마다 큰 어른들이 계속 놀라는 것이 재미있다는 듯 신이 나서 말했다.

"누나가 전하랬어요. 치우천님이란 분에게요. 아이쿠, 거 뭐더라, 우…… 우…… 맞아! 우린! 우린 구슬은 꺼내서 양손에 꼭 쥐고 마음으로 간절히 바라야 쓸 수 있다구요……."

"우린 구슬이라고!"

치우천은 아이의 타타르 말은 알아듣지 못했으나 아이의 입에서 우린이라는 이름이 나오는 순간 참지 못하고 부르짖었다. 아이는 아랑곳하지 않고 신이 나서 계속 말했다.

"누나가 한 가지 더 말했어요. 누나는 무슨 일이 있어도 치우천님 편이니, 꼭 믿어 달라구요. 이건 부탁이래요. 그리고 그때의 궁금증은 이미 풀렸을 테고, 당분간은 위험한 일이 드물 테니 큰 걱정은 하지 말라구요. 그렇게 예쁜 누나가 아저씨 편이니, 아저씬 좋겠어요."

사람들은 귀신에 홀린 듯 어쩔어찔해서 정신을 차릴 수 없었다. 치베는 두렵고 무서워서 땅에 털썩 주저앉아 버렸다. 신도 울루의 귀신진에도 놀라 기절까지 했었지만, 그때보다 더 두렵고 놀라웠다. 치우비도 놀라 얼굴이 허옇게 질렸으나 애써 정신을 가다듬었다.

'맥달님은 정말 놀라운 분이시구나. 어쨌거나 그런 분이 우리 편이니 두려울 것 없다. 정신 차리자. 정신 차려!'

치우비는 멍하니 손을 뻗어 아이의 머리를 쓰다듬어 주고는 주머니에 찬 구리단검을 끌러 아이에게 내밀었다. 구리칼은 귀한 물건이었지만 치우비는 아이들에게는 말할 수 없을 정도로 인심이 좋아서 몸에 지닌 것을 아낌없이 주곤 했다. 구리단검을 받은 아이는 좋아서 입이 찢어져라 웃으며 외쳤다.

"구리칼이다! 구리칼! 와!"

키타야는 멍한 상태에서 간신히 입술을 떼었다.

"그래, 착하지? 그건 네 거다. 오늘 한 이야기는 앞으로 누구에게도 해선 안 된다. 알았지?"

아이는 기뻐 팔짝팔짝 뛰며 말했다.

"그럼요. 누나가 그랬어요. 그분들이 구리칼을 줄 거라구요. 부모님이 어디서 났냐고 물으면 그분들이 떨어뜨린 걸 주웠다고 하랬어요. 그러면 혼나거나 다른 사람들이 캐묻지 않을 거라구요. 하하! 신난다!"

아이는 신이 나서 팔짝거리며 벌써 저쪽으로 달려갔다.

키타야는 그 말을 듣고 자기가 지금 꿈을 꾸는 것은 아닌가 싶어 뺨을 몇 번 꼬집어 보았다.

'뭘 주고, 그걸 어떻게 쓸 것인지까지 알아맞히다니! 그것도 일 년 전에! 아, 그 여자야말로 신이 아닐까? 대선인이 아닐까?'

보돈차르는 약간 멍한 표정으로 키타야에게 왜 그러냐고 묻자, 키타야는 고개를 설레설레 저으며 말했다.

"몰라도 됩니다. 아니, 모르는 게 더 낫습니다!"

마을로 돌아오는 내내 치우천의 표정은 어두웠다. 치우비나 다른 사람들은 치우천이 왜 그러는지 이해할 수 없었다.

치우비가 조심스럽게 형에게 물었다.

"천, 왜 그래? 기분이 좋지 않아 보여."

치우천은 애써 얼굴에 진 그늘을 걷으며 말했다.

"그래 보이느냐?"

"그래 보여."

치우천은 씁쓸하게 웃으며 피하듯 발걸음을 옮겼다. 치우비가 바짝 형에게 다가갔다.

"나도 놀랐고, 다들 놀라기는 마찬가지야. 그러나 그렇게 언짢아할 것은 없잖아? 맥달님은 우리를 도우려고 그런 말을 남겼는데……."

고개를 저으며 치우천은 의외로 고집스레 말했다.

"나는 그게 기분 나쁘다."

"그럴 게 뭐 있어? 맥달님이 그리 신통하시니……."

그때, 웃으며 이야기하는 치우비의 말을 치우천은 매몰차게 딱 끊어버렸다.

"그 여자 이야기는 안 했으면 좋겠구나."

형의 뜻밖의 말에 치우비는 흠칫하며 얼굴에 웃음기를 거두었다.

"형, 왜 그러는 거야? 이상해 보여."

"이상할 것 없다."

"왜 그래?"

치우비가 집요하게 묻자 치우천은 이윽고 한숨을 내쉬었다.

"답답해서 그런다. 무섭기도 하고……. 그 여자 생각만 하면 모든 것이 헛된 것 같고……"

"그런 생각을 왜 해?"

"생각해 보려무나. 그 여자는 모든 것을 안다. 우리가 죽지 않고 일 년 후에 우린 구슬을 얻어 이 마을로 오고 괴물을 상대해야 한다는 것. 그러려면 우린 구슬의 힘이 필요한데 구슬을 어떻게 쓰는지 잘 모른다는 것까지 말야."

"그렇지. 그러니까 마음 든든한 것 아니겠어?"

"든든하기보다 무섭고, 두렵다. 비야, 너는 앞날이 정해져 있다고 생각하니? 아니면 사람이 생각하고 결심하는 데 따라 변한다고 생각하니?"

"어, 그건……"

"난 그게 불안한 거야. 맥달이 앞날을 알아맞힐 수 있다는 건 앞날이 정해져 있다는 소리 같아. 그렇다면 우리는 꼭두각시란 말이냐? 우리만 아니라 세상에 태어나 살아가는 사람들이 정해진 대로 움직이는 꼭두각시란 것이냐? 그렇다면 우리는 왜 피를 흘리며 싸우고, 온 힘을 바쳐 애를 쓰는 것이지? 애당초 그렇게 되도록 정해져 있는데? 나는 헌원에게 큰소리를 쳤다. 앞날이 정해져 있으면 어떻게 되든 이루어질 것이니 애쓸 필요 없을 것이고, 정해져 있지 않는다면 예언도 사람이 하기에 따라 얼마든지 깨질 수 있으니 그런 것을 믿을 필요가 없다고 말야. 그런데……"

치우천은 단숨에 말을 쏟아 붓다가 가쁘게 숨을 몰아쉬었다.

"아무래도 맥달이 하는 양을 보니 앞날은 다 정해져 있는 것 같구나. 나는 힘이 빠진다. 아무것도 하고 싶지 않구나. 그렇게 되도록 정해져 있다면, 제기랄! 내가 왜 이렇게 힘을 써야 한단 말이냐? 내 삶은 내 것이다! 내가 생각한 대로 이루기를 바라지, 정해진 대로 따라가고 싶지는 않다! 허나 모든 것이 이미 정해져 있다면…… 차라리…… 차라리 아무것도 하지 않고 숨어 버리고 싶다. 아니, 그냥 이 자리에서 죽어 버리는 게 속 시원하겠구나!"

이를 악물고 말하는 치우천의 모습에 치우비는 깜짝 놀랐다.

"그게 무슨 소리야? 형답지 않게!"

"아니다. 자부 선인께도 할 말은 다하려고 대들었던 나다! 언젠가는 세상을 편안하게 하려고, 그것만 바라보고 어떤 편한 일도, 내 몸 하나 편하게 하는 일에도 눈을 돌리지 않고 목숨을 아낀 적도 없다! 누구에게도 굽힌 적이 없고 굽힐 생각도 없다! 우리 형제, 아직 나이는 젊지만 내 목숨만이 아니라, 비, 네 목숨, 벗들의 목숨도 아낀 적이 없단 말이다! 헌원의 뜻에 맞서느라 나는 수백 명이나 되는 벗들의 목숨을 잃게 했다! 그런데…… 그런데 모두가 정해진 꼭두각시 짓일 뿐이라면…… 살아서 무엇하느냐? 산다는 게 도대체 무엇이냐? 쑤앙마이는 말했다. 대선인들이 앞으로는 사람이 주인 되게 이 세상을 바꾸어 놓았다고. 흥! 뭐가 사람이 주인이란 말이냐? 정해진 운명, 정해진 길을 눈 가리고 무작정 뛰는 것이 아니고 무엇이란 말이냐?"

치우비는 형의 고민이 자신으로서는 상상하기 힘들 정도로 깊다는 것을 깨닫고 심각하게 생각하며 달래려 했다.

"형, 나는 잘 모르겠어. 나도 잘 모르는데 다른 사람은 더더욱 모를 거야. 난 그렇게 생각하지 않아. 하늘이 정한 길을 우리가 따라가는데 그렇게 고민할 게 뭐 있단 말야?"

치우천이 쓸쓸하게 웃었다.

"그래. 하늘의 정한 길을 따르는 것, 그것은 좋다. 그런데 말야, 하늘의 길은 누구나 알 수 있는 것이 아니잖느냐? 지나고 나서야 알 수 있다. 그러면 맥달이 하늘이냐? 그 여자는 사람이 아니란 말이냐? 하하, 세상의 지배자는 맥달이다! 헌원이건 나건 주신 한웅님이건, 아무도 맥달의 손아귀를 벗어날 수 없다. 앞날을 손바닥 들여다보듯 아는데 누가 맥달을 당하겠느냐? 그 여자가 마음만 먹으면 누가 상대가 되겠느냐? 그 여자가 하늘이다!"

"맥달님도 하늘의 뜻을 어기지는 못할 거야! 주술사, 예언가도 앞날을 짚어 점을 치잖아! 그러나 하늘이 정한 것을 조금 일찍 읽어 낼 뿐이고……."

"흥! 맥달이 그냥 읽어 내기만 했느냐? 그 여자는 우린 구슬을 어떻게 써야 하는지를 가르쳐 주었다. 그게 하늘의 뜻이냐? 내가 구슬을 어찌 쓰는지 모르고 있는 게 하늘의 뜻이었던 게 분명해! 그러나 그 여자는 하늘의 뜻을 바꿀 수 있다."

"안 그럴 수도 있잖아! 그 여자의 입을 빌려 하늘이 가르쳐 주셨다고 생각하면……."

"그렇다면 그 여자가 하늘이다. 하늘이 되라고 하늘이 내신 것이 분명하다. 하하, 누가 상대가 되겠느냐? 모든 것을 알고 미리 알아서 움직일 수 있는데 세상 어떤 사람이 당하겠느냐? 헌원이 애쓰는 그의 뜻, 내가 바라는 나의 뜻, 그 여자는 다 알고 있다. 누가 뜻을 이룰지, 뜻을 이루어도 그것이 나중에 어떻게 될지까지 다 알고 있다. 세상에 그 여자의 입보다 무서운 것이 어디 있겠느냐? 내가 죽을힘을 다해 헌원의 뜻을 막아도, 백 년 뒤에 헌원의 뜻이 다시 퍼진다면 너는 싸우고 싶겠느냐? 헌원이 뜻을 펴서 부족들을 합쳐 큰 나라를 세워도 그 나라가 금방 망하고 무너진다 말하면, 헌원은 그런 나라를 세우고 싶어지겠느냐? 하하! 멀리 갈 것도 없다. 내가 언제 죽을지, 네가 언제 죽을지, 헌원이 언제 죽을지 그 여자가 모를 것 같으냐? 그 여자의 눈에는 모든 것이 송장이고, 모든 것이 무너져 내릴 흙덩어리일 텐데! 그 여자 때문에 세상 모든 일이 헛되고 헛된 것이고, 모든 사람들이 나면서부터 송장이나 다를 바

없이 될 터인데!"

치우비는 얼굴이 하얗게 질린 채로 멍하니 듣기만 할 뿐 섣불리 입을 열지 못했다. 형의 말이 맞다고 생각해서가 아니라 형의 태도가 이상했기 때문이다. 이윽고 치우비가 형에게 물었다.

"형, 형답지 않게 왜 그래? 왜 그렇게 흥분하지? 나는 잘 모르겠어. 하지만 말야…… 어차피 모든 사람은 죽게 되어 있잖아. 그래도 사람들은 살려고 애쓰고, 또 그렇게 세상을 이루면서 살잖아. 그런 것과 마찬가지 아닐까?"

치우천은 조금 마음이 풀렸는지 아까보다는 한결 차분한 목소리로 말했다.

"그래, 네 말도 일리가 있구나. 하지만…… 나는 받아들이기 힘들구나. 힘도 나지 않고, 사는 게 싫어져. 그래, 모든 게 정해져 있는지도 모르지. 그 안에서 발버둥 쳐야 하는 게 사람의 운명일지도 몰라. 그러나…… 그러나 단 한 가지 점에서, 하늘이 원망스럽다. 차라리 모르게 두실 것이지 왜 그런 여자를 내셨을까? 왜 그런 사람을 내셔서 사람을 조롱하게 만드실까? 왜 그나마 애쓰는 모든 것들을 헛된 것으로 만들어 버리시는 것일까? 왜 하필 지금이냐? 왜 하필 내가 사는 지금, 내 근처에서 그 사람이 나왔단 말이냐? 비야, 그 여자가 적이었다면 나는 무슨 수를 써서라도 쫓아가 목을 베어 버렸을 것이다."

"뭐?"

놀라움에 눈을 치뜨는 치우비를 쳐다보며 치우천은 서글프게 웃어 보였다.

"그러나 죽이지 못하겠지. 도리어 내가 당해 죽을지도 몰라. 그래도 그게 낫지. 그 여자가 죽는다면 세상은 그래도 살 가치가 있고, 내가 죽는다면 이 세상은 역시 힘들여 살 가치가 없는 것이니…… 죽는 게 낫겠지……."

"아이쿠! 왜 그런 생각을 한단 말야! 그런 분을……."

"하하! 다들 그렇게 생각하겠지! 예쁘고, 우아하고, 놀라운 재주가 있으니! 아마 그 여자를 마음에 들어 하지 않는 건 나뿐일지도 모르겠구나. 그 여자는 주신에 있으면서, 내 편을 든다고 한다! 내 마음도 다 알고 있겠지? 그래서 꼼짝 못하게 하려는 걸까? 나는 신수나 괴물, 현원보다도 그 여자가 무섭다. 정말…… 어떻게 해야 할지 나는……."

치우비는 더럭 겁이 나서 좋은 말로 치우천을 달랬다.

"형, 왜 그런 무서운 생각까지 하지? 대체 알 수가 없네. 왜 그렇게까지 생각하는 거야? 그분은 도움을 주었을 뿐이야. 세상에 앞날을 점치는 주술사가 한두 명도 아니잖아. 부족마다 한두 명씩은 있고, 큰 부족의 주술사 중에는 용한 사람도 많잖아. 그래도 사람들은 잘 살아왔고. 주술사가 세상을 뒤집었다는 이야기도 들은 적 없고……. 형, 너무 깊이 생각하지 마. 전에 듣기로 앞날을 예언하는 일은 하늘의 뜻을 받아서랬어. 그러니 모조리 읽어 낼 수 있는 건 아니란 말야. 하늘이 가르쳐 주거나 허락하는 말만 하게 되어 있지, 모든 것을 알 수는 없다구!"

"아우야, 네 말이 옳을 수도 있겠지. 하지만 난 불안하단다. 세상의 어떤 주술사도 맥달만큼 정확하지는 않을 거야. 이해할지 모르지만, 만에 하나 맥달이 모든 것을 알 수 있다고 한다면, 맥달의 힘은 세상을 뒤집고 파괴해 버릴 정도야. 나는 그렇게 생각한다. 이 세상에 어떤 사람도 맥달만큼 무섭지는 않을 거야. 난 받아들일 수가 없구나. 견딜 수가 없어."

치우비는 애써 웃어 보이며 되받았다.

"거참, 답답하구먼. 그분은 좋은 분이고 우리 편을 들어 주잖아. 더구나 그분도 한 달에 여섯 번인가…… 그만큼만 점칠 수 있댔잖아. 설마

무한정 알 수 있겠어?"

치우천은 비가 간곡하게 이야기하자 고개를 끄덕였다.

"그래, 네 말이 맞을지도 모르겠다."

치우천은 아우의 말에 맞장구를 치는 척하며 속으로 생각했다.

'그게 바로 두려운 점이란다, 비야. 맥달이 한 달에 여섯 번 점을 치는 것은 한웅께서도 아신다. 그런 한웅께서 달마다 여섯 번 모두를 점쳐 묻지 않았을 리 없잖느냐? 주신을 이끌다 보면 알고 싶은 일이 많으실 것인데! 그러면 분명 다른 일을 점칠 시간은 없었을 거야. 헌데 맥달이 어찌 내 일을 읽었느냔 말이다. 한웅님께서 한 번을 그냥 넘어가셨을 리도 없고, 내 일을 점치라 허락해 주신 적도 없을 것인데!

더구나 보통 주술사는 뼈를 불에 태우거나 혹은 던져서 점을 치지만, 맥달은 아무 도구도 없이 점을 쳤다. 아무리 생각해도 두렵다. 다른 사람 눈은 가렸을지 몰라도 나는 속지 않는다! 그 여자는…… 한 달에 여섯 번이 아니라 아무 때나 어떤 일이라도 읽을 수 있을지도 모른다. 점치는 것이 아니라, 이미 다 알고 있는지도 모른다. 그렇다면…… 무서운 일이 아닌가.'

그러나 차마 입 밖으로는 내뱉을 수 없었다.

형의 생각을 알 리 없는 치우비는 사람 좋게 웃으며 치우천을 다독거렸다.

"그러면 됐지 뭘 그래? 형은 너무 많이 생각하는 게 병이야. 편하게 생각하라구. 할 일도 많잖아. 괴물은 잡지 않을 거야? 살 곳을 찾지 않을 거야?"

치우천은 할 수 없다는 듯 픽 웃었다.

"그럴 수야 있겠니? 코앞에 닥친 일인데……."

치우비가 껄껄 웃으며 되받았다.

"그럼 딴 생각은 하지 마. 나중에 맥달님을 만나게 되면 직접 말해 보는 게 어때? 나 같은 둔한 사람하고 말하면 도움이 안 되잖아. 난 잘 알아듣지도 못하겠는걸?"

치우천은 웃으며 담담하게 고개를 끄덕였으나 마음은 울적했다.

'맥달, 맥달……. 그녀에 대해 알아봐야겠구나. 내 걱정대로라면 맥달이야말로 헌원이나 신수보다 위험한 존재다. 그녀가 하늘의 뜻을 읽기만 하는 뛰어난 주술사인지, 아니면 모든 것을 알고 있는 위험한 존재인지 알아내야 한다…….'

키타야와 구르 등은 일행이 있는 곳으로 돌아가자마자 맥달에 대해 입을 모아 말하며, 놀랍고 대단한 주술사라고 감탄했다. 사람들은 신기해하며 그런 주술사가 우리 편을 들어 준다면 모든 일이 잘될 것이라고 좋아했다. 그러나 치우천은 그에 대해서는 더 이상 아무 말도 하지 않았다. 다만 준비를 갖춰 파루 계곡으로 들어가는 일에만 신경을 썼다.

이틀 뒤, 치우천과 부족장들이 거느린 전사 오백 명은 파루 계곡으로 들어섰다. 치우천 일행은 계곡 입구부터 백 명의 방패수를 앞세워서 조심스럽게 전진했다. 치우천은 삼백 명의 전사들에게 준비한 털옷을 입으라 했다. 하지만 그렇게 껴입으니 더워서 움직이기 힘들었다.

"이렇게 더워서야 어디 움직일 수 있겠어?"

야율쿠리가 투덜대자 치우천이 고개를 저었다.

"더운 걸 참는 게 낫지, 괴물에게 당해 얼어 죽는 게 낫단 거냐?"

그러자 옆에 있던 보돈차르가 제안했다.

"너무 더워서 이러다간 금방 지칠 것이다. 그러니 낮에는 쉬고 밤에만 길을 가자. 밤에는 계곡도 꽤 추울 테니 털옷을 입고도 움직이기 좋지 않겠는가?"

형요도 한마디 거들었다.

"괴물이 낮에 돌아다닐 것 같지는 않으니 밤에 움직이는 게 나을 거야."

두 사람의 의견을 듣고 치우천은 고개를 끄덕였다.

오백 명의 전사들은 낮에는 가급적 넓은 곳에서 쉬고 밤에는 천천히 길을 갔다. 말을 타고 달리면 하루에 갈 수 있는 길이지만 많은 사람이 그렇듯 천천히 길을 가니 닷새나 걸렸다. 특히 형요의 마을로 통하는 가파른 산등성이를 올라가기가 힘들어서 또 하루가 더 걸렸다.

마침내 산등성이 위로 올라간 순간, 치우천은 탄성을 질렀다.

"허! 좋은 곳이군!"

앞서거니 뒤서거니 올라온 부족장들도 좋다는 감탄사를 연발했다. 형요의 부모가 살던 빈 마을은 산 위에 있다는 것이 믿기지 않을 정도로 널찍하고 사방이 트여 전망도 좋았다. 고맙게도 스무 채가 넘는 움집들과 제법 큰 통나무집이 두 채 남아 있었다. 낡긴 했지만 조금만 손보면 당장이라도 들어가 쉴 수 있을 정도였다.

마을에는 깊은 우물이 두 개나 있었고, 뒤편으로 자리 잡은 깎아지른 벼랑에는 깊은 동굴이 여러 개 뚫려 있어서 물건을 저장할 수 있었다. 형요의 말로는, 동굴 중 몇 개는 아래쪽과 통하도록 뚫려 있어서 외부의 공격을 받으면 동굴로 쥐도 새도 모르게 빠져나갈 수도 있다고 했다. 시야가 탁 트여서 사방에서 누가 오고 가는지를 알 수 있었고, 말을 타고 제법 달릴 만큼 넓은 평지도 있었다.

사방을 꼼꼼하게 둘러보던 구르가 말했다.

"형요, 자네 부모님의 눈이 대단하셨군. 이런 곳에 자리를 잡으셨던 것을 보면 재주가 보통 아니셨겠어. 만나 뵈었으면 좋았을 것을."

"만나 뵙다뇨? 부모님이 무사하셨으면 아직 도둑 왕이실 텐데 구르님과는 싸우게 되었을지도 모르잖아요."

"허허, 그런가? 하지만 우리 앙가마이나 앗수라트는 가난한 부족이라 장사를 다니지 않는다네. 가끔 장사꾼들이 오기는 하지만."

치우천이 말했다.

"경계를 늦추면 안 됩니다."

"쥐죽은 듯 조용하잖은가?"

"아닙니다. 형요가 떠나고 일 년이 다 되어 가는데, 이런 좋은 곳이 비어 있는 게 더 이상한 일입니다. 이런 곳을 다른 사람들이 그냥 놔둔다면 무슨 까닭이 있지 않겠습니까?"

"괴물……?"

"그렇습니다."

그때 새로 뽑은 도둑 출신의 타타르족 전사 한 명이 달려와 말했다.

"움집 뒤 켠에 사람 뼈가 있습니다. 대여섯 명 되는데요."

"형요, 옛날 마을 사람들은 너희가 묻어 주었댔지?"

"하나도 빼놓지 않았어."

"그럼 그 뼈는 괴물에게 죽은 사람들인지도 모르겠다. 가 보자. 뼈에 손을 대지 마라."

치우천이 달려가 보니, 역시 뼈들은 황급히 달아나다 죽은 듯한 모습으로 흩어져 있었다. 주변에 썩은 무기나 옷자락 같은 것도 그대로 남아 있었는데, 대강 보아도 썩 좋은 물건들은 아니었다. 뜨내기 산적들이 들어왔다가 괴물에게 쫓겨 도망치려다 죽은 것이 틀림없었다. 백골만 나뒹구는 광경에 치우천은 입술을 깨물었다.

"생각보다 일이 심각하군요."

"천 안다, 무슨 소리인가?"

치베가 묻자 치우천이 대답했다.

"뼈가 고스란히 누워 있어서 마음에 걸린다. 시체가 누워 있었다면 들짐승이나 날짐승이 뜯어먹어 어지럽게 흩어졌어야 하는데……. 전혀 그런 흔적이 없지 않은가?"

"그렇다면……."

"괴물은 여기 자주 나타나는 것이 틀림없다. 그래서 짐승들도 가까이 오지 않는 게 분명해."

치우천의 말을 듣고 사람들은 긴장한 듯 말없이 서로의 얼굴을 바라 보았다.

잠시 뒤 야율쿠리가 호기롭게 입을 열었다.

"차라리 잘되었다! 제기랄! 여기가 그럼 괴물 놈의 둥지란 말이지? 오히려 빨리 화끈하게 처리할 수 있겠구나!"

보돈차르도 한마디 거들었다.

"근처를 뒤져 보는 것이 어떻겠는가? 전사들에게 긴장을 풀지 말고 지키라 하고, 몇 명 풀어서 뒤져 보자."

"그러는 게 좋겠습니다."

좋은 자리라고 신나하던 전사들은 주의하라는 말을 듣고 긴장한 표 정이 되었다. 털옷들을 빈틈없이 껴입고 방패와 새로 만든 통나무 무기 등을 옆에 세우고 널찍한 공터에 전사들이 바로 서자, 각 부족장들이 전 사들을 몇 명 추려 사방을 살펴보게 했다. 특히 무시무시해 보이는 동굴 로 들어가는 전사들은 바싹 긴장했다. 얼마나 지났을까, 드디어 한 떼의 전사들이 커다란 발자국을 발견했다. 동굴 안에 들어갔던 전사 중 하나 가 눈을 동그랗게 뜨고 뛰어왔다.

"이상한 일입니다, 이상한 일이에요."

전사가 타타르 말로 중얼거리자 전사의 부속장인 키타야가 물었다.

"뭐가 이상하단 거냐?"

"동굴 안에 물건들이 잔뜩 쌓여 있습니다. 그런데…… 아주 이상합니다."

"물건이 쌓여 있는 게 뭐가 이상하냐?"

"물건 주위에 말뼈와 소뼈가 잔뜩 쌓여 있습니다."

"뭐?"

그 말에 사람들은 서로 얼굴을 돌아보았다.

흠흠, 보돈차르가 잠시 목소리를 가다듬고는 물었다.

"괴물이 동굴에서 가축을 잡아먹고 남은 뼈가 아닐까?"

"아닙니다. 뼈만 있는 게 아니라, 죽은 말, 죽은 소들도 있는데 그냥 죽은 것들 같아요. 막 죽은 놈, 반쯤 썩은 것, 뼈다귀까지 가릴 것 없이 아무렇게나 쌓여 있어서 냄새가 지독합니다."

뜻밖의 보고라 치우천도 이상하게 생각했다. 또 다른 전사가 달려와 말했다.

"물건들이 잔뜩 쌓여 있는데 짐을 몇 개 풀어 보니 썩어 가는 과일들과 식량이었습니다. 가죽도 있고 헝겊도 있고 무기도 있긴 합니다만…… 거의 쓰지 못할 것 같습니다."

그 말에 다들 더욱 의아해했다.

"물건들을 소나 말 시체와 같이 두면 당연히 못 쓰게 되는데, 누가 그렇게 쌓아 둔 것일까?"

까닭을 알 수 없기는 형요도 마찬가지였다.

"우리 부모님이 그런 건 아닌데. 그 동굴은 습기가 많아 물건을 두기엔 나쁜 곳이야."

"괴물이 쌓아 둔 게 아닐까?"

치우비가 중얼거리자 치우천이 웃었다.

"괴물이 사람 물건을 뭐하러 쌓아 두겠느냐? 먹을 것이라면 몰라도 헝겊이나 무기를 뭣에 쓰려고?"

"누가 그랬지? 뭐가 뭔지 모르겠네."

"마음을 놓아서는 안 된다. 고생스럽더라도 긴장을 풀지 말고 있어야 한다."

전사들은 세 무리로 나뉘어서 교대로 밤을 세워 주변을 경계했다. 쉬는 전사들 역시 언제라도 입을 수 있도록 털옷을 지니게 했고, 큰 무기들은 언제라도 달려와 쓸 수 있도록 집 앞에 늘어놓았다. 독에 대해 잘 아는 툰툰이 독이 있지 않을까 우물을 조사해 보았으나 다행히 물은 깨끗했다. 치우천은 비탈길 주변에 근처에 있는 큰 돌과 바위를 모아 놓으라고 일렀다. 그렇게 며칠이 지났는데도 아무런 일이 없어 전사들은 점차 긴장이 풀어졌다. 그러나 치우천만은 신경을 곤두세운 채로 끊임없이 돌아다니면서 조금이라도 해이해진 전사들을 발견하면 화를 내며 벌을 주었다. 치우천은 큰 돌 말고 작은 돌도 옆에 쌓아 두라고 지시했다.

열흘이 지나자 괴물이 오지 않을지도 모른다는 생각에 다들 느슨해졌다. 닦달하는 것도 한계가 있는데다 생각보다 시간이 많이 흘러 식량도 바닥을 보이기 시작했다. 동굴 안에는 많은 물건이 쌓여 있었지만 대부분이 썩어 건질 만한 것이 없었다. 그릇이나 장식품, 무기는 쓸 만했지만 많이 낡은 터라 바꿔도 큰 값을 받기는 힘들었다. 무라는 그런 것들이나마 싣고 가서 식량과 바꿔 오겠다고 길을 나섰다. 비록 이곳은 타타르족과 몽골족의 지역이지만 카린족과 물건을 바꾸는 큰 장사꾼을 알고 있으니 그 사람에게 교역을 청해 보겠다고 했다.

안 그래도 치우천은 무라나 소녀가 걱정되던 참이었다. 무라는 주먹만 사용하니 신수와 싸울 때는 도움이 되지 않았다. 그런데도 몸을 사리지 않고 나설 것이 분명하니 그게 더 위험하다고 생각했다. 개명수가 있어도 마찬가지였다. 영물인 개명수는 용맹하지만 신수에게는 상대가 되지 않는다. 섣불리 덤벼들다가 죽을지도 몰랐다. 소녀나 울라트는 말할 것도 없었다.

치우천은 억지로 구실을 붙여서 소녀와 울라트까지 무라와 함께 물건을 바꿔 오는 일에 보내 버렸다. 치우천의 지시를 따를 수밖에 없던 두 사람은 투덜거리면서 무라와 함께 길을 떠났다. 부족장들은 전에 받았던 물건들을 내놓으려 했지만 치우천은 안 된다고 일침을 놓은 뒤 형요를 불렀다.

"형요, 네가 말한 보물을 파 보자. 어디에 있지?"

형요가 웃으면서 눈을 찡긋하더니 물었다.

"괴물은 꼭 잡아 줄 거지?"

"반드시 잡는다. 염려 마라. 이대로는 전사들이 굶게 되었으니 안 되겠구나."

"보물은 누가 훔쳐 가지 못하게 깊숙이 감춰 두었거든. 그래서 쉽게 꺼낼 수 없어."

"어디에 있는데?"

"바로 이 집 밑에."

"집 밑에?"

"그래. 이 집은 아주 큰 바위 위에 세웠는데 그 밑에 보물이 있지. 귀신이 아닌 이상 어디 있는지 짐작도 못 할 테고 훔쳐 갈 수도 없을걸?"

치우천은 감탄하여 고개를 끄덕였다.

"빈틈없군. 보물을 꺼내려면 집을 헐고 바위를 들어 올려야 하니까……."

"히히, 우리 자매라도 못 훔치지. 우리가 도둑이었는데 도둑 무서운 것을 모르겠어?"

결국 전사들이 집을 헐었다. 보물을 꺼낸다고 생각하니 마음이 들뜨는 듯 웃는 얼굴이었다. 집을 헐고 나니 커다란 바위가 나타났다. 워낙 육중하여 백 명의 전사들이 달라붙어도 꼼짝도 하지 않았다. 통나무를 베어 와서 지렛대로 삼아 이백 명의 전사들이 달라붙어서야 간신히 귀퉁이를 들어 올릴 수 있었다. 전사들은 귀퉁이에 나무 기둥과 돌을 쌓아 바위가 무너지지 않도록 했다. 그 사이로 사람들이 드나들 수 있을 만한 공간이 생겼다.

"바위 밑에 독벌레와 독사가 있을지도 몰라. 오래전에 풀어놓았지만 살아 있을지도 모르니 아직 들어가면 안 돼."

형요가 단단히 주의를 주자 툰툰과 초초룬이 나서서 독가루와 벌레를 쫓는 약을 안에 불어 넣었다. 독벌레와 뱀이 몇 마리 스멀거리며 기어 나오자 초초룬은 그중 매우 흉하고 구역질나는 생김새에 선명한 색깔의 벌레들을 보더니 귀한 벌레라고 좋아하며 조심스레 잡아 나무 상자에 넣었다.

"그건 뭐 하게요?"

미요가 언짢은 목소리로 묻자 초초룬이 신이 나서 대답했다.

"나에게는 이거야말로 보물이다! 여러 마리 잡았으니 분명 암수가 있을 거야. 잘 키워 많이 늘려야지. 그래야 독을 얻을 수 있거든!"

"많이 늘린다고요?"

미요가 속이 느글거리는 듯 인상을 잔뜩 찌푸리는데 툰툰이 끼어들었다.

"이보게, 초초룬. 나도 나눠 줄 수 있겠나?"

"안 돼! 내 거야!"

"그러지 말고 나도 좀……."

미요는 요요에게 속삭였다.

"난 그냥 줘도 싫은데. 아이, 징그러워."

그때 망을 보던 전사 하나가 소리를 질렀다.

"뭐가 다가온다! 아이쿠! 빠르다."

치우천이 깜짝 놀라 외쳤다.

"괴물인가? 하필 이때?"

각 부족장들은 보물을 보려고 모여 있던 전사들에게 호통을 쳤다.

"어서 움직여라! 털옷을 입고 무기를 들어라!"

치우천은 기가 막혔다. 열흘이 넘도록 경계를 늦추지 않고 있을 때는 꿈쩍도 않다가 하필 보물을 꺼낸다고 어수선할 때 괴물이 들이닥칠 줄은 몰랐다. 물론 경계를 세워 두기는 했지만, 보물을 꺼낸다는 말에 모두 신이 나서 몰려와 구경을 하고 있었기 때문에 대비가 허술했다. 치우천마저도 다소 들떠 부하들을 단속하지 못했으니 누구를 탓할 수도 없었다.

치우천은 털옷도 입지 않고 달려 나가 괴물이 오고 있는 쪽을 바라보았다. 치우비가 서둘러 털옷을 반쯤 걸치고 형의 옷을 들고 달려와 치우천 옆에 섰다.

"맙소사!"

치우비는 무심결에 부르짖었다. 지난번 번개범은 회오리와 검은 구름의 모양으로 나타난 것에 비해, 이 괴물은 회색의 음산한 구름 덩어리가 되어 달려왔다. 구름이 스쳐지나간 곳은 삽시간에 하얗게 변해 괴물이 흰 줄을 그으며 달려오는 것처럼 보였다. 주변이 순식간에 얼어붙는 것이 틀림없었다.

"대단하구나!"

치우비가 탄성을 내지르자 치우천은 이를 악물었다.

"비야, 겁나냐?"

"겁나지. 하지만…… 물러서진 않을 거야!"

치우비가 결연한 목소리로 외치자 치우천은 고개를 끄덕였다.

"조심해라, 비야."

"염려 마!"

치우천은 아우가 내미는 털옷을 걸치며 부하들을 바라보았다.

다행히 부족장들이 힘껏 독려하고 지휘하여 우왕좌왕하고 있는 삼백 명의 부하들은 차츰 대오를 갖추고 있었다. 치우천은 나머지 이백 명의 부하들에게 돌 더미 주변으로 모이라고 말했다.

'저 정도면 문제없다. 차라리 잘되었다. 우리가 높은 곳에 있으니 유리하다.'

치우천은 흡족하여 크게 소리쳤다.

"움직여라! 방패 부대!"

치우천이 소리치자 방패 부대를 맡았던 구르가 되받아 소리쳤다. 그러자 커다란 방패를 든 백 명의 전사들이 우르르 달려 나왔다.

겉에 가죽을 씌운 커다란 방패를 두 명의 전사가 한 개씩 메고 있었다. 전사들이 달려와 오십 개의 방패를 일제히 맞대어 비탈길에 줄을 세우고는 쿵쿵 소리가 나게 내려놓자, 순식간에 나무로 된 커다란 장벽이 세워졌다. 훈련받은 대로 방패에 딸린 두 사람 중 한 사람은 굵직한 나무 기둥으로 방패를 받쳤고, 다른 한 사람은 물주머니를 꺼내 방패에 물을 뿌렸다. 음산한 구름덩어리가 비탈 아래쪽에 다다랐다.

치우천이 외쳤다.

"돌을 굴려라!"

치우천의 말이 떨어지자마자 이백 명의 전사들이 일제히 커다란 돌을 아래로 굴렸다. 수십 개의 큰 돌들이 한꺼번에 아래로 굴러가는 모습은 장관이었다. 우르릉 소리가 사방을 메우며 먼지구름이 자욱하게 일어났다. 산사태가 난 것 같았다. 전사들은 흥분한 듯 고함을 지르면서 계속 돌을 굴리려 했다. 치우천이 황급히 막았다.

"뭐 하는 거냐! 아무렇게나 굴리면 안 된다!"

일제히 굴러 내리던 돌덩이들과 달려오던 회색 구름이 충돌했다. 회색 구름이 걷잡을 수 없는 속도로 소용돌이쳤다. 몇 개의 돌덩이가 폭발하듯 산산이 부서지며 사방으로 돌가루를 날렸다. 서서히 회색 구름이 사라지며 시커멓고 거대한 괴물이 모습을 드러냈다.

언뜻 보기에도 보통 괴물이 아니었다. 신수가 틀림없었다. 괴물의 몸은 거대하여 과거의 번개범에 견줄 만했는데, 등은 시커멓고 반질반질한 껍질로 덮여 있었다. 다리가 굵직하고 몸집은 둔중하여 거대한 거북처럼 보였다. 특이하게 머리가 두 개라는 것 말고는 아주 큰 거북이라고 해도 될 정도였다.

"거북 괴물이네! 근데 머리가 둘이라니!"

희한하게 생긴 괴물을 보자 치우비가 외쳤다. 괴물의 크고 작은 두 개의 머리 중 큰 머리가 비탈 위로 향하면서 무시무시하게 번들거리는 붉은색 눈이 전사들을 응시했다. 큰 머리가 아가리를 벌리는 순간 치우천이 외쳤다.

"방패 뒤로 숨어라!"

대부분이 신수를 처음 보는지라 넋이 나간 듯 멍하니 거북 괴물을 바라보았고, 몇몇은 몸을 후들후들 떨며 주저앉기도 했다.

치우천이 악을 썼다.

"어서 숨어라!"

거북 괴물이 벌린 입 주위로 흰 연기가 모락모락 일어나더니, 별안간 바람이 세차게 뿜어져 나왔다. 바람은 처음에는 투명했으나 날아들면서 허옇게 변하여 눈보라가 휘몰아치는 것 같았다. 무시무시하게 차가운 기운을 뿜어내는지라 공기 중의 수분이 얼어붙어 허옇게 보였던 것이다.

"막아라!"

치우천이 외치는 순간 차가운 바람이 오른편 방패들에 부딪쳐 왔다. 물을 뿌려 둔 방패는 순식간에 얼어붙으면서 커다란 얼음덩어리가 되었다. 치우천은 물이 일단 얼고 나면 더 얼 수가 없으니 얼음으로 냉기를 막아 보려는 생각으로 만든 방패였다. 물은 얼면 부풀어 오른다. 그 때문에 방패 사이사이의 좁은 틈까지 얼어 메워졌기 때문에 바람이 새어 들어오지 않았다.

바람을 똑바로 맞지 않았는데도 냉기가 엄청나서, 방패를 밀어붙이던 사람들의 털옷이 성에로 뒤덮여 하얗게 변해 버렸다. 냉기를 직접 맞았다면 털옷이고 뭐고 할 것 없이 그대로 얼어 죽었을 것이다. 거북 괴물의 무서운 냉기를 막는 데 그럭저럭 성공하자 치우천은 흥분에 들뜬 목소리로 외쳤다.

"막을 수 있다! 버텨라! 불 부대는 준비해라!"

치우천이 생각한 얼음 방패는 일차적으로 냉기를 막는 데 성공했다. 방패를 버티는 힘이 문제였다. 괴물의 입김은 차갑기도 하지만 부는 위력도 보통이 아니라서, 방패에 사람들이 벌 떼같이 달려들어 온몸으로 밀어 대는데도 조금씩 뒤로 밀리면서 땅에 박은 기둥이 우지직우지직 부러지려고 했다.

그 모습을 보고 쇠돌이와 부루벼락이 달려 나가 힘을 보탰다. 힘센 장사인 쇠돌이가 방패 하나를 아예 등으로 떠받쳐 밀자 밀리던 방패가 금세 제 위치를 찾았다. 부루벼락과 야율쿠리도 방패 하나에 같이 붙어서 기둥이 부러지기 전에 방패를 지켜냈다.

"으악! 차가워!"

등판을 붙이고 밀던 쇠돌이가 비명을 질렀다. 냉기가 지독하여 두 겹의 털옷과 나무 방패를 뚫고 쇠돌이의 등까지 냉기가 전해진 것이다. 급기야 치우비까지 달려 나가 힘을 보태고 나서야 방패들을 온전히 지킬 수 있었다.

그사이 불 부대의 대장 마파람은 부하들에게 불을 붙이라 소리치고 있었다. 줄을 매단 둥근 토기 그릇을 주렁주렁 몸에 매단 백 명의 전사들이 앞으로 나왔다. 그들은 방패 부대가 밀리는 것을 보고 당장이라도 뛰어나가 도와주고 싶었지만 참을성 있게 때를 기다리고 있었다.

각 전사들은 저마다 네 개씩의 둥근 토기를 매달고 있었는데, 토기 안에는 기름이 가득 차 있었고 심지가 박혀 있었다. 그들 중 앞에 선 열 명은 횃불을 들고 있었다. 나머지 사람들은 달려 나오면서 토기 그릇 밖으로 튀어나온 심지에 불을 붙였다. 이윽고 괴물이 뿜어 대던 냉기가 뚝 그쳤다.

치우천은 신이 나서 소리 높여 외쳤다.

"불 부대! 이때다!"

불 부대는 불이 붙은 토기 그릇에 달린 줄을 빙빙 돌리면서 달려 나왔다. 그와 동시에 방패 부대는 일제히 방패를 옆으로 조금씩 젖혀 불 부대가 토기를 던질 수 있도록 해 주었다. 마파람은 본래 달리기도 잘하지만 던지는 무기를 다루는 데에도 재주가 있어 일찍부터 전사들에게 던지기를 가르쳤다.

전사들은 마파람에게 배운 대로 불붙은 토기를 빙빙 돌리며 달려 나가 일제히 던졌다. 토기들이 날아가다가 서로 부딪혀 깨지는 순간, 허공에 불벼락이 쏟아졌다. 토기 안에는 기름이 잔뜩 들어 있었다. 백 개의 토기 중 마흔 개가량은 거북 괴물의 반질반질한 등과 몸에 떨어졌고, 나머지는 땅에 떨어져 주위가 온통 불바다가 되었다. 신수인 괴물도 놀랐는지 두 개의 머리를 휘저으며 울부짖었다.

"남은 돌을 굴려라!"

치우천이 외치자 이백 명의 전사들이 남아 있던 돌을 일제히 굴렸다. 괴물은 몸에 불이 붙자 당황하여 날뛰며 거대한 등판을 비탈에 부딪치려고 했는데, 돌이 굴러 내려오자 커다랗게 울부짖었다. 그중 작은 머리가 자신의 등 쪽으로 흰 안개를 내뿜자 등에 붙었던 불길이 사그라지기 시작했다. 그때 거대한 돌 하나가 굴러떨어져 괴물의 앞다리를 쳤다. 또 한 개의 돌이 무섭게 구르다가 무엇에 걸렸는지 튀어 올라 괴물의 옆구리를 강타했다. 거대한 괴물의 몸이 휘청했다.

"잘한다! 이길 수 있…… 아! 조심해라! 방패!"

치우천은 흥분해서 외치다가 당황하여 소리쳤다. 괴물의 큰 머리가 위를 보고 입김을 내뿜은 것이다. 괴물의 냉기가 처음과는 반대인 왼쪽으로 불어닥쳤다. 대부분의 방패들은 바로 세워져 있었지만, 한 개의 방패가 바로 세워지기 직전이었다. 괴물은 영리하게도 그 방패를 노리고 입김을 쏘아 올렸다.

"안 돼!"

치우천이 부르짖었지만 이미 늦었다. 미처 자리를 잡지 못한 방패는 대번에 퉁겨져 방패에 매달렸던 두 명의 전사와 함께 뒤로 날아올랐다. 두 사람은 땅에 떨어지기도 전에 허옇게 변하여 뻣뻣이 굳었다. 단숨에 얼어 버린 것이다. 그 두 사람만이 아니라, 양옆에 있던 네 사람도 냉기를 쐬어서 순식간에 뻣뻣하게 얼어붙었다. 나머지 사람들도 팔다리가 얼어 제대로 움직이지 못했다. 저리도록 차가운 바람이 계속 불어닥치자 뒤쪽에 줄을 짓고 서 있던 통나무 부대도 아우성을 치며 뒤로 몸을 숨겼다. 거리가 꽤 먼데도 냉기는 그곳까지 엄습하여 다섯 명의 전사들이 얼어 죽었다.

치우천은 목이 터져라 외쳤다.

"틈을 메워라! 틈을 메워!"

구르도 외쳤다.

"왼쪽 전사들은 한꺼번에 움직여 틈을 막아라! 어서!"

명령을 받은 방패 부대는 일제히 방패를 들어서 열을 지은 채 옆으로 이동하려고 했다. 그러나 그때를 놓치지 않고 괴물이 다시 입김을 불었다. 이동하려던 방패들과 전사들이 입김에 우수수 날아가며 차디찬 얼음덩이로 바뀌었다. 순식간에 다시 십여 명의 전사가 얼어 죽자 치우천은 눈에서 불똥이 튀었다.

"불 부대! 다시 던져라!"

치우천이 외치고 마파람이 되받아 소리치자 다음 토기에 불을 붙이고 있던 불 부대 전사들이 토기를 던졌다. 백 개의 토기가 또 한 번 날아들자 거북 괴물은 놀랍게도 두 개의 머리로 커다랗게 포효하며 몸을 움츠렸다가 위로 뛰어오르는 것이 아닌가? 열 개 정도의 토기와 허공에서 부딪혀 몸에 불이 붙었으나 뛰어오른 괴물은 까마득히 몸을 솟구쳤다.

비탈보다도 훨씬 높은 곳까지 올라가는 괴물을 보고 전사들은 공포에 질렸다. 거대한 체구와 무겁고 둔한 모습의 거북 괴물이 저렇듯 높이 뛰어오르리라고는 아무도 생각하지 못했던 것이다. 치우천만이 금세 정신을 차리고 또다시 외쳤다.

"방패 부대! 방패를 뒤로 돌려라!"

그러나 치우천의 명령을 따르기엔 시간이 턱없이 부족했다. 괴물이 떨어져 내려 비탈 위 공터에 내려앉았다. 뒤에 처져 있던 통나무 부대 바로 앞이었다. 거북 괴물의 발이 땅에 닿는 순간, 쿵! 하는 거대한 소리와 함께 땅이 출렁하고 요동을 치는 통에 몸이 비틀거렸다. 동시에 사람들의 마음도 같이 철렁 내려앉았다.

작은 산만큼 커다란 괴물이 코앞까지 육박해 오자 전사들은 공포에 사로잡혀 비명을 질렀다. 거북 괴물은 돌에 제대로 맞아 다리와 옆구리에도 피가 흐르고 있었으며, 몸 여기저기 불이 붙어 있었다. 그러나 쓰러질 것 같지는 않았다. 오히려 화가 머리끝까지 난 듯 마구 머리를 휘돌렸다. 괴물의 매서운 눈초리가 사방을 휘젓자 전사들은 몸을 떨었고, 몇몇은 달아나려 했다. 야율쿠리가 도망치려던 한 전사의 머리를 도끼로 깨뜨리며 큰 소리로 외쳤다.

"도망치는 놈은 내 손에 죽는다!"

보돈차르도 도망치려던 몽골 전사의 몸을 창으로 꿰뚫어 죽이며 소리쳤다.

"도망치면 다 죽는다! 싸워야 산다! 명령을 따르라!"

그때 통나무 부대를 훈련시킨 양역이 목이 터져라 부르짖었다.

"나가라! 괴물의 다리를 노려라!"

양역의 명령에 괴물과 가장 가까이 대치하던 통나무 부대 전사들은 공포를 떨쳐 내려는 듯 발악적으로 고함을 지르며 달려 나갔다. 물론 모두가 달려 나간 것은 아니었다. 열 대의 통나무 창이 있었는데, 두 대의 통나무는 냉기가 스치고 지나간 탓에 많은 사람들이 얼어붙어 나갈 수가 없었고, 다른 두 대의 통나무는 전사들이 공포에 질려서 움직이지 않았다. 그러나 일단 한 명이라도 먼저 달리기 시작하면, 열 명이 한 개씩을 들고 있는 통나무라 무조건 앞으로 달려 나가게 마련이었다. 여섯 대의 통나무들이 달려들자 괴물도 몸을 흠칫하면서 포효하며 냉기를 내뿜었다. 달려들던 한 대의 통나무, 즉 열 명의 전사가 통나무와 함께 허연 얼음덩어리로 변해서 그 자리에 못 박힌 듯 붙어 버렸다. 열 명이 한데 엉긴 얼음 기둥이 되어 버린 것이다. 달려들던 전사들은 공포에 질렸으나 이미 뛰기 시작한 판이고 손에 통나무 자루를 잡고 있는 터라 자루를 놓을 생각도 하지 못하고 대부분이 무조건 달렸다. 그중 한 대의 통나무는 겁에 질린 몇몇 전사가 손을 놓는 바람에 옆으로 기울어지면서 넘어져 전사들이 땅에 어지러이 나뒹굴었다.

괴물이 냉기를 뿜으려 했으나 네 개의 통나무는 괴물의 발치까지 달려든 참이었다. 괴물은 거대한 왼쪽 앞발을 높이 들었다가 달려드는 통나무를 짓밟아 버렸다. 쿵! 소리와 함께 무시무시한 무게에 짓눌린 통나무가 단번에 부러지면서 두 명의 전사가 찍소리도 못하고 오징어처럼 납작해졌다. 나머지 여덟 명도 달려드는 속도를 이기지 못해 데굴데굴 구르거나 괴물의 다리에 부딪혀 나가떨어졌다.

나머지 세 대의 통나무는 각각 괴물의 오른쪽 뒷다리와 오른쪽 앞다리에 박혔다. 전사들은 이미 죽었다 싶었기 때문에 있는 힘을 다해 통나무를 찍었다. 통나무가 찍히는 순간, 달리다가 갑자기 멈추어 선 전사들이 어지럽게 넘어지면서 땅에 뒹굴었다.

제아무리 신수라도 확실히 타격을 입은 듯했다. 통나무가 박힌 괴물의 다리에서 피가 분수처럼 솟구쳐 오르더니 괴로운 듯 크게 괴성을 질렀다. 오른쪽 앞다리에 하나, 뒷다리에 두 대가 일제히 박혔기 때문에, 다리의 힘이 빠져 중심을 잡지 못했다. 괴물은 더 버티지 못하고 비틀대다가 찢어지는 소리를 지르며 옆으로 쿵 넘어졌다.

미처 일어나지 못하고 나뒹굴던 다섯 명의 전사가 거대한 괴물의 몸에 짓눌려 납작해져 버렸지만 나머지 사람들은 미친 듯 털고 일어나 뒤로 달아났다.

"넘어뜨렸다!"

괴물이 넘어지자 사람들이 부르짖었다. 수많은 전사들이 죽어 가는 것을 애타게 지켜보던 치우천도 참지 못하고 외쳤다.

"신수를 넘어뜨렸다! 사람이 신수를 쓰러뜨렸다!"

다만 구르는 침착한 목소리로 명령을 내렸다.

"괴물이 죽지 않았다! 방패 부대! 괴물 앞을 막아야 한다!"

그 말을 증명이라도 하듯 넘어진 괴물이 다시 한번 길게 냉기를 뿜었다. 환호하던 전사들은 피할 겨를도 없이 순식간에 스무 명 이상이나 얼음덩어리가 되어 버렸다. 개중에는 좋아서 손을 치켜들고 뛰다가 허공에서 얼어붙어 그대로 얼음덩어리가 된 채 땅에 떨어져 내린 전사도 있었다.

치우천도 정신을 가다듬고 외쳤다.

"괴물은 이제 움직이지 못한다! 불 부대! 괴물을 태워 버려라!"

불 부대도 많은 수가 얼어붙었지만 칠십 명가량이 아직 살아 있었다. 괴물이 코앞에 있기에 이번에는 빗나갈 염려도 없었다. 전사들은 괴물이 쓰러지는 것을 본 후부터는 몸을 사리지 않고 이를 악물고 맹렬한 기세로 덤벼들었다. 괴물이 미친 듯 포효하며 꿈틀거렸지만 다리가 부러졌는지 일어서지 못하고 그 자리에서 몸을 뒤척일 뿐이었다.

칠십 명의 불 부대가 달려 나가며 토기를 던지자 괴물의 몸 여기저기에서 불기둥이 솟구치면서 불덩어리가 되어 갔다. 그런 와중에도 괴물이 발작적으로 냉기를 내뿜어 일곱 명의 전사가 얼어붙었지만, 구르가 침착하게 방패 부대를 지휘하여 앞을 막아서서 피해는 크지 않았다.

괴물의 몸에 붙은 불이 순식간에 꺼지기 시작했다. 치우천이 놀라서 보니 괴물의 작은 머리가 고개를 높이 들고 가냘픈 냉기를 뿜으면서 불을 끄고 있었다. 치우천은 목이 터져라 외쳤다.

"불이 꺼지면 안 된다! 불 부대! 단지를 던져라!"

불 부대는 마지막 남은 기름 단지를 괴물에게 던졌고 괴물의 몸은 또다시 불길이 타올라 불덩어리가 되었다. 이번에도 괴물의 작은 머리가 불을 끈다면 심각한 상황으로 바뀔 터였다.

치우천이 다급하게 지시했다.

"남은 통나무를 지고 괴물을 찔러라! 용기 있는 자는 등으로 뛰어올라 작은 머리를 없애라!"

툰툰과 초초문이 가지고 있던 독가루를 서둘러 꺼내 전사들의 무기에 발라 주었다. 치우비도 뭔지 잘 모르는 푸른 가루를 도끼날에 묻혔고 치베와 마냥, 형요도 무기와 화살촉, 창끝 등에 독가루를 되는 대로 찍어 발랐다.

몇몇 전사는 괴물에게 다가가기 두려운 듯 멈칫거렸으나 많은 수가 함성을 지르며 각자 무기를 들고 괴물에게 달려 나갔다. 양역은 침착하게 전사들을 지휘하여 남은 사십 명의 전사들을 시켜 쓰지 않은 통나무들을 들어 올리고 있었다. 양역은 어느새 한 손에 피가 줄줄 흘러내리는 전사의 머리를 들고 있었다. 명령을 듣지 않고 도망쳤던 전사의 목을 친 것이다.

양역은 쉬지 않고 외쳤다.

"괴물이 죽어 간다! 용감하게 괴물을 죽여 상을 탈 것이냐, 비겁하게 도망치다가 이놈처럼 목이 달아날 것이냐?"

양역이 머리를 들고 외치자 전사들은 잠시 흠칫했고, 겁을 먹었던 전사조차 이판사판이라 여기고 무기를 들고 달려들었다.

보돈차르와 키타야도 줄기차게 전사들을 독려했다.

"짧은 무기나 몽둥이는 소용없다! 도끼! 창! 큰 무기를 들고 찍어라! 껍질이 아니라 살을 찍어라!"

쇠돌이도 소리를 지르며 달려와 통나무 하나를 혼자 들어 올리며 외쳤다.

"제기랄! 이 거북 괴물 놈아! 나도 거북이 너도 거북이다! 누가 죽나 보자!"

아까 냉기가 덮칠 적에 방패 하나를 등으로 밀어 막다가 등판에 얼어

붙은 방패가 아직도 쇠돌이의 등에서 떨어지지 않았던 것이다. 쇠돌이가 여기저기 등을 부딪쳐 방패를 부쉈지만, 큼지막한 판자가 쇠돌이의 등에 붙어 있는 모양이 거북처럼 보였다. 그러나 웃을 겨를도 없이 쇠돌이는 열 명이 드는 통나무를 혼자 들고 미친 듯 달리다가 괴물의 아랫배를 찔렀다. 깊이 들어가지는 않았으나 쇠돌이의 용기에 전사들은 환호성을 지르며 뒤를 이어 용감하게 달려들었다.

괴물이 냉기를 두어 번 더 뿜었으나 구르의 침착한 지휘로 전부 막을 수 있었다. 상처를 입어서인지 괴물의 냉기는 이전만 못했다.

치우비는 커다란 도끼와 방패를 들고 고함을 지르며 괴물의 등판 위로 뛰어올랐다. 괴물의 몸 여기저기 타오르는 불을 작은 머리가 계속 냉기를 뿜어 끄고 있었다. 치우비가 크게 외치면서 달려들자 작은 머리가 뱀처럼 목을 비틀며 치우비에게 냉기를 쏘아 댔다. 치우비는 방패로 냉기를 받아 냈지만 팔이 금방 싸늘해졌다. 이렇게 계속 받아 내다가는 팔이 얼어붙을 것 같아 치우비는 방패를 내팽개치며 몸을 번개처럼 움직였다.

괴물의 작은 머리가 치우비를 노리고 냉기를 두 번이나 더 내쏘았지만, 치우비는 몸을 날려 피했다. 그러나 치우비의 몸에 순식간에 허옇게 성에가 끼었고 눈썹에도 자잘한 얼음덩어리가 매달렸다. 치우비는 재빨리 몸을 굴려 접근하다가 순간적으로 높이 뛰어올라 도끼로 작은 머리의 목을 후려쳤다.

작은 머리의 목에 도끼가 박히고 피가 솟구치자 치우비는 짧게 안도의 한숨을 내쉬었다.

'됐다!'

작은 머리가 무섭게 포효하더니 엄청난 속도로 길어지기 시작했다. 허공을 나는 듯이 솟아올랐다. 이제 보니 작은 머리는 거북의 머리가 아니었다. 거북의 딱지에 몸을 도사리고 있던 뱀처럼 보였다. 그러나 보통 뱀과는 달리 머리에 귀가 쫑긋 솟아 있고 잉어나 메기처럼 두 갈래로 긴 수염이 나 있었다. 몸은 번뜩이는 은색 비늘로 덮여 있었다.

치우비는 크게 놀랐다.

'한 마리가 아니라 두 마리였단 말인가?'

한 아름도 넘는 뱀의 두툼한 몸체가 순식간에 치우비의 몸을 둥글게 휘어 감으며 조이기 시작했다. 치우비는 놀라서 도끼로 뱀의 몸을 내려쳤다. 뱀은 곳곳에 상처를 입었으나 비늘이 두껍고 강하여 큰 타격을 입지는 않은 듯했다. 제아무리 치우비라도 이 뱀에게 감겨 조임을 당하면 몸의 뼈가 부러질 것 같은 판이었다.

"비를 구해라!"

치우천이 당황하여 외치자 기회를 보고 있던 형요 여섯 자매가 이를 갈며 거북의 등판으로 뛰어올랐다. 리미와 개르도 용감하게 달려 올라갔다. 싱카가 아스트라를 사용하여 쏘아 올린 불덩이가 뱀의 머리에 맞고 요란한 소리와 함께 폭발했다. 뱀은 고통스러워서 미친 듯 날뛰었다. 그 덕분에 뱀에게 감겨 으스러질 뻔한 치우비는 간신히 빠져나올 수 있었다.

아스트라를 쏘고는 기진맥진해져서 쓰러지려는 싱카를 포리가 부축했다. 마냥은 창을 던졌고 치베도 계속해서 굵은 화살을 날렸다. 치베의 화살은 보통 화살보다 훨씬 커서, 그중 몇 대는 뱀의 비늘을 뚫고 살에 박혔다. 형요 자매는 칼밖에 다루지 못했지만 날카롭게 칼을 휘둘러 뱀의 몸에서 여러 장의 비늘을 떼어 내고 그 부분을 집중적으로 공략했다. 하나하나는 큰 충격이 아니었지만 많이 맞으니 타격이 큰 듯했다. 더구나 무기에 독을 발라 두었기 때문에 시간이 지날수록 뱀은 괴로워했다.

뱀과의 격렬한 싸움은 등판 위에서 계속되었지만 거북 괴물과의 싸움도 치열했다. 거북 괴물도 더 이상 움직일 수는 없었지만 틈만 나면 냉기를 뿜었다. 구르 부대의 방패는 거의 부서졌지만 그래도 필사적으로 괴물의 입 주위를 막고 서서 거북 괴물의 냉기를 차단했다. 거북 괴물도 기진맥진해졌는지 이젠 뿜어 대는 냉기도 보잘것없었다.

야율쿠리와 알한, 쇠돌이, 부루벼락은 넘어져 있는 거북 괴물의 오른쪽 다리와 배를 통나무와 창으로 미친 듯이 공격했고 보돈차르와 마파람, 키타야는 버둥거리는 왼쪽 발을 공격했다.

괴물의 왼쪽 두 발이 여전히 허공을 무섭게 휘젓고 있어 보돈차르 등은 다가가지 못하고 부하들에게 계속 나무와 짚단 따위를 던지도록 했다. 불을 질러서 괴물을 태워 죽이려는 것이다.

거북 등판 위의 뱀은 기회만 나면 주술을 쓰려는지 계속 목을 높이 들고 하늘을 바라보며 입을 벌렸는데, 치우천은 그때마다 기회를 놓치지 않고 몰아붙이라고 외쳤다. 치우비와 형요 자매, 마냥, 치베, 거기에다가 등판 위로 뛰어오른 알한까지 합세하여 있는 힘껏 괴물을 찍고 내려쳐서 뱀 괴물에게 주문을 외울 틈을 주지 않았다. 마침내 뱀 괴물은 커다랗게 하늘을 향해 울부짖다가 더 이상 버티지 못하고 우당탕 소리를 내며 거북의 등판에 쓰러졌다. 거의 때를 같이하여 거북 괴물도 길게 울부짖으며 처절한 비명을 지르다가 힘없이 털썩 고개를 떨구었다. 괴물의 발도 힘이 빠져 맥없이 땅에 늘어져 버렸다.

"이겼다!"

제일 먼저 치우비가 기쁨을 참지 못하고 부르짖었다. 다른 전사들도 괴물이 늘어진 것을 보고는 환호를 지르며 부둥켜안고 기뻐했다. 형요 자매는 소리 지르며 얼싸안고 엉엉 울었다. 야율쿠리는 팔을 활짝 펴고 하늘을 향해 울부짖는 것처럼 길게 고함을 지르더니 외쳤다.

"신수를 잡았다!"

침착한 보돈차르 역시 흥분하여 크게 웃으며 외쳤다.

"사람이 신수를 잡았다! 사람이 신수를 물리쳤다!"

구르는 눈썹과 얼굴마저 허옇게 얼어붙어 반쯤 얼어 버린 형상을 하고 있었으나 호탕하게 웃어 댔다.

"이야깃거리가 또 생기는구나! 전설이 또 하나 생겼다! 아하하핫!"

알한 또한 기쁨을 누르지 못해 커다란 칼을 짚고 계속 하하하 웃기만 했다. 초초룬과 툰툰은 직접 나서지는 않았으나 좋아서 어쩔 줄 모르고 서로 자기 독이 더 강해서 괴물을 쓰러뜨렸다며 아웅다웅했다.

쇠돌이와 부루벼락, 마파람과 양역도 좋아서 어깨동무를 하고는 주신의 사울아비들의 노래를 부르며 떠들어 댔다. 치우천도 마음이 벅차올랐으나 내색하지 않고 큰 소리로 아우를 불렀다.

"비야! 비야! 괴물이 정말 쓰러졌느냐?"

치우비가 웃으며 마지막으로 거북의 등판에서 뛰어내렸다.

"쓰러졌어!"

순식간에 축제 분위기로 뒤바뀌었다. 사람의 힘으로 신수를 쓰러뜨릴 수 있다고는 아무도 생각하지 못했다. 불가능이라 여겼던 일을 해낸 자신들이 자랑스러웠다. 많은 사람들이 얼어붙어 있었지만 그들의 일은 잠시 잊었다. 치우 형제는 얼싸안고 기쁨을 나누었다.

"형! 이겼어! 형의 말이 맞았어!"

"그래! 이겼다. 번개범도 이길 수 있을 거다. 원수를 갚을 수 있어!"

형제가 부둥켜안은 채 그런 이야기를 나누는데, 갑자기 걸걸하고 위엄 있는 목소리가 들려왔다.

잘했다, 잘했어.

치우천은 깜짝 놀라 치우비를 안았던 팔을 풀고 고개를 들었다. 고개를 들어 보니, 어느새 묘한 회색 안개가 감도는 곳에 두 사람만 달랑

서 있었다. 다른 사람의 모습은 어디로 갔는지 보이지도 않았다. 치우비는 크게 놀랐으나 치우천은 애써 마음을 가라앉혔다. 그들 앞에 빙긋 미소를 짓고 서 있는 사람. 검은색과 흰색의 머리를 반반으로 기르고 옷도 두 가지 색으로 나누어 입은, 키가 아주 큰 여자였다. 발귀리 선인이었다.

"발귀리 선인님!"

치우천이 반갑기도 하고 놀랍기도 하여 크게 외치자, 치우비는 눈을 둥그렇게 뜨고 물었다.

"발귀리님이? 어디에?"

치우비가 놀란 눈으로 주위를 둘러보았으나 웃고 있는 발귀리의 모습은 보이지 않았다.

그동안 잘 지냈느냐? 언젠가 다시 만난다고 했지?

상대가 말할 동안만 말하는 발귀리였으나 이번에는 발귀리가 먼저 스스럼없이 말을 건넸다. 입을 열어 이야기하는 것도 아닌데 자연스럽게 마음으로 전해져 왔다. 치우천이 옆의 아우를 보니, 아우는 여전히 아무것도 보지 못하고 듣지도 못하는 것 같았다. 치우천이 이상하게 여겨 뭐라 입을 열려는데 발귀리의 말이 들렸다.

말할 것 없다. 네 아우는 나를 보지 못한다. 네가 나를 보고 말할 수 있는 것은 우린 구슬 때문이란다.

우리는 지금 어디에 와 있는 것입니까?

치우천이 입을 열어 말하지도 않았는데 치우천의 말이 발귀리에게 전해진다는 느낌이 들었다. 신기한 기분이었다. 발귀리가 웃으며 말했다.

하나가 너에게 갔구나. 다 그렇게 되려고 그런 것이겠지. 네가 아수타란을 물리쳤지?

많은 사람들이 싸워 주었기 때문입니다.

발귀리는 그 말에는 대답 않고 말했다.

거기에다가 이제는 첸누까지 이겼구나. 신수 중에서는 대단한 녀석이었는데…….

저 괴물의 이름이 첸누입니까?

그렇단다. 그런데 너, 첸누와 이야기를 해 보았느냐?

그럴 틈이 없었습니다.

발귀리가 신비롭게 웃었다.

너, 벗들이 많이 얼어붙어 죽어 가는 모양인데, 그들을 살리고 싶지 않으냐?

이미 죽지 않았습니까? 그럴 수 있습니까?

그럴 수 있지. 첸누가 얼렸으니 첸누만이 살릴 수 있다.

첸누는 죽지 않았습니까?

죽은 것이 아니다. 죽음을 기다릴 뿐이다. 첸누는 졌으니, 이제 당연히 죽어야 한다고 생각하는 것뿐이다. 마음만 먹으면 언제든 금방 나아 다시 움직일 수 있느니라. 신수가 그리 쉽게 죽을 것 같으냐?

치우천은 깜짝 놀랐다. 발귀리가 신비하게 웃으며 말했다.

첸누와 싸운 것은 벗의 원수를 갚기 위해서지?

그렇습니다.

그렇다면 첸누와 이야기해 보고, 벗과 상의해 보아라. 의문이 풀리고 모든 것이 잘 풀릴지도 모르니까.

그럴 필요가 있습니까? 그냥 죽이든지 죽게 내버려 두는 편이 낫지 않겠습니까?

발귀리가 미소를 지었다.

무조건 죽이고 쓰러뜨리는 것이 네 뜻이었느냐? 네가 첸누에 대해 그리 잘 아느냐?

치우천은 정신이 번쩍 들었다.

'그렇다. 나는 자신을 따르지 않는 것은 무조건 쓰러뜨리고 물리친다
는 헌원의 뜻에 반대했다. 신도 울루는 도깨비들을 죽여야 한다고 했지
만 나는 그렇지 않다고 믿었다. 모든 것은 살아가는 이유가 있다. 신수
라고 해서 다를 바 없다. 내가 큰 실수를 할 뻔했구나.'

발귀리가 말했다.

지금 이 세상에 대한 이야기는 지난번에 쑤앙마이에게 들은 것 같던데?

대강 들은 바 있습니다만, 제가 모자라서 많이 깨우치지 못했습니다.

발귀리는 화사하게 웃다가 타이르듯 말했다.

스스로 깨달을 날이 올 것이다. 모든 것을 아는 아이가 있으니 말이다.

치우천은 맥달을 떠올렸다.

맥달을 말씀하시는 것이옵니까?

그럴 수도 있고, 아닐 수도 있지.

치우천은 마음이 무거워졌다.

발귀리님, 한 가지만 가르쳐 주십시오. 간절히 바라옵니다.

뭔데 그러느냐?

앞날은 이미 정해져 있어 사람들은 그것을 모르고 다만 따르는 것입니까?
아니면 사람들이 하기에 따라서 앞날은 얼마든지 바뀔 수 있는 것입니까?

발귀리는 대답했다.

그것도 그 아이에게 물어보는 게 좋을 텐데?

치우천은 울적해졌다. 그러자 발귀리는 태연히 남자처럼 웃었다.

천아, 모든 것은 그 아이가 알고 있다. 그 아이는 나보다도 많이 안다. 다만
한 가지는 말해 주마. 네 길은, 네 스스로 걷는 것이다.

그러면 앞날이 정해져 있는 것은 아닙니까?

발귀리의 얼굴에 신비한 미소가 떠올랐다.

정해져 있기도 하고, 아니기도 하다.

어찌 그럴 수 있습니까?

네가 정해져 있다고 믿으면 정해진 것이요, 정해져 있지 않다고 믿으면 정해져 있지 않은 것이다.

치우천은 혼란스러웠다. 그러나 발귀리는 계속 웃으며 치우천에게 말했다.

잊지 마라. 어떤 것이든 산 것이라면 함부로 해쳐서는 안 되는 법이다.

발귀리님의 가르침, 잊지 않겠습니다.

네 아우에게도 우린 구슬을 주는 게 어떻겠느냐? 그 아이에게도 일러 줄 것이 있느니.

치우천은 고개를 끄덕이고는 치우비에게 우린 구슬을 건네주었다. 치우비는 아무 생각 없이 그것을 받아들더니 곧 놀라는 듯하다가 이내 표정이 심각해졌다. 얼마 지나지 않아 다시 우린 구슬을 형에게 돌려주면서도 치우비의 표정은 계속 굳어 있었다.

"무슨 이야기를……."

치우천이 물으려는데 발귀리가 말했다.

네 이야기는 네게 한 것이고, 네 아우 이야기는 네 아우에게 한 것이니 물을 것 없다. 천아, 맥달 그 아이를 미워하느냐? 그 아이가 겁이 나느냐?

그렇습니다.

치우천이 솔직하게 대답하자 발귀리는 고개를 끄덕였다.

그래, 그건 네 뜻이겠지. 네 운명이겠지……. 나는 이제 가야 하느니라.

벌써 가시는 것입니까?

치우천이 섭섭한 표정을 짓자 발귀리가 웃으며 말했다.

천아, 너와 나는 세 번을 만날 거라 했지?

그렇습니다. 이제 두 번 만나 뵌 것이지요.

아니다. 세 번을 다 채웠단다.

예?

너와 내가 처음 만난 것은 네가 갓난아기 적이었단다.

예? 그렇다면…….

발귀리의 얼굴에 쓸쓸한 미소가 감돌았다.

나는 이제 세상에 녹아 들어갈 것이다. 시간이 별로 없구나. 그러나 나는 항상 세상에 남아 있느니라. 말〔言〕이 있는 세상에는 항상 내가 있을 것이다. 이녀석, 그럼 잘해 보거라.

발귀리의 말이 끝나는 순간 치우 형제의 눈앞이 갑자기 밝아지더니 어느새 원래 장소로 돌아와 있었다. 두 사람 모두 느닷없이 주변 환경이 바뀌자 금세 적응하지 못하고 잠깐 몸을 비틀거렸다. 주변에서는 여전히 환호하고 기뻐하는 사람들이 있었고 거북 신수 첸누도 죽은 듯 쓰러져 있었다. 치우 형제의 일을 아는 사람은 아무도 없는 듯했다.

'이게 어떻게 된 것일까? 내가 선 채로 꿈을 꾸었단 말인가? 신기하기 이를 데 없구나. 아참, 내가 이럴 때가 아니지.'

치우천은 멍하니 주변을 둘러보다가 소리쳤다.

"잠깐 조용히들 하시오!"

치우천의 목소리가 울려 퍼지자 기뻐 날뛰던 사람들이 정신을 가다듬고 주변으로 모여들었다.

치우천이 엄숙한 목소리로 입을 열었다.

"괴물이 쓰러졌다고는 하나, 아직 죽은 것은 아닌 듯합니다. 그리고 우리 편 사람도 많이 죽고 얼어 버렸으니 기뻐할 일만도 아닙니다."

치우천의 말에 사람들은 숙연해졌다. 여기저기 녹지 않고 그대로 조각처럼 굳어 버린 사람들이 눈에 들어왔다.

치우천이 말을 이었다.

"어떻게든 저 사람들을 살려야 합니다."

그 말을 듣고 보돈차르가 의아하다는 듯 물었다.

"사람들이 죽은 것은 안된 일이다. 그러나 이미 죽지 않았을까?"

"살릴 수 있을지도 모릅니다. 저 괴물이라면 방법을 알 수도 있습니다. 나에게 우린 구슬이 있으니 괴물과 이야기를 해 보겠습니다."

"위험할지도 모르네. 그냥 불을 질러서 태워 죽이는 것이 낫지 않을까?"

구르가 신중하게 말하자 치우천은 고개를 저었다.

"아닙니다. 사람들을 구할 방법이 있나 물어본 뒤에 죽여도 늦지 않습니다."

치우천이 앞으로 나서자 사람들은 행여 괴물이 치우천에게 달려들까 봐 약간 거리를 두고 무기를 겨누었다. 치우천은 발귀리 선인에게 들은 바가 있으므로 주저하지 않고 앞으로 나아갔다. 치우천이 가까이 다가갔지만 괴물 첸누는 움직이지도 감은 눈을 뜨지도 않았다. 치우천이 우린 구슬을 꺼내 양손에 들자 그때야 첸누는 감았던 눈을 떴다. 괴물이 눈을 뜨자 사람들은 놀라며 긴장했으나 치우천은 침착하게 마음속으로 첸누에게 말을 걸었다.

첸누? 네가 첸누냐?

순간, 첸누의 의식이 치우천의 마음속으로 확 밀려들었다. 앞뒤 가릴 수 없는 생각의 홍수라서 치우천은 눈앞이 아찔했다. 첸누는 도를 닦은 신수였지만 사람이 아니라 사람처럼 말로 차근차근 생각하지 못하는 것 같았다.

치우천은 다시 한번 힘주어 자신의 뜻을 전달했다.

첸누, 차근차근 생각해라. 나는 너와 이야기하고 싶다.

첸누의 의식 속에서 의아하다는 생각이 떠올랐다. 첸누는 우린 구슬을 알고 있는 듯, 구슬을 보고 놀라는 기색이었다. 한참이나 애를 쓴 후에야 치우천은 첸누와 짤막하게나마 의사소통을 할 수 있었다.

너는 누구냐. 내 이름을 어떻게 아느냐? 누구인데 우린 구슬을 가지고 있느냐? 너는 발귀리님을 아느냐? 만난 적 있느냐? 왜 나를 공격했느냐? 왜 나를 죽이지 않는 것이냐?

첸누의 질문이 한꺼번에 몰아치자 치우천은 정신을 집중해서 생각을 정리했다. 치우천의 집중력이 대단하기에 망정이지, 보통 사람 같으면 머리가 터져 나갈 정도로 고통스러워서 넋을 놓아 버렸을지도 모른다.

천천히 생각해라. 한 가지씩 천천히!

첸누는 한참 복잡한 생각을 하다가 이내 진정했는지 천천히 의사를 전달해 왔다.

그래, 내가 첸누다. 첸누란 이름은 발귀리님이 지어 주신 것이다. 네가 그것을 어떻게 아느냐?

나는 발귀리님을 만났다.

그러냐? 그런데 왜 나를 공격한 것이냐?

네가 전에 이 마을에 살던 사람들을 죽였느냐?

첸누는 잠시 조용하다가 말했다.

그렇다.

왜 그런 짓을 했느냐?

그놈들이 먼저 내 알을 훔쳤다!

알?

그렇다! 나는 세상 동물들이 알을 낳고 새끼를 낳아 수가 늘어나는 것을 안다! 그래서 나는 도력을 모아서 알을 낳았다. 그런데 새끼가 태어나기도 전에 사람들이 내 알을 네 개나 훔쳐 갔다. 북쪽 땅에서는 사람들이 나를 높이 받들고 제사도 지내며 위해 주었다. 그렇게 사람들이 나에게 잘해 준다면 내가 왜 이유 없이 사람을 죽이겠는가?

마을 사람들이 네 알을 훔쳐 갔기 때문에 죽였다는 말이냐?

첸누는 화를 벌컥 냈다.

그렇다! 나는 원래 여기 살지도 않았다. 내 알을 훔쳐 간 놈을 쫓아 여기까지 왔다. 그 때문에 겨울이 스무 번이나 지났다. 나는 함부로 사람을 해치지 않는다. 나는 사람들을 싫어하지 않는다.

치우천의 표정이 약간 심각해졌다.

네 알을 도둑맞은 것이 틀림없느냐?

그렇다. 나는 먼 북쪽의 찬 바다에서 살면서 도를 닦았다. 그런 내가 왜 물도 없는 이런 곳까지 왔겠느냐?

그러면 알을 찾으면 되지, 왜 사람들을 죽였는가? 그리고 왜 지금까지 사람을 계속 죽이고 있는 것이냐?

첸누는 화가 나서 말했다.

너야말로 나를 처음 보면서, 왜 나를 공격한 것이냐?

네가 내 벗의 부모님과 마을 사람들을 해쳤기 때문이다.

벗? 벗이 뭐냐?

첸누는 벗이란 개념을 이해하지 못했다. 치우천은 잠시 생각한 뒤에 말했다.

네 등에는 뱀같이 생긴 신수도 같이 있는 것 같던데? 그것도 네 머리냐?

그도 첸누다. 나도 첸누다. 허나 우리는 몸이 붙어 있지는 않다.

생각도 똑같이 하느냐?

그렇지는 않다. 하지만 그도 첸누, 나도 첸누다. 둘이 함께 첸누이고, 하나하나는 이름이 없다.

그것과 비슷하다. 너와 같이 있는 그 뱀과 너는 벗이다. 서로 위험하면 구해 주고 친하게 지내는 것이 벗이다. 똑같지는 않지만 비슷하다. 누가 뱀을 해치려 하면 네가 도와줄 것이다. 누가 너를 해치려 하면 뱀이 도와줄 것이다. 우리도 마찬가지다. 누가 벗을 해치면 내가 돕는다. 누가 나를 해치면 벗이 나를 돕는다.

　사람도 아닌 신수에게 사람이 가진 단어의 개념을 설명하기는 생각보다 힘이 들었다. 그러나 첸누는 시간이 지나자 어느 정도 이해한 것 같았다. 첸누는 신수들 중에서도 똑똑한 편이라 사람들의 습성을 나름대로 많이 이해하고 있는 편이었다. 도력이 높은 신수라도 혼자 지내는 고립자가 대부분이었기에 도의 경지는 깊었지만 세상의 일이나 다른 존재를 대하는 법은 보통의 짐승보다 크게 나을 것이 없었다. 허나 첸누는 나름대로 금방 이해를 했다. 이전부터 사람과 관계를 많이 맺어 왔던 덕분인 듯싶었다.

　이윽고 첸누가 이해했다는 듯이 말했다.

　내가 네 벗을 해쳤고, 그 때문에 네가 날 공격한 것이냐?

　그렇다.

　네 벗은 이 마을에 살던 사람인가? 이 마을 사람은 다 죽지 않았는가?

　살아남은 사람이 있다. 너는 내 벗의 부모님과 마을 사람을 죽였다.

　첸누가 갑자기 간절한 태도로 말했다.

　혹시…… 혹시 그게 내 아이들이 아니냐?

　뭐?

　네 벗이라는 게, 너희와 생김새가 좀 다르고 자그마하고 귀여운, 내 아이들이 아니냔 말이다.

　치우천은 알아들을 수가 없었다. 첸누의 새끼라면 거북이나 뱀일 텐데, 왜 갑자기 엉뚱한 얘기를 하는 것일까?

　첸누는 한참이나 자기 새끼에 대해 말했는데, 듣다 보니 첸누가 새끼라고 부르는 것은 거북이나 뱀의 모습을 한 괴물이 아니라 사람을 말하는 것 같았다. 첸누는 거듭해서 설명을 하여 똑같이 생긴 네 마리의 새끼에 대해 말했다. 치우천은 처음에는 의아해하다가 스치는 생각이 있어 깜짝 놀랐다.

혹시 형요 자매 말이냐? 아까 네 등판에 뛰어올라서 너를 공격한?

맞다!

치우천은 어이가 없어 첸누가 미친 것이 아닌가 생각했다. 사람이 분명한 형요 자매를 보고 어떻게 자기 새끼라고 하는 것일까? 그러나 첸누는 애달픈 느낌을 강하게 풍기며 말했다.

슬프구나, 슬퍼. 나는 더 싸울 수도 있었다. 어쩌면 그래도 너희가 이겼을지 모르지. 그러나 내가 더 힘을 내서 싸웠다면 지금만큼 이렇게 많이 살아남지는 못했을 것이다. 너희가 이겼다 해도 거의 다 죽었을 것이다. 하지만 내 새끼들이 나를 죽이려는데 내가 무엇하러 살려고 하겠느냐?

치우천은 당황스러웠다. 뭐가 잘못되어도 크게 잘못된 것 같았다. 서둘러 치우천이 물었다.

너와 생김새가 그렇게 다른데 어떻게 네 새끼라는 것이냐? 형요 자매는 사람이지, 네 새끼가 아니란 말이다!

첸누는 무섭게 화를 냈다.

속이지 마라! 그 애들은 내 아이들이다!

속이는 것이 아니라, 정말로 아니란 말이다!

첸누는 흥분했다.

그럴 리 없다! 나는 알을 네 개 낳았다. 그리고 나쁜 놈이 그것을 훔쳐 갔다. 오래 지난 다음 내가 그놈을 찾아냈을 때 그놈은 네 마리의 새끼를 두고 있었다. 내 알은 껍질이 깨져 있었다. 네 마리는 모두 똑같이 생겼다! 나는 사람이 똑같이 생긴 네 마리의 새끼를 낳은 것을 본 일이 없다! 그러니 그것은 내 알이 깨져서 나온, 내 아이들이 틀림없다! 내 알은 똑같이 생겼으니, 새끼도 똑같은 게 당연하지 않느냐! 내 아이를 빼앗아 자기 새끼처럼 키우다니! 그것만으로도 그놈은 용서할 수 없다! 그래서 죽여 버렸다!

치우천은 기가 막혀 뭐라 대꾸할 말이 없었다. 첸누의 애절한 마음이 느껴지는지라, 치우천마저도 잠시 형요 자매가 정말 알에서 태어난 것이 아닐까 생각했다. 그러나 아무리 생각해도 사람이 이런 거북 괴물의 알에서 태어날 수는 없을 것 같았다. 그러나 첸누는 철석같이 그렇게 믿고 있는데다 증거로 삼고 있는 네쌍둥이란 것이 아주 드문 터라, 뭐라 반박하기가 힘들었다.

하지만 형요는 너와는 생김새가 전혀 다르고 사람을 더 닮지 않았느냐?

주술을 부렸겠지! 몸이 커지거나 작아지게 만들 수도 있는데, 그깟 겉모습을 못 바꾸겠느냐?

그렇게 대단한 주술을 부릴 사람들이었다면 네 입김 한 번에 속절없이 얼어 죽지 않았을 것이다!

치우천이 외치듯 뜻을 전하자 첸누는 씨근거리며 혼란스러워했다.

나는…… 나는 그래서 내 아이들을 도우려 했다. 나는 내 아이들에게 걸린 주술을 풀어 주고 싶었지만, 무슨 주술이 걸려 모습이 그렇게 변했는지 알 수 없었다. 그래서 도력을 써서 주술을 풀 방법을 찾으려 했지만 알 수 없었다.

치우천은 어처구니가 없었다.

'걸리지도 않은 주술을 풀 방법이 어디 있단 말인가?'

첸누는 중얼거렸다. 고생을 많이 한 아낙네가 늘어놓는 신세타령 같았다.

나는 생각했다. 지금 당장 나타나면 내 아이들이 놀랄지도 모른다고 말이다. 그래서 남몰래 아이들을 지켜보고, 도와주려 했다. 내 아이들은 자꾸만 내 눈을 피해 돌아다니면서 사람들과 싸움질을 했다. 사람들과 그렇게 싸우니 사람 새끼가 아닌 것이 분명하다. 내 아이들이 맞다.

치우천은 자신도 모르게 피식 웃었으나 곧 심각하게 생각했다.

'하긴, 신수나 짐승이 보기에는 그렇게 보일지도 모르겠다. 사람들은 절박한 이유도 없이 서로 싸우고 죽이니까……. 더구나 형요는 도둑이었으니……. 아, 사람의 길이 옳은 것인지 그른 것인지……. 부끄럽구나.'

첸누는 계속 주절거렸다.

내 아이들은 사람들이 가진 물건이 필요한 것 같았다. 나쁜 사람들이 내 아이들에게서 빼앗았겠지. 그래서 나는 내 아이들을 도와주려고 사람들을 얼리고 물건을 빼앗았다. 힘들었지만 뱀 첸누가 도와주어서 간신히 그 작은 것들을 옮겨다 동굴에 쌓아 두기까지 했다. 그런데 내 아이들은 그것을 가져가지도 않았다. 어미의 선물을 돌아보지도 않았다. 나는 섭섭했지만 언젠가는 아이들이 어미를 알아보리라 생각하며 계속 물건을 쌓았다.

치우천은 서글퍼졌다.

'가엾구나. 사람을 일부러 죽인 것도 아니다. 뭐가 사람에게 옳고 그른지 생각하지 못했을 뿐이다. 그러고 보니 형요의 책임도 없다고는 못하겠구나. 형요가 도둑질을 안 했으면 첸누가 굳이 사람들을 해치지는 않았을 것인데…….'

이야기를 들을수록 비록 수많은 사람을 해쳤지만 첸누가 점점 가여워졌다. 치우천은 첸누를 설득했으나 고집을 굽히지 않았다. 첸누는 형요 자매가 자기 새끼라고 믿었고, 그래서 자기는 그럴 수밖에 없었다고 생각하고 있었다.

치우천은 난감해졌다. 형요 자매는 그냥 사람일 뿐이지 첸누의 새끼가 아니라는 것을 첸누가 알아듣도록 말해야 하는데 방법이 떠오르지 않았다. 치우천은 곰곰이 생각하다가 좋은 생각이 떠올랐다. 지난번 형요에게 들은 이야기가 해결책이 될 것 같았다.

첸누, 잘 들어라. 네가 알을 잃어버린 것은 언제냐?

겨울이 스무 번 지났다.

그래. 너는 먼 북쪽의 아주 추운 곳에서 살았다고 했지?

그렇다.

그럼 네가 알을 잃어버렸을 때, 그것은 깨어 있었느냐?

아니다.

그럼 알이 언제 깨어났다고 생각하느냐?

알은 겨울이 세 번 정도 지나면 깨어난다. 그러나 내가 알을 잃고 북쪽 마을에 갔을 때 그곳에는 이미 알이 없었다. 알이 가까이 있으면 나는 알 수 있단말이다! 그런데 알은 주변에 없었다. 나쁜 놈이 가지고 멀리 가 버린 것 같았다. 그 나쁜 놈이 가지고 있을 때 깨어난 게 분명하다. 나는 정말 열심히 찾아다녔다. 그러다가 북쪽 마을에 살던 사람이 이곳 계곡에 와 산다는 것을 알게되었다. 여기 와보니 내 알들의 기운이 느껴졌다. 그리고…….

치우천이 첸누의 생각을 끊었다.

그래서 형요는 네 새끼가 될 수 없다. 형요는 이 계곡에서 태어난 것이 아니라, 북쪽 마을에서 태어났다. 그래서 아주 어릴 적에 이리로 오게 된 것이다. 너는 겨울이 스무 번 지났다고 하지만, 형요는 겨울이 스물네 번 지나기 전에 태어났단 말이다. 네 알보다 겨울을 네 번 더 겪은 형요가 어떻게 네 새끼가 된단 말이냐?

치우천이 정연하게 이야기하자 마침내 첸누도 알아들은 듯했다. 결국 납득이 가자 첸누가 처량하게 말했다.

그러면…… 그러면 내 아이들은 어떻게 된 것이냐? 응?

치우천이 침울한 표정으로 물었다.

첸누, 너는 수거북 첸누를 만나서 알을 낳았느냐?

그런 것이 어디 있느냐? 세상에 첸누는 나 혼자다!

치우천은 진심으로 안되었다는 듯이 말했다.

너는 모르고 있었구나. 내가 가르쳐 주마. 알을 낳는 동물은 암컷과 수컷이 있어야 한다. 그래야 알에서 새끼가 태어날 수 있다. 암컷 혼자 있어도 알을 낳을 수는 있지만, 그 알에서는 새끼가 태어나지 않는다. 첸누, 미안한 이야기 지만, 네 알에서는 새끼가 태어날 수 없었다. 너는 거북이고, 알을 낳았으면 무척 많이 낳았을 것이다. 그 알 중에서 새끼가 태어난 적이 있느냐? 아마 없을 것이다.

치우천은 거북을 키워 본 적은 없지만 닭을 본 적이 있었다. 암탉 혼자도 알은 낳지만 그 알에서 병아리가 깨어나지 않는다는 것을 알고 있었기에 그렇게 설명한 것이다. 거북이 알을 많이 낳는다는 이야기는 지난번 진주를 구하러 바다에 갔을 때 주워들은 것이었다.

첸누는 비통하게 울부짖었다.

태어날 수 없었다니! 그렇다면 그 네 개도…… 네 개마저도 그냥…….

치우천은 진심으로 첸누가 가여워졌다. 새끼를 낳아 키우려는 생각은 생물의 본성이다. 첸누는 고립자였지만 뒤늦게나마 그런 마음을 깨닫게 되었으니 포악한 신수라고 볼 수는 없었다. 불쌍한 생각이 들었다.

'첸누는 다른 알들이 깨어나지 않자, 빼앗긴 네 개의 알에 희망을 걸고 스무 해 동안 찾아 헤맨 것이 분명하다. 불쌍하구나. 형요 자매를 보자 그저 자기 알에서 태어난 자기 새끼라고 믿은 것이 분명하다. 가엾은 일이구나. 정말 불쌍하구나.'

첸누는 울부짖었다. 사람처럼 희로애락이 분명하게 드러나지 않는 신수라지만, 첸누의 마음은 비통하기 그지없어서 치우천은 마음이 아려 왔다.

'이런 슬픈 일이 있는가. 첸누가 가엾구나. 형요도 가엾구나. 도대체 누가 잘못하여 이런 일이 벌어졌단 말인가? 조용히 살던 첸누가 사람들을 죽이게 되고, 형요는 부모를 잃었는데, 도대체 누구의 잘못이란 말

인가?'

　근본적인 책임은 형요의 부모님에게 있지 않을까 싶었으나 치우천은 생각을 바꾸었다. 신기한 알을 보고 주운 것이 사람에게 죄가 될 수는 없었다. 더구나 그 알은 어차피 깨어나지도 못할, 빈 알이었으니까. 아무도 남을 해치고 싶지 않았는데도 결국 수백 명의 사람이 죽고 첸누도 수십 년 동안 더할 수 없을 만큼 마음고생을 하지 않았는가?

　'답답하구나, 답답해. 모든 것이 사람과 신수가 서로를 몰라서 생긴 일이구나. 정말 슬픈 일이야……'

　첸누가 말을 전해 왔다.

　내가 잘못했구나. 내가 바보였구나. 내 새끼도 아닌데, 내 새끼라고 생각하고 내가 사람들을 죽였구나. 죽어 마땅하다. 오래 쌓은 도력이 무슨 소용이 있느냐? 그냥 나를 죽여 다오……

　치우천이 망설이며 대답을 하지 못하자 첸누가 말했다.

　내가 너희 사람을 많이 죽였지만, 방금 얼어 버린 사람들은 살릴 수 있다. 풀어 주마.

　치우천이 대답하기도 전에 첸누는 주문을 외웠다. 숨을 죽이고 치우천과 첸누를 지켜보던 사람들은, 첸누의 몸에서 둥글게 퍼져 나가는 붉은 기운을 보았다. 그 기운이 몹시도 따뜻하고 온화해서, 서 있던 사람들이 털옷을 당장이라도 벗어 버리고 싶을 만큼 더워졌다.

　얼어붙은 채 굳어 있던 수십 명의 사람들도 붉은 기운을 쐬는 순간 서서히 몸이 녹으며 풀리자 "어이쿠" 소리를 내며 주저앉았다. 얼었다가 녹은 탓에 당장 기운을 쓰지 못했고, 몇몇은 죽기도 했지만 대부분의 사람들은 살아났다. 남아 있던 사람들은 환호성을 올리며 기뻐했다. 사람들 대부분은 치우천이 첸누를 설득하여 얼어 버린 사람들을 살려 냈다고 믿었다. 사람들의 공포심과 증오가 약간 덜어지고 첸누에 대한 경외심이 생겼다. 그러나 부모를 잃은 형요 자매만은 그렇지 않았다.

"괴물! 얼려 버린 사람을 살려 주었다고 너도 살려 줄 줄 아느냐?"

형요가 바락 악을 쓰자 치우천은 굳은 얼굴로 형요를 제지했다. 첸누는 어서 죽여 달라고 말하고 있었으나 치우천은 우린 구슬에서 한 손을 떼었다. 그러자 첸누의 목소리는 뚝 끊어져 들리지 않게 되었다.

치우천이 슬픈 표정으로 첫째 형요에게 다가가자 형요는 불만스러운 듯이 물었다.

"설마 저 괴물을 살려 주자는 건 아니겠지?"

그 말에 대꾸는 하지 않고 치우천은 말없이 우린 구슬을 형요에게 건네 주었다.

"네가 정해라. 단, 먼저 이야기를 해 보아라. 그는 첸누라고 한다."

"이름 같은 건 알 필요 없어! 죽이면 그만이야!"

형요가 막무가내로 고집을 부렸지만 치우천은 물러서지 않았다.

"글쎄, 나는 말해 보는 게 좋을 것 같은데? 많은 궁금증이 풀릴 테니까. 내가 말해 주기보다 네가 직접 듣는 것이 낫지 않을까?"

치우천이 차분하게 말하자 형요는 의아한 듯 망설이다가 결국 우린 구슬을 받아 들었다. 치우천은 그쪽은 돌아보지도 않고 슬프고 지친 듯 움집으로 비틀거리며 들어갔다. 치우비는 이상하여 형의 뒤를 따라갔다.

"형! 왜 그래?"

치우천은 괴로운 듯이 말했다.

"참 괴롭구나. 세상일은 이렇게 괴로운 것이구나. 비야?"

"응?"

"만약 말이다…… 어머니를 해친 번개범이 정말 그럴 수밖에 없는 까닭이 있어서 어머님을 해쳤다면…… 너는 어떻게 하겠느냐? 나는 그 생각을 하니 괴롭구나……"

"무슨 소리야?"

치우비는 영문을 몰라 눈을 크게 떴다. 치우천은 형요와 첸누 사이의 기이한 일을 들려주었다. 이야기를 듣고 나자 인정 많은 치우비는 눈물을 글썽였다.

"둘 다 불쌍해. 이걸…… 이걸 어떻게 하지?"

"너라면 어쩌겠니? 첸누는 형요 부모님의 원수지만…… 가엾지 않으냐?"

치우비도 어떻게 해야 할지 몰랐다. 부모의 원수를 갚아야 할지, 아니면 살려 주어야 할지 결정을 내리기가 쉽지 않았다.

치우천은 형요와 첸누의 일이 걱정이 되어 조심스레 물었다.

"형요가 어떤 결정을 내릴까?"

치우비는 고개를 저었다.

"모르겠어. 아아, 하지만 번개범은……."

"물론 번개범은 다르다. 그놈은 우리 어머님만 해친 것이 아니라 주신 한웅님마저 해치려 했으니 용서할 수 없지. 그러나…… 만약 번개범에게도 저런 기막힌 이야기가 있다면? 나쁜 짓을 하려던 게 아니고, 나름대로 자신과 사람들을 지키려 한 거라면? 나라면 어찌할까? 너라면 어쩌겠니?"

치우천과 치우비는 둘 다 한숨만 쉬었다. 번개범은 포악하고 잔인하여 그런 사연은 없을 것이라 믿고 싶었다. 그러나 사람도 아닌 신수의 일을 어떻게 알겠는가? 만에 하나 그렇게 되어 원수를 갚을 수도 없게 된다면 어떻게 해야 할지 혼란스러웠다.

치우천은 한숨을 길게 내쉬며 입을 열었다.

"우린 구슬의 힘은 대단하구나. 허허, 서로 다른 것들끼리도 말이 통하고 알게 되면 이렇게 되는구나. 우리 벗들도 다들 부족이 다르지만,

말이 통하여 알게 되자 벗이 되었잖느냐. 그래, 말이 통하는 것, 그것만큼 중요한 게 없는 것 같구나. 그것이야말로 우린 구슬의 힘이고, 무엇보다 더 강한 것 같구나……."

한참 지나자 바깥이 소란스러워졌다. 치우 형제는 일어나서 밖으로 나섰다. 나가 보니 거대한 첸누의 모습은 간 곳이 없고, 형요 자매 여섯이 끌어안고 목을 놓아 울고 있었으며, 다른 사람들은 주위에 둥글게 서서 말없이 바라보고만 있었다.

치우천은 탄식하듯 말했다.

"형요가 첸누를 용서해 주었구나!"

치우비도 눈물을 글썽이며 한마디 끼웠다.

"나는 형요가 옳았다고 생각해!"

치우천은 하늘을 보며 생각했다.

'나라면 어떻게 했을까. 나는…… 나는 용서할 수 없을지도 모른다. 허나 번개범을 저렇게 용서해야 하는 날이 오는 것은 아닐까? 두렵구나, 두려워.'

새로운 출발

큰 덕은 그 덕을 의식하지 않으므로 덕을 지니게 되고,
작은 덕은 그 덕을 잃지 않으려 애쓰다가 덕을 잃게 된다.
—노자(老子), 『도덕경(道德經)』에서

사람들은 울고 있는 형요 자매에게 어떻게 된 일이냐고 물어보았다. 형요 자매는 목 놓아 울다가 한참 후에야 간신히 자초지종을 털어놓았다. 부모를 괴물에게 잃었으나, 괴물 역시 자신들을 자식으로 여기고 있었다는 기막힌 사연에 사람들은 어이없어 하면서도 형요 자매들을 불쌍하게 여겼다.

형요가 훌쩍이면서 말했다.

"치베의 말이 맞았어. 괴물이 사람을 죽인 건 우리 때문이야. 그러니 우리가 죗값을 치러야 해. 그 괴물은…… 첸누는 부모님을 죽였지만…… 첸누를 죽인다고 부모님이 살아오는 것도 아니야. 우리나 우리 부모님이 도둑질을 하느라 많은 사람을 죽여서 죗값을 받는 거야……"

치베는 형요와 항상 아옹다옹하던 처지였지만 지금은 형요를 위로하려 애썼다.

"그렇게 생각하지 마라, 형요. 앞으로 그런 짓을 안 하면 그만 아닌가? 천 안다를 위해, 그리고 죽은 사람들을 위해 더 많은 공을 세우면

된다."

형요는 고개를 저으며 몸을 일으키더니 치우 형제에게 다가갔다. 다른 다섯 자매가 엉엉 울면서 뒤를 따랐다. 형요는 치우천에게 우린 구슬을 돌려주며 말했다.

"치우천, 너에게 고맙게 생각해. 다른 벗들에게도 고맙게 생각한다. 보물은 너희가 바라는 세상을 만드는 데 써 줘. 우리는 떠나기로 했어."

"떠나다니! 무슨 소리냐?"

치우 형제는 놀랐다. 다른 사람들도 웅성거리며 달려왔다.

형요가 굵은 눈물을 뚝뚝 떨어뜨리며 말했다.

"어차피 우리 자매는 이 땅에서 태어난 것도 아냐. 부모님 원수도…… 갚은 건 아니지만 해결되었으니 태어난 곳으로 돌아갈 거야. 우리 부모님은 억울하게 추방당했잖아. 첸누도 그리로 돌아갈 거야. 우리와 같이 가기로 했어. 나는 돌아가서, 네쌍둥이가 있다고 나쁜 일이 생기는 게 아니라고 말하고 싶어. 그래서 부모님의 누명도 풀고, 우리 부족과 함께 살고 싶어. 너희와 헤어지는 것은 안타깝지만…… 우리와 똑같이 생긴 사람들이 있는 곳에서 살고 싶어. 다시 쫓겨나는 한이 있더라도 꼭 가보고 싶어."

모두가 안타까워했으나 형요 자매의 처지를 충분히 이해했기 때문에 더 이상 붙잡지는 않았다. 애석할 뿐이었다.

형요는 서글픈 듯 목소리가 가라앉았다.

"섭섭하게 생각하지 마. 우리는 많은 죄를 지은 몸이야. 많은 몽골 사람과 타타르 사람 들을 해쳤어. 여기서 살 낯이 없어. 우리 같은 도둑과 같이 다니면 좋지 않을 거야. 너희 형제는 이제 훌륭한 영웅이잖아."

"너희가 도둑이었던 건 지난 일이다! 세상에 한두 번 죄를 짓지 않은 사람이 어디 있느냐? 치베도 말했잖아, 앞으로 죄를 짓지 않으면 그만이라고! 그 먼 길을 꼭 가야 한단 말야?"

치우비가 아쉬워 설득하려 했지만 형요는 막무가내였다.

"우리 과보족이 사는 땅은 멀지만 못 갈 곳은 아니야. 부모님이 올 수 있었으니 되돌아갈 수도 있겠지. 나중에 자리를 잡으면 만나러 올게. 아니면 사람이라도 보낼 테니 틈이 나면 꼭 만나러 와 줘, 알았지?"

형요 자매의 결심이 굳은 것을 알자 사람들은 더 만류하지 못했다.

치우 형제도 붙잡지 않았다. 그동안 정이 든 형요 자매와 헤어지게 되자 사람들은 섭섭했으나 웃는 낯으로 순탄한 여행길을 빌어 주었고 잘 살기를 바랐다.

그날은 아수라장 같은 주위를 하루 종일 정리하고 다친 사람들을 한마음으로 돌본 뒤, 해가 저물어서야 형요 자매를 위한 잔치를 벌였다. 형요 자매는 평소에도 술을 잘 마셨으나 그날은 더더욱 엄청난 주량을 과시하며 수많은 전사와 영웅들을 곯아떨어지게 만들었다. 요요와 미요는 취하자 떠나기 싫은 듯 엉엉 울기도 했다.

치우천은 짬을 내어 치우비와 도깨비들을 모아 놓고 말했다.

"형요 자매를 보니, 너희도 안됐다는 생각이 드는구나. 원래 살던 곳으로 가고 싶다면 너희도 돌아가라."

그러나 도깨비들은 하나같이 입을 모아 자기들이 살던 곳은 너무 멀고 험하여 돌아갈 수도 없으며, 오랜 세월이 지나 부족을 찾을 수도 없을 것이라 말했다. 그러니 그냥 여기서 머물러 있는 것이 낫다며 계속 같이 있게 해 달라고 간청했다.

리미가 웃으며 가장 먼저 말했다.

"저는 울라트님 곁을 떠나지 않을 겁니다. 허허."

마냥도 한마디 했다.

"제가 살던 곳은 너무 멀어서 가다가 늙어 죽을지도 몰라요. 마냥, 여기가 좋아. 여기서 살래요."

개르는 껄껄 웃으며 어깨를 으쓱거렸다.

"우리 부족은 망해서 돌아가 봐야 혼자 살다 죽는 수밖에 없습니다. 나를 돌려보내는 것은 나를 죽이는 것입니다. 껄껄껄."

차분한 포리도 조용히 입을 열었다.

"내가 살던 곳은 배를 타고 가야 하는 곳이라 돌아갈 수 없습니다. 주인님, 지난번 주인님이 만드신 무기들은 놀라웠습니다. 헌데 제가 살던 곳에서도 그런 물건을 만드는 사람들이 있었습니다. 주인님 하시는 일에 감히 나설 수는 없었지만, 앞으로 무엇을 만드는 일이라면 제가 도울 수 있을지도 모릅니다. 허락해 주시겠습니까?"

치우천이 소탈하게 웃으며 고개를 끄덕였다.

"물론이다, 포리. 그런 재주가 있으면 진작 이야기했어야지, 나 혼자 끙끙거리고 고생했잖느냐? 앞으로 잘 돕지 않으면 벌을 주겠다."

도깨비들은 다같이 와, 하고 웃었다.

웃음이 멎기를 기다려 치우천은 싱카에게 고개를 돌렸다.

"싱카, 나는 태산 회의 때 너와 비슷한 차림과 생김새의 사람들을 본 적이 있다. 너희 나라는 그렇게 멀지 않은 것 같은데 돌아갈 생각이 없느냐?"

별안간 싱카가 치우 형제 앞에 무릎을 꿇고 머리를 조아렸다.

"도깨비 싱카, 주인님 형제분께 고합니다. 싱카가 거짓말을 했습니다."

"거짓말?"

"도깨비 싱카, 주인님의 덕분으로 이제 요기가 되었습니다. 그러나…… 그러나 요기가 되었지만 마음은 무겁기만 합니다. 솔직히…… 저는 주인님을 이용하려 했습니다. 싱카는 돌아가지 않을 것입니다. 저를 죽여 주십시오."

"대체 무슨 소리냐? 알아듣게 말해 봐라."

치우천이 채근하자 싱카가 눈물을 흘리며 말했다.

"도깨비 싱카가 말씀드립니다. 지난번에 말씀드린 적 있을 겁니다. 저는 원래 전사였지만, 주술의 힘을 얻을 양으로 요기가 되고 싶었습니다. 그래서 이곳에 오게 된 것이고요. 요기가 되려면 아주 힘든 과업을 수행해야 한다는 신관의 예언을 받았기 때문입니다. 그건 아시지요?"

"그래. 그런데 그게 어째서?"

"그…… 제 과업이란 것이…… 신수를 굴복시키는 것이었습니다!"

"뭐?"

치우 형제와 도깨비들이 깜짝 놀라자 싱카는 슬픈 표정으로 계속 말을 이었다.

"지난번 주인님은 신수의 알을 얻으셨습니다. 그때 혹시 그 알을 얻은 사람 이야기를 듣지 못하셨습니까?"

치우천은 미간을 찌푸렸다. 치우천이 붕의 알을 얻은 일은 툰툰과 치우비 말고는 아무도 모르는 일이었기 때문이다.

"그것을 네가 어찌 알지?"

"저는 알고 있었습니다. 제 동료가 신수의 알을 얻으러 갔다가 돌아오지 않았으니까요. 저와 제 동료는 신수의 약점을 노리지 않고서는 신수를 굴복시킬 수 없다고 생각했습니다. 그래서 제 동료가 알을 훔치러 간 것입니다. 제 동료가 멀리서 연기를 피워 제게 알을 얻었다고 신호했는데, 그게 신수에게 발각된 모양입니다. 저는 동료를 구하려 했지만 이미 늦었고, 되레 신수를 노하게 만들었다고 남쪽 부족에게 잡혀서 팔려 온 것입니다."

치우천은 놀라움을 금치 못했다.

"그래, 그랬구나. 그 알은 내가 직접 얻은 것은 아니고, 어떤 사람이 죽어 가는 사람에게서 얻어 내게 준 것이다. 알을 얻었던 네 동료는 죽었지만 대단한 용사였던 모양이다."

"그렇습니다. 그의 이름은 파라라냐인데, 고향에서는 대단히 유명한 전사였습니다."

"그런데 그 신수의 알을 내가 가지고 있다는 걸 어떻게 알았지?"

"냄새입니다. 냄새가 났습니다. 주인님의 몸에서 희미하게 풍기던 냄새는 제 동료가 신수를 진정시키기 위해 저와 함께 만들었던 약 냄새였습니다. 지난번에 나타났던 새 신수는 바로 그 알에서 깨어난 것이지요?"

"그렇다."

치우비가 의아하다는 듯 물었다.

"그런데 네가 무슨 거짓말을 했고, 뭘 잘못했다는 거야?"

"저는 비록 도깨비로 잡혀 와 있었지만 도망치려고 마음만 먹으면 도망칠 수 있었습니다. 일부러 도망치지 않은 것입니다. 저는 혼자 힘으로는 신수를 굴복시킬 수 없다고 생각했기에, 그럴 만한 힘을 가진 용사를 찾으려 생각했습니다. 차라리 여기저기 팔려 다니다 보면 아주 강한 사람을 만나게 될지도 모른다는 생각에서였습니다. 결국 저는 태산으로 가서 주인님을 만났습니다. 더구나 주인님을 보자마자 약 냄새를 맡고 주인님이 신수의 알을 가진 사람이란 것을 금방 알았습니다."

치우비는 놀라워만 했지만 치우천은 묵묵히 고개를 끄덕이며 한마디 했다.

"나도 그게 이상했다. 너는 칼을 잘 쓰고 주술까지 부릴 줄 아는데 왜 잡혀 있는지 말이다. 너 정도라면 분명 아무 때나 도망칠 수 있었을 테니까."

"주인님은 눈치채고 계셨군요."

"아니다. 이상하다 여겼을 뿐 의심한 적은 없다."

"도깨비 싱카, 부끄러워 죽을 지경입니다. 처음에는 잘되었다 생각했습니다. 저는 과업을 완수하고 싶었기 때문에, 알을 훔치려고 했습니다. 주인님이라고 이전 주인들보다 나을 거라고는 생각하지 않았습니다. 도깨비 취급받기도 지긋지긋했고, 주인님이라도 죽여 버릴 생각까지 있었습니다. 그런데…… 그런데 새 주인님은 너무 좋은 분들이어서…… 해칠 수가 없었습니다. 해치기는 고사하고 알을 훔칠 생각조차 들지 않았습니다. 예전의 난폭하고 사악한 주인들이었다면 조금도 망설이지 않고 죽여 빼앗았을 것입니다. 허나 이번만큼은 많이 망설였습니다. 밤에도 잠이 오지 않았습니다. 다시는 오지 않을 좋은 기회라고 생각될 때도 많았지만, 차마 손을 뻗을 수 없었습니다……."

치우비는 쾌활하게 웃으며 싱카를 다독였다.

"됐다, 됐어. 너는 좋은 사람이야. 죄를 짓지 않았잖아."

"아닙니다. 더 들어 보십시오."

싱카는 코를 한 번 훌쩍이고는 말을 이었다.

"그러다가 그…… 번개범이라는 신수의 습격을 받았을 때, 저는…… 마침내 마음을 정했습니다. 이대로라면 어차피 모든 사람이 죽을 것 같았고 주인님들도 앞장서서 나섰기에, 그때 신수의 알을 훔치기로 한 것입니다. 다들 정신이 없는 판이라 아무도 짐을 뒤지는 저에게 신경을 쓰지 않았습니다. 그런데…… 그때 주인님의 매가 저에게 달려들었습니다. 저는 놀라서 그만 주인님의 매를 죽였는데 그 바람에 신수의 알을 떨어뜨려…… 껍질이 깨지고 알이 깨어난 것입니다."

치우천은 고개를 끄덕이며 탄식했다.

"그렇구나! 어쩐지 이상했다. 하필 그때 알이 깨어져 나오다니. 더구나 마파람의 혼이 거기 들어갔는데 날짐승인 마파람이 짐에 눌려 죽었다는 게 이상했다."

"저는 무척 놀랐습니다. 그리고 몹시 후회했습니다. 제가 공연히 건드려서 한 마리도 벅찬 신수가 두 마리가 되었으니까요."

그래도 치우비는 열심히 싱카를 변호하려 했다.

"싱카, 그 신수는 우리를 돕는 신수였다. 네가 그러지 않았으면, 번개범에게 죽었을 거야."

"그건 주인님의 운이 좋아서 그런 것뿐입니다. 저는 주인님의 매를 죽이고, 주인님의 물건을 훔치려 한 도둑입니다. 그리고 그것을 속여 왔습니다. 주인님, 저는 교활한 놈입니다. 신수의 알이 깨져 버렸으니 더 이상 과업을 이루지도 못하고 요기도 될 수 없다 여겨서 낙담했지요. 다만 속죄의 의미로 주인님을 위해 열심히 싸워서 빚을 갚는다고만 생각했습니다.

저는 나쁜 놈입니다. 주인님이 그렇게 잘 대해 주시는데도 저는 항상 제 생각만 하고 있었습니다. 지난번 사막에 버려졌을 때는 주인님을 원망하기도 했습니다. 카린산에서 추격을 받을 때는 비울걸님을 찾는다는 핑계로 혼자 위험한 지경에서 빠져나가기도 했습니다. 비울걸님을 찾기는 했지만 솔직히 추격받는 게 겁도 났습니다. 주인님을 도운 건 단순히 빚을 갚는다는 생각에서였을 뿐입니다. 빚을 다 갚았다 생각하면 언젠가는 도망칠 생각이었습니다. 그런데……."

목이 메는지 잠시 말을 끊은 싱카를 쳐다보며 치우천이 부드럽게 말했다.

"괜찮다, 싱카. 잘못을 말하고 뉘우쳤으니 이제 괜찮다."

싱카는 아니라는 듯 고개를 저으며 계속 말을 이어갔다.

"오늘 주인님은 신수를 굴복시키셨습니다. 그러자 저는 그동안 잘되지 않던 술법이 트이고 머리가 맑아지는 것을 느꼈습니다. 제가 도운 주인님이 신수를 이겼기 때문에 요기가 된 것입니다! 주인님, 저는 이제야 저에게 내려진 예언의 뜻을 깨달았습니다. 신수의 알을 훔쳐서 과업을 이루는 것이 아니라, 주인님의 뜻을 돕는 것이 진정한 예언의 뜻이었습니다! 주인님, 이제 이 도깨비 싱카는 영원히 주인님의 종입니다. 저를 받아 주시기를 진심으로 바랍니다."

치우천이 묵묵히 고개를 끄덕이자 치우비가 하하 웃었다.

"우습구나, 싱카! 대도둑이었던 형요 자매들도 벗으로 삼았는데 네가 한 짓 정도는 따질 것도 없다. 형님 말씀대로, 앞으로 뉘우치고 그런 짓만 안 하면 너는 언제든 우리 벗이란다. 종이 아니라 벗이란 말이다!"

싱카는 굵은 눈물을 뚝뚝 흘렸다.

"아닙니다. 저는 이제껏 모두를 속여 왔습니다. 도깨비 싱카가 말씀드립니다. 저는 원래 제 나라에서 아주 높은 지위에 있었습니다. 부하도 많고 아는 사람도 많았습니다. 이제 제가 지녔던 힘은 모두 주인님의 것입니다."

"허, 그게 무슨 소리냐? 그런 말을 들으니 섭섭하구나. 싱카, 너는 돌아가라. 너도 네 고향에서 잘 사는 것이 낫지, 왜 구태여 여기에서 이런 고생을 하느냐? 더구나 이제는 형요의 보물도 생기지 않았느냐? 우린 괜찮으니 돌아가거라."

치우비와 치우천은 환하게 웃으며 허락의 뜻을 비쳤으나 싱카는 고집을 꺾지 않았다.

"저는 이제 전사가 아니라 요기입니다. 무엇보다 주인님의 도깨비 종일 뿐입니다. 원래 요기나 종은 재산을 가질 수 없습니다. 모두 주인님의 것입니다."

치우비가 허허 웃으며 말했다.

"허 참, 네 나라는 아주 멀리 있어 돌아가기도 힘든데 그것을 언제 가져온단 말이냐? 네 물건보다 네가 여기 있는 것이 훨씬 좋으니 그런 생각일랑 하지 마라. 너는 내 말을 안 들을 셈이냐?"

싱카는 감격에 겨워 수없이 고개를 조아렸다. 치우 형제는 싱카가 솔직하게 털어놓은 것이 대견하고 기쁘기만 했다.

밤새 잔치를 치른 다음 날 치우천과 벗들은 바위 밑에 매장되어 있던 보물을 꺼내도록 했다. 보물은 엄청났다. 수많은 금덩이와 구슬, 보석이 있었고, 구리 덩이도 많았다. 빛나는 조개껍질이나 구리 무기, 구리솥, 구리거울 등 종류도 다양하고 양도 막대하여 웬만한 큰 부족의 재산을 전부 합한 것만큼 될 듯했다. 그중에 황금빛으로 빛나는 둥근 알 껍질 한 무더기가 눈에 띄었다. 그것을 보고 치우천이 한탄했다.

"이게 바로 첸누의 알 껍질인 모양이구나. 참 안된 일이다. 형요, 이것을 가져가 첸누에게 주는 게 어떻겠어?"

형요는 좋다고 했다. 치우천은 곰곰 생각하다가 보물 중 무거운 구리 물건을 뺀 나머지 절반을 형요 자매에게 주려 했다. 형요는 펄쩍 뛰면서 부모님의 원수를 갚았으니 자기들은 필요 없다고 극구 사양했다.

치우천은 먼 길을 가려면 여비가 필요하고, 또 부족으로 돌아가 줄 선물도 있어야 하니 가져가야 한다고 설득했다. 그러나 형요가 완강하게 거절하여 결국 처음 치우천이 주려던 구슬과 금덩이 중 사분의 일만 가지고 가기로 했다. 치우천은 나머지 보물을 쌓아 놓고 반 이상을 각 부족장과 전사들에게 나누어 주었다.

부족장들도 한사코 사양했으나 치우천은 간곡하게 타일렀다.

"여러분은 당연히 받을 권리가 있습니다. 제가 이것을 드리는 이유는 단순히 이 보물로 편하게 놀고먹으라는 것이 아닙니다. 이 물건을 잘 사용하여 여러분의 부족을 크게 일으키라는 데 있습니다. 여러분과 저는 이제 형제나 다름없는 벗들입니다. 여러분의 부족이 커지고 강해질수록 저도 커지고 강해집니다. 그러기에는 턱없이 부족할지 모르지만 제 마음을 받아 주십시오."

부족장들은 치우천의 뜻이 큰 데 있음을 깨닫고는 그제야 물건들을 받았다. 다시 잔치가 벌어졌다. 잔치는 사흘이나 계속되었는데, 때마침 무라와 소녀, 울라트도 돌아왔다. 그들 일행 뒤로 코가 높고 기이하게 생긴 뚱뚱한 중년 남자 한 명과 수십 명의 사람들이 졸졸 따라오고 있었다.

치우천을 보고 정중히 인사를 건넨 중년 남자는 천박스러운 웃음을 흘리며 능란하게 주신 말을 입에 올렸다.

"혜혜, 치우천님, 치우비님이십니까? 저는 시기르타라고 합니다. 서쪽의 장사꾼입죠. 스키타이나 훈이나 서쪽 부족 부족장 가운데 저를 모르는 사람은 없습니다요. 무라님이나 카린 부족과도 간혹 장사를 했습니다만, 이렇게 주신의 젊은 영웅과 거래를 트게 되어 영광입니다요."

"주신 말을 잘하시는구려."

"혜혜혜, 언젠가 주신과도 장사할 날이 올 것 같아 주신 말도 배워 뒀습죠. 드디어 써먹을 날이 왔습니다그려."

치우비는 간사해 보이는 시기르타가 마음에 들지 않았다. 하지만 치우천은 별다른 내색하지 않고 예의 바르게 말했다.

"다행이군요. 그런데 어떻게 아무것도 없는 이런 곳까지 오시게 되었는지요?"

시기르타는 품위 없게 킥킥 웃으며 말했다.

"아무것도 없다니요? 무라님께 이야기를 들어 보니, 형제 영웅님께서는 신수를 물리치고 보물을 얻으셨다던데요? 가난뱅이들은 그런 보물의 값어치도 모릅지요. 저 정도 되는 장사꾼이라야 값을 매기고 장사를 할 수 있습니다. 그런 큰 꺼리가 있다는데, 아무리 멀어도 달려와얍 지요."

치우천은 짧게 웃고는 치베에게 보물을 보여 달라고 했다. 시기르타 가 나가자 무라는 언짢은 표정으로 치우천에게 살짝 말했다.

"저자는 제가 데리고 온 것이 아닙니다. 카린족과 저자가 그리 친한 것도 아니고요. 어디서 울라트가 철없이 말한 것을 주워듣고는 악착같 이 달라붙어서 떼어 놓을 수가 없었습니다. 더구나 다른 장사꾼을 제치 고 손해를 보면서까지 우리 물건들의 값을 아주 높이 쳐주었습니다. 그 러니 강제로 쫓을 수도 없더군요."

소녀도 고개를 설레설레 저으며 끼어들었다.

"저 사람은 천박해요! 이익이 남는다면 무슨 짓이든 할 사람입니다! 수단이 좋아서 못 구하는 물건이 없으니 할 수 없이 거래를 하지만, 뻔 뻔스러워서 카린 사람들도 별로 좋아하지 않아요."

치우천이 웃으며 물었다.

"저 사람이 물건은 잘 구해 옵니까?"

"무슨 수를 써서라도 구해는 오지만, 워낙 생색을 내고 비싼 값을 부 르기 때문에 다들 욕해요. 그래도 그자는 눈 한번 깜빡하지 않죠."

"속이거나 사기를 치지는 않습니까?"

"그렇지는 않죠. 하지만……"

그러자 치우천은 대범하게 되받았다.

"장사꾼이 물건을 잘 구하고 장사를 잘하면 되지, 전사나 영웅일 필 요는 없지 않습니까? 마침 우리는 새로 자리를 잡아서 필요한 게 한두 가지가 아닌데 잘 데려왔습니다."

곁에 있던 치우비가 내키지 않는 듯 말했다.

"나도 별로 마음에 들진 않는데? 욕심이 많아 보여."

치우천은 타이르는 눈길로 아우를 쳐다보았다.

"우리 중에 욕심꾸러기가 없어서 안 그래도 걱정하던 참이다. 사람이 제대로 살려면 욕심 많고 수단 좋은 뻔뻔한 사람도 하나쯤은 필요한 법이란다."

"그런 사람을 뭣에 쓴단 말야?"

치우천이 고개를 저었다.

"저 사람은 욕심꾸러기에다 뻔뻔하지만 자신을 부끄러워하지 않는다. 그만큼 스스로에게 자신이 있다는 말이겠지. 그렇다면 그도 재주 있는 사람이라 할 수 있는 거야."

시기르타가 입을 헤벌리고 축 처진 배를 출렁거리면서 돌아왔다. 그러고는 들어서자마자 엄지손가락을 세워 쑥 내밀었다.

"엄청난 보물이군요. 히히! 내가 냄새 하나는 기가 막히게 맡는단 말씀이야! 오래 묻혀 있었던 것 같지만, 그래도 잘 간수해 두었더군요. 내, 뭐든 구해 드리리다. 필요한 게 있으면 말씀만 하시구려!"

치우천이 입가에 미소를 띠며 물었다.

"그렇게 대단합니까?"

"저 정도면 큰 부족의 부족장이 가진 것보다 더 많습죠!"

"그럼 뭐가 제일 좋은지, 각 물건들이 어디가 좋고 어디가 흠이 있는지 가르쳐 주십시오."

그러자 시기르타가 난처하다는 기색을 보였다.

"그건 곤란합니다요."

"왜 그렇습니까?"

"저는 장사꾼입죠. 그러니 물건을 살 때는 깎아서 싸게 사고, 팔 때는 붙여서 비싸게 팔아야 하는 법입죠! 그런데 물건을 사기도 전에 가치를 다 알려 드리면, 밑천이 드러나는 것 아니겠습니까요? 그럼 재미가 깎이죠."

치우천은 호탕하게 웃으며 되받았다.

"그러면 다 깎아서 말해도 되지 않습니까?"

시기르타가 정색을 하며 대꾸했다.

"저 시기르타, 막 굴러먹은 놈입니다만 거짓말은 절대 하지 않습죠. 장사꾼이 거짓말을 하면, 그날로 목숨이 끝난 것이나 마찬가지라고 전 생각합니다요. 거짓말을 하는 건 장사꾼이 아니라 사기꾼입죠!"

"알겠습니다. 그러면 시기르타님이 보기에 가장 값진 물건이 뭔지 하나만 뽑아 보십시오. 값은 말을 안 해도 되구요."

시기르타는 헤헤 웃으며 말했다.

"장사를 해 먹으려면 보는 눈이 있어야 합죠! 눈 하나는 제가 세상에서 으뜸입니다! 자신 있습죠! 같이 나가 봅시다요!"

시기르타는 밖으로 나가 잔뜩 쌓인 물건들을 이리저리 둘러보다가 손에 헝겊을 감고 두 가지 물건을 대뜸 집어냈다. 한 개는 반짝이기는 했으나 메추리알만 한 크기의 투명한 보석이었고, 다른 한 개는 낡아 불그스레한 빛을 띤, 꼬불꼬불한 모양의 기이하게 생긴 단검이었다. 겉에는 정밀한 장식이 잔뜩 새겨져 있었다.

치우천은 의아하게 생각했다. 그 보석보다 훨씬 큰 보석이 얼마든지 있는데 왜 이런 작은 보석이 가장 값지다는 것인지, 훌륭하고 거대한 구리 무기가 잔뜩 쌓여 있는데, 왜 낡디낡은 단검이 가장 귀한 물건이라는 것인지 이해가 되지 않았다.

시기르타가 품 안에서 헝겊을 꺼내 땅에 펴더니 자신 있게 두 개의 물건을 내려놓았다.

"좋은 게 많습니다만 이 두 가지가 최고죠!"

치우천이 의아한 목소리로 물었다.

"다른 보석도 많은데 왜 이 작은 보석이 최고라는 겁니까?"

시기르타가 크게 웃으며 대답했다.

"이 두 가지가 최고입니다."

"크지도 않잖습니까? 이것과 같은 보석도 왜 있는데 그중 하필 이 작은 것이……."

시기르타는 여전히 싱글거리며, 그것과 거의 같은 투명한 보석 몇 개를 왼손에 들고, 자기가 고른 보석을 오른손에 들었다.

"비춰 보십쇼."

치우천은 여러 개의 보석을 자세히 비춰 보다가 이윽고 아, 하는 소리를 냈다. 비슷한 다른 보석들도 투명하고 맑았지만, 자세히 비춰 보니 속에 은은하게 잔금이 가 있기도 하고, 희미하나마 색이 얼룩덜룩 번져 있었다. 허나 시기르타가 고른 보석은 잔금도 전혀 없고, 투명하고 맑기가 눈이 부실 정도였다.

치우천이 그제야 놀라는 표정으로 고개를 끄덕이자 시기르타가 낄낄 웃었다.

"이제 아시겠습니까요?"

치우천도 웃으며, 이번에는 녹슨 칼을 가리켰다.

"이건 왜 귀한 거요?"

"이건 정말, 아는 사람이 드문 물건입니다요."

시기르타는 계속 웃으면서 세워져 있던 좋은 구리칼 한 자루를 집어 들었다. 그 칼은 신시에서 만든 듯한 무기였다. 시기르타가 그 칼의 날을 세우고 아까 골랐던 낡은 단검을 집어 두 개를 쨍 소리가 나게 부딪쳐 보였다.

치우천은 깜짝 놀라 두 눈을 크게 떴다. 구리칼은 대단히 좋은 것이었는데 놀랍게도 칼날이 쑥 들어가 이가 빠져 버렸다. 그런데 낡은 단검은 말짱하지 않은가.

"이…… 이럴 수가! 구리보다 강한 것이 있다니!"

치우천은 놀란 나머지, 자신의 손으로 두 개의 칼날을 두어 번 부딪쳐 보았다. 낡은 단검에서 녹이 좀 떨어지기는 했으나 결과는 마찬가지였다. 더구나 녹슨 단검이 작기는 했지만 같은 크기의 구리단검보다 훨씬 가벼웠다. 치우천은 흥분을 감추지 못해 치우비를 소리쳐 불렀다. 그리고 그것을 보여 주자 치우비도 깜짝 놀라 외쳤다.

"세상에! 이것이야말로 정말 보물이야."

치우비가 녹슨 단검을 휘두르자 구리칼은 쨍 소리를 내며 단번에 두 조각으로 부러졌다. 귀한 단검을 썼다고는 하나 치우비의 힘을 보고 시기르타는 깜짝 놀랐다. 치우비는 아무래도 자기 눈이 믿어지지 않아 커다란 구리도끼를 집어 들고 시기르타에게 물었다.

"이것보다도 강할까요?"

시기르타가 확신에 찬 목소리로 대답했다.

"비뚤게 치지 않고 똑바로만 내려치면 그 칼이 부러질 리 없지요."

치우비는 그 말을 듣고 구리도끼를 거꾸로 세워 날이 위로 오게 만든 다음 녹슨 단검으로 힘껏 내려쳤다. 쨍 하는 금속성을 울리며 커다란 구리도끼가 두 토막이 나 버렸다. 시기르타는 그것을 보자 흠칫하며 얼굴빛이 새하얗게 질렸다. 이런 일은 칼만 좋다고 될 일이 아니었다. 무시무시한 힘 없이는 커다란 도끼가 두 토막이 날 수 없었다.

치우비는 단검의 날이 여전히 생생한 것을 보고 신기하여 물었다.

"이게! 이건 대체 뭘로 만든 거요?"

시기르타는 치우비의 힘에 놀랐는지라 두말없이 대답했다.

"저도 모릅니다. 그것은 크리스라고 하는데, 아주 먼 남서쪽의 검은 피부 가진 사람들이 만든 칼이죠. 세상에 그보다 더 좋은 칼은 없을 것입니다요."

"크리스? 이런 짧은 칼 말고 더 큰 칼이나 도끼도 있겠군요."

치우천이 묻자 치우비도 웃으며 맞장구를 쳤다.

"그런 칼이나 도끼가 있다면 세상 제일이다! 끽구나 형천도 무섭지
않을 거야! 그런 칼이나 도끼를 구해 줄 수 없겠습니까?"

시기르타가 펄쩍 뛰었다.

"아이쿠! 제가 아무리 수단이 좋아도 그건 안 됩니다. 없는 것을 어떻
게 구합니까? 그런 긴 칼이나 도끼 같은 게 있다는 이야기조차 들어 본
적 없습니다요. 이 짧은 칼만 해도 대단히 귀중한 것입죠. 저도 솔직히
이야기만 들었지 직접 본 건 처음입니다요. 모양이 꾸불꾸불하여 특이
한데다 아주 세밀하게 장식이 되어 있어서 짐작해 본 것입죠. 남쪽 부족
은 그 칼 하나를 부족장 목숨보다 중요하게 생각합니다요. 아니, 부족
전부가 망해도 그 칼만은 지킵죠. 하나하나가 다 이름이 있고, 전설입니
다요. 소문으로는 하늘에서 직접 내려 보낸 칼이라고 합니다. 아마 남쪽
부족을 다 뒤져도 열 개도 안 나올 겁니다. 그런데 큰 칼이나 도끼라뇨?
그건 좀……. 헤헤헤."

치우비와 치우천은 실망을 금치 못했다.

"칼은 좋지만 작아서 싸움에 쓰기에는 힘들겠는걸? 급할 때는 도움
이 되겠지만."

치우비가 아쉬워하자 치우천이 껄껄 웃었다.

"그렇게 귀한 것이라니 더는 욕심을 낼 수 없겠구나. 그 칼은 네가 써
라. 작지만 대단하잖느냐?"

치우비는 물욕이 없었지만 이런 좋은 칼을 얻자 뛸 듯이 기뻐했다.
치우천은 기뻐하는 치우비를 보며 점잖게 타일렀다.

"이번에는 애들에게 막 주면 안 된다."

"알았어! 이걸 어떻게 그러겠어?"

시기르타는 아깝다는 듯 입맛을 쩝쩝 다시며 한마디 덧붙였다.

"듣기로 크리스는 살아 있는 것이라서 매일 기름을 발라 줘야 된다고 들었습니다. 안 그러면 죽게 되고, 죽으면 부스러져 저절로 못쓰게 된답니다. 귀한 것이니 잘 쓰십쇼."

치우천은 시기르타의 애석해하는 눈빛을 보고는 그가 골라낸 가장 좋은 보석을 선뜻 시기르타에게 주었다.

"알겠소. 정말 고맙구려. 저건 아우에게 주기로 했으니, 이건 당신이 가지시오."

시기르타는 의외의 선물에 깜짝 놀랐다.

"아니, 이것도 굉장히 귀한 겁니다! 크리스가 귀하다지만 이것도 그에 못지않은……."

"괜찮습니다. 우리에게 좋은 것을 숨기지 않고 가르쳐 주었으니 받으셔도 됩니다."

시기르타는 저절로 입이 헤벌어지려 했지만 돌연 정신을 차린 듯 얼굴이 굳어졌다.

"그럴 수는 없습니다. 저는 장사꾼이지 거지가 아닙죠. 그냥 주는 건 안 받습니다. 제게 원하는 걸 말해 주십쇼. 바꿉시다요!"

"당신이 지고 온 짐에서 아무거나 적당히 주시구려."

시기르타는 완강하게 고개를 저었다.

"저는 여기 식량이 급하다기에 먹을 것을 주로 싣고 왔습니다요. 그 짐에 소와 말까지 넘겨도 이 보석 값어치에는 훨씬 못 미칩니다요! 이 시기르타, 이익을 남기면 좋긴 하지만 두 배 이상으로는 절대 안 남깁니다요. 두 배 넘게 남기면 그건 사기입죠. 돌아가신 아버님이 그렇게 말씀하셨습니다요!"

시기르타는 소 서른 마리를 끌고 거기에 많은 양의 식량까지 가득 싣고 왔다. 그런데도 보석의 가치가 산더미 같은 식량보다 크다는 소리를 듣고 치우천은 놀랐다.

치우천은 곰곰 생각해 보다가 입을 열었다.

"당신은 장사꾼이지요?"

"그렇습니다요!"

"그러면 내, 당신과 큰 거래를 하기로 하지요. 그 보석으로 당신의 장사 수완을 사겠소. 당신이 앞으로 우리에게 필요한 모든 물건들을 서로 좋은 값에 구해 주는 조건으로 말이오. 어떻소?"

시기르타는 그 말에 감탄한 듯, 얼굴빛을 엄숙하게 했다. 말투까지도 정중해졌다.

"제가 사람을 제대로 봤군요. 이 시기르타, 원하는 바입니다. 저도 그런 큰 거래를 하고 싶어 온 것입니다. 거래를 하려면 지금은 작더라도 뻗어 나갈 부족하고 해야지, 제아무리 커도 망해 가는 부족과 할 수는 없지요."

치우천이 웃으며 고개를 끄덕였다.

"그럼 무기를 구해 주시오. 돌 무기는 필요 없고, 구리 무기를 구해 주면 좋겠소."

"지금도 많은데 얼마나 더 필요하십니까?"

"오백 자루는 더 있어야겠소. 창 삼백 자루, 도끼 백 자루, 칼 백 자루가 필요합니다."

치우천이 요청한 것은 엄청난 양이었다. 신시에서조차 새로 된 사울아비들이 구리 무기를 제대로 얻지 못하던 시절이었다. 시기르타는 흠칫하더니 재빨리 머리를 굴리기 시작했다. 그러다가 마침내 입을 열었다.

"두 달마다 백 자루씩 날라 오겠습니다. 일 년은 걸릴 텐데 괜찮겠습니까?"

"좋습니다. 값은?"

시기르타는 땀까지 흘리며 한참 생각하고 계산하더니 이윽고 말했다.

"여기 있는 물건의 반은 가져가야 할 겁니다."

치우천은 고개를 끄덕이며 간단히 말했다.

"좋습니다. 그럼 가져가십시오."

"예? 지금 가져가라고요?"

"나도 대강은 압니다. 그 정도 물건이라면 보통 밑천으로는 구할 수 없을 겁니다. 그러니 그만한 보물을 가져가십시오. 나머지는 두 달마다 물건을 가져왔을 때 바꾸기로 하죠."

"제가 보물만 먹고 도망쳐 버리면 어쩌려고 그러십니까?"

"그러면 당신은 장사꾼이 아닌 사기꾼이 되는 거죠, 하하. 그건 농담이지만 그러면 앞으로 나와는 거래를 못하는 것 아니겠습니까?"

대범한 치우천을 쳐다보며 시기르타는 기분 좋게 웃었다.

"하하! 좋습니다! 제가 오늘 임자를 제대로 만났군요! 염려 마십쇼! 틀림없이 약속을 지키리다!"

시기르타 표정이 이내 뻔뻔하고 능글맞게 바뀌었다.

"그럼, 여기 있는 보물의 십분의 일을 실어 가면 되겠습니다그려. 내, 싣고 온 식량하고 소는 다 드리리다. 나도 첫 장사하는 기분으로 드리는 것이니 받아 주십쇼. 식량과 가죽도 제가 싼값에 두 달마다 쓸 만큼 날라 드리리다. 오백 명 치면 될까요?"

"처음에는 오백 명 치, 그다음에는 천 명 치, 그다음에는 천오백 명 치, 이렇게 구해 오십시오. 그 값도 드리겠습니다. 힘들어서 못 구해 온다 하시지나 말구요."

"사람을 그만큼 빨리 늘릴 자신이 있으십니까?"

시기르타의 예리한 눈빛을 못 본 척, 치우천은 태연히 말했다.

"그에 맞는 큰 장사꾼이 되어야 할 겁니다."

시기르타는 손뼉을 치고 껄껄거리며 외쳤다.

"좋습니다! 좋소이다! 이제야 원을 풀어 보겠구먼!"

시기르타는 다시 한번 커다랗게 웃으며 저쪽으로 가더니 짐을 내려 놓게 하고는 곧장 길을 떠났다.

치우비와 무라, 소녀는 시기르타가 그냥 뺑소니치는 게 아니냐고 걱정했으나 치우천은 웃으며 고개를 저었다.

"그럴 사람이 아냐. 저 사람은 진짜 장사꾼이니까."

다음 날 형요 자매는 눈물을 흘리면서 치우 일행과 작별 인사를 나누었다. 사람들은 섭섭해했다. 특히나 소녀와 친했던 요요와 미요는 얼싸 안고 울기까지 했다. 형요와 이래저래 인연이 많았던 보돈차르와 치베도 선물이라면서 자신들이 얻은 값진 물건들을 억지로 얹어 주었고 몽골 전사 몇 명들에게 며칠 동안 호위하여 길을 다녀오라고까지 일렀다.

형요를 떠나보낸 뒤 치우천은 부족장들을 불러 모았다.

"그동안 여러분이 도와주셔서 저희 형제가 살아나 이렇게 자리를 잡게 되었습니다. 죽어서도 이 은혜를 잊지 못할 것입니다. 아직 저희는 작고 힘이 미약하지만 여러분에게 무슨 일이 생기면 반드시 불러 주십시오. 여러분의 일이 제 일이기도 하니 언제든 달려가 돕겠습니다."

"이제는 어떻게 할 건가?"

구르가 걱정스러운 듯 묻자 보돈차르가 나섰다.

"천 안다, 자네는 주신으로 돌아갈 기회를 찾는다고 하지 않았나? 새로 사람들을 모으려는 것 같은데, 그 사람들과 주신으로 가려는 건가?"

치우천이 고개를 저었다.

"전사 몇백 명을 모았다고 주신으로 돌아갈 수 있겠습니까?"

"그러면?"

"이제 말씀드립니다만…… 저는 공을 세울 기회를 기다리고 있습니다."

"공을 세워?"

사람들은 이해할 수 없다는 표정이었다. 치우천이 담담히 말했다.

"제가 보건대 유망과 주신의 전쟁은 피할 수 없을 듯합니다. 전에 제가 동쪽 바닷가에 갔을 때 미아우족은 형천의 군대에 밀려서 도망치거나 항복하고 있었습니다. 그로부터 한 해 가까이 지났으니, 아마 유망이 동쪽의 미아우족을 항복시키고 세력을 넓혔을 것입니다. 축융도 남쪽을 쳐서 세력을 넓힌다고 들었고, 창힐은 미아우족이 대부족을 이루고 있던 공상에 신시를 닮은 큰 도시를 세운다고 들었습니다. 그들이 동쪽과 남쪽을 다 치면, 그다음은 북쪽입니다. 공상에 도시를 세우는 것도 북쪽을 치기 위해 근거지를 만들려는 게 분명합니다.

헌원도 뒤를 봐줄 테니 유망이 망설일 이유는 없겠죠. 유망이 북쪽의 미아우와 마갸르를 친다면, 주신도 끼어들지 않을 수 없을 것입니다. 결국 주신과 지나족이 맞붙게 됩니다. 저도 그렇게까지는 되지 않았으면 합니다만……. 그러나 피할 수 없는 운명이라고 생각합니다."

치우천이 단숨에 정세를 예측하자 다들 심각한 표정이 되었다. 보돈차르는 곰곰이 뭔가 생각하다가 눈을 빛내며 짧게 물었다.

"그래서?"

"주신과 지나가 맞붙으면 그때야말로 제가 움직일 때입니다. 일단 여기서 모은 군대를 끌고 가서 주신을 도와 싸울 것입니다. 운이 좋아 거기서 공을 세운다면……."

보돈차르가 껄껄 웃으며 무릎을 쳤다.

"좋은 생각이군! 좋은 생각이다! 천 안다는 어차피 하늘의 심판에서 살아났다. 거기에다가 그런 공까지 세운다면 아무도 천 안다를 함부로 대할 수 없겠지."

구르도 한마디 거들었다.

"천 자네는 지난번 처음 전사들을 거느렸으면서도 훌륭하게 싸웠어. 헌원이나 상망, 끽구, 비휴도 자네를 이기지 못했잖는가? 자네가 사람들을 다스려 군대를 만들면 누구든 이길 수 있을 걸세. 유망이나 형천이 무섭다 해도 문제없다고 보네."

"그런 공을 세우지 못해 주신으로 돌아가지 않아도 좋으니, 주신이 싸움에 휘말리지 않았으면 좋겠습니다. 그러나 아무리 생각해도 전쟁은 날 것 같습니다."

보돈차르는 치우천의 등을 툭툭 치며 말했다.

"좋다, 천 안다. 좋은 생각이다. 그때가 되면 나에게 알려 다오. 나도 힘껏 돕겠다."

키타야와 구르도 고개를 끄덕이며 나섰다.

"우리도 돕겠네."

보돈차르나 키타야, 구르, 툰툰은 작별을 아쉬워했지만, 부족장의 몸이라 오랫동안 부족을 비워 둘 수가 없었다. 기회가 날 때마다 만나자고 약속한 뒤 남은 전사들을 거느리고 떠나기로 했다. 키타야는 울라트에게 같이 가자고 했으나 울라트는 이번에도 가지 않겠다고 떼를 썼다.

키타야는 섭섭한 듯 혀를 끌끌 찼다.

"딸자식 키워 봤자 헛일이구나, 허허."

보돈차르는 치베에게 치우 형제와 함께 있으라면서 오십 명의 몽골 기병을 치베에게 딸려 주었다.

야율쿠리가 못내 아쉬운 목소리로 치우천에게 말했다.

"이봐, 천. 나는 부족장의 아들이지만, 우리 어머니가 큰마누라가 아니라서 은근히 눈치가 보인다. 내 위로는 배다른 형이 셋이나 있는데 다들 부족장 자리에 욕심을 내고 싸우고 있어. 아버지가 살아 계시니 나도 이렇게 전사를 끌고 다닐 수 있지만 돌아가시고 나면 나도 어떻게 될지 몰라. 그때가 되면 형들이 날 살려 둘지나 모르겠다. 그렇게 되면 도망이나 쳐야지, 뭐. 난 갈 데도 없다. 그때 나를 모른 척하지 마라."

치우천이 웃으며 야율쿠리의 어깨를 툭툭 쳤다.

"내가 왜 너를 모른 척하겠느냐? 그런 생각 말고 차라리 네가 부족장이 되는 게 어떠냐?"

치우천의 말에 야율쿠리는 깜짝 놀랐다.

"형이 셋이나 되는데 어떻게 그러느냐?"

"너희 형들을 만나 보지는 못했지만 나도 알 것 같다. 배다른 아우라지만 부족장 자리에 눈이 어두워 싸우고 아우를 해치려 하는 사람은 부족장감이 못 된다. 너희 부족을 위해서도 그런 사람이 부족장이 되면 안 좋을 거야. 울크리 부족에 너보다 뛰어난 젊은이는 없다고 들었는데."

쑥스러운지 야율쿠리는 머리를 긁적였다.

"난 거느린 부하도 별로 없고 세력이랄 것도 없다. 보잘것없는 게 아니라 아예 없단 말이다. 제길, 우리 울크리족은 아주 크다. 천 명도 넘는 작은 부족을 쉰 개도 넘게 거느린 대부족이란 말이다. 그런 부족의 부족장 아들이 벗을 돕기 위해 수단 방법을 안 가리고 긁어 데려온 전사가 고작 이백 명이다. 이게 무슨 뜻인지 알겠지?"

오만 명이 넘는 울크리 부족이라면 전사가 오천 명은 넘는다고 봐야 한다. 그런 부족의 부족장 아들이 애를 썼는데도 고작 이백 명밖에 거느리지 못한 것은 그만큼 야율쿠리의 입지가 좁다는 뜻이었다. 제대로 대접을 받는 부족장 아들이라면 최소한 오백 명은 데리고 왔을 것이다. 똑같이 이백 명 정도를 데려왔어도 보돈차르, 키타야, 구르의 부족은 만 명커녕 육칠천밖에 안 되는 소부족이었으니까.

야율쿠리는 침통하게 말을 이었다.

"더구나 태산 회의 때 이름이 좀 알려져서, 아버지는 나를 좋아하시지만 형들이 나를 보는 눈빛은 무서울 정도다. 전에는 그냥 보기 싫어하더니만 이제는 틈만 나면 잡아먹지 못해 안달이다. 그런 꼴도 보기 싫고 수모도 당하기 싫어서 돌아가고픈 마음이 없다. 가지 않고 여기서 사는 게 나을지도 모른다."

그때까지 조용히 있던 초초룬이 입을 열었다.

"나도 비슷하다. 나는 여자라서 오빠들이 별생각 안 하고 잘해 주었는데, 태산 회의 때 좀 튀었더니 그다음부터 눈치가 떨떠름해. 내가 무슨 여부족장이라도 되려는 줄 아는 것 같다. 그렇다고 날 죽이지는 않겠지만, 잘못하면 이상한 놈팽이에게 강제로 시집가게 생겼다."

야율쿠리가 키득거리며 초초룬을 놀렸다.

"초초룬, 뭐가 이상한 놈팽이냐? 누군지는 몰라도 널 데려갈 만큼 용기 있는 놈이라면 대단한 용사 아니겠느냐? 아마 장님이겠지만."

초초룬은 야율쿠리가 놀리는 말엔 신경 쓰지 않고 계속 말했다.

"제기랄! 차라리 그냥 시집가 주는 척하고 첫날밤에 죽여 버릴까? 그렇게 예닐곱 놈만 죽이면 아무도 나에게 장가 안 들려 할 테니까 편하게 지내지 않겠느냐? 야율쿠리, 너도 나에게 장가들어라. 내가 첫날밤에 죽여 줄 테니!"

"어떻게 죽여 줄 건데? 히히."

두 사람의 대화에 사람들이 껄껄 웃어 댔다. 야율쿠리와 초초룬은 허물없이 친했지만, 둘 다 상대에게 연애 감정은 손톱만큼도 없다는 것을 잘 알기에 더 우스워했다.

치우천이 손사래를 치며 두 사람 사이에 끼어들었다.

"야율쿠리, 초초룬. 나도 너희 일을 생각해 보마. 너무 걱정하지는 마라."

그러나 그들은 조금 생각해 보고는 스스로 힘을 길러 두는 게 좋다고 여겼는지 결국 돌아가겠다고 했다. 그다음 치우천은 양역과 쇠돌이, 부루벼락과 마파람까지 네 명의 사울아비들에게도 말했다.

"양역, 쇠돌이, 벼락 형, 마파람 형. 형들도 주신으로 돌아가십시오."

"꼭 가야 하느냐? 제길, 희네야. 난 가기 싫다."

양역이 눈물까지 짓자 치우천은 간곡히 말했다.

"역아, 나는 꼭 주신으로 돌아갈 거다. 그러니 너희도 돌아가야 해. 조금만 참으면 다시 만날 건데 주신의 죄인이 될 필요는 없잖아. 너희는 초초룬을 만나러 왔다가 늦어진 것이니, 초초룬이 잘 말해 주면 별일 없을 거다. 우리 신시에서 만나자. 응?"

아쉬웠지만 치우천의 말이 옳은지라 네 사람은 돌아가기로 했다. 치우천은 가장 친한 양역의 손을 잡고 눈물을 흘렸고, 치우비도 정이 들 대로 든 쇠돌이와 부루벼락과 마파람을 끌어안고 울었다.

양역이 울먹이는 목소리로 물었다.

"아버님께 너희 형제가 무사하다고 알려도 될까?"

치우천은 고개를 끄덕였다.

"아버님께만이라도 알려 드려야지. 하지만 치우가람, 바람 형제는 조심해라."

"염려 마라, 제길. 그놈들은 꼴도 보기 싫다."

그렇게 사람들이 떠나기로 하고는 며칠에 걸쳐 송별의 잔치가 베풀어졌다.

며칠 후, 부족장과 벗 들이 하나둘 떠나자 치우천은 사람들을 모아 놓고 말했다.

"이제 나를 따르기로 했으니 내 말을 잘 들어라. 첫째, 나는 앞으로 주신으로 돌아갈 사람이다. 그러니 나를 따르려면 너희도 주신 사람이 되어야 한다. 그러려면 제일 중요한 것이 말〔言〕이다. 너희 부족의 말이나 풍습을 버릴 필요는 없다. 하지만 주신 말은 할 줄 알아야 한다. 이제부터 주신 말을 배워라."

뜻밖에 사람들은 환호성을 터뜨렸다. 그들은 대부분 자기 부족에 절망하거나 부족이 망해 버린 사람들이었다. 주신은 지나와 함께 가장 크고 번성한 부족이니, 주신 사람이 된다는 것은 오히려 사람들이 간절히 바라는 바였다. 사람들의 환호가 잦아들기를 기다렸다가 치우천이 다시 말했다.

"그다음, 너희는 전사다. 그러니 잘 싸워야 한다. 내 밑에서는 지금처럼 그냥 있어서는 안 된다. 새로운 싸움 기술을 익혀야 하고, 명령하는 대로 빈틈없이 빠르게 움직이는 법을 배워야 한다. 평상시에는 벗이지만 싸움에 나설 때 명령을 따르지 않는 사람은 목을 벨 것이다. 알겠느냐?"

사람들은 새롭게 각오를 하고 온 터라 우렁차게 대답했다. 치우천은 마지막으로 힘을 주어 말했다.

"이곳은 넓어서 많은 사람이 살 수 있다. 너희 중에는 가족을 남겨 두고 온 사람들도 많을 것이다. 그러니 데려올 사람이 있는 사람은 데려와도 좋다. 여기 있기 힘들다고 생각하는 사람은 떠나도 좋다. 기간은 넉넉잡아 여섯 달이다. 여섯 달 내로 가족을 데리고 돌아오든지 그냥 떠나도 상관 않겠다."

삼백 명의 사람들 중 반이 넘는 수가 가족을 데려오고 싶어 했다. 돌아오지 않겠다는 사람은 하나도 없었다.

그때 싱카가 나서서 말했다.

"주인님, 도깨비 싱카가 간절히 바랍니다. 저에게도 일 년만 시간을 주십시오. 저는 요기가 되었으니 제 나라로 가서 과업이 이루어진 것을 알려야 합니다. 저보다도 제 벗, 파라라냐를 위해서입니다. 일 년 내로 돌아오겠습니다."

치우천이 웃으며 고개를 끄덕였다.

"너는 종이 아니라고 몇 번이나 말해야 되겠어? 네가 하고 싶은 대로 해라, 싱카."

걱정스러운 표정으로 치우비가 물었다.

"길이 멀고 험한데 혼자 다녀올 수 있겠어?"

싱카는 의심하기커녕 오히려 자신을 걱정해 주는 치우비의 마음에 감격했는지 눈물 젖은 눈으로 대답했다.

"저는 이제 요기가 되었습니다. 요기는 어디든 혼자 다닐 수 있습니다. 염려 마십시오."

그렇게 하여 싱카도 떠났다. 치우비는 허탈하여 틈만 나면 한숨을 내쉬었다. 치베, 알한, 무라, 소녀, 울라트와 도깨비들이 남아 있었지만 사람들이 많이 모여 왁자지껄하다가 조용해지자 마음이 허전했던 것이다.

치우천은 어느 정도 주변이 정리되자 소녀와 부부가 되기로 했다고 사람들에게 알렸다. 소녀는 안정이 되자 끊임없이 뜨거운 눈빛을 보내왔고, 치우천도 소녀의 유혹을 마냥 참아 넘길 수가 없었다. 치우천은 아직 주술이 걸린 몸이었지만 맥달에 대해 호감보다는 반감이 더 강했기에 오기가 솟았다.

'맥달이 건 주술인지 뭔지 모르지만 그것이 정말로 나를 지배한다고는 생각지 않는다. 나는 이겨 낼 것이다.'

더구나 치우천은 소녀가 자신만 보면 한숨을 가볍게 쉬며 고개를 숙이는 것을 언제까지나 못 본 척할 만큼 냉정한 남자도 아니었다. 벗들이 있을 때 혼례를 하는 것이 좋지 않았겠냐고 치베가 말했으나, 혼례를 치르려면 시간을 많이 허비해야 하니 오히려 폐가 될 것 같아 말하지 않았다고 웃으면서 대답했다. 물론 벗들에게 알리기 쑥스러웠던 것도 한 가지 이유였다. 사람들은 너나없이 이 경사를 기뻐하며 아낌없이 축하해 주었다. 치베나 알한, 울라트는 물론이고 돌 같던 무라마저도 생글생글 웃으며 기뻐했다.

"섭섭하지 않나요?"

리미가 울라트를 보고 슬쩍 묻자 울라트는 새침을 떨었다.

"이젠 안 그래! 나도 컸다구."

그럼에도 조금은 섭섭한 눈치여서 리미는 입을 다물었다. 사실 은근히 서운한 감정을 가진 것은 무라였다. 무라는 치우천을 한 남자로서 좋아했다기보다는 인간 대 인간으로 존경하는 입장이었고, 오히려 치우비에게 알게 모르게 호감을 느끼고 있었다. 무라는 한 번도 그런 감정을 내비친 적은 없었지만 자매인 소녀가 사랑을 이루는데 자신은 짝사랑을 하는 처지라서 마음 한구석이 아려 왔던 것이다. 하지만 무라는 평상시와는 전혀 다르게 활기찬 몸놀림으로 아쉬움을 달랬다.

무라가 소녀를 위해 밤을 새워 가며 금을 두들겨 만든 머리 장식은 정교하고 아름다워서 사람들은 감탄의 말을 쏟았다. 냉정하고 차갑게만 보이던 무라에게 그런 훌륭한 손재주가 있을 줄은 아무도 생각지 못했던 것이다. 소녀는 무뚝뚝한 무라가 다가와 말없이 머리에 장식을 꽂아 주자 감격하여 무라를 끌어안고 고맙다며 울었다.

알한은 부족장의 혼례나 다름없는 만큼 성대하게 혼례를 치러야 한다고 하면서, 잔치는 모든 사람이 다시 모이고 시기르타에게 잔치에 필요한 물건을 구한 다음에 해야 한다고 주장했다. 그렇게까지 오래 기다리릴 필요가 있겠냐는 사람들의 말에 알한은 웃지도 않고 시치미를 뗐다.

"물론 그래야 하구 말구요. 잔치가 커야 얻어먹을 게 많지 않습니까?"

"그거 얻어먹자고 두 사람을 그때까지 기다리게 하자는 거냐?"

치베가 핀잔을 주자 알한은 일부러 눈을 동그랗게 뜨며 되받았다.

"네? 누가 기다립니까? 천님, 소녀님, 두 사람 말입니까? 에이, 뭐하러 기다립니까? 미쳤어요? 전 잔치 이야기를 했을 뿐이라구요! 두 사람이 좋아서 같이 자겠다는데 누가 뭐라겠습니까?"

사람들은 알한의 익살에 배를 잡고 웃어 댔고 치우천과 소녀의 얼굴은 새빨개졌다.

알한이 계속 익살을 부렸다.

"우리 투르크족에서 혼인은 원래 여자 쪽 부모 허락을 받아야 하죠. 하지만 안 그래도 잘들 같이 자던데요, 뭘? 나만 해도 에헴! 아직 장가는 안 갔어도 여러 여자랑 자 봤습니다. 그러니까 그게…… 이름이…… 사만, 아이샤, 주니키…… 아이고! 너무 많아 헷갈리는구나!"

급기야 사람들이 배를 잡고 데굴데굴 굴렀다. 알한의 이야기보다도 유명한 전사인 알한이 동그랗게 눈을 뜨고 시치미 딱 떼는 표정이나 말투가 우스워서였다. 치우비도 함께 웃었으나 한편으로는 아쉬운 마음이 솟구쳐 올랐다. 발에 대한 그리움이 되살아나기 시작했다.

치우비의 마음을 치우천이 모를 리 없었다. 치우천도 처음에는 아우의 마음을 헤아려서 혼례를 올리지 않으려 했다. 그러나 조금 더 생각하니 이런 생각이 들었다.

'이제 비는 발과 맺어질 수 없다. 비도 알고 있을 거야. 그러니 먼저 혼인을 해서 잘 사는 모습을 보여 주면, 오히려 아우도 곧 다른 여자를 만날 생각이 들 수도 있을 거다.'

다른 여자라고 해 봐야 지금 있는 여자는 울라트와 무라뿐이었다. 울라트는 어리니 남은 것은 무라인데, 치우천은 무라가 겉보기와는 다르게 마음이 따뜻하고 올바른 것을 알고 아우와 짝이 되었으면 싶었다. 치우천은 무라가 여전히 차갑게 굳은 표정이지만 간혹 말할 수 없을 정도로 애절한 눈빛으로 먼발치에서 아우를 바라보는 것을 몇 번이나 본 적이 있었다. 그래서 치우천은 본보기를 보여 주려는 생각에 자신이 먼저 소녀와 혼인을 하겠다 말한 것이다.

큰 잔치가 사흘에 걸쳐 벌어진 다음, 치우천과 소녀는 드디어 한방에 들게 되었다. 소녀는 방으로 들어서면서 치우천에게 귓속말로 속삭였다. 이제 주신 말이 어느 정도 능숙해져서 치우천과 이야기할 때 소녀는 더 이상 지나 말을 쓰지 않았다.

"천님, 몸이 걱정되시지요? 주술도 걱정되구요."

치우천은 소녀가 주술 이야기를 꺼내자 흠칫거렸다.

"그걸…… 어떻게 알았습니까?"

"쑤앙마이께서 말씀해 주셨습니다. 그런데도 저를 택하시다니……
감격했습니다."

"무슨 그런 말을 하십니까?"

"천님, 걱정 마십시오. 저에게 방법이 있습니다."

"방법이라니요?"

"남자가 힘을 쓰지 않고도 기쁨을 맛볼 수 있는 방법 말입니다. 설령
주술에 걸렸어도 그 때문에 천님의 몸에 해가 되는 일은 없을 것이옵니다. 둘이 같이 기쁨을 누릴 수 있는 방법은 많답니다. 주술은 언젠가 풀릴 것이니, 천님께서는 신경 쓰지 마소서."

"정말로 그런 방법이 있소?"

소녀는 쑤앙마이에게 최초로 방중술을 배워 익힌 여자였다. 남자가

여자를 과하게 탐하게 되면 힘을 잃고 쇠약해지는 것이 보통이지만 소녀는 그런 방법을 쓰지 않고도 비슷한 기쁨을 누릴 수 있는 방법을 알고 있었다.

그날 밤, 두 사람은 밤이 깊을 때까지 잠을 이루지 못했다. 다른 사람들은 날이 새도록 잔치를 벌였다. 혼자 술을 마시다가 취해 잠들었던 치우비는 저 멀리 어디서 큰 짐승이 우는 소리를 들은 듯했다. 그 소리는 전에 만났던 맥의 소리와 비슷하다고 치우비는 꿈결에서 생각했다.

다음 날 치우천은 해가 중천에 뜬 다음에야 밖으로 나왔다. 치우천이 나타나자 치베나 알한 등이 괜스레 웃으며 농담을 던졌으나 치우천은 빙그레 웃으며 얼굴을 붉힐 뿐, 아무 말도 하지 않았다.

다음 날부터 사람들을 모아 말 타는 법이나 무기 다루는 법을 훈련시키기 시작했다. 치우천의 지시는 꼼꼼하기 짝이 없었다. 치베는 활 쏘는 법과 말 타는 법을 훈련시키게 했고, 무라는 주먹 쓰는 법을, 알한은 몽둥이 쓰는 법을, 치우비는 도끼나 칼 다루는 법을 가르치도록 했다. 또 리미는 도끼 던지는 법, 마냥은 창 던지는 법, 개르는 큰 칼 휘두르는 법을 가르치게 했으며 포리는 곁에 두고 함께 새로운 무기를 연구하기 시작했다.

소녀와 울라트는 남은 식량과 가죽 등을 헤아리는 살림을 맡았다. 훈련에 임하면 치우천은 냉엄하기 짝이 없어서 전사들에게 쉴 틈을 주지 않았고, 훈련이 끝나면 돌을 모아 쌓거나 땅을 평평하게 골라 집을 짓고 나무를 쌓는 일을 시켰다.

"전사들의 불평이 심해. 죽을 맛이라고 하는데."

치우비가 안쓰러워 말했으나 치우천은 들은 척도 하지 않았다.

"슬슬 해서야 언제 강해지겠느냐? 훈련을 강하게 해야 강해지는 법이다. 정 힘들다면 닷새는 열심히 훈련하고 하루 정도는 쉬면서 잔치를 벌이게 해라. 제일 게을리 하는 자는 쫓아 버린다고 해."

치우천은 말만 그런 것이 아니라 쉬는 날이 돌아오면 성과를 직접 눈으로 보고 가장 실력이 뒤처진 자는 쫓아내고, 다시 하겠다고 싹싹 비는 자는 매를 때린 후에야 받아 주었다. 치우천이 이렇듯 서슬 퍼렇게 나오자 전사들도 정신을 바짝 차렸다. 몇몇 불평분자도 있었지만 각각의 대장들이 무섭고 엄격해서 안 들리는 곳에서 투덜거릴 뿐이었다. 견디지 못하고 도망치는 자도 간혹 나왔지만 치우천은 그런 이들은 내버려 두고 찾을 생각을 하지 않았다.

그렇게 한 달 정도가 지나자 전사들은 이제 어느 정도 익숙해져서, 처음처럼 앓는 소리를 내지 않았다. 알한이나 치베 등은 전사들의 실력이 많이 늘었다고 좋아했지만, 치우천은 가차 없이 아직도 멀었다고 말해 무안해하기도 했다.

치우천은 치우비, 치베, 무라, 알한에게 엄격하게 지시를 내렸다.

"나는 지난번 싸움에서 전사들의 실력이나 마음가짐이 얼마나 승패를 좌우하는지 알았다. 싸움에서는 약하면 죽는 것이다. 그러니 지금 고생을 하더라도, 그게 진짜 싸움에서 전사들을 하나라도 더 살리는 길이다. 사정을 봐주지 마라. 욕은 내가 먹겠다. 싸움에서 한 명이라도 더 살리고, 이기기 위해서라면 나는 무슨 짓이든 다하고, 무슨 욕이든 들을 수 있다."

다시 한 달 정도가 지나자 시기르타가 약속대로 무기와 식량, 가죽을 가득 싣고 왔다.

시기르타는 치우천을 보자마자 죽는 소리부터 했다.

"구리 무기 구하기가 하늘의 별 따기입니다. 비싸게 주어도 구하기가 어렵더군요. 주신 신시에서 구리 무기를 다른 부족에게 절대 주지 말라고 했대요. 지나족 때문에 그런 것 같습니다. 그런데 전사들이 되레 줄

어든 것 같습니다?"

"가족들을 데리러 간 거요. 약속했던 백 개는 가지고 왔소?"

"힘들기는 했지만…… 헤헤, 제가 누굽니까? 시기르타 아닙니까?"

시기르타는 한껏 생색을 내긴 했어도, 약속한 백 개의 구리 무기는 가지고 왔다. 남아 있던 사람들은 새로 구리 무기를 얻게 되자 기뻐했다. 치우천은 새로운 물건들이 많이 오자 그것을 정비하기 위해 며칠 동안 훈련을 쉬기로 했다. 그러던 어느 날 문득 치우비가 눈에 띄지 않는 것을 깨달았다. 치우비의 말 구름도 보이지 않았고 리미와 개르도 보이지 않았다.

이상하여 치베와 알한에게 물어보자 그들도 모른다고 했다.

"사냥이라도 갔나 보지, 뭐."

그러나 그날 밤이 되어도 치우비와 리미, 개르는 돌아오지 않았다. 다음 날에도 돌아오지 않았다. 치우천은 불길한 생각이 들어 걱정했다.

알한이 안심하라는 듯이 태연스레 말했다.

"치우비님을 해칠 수 있는 자가 어디 있겠습니까? 더군다나 리미, 개르가 같이 가지 않았습니까? 멀리 사냥이라도 갔나 보죠. 염려하지 마세요."

그래도 치우천은 아우가 걱정되어 미간을 깊이 찌푸릴 뿐 웃는 모습을 보이지 않았다. 천하장사인 아우도 형의 눈에는 갓난아기처럼 보이는 모양이라고 치베가 웃자 알한도 껄껄 웃으며 말했다.

"제가 고향을 떠난 지 두 해가 되어 가는데, 아무도 내 걱정은 안 할 겁니다. 내가 죽었다고 해야, 그제야 어? 하고 이상해할 테지요. 천님은 걱정이 심하십니다. 사내라면 마음 내키는 대로 잠시 돌아다닐 수도 있죠, 뭘. 리미, 개르도 같이 갔는데……."

치베도 한마디 거들었다.

"천 안다. 도둑들을 걱정하나? 그런 것들이 비 안다의 상대나 되겠는가? 더구나 리미, 개르를 보기만 하면 놀라서 달아나 버릴 텐데 뭐가 걱정이란 말이냐?"

그래도 치우천은 걱정을 떨칠 수 없어 밤잠도 이루지 못하고 한숨만 내쉬었다. 말은 하지 않았지만 짚이는 점이 있어서 불안했기 때문이다. 자신이 달래는데도 동생 걱정만 하는 그를 보고 소녀는 속이 상해 질투가 날 지경이었다.

그렇게 형의 속을 썩이던 치우비는 꼬박 열흘이 지나서야 돌아왔다. 리미와 개르도 같이 돌아왔는데, 세 사람 다 몸에 잔 상처가 수두룩하고 먼지를 잔뜩 뒤집어쓴 것이, 큰 싸움이라도 치르고 온 것 같았다.

치우천은 아우가 왔다고 하자 반가워하는 기색을 보였다가 이내 표정을 고쳤다. 그러고는 밖으로 천천히 나와 엄한 표정으로 화를 내며 외쳤다.

"이 녀석아! 도대체 어디 갔었어! 응? 말도 없이 말야!"

치우비는 우울한 표정만 지을 뿐 아무 말도 하지 않았다. 치우천은 답답한 듯 화를 내며 야단을 쳤다.

"왜 대답이 없느냐? 어디 갔느냐니까? 이 꼴은 또 뭐냐? 어디 가서 누구와 싸우기라도 했느냐? 응?"

보다 못한 리미가 엎드리며 말했다.

"주인님은……."

잠시 말을 끊고 리미가 치우비의 눈치를 보자 치우비는 땅이 꺼져라 한숨을 쉬며 말했다.

"미안해, 형."

치우천은 화를 버럭 냈다.

"너…… 혹시……!"

치우비는 미안하다는 듯 고개만 계속 숙일 뿐, 조개껍질처럼 입을 다물고 열지 않았다.

치우천은 마침내 참지 못하고 외쳤다.

"너…… 화산에 갔었느냐? 발 때문에 헌원의 마을로 갔던 것이냐?"

치우비는 그 말을 듣고 눈물을 뚝뚝 흘렸다. 파루 계곡은 지난번에도 지나갔던 곳이라 치우비는 길을 잘 기억하고 있었다. 파루 계곡에서 헌원이 있는 화산까지는 무척 멀었지만 좋은 말로 빨리 서두르면 닷새 정도면 갈 수 있는 길이었다. 치우비는 발을 보고 싶어 그 먼 길을 갔던 것이다. 헌원의 부하들에게 들키면 위험한데도 치우비는 아랑곳하지 않았다.

치우천은 마음이 아팠지만 그런 내색을 하지 않고 엄히 꾸짖었다.

"이 녀석아! 그러다가 헌원에게 잡히면 어쩌려고!"

"미…… 미안해, 형. 하지만…… 하지만 어쩔 수 없었어……!"

치우비는 울음을 터뜨렸다. 그동안 꾹 참고 내색하지 않으려던 감정이 한꺼번에 폭발했다. 치우천도 가슴이 아팠지만 마음을 강하게 먹고 계속 아우를 나무랐다.

"이 녀석! 헌원이 어떤 사람인데, 딸자식 하나 단속 못하겠느냐? 네 힘이 세다지만 많은 지나족과 십육기인을 혼자서 당해 낼 수 있을 것 같았느냐? 너는 이제 혼자 몸이 아니다. 내가 있고, 부하들이 있고, 신시에서 우리를 기다리는 아버님과 부족의 많은 벗들이 있는데, 어떻게 네 맘대로 그런 짓을 해?"

형이 사정없이 꾸짖자 치우비는 괴로운 듯 눈물을 펑펑 쏟았다. 한참 나무라던 치우천의 목소리도 이윽고 떨리기 시작했다. 눈물을 간신히 참고 있었다.

"바보 같은 녀석아, 그렇게…… 그렇게 힘들었느냐?"

치우비는 소처럼 목을 놓아 울었다. 다른 사람들도 치우비의 순정이 그렇게까지 강하리라고는 생각 못하던 터라 딱하게 여겼다.

치우천은 감정을 추스르며 한숨을 길게 내쉬었다.

"많이 다치지는 않았느냐? 심한 꼴은 당하지 않았니?"

뒤에서 숙연히 서 있던 개르가 입을 열었다.

"숨어 들어가는 데까지는 성공했습니다만…… 발님을 만나고 있는데…… 발님이 갑자기 소리를 질렀습니다. 그래서…… 수백 명의 지나 전사가 우리를 쫓아왔습니다만 다행히 도망칠 수 있었습니다."

치우천은 놀랐다.

"뭐? 발을 만났다고?"

이번에는 리미가 대답했다.

"예, 제가 죽일 놈입니다. 주인님이 하도 마음 아파하셔서, 제가 그러면 그냥 잡아서 데려오자고 말씀드렸습니다. 저를 죽여 주십시오."

"만나기까지 했다면 왜 데려오지 않았느냐?"

"치우비님이 강제로 그러면 안 된다고 하셔서……."

치우천은 화를 벌컥 냈다.

"이 녀석아! 데려올 생각도 없으면서 뭐하러 갔느냐? 응?"

치우비는 대답하지 않았다. 그저 발을 한 번만이라도 보고 싶어서 간 것이라고는 차마 말할 수 없었다. 리미는 자기 부족은 여자를 다 그렇게 납치해 오는데, 여자들이 처음에는 울고불고 반항해도 잘 대해 주고 천천히 달래면 마음 붙이고 사는 법이라고 말했다. 치우비도 그 말을 듣고 리미와 개르에게는 발을 납치해 오겠다고 했었다. 그러나 실제로 자신은 그럴 수 없다는 것을 잘 알고 있었다.

물론 발을 만나게 되면 같이 가자고 권해 보겠지만, 싫다고 하는데 강제로 잡아 올 생각은 없었다. 치우비는 분명 발이 거절하리라는 것을 알고 있었다. 그럼에도 보고 싶은 마음을 억누를 수가 없어서 무조건 길을 떠났던 것이다.

치우천은 답답한 듯 발을 굴렀다.

"비야, 발과 너는 이제 끝이다. 네가 그렇게 미련을 두어도 헌원이 절대 용납하지 않을 것이고, 발도 너를 따르지 않을 거야. 너 혼자 그래 봐야 무슨 소용이 있겠니? 응? 그런 바보짓 다시는 하지 마라! 두 번 다시는 하지 마라!"

치우비는 아무 말도 하지 않았다. 자신이 같이 가자고 간절하게 말해도 발은 오히려 화를 내며 소리를 질러 사람들을 부르지 않았던가.

'멍청아! 내가 어디를 간단 말야! 보기도 싫어! 다시는 오지 말란 말야!'

그러나 그때, 발의 눈가에 반짝이는 것을 치우비는 분명히 보았다. 아니, 보지 못했어도 상관없었다. 치우비는 발을 단념할 수 없었다.

치우천은 치우비에게 호되게 벌을 내렸다. 치우천도 마음이 아팠지만 대장이 멋대로 행동하여 열흘이나 자리를 비웠으므로 더 큰 벌을 받아야 한다며 매를 백 대나 때리게 했다. 리미와 개르도 오십 대씩을 얻어맞아 인사불성이 된 채 끙끙 앓았고, 치우비는 반송장이 되어 움직이지도 못했다.

때리는 사람들이 질려서 나중에는 살살 하려고 눈치를 보았지만 치우천은 그런 사람들까지 열 대씩 매질하고 다른 사람으로 하여금 다시 아우를 때리게 했다. 치우천이 그렇게 아끼는 아우를 엄하게 다스리자 전사들은 숙연해졌다.

치우천은 아우가 맞는 것을 끝까지 앉아 지켜보다가 안으로 들어갔다. 안으로 들어서는 순간 울음이 걷잡을 수 없이 터져 나왔다. 행여 밖으로 소리라도 새어 나갈까 봐 가죽 조각을 입에 물고 밤새 울었던 사실은 소녀밖에 알지 못했다.

치우비의 상처는 보름이 지나서야 아물었다. 치우비는 형이 시키는 대로 묵묵히 전사들을 조련하기 시작했으며, 지난 일은 개의치 않고 쾌활한 태도를 보였다. 치우천도 그제야 안심하고 아우를 좋은 말로 달랬다. 그런데 시기르타가 다시 무기를 가지고 와서 잔치가 벌어지자 치우비는 또 사라져 버렸다. 이번에는 리미나 개르도 데리고 가지 않고 혼자 없어진 것이다.

치우천은 걱정이 되어 펄쩍 뛰었다.

"또 갔나 보구나. 큰일이다. 이걸 어쩌지? 응?"

침착하던 치우천은 물에 빠진 개미처럼 당황스러워했다.

"지난번은 헌원도 설마 했겠지만, 한번 겪었으니 이번에야말로 엄하게 지킬 거다. 또 갔다면 비는 죽을지도 모른다. 죽을지도 몰라!"

치우천은 정신 나간 사람처럼 허둥대었고 남몰래 엉엉 울기까지 했다. 치베와 알한도 걱정했지만 그렇다고 함부로 군사를 끌고 움직일 수도 없었다. 열흘이 지나자 치우비는 절룩거리는 구름을 타고 나타났다. 온몸은 전보다 더 만신창이였고 몸에 화살촉이 두 개나 박혀 있어 여기저기 피투성이였다.

나무랄 사이도 없이 치우비는 형 앞에 오자마자 말에서 미끄러져 떨어지며 기절해 버렸다. 치우천은 안도감에 눈물을 흘리면서 부르짖었다.

"이 멍청한 녀석, 아무리 너라도 그렇지, 네가 헌원의 부하 전부와 싸울 수 있느냐? 이 꼴이 대체 뭐냐? 응?"

치우비가 완쾌되는 데는 한 달이나 걸렸다. 치우천은 돌아온 아우에게 즉시 벌을 내리려 했지만 다른 사람들이 나서서 빌고 사정하여 몸이 나은 후에 집행하기로 했다. 치우천은 치우비에게 그런 바보 같은 짓은 제발 그만두라고 야단도 치고, 달래도 보고, 나중에는 울면서 빌기까지 했지만 소용이 없었다. 형이 그러는 것을 볼 때마다 치우비는 몇 배나 더 괴로워하면서 숨죽여 눈물을 흘렸다.

"형! 미안해! 정말 미안해! 그렇지만…… 그렇지만 어쩔 수가 없어! 차라리 나를 죽여 줘. 응?"

치우천은 미쳐 버릴 것 같았다. 아우의 마음을 몰라주는 발이 원망스러웠다. 치우천은 마음을 굳게 먹고 치우비의 몸이 낫자마자 백오십 대의 매를 때리라고 명령했다.

치베가 외쳤다.

"천 안다, 백오십 대는 너무하다! 죽을지도 모른다!"

치우천은 눈물을 억지로 삼키며 단호하게 말했다.

"비는 명령을 어겼으니 할 수 없다. 지난번 범한 잘못을 다시 범했으니 그에 따라 벌도 늘어야 한다."

결국 치우비는 백오십 대의 매를 한 대도 빠짐없이 맞았다. 이번에는 정말 위중해져서 한때 숨이 넘어갈 지경에까지 이르러 주위 사람들이 혼비백산했다. 보다 못해 울라트가 울면서 처음으로 치우천에게 대들기까지 했다. 치우비가 앓아눕자 치우천은 해쓱해진 얼굴로 치베와 알한, 무라에게 말했다.

"저러다가는 정말 죽을 것이다. 한 번만 더 가면, 헌원의 손에 죽든지 내 손에 죽든지 할 거야. 차라리 발을 잡아 오면 좋을 텐데, 그러지도 못하고 얼굴만 보고 오느라 저 고생을 하다니……."

"무슨 수가 없을까? 비 안다를 가둬 두면 어떨까?"

치베가 안타까운 심정으로 말하자 치우천이 되받았다.

"가둬 두면 속이 타서 죽을 거다. 저 녀석도 일부러 저러는 것이 아냐, 자기도 참을 수 없어서 그러는 것이니……. 더는 못 보겠구나."

치우천은 눈물을 주르륵 흘리다가 갑자기 큰 소리로 외쳤다.

"차라리 내가 발을 데려오겠다. 그러지 않고는 비가 죽겠어!"

치베나 무라, 알한이 펄쩍 뛰었다. 치우비는 천하장사라서 그나마 살아 돌아오기라도 했다. 치우천이 간다면 살아 돌아올 가능성이 전혀 없었다. 전사들을 다 끌고 간대도 그리 많은 수도 아니니 소용없었다. 치우비 혼자라면 힘도 세고 마음대로 숨어 다닐 수도 있으니 오히려 유리했지만, 섣불리 몰려갔다가는 개죽음을 당할 것이 분명했다.

그런데도 치우천은 머리를 쓰면 된다고 고집을 부리면서 혼자 떠나려 했다. 모두가 나서서 말렸지만 치우천은 버럭 호통을 쳐 사람들을 물리치고 높은뫼를 타고 달려가 버렸다. 급해진 치베는 회복하고 있는 치우비에게 달려가서 호되게 꾸짖었다.

"비 안다! 네가 참지 못하니 천 안다가 직접 발을 잡아 오겠다고 고집을 피운다. 벌써 떠났다! 어쩔 셈이냐?"

치우비는 깜짝 놀랐다. 치우비의 힘과 용맹으로도 두 번째는 거의 죽을 뻔했다. 먼발치에서나마 발을 볼 수조차 없었다. 부하들을 거느리고 쫓아오던 상망과 끽구가, 무슨 생각이었는지 심하게 몰아붙이지 않아서 그나마 목숨을 간신히 건질 수 있었다. 하물며 형이 간다면 절대로 살아 돌아올 수 없을 것이다.

치우비는 아픈 것도 잊고 구름을 잡아 타 미친 듯 달려가서 거의 하루가 지난 저녁에야 간신히 치우천을 따라잡을 수 있었다.

치우비는 형이 보이자 울면서 외쳤다.

"형님! 형님! 그래서는 안 돼! 가면 안 돼!"

치우천은 못 들은 척 달려가려 했으나 치우비가 말까지 버리고 죽을 힘을 다해 달려서 높은뫼의 갈기를 붙잡고 늘어졌다.

치우천이 호통을 쳤다.

"놔라! 차라리 내가 죽지, 너 죽는 꼴은 못 본다."

"안 돼, 형. 형님! 내가 잘못했어! 내가 잘못했어! 다시는…… 다시는 그러지 않을게! 약속해! 맹세할게. 그러니 제발 그러지 마……."

치우비가 울부짖자 치우천은 그제야 눈물을 뚝뚝 흘리며 말에서 내려 아우를 얼싸안았다.

치우천의 마음은 말할 수 없이 아팠다.

"내가…… 내가 못난 놈이다. 형이랍시고 아우 마음에 못을 박았구나. 뜻을 세운다고 아우를 이렇게 힘들게 했구나……."

얼마나 그렇게 울었을까. 형제는 마음을 추스르고 나란히 말머리를 돌렸다. 돌아오는 길에, 치우천이 나지막한 목소리로 입을 열었다.

"비야. 이제 네 마음 알았으니 더 이상 발을 잊으라고는 안 하겠다. 그러나 서두르지 마라. 내 언제건 기회를 보아 발을 네게 오도록 해 주마. 약속하마. 그러니 기다려라. 응? 그래 줄 수 있겠니?"

치우비도 가슴이 메어졌으나 꾹 참으며 고개를 끄덕였다.

"그렇게 할게, 형. 내가 못나서……."

치우비의 말이 채 끝나기도 전에 치우천이 목소리를 높였다.

"못나다니! 내 아우가 어디가 못났느냐? 지극한 마음이 못난 것이냐? 못난 것은 발이며 헌원이다! 이런 마음도 몰라주는 그들은 하늘의 벌을 받을 거야!"

치우비는 발까지 천벌을 받을 것이라는 말에 움찔했으나 뭐라 대꾸하지는 못했다. 그냥 한없이 착잡하고 괴로울 뿐이었다. 치우천의 마음도 똑같이 착잡했다.

치우천은 속으로 치우비에게 이렇게 말했다.

'비야, 발 스스로 마음을 바꾸지 않는다면 나로서도 방법이 없다. 나뿐 아니라 너도 방법이 없을 거야. 세상에 누구도 못하는 일이 단 하나 있으니 사람의 마음이구나…….'

돌아온 치우천은 사람들을 놀라게 했다. 돌아오자마자 즉시 매를 칠 준비를 하라고 시킨 것이다. 이번에는 치우비를 치는 것이 아니라 자신이 매를 맞아야 한다고 말했다.

"내 마음을 이기지 못하고 혼자 뛰쳐나갔으니 아우의 죄와 똑같다. 비록 부족장이지만 다른 사람과 다른 취급을 받을 수 없다. 똑같이 쳐라."

치우비가 놀라서 사정하고 다른 사람들도 그럴 수 없다고 아우성쳤으나 치우천의 고집은 꺾을 수 없었다.

치베가 씩씩거리며 외쳤다.

"천 안다! 이게 뭐냐? 너는 부족장이다! 부족장은 원래 마음대로 할 수 있는데 왜 벌을 받아야 한다는 거냐?"

"우리 부족에서는 약속이 우선이다. 부족장이라도 잘못하면 벌을 받아야 한다. 부족장은 죽으면 그만이지만, 부족 전체가 지키는 약속은 영원하다. 어서 나에게 백 대를 쳐라!"

소녀까지 나와서 치우천의 마음을 돌리려 했지만 치우천은 고집을 굽히지 않았다. 부하들조차 차마 치우천을 때릴 수 없어서 차라리 자신들이 매를 맞겠다고 나섰다. 그러자 치우천은 추호도 망설임 없이 그 전사들에게 벌로 매를 열 대씩 때리고 다른 사람을 불렀다. 다시 부른 사람들 역시 못 때리겠다고 했다. 치우천은 서슬이 퍼래서 또다시 벌을 주고 다른 사람을 불렀다. 이대로 가다가는 모든 사람들이 매를 맞고 앓아누울 판이었다. 그렇다고 곧이곧대로 치우천에게 백 대를 쳤다가는 체력이 뛰어나지 않은 치우천이 그 자리에서 죽을지도 몰랐다. 모두가 당황하여 난리가 났는데 알한이 기막힌 꾀를 냈다.

"천님, 알겠습니다. 그러나 천님이 잘못 헤아리신 게 있습니다."

"그게 뭡니까, 알한님?"

"전에 비님은 열흘 동안 말없이 나가 있었기에 백 대를 맞았습니다.

그러나 천님은 하루만 나가 있었으니 열 대만 맞으면 됩니다. 그렇지 않습니까?"

치우천은 잠시 생각하다가 고개를 끄덕였다.

"내가 미처 헤아리지 못했군요. 그러나 부족장이니 두 배의 벌을 받아야 합니다. 스무 대로 하십시오."

결국 치우천은 전사들이 보는 앞에서 몽둥이로 스무 대를 얻어맞았다. 정확히는 스물 두 대였으니, 힘을 빼고 때린 자를 벌주고 다시 치라고 호통을 쳐서 두 대를 더 맞은 것이다.

전사들 중에는 이해하지 못하고 고지식하다며 속으로 비웃는 사람도 있었지만 대부분은 어쨌거나 정한 약속은 그렇게 철저히 지켜야 하는 것임을 새삼 깨닫고 몸가짐을 조심하게 되었다.

소녀는 속이 상해서 처음으로 치우천에게 싫은 소리를 했으나, 그는 아무 대꾸도 하지 않았다. 치우비는 형이 자기 때문에 그렇게 되었다 생각하고 다시는 뛰쳐나가지 않겠다고 굳게 다짐했다. 발을 잊을 수는 없었으나 자기가 이백 대를 맞기보다 형이 스무 대를 맞는 것이 더 아팠기에 아무리 발이 보고 싶어도 섣불리 행동하지 않았다.

한 달가량이 지나자 떠났던 전사들이 저마다 가족들을 데리고 돌아왔다. 돌아오지 않은 사람도 있었으나 대부분은 가족과 형, 동생, 친구까지 데리고 왔다. 심한 경우 아예 열 집쯤 되는 작은 마을 사람들을 통째로 데리고 온 사람마저 있었다. 그렇게 되자 사람들이 크게 불어났다.

전사 아닌 사람도 많아지자 치우천은 땅을 갈아 씨를 뿌리거나 가축을 치게 했다. 치우천은 사람들이 땅을 가는 것을 유심히 보다가, 나무 쟁기가 자주 부러져서 일이 늦어지자 시기르타에게 말했다.

"구리로 쟁기를 만들면 좋겠군요."

시기르타는 말도 안 된다며 펄쩍 뛰었다.

"아니, 그렇게 귀한 구리로 쟁기를 만들다뇨! 무기 만들기도 벅찹니다요!"

"우리에겐 일손은 적은데 전사는 많으니 먹을거리를 구하는 것도 큰일이 아닙니까?"

"구리 다루는 사람은 신시에만 있습니다. 그러니 그런 것을 만들 방법이 없습지요."

할 수 없이 치우천은 구리도끼나 칼 중에서 두툼한 것을 골라 밭을 갈도록 했다. 귀한 구리 무기로 밭을 간다 하여 사람들은 놀랐으나, 구리 무기는 잘 부러지지도 않고 힘주어 깊게 팔 수 있어서 밭을 갈기가 한결 쉬웠다. 그 후로 열린 낟알들이 놀라울 정도로 탐스러워서 마을이 풍족해졌다.

치우비나 치베, 무라 등 뛰어난 영웅들의 지도를 받은 전사들은 하나하나의 실력이 상당한 경지에 이르러, 다른 부족의 보통 전사들과는 비교할 수 없을 정도의 강병(强兵)이 되어갔다.

일 년이 지나 싱카가 돌아왔다. 싱카는 자기 나라에서 많은 보석을 가지고 돌아와 치우천에게 바쳤다. 키타야나 구르, 보돈차르는 반년에 한 번 정도 사람을 보내 소식을 전하고, 울라트와 약속한 대로 머리색과 피부색, 생김새가 다른 도깨비들을 몇 명씩 거두어 보내곤 했다.

그중에는 리미나 개르 등과 같은 곳에서 와서 말이 통하는 자들도 있었다. 리미나 개르는 기뻐했으나, 마냥과 닮은 도깨비는 지극히 드문지한 사람도 오지 않아 마냥은 섭섭한 마음을 금치 못했다. 치우천은 그들을 따로 편성하여 울라트에게 맡겼고 울라트는 그들을 다시 리미, 마냥, 개르에게 맡겼다.

어느 날 치우천은 반가운 손님을 맞았다. 비울걸이 불쑥 찾아온 것이다.

"헤헤, 이놈아. 나를 떼어 놓을 수 있을 것 같아?"

치우천은 비울걸을 반갑게 맞았다. 비울걸은 예전과 다름없이 무례한 태도로 거침없이 먹고 마셨다. 치우천은 비울걸이 배를 채웠을 때쯤 입을 열었다.

"비울걸, 이제 기다리던 이야기를 들려주겠소."

비울걸도 시시덕거리던 태도를 버리고 되물었다.

"이제 때가 된 것 같으냐?"

"그렇소. 이제부터 재미있는 이야기가 시작될 겁니다."

"자신 있느냐?"

"자신 있습니다. 이 치우천, 비울걸님께 감사드립니다. 이제는 제 곁에 머물러 주십시오."

"뭐? 이 녀석아, 나는 도깨비 왕이야. 도깨비들을 데리고 너희와 같이 살란 말이냐?"

"상관없습니다, 비울걸. 당신은 이 치우천을 어떻게 보는 것입니까? 도깨비 왕이건 도깨비 부하건, 내가 그런 것을 가리고 받아 주지 못할 사람 같습니까? 비울걸 당신이 나를 그렇게 작게 보았다면 왜 믿고 도왔단 말입니까?"

비울걸은 감개무량한 듯 고개를 끄덕였다. 괴기스럽거나 장난만 치던 비울걸의 모습은 어느새 현명하고 자상한 할아버지처럼 변해 있었다. 이윽고 비울걸이 입을 열었을 때 시커멓게 구멍만 남은 것 같던 그의 눈에서 한 줄기 눈물이 흘러내렸다.

"정말…… 정말 나를 받아 줄 수 있느냐? 내가…… 내가 다시 사람들과 같이 살 수 있는 것이냐?"

치우천이 빙긋 웃으며 고개를 끄덕이자 옆에 있던 치우비가 껄껄 웃으며 비울걸의 냄새나는 몸을 다짜고짜 끌어안았다. 비울걸은 눈물을 흘리면서도 허허 웃으며 몸을 뒤틀었다.

"놔라, 놔! 늙은이 허리 부러진다!"

치우비가 물러서자 치우천이 웃으며 말했다.

"비울걸, 저는 당신이 좋습니다. 당신의 재주가 탐나서 그러는 것만은 아닙니다."

"그럼 뭐냐? 내가 그렇게 예쁘냐?"

치우천은 맑게 웃으며 되받았다.

"그럴 리가 있습니까?"

"그럼 뭐냐?"

"당신은 재미있는 사람이고, 누구보다도 웃기를 좋아합니다. 나는 당신의 그런 점이 좋습니다. 사람들에게 쫓겨나고 도깨비들과 살면서도, 사람으로서는 감당하기 힘든 험한 고생을 하면서도, 당신은 웃음을 잃은 적이 없었습니다. 당신이 도깨비 왕이고 재주가 많다지만 내가 정말 당신을 존경하고 좋아하는 것은 바로 그런 이유 때문입니다. 이제 우리는 같이 새로운 출발을 하는 겁니다. 누구나 웃을 수 있는 세상을 만드는 것, 그것이 내 꿈입니다. 같이 가십시다. 어떻습니까?"

비울걸은 미친 듯 소리를 내어 웃더니 치우천을 와락 끌어안았다. 그리고 치우천의 어깨에 기대어 참았던 울음을 터뜨리며 목 놓아 한없이 울었다. 비울걸의 지난 오랜 세월 동안의 한과 고통과 고뇌를 토해 낸 울음이었다. 치우천은 자신이 아버지라도 된 것처럼, 함께 눈물을 흘리며 늙은 비울걸의 등을 다독여 주었다. 누구도 건드릴 엄두조차 내지 못했던 도깨비 왕 비울걸도 이렇게 치우천의 옆에 서게 되었다.

치우천은 전사들의 실력이 일정 수준에 이르자 일단 근처에 있는 도둑 떼를 쳤다. 그렇게 하여 사람을 늘리고 필요한 물건도 얻을 수 있었다. 그러면서 치우천은 부근에서 악명 높은 부족들, 즉 다른 부족을 함부로 침략하는 도둑 같은 부족을 하나하나 쳐서 합치기 시작했다.

대부족이 되려면 멀었지만, 치우천의 부족이 명성을 얻자 근처의 작은 부족들이 소문을 듣고 제 발로 찾아와 합치기도 하고 다른 부족의 전사들이 찾아오기도 하여 부족은 점점 커져 갔다. 그 일대의 타타르족이나 다른 부족은 치우천의 부족을 '작은 주신족'이라 불렀다. 그렇게 세월은 눈 깜짝할 사이에 흘러갔다.

염제 유망, 움직이다

염제가 세상에 나왔을 때,
사람들은 이미 번성하여 사냥만으로는 먹을 것이 부족했다.
그래서 인자한 염제는 농사를 짓는 방법을
사람들에게 가르쳐 주어 먹고 입는 걱정을 덜어 주었다.
그 공덕으로 사람들은 염제를 신농(神農)이라 높여 불렀다.
—『백호통(白虎通)』, 「호(號)」에서

그로부터 삼 년이 흐르자, 마침내 유망이 본격적으로 움직이기 시작했다. 형천의 부족이 동쪽의 미아우족을 정복하고, 축융의 축융족이 남쪽의 부족을 정복했으며, 창힐은 공상에 거대한 벽을 쌓아 도시를 건설했다. 그렇게 되자 치우천의 짐작대로 유망은 마침내 야심을 드러내어 북쪽으로 진격을 시작했다.

지금의 북경 부근에 있던 미아우족이 싸우다가 밀려나고, 언저리에 있던 마갸르족이 미아우족의 편을 들어서 전쟁에 뛰어들었다. 그러나 유망이 길러 낸 지나 전사들의 수는 압도적이었고 형천이나 축융 등의 용맹을 당할 자가 없어서 미아우족과 마갸르족은 점점 밀리기 시작했다.

마침내 주신도 싸움에 끼어들 수밖에 없었다. 마갸르족과 미아우족은 드디어 주신이 움직이자 기뻐했으나 막상 주신 사울아비들이 도착하자 실망을 감추지 못했다. 유망이 이끄는 지나 전사들은 여러 갈래로 나뉘어 진격하고 있었으나 전체를 합치면 팔만 명에 달했다. 너무나도 엄청난 군세였기 때문에 그때까지 없던 '만'이라는 숫자 단위가 처음으로 쓰이기 시작할 정도였다.

마갸르족 나달타 부족과 미아우족 후냐 부족이 함께 지나족과 싸우고 있는 가장 서쪽 전선 한 곳에만도 지나족은 오천 명에 가까운 병력을 보내 놓고 있었다. 그런데 주신에서 보내 온 사울아비는 겨우 백 명 남짓이었다. 주신 사울아비 혼자 열 명을 상대하는 정예라고 하지만, 제아무리 사울아비라도 백 명밖에 안 되는 사람을 원군이랍시고 보낸 것은 맥이 빠지는 일이었다.

"주신 한웅께서는 일의 심각성을 모르시는 것 같소!"

마갸르족의 용사인 와난수가 사울아비들을 이끌고 온 거서기와 삼을 향해 크게 소리쳤다. 그도 태산 회의 때 참석했기 때문에 거서기와 삼을 알아보았다. 태산 회의 때 돌 던지기에서 도단이에게 아깝게 패했던 사람이 바로 와난수였다. 와난수 바로 옆에는 역시 태산 회의에 아버지와 함께 갔던 아들 와난강이 착잡한 표정으로 팔짱을 낀 채 입을 굳게 다물고 있었다. 둘은 나달타 부족의 으뜸가는 용사들이라 싸움터에서는 몹시 용맹스러웠으나 지금 그들의 어깨는 처져 있었다.

거서기가 한숨을 쉬며 항변했다.

"주신 사울아비 거서기가 말하오. 한웅께서는 많은 사울아비를 보내셨소. 그러나 사울아비들 또한 여러 갈래로 나누어졌기 때문에 여기는 백 명밖에 올 수 없었던 것이오."

와난강이 끼어들었다.

"마갸르 나달타족의 와난강이 말합니다. 지나족 역시 군대를 여러 갈래로 나누어 보냈습니다. 그래도 지나족은 오천인데 주신 사울아비는 백 명이라니요. 주신의 힘이 지나족의 오십분의 일밖에 안 되었습니까? 그렇다면 싸울 것도 없이 지나족에게 항복하는 게 어떻습니까?"

거서기와 삼은 할 말이 없었다. 주신의 정세는 날이 갈수록 엉망이 되어 가고 있었다. 그렇다고 주신이 급속도로 쇠락의 길을 걷고 있거나 가난의 구렁텅이에 빠진 것은 아니었다. 역설적으로 주신은 모든 것이 풍요로워서 썩어들었고, 풍요 때문에 약해져 가고 있었다. 고시울률의 지휘하에 다른 부족의 종을 써서 농업 생산량이 대량으로 늘어나자 주신은 차츰 외부와의 교역을 소홀히 하게 되었고 종으로 부리는 다른 부족을 멸시하기 시작했다.

주신의 그늘에 있던 부족들이 하나둘씩 이탈하기 시작하자 사와라 한웅은 그래도 현명한 사람인지라, 가급적 다른 부족들을 돕고 좋은 관계를 유지하려 애썼다. 그러나 고시울률을 비롯한 귀족들은 풍요는 주신만의 것이며, 다른 부족을 돕는 것은 낭비라고 여기고 있었다.

사와라 한웅이 노환이 들어 반은 폐인이나 다름없이 일을 제대로 돌보지 못하게 되었다. 그 틈을 놓칠세라 고시울률을 위시한 귀족과 부루버들을 필두로 하는 외척들이 실질적인 권세를 잡았다. 그들은 호화롭고 사치스러운 생활을 하면서 엄청난 부를 쌓았다. 그러면서 자신들이 곧 주신의 힘이라 믿었고, 가난하거나 작은 다른 부족의 뒤치다꺼리에 일일이 신경 쓰지 않는 것이 낫다고 믿었다. 가난뱅이 부족들이 망해 버리면 훨씬 세상이 좋아진다고 공공연하게 떠드는 귀족도 있었다. 그런 와중에 반항하는 부족이 생겨나면 사울아비들을 보내 철저하게 짓밟았다.

유망과 대치하고 있는 싸움터에는 백 명 단위의 사울아비밖에 보내지 않으면서 그러한 작은 부족의 반란에는 수천 단위의 사울아비들을 보냈다. 유망의 일은 어차피 해결될 것이며 감히 주신을 건드리지 못할 테지만, 그런 무엄하고 천한 놈들은 그냥 둘 수 없다는 것이 이유였다. 밖으로 내보내는 사울아비들은 점점 줄어들었고, 도움을 받지 못해 주신을 원망하다가 지나족에 편입되는 부족이 늘어 갔다.

태산 회의 때의 젊은 사울아비들이나 주신의 삼사는 있는 힘을 다해 주신의 옛 기강을 회복하려고 했지만 실권을 움켜쥔 귀족의 반대에 번번이 부딪혀서 흐지부지되곤 했다. 더구나 사와라 한웅이 앓아눕자 그동안 지은 죄가 있어서 기를 펴지 못했던 치우가람 치우바람 형제가 득세를 했다. 그들은 고시울률과 뜻이 맞아서 사울아비마저도 손아귀에 넣고 순식간에 대귀족 못지않은 권세를 누렸다. 치우 집안에서만도 치우 형제의 아버지 치우우레나 치우벌 등 강직한 사울아비들은 내쫓기다시피 변방으로 나가고, 어릴 적부터 무예보다 멋 부리는 것만 배운 풋내기 사울아비들이 우쭐거리며 신시를 활보했다.

　　신시의 주신 사람들조차 땀냄새, 흙냄새 풍기는 사울아비들은 '바깥 사울아비'라 부르며 천하게 여기고, 번쩍이는 장식과 화려한 물을 들인 옷으로 잔뜩 멋을 낸 사울아비들을 '안사울아비'라 부르며 우러러보고 흉내 내기를 즐겼다. 그들에게 칼은 장식품이요, 간혹 말 안 듣는 '천한' 부족의 목을 재미 삼아 치는 도구일 뿐이었다.

　　마갸르족으로 파견 나온 거서기나 삼은 당연히 바깥사울아비였다. 삼은 재작년에 돌림병으로 아내를 잃었으나 태산 회의의 영웅이면서도 아직 마땅히 시집올 여자조차 없는 판이었다. 신시 안에서는 바깥사울아비에게는 딸을 주지 않는 것이 상례였다. 삼은 신시 밖 여자도 괜찮다고 했으나 부모님은 체면을 내세우며 어떻게든 신시 안 사람과 혼인해야 한다며 아들이 무능하다고 꾸짖었다. 오히려 그런 천한 부족 것들 뒤치다꺼리는 그만두고 높은 분들께 잘 보이고 인사도 부지런히 다녀서 안사울아비가 되라고 부추기는 터라, 삼은 그때마다 귀를 막고 울고 싶은 기분이었다. 믿었던 부하들도 견디지 못하겠다며 싸움 기술보다 멋내는 법이나 배워서 안사울아비가 되겠다고 뛰쳐나가곤 했다.

　　태산 회의 때 함께했던 다른 벗들의 신세도 비슷했다. 그들의 큰 뜻과 뛰어난 재주는 고귀하신 안사울아비들에게는 웃음거리일 뿐이었다. 그럼에도 그들은 얼마 되지 않는 힘으로나마 어떻게든 해 보려고 목숨을 걸고 뛰었다. 그러나 아무리 올곧은 뜻을 지녔다 해도 자신들이 언제까지 버틸 수 있을는지, 그들 스스로도 확신할 수 없었다.

거서기와 삼은 죽음을 두려워하지 않고 싸울 각오가 되어 있는 진정한 사울아비였다. 그래서 자신들만 태산같이 믿고 있다가 낙심하는 마갸르족이나 미아우족을 보기가 민망스러워 견딜 수 없었다. 미아우 부족장인 샤우옹의 안색도 좋지 않았다. 나달타의 부족장 걸걸주이는 아직 나이가 많지 않아 외삼촌인 와난수가 부족 일을 도맡아 하고 있었는데 아직 소년에 불과한 걸걸주이도 한숨을 내쉬며 주신은 믿지 못하겠다고 말하자, 삼이 참지 못하고 벌떡 일어서며 외쳤다.

"주신 사울아비 삼이 말하오! 비록 수는 적지만, 우리를 앞에 두고 그렇게까지 말하는 것은 심하오! 내일 싸움에서 앞장설 테니 당신들은 주신 사울아비가 어떻게 싸우는지 잘 보아 두시오!"

삼이 얼굴색까지 변하며 외치자 와난강이 머리를 조아렸다.

"마갸르 나달타족의 와난강이 말합니다. 사울아비 삼님께서는 노여워 마십시오. 말이 지나쳤음을 진심으로 사과드리겠습니다."

거서기가 나서서 말했다.

"주신 사울아비 거서기가 말합니다. 우리의 수가 적은 것은 사실입니다. 하지만 삼 형이나 마갸르, 미아우분들도 마음을 가라앉히십시오. 우리끼리 아옹다옹해 봤자 무슨 소용이 있겠습니까? 지나족 유망 놈만 좋아하지 않겠습니까?"

"미아우 후냐족 부족장인 나, 샤우옹이 말하오. 적은 오천도 넘는데 우리는 이천 명도 안 됩니다. 마갸르족 전사가 천 명이고 우리 미아우 전사가 팔백 명이오. 반도 안 되는 수로 싸워 이길 수 있겠소?"

"주신 사울아비 거서기가 말합니다. 이렇게 하면 어떻겠습니까? 수는 적지만 우리 사울아비들이 앞장서서 적들 한가운데를 뚫고 나가며 적을 흩뜨려 놓을 테니, 미아우족과 마갸르족 여러분은 그 틈을 타서 두 갈래로 나뉘어 적을 공격하십시오. 우리는 적진을 돌파한 뒤 바로 뒤돌아서 다시 세 방향에서 적을 공격하는 것입니다."

그럴듯한 전략이라 와난수, 와난강은 고개를 끄덕였다. 그러나 곧 와난강은 눈을 예리하게 빛내며 입을 열었다.

"마갸르 나달타족의 와난강이 말합니다. 백 명밖에 안 되는 사울아비들로 저 많은 수의 지나족을 뚫을 수 있겠습니까? 사울아비들의 힘을 못 믿는 것은 아닙니다만…… 희생이 클 것 같아 드리는 말씀입니다."

작전 자체는 문제가 없지만 수적으로 엄청난 차이가 난다는 것이 큰 걸림돌이었다. 그것을 모를 거서기나 삼이 아니었지만 주신의 이름이 깎이는 것을 보느니 차라리 죽음을 무릅쓰고 무리한 돌파를 강행하려는 생각이었다.

와난강이 말을 이었다.

"어차피 힘을 합쳐야 하고 사울아비들께서 이렇게 용감하게 싸워 주시겠다는데 우리라고 물러설 수는 없지요. 제가 돌 던지는 전사 백 명을 이끌고 뒤를 지키겠습니다. 우리 함께 멋지게 싸워 봅시다."

그래도 힘든 싸움이 되는 건 마찬가지겠지만 와난강이 그렇게 말하자 거서기와 삼은 고마운 마음에 힘차게 고개를 끄덕였다.

다음 날, 날이 밝자마자 지나족이 소리를 지르며 싸움을 걸어 왔다. 지나족의 대장은 형천이 부족장으로 있는 대인족의 위(危)라는 자였다. 위는 키가 크고 팔다리가 길었으며 얼굴에 흉터가 가득해서 인상이 사나웠다. 싸움에서 왼쪽 눈을 다친 애꾸눈 위는, 비뚤어진 눈과 길게 그어진 깊은 흉터로 더욱 험악해 보였다. 그 흉터는, 태산 회의 때 나왔던 헌원의 부하 알유와 다투어 칼 시합을 하다가 그렇게 되었다는 소문이 돌았다. 위는 지나족치고는 보기 드물게 기마술이 뛰어나 말을 타고 싸울 수 있는 몇 안 되는 사람 중 하나였다.

"마갸르와 미아우의 겁쟁이들아. 싸울 용기가 없으면 썩 항복해라! 기어서 내 앞까지 온다면 목숨만은 붙여 주마!"

위가 한껏 거드름을 피우며 욕을 하자 마갸르와 미아우 전사들은 흥분하여 펄쩍 뛰었다. 거서기와 삼은 백 명의 사울아비에게 목숨을 아끼지 말고 싸우자며 비장한 연설을 한 다음 말에 올랐다. 백 명의 사울아비가 고함을 지르며 무섭게 돌진하자 와난강이 이끄는 백 명의 돌 부대가 뒤를 따랐다. 마갸르의 나달타족 전사들은 왼쪽, 미아우 후냐족 전사들은 오른쪽에서 전진했다.

위는 가소롭다는 듯이 낄낄 웃었다.

"몇 되지도 않는 것들이 꾀를 쓴답시고 뿔뿔이 흩어져 오는구나! 죽으려고 환장했군! 나가자! 지나의 전사들아! 염제 신농님을 위하여! 가자!"

지나 전사들은 크게 "염제 신농, 염제 신농"이라고 주문처럼 외치면서 일제히 달리기 시작했다. 오천 명의 전사들이 한꺼번에 똑같은 소리를 외치면서 다가오는 모습은 가히 위압적이라 마갸르나 미아우 전사들은 은근히 기가 죽었다. 그러나 사울아비들은 전투에 임하면 오로지 싸움에만 집중하는 고된 훈련을 오랜 기간 받아 온 바깥사울아비였으므로 누구 하나 동요하거나 겁먹지 않고 적을 향해 똑바로 돌격했다. 결사대나 다름없는 백 명의 사울아비들이 말을 타고 달리며 일제히 화살을 날리기 시작하자 지나 전사들 중 몇몇이 비명을 질렀다.

"사울아비다!"

"아이쿠! 주신 사울아비들이 있다!"

사울아비들이 있다는 것은 주신도 싸움에 끼어들겠다는 이야기인지라 지나족은 잠깐 술렁거렸다. 그러나 위가 보니, 기세는 대단했지만 수는 고작 백 명밖에 되지 않는 듯했다.

"겁먹지 마라! 사울아비라고 사람이 아니더냐? 그놈들도 치면 맞고, 찌르면 죽는다! 사울아비의 목을 베는 사람은 큰 상을 내리겠다!"

위가 큰 소리로 외치자 지나 전사들은 용기를 내어 발악적으로 사울아비들에게 부딪쳐 왔다. 순식간에 피와 무기 조각이 사방에 날리면서 수많은 지나 전사들이 쓰러졌다. 사울아비들이 지닌 구리 무기의 힘은 대단해서 지나족은 순식간에 서른 명 이상이 쓰러져 갔다. 그러나 지나족 전사들이 몰려들어 앞을 막아서자 진격 속도는 점점 느려졌다.

"일일이 맞서 싸우지 말고 짓밟고 나아가라!"

삼이 긴 창을 빙빙 돌려 두 명의 지나 전사를 쓰러뜨리면서 외쳤다. 백 명의 사울아비는 대열을 갖추면서 앞으로 내달렸다. 말을 탄 사울아비들이 지나 전사들을 짓밟으며 무서운 기세로 달려들자 위가 외쳤다.

"말을 풀어라! 소와 말을 풀어 앞을 가로막아라!"

비록 소수였지만 사울아비들의 기세가 맹렬하자 위가 꾀를 쓴 것이다. 지나 전사들이 급히 수백 마리의 소와 말을 풀어놓자 사울아비들은 밀려드는 소 떼와 말 떼에 밀려서 대열이 흐트러지며 둘로 나누어졌다. 적을 돌파하기 전에 사울아비들이 둘로 나누어지자 제대로 된 대열을 짤 수가 없었다. 사울아비들의 수가 조금만 많았어도 그대로 돌파할 수 있었으나 안타깝게도 백 명으로는 역부족이었다.

거서기는 당황하고 놀라서 외쳤다.

"뭉쳐라! 돌파해야 한다! 안 그러면 적에게 에워싸인다!"

그러나 지나족은 틈을 주지 않고 미친 듯이 가운데로 꾸역꾸역 몰려들었다. 위는 양쪽에서 진격해 오는 마갸르나 미아우족에게는 관심조차 보이지 않았고 중앙의 사울아비들에게만 신경을 썼다. 위의 기마술은 대단하여 마치 몽골족 같았다.

그는 양손에 큰 칼을 하나씩 쥐고 미친 듯 달려들어서 한 명의 사울아비와 맞부딪쳤다. 서로 한 대씩 공격을 주고받아 위의 가슴팍에 피가 흘렀으나 위는 버텼다. 반면 사울아비는 충격을 받아 말에서 떨어져서 수많은 지나 전사들에게 짓밟혀 산산조각으로 찢겨져 나갔다. 순식간에 사울아비가 쓰러지자 지나족은 사울아비도 별것 아니라는 생각에 사기가 높아졌다.

삼의 눈에서 불꽃이 치솟았다.

"지나족 외눈깔아! 여기 주신 사울아비 삼이 있다! 나와 겨뤄 보자!"

삼이 미친 듯이 창을 휘둘러 피바다를 만들면서 달려들자 위가 맞받아 소리쳤다.

"어디서 거지 같은 놈이 날뛰느냐? 혓바닥을 뽑아 버리겠다!"

"네 눈깔부터 마저 뽑아 주마!"

삼이 화가 나서 무섭게 덤비자 위는 두어 번 싸우는 시늉을 하다가 뒤로 꽁무니를 빼기 시작했다. 위는 교활하게 삼을 슬슬 피하면서 지나 전사들과 싸우는 다른 사울아비들을 뒤에서 후려쳐 떨어뜨려 죽게 만들었다. 성격이 불같은 삼은 더더욱 화가 나서 악착같이 위의 뒤만 쫓았는데 거서기가 그것을 보고 외쳤다.

"삼 형! 쫓지 마! 속임수야!"

삼이 그 말을 듣고 급히 말을 돌리려는 순간 화살이 우박처럼 쏟아지기 시작했다. 위는 삼의 기세가 사납고 대장 같아 보이자 그를 약 올려 화살 부대가 있는 곳까지 유인했던 것이다. 순식간에 화살이 하늘을 덮을 듯 까맣게 날아오자 삼은 입술을 악물었다.

'오늘 내가 여기서 죽는구나! 하지만 헛되이 죽을 수는 없다!'

삼은 크게 소리를 지르면서 무서운 속도로 창을 휘둘렀다. 삼은 태산회의 때는 활쏘기에 출전했지만 사실 주신족 내에서도 손꼽히는 창의 명수였다. 그렇게 수없이 쏟아지는 화살들은 대부분 바람개비처럼 돌아가는 창 자루에 맞고 튕겨 나가 땅에 떨어졌다.

일순, 지나 전사들은 삼의 엄청난 솜씨를 잠시 넋 빠진 듯 바라보았다. 삼이 무서운 솜씨를 보였지만 그도 온전할 수는 없었다. 세 개나 되는 화살이 몸에 박혀 있었다. 그러나 화살 따위는 신경 쓰지 않는 듯 삼은 다시 창을 휘두르며 달리기 시작했다. 지나족은 무시무시한 삼의 창끝을 피해 개미처럼 흩어져 달아나기 바빴다. 그러나 사람의 힘에는 한계가 있는 법이라 상처를 입은 삼의 창끝은 점차 느려져 갔다. 도끼를 휘둘러서 지나 전사들을 베어 넘기고 있던 거서기가 다급하게 외쳤다.

"안 되겠다! 삼 형이 죽겠다! 사울아비들아, 스승을 구해라!"

거서기가 간신히 수습한 사울아비들을 데리고 삼을 구하려는데 다시 한번 화살 벼락이 쏟아져 내렸다. 사울아비들은 어깨를 맞대어 붙어 서서 화살을 무기로 쳐내거나 커다란 가죽을 휘둘러 화살을 걷어 내기도 했다. 그러나 말까지 보호하기는 힘든 일이라 열 필도 더 되는 말들이 화살을 맞아 비명을 지르면서 쓰러지거나 날뛰다가 주인을 떨어뜨리고 도망쳐 버렸다.

거서기가 간신히 삼을 구하기는 했으나 기력을 너무 쓰고 피를 많이 흘려서 의식을 잃어 가고 있었다.

"삼 형! 정신 차려! 이렇게 죽을 수는 없다구!"

그때 위가 큰 소리로 명령을 하자 지나 전사들이 또 한 번 화살 벼락을 쏟아 부었다. 사울아비들은 죽을힘을 다해 무기로 화살을 쳐내고 가죽을 휘둘러 화살을 막았으나 또다시 네 사람이 쓰러졌다. 그때 와난강이 이끄는 돌 부대가 사력을 다해 돌진하며 돌을 날리자 지나족의 화살 부대가 비명을 지르며 흩어졌다. 와난강은 놀라운 솜씨로 연달아 지나족 활잡이 세 명의 얼굴에 돌을 맞혀 피투성이를 만들어 놓은 다음 거서기에게 외쳤다.

"괜찮습니까?"

"삼 형을 부탁합니다!"

말을 마친 거서기는 말을 달려 나가려 했다. 와난강은 거서기의 앞을 막아서며 소리쳤다.

"돌파는 힘듭니다! 물러섭시다!"

둘로 나뉜 사울아비들은 지나 전사들에게 포위되어 있었다. 나달타족의 좌군이나, 미아우의 우군도 압도적인 지나 전사들을 맞아 싸우느라 전진하지 못하고 있었다. 천 명가량의 양쪽 군대는 자기들의 한 배 반이 넘는 천오백 명씩의 지나 전사들과 싸우느라 고전을 면치 못했다. 그러고도 지나족은 이천 명이나 되는 인원으로, 합해 봐야 이백 명도 안 되는 사울아비들과 와난강의 돌 부대를 겹겹이 포위해 왔다. 특별히 위가 작전 지시를 한 것이 아니라 상황이 저절로 그렇게 흘러간 것이다.

와난강이 죽을힘을 다해 포위망을 뚫지 않았다면 거서기와 삼도 갇혀 버렸을 것이다. 허나 와난강의 권유에 거서기는 고개를 저었다. 안쪽에 오십 명의 사울아비들이 완전히 포위되어 분투하는 모습이 보였기 때문이다.

"내 부하들이 저 안에 있소. 난 저들을 구해야 합니다! 와난강님, 당신은 부하들을 데리고 물러서시오!"

거서기는 와난강의 대답은 듣지도 않고 크게 소리치며 혼자 미친 듯이 지나 전사들의 포위망으로 뛰어들었다. 그러자 와난강도 각오하고 부하들을 이끌고 돌을 던지게 하여 거서기를 도왔다. 거서기가 도끼를 휘두르며 포위망을 돌파하자 갇혀 있던 사울아비들이 외쳤다.

"거서기님! 왜 오셨소? 우리만 죽으면 되는데 왜 오셨소?"

사울아비들이나 거서기 모두 눈물이 고였다. 이들은 바깥사울아비라는 손가락질을 받으면서도 묵묵히 거서기와 삼을 따라 목숨을 걸고 싸우던, 자신의 수족 같고 가족 같은 부하들이었다. 거서기는 솟구치는 눈물을 삼키며 외쳤다.

"우리 오늘, 같이 죽자! 그러나 주신 사울아비가 어떤 사람들인지 적에게 똑똑히 보여 주고 죽자!"

사울아비들만 아니라 뒤를 따라 들어온 와난강도 감동하여 이를 악물고 외쳤다.

"마갸르의 전사들아! 보았느냐? 우리도 질 수 없다! 우리도 싸운다!"

돌이 떨어진 판이라 마갸르 전사들은 일제히 짧은 돌칼을 뽑아 들거나 죽은 지나족의 무기를 주워 들어 싸우기 시작했다. 차마 눈뜨고는 볼 수 없는 참혹한 혈투였다. 사울아비들이나 마갸르족 전사들도 목숨을 아끼지 않고 싸워서 지나 전사들의 시체가 무더기를 이루었지만 물밀듯이 몰려오는 지나 전사의 수는 끝이 없었다.

위는 피해가 심하면 전사들을 조금 물러서게 했다가 다시 덤비는 식으로 사울아비와 마갸르족의 힘을 빼놓았다. 그렇게 세 번을 밀어붙이자 마갸르족 전사들이 힘이 빠져 더 이상 싸우지 못하고 땅에 쓰러져 헐떡이기 시작했다. 사울아비들도 휘청휘청하다가 그만 엉덩방아를 찧고는 일어나지 못하는 사람이 많았다. 와난강은 자기 아버지나 미아우족이 행여 포위망을 뚫어 주지 않나 싶어 그쪽을 보았다. 마갸르족이나 미아우족도 열심히 그들을 구하려 했지만 지나족에게 막혀 제대로 전진하지 못했고 사기도 꺾여 버렸다. 그 순간 다시 한번 지나 전사들이 공격해 오자 사람들은 버티지 못하고 주저앉아 버렸다. 무기도 거의 다 박살이 나 버렸고 주워서 쓸 것도 없었으며, 상처가 심한데다 지치고 기력이 빠져서 죽으면 죽었지 더는 싸울 수가 없었다.

위는 이겼다고 생각했는지 입가에 웃음을 흘리며 비아냥거렸다.

"지나 전사들아, 주신 사울아비들이 그렇게 강하다던데 하나씩 잡고 붙어 보아라. 어디 얼마나 강한지 보자꾸나."

지나 전사들은 마구 웃었다. 이제 그나마 억지로라도 서 있는 것은 거서기와 와난강, 두 사람뿐이었다.

지나 전사들은 조롱하듯 화살도 쏘지 않고 앞으로 천천히 다가왔다. 피투성이가 된 거서기가 피식 웃으며 와난강에게 말했다.

"그러게 물러서랬잖소."

와난강도 만신창이가 되었으나 똑같이 웃으며 대답했다.

"당신이 안 물러서는데 내가 왜 물러서야 하오?"

그때 키가 크고 굵은 몽둥이를 쥔, 텁석부리 장정 하나가 걸어왔다.

"나는 지나 대인족의 전사 쑨이다. 내 손에 죽더라도 이름은 아는 게 좋겠지. 누가 너를 죽였는지는 알고 죽……"

순간, 거서기는 날쌔게 쑨에게 달려들며 다리를 걸었다. 놀란 쑨은 힘을 믿고 버티려 했으나 거서기는 쑨의 힘을 역으로 이용하여 재빨리 두 번이나 다리를 더 걸어차 쑨을 쓰러뜨렸다. 쑨이 넘어지는 순간 거서기는 날쌔게 몽둥이를 빼앗아 들고 머리를 내려쳤다. 퍽, 하는 소리와 함께 쑨은 머리가 박살 나서 하던 말도 다하지 못하고 죽어 버렸다.

거서기가 코웃음을 치면서 중얼거렸다.

"너 따위 조무래기의 이름은 알 필요 없다."

다른 지나 전사 한 명이 나섰다. 역시 대인족의 전사 같았는데 어깨가 딱 벌어지고, 손에는 큰 도끼를 들고 있었다.

"한가락 하는 놈이구나! 나는 지나 대인족……"

그 전사가 말하는 순간 얼굴에 커다란 돌멩이가 날아들었다. 벼락이라도 맞은 듯 피하지도 못하고 정통으로 돌을 맞은 전사가 피를 뿜으며 고개를 숙이자, 와난강이 달려들어 도끼를 빼앗아 단숨에 목을 쳐 버렸다. 무딘 돌도끼라 목이 날아가지는 않았지만 피가 분수처럼 뿜어져 나오자 지나족은 질겁했다.

와난강은 씁쓸히 웃으며 말했다.

"나도 지나족 돼지의 이름 따위는 알고 싶지 않다."

그것을 본 거서기가 껄껄 웃었다.

"지고 싶지 않은가 보구려!"

와난강도 호탕하게 웃음을 터뜨렸다.

"우리 해봅시다, 누가 더 많이 죽이나. 이제 무기도 생기지 않았소?"

"좋소, 좋소. 저세상에 가서 누가 더 많이 죽였나 비교해 봅시다."

두 사람의 호기가 하늘을 찌를 것 같자 지나 전사들은 멈칫거리며 감히 더 나서는 자가 없었다. 그것을 본 위가 화를 벌컥 내며 외쳤다.

"뭐 하는 거냐? 그냥 쓸어버렷!"

지나 전사들이 덤벼들 준비를 하는데도 거서기와 와난강은 죽음을 각오한 듯 얼굴을 굳히면서도 눈도 깜빡거리지 않았다.

그때 뒤쪽에서 지나 전사 하나가 크게 외쳤다.

"군대다! 뒤다!"

위는 깜짝 놀라 뒤를 돌아보았다. 과연 뒤쪽에서 오백 명이 넘는 군대가 무서운 기세로 달려오고 있었다. 어디서 나타난 군대인지 알 수 없었다. 자신들이 모든 마을을 점령하고 불을 지르며 왔는데 저 군대는 도대체 어디서 나타났단 말인가?

"저들은 누구냐? 우리 편이냐, 적이냐?"

위가 외치자 말을 잘 타는 지나 전사 하나가 상황을 보러 달려 나갔다. 그러나 채 상황을 알아보기도 전에 대답은 그쪽에서 전해져 왔다. 그 전사가 말을 달려 몇 발짝도 가지 않았을 때, 난데없이 화살 하나가 무서운 기세로 날아오더니 그 전사의 목을 꿰뚫어 버렸기 때문이다. 주인 잃은 말이 몇 번 힝힝 울다가 다른 쪽으로 고개를 돌려 달아났을 뿐이다.

"적이다!"

지나 전사들이 외치자 위가 크게 소리쳤다.

"제길! 또 있었구나! 별것 아니다! 기껏 해야 오백도 안 된다! 중간에 있던 부대를 뒤로 돌려라!"

마갸르군과 미아우군은 아직까지 지나족과 싸우고 있다지만, 중앙에 이천 명이나 되는 지나 전사들이 고스란히 남아 있었다. 위는 그 인원으로 오백 명 정도의 군대를 쓸어버리는 것은 문제도 되지 않는다고 생각했다. 이천 명의 지나 전사들이 소리를 지르며 달려 나가자 저쪽의 군대는 달려오다가 질서 정연하게 방향을 바꾸었다. 오른쪽으로 방향을 튼 것이다.

위는 화가 나서 고래고래 소리쳤다.

"저놈들이 겁을 먹었다! 따라가 잡아라!"

지나 전사들은 오른쪽으로 우르르 몰려서 달려갔다. 말을 타고 있는 상대편 부대는 하나같이 말 타는 솜씨가 대단했다. 그러나 몽골족 같지도 않았고 아무리 봐도 어느 부족인지 알 수가 없었다.

"저놈들은 어느 부족이냐? 어디서 어중이떠중이가 모인 것이냐?"

위는 의아해했으나 이내 놀라움으로 바뀌었다. 숨이 턱에 닿도록 오른쪽으로 달려간 지나 전사들과 맞부딪히려는 순간, 그 부대가 순식간에 왼쪽으로 방향을 틀어 달리기 시작했다. 일사불란하여 마치 뱀이 몸을 꼬는 것 같았다. 오백 명이면 그렇게 많지도 않지만 그렇다고 결코 적은 수도 아닌데 마치 한 사람이 하나의 말을 돌리는 것처럼 유연하게 방향을 틀었다. 그에 반해 지나 전사들은 우왕좌왕하며 방향을 바꾸려다 서로 부딪히고 충돌하여 삽시간에 대오가 산산이 흐트러졌다. 위는 그제야 벌레 씹은 얼굴이 되었다.

"보…… 보통 놈들이 아니다! 어디서 저런 놈들이 나타났단 말이냐? 주신 사울아비들이냐?"

싸움터에서 이렇듯 군대를 돌리고 여기를 치고 저기를 막는 것은 누구나 생각할 수 있었지만, 그렇게 전사들을 훈련시키기는 쉽지 않았다. 그 때문에 대부분의 부족장들은 무턱대고 진격하여 힘으로 부딪치는 싸움만을 했고, 잘해야 숨어 있다가 기습을 가하거나 방향을 한 번 정도 바꾸어서 싸우는 정도였다. 오백 명의 부대를 자신의 손발처럼 능숙하게 부릴 수 있는 부족장은 이때껏 없었다. 그것도 말을 타고 달리면서 말이다.

위도 바보는 아닌지라 이 광경을 보고 놀란 것은 당연했다. 기가 막히게 방향을 틀어 이천 명의 전사들을 산산이 흩어 한쪽으로 따돌린 부대는 속도를 떨어뜨리지 않고 왼쪽으로 치달려 마갸르족과 대치한 지나족의 배후로 매섭게 들이쳤다.

"당했다!"

위가 얼굴색이 허옇게 변하여 부르짖었다. 눈 깜짝할 사이의 일이었다. 마갸르나 미아우는 여전히 고전하고 있었지만 그래도 잘 버티고 있었다. 그런 상황에서라면 대부분 마갸르나 미아우가 있는 측면으로 합세하기보다 이천 명의 중앙 부대와 먼저 싸웠을 것이다. 그런데 저 군대는 중앙의 이천 명의 부대를 귀신같이 따돌리고 오히려 가장 잘 싸우는 마갸르족을 도우러 간 것이다. 안 그래도 마갸르군과 혈전을 치르다가 순식간에 배후에서 습격을 받자 지나 전사들은 위가 어떻게 손을 써 볼 틈도 없이 붕괴되어 갔다.

느닷없이 나타난 부대는 지나 전사들을 향해 화살을 세 번 일제히 날리더니 한꺼번에 고함을 지르며 말에서 내렸다. 활을 쏘는 것이나 말에서 내리는 것이나 한 사람의 동작처럼 손발이 척척 맞아 보기만 해도 두려움이 생길 정도였다.

백 명의 부대는 말에서 내리자마자 긴 창을 앞세우고 지나족의 부대로 밀고 들어왔다. 창에 찔리지 않으려는 지나 전사들이 흩어지며 방패를 들어 막자, 창으로 찌르는 사람들 사이로 도끼를 든 전사들이 뛰어나왔다. 그들은 무섭도록 빠르게 달려서 도끼로 방패들을 산산이 찍어 부수고 뒤에 숨었던 지나 전사마저 나뭇단처럼 베어 넘기기 시작했다.

그다음에는 칼을 든 부대가 나왔는데, 그들은 긴 칼을 휘둘러 도끼 부대를 엄호하며 다른 적들이 접근하지 못하도록 막고 뒤에 남았던 전사들이 화살을 날렸다. 얼핏 자기편에게 화살을 쏘는 것 같은 착각이 들었으나 그들의 솜씨는 하나같이 대단하여, 싸우려고 덤벼들던 지나 전사들은 적을 코앞에 두고 머리 위에서 쏟아지는 화살에 맞았고, 곧이어 적의 무기에 맞아 비명도 지르지 못하고 죽어 갔다.

그러고 나자 창 부대가 돌진하여 적을 찌르며 앞으로 나섰다. 같은 과정이 눈부실 정도로 빠르게 착착 진행되어 갔다. 위가 놀라고 어안이 벙벙해 소리조차 지르지 못하는 사이 지나 전사들은 완전히 포위당하여 순식간에 전멸해 버리고 말았다. 마갸르족도 기세를 올려 공격해 왔기 때문에 협공당한 상태에서 도망조차 치지 못하고 남김없이 죽어 버리고 말았다.

천 명이 넘는 지나 전사가 순식간에 시체로 변했지만, 상대편은 거의 피해를 입지도 않았다. 그들은 적이 무력화되었다고 생각하자 조금의 망설임도 없이 뒤로 몸을 돌렸다. 오백 명 정도의 지나 전사들이 남아 있었지만 그들은 공포와 절망에 빠져 제대로 저항도 하지 못하고 마갸르족의 성난 칼날 아래 줄줄이 쓰러졌다.

나머지 이천 명의 지나족 전사들이 그제야 분노의 함성을 지르며 달려왔을 때는, 천오백 명을 눈 깜짝할 사이에 해치운 오백의 전사들이 말에 전부 올라탄 후였다.

위는 자신의 눈을 도저히 믿을 수 없었다.

'귀…… 귀신이다! 믿을 수 없다!'

누가 지휘하는 군사인지는 알 수 없었지만, 싸움의 향방을 놀랄 만큼 정확하게 읽고 있었다. 보통은 승리감에 도취되어 마지막 한 명까지 적을 잡아 죽이려 했을 텐데, 그자는 다른 이천 명이 도착하는 시간과 자신의 부대가 대열을 갖추는 시간까지 계산하여 준비하고 있었다. 놀라울 정도의 냉정함과 상황 판단력, 치밀한 두뇌가 없이는 불가능한 일이었다. 거기다가 그렇게 군사 하나하나를 자신의 손처럼 움직이는 통솔력까지. 위는 발악하듯이 외쳤다.

"물러서라! 상대가 안 된다! 물러섯!"

그러나 때는 늦었다. 마구잡이로 달려오던 이천 명의 전사들이 명령을 제대로 따를 리 없었다. 오백 명의 전사들은 셋으로 갈라져 달리기 시작했다. 한 부대는 중앙을 돌파하고 두 부대는 신속하게 양옆으로 움직였다. 그렇게 오백밖에 안 되는 수가 네 배나 되는 이천 명을 포위했는데, 신속하고 한 치의 오차도 없는 것이 거의 도술의 경지였다.

이천 명의 지나족은 아우성만 칠 뿐, 포위당하자 변변한 대항조차 하지 못하고 무참하게 쓰러져 갔다. 믿어지지 않는 멋진 포위 대열은 눈을 뻔히 뜨고 당하는 위의 눈에도 웅장하게 보일 정도였다.

죽을 목숨을 건진 거서기와 와난강은 간신히 남은 사울아비들과 함께 도망쳐서 높은 곳으로 몸을 피했다.

두 사람은 부둥켜안고 외쳤다.

"살았소! 살았어!"

와난강이 기뻐서 외치자 거서기도 소리쳤다.

"그런데 저 군대는 도대체 어느 부족일까? 난…… 난 저런 군대를 본 적이 없어. 무섭다! 아름다울 정도로 무섭다!"

그러다가 거서기의 안색이 돌연 확 펴졌다.

"저건……! 저건……!"

"왜 그러시오?"

와난강이 고개를 갸웃거리자 거서기는 갑자기 굵은 눈물을 줄줄 흘리며 신음하는 삼을 안아 일으켰다.

"삼 형! 보시오! 그가 왔소! 그들 형제가 왔소!"

삼은 약간 정신이 들었는지 신음하며 중얼거렸다.

"형……제……?"

"그렇소! 내 눈을 믿을 수 없소! 어서 눈을 뜨고 저들을 보란 말이오! 치우 형제가 돌아왔단 말이오!"

"뭐라고?"

삼은 믿을 수 없다는 듯 힘겹게 눈을 크게 떴다. 그들의 눈에는 먼발치에서 몇몇 전사들의 호위를 받으며 우렁찬 목소리로 명령을 내리는 흰 얼굴의 청년이 보였다. 몇 년 전보다 키도 크고 환해진 청년의 화사한 얼굴, 바로 치우천이었다.

와난강이 물었다.

"태산 회의의 그 치우 형제요?"

"그렇소!"

거서기가 떨리는 목소리로 대답하자 와난강이 소리쳤다.

"그렇구나! 그럼 저 사람이 치우비요?"

와난강이 손가락으로 가리킨 곳에는 지나 전사들을 무참하게 뚫고 호랑이처럼 날뛰는 한 사람의 거인이 있었다. 체구는 더 커지고 늠름하여 아무도 당할 수 없을 것 같은 당당한 위풍이 있었다. 그가 손에 든 엄청난 도끼를 번득일 때마다 사람과 말이 한꺼번에 박살 나며 멀리까지 떨어져 나갔고, 앞을 막는 자는 순식간에 박살이 나서 쓰러져 갔다. 치우비였다.

치우비 오른편에는 붉은 털과 금빛 털을 휘날리는 기이한 모습의 도깨비들과 흰호랑이를 타고 흰 머리를 휘날리는 매혹적인 여전사도 있었다. 검고 긴 머리를 휘날리며 자기 키보다 더 큰 몽둥이를 휘둘러 수십 명을 혼자 때려눕히는 놀라운 전사도 보였고 말을 타고 달리면서도 활을 들 때마다 틀림없이 한 사람, 어떨 때는 두 사람을 한꺼번에 꿰뚫어 버리는 무서운 궁수도 보였다. 그뿐만 아니라 오백 명에 달하는 전사 하나하나가 영웅이고 호걸처럼 보였다.

와난강은 믿어지지 않는다는 듯 멍하니 외쳤다.

"저들은…… 저들은 하늘에서 내려온 군대입니까? 치우 형제가 하늘 군대를 데려온 것입니까? 도깨비에 선녀까지 부릴 수 있다니…… 치우 형제는 선인이었습니까?"

"믿을 수 없다. 난 믿을 수 없다. 저건…… 저건 사람들이 아니다!"

위는 수없이 쓰러져 가는 부하들을 보면서 헛소리처럼 중얼거렸다. 이번에도 시간은 오래 걸리지 않았다. 포위한 양 측면의 병사들은 참을성 있게 화살만 쏘면서 적을 가두기만 하고, 중앙으로 파고든 부대가 완전히 돌파하기를 기다렸다. 중앙을 파고든 치우비와 개르, 리미의 용맹은 실로 대단했는데, 그들은 압도적인 수의 지나 전사들 틈을 파고들면서도 속도를 늦추지 않았다.

지나 전사들이 아우성을 쳤다.

"도깨비다!"

"아이쿠! 저건 치우비다! 태산 회의의 치우비다!"

치우비를 알아본 몇몇 전사들이 외쳐 대자 지나 전사들은 순식간에 공포에 빠졌다.

"치우비다! 그 치우비다!"

"혼자서 헌원님의 마을을 쓸어버렸다는 치우비다!"

지나 전사들은 삽시간에 전의를 잃고 무너져 갔다. 그것을 먼발치에서 보던 울라트가 활짝 웃으며 치우천을 쳐다보았다.

"비 오라버니가 헌원님 마을에 간 것도 헛일은 아니었네요!"

삼 년이 지나는 사이 열다섯 살이 된 울라트도 이제는 키가 크고 몸매도 늘씬해져 처녀가 다 되어 있었다. 큰 눈 언저리와 얼굴에는 아직 앳된 기색이 남아 있었지만 수줍었던 과거를 기억할 수 없을 정도로 활달하고 야성적인 아름다움이 넘쳐흘렀다. 그런 천진해 보이는 얼굴 사이사이로 보는 사람을 오싹하게 만드는 날카로움이 매력적이었다. 소녀처럼 절세미인은 아닐지라도 사람들의 눈을 끌기에 부족함이 없을 정도의 멋진 여자가 되어 가고 있었다.

치우천이 웃으며 대답했다.

"지나족 중에 알한이 또 있는 게 아닐까?"

치우천은 햇볕을 쐬며 고생을 했는데도 이상하게 얼굴이 그을지 않고 오히려 더욱 희게 빛났다. 입 언저리와 턱 아래쪽에 조금씩 가뭇가뭇하게 수염 자국이 보이기 시작한 것과 더욱 형형해진 눈빛 정도가 달라졌다면 달라진 점이었다.

"지나족 부대가 방금 무너졌어요. 천 오라버니, 정말 대단해요. 오라버니의 생각이 그대로 맞아 들었어요."

들뜬 울라트의 말을 치우천이 되받았다.

"오늘 싸우는 지나족은 철저히 짓밟아야 한다. 불쌍하지만 할 수 없다."

울라트는 장난스레 웃으면서 외쳤다.

"물론이죠!"

왼쪽 군대들에 이어 중앙의 군대마저도 전멸이 확실시되자 위도 더이상 멍하니 바라보고 있지는 않았다. 위는 있는 힘을 다해 오른편 군대로 달려가 무조건 도망치라고 명령했다. 미아우족의 공격이 거세졌지만 위는 무슨 일이 있어도 물러서라고 외쳐 댔다. 오천 명 중 벌써 삼천오백 명이 당했지만, 나머지 천오백 명이라도 건져 볼 생각이었던 것이다.

"물러서라! 더 싸울 수 없다! 후퇴다! 후퇴!"

위가 소리소리 지르면서 오른쪽 군대를 물리자, 지나 전사들은 허둥지둥 싸움터에서 물러서서 달아나기 시작했다. 그때 중앙의 지나족은 전멸하지 않고 간신히 버티고 있었는데, 위는 구할 생각도 않고 달아나기 시작했다.

멀리서 그것을 보던 치우천은 눈살을 찌푸렸다.

"지나족 대장의 솜씨도 제법이다. 그런데 사람됨이 틀려먹었군. 부하들을 버리고 자기만 도망칠 궁리를 하는구나."

"그럼 어떻게 할까요? 비 오라버니에게 뒤를 쫓으라 할까요?"

울라트가 묻자 치우천은 싱긋 웃었다.

"그럴 것 없다. 그들은 도망 못 쳐."

간신히 천 명 정도의 전사를 수습하여 달아나던 위 앞에 한 사람의 노인이 나타났다. 꾀죄죄하고 시커먼 옷에 귀신 같은 형상을 한 비울걸이었다. 다만 옷은 전보다는 깨끗하여 냄새가 나긴 해도 악취까지는 아니었고 삼단처럼 흩어져 있던 머리칼도 엉성하게나마 상투 비슷하게 틀어 올린 모습이었다.

"얘들아, 너희 어디 가니?"

위는 비울걸을 전혀 몰랐기에 버럭 소리쳤다.

"웬 미친 늙은이가 망령을 부리느냐? 얘들아, 밟아 버려라!"

위는 포악하여 다짜고짜 죽이라는 소리부터 했다. 비울걸이 혀를 쯧쯧 찼다.

"못된 놈이군. 그러니까 외눈깔이 되었지, 쯧쯧. 남은 눈깔마저 잃기 싫으면 마음부터 고쳐먹어!"

비울걸이 호통을 치자 위는 불같이 화를 냈다. 네 명의 전사가 비울걸에게 한꺼번에 달려들었다. 그러나 그들이 비울걸에게 다가가기도 전에 갑자기 비명을 지르더니 얼굴에서 피를 쏟으며 땅에 뒹굴었다.

비울걸은 그들을 싸늘한 눈초리로 노려보았다.

"치사하게 힘없는 늙은이를 죽이려 해? 어차피 죽겠지만 죽어도 외눈깔로 죽어라."

네 사람은 위처럼 눈에서 피를 철철 흘리고 있었다. 물론 모습을 숨긴 도깨비들이 한 짓이었지만 그것을 모르는 위와 지나족은 놀라서 목을 움츠렸다.

비울걸은 검은 눈구멍을 번뜩이며 코웃음 치듯 말했다.

"적이지만 착한 놈들이면 내가 봐주려고 했는데, 못된 놈들이니 봐주지 않겠다. 다 죽을 줄 알아라."

비울걸이 손가락을 관자놀이에 대고 중얼중얼 주문을 외우자 땅이 출렁이며 솟구쳐 올랐다. 말이 놀라 울며 뛰어오르는 바람에 위는 그만 땅에 떨어져 버렸다. 지나 전사들의 놀라움과 혼란도 이루 말할 수 없었다.

솟구쳐 오른 땅은 두 마리의 거대한 누런색의 땅 도깨비로 변하더니,

아름드리나무만 한 흙 몽둥이로 비질을 하듯 지나 전사들을 쓰러뜨리기 시작했다. 거대한 몽둥이에 휩쓸린 지나 전사들은 여기저기가 부러지고 멍이 들어서 다시는 일어서지도 못했다. 거기에다 흉악한 형상의 수많은 허깨비들이 땅에서 솟아올라 지나 전사들을 덮쳤다. 아수라장 속의 지나족을 차가운 눈길로 바라보며 비울걸은 싸늘하게 말했다.

"죽더라도 잘 알아 둬라. 이 몸은 작은 주신의 도깨비 왕, 비울걸이다. 저승에 가서 누가 물으면 내가 보냈다고 해라. 앞으로도 많이 보낼 것이니 기다리라고……."

허깨비들이나 땅 도깨비는 직접 사람을 죽이지는 않았으나 지나 전사들은 상처 입고 허깨비에 홀려 서로가 서로를 죽였다.

이윽고 중앙의 지나족을 전멸시킨 치우비의 부대가 달려오고 그 뒤를 따라 마갸르족, 미아우족의 부대가 몰려왔을 때는, 비울걸은 땅 도깨비와 허깨비들을 거두고 쥐도 새도 모르게 사라져 버린 후였다. 천 명에 달하던 지나족 태반이 죽어 있었으며, 그나마 살아남은 지나족도 도망칠 생각도 못한 채 얼이 빠져 울기도 하고 미쳐서 히죽히죽 웃거나 발작하듯 날뛰고 있었다.

마갸르 나달타족을 이끌던 와난수가 놀라움을 이기지 못해 말을 더듬거렸다.

"누가…… 누가 이렇게 한 거지요?"

미아우 후냐 부족장 샤우옹도 놀라움을 감추지 못했다.

"이게 무슨 일이오? 도깨비에 홀린 것 같구려."

말을 타고 그들을 스쳐 지나가던 치베가 껄껄 웃으며 한마디 했다.

"도깨비에 홀린 것 맞소."

샤우옹과 와난수는 놀라서 더 물어보려 했지만 치베는 어느 틈에 달려 나가 지나 전사들에게 화살비를 퍼붓기 시작했다. 치우비도, 알한도,

무라와 리미, 개르도 마갸르족이나 미아우족에게는 그냥 웃기만 할 뿐 남은 지나족을 소탕하는 일에만 전력을 다했다. 마갸르족이나 미아우족은 정말 귀신에 홀린 기분이라 손조차 쓰지 못하고 멍하니 있었다.

불과 반나절, 아침만 해도 활발히 움직이던 오천 명에 달하는 지나 전사들 중에 해가 중천에 오를 때까지 살아남은 자는 거의 없었다. 미아우와 마갸르족이 잡은 포로 칠백 명 정도를 제외하고, 도망쳐 목숨을 건진 자는 오십 명도 안 되었다. 말에 깔렸던 위는 오히려 그 덕에 발각되지 않고 숨어 있다가 밤을 틈타 도망쳤다.

그에 반해 치우천 부대는 고작 열네 명의 사망자와 육십 명 정도의 경상자를 냈을 뿐이다. 그나마 그들은 싸우는 틈틈이 깔끔하게 시체와 무기까지 빈틈없이 거두어 다치거나 죽은 사람이 한 명도 없는 것처럼 보였다.

와난수와 샤우옹은 우두머리인 치우천에게 뭐라도 묻고 싶었지만 치우천은 빙긋 미소만 짓다가 그들에게 손을 흔들어 보이고는 그들이 다가서기도 전에 말 한마디 없이 부하들을 이끌고 바람같이 사라져 버렸다. 부하들도 웃으며 그들에게 손짓은 했지만, 끝까지 입을 열지 않고 먼지구름을 일으키며 순식간에 사라져 버렸다. 와난수와 샤우옹은 부하들과 함께 먼지구름만 보며 멍하니 서 있을 뿐이었다.

"하늘에서 내려 보낸 군대가 아닐까요? 아무리 봐도 사람들 같지 않소이다."

와난수가 한참 있다가 입을 열자 샤우옹도 몸을 떨며 말했다.

"나는…… 나는 도깨비들을 많이 보았소. 그들은 분명…… 조상님의 혼령일 게요. 우리 미아우족의 조상님들이 도와주신 게 분명하오."

"그럴 리가! 우리 마갸르족의 신이 보내신 군대가 틀림없소!"

와난수와 샤우옹이 아옹다옹하는데 와난강이 달려와서 외쳤다.

"우리가 이겼습니다. 지나족은 다 죽어 버렸어요!"

뒤에 따라오던 거서기가 와난수와 샤우옹에게 말했다.

"그들은 조상님이나 하늘 군대가 아닙니다."

"사울아비님은 그들이 누군지 아시오?"

거서기가 씩 웃으며 대답했다.

"압니다. 제 자신이 부끄럽군요. 그들은 옛 친구들입니다."

와난강이 아버지에게 외쳤다.

"아버지! 태산 회의의 대용사 치우비를 잊으셨나요? 치우 형제라구요!"

그 말에 와난수와 샤우옹은 놀랐다.

"뭐라고! 그들은 사막에서 죽었다던데?"

거서기는 껄껄 웃으며 흥분에 들뜬 목소리로 외쳤다.

"죽지 않았습니다. 치우 형제는 죽지 않았습니다! 그들의 싸움을 보셨습니까? 보셨습니까? 믿어지지 않습니다. 열 배가 넘는 적을 한나절 만에 남김없이 쳐 죽이는 싸움을 보셨습니까? 그러고도 죽은 사람 하나 없는 그런 싸움을 생각이나 하신 적이 있습니까? 그들을 이제, 세상 누구도 당할 수 없을 것입니다!"

말 등에 눕혀져 있던 삼도 간신히 고개를 들고 외쳤다.

"죽지 않았을뿐더러…… 더 강해졌다. 그들은…… 그들은 신시로 돌아올 것이다! 두고 봐라, 거서기. 나는 믿는다. 그들은 죽음에서 살아서 돌아왔다. 아무도 그들을…… 형제를 막지 못할 거야. 그들이 신시를 바꿀 것이다. 주신을 구할 거야!"

와난수와 샤우옹도 놀라움과 흥분이 뒤엉킨 목소리로 부르짖었다.

"저런 영웅들이 주신 사람이라면…… 정말 하늘이 내신 거요! 이 전쟁은 주신이 이길 거요! 지나족이 많다 해도 반드시 이길 거요!"

거서기는 기쁨에 겨워 두 팔을 활짝 펴고 하늘을 향해 외쳤다.

"하늘이시여! 안파견 한님이시여! 하늘이 무심치 않아 저런 영웅들을 보내셨군요. 하늘은 주신을 버리지 않으셨군요! 고맙나이다! 정말 고맙나이다!"

거서기의 커다란 목소리는 광활한 벌판을 메아리치면서 티 없이 맑은 하늘로 솟구쳐 오르는 것 같았다. 거서기는 희망에 부풀어 있었다. 형제가 분명 주신으로 돌아올 것이라고 믿었다. 그래서 일그러지고 비뚤어진 주신을, 신시를, 큰 힘으로 바로잡아 주리라 믿었다. 몸을 가누지 못하는 삼도 마찬가지였다. 그들의 마음에는 머지않아 신시에 몰아닥칠 바람을 기다리는 꿈으로 가득 찼다. 그것이 부드러운 산들바람이든, 모든 것을 쓸어버릴 폭풍우든 간에. 하루라도 빨리, 가능하다면 당장에라도 바람이 불어 오기만을 바랄 뿐이었다.

형천과 치우우레

고대부터 사람들은 독을 지닌 동식물을 구별하는 데 능했다.
이는 단순한 지식이 아니라 곧바로 생사가 달린 문제였기 때문이다.
그러한 독 중에서 기묘한 환각 작용이 있는 풀들도 발견되었고, 많이 애용되었다.
이것들이 중독 증세가 있어서 부작용이 심각하다는 것을 깨닫고 난 뒤에야
풀을 없애려 애썼지만, 대부분 이미 늦은 후였다.
자연 상태에서의 마약은 아주 오래전부터 사용되어 왔다.
어떤 경우에는 해독성과 부작용을 깨닫지도 못하면서.

"지금 무슨 말을 했느냐?"

입술에 닿으려던 토기 술잔이 툭 소리를 내며 고운 짚을 깐 바닥에 떨어지더니 뒤뚱거리며 엎질러졌다. 점잖게 앉아 있던 형천은 술이 엎질러진 것을 깨닫지 못하고 잠시 멍한 표정으로 앞을 바라보다가 이윽고 표정을 일그러뜨리기 시작했다. 낯빛이 붉어지면서 가느다란 핏줄들이 이마와 관자놀이에 도드라졌다.

"다시 말해 보아라!"

형천은 고함을 질렀다. 앞에 서 있던 전사는 어깨를 부르르 떨더니 기어드는 목소리로 대답했다.

"위님의 부대는…… 다 죽고 살아남은 사람이 없답니다. 그리고 네 개의 부대가……."

형천이 손바닥으로 땅바닥을 쾅 소리 나게 내리치자 엎어졌던 토기 술잔이 깨지며 산산이 흩어졌다.

"다 죽었단 말이냐?"

"그…… 그런 것 같습니다……."

형천은 분노를 자제하려는 듯 한동안 씨근거리다가 입을 열었다.

"주신의 사울아비들이냐? 그들이 모조리 몰려나오기 시작했느냐?"

"아…… 아닌 것 같습니다."

"뭐? 그럼 누구냐? 어느 부족이냐?"

위의 부대마저도 괴멸되었다는 소식은 유망 측의 총사령관 격인 형천에게는 충격이라고밖에 할 수 없었다. 치우천의 부대는 위의 부대를 포함하여 한 달 사이에 차례로 다섯 개의 지나족 부대를 공격하여 쓸어버렸던 것이다. 다섯 개 각각 오천 명씩이나 되는 많은 전사들로 이루어진 대부대이다. 그러한 부대를 순식간에 전멸시킬 수 있는 부족이 몇이나 될까? 형천은 아무리 생각해도 짐작 가는 바가 없었다. 그때 소식을 전해 온 전사가 더듬더듬 말했다.

"듣기로는…… 작은 주신이라고 합니다."

"작은 주신? 그런 부족도 있는가?"

"생긴 지 몇 년 안 된 부족이라 합니다만……."

형천이 버럭 고함을 질렀다.

"생긴 지 몇 년도 안 된 부족이 어떻게 우리 부대를 하나도 아니고 다섯씩이나 전멸시킬 수 있단 말이냐!"

"그건…… 그건…… 위님이 돌아오셨으니 그분께……."

형천은 벌떡 몸을 일으켰다. 거대한 체구의 형천이 분노하며 몸을 일으키자 소식을 전한 전사는 기세에 위압되어 다리를 후들후들 떨었다.

"위는 어디 있는가?"

"염…… 염제 신농님께서 찾으셔서……."

형천은 휙 몸을 돌려서 두말없이 막사의 가죽 휘장을 젖히며 성큼성큼 밖으로 나섰다. 형천이 쿵쿵 소리를 내며 걸을 때마다 밟힌 땅이 푹 푹 파이며 발자국이 선명하게 찍혔다. 전사들은 형천의 표정을 보고는 겁을 먹고 허둥지둥 몸을 피했다.

"이봐, 위. 그게 무슨 헛소리냐? 너 꿈꾸다 왔냐?"

형천이 크고 호화롭게 꾸며진 유망의 막사에 들어섰을 때, 유망은 반쯤 누운 자세로 픽픽 코웃음을 치면서 말하고 있었다. 그 앞에는 먼지를 흠뻑 뒤집어쓴 위가 어딘가 좀 어색한, 기우뚱한 자세로 무릎을 꿇고 엎드린 채 땀을 뚝뚝 흘리고 있었다. 위가 머뭇거리다가 두려움에 질린 표정으로 입을 열었다.

"아…… 아니옵니다. 분명 그들은……."

위의 말이 채 끝나기도 전에 유망이 높은 목소리로 크게 웃으며 떠들어 대기 시작했다.

"아, 형천. 이 미친 자식의 말 좀 들어 봐. 하하하, 우습구나! 정말 우습다구! 이렇게 우스운 일도 있군그래! 거 뭐냐, 작은 주신인가 뭔가 하는 코딱지만 한 부족이 우리 다섯 부대! 스물다섯천(이만 오천)을 죽였다더군!"

형천은 근엄한 말투로 천천히 되받았다.

"저도 그 이야기를 듣고 왔습니다."

유망은 배를 움켜쥐고 깔깔거리며 몸까지 뒤틀면서 소리쳤다.

"그래! 얼마나 우스운 일이야? 그런데 말야! 그놈들이 몇 명이었는지 알아? 위가 오천 명을 데리고 갔었지? 그런데 그놈들은 오백 명이었대! 오백 명! 우리 편은 다 죽고 열댓 명만 살아남았는데, 그놈들은 죽은 놈이 없다는군! 야! 웃겨! 정말 웃겨! 우리 지나 전사들은 밥버러지였잖아!"

형천은 믿어지지 않아 입을 딱 벌렸다. 유망은 소리치다가 대뜸 인상을 찌푸리더니 발작적으로 몸을 일으켜 눈부신 속도로 허리에 찼던 구리검을 빼어 들고 옆에서 시중들던 여자의 머리를 쳐서 반으로 쪼개 버렸다. 여자는 비명조차 지르지 못하고 머리에 칼이 박힌 그대로 피를 뿌리며 잘린 나무처럼 뒤로 넘어졌다. 유망은 칼을 뺄 생각도 하지 않고 형천에게 고개를 돌려 웃으며 외쳤다.

"형천! 웃기지 않아? 정말 웃기잖아, 웃어 봐! 같이 웃어야지! 안 그래? 응?"

유망은 계속 목소리를 높여 떠들어 대다가 벼락같이 몸을 돌렸다. 먼저 죽은 여자의 반대편에도 시중드는 여자가 또 한 명 있었는데, 유망은 손을 뻗어 목줄기를 움켜쥐었다. 안 그래도 공포와 충격으로 몸이 굳어져 있던 여자는 유망이 목줄기를 움켜쥐자 눈물을 줄줄 흘리며 어깨만 가늘게 떨 뿐이었다. 유망은 여자를 향해 웃으며 말했다.

"왜 안 웃어? 웃어야지!"

여자가 공포로 덜덜 떨며 돌같이 뻣뻣해진 얼굴을 애써 추슬러 간신히 입꼬리를 실룩거리자 유망은 발작적으로 손가락에 힘을 주었다. 우두둑 하는 소리와 함께 목이 부러져 순식간에 시체가 되어 버린 여자가 옆으로 털썩 쓰러졌다. 유망은 조그맣게 중얼거렸다.

"비웃어? 이런 망할 년이!"

형천이 보다 못해 뭔가 말하려 하자 유망은 별안간 활짝 웃으면서 형천을 손가락으로 가리키며 말했다.

"형천! 그놈들 대장이 누구였는지 알아?"

형천은 파르르 떨리는 유망의 손가락 끝을 보며 물었다.

"염제 신농님, 또 연기를 마셨……?"

유망이 주위가 떠나갈 만큼 큰 소리로 외쳤다.

"묻는 말에나 대답해!"

형천은 할 수 없다는 듯 나직이 말했다.

"모릅니다. 알고 싶습니다."

"치우천, 치우비! 하하! 바로 그 다리병신 놈과 소처럼 멍청한 아우 놈이라더군. 형천? 형천? 그 녀석들이 어떻게 거기서 날뛰고 있지? 응? 그놈들은 죽었다고 했잖아?"

형천의 눈이 크게 떠졌다.

"정말……입니까?"

유망은 부드러운 표정을 지으며 쏘아대듯 빠르게 말했다.

"아…… 형천, 형천. 내가 가장 믿는 부하 형천. 나는 그대를 존경해. 그대만을 믿고 있어. 그런데 내가 왜 거짓말을 하겠나? 왜 나에게 다시 묻지? 왜 내가 두 번 말하게 하지? 나를 믿지 못하겠나, 응?"

형천은 식은땀을 흘리며 급히 고개를 숙였다.

"죄송합니다! 염제 신농님의 말씀을 제가 어찌……! 하도 믿어지지 않는 말이라 되물었던 것뿐입니다! 용서해 주십시오!"

"되물어? 되물어? 그래, 그래. 그랬군, 그랬어. 그런데 말야, 나는 누구에게 되물어야 하지, 응?"

유망이 앞으로 튀어나오면서 엎드려 있던 위의 아래턱을 걷어찼다. 입술이 터지면서 피가 몇 방울 허공으로 튀어 올랐다. 위가 뒤로 벌렁 나자빠지자 유망이 외쳤다.

"이 개야! 쓰레기야! 난 누구에게 되물어야 하지? 왜 잘 놀리던 주둥이를 안 놀리지? 아가리를 찢어서 손바닥에 올려놓아야 놀리겠어? 응? 나도 그렇고, 위대하신 세상 제일의 장사 형천님도 되묻고 계시잖아! 응?"

위는 덜덜 떨며 다급히 대답했다.

"틀림…… 틀림없습니다! 염제 신농님께 어찌 허튼소리를 하겠습니까? 틀림없이 그들 형제……."

유망은 말을 다 듣지도 않고 달려들더니 인정사정없이 위를 밟고 걷어차며 미친 듯이 중얼거렸다. 소리를 지르는 게 아니라 그저 높은 어조로 빠르게 말해서 마치 새가 재잘대는 것 같았다. 그러면서도 발길질은 그치지 않았고, 가끔 위를 발길로 차는 소리가 더 커서 목소리가 들리지 않을 정도였다.

"그 녀석들이 어떻게 살아났지? 내가 죽으라고 했는데? 난 그 녀석들이 죽었다고 들었는데? 내가 누구지? 염제 신농이잖아? 내 귀에는 분명 그 자식들이 죽었다고 들렸는데, 그 자식들이 왜 죽지 않았지? 네가 그랬어? 네가 그 녀석들에게 살아도 좋다고 말했어? 누가 허락해 줬지? 응? 대답해 봐! 누가 그런 거야? 내가 궁금해하는데 왜 대답을 안 하지? 응?"

유망의 힘도 보통이 아닌데다 계속 옆구리와 배를 걷어차인 탓에 위는 숨이 막혀 대답을 하려고 해도 할 수 없는 형편이었다. 금방이라도 숨이 끊어질 판이었다. 보다 못한 형천이 말없이 앞으로 한 발 나아가 위를 걷어차더니 저만치로 처박히게 했다.

유망은 형천에게 애교스러운 표정을 지어 보였다.

"아 고마워, 고마워. 형천. 또 부하를 죽일 뻔했네. 그렇지? 잘했어, 잘했어. 염제 신농이 부하를 죽이면 되나? 미친 짓을 해서는 안 되지. 그럼! 그런데 이놈은 뭐야? 오천 명이나 되는 부하를 전부 죽이고 자기 혼자 살아 돌아왔잖아? 이놈을 어떻게 해야 하지? 그냥 둬야 해? 응?"

유망이 점점 목소리를 낮추자 형천은 바짝 긴장했다. 그동안 유망의 광태를 자주 보아 온 형천이라 목소리가 낮아지거나 웃을수록 위험하다는 것을 알기 때문이다.

유망이 발작하듯 버럭 소리를 질렀다.

"이봐! 위라고 했냐? 나가! 빨리 나가! 내가 더 미치기 전에 어서 가! 죽기 싫으면 꺼지란 말야! 착하지, 응?"

위는 덜덜 떨며 터진 입술에서 흐르는 피를 미처 닦지도 못하고 구르다시피 막사 밖으로 빠져나갔다. 형천의 눈에 그때까지 억지로 참고 있던 눈물이 괴었다.

"유망님……."

유망은 마구 손을 휘저으며 외쳤다.

"알아, 알아, 내가 나빠. 내가 나빴어! 젠장. 이제 정신이 드는 건가? 내가 정신 든 거야? 맞아, 형천? 응?"

형천은 주르륵 굵은 눈물을 흘리며 말했다.

"이 형천, 목숨을 걸고 부탁드립니다. 제발 연기를 끊으소서. 더 이상 마시지 마소서!"

형천의 말이 끝나자마자 유망이 버럭 소리를 질렀다.

"마시지 말라고? 나더러 죽으라는 거야? 제기랄! 알아, 다 알아! 그거만 마시면 내가 미친놈이 되니까 그렇지? 하지만 내가 뭘? 난 염제 신농이야! 그걸 마셨다고 내가 못할 짓을 한 줄 알아? 응? 형천! 형천! 너도 날 그렇게 생각하는 건가? 응?"

그러다가 유망은 쓰러진 여자들 시체 쪽으로 달려가 칼을 뽑아 들고는 시체를 내려찍으며 외쳐 댔다.

"이 망할 년들! 너희 때문이야. 죽어! 또 죽어! 더 죽어! 염제 신농의 명령이다! 죽어!"

피와 살점이 튀어 사방은 피범벅이 되어 갔다. 급기야 칼이 부러졌는데도 유망은 엉망이 된 시체를 계속 찍어 대었다. 형천은 더 참지 못하고 유망을 뒤에서 끌어안으며 말렸다.

"염제 신농이시여! 제발…… 그만하소서!"

유망은 손에 들었던 피범벅이 된 부러진 칼을 떨어뜨리며 형천의 품에 아기처럼 파고들며 흐느끼기 시작했다.

"형천…… 형천. 그래, 나는 염제 신농. 염제 신농. 헌데 또 잘못했나? 또 잘못했군. 그런데 말야, 그렇지 않아. 이 계집들은 죽일 년들이야. 나는…… 나는 연기를 마시지 않으려 했어. 그런데…… 이 계집들이 피웠어. 난 절대…… 절대 시키지 않았어. 하지만…… 하지만 냄새가 나니 참을 수 없었어. 난 염제 신농이야. 지나족의 지도자야! 그런데 이 계집들이 나를 미치게 했어. 죽어도 싸. 그렇지, 응? 그래서 죽었는데, 내 잘못이야? 응? 형천, 내가 미친놈이라면 너도 죽었을 거야. 헌데 그러지 않았잖아. 잘못 없는 사람은 죽이지 않았잖아. 뭐가 옳지? 뭐가 틀린 거지? 내가 미쳤어? 미친 거야?"

형천은 눈물만 뚝뚝 흘릴 뿐, 차마 뭐라 말할 수 없었다.

"염제 신농님은 영웅이십니다! 누구도 따를 수 없는 영웅이십니다! 연기를 끊으십시오. 그러면…… 그러기만 하면……."

유망은 형천의 품에서 울다가 갑자기 소리쳤다.

"헌원 놈이 가르쳐 준 거야! 그래, 헌원 놈이 날 이렇게 만들었지. 날 궁금하게 만들어서, 연기를 피우게 만들었어. 그런데…… 그런데…… 아직도 모르겠어. 일부러 그런 걸까? 그놈은 나에 대해 어찌 그리 잘 알았지? 한번 맛들이면 이렇게 되리란 걸 어떻게 알았을까? 그놈은…… 그놈도 해 본 것일까? 그놈은 이겨 내고 나는 못한 것일까?"

형천이 힘주어 말했다.

"염제 신농께서도 이겨 내실 것입니다!"

"그래, 이겨야지……. 이겨 내야지……. 난 염제 신농, 무엇에도 지지 않아, 지지 않아! 이렇게 정신을 차리고 있는걸. 형천을 믿고 있는걸. 주신과 싸우는 한이 있어도, 결판을 내는 한이 있어도, 우리 지나족에게 넓은 땅을 주어야만 되니까……. 농사를 더 지을 수 있고, 더 많이 살아갈 수 있는 땅을……."

유망은 미친 듯 중얼거리다가 형천의 품에서 떨어져 나왔다. 그러더니 눈을 감고 이를 악물며 소리쳤다.

"형천! 형천! 나를 묶어 줘. 연기…… 연기를 또 마시고 싶어져. 어서…… 어서 나를 묶어! 입도 틀어막아! 어서!"

"염제 신농님!"

형천이 왈칵 울음을 터뜨리며 외치자 유망은 온몸을 부들부들 떨었다.

"치우천이 살아왔댔지? 그놈은…… 그놈도 이겨 냈어. 나도 질 순 없어. 그런 꼬맹이도 몸길이 막혀도 참고 버티고…… 사막에 버려져도 살아나는데…… 나…… 염제 신농! 염제 신농이……!"

유망이 이를 악물고 버럭 소리를 질렀다.

"어서 묶어!"

형천은 힘 있게 고개를 끄덕이며 막사 가운데의 두꺼운 기둥에 유망의 몸을 밀어붙이고 굵은 가죽끈으로 꽁꽁 묶기 시작했다.

그러는 중에도 유망은 계속 중얼댔다.

"나는 염제 신농…… 염제 신농…… 그 꼬맹이보다 못한 게 뭐 있어? 그놈을 처음 봤을 때부터 마음에 들었어. 나는 염제 신농…… 죽은 사람을 살릴 순 없지만 고칠 수 있으면 고치지. 그러나 놈을…… 난 고쳐 주지 않았지. 난 염제 신농인데……. 후회돼. 그게 항상 마음에 걸렸어. 그래, 그놈은 안 죽길 잘했어. 마저 고쳐야지. 그다음에 죽여야 해, 하핫. 맞아! 내 말이 틀려? 형천? 그런데 그놈 말야. 왜 그놈 생각이 자꾸 나는 거지? 왜 그런 어린놈 하나가 이리도 마음에 걸리는 거지?"

빠르게 중얼거리다가 유망은 눈을 번득이며 쉰 목소리로 외쳤다.

"형천! 형천! 뭐하는 짓이야? 네가 날 죽이려는 거야? 안 돼! 풀어!

연기! 연기! 어서 연기를……!"

형천은 입술을 깨물며 유망의 말에도 아랑곳없이 유망의 몸을 묶었다. 유망이 발악하듯 외쳤다.

"아무도 없느냐! 형천 이놈이! 이놈이……! 나를……."

형천은 재빨리 옷자락의 깨끗한 부분을 찢으며 말했다.

"입을 막겠습니다."

곧이어 유망의 입에 둘둘 말린 천 조각이 밀어 넣어졌다. 형천은 유망을 향해 비장하게 말했다.

"이겨 내십시오, 염제 신농님. 저도 이겨 내겠습니다. 그놈들이 누구든 이기겠습니다."

미친 듯 몸을 뒤틀며 신음하는 유망을 남겨 둔 채 형천은 무섭게 굳은 얼굴로 막사 밖으로 나가며 가장 믿는 두 명의 부하에게 유망을 절대 풀어 주지 말고 돌보라고 일렀다. 그다음 우렁우렁한 목소리로 외쳤다.

"아무도 들어가서는 안 된다! 위를 불러라! 이야기를 들어 보아야겠다!"

"형천과 축융은 어디쯤 있더이까?"

치우천이 알한에게 물었다. 알한은 지나족 떠돌이 같은 차림으로 온몸에 먼지를 뒤집어쓴 모습이었지만 눈빛은 여전히 빛났다. 알한은 지나족으로 위장하여 정찰을 나갔다가 며칠 만에 돌아온 것이다.

"형천은 유망과 함께 있고, 축융이 그쪽으로 가는 중이랍니다."

곁에 서 있던 치베가 말했다.

"하핫! 다섯 부대가 전멸했으니 한데 뭉치는 수밖에 없지! 이제 얼마 남지도 않았을 거다!"

그 말에 알한이 웃으며 맞장구쳤다.

"얼마 남지도 않았지요, 얼마 남지 않았어요. 기껏해야 오십천 정도 남았으니까요."

그 말을 듣고 치베가 눈을 크게 떴다.

"뭐? 오십천이란 말야?"

"그렇습니다. 우리가 여지껏 죽인 놈들을 합한 것의 두 배밖에 안 되죠."

치베는 화난 듯 발밑에 굴러다니던 돌멩이를 힘껏 걷어찼다.

"제기랄! 뭐가 그리 많아? 지나족 놈들은 정말 많기도 하군그래!"

치우비가 걱정스러운 듯 입을 열었다.

"오십천 명이 하나로 뭉쳤다면, 문제가 크네. 여태까지는 오천 명 정도를 상대했는데, 오십천이면 너무 많아."

곁에 있던 울라트도 조심스레 입을 열었다.

"훈련하고 있는 전사들을 데려와야 하는 것 아닌가요? 그들을 데려온다면……"

그때까지 조용히 듣고 있던 치우천은 빙긋이 웃었다.

"그네들은 아직 힘을 더 키워야 해."

그 말에 알한이 고개를 저었다.

"벌써 두 해를 가르치지 않았나요? 물론 여기 데리고 온 전사들보다는 못하겠지만…… 그들도 혼자서 지나 전사 두셋은 상대할 수 있을 텐데요?"

이번엔 치우천이 고개를 저었다.

"물론 그럴 테지요. 그러나 더 가르친 다음에 내보내야 한 명이라도 덜 죽을 것이 아닌가요? 더구나 그들마저 끌고 오면 작은 주신 땅은 누가 지키지요?"

울라트가 머리카락을 획 휘저었다가 추스른 후 말했다.

"그럼 오백 명으로, 오십천 명을 이긴다는 건가요?"

치우천은 몸을 살짝 돌리며 웃었다.

"그거야 너무하지. 형천, 축융은 바보가 아냐."

"그럼요?"

"왜 우리 오백 명만 생각하지? 지나족이 오십천 명 몰려와 있는데도 나아가지 못한다는 것은, 그 앞에 오십천 명을 막아 보려는 무리가 있다는 것 아냐? 오십천 명은 안 될지 몰라도, 좌우간 어느 정도 힘은 있겠지."

알한이 한마디 거들었다.

"그 앞에는 미아우족과 마갸르족 전사들이 잔뜩 몰려 있다고 합니다. 여덟천 명 정도 된다고 들었습니다. 그런데 다들 살던 곳을 빼앗기고 싸움에 져서 밀려난 무리들이에요. 죽기 살기로 버티고 있지만 오래 버티기는 힘들 겁니다."

"미아우족과 마갸르족은 지나족과 어느 정도 떨어져 있던가요?"

"닷새 거리 정도요."

"알한님이 돌아오시는 동안 더 나아가지 않았을는지요?"

알한이 고개를 저었다.

"지나족은 움직이고 있지 않습니다. 무슨 생각인지 모르겠습니다."

치우천은 살짝 웃으며 고개를 끄덕였다.

"그들은 기다리는 겁니다."

"뭘요?"

"마갸르, 미아우족이 모이기를 기다리는 것입니다. 그들이 사방으로 흩어진 후에 말썽을 부리면 되레 시간이 걸리고 귀찮아지니까, 모이기를 기다렸다가 한꺼번에 쳐부수자는 것이겠지요."

치베가 툴툴거렸다.

"그런 약해 빠진 무리는 열천 명, 스무천 명이 있어도 소용없다. 우리가 힘을 합해도 쉽지 않을 거야. 천 안다, 차라리 지나족이 흩어지기를 기다리자. 지나족도 우리 때문에 하나로 뭉치기는 하지만 우리가 숨어 있으면 흩어져야 할 거다. 그때를 노리는 게 낫겠다."

치베의 말에 모두가 고개를 끄덕였다. 치우천은 음, 하는 소리만 냈을 뿐 가타부타 말을 하지 않았다. 그때 치우비가 슬쩍 물었다.

"주신에서도 사울아비들이 와 있나요?"

"천 명쯤 와 있다고 들었습니다. 그런데……."

알한이 말끝을 흐리자 치우비는 의아하여 알한을 재촉했다.

"뭔데 그래요?"

"잘 아시는 분이 대장이십니다."

"누가……?"

알한은 조심스럽게 대답했다.

"치우우레님이 대장이라 들었습니다만……."

치우비가 퍼뜩 몸을 일으켰고 치우천도 몸을 돌렸다. 치베는 껄껄 웃으며 말했다.

"하하, 싸우지 않으면 안 되겠군. 좋다! 화살을 좀 많이 가지고 가면 그뿐이지! 오십천 명이라고 별거냐?"

치우천은 손사래를 치며 말했다.

"그렇게 쉬운 문제가 아니다, 치베. 머릿수는 무서운 거야. 더구나 상대는 형천과 축융, 유망이다. 이제까지 만났던 조무래기들과는 달라."

치베가 웃으며 짐짓 점잖게 되받았다.

"그래, 그래. 쉽지 않겠지, 천 안다. 언제는 쉽다고 말한 적 있었나? 그래도 다 이겼잖은가?"

치우천은 어이가 없어서 피식 웃고는 침착한 표정이 되어 말했다.

"나는 이제 작은 주신의 부족장이다. 아버님이 계시다고 해서 그렇게 많은 적에게 무턱대고 달려들라고 명령할 수는 없다."

"그럼, 가지 않겠다는 건가? 그래서야 되겠는가?"

치베의 물음에 치우천이 웃으며 대답했다.

"그건 아니다. 다만, 아버님 때문에 가는 것이 아니라는 이야기다. 이번 기회에 결판을 내는 것도 좋겠지."

돌 같은 표정으로 서 있던 무라가 물었다. 무라도 이제는 어느 정도 주신 말에 익숙해져 있었다.

"그럼 오백 명으로 오십천 명을 상대할 자신이 있나요?"

"허, 무라님. 그건 말이 안 되죠. 너무 많습니다."

"그럼 어쩌자는 겁니까? 결판을 낸다면서요?"

치우천은 묘한 미소를 흘리며 말했다.

"결판을 내긴 내야죠. 오래 걸리기는 하겠지만……."

그러면서 치우천은 저쪽에 세워 놓은 물동이 옆으로 걸어갔다. 치우천이 빈 물동이 하나를 발로 툭 차자 그 물동이가 데굴데굴 저만치 굴러갔다.

"이게 지금 유망의 군대다. 그렇게 생각하자. 저 물동이만큼 크지. 그리고 저렇게 나아가려고 한다."

그다음 치우천은 땅에서 작은 돌멩이 하나를 집어 들었다. 손가락 마디 하나만 한 작은 돌멩이였다. 치우천은 그것을 사람들에게 보이며 말했다.

"이게 우리다. 이걸로 저 물동이를 어떻게 이기지?"

제일 먼저 알한이 외쳤다.

"돌을 던져서 깨 버리지요!"

치우천은 고개를 저었다.

"이봐요, 알한님. 물동이가 같은 돌이라면 깰 수 없지요. 더구나 안 깨지면? 그건 답이 못 됩니다."

그러자 치우비가 나섰다.

"앞을 막으면 될 것 같아. 걸려서 못 굴러갈걸?"

그 말을 들은 치우천이 웃으며 돌멩이를 물동이 앞에 던지고 나서 물동이를 밀었다. 그러자 물동이는 데굴데굴 굴러가다가 돌멩이에 걸려 잠시 덜커덩하더니 돌멩이를 넘어갔다. 무게 때문에 돌멩이가 땅에 묻혀 버린 것이다.

치우천이 고개를 저으며 말했다.

"큰 돌멩이라면 그나마 되겠지. 그러나 우린 작아서 저렇게 묻혀 버려."

사람들이 의아한 표정으로 서로의 얼굴을 마주 보았다. 그러자 치우천이 웃으며 물었다.

"왜들 그래?"

"그럼 무슨 방법이 있다는 거죠? 천 오라버니?"

울라트가 답답하다는 듯 묻자 치우천은 돌멩이를 빼내고 흙을 파기 시작했다. 한참을 파니 조그마한 흙 언덕이 만들어졌다. 그다음 치우천이 물동이를 굴리자 물동이는 흙 언덕을 넘어가지 못하고 덜컹 뒤로 되돌아 굴러갔다. 치우천은 활짝 웃으며 물었다.

"저렇게 해야 해. 툰툰의 부족이 그리 멀지 않은 곳에 있지?"

"서둘러 달려가면 이틀이면 갈 수 있지."

치우비가 고개를 끄덕이자 알한이 말했다.

"툰툰의 부족은 합쳐 봐야 몇백 명도 안 되고, 전사는 오십 명도 안 될 텐데 그들을 모은다고 무슨 수가 나겠습니까?"

치우천은 웃으며 단호한 목소리로 마무리를 지었다.

"일단 우리는 그리로 간다."

"왔소! 왔소! 새까맣게 몰려왔소! 이를 어쩌오?"

먀갸르족 친두 부족의 부족장 아사큔이 놀라서 호들갑을 떨며 말했다. 그 주변에는 다른 다섯 명의 먀갸르 부족장과 일곱 명의 미아우 부족장이 있었다. 그들은 형천과 축융이 이끄는 압도적인 수의 대군을 감당하지 못하고 전멸하다시피 하여 뿔뿔이 흩어져 간신히 도망쳐 온 처지였다.

앞에 선 치우우레는 눈을 부릅뜬 채 꼿꼿이 서서 당황하는 기색 없이 물었다.

"몇이나 되오?"

"좌우간…… 좌우간 많소!"

아사큔이 침까지 튀기며 말하자 치우우레는 씁쓸히 웃더니 옆에 서 있던 치우벌에게 말했다.

"자네가 나가서 제대로 보고 오게."

치우벌은 고개를 꾸벅 숙이고는 곧 성큼성큼 걸어 밖으로 나갔다. 치우우레의 옆에는 부소다솔도 있었는데 벌써부터 얼굴이 하얗게 질려 있었다. 치우우레는 뭔가 생각하다가 부족장들을 둘러보며 말했다.

"다들 무서운 거요?"

부족장들은 대답하지 않았다. 치우우레는 한숨을 쉬며 생각했다.

'이들 중 도움이 될 사람은 하나도 없구나! 쓸 만한 사람은 다 죽어버렸구나!'

물론 먀갸르족이나 미아우족이라고 모두 허수아비는 아니었다. 몇몇 부족장은 용감하고 유능해서 형천이나 축융의 부대에도 치열하게 저항했다. 게다가 상당한 타격을 주며 부분적인 승리를 거두기도 했다.

그러나 부족들이 단결하지 못했다. 하나로 뭉치지 못해 수적으로 열세이다 보니 아무리 잘 싸워도 죽어 나가는 전사들이 많았고 급기야는 포위되어 전멸의 길을 걸을 수밖에 없었다. 더욱 애석한 것은 용맹하고 뛰어난 부족장일수록 자존심이 강하여, 단독 행동을 고집하다가 결국 괴멸해 버린다는 사실이다.

'내가 조금만 더 빨리 왔더라도……'

치우우레는 평생을 싸움터를 달리며 용맹을 떨치던 사람이었다. 그래서 그는 마갸르나 미아우족 모두에게 이름이 널리 알려져 있었고 치우우레의 말이라면 무슨 일이건 흔쾌히 들어줄 부족장이 많았다. 치우우레는 될수록 많은 부족들이 함께 힘을 모아 싸워야 한다고 설득하려 했다. 허나 신시에서의 출발이 늦고 말았다. 수십 수백이나 되는 부족장들을 모으기는커녕 만나 볼 시간조차 없었다.

지나족의 군대가 여덟천 명에 달한다고는 하지만 이 넓은 지역의 마갸르족과 미아우족의 전사들이 한데 모였다면 세 배는 되었을 것이다. 그러나 마갸르나 미아우족은 여러 개의 부족으로 자잘하게 나누어져 있었다. 더구나 같은 종족 내에서도 원한이 쌓인 부족이 하나둘이 아닌지라 조직적으로 뭉칠 수가 없었다.

그 와중에 마갸르나 미아우 내부에서는 전사들이 자리를 비운 틈을 타 마을을 급습하여 약탈하는 일마저도 끊이지 않았다. 그 때문에 우왕좌왕하다가 흩어져 버린 부족이 많았다. 그들의 파멸을 마음속 깊이 아쉬워하며 치우우레는 입술을 깨물었다.

'하다못해 두탄족과 파우족만 그렇게 되지 않았더라도……'

두탄족과 파우족은 땅을 접한 미아우족과 마갸르족의 대부족이었다. 그들은 공동의 적인 지나족이 다가오는데도 의견 일치를 보이지 못하고 서로 싸웠다. 두탄족만 해도 칠천 명의 전사를 동원할 수 있는 대부족이었고, 파우족도 오천 명의 전사를 지닌 대부족이었다. 그들과 지나족 사이에 험한 언덕길과 우거진 숲, 늪지대가 있는 지형적인 이점을 활용하여 먼저 지나족을 치거나 미리 숨어서 항전했다면 지나족도 큰 타격을 입었을 것이다.

그러나 두 부족은 지나족보다 서로를 더 증오하고 미워했기에 공동의 적을 앞에 두고도 쉽게 의견의 일치를 보지 못했다. 두 부족장 간에 싸움도 그치지 않았다. 후에 알게 되었지만, 그것은 바로 축융의 교묘한 이간술로 비롯된 것이었다. 두 부족은 지나족이 다가오는데도 전사를 보내지 못했다. 마을을 비워 두었다가 습격당할 것이 두려웠기에 상호 견제만 하고 있었다.

축융은 불을 다루는 주술로도 무서운 사람이었지만, 생각이 깊고 음흉하여 첩자들을 먼저 보내 두 마을을 이간시켰다. 거기에 다시 사자를 보내어 지나족에게 항복하면 상대 부족의 땅을 주겠다는 제안을 했다. 파우족의 부족장은 대번에 술책에 넘어갔다.

결국 두탄족은 지나족의 습격을 염려한 나머지 전사들을 끌고 지나족과 싸우게 되었는데, 그 틈을 타 파우족이 두탄족을 습격했다. 파우족은 싸울 만한 사람이 아무도 없는 두탄족의 마을을 점령하여 모든 것을 빼앗고 남아 있는 사람들을 죽이거나 노예로 삼았다. 갈 곳이 없어진 두탄족은 사기가 떨어져 형천의 부대에게 전멸당했다. 파우족은 희희낙락하며 축융의 말만 믿고서 무기를 버리고 지나족에게 항복했다. 파우족 부족장이 지나족에게 항복하자 그들이 한 짓을 알고 있던 형천은 가차 없이 말했다.

'저 따위 배신자를 받아들여 봐야 걱정거리만 떠안을 뿐이다. 그런 쓰레기 같은 부족은 없어지는 편이 낫다.'

형천은 그들 부족의 남자들을 죽여 없애 버리고 여자와 아이들은 노예로 삼았다. 잡혀 왔던 두탄족 남자도 죽음을 당하고 두탄족 여자와 아이들도 주인이 바뀌었다. 결국 지나족은 아무 피해도 입지 않고 두 부족을 없앨 수 있었다.

치우우레는 두탄족과 파우족이 힘을 합치게 해야 하며 다른 부족도 주신의 권위로 뭉치게 해야만 지나족을 막을 수 있다고 신시를 출발하기 전부터 목소리를 높였다. 허나 모른 척하거나 끝까지 빈정대기만 하는 귀족들의 반대 때문에 뒤늦게야 두 부족이 싸우는 곳으로 출발했다. 그가 도착했을 때는 모든 것이 끝나 있었다.

두탄족과 파우족이 전멸하자 작은 부족들은 둑이 터지듯 무너져 도망치기에만 급급했다. 간혹 삼사백 명 정도의 작은 부족이 지나족에 대항하기도 했으나 금방 짓밟혔다. 용감한 부족장들은 싸우다 죽거나 패해 자취를 감추었으니, 이곳까지 몸을 피해 온 부족장들은 뒤도 보지 않고 도망친 겁쟁이들뿐이었다. 더구나 그들은 그 와중에도 계속 아옹다옹하며 자기끼리 싸움을 해 댔다. 그동안 정황을 생각하던 치우우레의 미간의 골이 깊어졌다.

'비겁한 부족장들과 서로 싸움질이나 하는 맥 빠진 전사 팔천 명. 우리 사울아비 천 명. 도저히 힘들다. 이 일을 어떻게 할까? 어떻게 할까?'

그때 부소다솔이 애써 침착한 척하며 치우우레에게 말을 건넸다.

"아무래도 두탄족과 파우족이 망한 지금에는…… 일단 신시로 돌아가서 한웅님께 사울아비를 더 보내 달라고 청을 드리는 것이 낫지 않겠나?"

치우우레는 쓸쓸하게 웃으며 되받았다.

"그게 통할 것 같은가? 지금 내가 거느린 사울아비 천 명을 데리고 오는 데도 반년이 걸렸네. 또 반년이 지나면 먀갸르나 미아우 부족은 하나도 남지 않을 거야."

부소다솔은 온몸이 떨려 오는 것을 간신히 추스르며 입을 다물었다.

그것을 보고 치우우레가 물었다.

"부소다솔, 무섭나? 죽는 게 겁이 나는가?"

부소다솔이 대답하지 못하자 치우우레는 부족장들을 훑어보았다. 그들도 치우우레의 시선을 피할 뿐 대답하지 못했다. 그러자 치우우레는 서글픈 듯 웃으며 부족장들을 향해 말했다.

"주신 사울아비 큰스승 치우우레가 말하오. 나도 무섭소. 죽는 것이 무섭소. 하지만 내가 죽는 것보다, 모든 마갸르나 미아우족이 없어져 지나족의 노예가 되는 것이 더 무섭소. 마갸르, 미아우는 내 벗이었소. 주신의 벗이었소. 그래서…… 그래서 나도 무섭지만…… 싸워야 하오."

치우우레가 떨리는 목소리로 말했지만, 사람들은 여전히 치우우레와 눈을 마주치려 하지 않았다. 치우우레가 버럭 소리를 질렀다.

"싸우지 않겠다는 말이오?"

"그…… 그건 아니오. 하지만 적의 수가……."

아사퀸이 변명이라도 하듯 중얼대는데 치우벌이 돌아왔다. 치우벌이 딱딱하게 굳은 표정으로 입을 열었다.

"지나족의 한 부대가 나섰습니다. 수는 열다섯천, 앞장선 사람은 형천입니다."

"형천?"

"형천!"

순식간에 두려움이 서려 수군대는 소리가 부족장들 가운데서 퍼져나갔다. 치우우레는 침착하게 물었다.

"나머지 서른다섯천 명은?"

"한나절 거리에서 움직이지 않습니다."

"우릴 끌어내려는 거다. 함부로 움직이면 안 되지."

치우우레는 잠시 생각하다가 단호하게 외쳤다.

"내가 나간다. 치우벌! 부소다솔! 자네들은 부족장들과 함께 여기서 절대 움직이지 말고 있게나. 모든 힘을 다해 울타리를 완성시켜야 하네. 그게 우리 목숨 줄일세."

치우우레는 지나족의 진군을 저지하고자 나무를 베어 성벽과 같은 높은 울타리를 만들도록 시켰는데 아직 완성되지 못했던 것이다. 치우벌이 물었다.

"어느 어느 부족을 데리고 가실 겁니까?"

"사울아비 반만 데리고 가겠네."

"혼자는 안 됩니다! 형님!"

치우벌이 깜짝 놀라서 소리치자 치우우레는 껄껄 웃었다.

"염려 말게. 형천에게 혼자 덤비기에는 내가 너무 늙었다는 것, 잘 안다네. 그런 짓은 안 할 걸세. 내, 좋은 수가 있다네."

부소다솔도 비록 안색은 허옇게 되었지만 애써 입을 열었다.

"나는…… 나는 별로 힘이 없지만…… 나도 데리고 가 주게. 무섭 긴 하지만…… 그래도…… 그……."

치우우레는 호탕하게 웃으며 부소다솔의 어깨를 탁 치면서 엄지손가락을 세워 보였다.

"자네의 용기야말로 진짜 용기야. 허나 염려 말게나, 부소다솔."

부소다솔이 서글픈 눈으로 올려다보자 치우우레는 미소를 띠며 말했다.

"그러나 나는 자네의 진짜 힘이 필요하다네."

"무슨 힘 말인가?"

"자네는 지나족이 아니라 먹을 것과 싸워야 한다네."

부소다솔은 그 말에 눈을 크게 떴다. 허옇게 질린 안색은 그대로였으나 눈은 미미하게나마 불타오르는 듯했다. 구천 명에 달하는 패잔병들에게 가장 큰 문제는 식량이라고 할 수 있었다. 셈이 밝은 부소다솔은 치우우레에게 식량 부족을 자주 하소연했다. 부소다솔은 자못 힘 있게 고개를 끄덕였다.

"싸워 봄세."

치우우레는 껄껄 웃으며 옆에 세워 놓았던 커다란 도끼를 들어 어깨에 둘러메고 큰 걸음으로 막사를 나섰다.

막사를 나서자마자 치우우레는 무섭게 얼굴을 굳히며 외쳤다.

"사울아비들아! 왼손 편은 나를 따르고, 오른손 편은 여기를 지켜라! 말에 타라!"

치우우레는 휘하의 사울아비를 여러 방법으로 다루었는데, 왼손 편, 오른손 편은 사울아비를 둘로 나눌 때 쓰는 방법이었다. 그 말을 듣고 왼편 다섯 명의 사울아비 스승이 소리치자, 오십 명의 큰 사울아비들이 일제히 대답했다. 사울아비 큰스승 밑에 열 명의 사울아비 스승이 있고, 스승 밑에 열 명의 큰사울아비가 있으며, 각 큰사울아비가 열 명씩의 사울아비들을 거느린다. 주신에서는 오직 치우우레 부대만이 이런 방법으로 움직였다. 오백 명의 사울아비가 일제히 움직이는 광경을 보면서 치우우레는 콧날이 시큰해졌다. 아들들이 생각났기 때문이다.

'희네, 나래. 그 녀석들…….'

치우우레에게 이런 방법이 좋겠다고 이야기한 것은 바로 치우천이었다. 물론 그 말을 했을 때는 어렸고, 이름도 희네라 불리던 시절이었다. 처음에는 그러지 않아도 잘 돌아가고 있는 일을 뭐 그리 복잡하게 할 필요가 있겠나 생각했으나, 실제로 치우천의 말대로 해 보니 이전보다 더 빠르고 효율적으로 사울아비들을 지휘할 수 있었다.

'그 녀석들…… 살았으면 왜 아니 올까? 다시 볼 수 있으려나…….'

치우우레는 안타까웠다. 여기서 형천과 부딪히면 당장은 어찌어찌 버텨 본다고 해도 주신에서 지원을 해 주지 않는 한 언젠가는 죽는 수밖에 없었다. 아들들이 살아 있다는 이야기는 양역에게 들었으나 드러내 놓고 내색할 수도 없는 처지여서 치우벌을 빼면 부소다솔도 모르고 있었다. 치우우레는 아들들이 보고 싶어졌다.

"큰스승께 아룁니다. 다 모였습니다."

사울아비 스승 한 명의 말에 치우우레는 퍼뜩 제정신으로 돌아왔다. 치우우레는 표정을 가다듬고 외쳤다.

"사울아비 큰스승 치우우레가 말한다! 지금부터 우리는 형천 놈을 혼내 주러 간다! 내 명령을 잘 들어야 하느니라! 알겠느냐?"

수는 적지만 우렁찬 함성이 울려 퍼졌다.

"저건 뭐냐?"

천천히 진군하던 지나족 부대의 선두에 섰던 형천이 옆에 있던 대전사에게 물었다. 형천은 대인족이라 아홉 명의 대전사를 거느리고 있었다. 아홉 대전사는 하나같이 상당한 힘과 기술을 지닌 전사들이었다. 위도 그중 한 명이었다. 형천 옆에 있던 대전사는 눈이 밝은 사람인지 즉시 대답했다.

"말 탄 전사들입니다. 사울아비 같습니다."

"몇이나 되나?"

"대략…… 사백? 오백? 그 정도 됩니다."

형천은 고개를 갸웃하더니 오른손을 들었다. 진군하던 부대가 멈추어 섰다. 지나족의 부대도 명령 체계는 있었으나, 반응은 상당히 느려서 만 오천 명의 부대가 멈추어 서기까지는 한참이 걸렸다. 그때쯤 저만치에서 달려오던 기마 부대가 형천의 눈에도 알아볼 수 있는 거리까지 접근했다.

"치우우레!"

형천이 코웃음을 치며 말하자 옆에 있던 대전사가 물었다.

"사울아비 큰스승입니까?"

형천은 고개를 끄덕이며 외쳤다.

"방패!"

형천이 명령하자 방패를 들고 있던 전사들이 와하며 어지럽게 달려 나와 부대의 앞을 막았다. 그것을 보고 대전사가 물었다.

"몇 명 안 되지 않습니까?"

형천은 고개를 저으며 대답했다.

"치우우레는 태산 회의 때 주신 한웅을 호위한 사람이다. 더구나 치우 집안사람이니 얕보아서는 안 된다."

그때 치우우레의 부대가 화살이 닿지 않을 만한 거리에 멈추어 서더니 일제히 서툰 지나 말로 소리쳤다.

"형천! 멍청한 돼지야! 쓰레기 같은 놈아! 골이 텅텅 빈 개 같은 놈아! 우리와 싸워 보자!"

그 말을 듣고 전사와 대전사 들은 앞으로 달려 나가려 했다. 그러나 형천이 외쳤다.

"움직이지 마라!"

"왜 그러십니까, 형천님?"

"함정이다."

"예?"

"우리를 화나게 하여 전진시키려는 꾀다. 치우우레는 무조건 붙어서 싸우는 사람인데, 저렇게 나오는 것을 보니 꾀를 쓰는 것이 분명하다. 저런 소리에 화낼 것 없다. 천천히 나가면 된다. 치우우레가 있는데 사울아비의 숫자가 저렇게 조금일 리 없다. 섣불리 행동하지 말고 조심해라."

형천이 부하들을 단속하는 사이 치우우레의 부대는 앞으로 달려 나오면서 화살을 쏘아 댔다. 주신의 활은 지나족의 활보다 훨씬 좋아서 사거리를 비교할 수조차 없었다. 화살이 휙휙 날아들자 방패를 든 전사들은 열심히 화살을 막았다. 전사들이 화살을 마주 쏘려 했지만 형천은 침착하게 말했다.

"쏠 필요 없다. 막으면 그만이다."

치우우레의 사울아비들은 화살을 날린 뒤 형천을 욕하고, 다시 화살을 날리고 욕하기를 세 번 반복하더니 재빨리 뒤로 돌아 달려가 버렸다. 대전사들이 뒤를 쫓자고 말하자 형천은 고개를 저었다.

"왜 뻔한 수에 넘어가느냐? 저 앞에 산골짜기가 있으니 서둘러 움직이면 좋지 않다. 우리는 아예 여기서 쉬고 내일 움직인다."

대전사 한 명이 나섰다.

"함정이 있으면 어떻습니까? 우리 머릿수가 훨씬 많지 않습니까? 그냥 들이치면 그만일 텐데요."

형천은 웃으며 말했다.

"우리가 머릿수가 많기 때문에 서두를 필요가 더욱 없지 않느냐? 우리는 나아가고 싶은 대로 나아가면 그만이다. 끝에 가서 이기면 되는 것이다."

치우우레는 한참 뒤로 돌아 달려가다가 사울아비 한 명을 보내 형천의 부대를 살피게 했다. 형천의 부대가 더 이상 전진하지 않고 하룻밤 묵을 준비를 한다는 보고를 받자, 치우우레는 껄껄 웃었다.

"내 이제껏 한 번도 쓴 일이 없었지만 꾀도 가끔은 쓸 만하군!"

치우우레는 사울아비들에게 외쳤다.

"시간을 벌어야 한다. 지나 욕도 좀 더 배워라. 아마 우리가 욕을 심하게 하면 할수록 형천은 느리게 움직일 것이다. 울타리를 만들 시간을 벌어야 한다!"

"예!"

사울아비들은 웃으며 크게 대답했다.

치우우레는 그런 식으로 이틀을 벌었다. 형천의 부대는 애초에 치우우레의 본진과 한나절 거리밖에는 떨어져 있지 않았으니 저지 작전은 성공적이라 할 수 있었다. 그러나 그러면서도 형천의 부대는 조금씩조금씩 진군하여 갔다. 그사이에 울타리는 비록 엉성하기는 해도 완성이 되어 갔다. 이틀이 지나고 사흘째가 되어 치우우레가 욕을 하러 달려 나가자 지나족이 우, 하며 움직이는 것이 보였다. 사울아비 한 명이 치우우레에게 말했다.

"오늘은 따라올 것 같습니다!"

치우우레는 한숨을 쉬었다.

"똑같은 수를 너무 많이 써먹었구나. 따라온다면 별수 없다. 싸워야지. 너는 가서 치우벌과 부족장들에게 울타리를 지키라고 말해라. 그리고 사울아비들은 화살을 꺼내 준비하라!"

치우우레의 사울아비들은 화살을 열두 대씩 가지고 있었다. 치우우레의 지휘하에 사울아비들은 말을 달려가서 화살을 쏘고 물러서고, 지나족이 접근할 만하면 다시 화살을 쏘는 식으로 지나족을 저지하려 했다. 그 방법으로 반나절 정도는 벌었지만 어느새 화살은 떨어졌고, 형천의 군대는 약간씩의 피해를 내면서도 꾸준히 진군해 왔다. 치우우레는 탄식했다.

"형천도 대단하군! 실수하지 않으려고 천천히 진격하기만 하는구나! 저게 제일 무서운 것이다."

결국 치우우레는 부하들을 몰고 나무 울타리로 둘러친 본진으로 들어가 버렸다. 그럼에도 형천은 급히 뒤를 쫓지 않았다. 천천히 전진했다. 서두르지 않는 지나족의 진군은 치우우레 측 부족장들에게 공포심을 안겨 주었다. 그것을 보고 치우벌이 외쳤다.

"부족장들이여! 저들은 우리보다 두 배가 많다지만 우리에게는 울타리가 있소! 여기 숨어 싸울 수 있으니 우리를 이기지 못할 것이오!"

치우벌이 외치는 사이, 형천의 부대는 주신의 화살이 닿지 않을 거리에 멈추어 섰다. 그러더니 형천이 앞으로 뚜벅뚜벅 걸어 나왔다. 끽구만큼이나 거대한 거인, 형천은 호랑이 가죽옷을 입고 호랑이 가죽 발싸개를 했으며 목에도 호랑이 이빨이 주렁주렁 걸린 목걸이를 걸고 있었다. 오른쪽 어깨에는 끔찍하게 큰 구리도끼를 둘러메고 있었으며, 왼손에는 거대한 나무 방패가 들려 있었다. 세상 제일의 역사(力士)라는 형천이 걸어 나오자 그 기세에 사람들은 몸을 떨었다.

형천이 앞으로 나서더니 차분하지만 우렁찬 목소리로 외쳤다.

"나는 지나, 대인족의 형천이다! 염제 신농의 명을 받고 이 땅을 얻으러 왔다. 염제 신농께 엎드릴 것이냐? 우리 앞을 막다가 죽을 것이냐?"

형천이 외치자 뒤에 빽빽하게 늘어선 만 오천의 지나 전사들은 입을 맞추어 "염제 신농! 염제 신농!"을 외쳐 댔다. 요란한 소리에 이편의 기세가 꺾이자 치우우레가 외쳤다.

"나는 주신 사울아비 큰스승 치우우레다! 그리고 여기는 마갸르와 미아우의 수많은 부족장이 있다! 우리는 여기서 죽을지언정 지나족 염제 신농 따위에게는 항복할 수 없다!"

치우우레가 우렁차게 외치자 부족장들은 눈을 감고 남몰래 한숨을 쉬었다. 형천은 차분하게 외쳤다.

"그런가? 나는 이제껏 항복한 부족은 괴롭히지 않았다. 지나족으로 받아들여 살던 그대로 살게 해 주고 손톱만큼도 건드리지 않는다. 그러나 감히 싸우려 드는 놈들은 한 놈도, 개 한 마리 닭 한 마리 남겨 둔 적이 없다!"

치우벌이 참지 못하고 흥분하여 버럭 소리쳤다.

"너희야말로 개 한 마리, 닭 한 마리 안 남을 줄 알아라!"

"잘 알았다."

형천이 껄껄 웃으며 몸을 돌려 돌아섰다. 그때 마갸르족의 몇몇 활 잘 쏘는 전사들이 형천에게 활을 쏘았다. 형천은 속도도 늦추지 않고 그대로 걸어가다가 화살이 와 닿을 때쯤 뒤에 눈이 달린 것처럼 번개같이 왼손의 방패로 등 뒤를 덮었다. 날아온 화살들은 방패에 투두둑 헛되이 박혀 버렸다. 그것을 본 지나족은 환호를 하며 사울아비들과 마갸르족, 미아우족을 조롱했다.

마갸르족 사이에서 두 사람이 울타리를 훌쩍 뛰어넘더니 제비처럼 몸을 빙빙 돌려 땅에 사뿐히 내려섰다. 얼핏 보아 몸집이 그리 크지는 않았지만 몸놀림이 예사롭지 않았다. 두 사람의 손에는 활과 화살통이 들려 있었다. 두 사람은 땅에 내려서자마자 먼지까지 일으키며 동시에 앞으로 달려 나가기 시작했는데, 달리는 속도가 말만큼이나 빨라서 보는 사람들은 눈을 의심했다.

'사람이 저렇게 빠를 수가 있는가?'

그때 마갸르족 친두 부족장인 아사쿤이 외쳤다.

"아니! 저 녀석들이……! 전사도 아닌 어린것들이……!"

그 말을 들은 치우벌이 물었다.

"전사도 아니라구요?"

"그…… 그렇소. 저놈들은 심부름꾼에 불과한 놈들이오. 저런 하찮은 것들이……!"

그 순간 달려가던 두 사람은 재빨리 형천의 좌우로 갈라져서 들고 있던 짧은 활을 동시에 내쏘았다. 형천은 흥, 코웃음을 치더니 화살이 날아오자 번개처럼 방패 끝과 도끼 끝으로 화살을 살짝 튕겨 냈다. 그러자 두 화살의 방향이 살짝 바뀌어, 마주 보고 화살을 쏘았던 두 사람의 얼굴을 노리고 날아들었다. 지나 전사들은 그 묘기에 놀라 와! 하며 소리를 지르려고 했다. 그런데 두 사람은 자기 쪽으로 되날아오는 화살은 신경도 쓰지 않고 다시 형천에게 화살을 쏘았다.

그때쯤 되날아온 화살이 두 사람의 얼굴에 박힐 지경이었는데, 두 사람은 동시에 그것을 이빨로 덜컥 물어 잡았다가 재빨리 활시위를 메겨 형천에게 다시 쏘았다. 형천은 양쪽에서 각각 두 개씩, 도합 네 개의 화살이 날아오자 재미있다는 듯 껄껄 웃으며 도리어 도끼와 방패를 땅에 내려놓고는 양손을 펴서 날아오는 화살을 잡아챘다. 곧이어 눈부신 동작으로 손에 쥔 두 개의 화살을 던져 뒤이어 날아오는 두 개의 화살을 맞혀 땅에 떨어뜨렸다.

기가 막힌 형천의 실력에 지나족이 환호하는 동안 두 사람은 형천에게 직접 달려들었다. 형천은 코웃음을 치며 무기를 집을 생각도 않고 두 주먹을 동시에 쥐어 보였다. 우두둑하고 마디 꺾이는 소리가 났다.

그런데 달려들던 두 사람은 형천의 손이 닿을 만한 위치에 오자 재빨리 한쪽 발을 뻗어 멈추어 서며 흙먼지를 형천에게 튀어 오르게 하고는 뒤로 달아났다. 하도 행동이 빨라서 형천도 잡을 수가 없었다. 더구나 두 사람이기 때문에 한 명을 잡으려 하면 다른 한 명이 번갈아서 흙먼지를 일으키는 판이라 형천은 한 사람도 잡을 수 없었다.

형천의 주위는 먼지가 자욱하게 피어올라 눈을 뜰 수 없을 지경이 되었다. 형천이 견디지 못한 듯 눈에 티가 들어갔는지 얼굴을 손으로 감싸자, 두 사람은 다시 달려들며 화살을 쏘아 댔다. 한두 개를 쏜 것도 아니고 빠른 손놀림으로 삽시간에 열 개 이상의 화살을 퍼붓는 것 같았다. 그러자 지나족 측에서는 "어, 어" 하며 걱정하는 소리가 새어 나오기 시작했다.

이윽고 자욱한 먼지 속에서 형천이 털썩 땅에 무릎을 꿇자 놀라움과 흥분의 함성이 양편에서 일어났다. 하도 놀라운 일이라 지나족도, 주신 측도 움직이는 사람이 없었다. 천하제일 역사인 형천이 저렇게 쓰러질 줄은 아무도 몰랐기 때문이다.

두 사람은 그제야 가쁜 숨을 몰아쉬며 움직임을 멈추었다. 그리고 자욱한 먼지를 휘저으며 조심스럽게 땅에 주저앉은 형천에게 다가가는데, 갑자기 커다란 웃음소리가 들리면서 형천이 허리를 활짝 폈다. 그러면서 형천이 양손을 들어 보였는데, 손에는 각각 열 개 이상의 화살이 쥐어져 있었다. 형천은 뿌연 먼지 속에서 눈으로 보지 않고도 날아오는 스무 개의 화살을 손으로 잡아 낸 것이다. 두 사람이 깜짝 놀라 주춤하는 순간, 형천은 떠나갈 듯 소리를 지르며 힘껏 발로 땅을 굴렀다.

그러자 둔중한 쿵쿵 소리와 함께 땅이 움푹 파이면서 주변의 돌이며 나무 따위가 튀어 올랐다. 보통 사람들 같으면 그 울림에 넘어졌을 것이지만, 두 사람은 기가 막힌 속도로 위로 펄쩍 뛰어올라서, 그 울림을 피해 뒤로 내려앉았다. 그러더니 그중 한 사람이 마갸르 말로 외쳤다.

"분하구나! 형천! 다음번에는 반드시 죽이겠다!"

그 기세는 우렁찼지만 목소리는 작고 가냘파 사람들은 그가 나이 많은 전사가 아니라 앳된 소년에 불과하다는 것을 그때야 알 수 있었다. 형천은 하늘을 보고 껄껄 웃으며 물었다.

"괜찮은 놈들이군! 허나 아직 멀었다. 네놈들 이름이 뭐냐?"

"나는 울쿠타다!"

"나는 야쿠타다!"

그들은 바로 친두 부족장의 심부름꾼인 울쿠타 야쿠타 형제였다. 아직 솜털이 보송보송하기는 했어도 몇 년 사이에 키가 어른 못지않게 자라 있었다. 두 소년이 큰 소리로 대답하자 형천은 호탕하게 웃으며 엄지손가락을 세워 내밀어 보였다.

"뭐, 좋다! 싸우고 있는 사이지만, 너희는 마음에 든다! 내, 오늘은 너희를 보아 공격하지 않겠다! 다음번에는 더 멋지게 싸워 보자, 더 재미있는 기술을 보여 달라!"

형천이 계속 호탕하게 웃으며 도끼와 방패를 집어 뒤로 돌아서자 울쿠타와 야쿠타는 번개같이 몸을 날려 자신 쪽의 울타리로 돌아왔다. 지나족이나 주신, 마갸르, 미아우족은 멋진 대결에 박수를 보내며 환호했다. 아사쿤은 심부름꾼이 나선 것이 부끄러웠으나, 그렇다고 하루의 공격을 미루게 만든 두 사람을 책망할 수도 없어서 왔다 갔다 하기만 했다. 치우우레는, 아직 앳되지만 당당한 두 소년이 마음에 들어서 그들을 불렀다.

"이리 와 보아라. 장하구나, 너희들."

울쿠타와 야쿠타는 흥분으로 빨갛게 상기된 얼굴로 치우우레의 앞에 무릎을 꿇더니 약간 서툰 주신 말로 외쳤다.

"아버님 같으신 치우우레님을 뵙게 되어 기쁩니다!"

"아버님? 내가?"

치우우레가 의아하여 묻자 울쿠타 야쿠타는 동시에 대답했다.

"회네 형님, 나래 형님의 아버님 아니십니까? 두 형님은 저희 형제가 가장 존경하는 분들입니다!"

울쿠타 야쿠타는 심부름꾼인 탓에 태산 회의 이후 치우 형제를 만나지 못했기 때문에 그들의 이름이 치우천, 치우비로 바뀐 것을 모르고 있었다 치우우레는 오랜만에 두 아들의 어릴 적 이름을 듣자 갑자기 눈물이 핑 돌았다. 치우벌은 그것을 보고 혀를 찼다.

"형님, 또 시작이시네."

"이 녀석들아, 너희가 내 아들들을 아느냐? 형님이라고? 내 아들들과 친했느냐?"

"태산 회의 때 만났습니다. 희네 형, 나래 형은 어리고 심부름꾼인 저희에게 잘해 주었습니다. 좋은 형들이었습니다."

"주신 말을 잘하는구나."

"심부름꾼이라서 여러 부족 말을 할 줄 압니다."

"그렇게 활 쏘는 법은 누구에게 배웠느냐?"

"그냥…… 둘이 같이 생각해 내고 같이 연습했습니다. 오래 생각한 건데……. 우린 아무도 피하지 못할 줄 알았습니다. 그런데 형천은 정말 무섭네요."

치우우레의 눈에는 마갸르족인 울쿠타 야쿠타가 자기 아들들처럼 보이는 듯했다. 치우우레는 두 사람을 얼싸안고 눈물까지는 흘리지 않았으나 두 사람의 얼굴에 텁석나룻 뺨을 비벼 댔다. 그것을 보고 아사큔은 쩔쩔매며 중얼거렸다.

"아이구! 저 심부름꾼 놈들이……! 사울아비 큰스승님에게……. 저런! 죽고 싶으냐? 응?"

치우우레가 아사큔을 쳐다보며 물었다.

"아사큔 부족장께 나 치우우레가 말하오. 이 아이들이 정녕 심부름꾼이오?"

"아…… 예……."

"그럼 종으로 부리셨소?"

"예. 저놈들은 그냥 어릴 때부터 밥이나 주고, 발이 좀 빨라서 심부름이나 시키던……."

"이 아이들이 어떻게 심부름꾼이오? 당신 눈이 있소, 없소? 형천과도 당당히 맞선 아이들을 심부름꾼으로 부리다니!"

치우우레가 언제 감격하고 흐뭇해했냐는 듯, 갑자기 목소리를 바꿔 인정사정없이 몰아붙이자 아사큔 부족장의 얼굴이 새빨개졌다.

"아니…… 그게 아니고, 난 저놈들이 재주가 있는지 몰라서……."

"이 아이들을 내게 주시오! 몸값은 충분히 드리리다!"

"예? 아니…… 그건…… 그놈들을 왜……?"

"내 사울아비로 만들 거요. 왜, 불만이오?"

울쿠타 야쿠타의 얼굴은 안 그래도 형천과의 겨룸으로 흥분하여 빨개졌는데 그 말에 더더욱 사과처럼 새빨갛게 상기되었다. 아사큔의 얼굴도 붉어졌다. 치우우레의 행동은 아무리 사울아비 큰스승이라 해도 부족장인 자신을 무시하는 것처럼 보였다.

그러나 눈을 부릅뜬 텁석부리 치우우레의 무시무시한 얼굴이 아무래도 심상치 않았다. 형천 못지않게 무서웠다. 부족장으로서의 자존심은 있었으나 치우우레 발밑의 커다란 구리도끼가 눈에 들어오자 아사큔은 마음을 정했다. 아사큔이 결국 한숨을 쉬며 고개를 끄덕이자 두 사람은 치우우레에게 절을 하며 외쳤다.

"감사합니다! 감사합니다! 감사합니다!"

아사큔은 이럴 수도 저럴 수도 없어서 쩔쩔맸고, 치우벌도 의아하여 말했다.

"형님, 이 애들은 마갸르족인데…… 사울아비로 만들기엔……."

치우벌은 치우우레가 무시무시한 눈빛으로 자신을 쏘아보자 황급히 능청스레 주워섬겼다.

"시간이 걸릴 것 같군요. 허허, 허허허!"

치우우레는 엄한 목소리로 울쿠타와 야쿠타를 보고 말했다.

"너희는 이제부터 어린 사울아비다. 열심히 안 하면 사울아비는 못 될 거다. 봐주지 않는다. 알았느냐?"

울쿠타 야쿠타가 동시에 대답하자 치우우레는 치우벌과 다른 사울아비들을 죽 둘러보았다.

"이 애들은 이제 내 아들이나 마찬가지다. 알겠는가?"

사울아비들은 어이가 없어 껄껄 웃었지만, 치우우레의 성품을 아는지라 모두 손뼉을 쳐 주었다.

아사큔 부족장만이 불만스럽게 뭐라고 중얼거릴 뿐이었다. 아사큔은 울쿠타 야쿠타 형제를 마구 부리면서도 항상 구박만 해 왔기 때문에, 야쿠타는 슬쩍 아사큔 부족장에게 혀를 내밀어 보이기까지 했다. 아사큔은 화가 치밀어 올랐으나 감히 뭐라 할 수 없어서 발만 몇 번 구르고는 다른 곳으로 가 버렸다.

다음 날부터 형천은 공격을 시작했다. 치우우레는 사울아비들로 하여금 각 부족의 전사들을 통솔하게 하여 저항을 했다. 공격 방법은 단순하면서도 집요했다. 형천은 열다섯천 명의 군대를 셋으로 나누어 오천 명 단위로 만들었다. 한 무리의 부대만 공격을 하게 하다가 그들이 지칠 만하면 물러서서 휴식을 취하게 하고 다른 부대를 내보냈다. 그런 식으로 번갈아 공격하게 되자 지나 전사들은 휴식을 충분히 취하게 되어 피로가 누적되지 않았으나, 수비하는 군대는 휴식을 제대로 취할 수 없었다.

형천의 부대는 많은 희생을 치를지도 모를 울타리 공격에 그렇게까지 적극적이지는 않았다. 허나 그렇다고 그냥 지켜볼 수도 없는 노릇이라 치우우레 측은 격렬하게 맞서야 했다. 울타리를 노리는 형천의 부대를 상대로 하루 종일 화살을 쏘아 대야 하니, 화살 소비가 극심하여 사나흘만 지나면 다 떨어질 것 같았다. 쏘지 않을 수도 없었다.

치우우레도 부대를 둘로 나누어 번갈아 휴식을 취하게 하려 했지만, 엉성한 나무 울타리와 가죽 막사, 움집이라 아무리 잠을 청하려 해도 외부의 소리가 그대로 전달되었다. 적의 공격이 끊이지 않고 이루어지니 피곤이 누적되고 있었다. 보통 낮에는 싸우고 밤에는 자는 것이 일반적이었지만 형천의 공격은 낮밤의 구별이 없었다.

치우우레는 고민하다가 귀를 막고 잠을 자라고 했다. 그래도 사람들은 불안감에 잠을 이루지 못했다. 귀를 막으니 오히려 마음속의 불안감이 커졌다. 귀까지 막고 자다가 울타리가 무너지고 지나족이 몰려오면 눈도 떠 보지 못하고 죽는다는 생각에 전사들은 휴식을 취하지 않고 불안하게 떠돌았다. 그러다가 막상 싸움에 투입되면 기력이 없어서 제대로 싸우지 못하고 죽는 경우가 늘어만 갔다. 경험 많고 훈련이 잘된 사울아비들은 시간이 되면 아무 데서나 잠을 청하곤 했으나 대부분의 전사들은 그러지 못했다.

수적으로 보아서는 이쪽이 구천 명이고, 지나족은 만 오천. 이쪽은 지형이 이롭고 나무 울타리도 끼고 있어서 불리하다고만 볼 수는 없다. 하지만 이쪽은 통솔조차 일사불란하지 못한 오합지졸, 저쪽은 하나로 뭉쳐져 잘 단련된 전사들이다. 사울아비들의 힘과 치우우레의 지휘력 때문에 간신히 균형을 지키고 있는데, 전사들이 이렇듯 급격하게 기력이 떨어지면 조만간 균형이 무너질 것이 분명했다.

형천의 공격이 시작된 지 사흘째 되던 날 치우우레는 치우벌 및 부족장들과 함께 회의를 열었다.

"주신 사울아비 큰스승 치우우레가 말하오. 형천은 우리 편을 지치게 만들고 있소. 우리의 힘이 빠지면 한꺼번에 치고 들어올 생각인 거요."

제대로 잠을 자지 못해 눈이 붉게 충혈된 부족장들은 걱정했다.

"이대로라면 싸우다가 잠들어서 죽을지도 모르오."

"그러니 무슨 수를 써서라도 번갈아 가며 쉬어야 하오. 잠을 자야 하는데……"

"그게 말같이 쉽겠습니까? 주신 사울아비들이야 그럴 수 있겠지만…… 우리 부족 전사들은 그런 경험이 별로 없습니다."

치우우레는 텁석나룻을 쓸어내리며 신음 소리를 냈다. 치우우레도 노련한 사람이라 형천의 의도를 충분히 짐작할 수 있었다. 비록 졸음을 이기기는 대단히 어렵지만, 사람은 단련되다 보면 스스로 틈틈이 자는 법을 터득하게 마련이다. 그러나 일조일석에 할 수 있는 일은 아니다.

"형천이 저런 방법을 쓰는 것을 보니 오늘이나 내일이면 밀고 들어올 모양이구나. 허나 어떻게 할까? 막을 방법이 없구나. 화살도 거의 다 떨어져 가는데……."

그때 한 사울아비가 얼굴이 벌겋게 상기되어 달려와 외쳤다.

"큰스승님! 큰스승님!"

치우벌이 대신 나무랐다.

"왜 그리 호들갑이냐? 부족장들과 중요한 이야기를 나누는 것을 모르느냐?"

"압니다. 하오나 큰스승님! 나와 보십시오!"

"형천이 밀고 들어오느냐?"

치우우레는 눈을 부릅뜨며 도끼를 치켜들고 일어섰다. 그러자 사울아비가 웃으며 고개를 저었다.

"누가 왔습니다! 반가운 사람입니다. 나와 보십시오!"

"누가 왔다고?"

그때 부소다솔이 흥분한 얼굴로 달려 들어오며 외쳤다.

"와…… 왔네!"

"도대체 누가 왔기에 이 호들갑인가?"

치우우레가 밖으로 나가자 거기에는 처음 보는 사람이 히죽히죽 웃으며 서 있었다. 뚱뚱보에 능글맞은 서쪽 사람의 얼굴, 바로 시기르타였다. 시기르타는 치우우레를 보자마자 웃으며 인사를 건넸다.

"그 이름도 널리 알려진, 주신의 사울아비 큰스승 치우우레님이십니까요? 저는 시기르타라고 합니다요! 서쪽의 장사꾼입죠!"

치우우레는 시기르타보다도, 그 뒤에 늘어선 소 떼와 거기 실려 있는 수많은 꾸러미들을 보고 더 놀랐다.

"그렇소, 내가 치우우레요. 그런데……."

"헤헤, 싸우시느라 고생이 많습니다그려. 자, 저걸 어서 실어 나르시지요."

"저게 대체 다 뭐요?"

시기르타는 축 처진 배를 출렁거리며 채신없이 웃어 댔다.

"뭐긴 뭡니까? 소하고, 곡식, 화살, 무기 들입니다요!"

"저걸 가지고 뭐 하라는 거요?"

"뭘 하다닙쇼? 소는 잡아 드시고 또 가죽으로 쓰시고, 화살은 쏘면 되는 것입죠. 곡식이나 무기도 마찬가지구요."

치우우레는 잠시 생각하다가 정중하게 표정을 바꾸었다.

"사울아비 큰스승 치우우레가 말하오. 우리는 저것들이 절실히 필요합니다. 하지만 내민다고 무조건 덥석 받지는 않습니다."

시기르타는 헤헤헤 하며 크게 웃었다.

"뭐가 덥석 받는 것입니까요? 저는 값을 받았습니다요! 이리로 날라 온 것으로 제 일은 끝났다굽쇼."

부소다솔이 치우우레의 곁에서 속삭였다.

"소가 삼백 마리나 되고, 얼핏 보기에도 화살과 무기가 많구먼! 저것이라면 한 달은 버틸 수 있네!"

치우우레는 의아하여 물었다.

"도무지 이해가 되질 않는구려. 누가 이것들을 보냈단 말이오? 주신 신시에서 보내셨소?"

시기르타가 낄낄 웃으며 대답했다.

"반만 맞고 반은 틀렸습니다그려! 헤헤. 주신은 주신인데, 신시가 아니라 작은 주신에서 온 것들입니다요!"

"작은 주신……?"

시기르타는 잠시 주변을 살펴 사람들이 자신을 주목하지 않는 틈을 타 재빨리 엄숙한 표정으로 치우우레에게 속삭였다.

"아드님들이 보내신 것입니다. 이 시기르타, 인사드립니다."

"아……들?"

"그렇습니다. 치우천 치우비 형제 말입니다. 그분들은 제 가장 큰 고객이고 그들에게 제 운을 걸었습니다. 앞으로 잘 부탁드립니다요."

시기르타는 재빨리 원래의 낄낄거리는 태도로 돌아가 몇 마디를 더 중얼거렸으나, 치우우레는 치우천 치우비의 이름을 듣는 순간, 눈앞이 어찔하며 눈물부터 났다.

"그…… 그 녀석들이……?"

치우우레는 아무 소리도 들리지 않았고 아무것도 보이지 않았다. 하염없이 눈물만 흘리면서 속으로 부르짖을 뿐이었다.

'안파견 한님! 감사하오이다! 하늘이시여! 감사하오이다!'

그때 다른 사울아비가 달려오며 외쳤다.

"한 무리의 사람들이 왔습니다! 여자 두 사람하고 늙은이가…… 도…… 도깨비들을 데리고……."

"여자? 아니, 그리고 도깨비가 싸움터에는 왜……?"

치우벌이 채 말을 끝내지도 않았는데, 갑자기 낄낄거리는 흉악한 웃음소리가 들리며 시커먼 것이 허공을 획 날아왔다. 치우벌과 다른 사람들이 깜짝 놀라 물러서며 경계하려는 순간, 시커먼 그림자가 땅에 사뿐히 내려서더니 흉악하게 웃으며 입을 열었다.

"도깨비가 싸움터에 오면 안 될 이유가 어디 있소? 히히히……."

비울걸이었다. 치우벌과 사울아비들은 비울걸의 흉악한 모습에 놀라 뜨악한 표정을 지었다. 다만 치우우레는 아직도 중얼거리며 눈물만 흘리고 있었다. 비울걸은 치우우레를 보고 웃었다.

"허우대가 멀쩡한 사람이 눈물도 많으시구먼. 혹 치우우레님 아니시우?"

치우우레가 간신히 정신을 되찾고, 치우벌이 도대체 어떻게 돌아가는 일인지 몰라 당황해하는데, 이번에는 흰 머리를 길게 늘어뜨린 키가 큰 여인과, 검은 머리를 길게 늘어뜨린 날씬한 소녀가 다가왔다. 그들의 뒤에는 머리색이 노랗고 혹은 붉거나, 피부색이 거무튀튀한 기이한 모습의 도깨비들이 수십 명이나 따라오고 있었다.

경계심을 잔뜩 돋운 사울아비들과 각 부족 전사가 무기를 들고 주위를 빽빽이 에워싸고 있었지만, 도깨비들이나 두 여자는 신경도 쓰지 않았다. 그들은 물론 무라와 울라트였으며, 도깨비들 중에는 리미와 마냥이 끼어 있었다. 치우우레는 도깨비들이 우르르 몰려오자 의아한 표정을 지었으나 무라를 알아보고는 인사를 했다.

"카린의 무라마이 아니시오?"

무라는 예전 그대로 딱딱한 어조로 감정 없이 대답했다.

"이제는 카린의 무라마이가 아니라, 작은 주신의 무라입니다."

뒤를 이어 울라트가 명랑하고도 애교 있게 치우우레를 보고 생글 웃으며 외쳤다.

"아버님! 아버님! 반갑습니다! 인사드릴게요!"

부소다솔이 울라트를 쳐다보고 멍하니 중얼거렸다.

"자네, 언제 저런 딸을 낳았나?"

"나도 모르겠는데……?"

치우우레가 뭔가에 홀린 듯 중얼거리자 울라트는 재빨리 재잘거렸다.

"천 오라버니와 비 오라버니의 아버님이시니 저에게도 아버님이시죠. 인사드립니다. 타타르 앗수라트족 키타야 부족장의 딸, 울라트입니다. 작은 주신의 치우천 부족장님의 여동생이기도 하구요."

울라트가 단숨에 설명을 끝내고 곱게 절을 올리자 치우우레는 얼떨떨하면서 절을 받으며 물었다.

"작은 주신, 작은 주신하는데 희네 녀석이 부족을 세웠소?"

"아이 참, 아버님도. 그리 딱딱하게 말씀하시지 마세요. 딸한테 말을 높이시면 어쩌시나요."

울라트가 자못 간드러지게 말하자 치우우레는 어쩔 줄을 몰랐다.

비울걸이 나서며 말했다.

"나는 작은 주신의 도깨비 왕, 비울걸이라오. 나는 천 녀석을 아들처럼 생각하고 있으니 당신과는 형 아우나 하면 맞겠구려. 그래도 당신 친아들이 부족장이니 내 더 쪼그라들긴 했지만 당신을 형님처럼 모시리다. 형님, 반갑소!"

비울걸이 친한 척 능청스레 말을 늘어놓았으나 치우우레는 돌같이 서 있을 뿐이었다. 곧이어 붉은 머리 도깨비와 온몸이 새까만 도깨비가 앞으로 나오더니 웃으면서 치우우레에게 정중하게 고개를 숙였다.

"도깨비 리미가 주인님의 아버님께 인사드립니다."

"도깨비 마냥이 주인님의 아버님께 인사드립니다."

조금은 부자연스럽지만, 도깨비들이 주신 말로 유창하게 인사를 하자 주위 사람들은 놀랐다. 치우우레는 잠시 눈을 뚝 감고 머리를 몇 번 흔들다가 눈을 뜨며 중얼거렸다.

"이것이 꿈인가?"

"꿈이라니요! 그러면 섭섭하지요!"

울라트가 애교스럽게 눈을 흘기며 호들갑을 떨었다. 그때 울타리 쪽에서 사울아비 한 명이 달려오며 외쳤다.

"또 한 부대가 밀려옵니다!"

그 말을 듣고 치우우레는 급히 말했다.

"무슨 일이 어떻게 돌아가는지 모르겠지만, 나중에 이야기합시다. 지금은 그럴 때가……."

울라트가 샐쭉거리며 되받았다.

"지금 이야기 안 하면 언제 하나요, 아버님!"

딸을 길러 본 적이 없는 치우우레는 울라트의 애교에 어쩌지 못하여 얼굴까지 붉어져서 쩔쩔맸다.

"아니, 아무리 그래도……."

"할아버지! 뭐해요! 어떻게 힘 좀 써 보라구요!"

"허, 날이 갈수록 이 늙은이만 부려 먹는구나. 제기랄, 자식만 소용없는 게 아니라 의붓딸도 전혀 쓸모없구나. 할아버지라고 하지 말랬지? 너는 내 의붓딸인데, 딸이 애비보고 할아버지라고 하면 어떻게 해? 더구나 늙고 힘없는 놈한테 뭘 바라는 거냐?"

"만날 늙은이라고 하니 할아버지라고 해야죠, 뭐! 더구나 아버님을 처음 뵌 날인데 저 빌어먹을 놈들이 지랄하잖아요! 자근자근 밟아서 비틀어 버리라구요!"

울라트는 치우우레와 이야기할 때와는 딴판으로 험한 말을 거침없이 쏟아 냈다. 그러더니 뒤를 보며 건방진 태도로 코끝으로 리미를 가리켰다.

"리미! 마냥! 할아버지하고 함께 가 봐. 조용히 시켜."

울라트는 언제 애교스러웠냐는 듯 찬바람이 쌩쌩 몰아치는 태도로 말했다. 특별히 소리를 지른 것도 아닌데, 주변의 전사와 사울아비들의 등에 괜스레 소름이 돋을 정도였다.

"예!"

"예! 헤헤헤."

리미는 씩씩하고 엄하게, 마냥은 실실 웃으며 대답했다. 그러자 비울걸은 뒷짐을 지고 천천히 걸어가며 말했다.

"아이구, 허리야, 다리야. 쑤신다, 쑤셔. 늙으면 죽어야지. 의붓딸에게 구박받고 이 나이에 뒤치다꺼리나 하고, 무슨 놈의 신세가 이따위야!"

비울걸이 침을 뱉으며 울타리 쪽으로 유유히 걸음을 옮기는 것과 동시에, 리미와 마냥이 도깨비들에게 손짓하자 도깨비들이 우르르 뒤를 따랐다. 치우우레는 이런 엉터리 같아 보이는 짓을 더는 두고 볼 수 없어서 뭐라 하려는데, 무라가 가만히 손을 들어 치우우레를 제지했다. 무라의 차분한 표정을 보고 치우우레는 소리치려다가 멈추었다.

울라트가 자못 진지한 표정을 지으며 나섰다.

"염려 마세요. 지나족은 오늘 못 와요."

그 말을 듣자 치우우레는 자리에 멈추어 섰다.

"뭘 어떻게 한다는 거요? 아니…… 거냐?"

"두고 보시라니깐요."

울라트는 애교스럽게 웃어 보였다. 치우벌은 더 참지 못해 외쳤다.

"도대체 무슨 수작이냐! 사……."

치우벌은 사람도 아니고 귀신 같은 것들이라 말하려다가 무라를 보고는 입을 다물었다 치우벌은 무라가 카린의 지체 높은 족장이었던 것을 알기 때문이었다. 이 무리에는 제대로 된 사람이 하나도 없고 전부 귀신, 도깨비의 모임이라, 치우벌의 눈에는 이제 아름다운 무라마저도 귀신 같아 보였다.

울라트는 치우벌에게 살짝 눈을 흘겨 손가락을 올려 보이고는 고개를 살살 흔들며 말했다.

"아저씨, 그러면 안 돼요. 잘못하면 할아버지한테 혼나요."

그때 얼굴이 퍼렇게 질린 마갸르족 부족장 한 사람이 몸을 덜덜 떨며 다가왔다. 그는 떨면서 울라트를 보고 물었다.

"저…… 저분이…… 그러니까 할아버지가…… 타타르의 도깨비 왕……인가?"

울라트는 건방진 태도로 코웃음을 흥, 치며 대꾸했다.

"그럼, 세상에 도깨비 왕이 둘이겠어요?"

"어이쿠!"

그 부족장은 놀라서 그만 엉덩방아를 찧었다. 울타리 너머에서 와와 하고 함성과 비명 소리가 뒤섞여 들려왔다. 지나족이 무엇에 당하거나 난리가 난 것 같았다. 아직 전사는 한 명도 내보내지 않았고 울타리에선 전사들도 화살 한 대 쏘지 않았는데 왜 혼란스러워졌는지 치우우레는 알 수 없었다. 울타리 위에 선 전사들은 울타리 끝에 매달려서 넋이 나간 듯 밖을 내다보고 있었다. 치우우레도 달려가 보려 했으나 어느새 울라트가 착 달라붙으며 재잘거렸다.

"볼 것 없어요. 보긴 뭘? 할아버지는 만날 저거야. 재미 하나도 없다구요. 눈만 버려요. 지나족을 다 죽일 수 있는 것도 아닌데, 뭘. 리미, 마냥도 있으니 이삼백 명이나 죽일까? 그래도 지나족이 오늘은 못 덤빌 테니깐 한눈팔지 말고 같이 놀자니까요? 근데 아버님, 맛있는 거 없나요? 아휴, 배고파."

치우우레는 어이가 없어서 멍해졌다. 자기가 꿈을 꾸고 있거나 귀신에게 홀린 것 같았다.

갑자기 솟아난 도깨비 무리에게 당해 혼란에 빠진 지나족은 리미와 마냥의 도깨비 부대가 가세하면서 무섭게 달려들자 급기야 공포를 이기지 못하고 꽁무니를 빼 버렸다. 도깨비들에 홀려 서로 죽고 죽여서 이백이십 명, 리미와 마냥이 이끄는 사십 명의 도깨비 부대에게 백칠십명, 합하여 삼백구십 명의 많은 사망자를 낸 지나족 부대는 산산이 흩어져 본진으로 후퇴해 버렸다. 형천도 놀라 도깨비와는 함부로 대적할 수 없다 생각하고 일단 그날은 공격을 멈추고 대책 마련에 부심했다.

치우우레는 비울걸과 리미 등이 지나족을 막아 주자 기뻐하면서 그들과 무라, 울라트를 후하게 대접했다. 치우벌과 부소다솔, 각 부족장들도 뜻밖의 도움을 받자 기뻐서 그들을 환대했다. 더구나 많은 식량과 화살, 무기가 도착하자 사울아비들과 각 부족 전사들의 사기도 올라갔다. 특히 울타리를 지키면서 비울걸의 능력을 본 전사들은 이제는 이길 수 있을 것 같다는 확신마저 갖게 되었다. 시기르타는 대접을 사양하고 장사하러 가야 한다면서 곧 떠나 버렸다.

치우우레의 대접을 받은 울라트는 울쿠타 야쿠타를 다시 만나자 기뻐서 어쩔 줄을 몰라 했다. 리미, 마냥도 두 사람을 희미하게 기억하고 있었다. 울쿠타 야쿠타가 좋지 않은 환경에서도 훌륭하게 성장한 것을 보고 말수가 없는 무라도 두 사람을 칭찬해 주었다. 두려울 정도로 말수가 적고 엄숙해 보이는 무라에게서 따뜻한 칭찬의 말을 듣자 울쿠타 야쿠타는 얼굴을 붉혔다.

그러나 치우우레는 아직도 미간의 골을 펴지 못했다. 비록 신기한 재주를 지닌 비울걸과 도깨비들의 도움을 받더라도, 식량과 무기가 많이 보급되었다 해도 형천의 만 오천 대군을 상대하기란 쉬울 것 같지 않았기 때문이다. 울라트는 그런 치우우레를 힐끗 보더니 애교스럽게 웃었다.

"아버님, 아버님. 걱정하지 마세요. 우리가 이길 수 있어요. 이제는 사정이 완전히 바뀔걸요? 그렇죠, 할아버지?"

옆에서 지저분하게 음식을 먹고 술을 퍼마시던 비울걸이 콕콕거리며 웃었다.

"아, 의붓딸이 애비보고 할아버지라니, 도대체 어떻게 되는 거야? 제기랄, 염려 마라. 염려 마."

울라트는 싱긋 웃으며 치우우레에게 말했다.

"이제까지 고달프셨죠? 잠도 못 주무시고요."

치우우레는 고개를 갸웃거리며 물었다.

"그것을 어떻게 알았느냐?"

"천 오라버니가 그럴 거라고 말해 주었죠."

"천…… 그 녀석이…… 그렇게나……."

치우우레는 울라트의 말 한마디로 치우천이 자신의 생각을 훨씬 뛰어넘을 만큼 똑똑하게 자랐다는 것을 알 수 있었다. 형천이 어떻게 움직일지, 치우우레가 어떻게 대처할지 치우천은 손바닥을 보듯 읽었다는 이야기이다.

'그 녀석…… 많이 자랐구나. 하긴, 원래 똑똑한 놈이었지. 나보다 백배 낫겠구나. 이렇게 기쁜 일이 있을까?'

자식 이야기만 나오면 꼼짝 못하는 치우우레가 다시 눈물을 글썽거리자 울라트는 킥킥 웃었다.

"이젠 염려 마세요. 잠 못 자는 건 지나족일 거예요."

그날 밤부터 지나족의 본진은 한시도 조용할 틈 없는 수라장이 되어 갔다. 조용해질 만하면 여기서 도깨비가 나타나고, 조용해질 만하면 저편에서 도깨비가 나타나 사람을 놀라게 했다. 아무리 경계를 철통같이 해도 여기저기서 나타나는 도깨비들을 어쩔 수가 없었다. 칼로 베어도 베어지지도 않고, 창으로 찌르거나 돌로 쳐도 소용없었다. 도깨비들이 사람을 직접 해치는 것 같지는 않았다. 그렇다고 흉악한 도깨비들이 돌아다니는 악다구니 속에서 태연히 잠을 잘 만한 지나족 전사는 거의 없었다.

하룻밤이 지나자 지나 전사들은 눈이 새빨개지고 다리가 후들거렸다. 지독한 것은, 도깨비들이 밤에만 아니라 낮에도 가끔씩 나와 사람을 놀라게 한다는 점이었다. 급기야는 아무것도 아닌 것을 보고도 도깨비라고 무서워하고 소란을 피우는 전사들이 태반을 넘게 되었다. 그것을 보고 형천은 이를 갈았다.

"저쪽에 주술사가 있나 보다. 내가 실수했구나. 나도 주술사를 데려왔어야 했는데……. 이건 어떻게 할 수가 없군!"

형천은 힘과 용기가 있는 대전사들과 함께 도깨비들을 때려잡으려고 돌아다녔으나 도깨비들은 형천이나 대전사 부근에는 얼씬도 하지 않았다. 힘없고 겁 많은 보통 전사들만을 괴롭혔다. 결국 형천은 다음 날에도 공격을 하지 못하고, 이 골칫거리를 어떻게 해결할까 하는 회의만 하며 시간을 보냈다.

사람들이 아는 지식을 모아 말 피, 닭 피, 개 피를 뿌리기도 하고, 특별한 나무를 태워 연기를 피우기도 했으며 몇몇 도깨비를 쫓기도 했다. 그러나 만 오천 명의 부대와 부대들이 사용하고 살아가는 모든 것에 피를 묻힐 수도 없었고, 본진 전체를 연기로 덮을 수도, 또 그럴 만큼 많은 나무가 있는 것도 아니었다.

이틀째가 되자 형천은 도저히 부하들에게 공격하라는 명령을 내릴 수 없었다. 만 이틀 동안 한숨도 눈을 붙이지 못한 사람이 반이 넘었다. 막사에 들어가면 도깨비들이 나온다고, 수천 명의 전사들이 공터에 모여 밤이슬을 맞아 가며 밤을 새우니 힘이 날 리가 없었다. 혼자 무리에서 떨어질 용기가 없어서 대소변마저도 참다가 바지에 싸 버리는 경우까지 있었다. 그런데도 그들은 졸지도 못하고, 공포와 두려움에 빠져 충혈된 눈을 번득이며 사방을 계속 두리번거릴 뿐이었다. 전사들이 기력을 잃고 급속히 쇠약해져 가자 형천도 결국은 견디지 못하고 나흘째에는 본진을 철수시켰다.

형천의 군대가 물러나는 것을 본 부족장들은 치우우레에게 뒤쫓을 것을 권했으나 치우우레는 고개를 저었다.

"지나족이 약해졌다지만 독이 잔뜩 올랐으니, 건드리면 위험하외다. 그냥 보내 주도록 하시오. 분명히 저들은 다시 올 테니까 우리 준비나 갖추는 게 낫소."

울라트는 고개를 끄덕이며 살짝 말했다.

"천 오라버니의 얘기와 같아요. 아버님, 형천이 분명 다시 오겠지만 걱정 마세요. 우리 편도 올 거예요."

치우우레는 희망에 부풀어 눈을 빛냈다.

"그러면 천, 비 녀석도 온단 말이냐?"

울라트가 고개를 저었다.

"그건 아닐 거예요. 두 오라버니는 지금 올 수 없거든요. 하지만 오라버니의 벗들이 곧 달려올 거예요."

울라트의 말대로 이틀, 사흘이 지나면서 다른 부족의 전사들이 속속 달려오기 시작했다.

"마갸르 나달타족의 와난수, 와난강이요. 작은 주신에는 큰 은혜를 입었소. 전사 팔백 명을 모아 도우러 왔소."

"미아우 반두고르시족의 차이특기요. 은혜를 갚으러 전사 오백 명을 끌고 왔소."

치우천은 자신이 각개 격파한 다섯 방향의 지나족과 싸우던 부족과 인근에 있는 벗들에게 연락을 취했다. 다섯 방향 중의 네 부족은 쾌히 원군을 보내 왔다. 비록 하나하나의 수는 그리 많지 않지만 그들을 합하니 이천오백에 달하는 구원군이 더해졌다. 거기에 각 부족으로 보냈던 주신 사울아비들도 따라왔는데 그 수도 삼백 명가량이나 되었다. 태산회의 때의 젊은 사울아비들인 거서기, 삼, 부달, 마파람도 그들과 함께 왔다. 삼과 거서기는 아직 상처가 완쾌되지 않아 제대로 싸울 수는 없었으나 고집을 부려 달려온 것이다.

치우우레의 부대는 순식간에 만 이천으로 늘어났으며 사기도 한층 높아졌다. 게다가 시기르타가 물건들을 실어 보급을 해 주어서 치우우레 측의 방비는 한층 튼튼해졌다.

치우우레는 노련한 장수라 이러한 기회를 놓치지 않았다. 울타리를 튼튼하게 하고 길 앞에 장애물을 설치했다. 아울러 통솔되지 않은 각 부족들을 훈련시켜 명령 체계를 갖추고 방어 전술을 익히게 했다.

한편 형천은 유망이 있는 본진으로 후퇴한 후 축융과 합류하여 부대의 규모를 키웠다. 축융은 약 이만 명가량의 전사를 이끌고 서쪽에서 진군해 왔다. 덕분에 지나족 염제 신농의 전사는 칠만 명에 달하는 엄청난 군세가 되었다.

유망은 아직도 마약의 후유증에서 벗어나지 못한 터라 함께 출전할 수 없었다. 형천은 만 명 정도의 병력을 남겨 유망을 호위하게 했다. 형천과 축융은 함께 치우우레가 막고 있는 쪽으로 진군했는데 전사의 수가 육만에 달했다. 형천은 아직도 주기적으로 발작을 계속하는 유망에게 눈물로 절하며 막사를 나와 축융에게 다짐하듯 말했다.

"이번에야말로 마갸르, 미아우의 찌꺼기들을 말끔히 쓸어버린다. 그리고 주신 땅 앞에 군대를 모아 놓고 주신과 담판을 짓는다."

축융은 가늘게 찢어진 눈을 조금 크게 뜨며 물었다.

"마갸르, 미아우족은 얼마나 되지?"

"만 명도 안 된다."

"그런데 자네가 왜 물러섰지?"

"도깨비들 때문에 견딜 수 없어서다."

"도깨비라……."

축융은 고개를 끄덕거리며 뒷짐을 지었다. 그리고는 배를 출렁거리며 몇 발짝 서성거리다가 뒤를 돌아보며 이내 덧붙였다.

"도깨비는 염려할 필요 없다. 내 불 주술로 태워 버릴 수 있으니까. 그러나 주신이…… 가만있을까?"

형천은 흥, 하며 코웃음을 치면서 되받았다.

"주신의 바보 같은 늙은이들은 우리가 자기네 땅만 안 넘어온다면 무엇이든 들어줄 것이다."

축융은 슬쩍 웃으며 물었다.

"주신에 심어 놓은 끄나풀에게서 소식이 있었나?"

형천은 너털웃음을 터뜨리며 고개를 끄덕여 보였다.

"틀림없을 걸세."

형천은 웃음을 머금고는 번뜩이는 눈빛으로 축융을 바라보았다.

"주신 한웅은 곧 죽네. 우리가 실패하여 몇 년 더 살기는 했지만 늙어 죽는 것이야 누가 어쩔 수 있겠는가? 주신 한웅이 없어지면 주신은 갈팡질팡할 것이고……."

축융이 말을 받아 이었다.

"그사이 우리는 마갸르, 미아우의 땅을 얻을 수 있을 테지."

"키탄도 그냥 둘 순 없네."

형천이 덧붙이자 축융은 살기 띤 웃음을 지으며 속삭이듯 물었다.

"헌원은?"

형천은 딱 잘라 대답했다.

"지나족의 지도자는 한 분뿐일세. 바로 염제 신농이시네!"

축융은 미소를 거두고 금세 찌푸린 표정으로 되받았다.

"키탄보다는 헌원을 먼저 밟아 줘야 할 걸세."

"헌원은 별것 아닐세. 전사들을 잘 다룰 줄 모르니까. 헌원의 속은 나도, 염제 신농께서도 다 알고 있다네. 염려 말게."

형천은 씩씩하게 웃으며 커다란 말 등에 훌쩍 뛰어올랐다. 축융은 노예 하나를 말 앞에 엎드리게 하여 등을 밟고 힘겹게 말 위에 올랐다.

"나간다! 가자!"

형천이 큰 소리로 외치자, 많은 부장들의 외침 소리가 여기저기 화답하듯 울려 퍼졌다. 이윽고 육만 명에 달하는 거대한 지나족의 전사 무리는 천천히 북쪽으로 진군을 시작했다.

"뭐? 육십천?"

치우우레가 깜짝 놀라 목소리를 높이자 정찰을 나갔다 돌아온 울쿠타는 자신도 모르게 목을 움츠렸다.

"틀림없습니다. 헤아리는 데 하루 종일 걸렸습니다. 수가 많아서 그리 빨리 움직이지는 못합니다만, 그래도 나흘 정도 뒤면 이리로 몰려올 것 같습니다."

울쿠타의 보고를 듣고 치우우레와 치우벌, 부소다솔을 위시한 대부분 부족장들의 낯빛이 어두워졌다. 치우우레는 뒷짐을 지고 정신없이 왔다 갔다 하면서 중얼거렸다. 울라트와 무라, 리미와 마냥도 엄청나게 많은 적의 수를 생각하자 저절로 얼굴이 찌푸려졌다.

"너무 많다, 너무 많아……"

울쿠타는 한마디를 보탰다.

"더구나 형천만이 아니라, 축융도 있는 것 같았습니다."

"축융? 불 주술을 쓴다는 축융 말이냐?"

치우벌이 묻자 울쿠타는 마치 자기 잘못인 양 죄스럽다는 표정으로 고개를 끄덕였다. 그러자 울라트가 말했다.

"흥! 지나족이 아무리 많아도 소용없어요! 할아버지가 들들 볶으면 잠을 못 자서 저절로 쓰러질걸요?"

비울걸이 고개를 설레설레 저었다.

"축융…… 축융……. 이야기는 많이 들었다. 그 돼지가 정말 불 주술을 잘 쓴다면, 도깨비들도 소용없어."

"네?"

울라트가 놀라 소리치자 비울걸은 쯧쯧 혀를 차고는 말을 이었다.

"도깨비들은 다른 것에는 괜찮지만, 불에는 약해. 더군다나 축융은 주신 삼사가 비를 부르고 바람을 일으키는 것만큼이나 불을 잘 다룬다고 들었다. 그놈이 불 주술을 쓰면 도깨비들도 제대로 힘을 못 쓸 거야."

"뭐가 그래요? 할아버지는 겁쟁이야! 도깨비들도 겁쟁이구!"

비울걸은 일부러 흉하게 웃어 보이며 되받았다.

"나야 원래 겁쟁이지, 뭐. 그럼 내가 대단한 사람인 줄 알았어? 뭐, 나도 하는 데까진 해 보겠다만, 도깨비만 믿지는 말라는 거야."

울라트와 비울걸이 아옹다옹하는 사이 무라가 물었다.

"그러면 어떻게 하지요?"

치우우레가 외쳤다.

"다른 방법이 없으니, 그사이라도 울타리를 튼튼하게 하고 화살과 돌을 준비해야 하오. 비록 지나족이 많다고는 하나 울타리를 이용하여 싸우면 물리칠 수 있소!"

그 말에 대부분의 사람들은 고개를 끄덕였다. 허나 부소다솔이 겁먹은 표정으로 입을 열었다.

"축융은 불 주술을 잘 쓴다는데, 그가 울타리에 불을 질러 태워 버리면 어떻게 하오?"

부소다솔의 한마디에 모든 사람들의 낯빛이 변하면서 삽시간에 회의장 안은 불안한 웅성거림으로 가득 찼다.

치우우레는 두 주먹을 불끈 쥐며 외쳤다.

"축융이 아무리 대단해도 한 사람일 뿐이오! 한 사람이 울타리 전부에 불을 붙일 수는 없을 거요! 절대 불을 붙일 수 없게, 그가 다가오지 못하게 하면 되오!"

"누가 그 일을 할 거요?"

친두 부족장 아사쿤이 외치자 사울아비 하나가 벌떡 일어나며 외쳤다.

"내가 막겠습니다! 목숨을 걸고 막을 것입니다!"

그 사람은 부달이었다. 옆에 앉아 있던 거서기도 벌떡 일어섰다.

"나도 하겠습니다! 축융 따위, 저는 두렵지 않습니다!"

와난수, 와난강도 일어서며 외쳤다.

"우리도 돕겠소!"

치우우레는 그들의 용기가 가상하여 미소를 지으며 고개를 끄덕여 주었다. 그때 울라트가 걱정스러운 듯 말했다.

"그런데 천 오라버니는 왜 안 오시는지 모르겠군요. 벌써 오시든지, 전사들이라도 보냈어야 하는데……."

"이유가 있겠지. 염려 마."

무라가 걸걸하지만 조용한 목소리로 울라트를 안심시켜 주자 울라트는 고개를 끄덕였다. 그러나 커다란 눈망울에는 걱정의 빛이 가득했다.

부자 상봉

무릇 보통 사람들은 다른 사람이 자기보다 열 배 부자면 그를 헐뜯고,
백 배가 되면 그를 두려워하며,
천 배가 되면 그의 일을 해 주고,
만 배가 되면 그의 하인이 되니,
이것이 사물의 이치이다.
— 사마천(司馬遷), 『사기(史記)』「화식열전(貨殖列傳)」에서

　나흘이 지나자 형천과 축융이 이끄는 육만 대군이 사방을 까맣게 메우면서 몰려들기 시작했다. 울쿠타가 정찰한 그대로였다. 형천의 전술은 간단하면서도 집요했다. 그는 서두르지 않았으며, 여전히 부대를 셋으로 나누어 번갈아 가며 공격을 했다. 이번에는 병력이 늘었기 때문에 치우우레는 더욱 고전했다. 특히 문제가 되는 것은 축융의 존재였다.
　비울걸이 도깨비들을 시켜서 지나군의 진중을 어지럽히려 했으나, 축융이 불 주술을 사용하여 지나군의 진지 여기저기에 불기둥을 피워 놓자 도깨비들이 접근할 때마다 불덩어리들이 저절로 솟아 나와 도깨비들에게 날아갔다. 비울걸은 울타리 너머에 있었지만 도깨비들을 눈과 귀로 삼는지라 이것을 알고 크게 화를 냈다.
　"축융 녀석! 불을 마음대로 다루는구나!"
　"도깨비들은 정말 불을 무서워하나요? 상대할 수 없나요?"
　울라트가 묻자 비울걸은 쓸쓸히 대답했다.
　"물론 그렇지 않지. 물도깨비를 불러 상대하게 하면 막을 수 있지."

"그러면 물도깨비를 불러내요!"

울라트가 외치자 비울걸이 발끈 성질을 냈다.

"누가 몰라서 그러느냐? 하지만 물도깨비는 물이 많고 습한 곳에만 있단 말이다! 이렇게 바싹 마른 땅에서는 불러낼 수 없어! 네가 이 근처에 냇물을 파고 강이 흐르게 만들 수 있느냐? 그렇다면 당장이라도 불러낼 수 있다!"

울라트는 말문이 막혔다. 그곳은 건조하기 짝이 없는 평야 지대라서 강물커녕 변변한 냇물조차 없었고 기껏해야 우물이 몇 개 있을 뿐이었다. 결국 비울걸은 이런 상황에서 별반 도움이 되지 못했다. 그렇게 되자 그는 툭하면 화를 내고 신경질만 부려 되레 골칫거리가 되고 말았다.

첫날은 축융과 형천이 앞장서지 않았고 공격도 거세지는 않았다. 치우우레가 신경 써서 나무 울타리를 보강하고, 시기르타가 많은 화살과 무기를 날라다 준 덕에 그럭저럭 별 무리 없이 울타리를 지킬 수 있었다. 그러나 둘째 날은 축융이 앞장서서 군대를 몰고 나왔다. 축융이 직접 오백 명 정도의 전사를 거느리고 앞장서 나오는 것을 본 치우우레는 다급하게 외쳤다.

"축융이 울타리를 태우려 할지 모른다! 막아야 한다!"

부달과 거서기가 이끄는 사울아비 삼백 명이 말을 달려 나갔다. 거기에 와난수 와난강이 이끄는 마갸르족의 돌 부대 오백 명도 뒤를 따랐다. 적이 다가오자 축융의 부대 중 백 명이 일제히 방패를 빼 들어서 축융을 겹겹이 방패로 덮어 보호했다. 앞, 옆, 뒤만 아니라 위까지도 철저하게 덮어서 마치 커다란 거북 같았다. 부달과 거서기가 접근하자, 나머지 사백 명의 지나 전사들이 방패 주위를 호위한 채 천천히 다가들었다.

"무슨 일이 있어도 막아야 한다!"

부달과 거서기가 각각 큰 칼과 도끼를 들고 달려 나가며 외치자, 사울아비들도 함성을 지르며 달려 나갔다. 울타리를 공격하던 지나족 부대가 그들을 막아서려 했으나, 와난수 와난강의 부대가 돌을 우박처럼 퍼부어서 지나족들을 흩어 버렸다.

부달과 거서기가 축융의 친위대와 충돌할 즈음, 축융은 방패 속에서 낄낄 웃으며 손을 휘저었다. 그러자 돌연 머리통만 한 불덩이가 연속하여 몇 개씩이나 부달과 거서기 쪽으로 날아들었다.

"이크!"

불덩어리가 날아들자 부달과 거서기도 놀랐지만 말들이 더 놀랐다. 멈칫하는 사이 불덩어리들은 사울아비들의 중간에 떨어져 폭발했다. 사울아비와 말 들의 몸에 불이 붙고 화상을 입어 대열이 혼란스러워졌다. 불덩어리들은 계속 날아들었고, 방패 부대를 호위하는 사백 명의 지나 전사들도 고함을 지르며 달려들었다. 다소 헝클어진 대오로 사울아비들과 지나 전사 간에 육박전이 벌어지자 방패 부대의 호위를 받는 축융은 유유히 방향을 돌려 울타리로 향했다. 울타리 위에서는 화살을 쏘아 댔지만 방패를 뚫을 수는 없었다. 와난수 와난강도 돌 부대를 이끌고 지나 전사들을 쓰러뜨렸으나 방패 부대에는 접근하기 힘들었다.

부달은 커다랗게 고함을 지르면서 말을 거세게 몰아 지나 전사들을 짓밟으며 전진했다. 몇 명의 지나 전사들이 창을 들어 부달의 앞을 막으려 했으나 부달은 급히 말머리를 잡아챘다. 동시에 말이 껑충 뛰어 올라 지나 전사들의 머리를 넘어갔다.

"됐다!"

부달은 탁월한 기마술로 지나 전사의 포위망을 넘어서자 더 이상 주저하지 않고 똑바로 축융을 향해 돌진해 갔다. 부달은 오른손에는 큰 칼을, 왼손에는 기다란 채찍을 휘두르며 앞을 가로막는 지나 전사들을 닥치는 대로 베거나 휘감아 쓰러뜨렸다. 부달이 무서운 용맹을 보이며 달려들자 축융은 코웃음을 치면서 입에서 길게 불줄기를 내뿜었다.

부달이 말머리를 돌려 불줄기를 피하자 부달 뒤를 쫓던 지나 전사들이 불길에 휩싸였다. 축융이 화가 나서 연달아 세 번이나 불줄기를 뿜었으나 부달은 놀라운 기마술로 아슬아슬하게 피했다. 세 번째 불줄기가 어깨를 스쳐 불이 조금 붙었지만 신경조차 쓰지 않고 외쳤다.

"축융! 머리를 내놓아라!"

축융은 코웃음을 치며 다시 불줄기를 뿜고 동시에 양손을 떨쳐 두 개의 불덩이를 던졌다. 부달은 간신히 불줄기를 피했으나 불덩어리까지 피할 수는 없었다. 부달이 칼로 하나의 불덩어리를 쳐내 불꽃이 사방에 퍼져 나갔으나, 두 번째 불덩이는 그의 등에 명중했다. 지나 전사들과 싸우던 거서기는 그것을 보고는 목이 터져라 외쳤다.

"부달 형!"

몸이 불타오르면서 부달은 말에서 굴러 떨어져 땅에 처박혔다. 숨이 끊어졌는지, 등에서 불이 활활 타오르는데도 움직이지 않았다. 축융은 코웃음을 치고는 방패 부대를 지휘하여 울타리 쪽으로 다가들었다.

"이놈들!"

거서기는 미친 듯 도끼를 휘둘러서 지나 전사들을 베어 넘기며 전진해 나갔다. 와난수 와난강도 집중적으로 거서기의 앞에 돌을 던져 거서기를 도왔다. 갑자기 지나 전사들이 우, 하고 갈라서며 거대한 사람의 그림자가 나타났다.

그는 크게 웃으며 외쳤다.

"어딜 가려는가?"

거서기는 이를 부드득 갈며 소리쳤다.

"형천!"

보기만 해도 아찔할 정도로 큰 도끼와 거대한 방패를 든 세상 제일의 용사라는 형천. 거서기가 기세에 눌려 더 나아가지 못하고 주춤하는 사이, 와난강과 와난수는 형천을 향해 돌을 던지게 했다. 형천은 껄껄 웃으며 방패도 쓰지 않고 오른손의 도끼만 풍차처럼 휘둘러서 우박같이 쏟아지는 돌들을 튕겨 냈다. 거서기는 그 틈을 노려 급히 말을 몰았다.

'형천만 쓰러뜨리면 이 싸움은 이긴다! 내 목숨을 건다!'

거서기는 말을 몰고 달려들다가 말 위에서 몸을 날렸다. 말의 속도와 뛰어오르는 속도를 합하여 형천에게 화살처럼 날아들었다. 거서기가 크게 도끼를 휘둘러 형천의 머리를 쪼개려는 순간 형천은 방패를 든 왼손을 한 번 떨쳤다. 방패가 세워져서 빙빙 돌며 날아가 덤벼들던 거서기를 맞히자, 거서기는 그 힘에 밀려 쿵쿵 소리를 내며 반대편으로 날아 땅바닥에 처박혀 버렸다.

형천의 무서운 힘 때문에 왼팔이 부러지고 갈비뼈도 몇 대나 부러졌다. 거서기는 왈칵 피를 토해 내면서도 형천의 머리를 향해 도끼를 던졌다. 무섭게 빙빙 돌며 날아가던 도끼는 형천이 머리를 살짝 틀자 허무하게 빗나가 버렸다.

와난수 와난강의 부대는 그때까지도 미친 듯 돌을 퍼붓던 참이었으나 곧이어 지나족이 밀려들어 육박전이 벌어졌다. 쏟아지던 돌이 그치자 형천은 뚜벅뚜벅 쓰러진 거서기에게 다가서려 했다. 거서기를 따르던 사울아비들이 달려들어 형천의 앞을 막아섰다. 허나 누구도 형천의 상대가 되지 못했다. 단 한 번의 도끼질로 말과 사람이 두 쪽 나고, 걷어차는 발길질 한 번에 말과 사람이 통째로 나가떨어져 뒹굴었다.

쓰러진 채 꾸역꾸역 피를 토하던 거서기를 구하기 위해 세 명의 사울아비가 달려가자 형천은 왼손을 떨쳤다. 떨어져 있던 방패가 빙빙 돌며 허공에 떠올라서 세 사울아비의 얼굴을 차례로 맞혀 쓰러뜨렸다. 방패에는 끈이 연결되어 있었다. 형천은 끈을 이용하여 방패를 자유자재로 조종하는 기술을 사용하고 있었다. 세 명의 사울아비가 무참히 얼굴이 뭉개진 채 쓰러지자 방패가 거서기를 찍어 버릴 듯 내리꽂혔다.

한 대만 더 맞으면 거서기는 살아남지 못할 판이었다. 급한 나머지 다른 사울아비들 두 명이 뛰어들어 방패를 몸으로 껴안고 매달렸다. 두 사람이 결사적으로 매달리자 방패는 빗나가 거서기 옆에 꽂히고 말았다.

형천은 기합을 넣으면서 왼손을 거칠게 끌어당겼다. 방패가 두 사람을 매단 채 허공으로 높이 솟아올랐다. 형천이 왼팔을 힘 있게 휘젓자 방패는 두 사람과 함께 돌을 퍼부으려던 마갸르족 와난수 와난강의 부대로 내리꽂혔다. 방패에 매달렸던 두 사람의 몸이 날아가 마갸르족 전사들과 부딪혀 박살이 났고, 방패에 찍힌 두 명의 마갸르 전사는 허리가 부러져서 즉사했다. 형천이 길게 소리 지르면서 왼손을 돌리자 피로 물든 방패가 형천의 주위를 돌면서 사울아비들을 무참하게 쓰러뜨렸다.

불줄기가 울타리에 닿을 만큼이나 축융은 가까이 접근하고 있었다. 울타리 위에서 화살을 퍼붓고 돌을 던졌지만, 축융의 방패수들이 그것을 잘 막아 내고 있었다. 간혹 커다란 돌이나 방패로 막기 어려울 만큼 세찬 화살이 날아오면, 축융이 불 주술로 돌을 깨뜨려 버리거나 화살의 방향을 바꾸어 막아 냈다.

축융이 다가오자 치우우레가 외쳤다.

"물을 준비하라! 울타리를 태우게 해서는 안 된다!"

축융은 불 주술을 있는 대로 발휘하여 어마어마한 불줄기를 나무 울타리에 내뱉기 시작했다. 울타리 위에서는 물을 끼얹어 나무 울타리를 타지 않게 하려 했으나 축융의 불줄기는 너무도 거셌다. 준비했던 물은 줄어드는데, 축융이 내뿜는 불줄기는 약해질 기미를 보이지 않았다.

그때였다. 쓰러져 불에 타고 있던 부달이 벌떡 몸을 일으켰다. 지나 전사들은 부달이 죽었다고 생각했기에 그에게 신경 쓰지 않았는데, 살아 있었던 것이다. 형천과 지나 전사들은 이미 지나간 다음이라 축융과 부달 사이에는 전사들이 없었다. 부달은 등이 타들어 가는 고통을 견디며 이 순간이 오기만을 기다렸다. 부달은 채찍과 칼을 동시에 휘두르며 방패 부대의 뒤를 향해 뛰어들었다. 화살과 돌은 여전히 날아오고 있었으므로 대부분의 방패수들은 움직일 수 없었다. 다만 뒤에 있던 방패수만이 부달을 막으려 덤벼들 뿐이었다.

갖고 있는 무기라고는 방패가 유일한 방패수들은 놀라서 부달을 막으려 했지만, 부달은 성난 범처럼 방패 부대를 쓰러뜨리면서 축융을 베려고 했다. 축융은 불줄기를 멈추고 부달을 향해 불덩이를 쏘았다.

부달은 기합과 함께 칼로 불덩이를 쳐냈다. 그러면서 지나족 한 명을 채찍으로 쳐서 쓰러뜨리고 채찍을 버린 다음 방패를 빼앗아 들었다. 축융이 두 번 세 번 불덩이를 내쏘았으나 부달은 방패로 막아 내며 귀신 같은 형상으로 달려들었다. 방패가 불타오르기 시작했으나 부달은 방패를 놓지 않았다. 부달의 등에도 여전히 불이 타오르고 있었고 머리카락에도 불이 옮겨 붙었으나 부달은 신경조차 쓰지 않았다.

"축융! 축유―웅!"

부달은 불덩어리가 되어 버린 방패를 휘두르며 등에는 타오르는 불길을 업은 채 불귀신 같은 무서운 형상으로 축융만을 노리며 달려 들어갔다.

"저 녀석이!"

먼발치에서 부달을 발견한 형천은 놀라서 몸을 돌렸고 지나 전사들이 몰려와 사울아비들과 마갸르 전사들과 싸웠다. 형천은 다른 전사들에게 명령을 내릴 겨를도 없이 재빨리 달려갔다. 그때 울타리 위에서 줄을 타고 여러 사람이 뛰어내렸다. 리미와 마냥, 그리고 도깨비들로 이루어진 부대였다.

울타리 위에서는 울라트가 소리를 치고 있었다.

"형천을 막아! 부달님에게 못 가게 해야 해! 안 그러면 울타리가 무너져!"

리미는 소리를 지르고 도끼를 휘두르며 앞장섰고, 마냥은 형천에게 창을 던졌다. 금발 적발의 도깨비들이 일제히 고함을 치며 덤벼들자 형천도 놀란 듯 움찔했다. 허나 형천은 역시 대단했다. 잠시 멈칫했을 뿐, 다시 부달과 축융을 향해 달리기 시작했다. 리미의 도끼와 마냥의 창, 와난수와 와난강의 돌 세례와 울타리 위에서 쏟아지는 화살까지도 방패와 도끼로 튕겨 내면서 형천은 무서운 속도로 달려갔다.

세 명의 도깨비가 형천을 막으려 했으나 형천의 발에 걸어차여 처박혀 버렸고, 창을 휘두르며 달려들던 사울아비 두 명은 방패와 도끼에 맞아 두 동강이 나 버렸다. 아무도 형천의 앞을 막을 수 없는 듯했다. 그때 한 사람이 울타리 위에서 무서운 기세로 소리를 지르며 뛰어내렸다. 그 사람의 기세는 형천도 무시할 수 없을 정도로 대단했다. 형천은 멈추어 서서 의아한 듯 눈을 부릅떴다.

"치우……우레?"

치우우레는 차분하지만 이글거리는 눈빛으로 형천을 바라보며 도끼를 든 손에 힘을 주었다.

"형천! 더 이상 날뛰게 두지 않는다!"

형천도 웃음기를 거두고 도끼를 움켜쥐었다. 치우우레의 도끼는 형천의 도끼보다는 작았지만 보통의 도끼보다는 네다섯 배나 컸다. 형천 뒤를 따라온 리미와 마냥, 와난수와 와난강도 무기를 들고 주위를 에워쌌다. 형천은 조용히 주변을 살피며 움직이지 않았다. 치우우레가 우렁차게 기합 소리를 내며 도끼를 휘두르며 달려들었다.

"축융, 축一융! 비겁한 놈! 덤벼랏! 어서 덤벼!"

부달의 몸은 불꽃이 되어 타오르고 있었다. 그러나 잔뜩 일그러진 얼굴은 한편 웃고 있었다. 부달은 소리 지르면서 축융을 향해 걸어갔다. 지나 전사들이 방패를 들고 달려들었지만 부달의 칼이 휘둘러질 때마다 어김없이 쓰러졌다. 축융은 계속 불길을 내뿜었으나 부달은 불덩어리가 된 방패로 막았다. 팔은 타들어 가서 숯이 될 지경이었지만 부달은 신경도 쓰지 않는 듯했다.

그때 울타리에서 줄을 타고 내려오는 사람이 있었다. 무라였다. 무라는 한 손에 물동이를 들고 줄을 타고 내려오다가 반쯤 내려오자 번개같이 몸을 움직였다. 축융은 흰 머리의 무라가 다가오자 불덩이를 연신 내쏘았으나 그녀의 번개 같은 움직임을 따라 잡을 수는 없었다. 무라는 부달에게 물을 끼얹으려 했으나 방패를 든 지나 전사들과 축융의 불덩이가 방해하여 쉽게 접근할 수 없었다.

무라가 내려가자 울타리 위에서도 많은 사람들이 용기를 내어 내려오려 했다. 허나 축융이 고개를 들어 불줄기를 내뿜자 줄에 매달려 내려오려던 다른 사람들은 불에 데어 땅에 곤두박질치거나 불이 붙은 채 비명을 지르며 울타리로 다시 올라갔다.

그 틈을 타 무라는 재빨리 부달의 몸에 물을 끼얹었다. 지나 전사들이 축융을 보호하려고 까맣게 몰려오고 있었다.

무라는 부달에게 외쳤다.

"피하시오!"

몸에 붙은 불은 꺼졌으나, 부달은 보기에도 끔찍할 정도의 화상을 입고 있었다. 그는 극심한 고통에도 불구하고 웃으며 고개를 저었다.

"축융을…… 막아야…… 하오!"

그러면서 칼과 방패를 고쳐 쥐고 소리를 지르며 축융에게 달려들었다. 무라도 움직이려 했지만 지나 전사들이 달려들기 시작한 마당이라 몸을 뺄 수 없었다. 피하지 못하는 것이 아니라 부달 때문에 피할 수 없었다. 무라는 부달의 뒤를 지켜 주며 지나 전사들을 쓰러뜨렸다.

축융은 부달이 악귀처럼 다가오자 뚱뚱한 얼굴에 노기를 띠며 소리쳤다.

"내 평생 두 번째 보는 지독한 놈이구나! 이거나 먹어라!"

축융은 그러면서 양손을 세우고 입에서 무서운 불줄기를 뿜어냈다. 부달은 으아악 하고 비명 같은 고함을 지르면서 방패로 불줄기를 받아냈다. 그리고 축융을 향해 미친 듯 돌진했다. 도리어 축융의 불줄기 때문에 지나 전사들이 접근할 수 없어서 축융과 부달의 거리는 삽시간에 좁혀 들었다. 방패가 무서운 열기를 이기지 못해 부서져 나가면서 부달의 팔이 불덩어리가 되고 이윽고 부달의 몸 전체가 불에 휩싸였다. 그래도 부달이 멈추지 않고 달려들자 축융은 뒤로 물러서려 했으나 지나족 방패병들에게 막혀 물러서지 못했다. 그 순간 부달은 마침내 칼을 내려쳤다.

"이……놈이!"

부달의 칼은 축융의 왼쪽 어깨에 깊숙이 박혔고, 곧이어 온몸에 불이 붙은 부달이 축융의 몸을 껴안아 뒹굴려고 했다. 축융은 부달을 떨쳐 냈지만 몸에 불이 붙어 옷이 타들어 갔다. 축융은 어깨에서 피를 철철 흘리면서 부달의 몸을 세게 걷어찼다. 그때 뒤에서 무라가 달려오며 부달의 몸을 받았다.

"다 죽여랏!"

축융은 어깨를 감싸 쥐며 외치고는 오른손을 허공에 휘저었다. 그러자 몸에 붙은 불들이 손짓 한 번만으로 얌전하게 꺼졌다. 지나 전사들이 우르르 몰려오자 무라는 부달의 몸에 붙은 불을 끄면서 휘파람을 불었다. 부달의 몸을 들쳐 업은 무라는 흰 머리를 휘날리면서 지나 전사들과 싸우기 시작했다. 허나 부달의 몸 때문에 속도가 떨어져 차차 밀리기 시작했다.

그때 어디선가 두 개의 흰 그림자가 나는 듯이 달려왔다. 휘파람 소리를 듣고 달려온 개명수 카와 슈였다. 카가 지나 전사들에게 덤벼들어 쫓는 사이, 슈는 달려와 무라를 등에 업고는 도망치기 시작했다. 카도 지나 전사와 싸우기보다 무라의 뒤를 보호하며 도망쳤다. 축융은 피를 철철 흘리면서도 이를 부드득 갈았다.

"망할 놈들! 이대로 물러서진 않는다!"

축융은 마지막으로 주술의 힘을 모아 거대한 불줄기를 울타리 쪽으로 뿜었다. 고통 때문에 얼굴이 새파랗게 변하고 온몸을 떨면서도 축융은 불줄기를 늦추지 않았다. 울타리 위쪽에서 계속 물을 뿌렸으나 축융의 불줄기는 너무도 강했다. 삽시간에 울타리는 불타오르기 시작했고 물을 뿌려 막으려던 전사들도 열기 때문에 접근할 수 없었다. 울타리가 거대한 횃불처럼 불타오르자 축융은 그제야 털썩 주저앉으며 외쳤다.

"내 할 일은 다했다! 뒷일은 형천에게 맡기고 물러선다!"

방패수들은 축융을 에워싸고 서둘러 물러서기 시작했다.

치우우레는 있는 힘과 기술을 짜내 형천과 겨루고 있었다. 사울아비 큰스승답게 치우우레의 힘과 기술도 대단했으나 형천의 힘을 당할 수는 없었다. 리미와 마냥 등이 계속 형천의 앞뒤를 어지럽히고 있어서 근근이 버티고 있을 뿐이었다.

치우우레의 구리도끼는 형천의 도끼와 벌써 서른 번 이상을 부딪쳐 불똥을 마구 튄 탓에 뜨겁게 달아올랐으며 스무 곳 넘게 이가 빠져 있었다. 형천의 거대한 도끼도 마찬가지였다.

형천이 방패를 휘둘러 리미를 맞혀 쓰러뜨리고 방패에 연결된 줄로 마냥의 발을 걸어 넘어뜨렸다. 치우우레가 몸을 빙빙 돌리며 달려들어 형천을 다섯 번이나 연속으로 공격했다. 치우 집안에서만 전해지는 도끼 쓰는 기술의 하나였다.

형천은 도끼를 들어 막았으나 치우우레의 기세에 세 걸음이나 뒤로 물러설 수밖에 없었다. 형천은 줄을 당겨 방패를 크게 휘두르더니 치우우레의 뒤를 노렸다. 치우우레가 낌새를 채고 재빨리 옆으로 몸을 날려 형천의 방패를 피하자 형천은 빙긋이 웃었다.

"치우우레! 대단하군! 나를 세 걸음이나 물러서게 하다니!"

치우우레는 눈도 깜빡하지 않고 외쳤다.

"저세상까지 물러서게 해 주마!"

치우우레가 이번에는 도끼를 옆으로 휙휙 그어 대며 달려들었다. 그때 형천의 눈에 울타리가 불타오르고 축융이 물러서는 광경이 보였다. 형천은 도끼와 방패를 휘두르며 치우우레의 공격을 받아 내면서 외쳤다.

"쓸 만한 기술이지만 나는 바쁘다!"

형천은 말과 동시에 방패로 치우우레의 도끼를 힘껏 밀어냈다. 치우우레는 버텨 보려 했으나 형천의 엄청난 힘을 이길 수는 없었다. 밟고 선 땅이 움푹 들어가면서 치우우레의 몸은 땅에 길고 깊은 도랑을 내며 뒤로 한참이나 밀렸다. 치우우레가 밀려나자 형천은 몸을 날렸다. 형천의 거대한 몸이 허공을 날아 가볍게 자신을 뛰어넘자 치우우레가 도끼를 허공에 휘둘렀으나 형천을 건드리지는 못했다.

형천은 죽은 말 한 마리를 들어 어깨에 얹더니 불덩어리가 된 울타리로 달려가기 시작했다. 화살이 우박처럼 쏟아졌지만 말 시체와 방패에 박힐 뿐이었다. 그것을 보고 치우우레가 외쳤다.

"형천을 막아라! 형천을 막아!"

치우우레는 형천의 뒤를 쫓아 달렸다. 마냥도 창을 던지고 와난수와 와난강도 돌을 던져 댔으나 형천의 방패에 튕겨 나가 버렸다. 형천은 불타는 울타리를 향해 달려갔다. 들고 있던 죽은 말로 불길을 막고 방패를 머리 위에 얹어 화살을 막으며 울타리에 다가서자 형천은 기합을 넣으며 힘을 다해 죽은 말의 몸으로 울타리를 밀어붙였다.

반쯤 불에 타들어 간 울타리가 형천이 밀어붙이는 괴력을 이기지 못하고 기울어졌다. 울타리 위를 지키고 있던 전사들은 공포를 이기지 못해 울타리에서 뛰어내리기 시작했다. 다시 한번 형천이 힘을 주어 밀어붙이자 이윽고 울타리는 삐걱거리며 기울다가 꽝음을 내며 무너져 내렸다.

"울타리가 무너졌다!"

형천은 불타오르는 울타리에서 훌쩍 물러 나와 의기양양하게 고함을 질렀다. 형천의 고함 소리에 지나 전사들도 화답을 했고, 화답 소리가 번져 나가자 뒤에서 대기하고 있던 사만 명의 지나족이 움직이기 시작했다.

"큰일이다! 울타리가 없으면 적들을 당하지 못한다. 저곳을 지켜야 한다!"

치우우레는 지나 전사들을 베어 넘기며 울타리가 무너진 쪽으로 달려갔다. 마냥도 뒤를 따랐고 와난강 와난수도 지나 전사들을 무찌르며 달려갔다. 리미는 형천의 방패에 맞아 크게 다쳐서 금방 일어설 수가 없었다. 울타리 안쪽에 있던 치우벌과 부소다솔, 부족장들은 얼굴색이 변하여 전사와 사울아비 들을 불러 무너진 울타리 쪽으로 몰아갔다.

아직까지는 울타리가 불타오르고 있어 지나족도 접근하지 못했으나 불이 꺼지면 무섭게 몰려들 것이다. 울타리가 뚫리면 육만 명이라는 어마어마한 수를 대적하지 못하고 주신, 마갸르, 미아우 부대는 전멸할 수밖에 없었다. 울타리가 뚫린 곳을 어떻게든 지켜야 했다.

그러나 울타리 앞에는 형천이 무서운 기세로 버티고 있었다. 형천을 물리칠 수 있는 사람이 없다면 울타리가 뚫리는 것은 시간 문제라는 것을 경험 많은 치우우레는 잘 알고 있었다. 치우우레는 목숨을 걸고 다시 한번 형천에게 도전해 보기로 결심했다.

'불이 꺼지기 전에 형천을 물리치든지 아니면 모두 다 죽는 수밖에 없다!'

울타리 위에서 울쿠타와 야쿠타가 용감하게 뛰어내렸다. 치우우레와 마냥, 와난수, 와난강은 형천을 에워싸려 했다. 그러나 그보다 먼저 형천이 데리고 있는 다섯 명의 대전사가 달려 나와 서로를 견제했다. 그때 지나족 쪽에서 유달리 커다란 말을 탄 큰 체구의 지나 전사 한 명이 달려 나왔다. 그의 입에서 주신 말이 흘러나왔다.

"잠시만 기다리세요!"

그 목소리를 듣는 순간, 치우우레는 갑자기 다리가 부들부들 떨려서 하마터면 들고 있던 도끼를 놓칠 뻔했다. 그 사람은 어리둥절해하는 지나족 사이를 가볍게 뚫고 나오더니 걸치고 있던 지나족 겉옷을 획 찢어 내던졌다. 치우비였다.

"비야!"

"치우비?"

"오라버니!"

치우우레, 형천, 울라트의 목소리가 동시에 터져 나왔다. 치우비는 구름의 등에서 껑충 뛰어내려 치우우레와 형천 사이를 막고 섰다. 치우비의 손에는 커다란 구리칼이 들려 있었다.

"아버님, 그간 걱정 많으셨지요? 제가 왔습니다. 저, 비가 왔습니다."

"비야! 정말…… 너구나! 너……."

치우우레가 울먹이는 목소리로 외치자 치우비는 씩 웃으며 말했다.

"우선 형천님과 이야기를 나눠야겠습니다."

치우비는 담담한 표정으로 형천을 향해 돌아섰다. 몇 년이 지나는 사이 치우비는 키가 더 컸고 체구도 더 우람해졌다. 형천보다는 작았지만 기세만큼은 뒤지지 않았다. 치우비의 조용한 눈에는 불똥이 튀었다. 형천은 그것을 보고는 껄껄 웃으며 외쳤다.

"하핫, 치우비. 네가 왔구나. 그래, 잘되었다. 언젠가 이런 날이 오리라 생각했지!"

형천은 왼손의 방패와 오른손의 도끼를 굳게 움켜쥐었다. 치우비도 커다란 구리칼을 양손으로 꽉 움켜쥐었다. 마낭과 와난강이 앞으로 달려 나가 치우비를 도우려 하자 감격하여 울먹이던 치우우레가 위엄 있게 그들을 제지했다.

"저 녀석, 다 컸다. 맡겨 보자. 우리는 다른 놈들을 맡으면 될 것 같구나."

노련한 치우우레는 치우비가 결코 형천에게 눌리지 않는다는 감을 잡은 것이다. 형천도 처음으로 긴장한 표정을 짓고 있었다. 형천이 말했다.

"내 적수는 세상에 다섯도 안 된다. 너도 그중의 하나가 되었구나. 자, 와라."

형천이 말하며 도끼를 들어 올리자 치우비는 담담한 표정으로 칼을 천천히 들어 약간 비틀었다. 느린 동작이었으나 무척 자연스러웠다. 그것을 본 형천은 얼굴을 굳혔다.

'기술이 많이 늘었군! 쉽게 이기긴 힘들겠구나.'

형천은 왼손의 방패를 치우비에게 날리면서 도끼를 돌리며 짓쳐들어왔다. 치우비는 방패가 날아오는데도 꼼짝도 않고 서 있다가 방패가 와 닿는 순간에 가볍게 칼을 세워 앞으로 내리그었다. 형천은 급히 왼손을 당겼으나 형천의 방패 한 귀퉁이는 치우비의 칼에 맞아 부서져 나갔다.

형천은 뛰어오르며 보이지 않을 정도로 맹렬히 도끼를 휘둘러 치우비를 덮쳤다. 형천의 도끼에서는 질풍 소리가 나고 도끼의 그림자가 치우비의 몸을 뒤덮었다. 쨍쨍 하는 소리가 이어지듯 요란하게 울리고, 치우비와 형천의 몸은 무기가 부딪히며 일으킨 불꽃들로 가려지다시피 했다. 형천의 발이 땅에 닿는 순간, 땅이 파이면서 주변 사람들은 발밑이 흔들리는 듯한 충격을 받았다. 형천은 무서운 기세로 치우비를 몰아붙이며 달리듯 앞으로 나갔다. 치우비는 담담한 표정 그대로 줄곧 뒷걸음질로 달리며 무시무시한 형천의 도끼를 칼로 끊임없이 막고 있었다.

형천이 밀어붙이는 속도와 치우비가 물러나는 속도는 점점 빨라졌고, 도끼와 칼이 격렬하게 부딪히는 속도도 보이지 않을 정도로 빨라졌다. 두 사람이 발을 디딜 때마다 땅이 쿵쿵 파이며 수많은 발자국을 남겼다. 두 사람의 접전이 만들어 내는 불꽃은 유성이 불꼬리를 끌고 날아가는 모습처럼 무섭게 움직였다.

치우우레나 마냥은 물론이고 지나족의 다섯 대전사와 다른 전사들도 입을 딱 벌리고 두 사람의 격렬한 대결을 홀린 듯 바라보았다. 치우비를 항상 보아 왔던 울라트나 마냥마저도 이런 대결은 본 적이 없어서 숨을 죽였다. 그러다가 치우비가 울타리 쪽으로 몰리게 되자 마냥과 와난강은 놀라서 소리를 지르려 했다. 그때 치우우레와 와난수가 각각 두 사람을 제지했다. 치우우레와 와난수는 많은 싸움을 겪어 온 사람이라 똑같이 생각했던 것이다.

'좀 더 두고 보아야 안다. 치우비의 칼은 조금도 흐트러지지 않았다. 저렇게 칼을 쓰면서 울타리에 몰리는 것을 모를 리 없다.'

과연 치우비는 울타리에 닿아 막히기 직전 크게 한 번 호흡하면서 더욱 빠른 속도로 칼을 휘두르며 도리어 앞으로 치고 나왔다. 치우비가 갑자기 공세를 취하자 형천은 도끼를 휘저으면서 방패를 크게 휘둘렀다. 형천이 비록 방패로 공격을 했지만 그 범위가 컸기에 자신의 도끼도 뒤로 늦출 수밖에 없었다. 치우비는 그 순간을 기다렸다는 듯 훌쩍 몸을 날려 형천의 방패를 뛰어넘으며 등 뒤로 사뿐 내려섰다.

순간 형천은 크게 기합을 넣으면서 몸을 뒤로 꺾어 재주를 넘으면서 도끼를 허공으로 내던졌다. 무시무시할 정도로 큰 도끼가 붕붕 돌며 날아들자, 치우비도 약간 당황한 듯 공중에서 재빨리 몸을 틀어 간신히 도끼를 피했다. 곧이어 형천은 또다시 공중제비를 돌아 훌쩍 몸을 날려, 날아가던 도끼 자루를 붙잡고 치우비의 머리를 내려찍으려 했다.

치우비는 칼을 들어 형천의 도끼를 막았으나 쨍 소리와 함께 칼이 부러지고 말았다. 형천의 도끼도 한 귀퉁이가 떨어져 나갔지만 그래도 온전했다. 두 사람의 힘을 버티지 못해 비교적 가느다란 치우비의 칼이 먼저 부러진 것이다. 칼이 부러졌으나 치우비는 당황하지 않고 왼손으로 부러진 칼날을 잡아 형천의 얼굴을 향해 던졌다. 형천은 방패를 당겨서 부러진 칼날을 막았다.

치우비는 무너져서 불타고 있는 울타리 쪽으로 몸을 날렸다. 그러고는 울타리 기둥으로 세워진 커다란 통나무를 집어 들었다. 치우비는 불붙은 통나무를 칼이나 창처럼 형천에게 들이밀었다. 형천은 방패로 막으며 도끼로 통나무를 내려찍었다. 불붙은 통나무에서 불똥과 불티가 수없이 튀어 올랐다.

치우비는 기세를 늦추지 않고 통나무로 계속해서 찔러 들어갔다. 형천은 통나무를 찍어 버렸으나 불티와 불똥 때문에 시야가 어지러워졌다. 치우비는 그 순간을 노리고 있었다. 치우비는 품에서 무기를 꺼내더니 번개같이 형천을 향해 휘둘렀다. 형천이 도끼를 들어 치우비의 무기를 막는 순간 쨍! 하는 소리와 함께 형천의 도끼가 둘로 쪼개지고 말았다.

"이럴 수가!"

형천은 깜짝 놀랐다. 치우비가 손에 들고 있는 무기는 번쩍거리며 빛나는 은색의 작은 단검이었다. 아무리 치우비의 힘이 세다고는 하나 그렇게 작은 칼로 어떻게 거대한 구리도끼를 두 토막 낼 수 있는지 알 수 없었다. 치우비는 단검을 휘두르며 짓쳐들어왔다. 형천은 부서진 도끼와 방패로 칼을 막았다. 단검은 남은 도끼날마저 둘로 쪼개고 방패의 귀퉁이도 잘라 버렸다.

형천은 도끼와 방패를 던지고 뒤로 물러서면서 치우비의 손목을 잡으려 했다. 치우비는 손목을 틀어 피하면서 형천의 팔을 단검으로 그으려 했다. 둘은 한참을 겨루었으나 결국 치우비는 형천을 찌르지 못하고 형천도 단검을 빼앗지 못했다. 다만 형천의 팔이 단검에 몇 번 스쳐 피투성이가 되었다. 그런데 공격해 들어오던 치우비가 돌연 뒤로 물러서며 외쳤다.

"형천님! 괜찮습니까?"

형천은 노해서 부르짖었다.

"헛소리! 네 걱정 따위는 필요 없다! 계속 해보자!"

치우비는 이마에 땀이 흐르고 온몸도 땀으로 흠뻑 젖어 있었으나 이내 수줍은 듯 살짝 웃으며 말했다.

"형천님 이야기가 아닙니다. 형천님 부하 말인데요."

형천은 그제야 놀라면서 주위를 둘러보았다. 가만히 보니 자기편 진의 뒤쪽에서 연기가 솟아오르고 있었고 뒤쪽의 부하들이 갈팡질팡하며 혼란에 빠져 있었다. 형천이 놀라서 눈을 부릅뜨자 치우비가 말했다.

"형천님, 부하들을 살피는 것이 어떻겠습니까?"

"무슨 헛소리냐?"

형천이 외치자 치우비가 차분하게 대답했다.

"일이 급하여 저 혼자 달려오긴 했습니다만, 저 뒤쪽에서 왜 연기가 나는지 아십니까? 제 형님이 뒤쪽에 있습니다. 치베도, 알한도, 작은 주신의 전사 오백 명도 있지요. 연기가 많이 오르는 것을 보니, 형천님 부대의 식량이 다 타 버린 것 같습니다."

형천은 깜짝 놀라 소리쳤다.

"뭐…… 뭐라고?

"그뿐만이 아닙니다. 형천님, 유망님을 잊으셨습니까? 이곳은 지나족의 땅이 아닙니다. 제대로 된 대장도 없이, 만 명 정도 전사를 모았다고 안심하시면 안 되지요. 이곳의 땅, 물, 짐승, 사람, 어느 것 하나 지나족을 반기지 않습니다. 여기 살던 부족들이 전부 죽거나 도망간 것이 아닙니다. 글쎄요, 마갸르나 미아우는 모두 유망님을 미워하던데, 지금까지도 유망님이 무사한지 모르겠습니다. 너무 마음 놓으신 건 아닌지 모르겠습니다."

형천의 이마에서 갑자기 땀이 물줄기처럼 흘러내렸다.

"염제 신농님을? 하지만 누가!"

치우비는 여유 있는 표정으로 천천히 말했다.

"제 형님은 이리로 달려오기 전에 미아우의 작은 마을을 먼저 찾아갔습니다. 그래서 미아우 말과 마갸르 말을 잘하는 사람들을 모아 사방으로 보냈죠. 형천님, 마갸르, 미아우는 그리 만만한 부족이 아닙니다. 다 죽이고 항복받았다고 여기셨겠지만, 숨어서 이를 갈던 사람들이 의외로 많더군요. 뭉치지 못해서 그렇지, 막상 뭉치니까 열천 명도 더 되더이다. 전부 목숨을 걸고 죽더라도 지나족 한 명이라도 죽이고 죽겠다는 사람들뿐입니다. 지나족은 원한을 많이 샀더군요. 그들이 지금 유망님을 만나러 갔답니다……."

"거짓말! 거짓말이다!"

형천이 미친 듯 소리를 치자 치우비는 공손한 태도로 되받았다.

"형천님, 비록 이렇게 싸우고는 있지만, 저희 형제는 형천님의 은혜를 잊은 적이 없습니다. 형천님께 받은 은혜를 보답하는 마음으로, 지금 가시겠다면 막거나 싸우려 들지 않겠습니다. 먹을 것도 없고, 화살도 무기도 없이 싸울 수 있다면 말리지 않겠습니다만, 저는 거짓말을 하지 않습니다."

형천은 잠시 눈을 번득였으나 이내 잔잔한 눈빛이 되어 말했다.

"그래, 좋다! 너희 형제, 훌륭하게 컸구나. 이번에는 내가 졌다. 하지만 다음에는 이렇게 간단하지 않을 것이다."

치우비는 공손히 고개를 숙였다.

"어느 누가 형천님을 가볍게 상대할 수 있겠습니까?"

형천은 가볍게 웃어 보이고는 늠름한 태도로 뒤로 물러났다. 지나 전사들도 형천을 따라 물러서기 시작했다. 치우비의 말을 듣자 치우우레는 지나족에게 화살을 쏘지 말라고 신호했고 지나족도 풀이 꺾인 듯 공격하려 들지 않았다. 형천은 뒤쪽에서 달려온 부하들 몇을 불러 이야기를 들어 보더니 침울한 표정이 되어 후퇴하라는 명령을 내렸다.

치우비의 말은 사실이었다. 아무도 모르고 있었지만, 대담하게도 치우 형제와 부하들은 나흘 전 형천의 부대가 축융의 부대와 합류하여 진격을 시작할 때부터 지나족에 섞여 있었다. 형천의 부하들은 그들이 축융이 새로 뽑은 부하인 줄 알았고, 축융의 부하들은 그들을 형천의 부하인 것으로 알았다.

그들은 치우천의 명령에 따라 참을성 있게 기다리다가 싸움이 거세지자 일제히 활동을 개시하여, 형천 부대가 가지고 있던 식량과 화살, 막사에 불을 질렀다. 가장 뒤쪽에서 식량을 지키던 지나 전사들은 몇 되지도 않았던 터라 간단하게 당해 버렸다. 다만 축융의 활약 때문에 생각보다 빠르게 울타리가 무너지자, 치우천은 그것을 막기 위해 서둘러 치우비를 보낸 다음 부하들과 함께 사방으로 흩어져 숨어 버렸다.

형천은 식량과 가죽 같은 물자들이 불더미에 휩싸인 것을 보고는 기가 꺾였다. 물통과 물주머니들도 망가져 있었다. 생각 같아서는 지금 당장 총공격을 하여 휩쓸어 버리고 싶었다. 그러나 사기가 꺾인 판에 공격하기도 무리였고, 치우천이 보이지 않는 곳에 숨어 있다는 사실도 마음에 걸렸다. 공격해도 하루 만에 완승을 거둔다고 장담을 할 수 없었다. 며칠만 싸움을 끌어도 굶주려서 전멸할 수도 있다. 치우비의 말대로라면 유망도 위험할지 몰랐다.

형천은 입술을 깨물며 자책했다.

'정말 귀신같은 꾀다! 완전히 당했다! 수만 믿고 방심했어! 할 수 없다. 일단 유망님께 돌아가야 한다. 유망님은 무사하실까? 그곳의 식량과 물건까지 당했다면, 도저히 더 나아갈 수 없다. 공상으로 돌아가는 수밖에 없다. 이러고 있을 때가 아니다! 어서 물러서야 한다.'

형천은 마침내 결심을 하고 총퇴각을 명했다. 치우우레는 뒤를 쫓지 않았다. 형천의 군대는 아직도 수적으로 우세하고 패해서 물러서는 것도 아니니만큼 굳이 뒤를 쫓을 필요가 없다고 판단했다.

형천의 군대가 썰물처럼 밀려가자, 마갸르족과 미아우족, 그리고 주신 사울아비들까지 환호하며 기뻐했다. 멀리서 지켜보던 수많은 전사들은 치우비가 혼자서 형천과 겨루어 형천의 군대 전부를 쫓아 버렸다고 떠들어 댔다.

아들과 다시 만나게 된 치우우레의 기쁨은 뭐라 표현할 수 없을 정도였다. 그 기쁨은 마침내 치우천을 만나게 되었을 때 두 배로 커졌다. 치우천은 부하들과 함께 근처에 숨어 있다가 지나족이 물러가고 난 후에 치우우레를 찾아온 것이다. 아저씨뻘 되는 치우별도 기뻐했고 부소다솔이나 사울아비들도 뛸 듯이 반겼다.

부족장들도 태산 회의 때 이름을 떨쳤다가 사막에서 죽었다고 전해지던 치우 형제가 살아 돌아와 도움을 주자 크게 기뻐하며 잔치를 베풀려 했다. 치우 형제는 먼저 상처를 입은 거서기, 삼, 부달 등을 찾아가 위로했다. 삼과 마파람은 제법 기력을 회복했고, 거서기는 많이 다쳤으나 조금 지나면 회복될 듯했다. 부달만은 온몸에 큰 화상을 입어 숨이 간들간들했고, 낫는다 해도 흉측한 몰골이 될 수밖에 없었다. 그러나 부달은 그런 와중에도 의식을 잃지 않고 타 버린 손을 치우 형제에게 내밀며 작은 소리로 속삭였다.

"돌아올…… 줄 알았다. 반갑다…… 반가워……."

치우천과 치우비는 반쯤 숯덩이가 된 부달의 손을 살며시 잡고 눈물을 글썽였다. 거서기와 삼, 마파람은 감격에 겨운 목소리로 치우 형제와 이야기를 나누었다.

"부달은 죽지 않을 거야. 부달은 사울아비 중의 사울아비다! 이 정도로 죽을 리 있나?"

삼이 호탕하게 말하자 마파람은 미소만 지으며 치우 형제의 손을 힘있게 잡았다. 치우비는 목이 메어 어서 나으라는 말밖에 못했고 치우천은 미소를 지으며 화답했다.

"그래, 벌써 죽을 수는 없지. 우린 젊고 아직 할 일이 많으니까!"

그날 밤 벌어진 큰 잔치에서 치우 형제는 부족장들과 정식으로 인사를 나누었다. 말재주 좋은 알한이, 치우천은 이제 작은 주신이라는 부족의 족장이 되었음을 알렸다. 사람들은 치우천이 단 몇 년 사이에 작은 부족을 크게 일으킨 것에 놀랐고, 따르는 부하들의 수는 비록 적지만 하나같이 막강한 전사라는 것에 감탄하여 함부로 대하지 않았다. 특히 치우천은 모두를 위기에서 구했고 이제는 작은 주신의 부족장이었으므로 나이는 젊어도 정중한 대접을 받았다. 아버지인 치우우레마저도 정중한 태도를 취해 치우천은 어쩔 줄을 몰라 했다.

"아버지, 이러실 것까지는 없습니다."

치우우레가 근엄한 표정으로 딱딱하게 대답했다.

"치우천님은 내 아들이기는 하나 엄연한 부족장이니 이런 자리에서는 함부로 대할 수 없소이다. 치우천님이 머리를 낮추는 것은 작은 주신 전체의 머리를 낮추는 것이니 그리하시면 안 되오."

언제나처럼 예의에 어긋남이 없는 아버지의 태도에 치우천은 웃으며 고개를 저을 수밖에 없었다. 잔치 분위기가 무르익고 치우천과 부하들이 부족장 및 대장 들과 인사를 마치자 아사큔이 물었다.

"마갸르 친두 부족장 아사큔이 말하오. 치우천 족장께서 도와주신 덕에 형천이 물러갔소이다만, 곧 다시 쳐들어올지 모르니 대책을 마련해야 하지 않소?"

치우천은 싱그러운 미소를 보이며 차분히 대답했다.

"작은 주신의 부족장, 치우천이 말합니다. 형천은 쳐들어오지 못할 것입니다. 아니, 제 생각대로라면 아마 공상까지 물러날 것입니다."

부족장들은 웅성거리면서 의아해했다. 이번에는 와난수가 물었다.

"마갸르 나달타족의 와난수가 말하오. 형천이 물러가기는 했다지만, 전사들의 수는 아직도 셀 수 없이 많은데, 왜 공상까지 물러난단 말이오?"

치우천이 차분하게 설명했다.

"지나족은 많은 전사를 데리고 너무 넓은 땅을 빼앗았습니다. 그들은 마갸르족과 미아우족을 몰아내려고 지나는 마을마다 모조리 불 지르고 사람들을 잡거나 내쫓았습니다. 땅을 차지하기 위해 한 짓입니다만 큰 실수를 한 셈이지요."

"왜 실수란 말이오?"

와난수가 묻자 치우천이 웃으며 대답했다.

"그들은 칠십천 명이라는 엄청난 수의 전사들을 데리고 있습니다. 수가 많아 싸워서는 이길 수 없을 정도죠. 허나 많은 전사를 거느리려면 그만큼 먹을 것과 물건들 역시 많이 필요합니다. 헌데 도중에 있는 마을을 태우고 밭을 파헤쳤습니다. 살던 사람들을 쫓아내기 위한 것이었습니다만, 그 때문에 지나족 스스로도 먹을 것을 구할 수 없게 되었습니다."

사람들은 고개를 끄덕였고 특히 보급을 주로 맡아 온 부소다솔은 손뼉을 치며 외쳤다.

"그렇소, 그렇소. 나는 그것이 얼마나 끔찍한 일인지 잘 안다오. 사람들은 전사만 많으면 이긴다고 생각하는데, 많은 전사를 부리기는 정말 힘든 일이라오!"

"부소다솔님 말씀이 맞습니다. 백 명이나 오백 명으로 된 부대는 큰 마을 하나 정도면 어느 정도 먹을 것과 물건을 구할 수 있습니다. 그러나 몇십천 명이나 되는 부대를 한데 모으면 그 수가 바로 문제가 됩니다. 몇십천 명이 한꺼번에 몰려가 밥을 먹을 수 있겠습니까? 큰 마을이라도 다음해에 뿌릴 씨앗까지 다 먹는다 한들 모자랄 것입니다. 그게 바로 큰 군대의 약점입니다."

"그렇다면 지금 저 군대는 어떻게 여기까지 온 거요?"

와난수가 묻자 치우천은 살짝 머리를 긁적이며 대답했다.

"당연히 어느 정도는 먹을 것을 들고 왔고, 나머지는 공상에서 계속 날라 오는 중입니다. 대강 살펴보니 형천의 부대는 스무 날 정도 먹을 것을 가지고 있었고, 보름에 한 번 정도 다른 부대가 먹을 것을 날라 오는 듯 하더이다."

"마갸르 나달타족의 와난강이 말합니다. 치우천 족장님. 그러면 아까 작은 주신 군대가 태워 버린 것이 그것입니까?"

와난수의 아들 와난강의 물음에 치우천이 웃으며 대답했다.

"전부는 아닙니다. 한 열흘 치 되겠지요. 그리고 유망이 있는 곳에는 먹을 것이 더 많이 쌓여 있겠죠. 지금쯤이면, 그것도 다 없어졌을 것입니다."

"어떻게 아십니까?"

"저는 지나족 안으로 숨어들기 전에 흩어진 전사들을 모았습니다. 지나족이 잡아 노예로 팔아넘기려던 사람들도 꽤 많이 구했죠. 지나족은 자기들이 짓밟은 땅에 마갸르나 미아우족이 하나도 없을 거라 생각한 모양입니다만, 너무 자만했습니다. 의외로 도망치거나 숨은 사람들이 많더군요. 그들을 모아 유망이 머무는 곳을 습격해서 싸움은 걸지 말고 불만 지르고 도망치라고 일러 주었습니다. 모르긴 해도 그들은 복수하기 위해서라면 목숨을 아끼지 않을 것입니다. 한두 무리가 노리는 것도 아니고, 길을 잘 아는 수백의 무리가 불을 지르러 숨어드는 판이니 지나족은 막을 수 없을 것입니다. 먹을 것이 타 버리면 지나족은 버틸 수 없습니다."

사람들은 감탄을 금치 못했다. 치우천은 하나의 싸움에 매달리기보다 상황을 넓게 보고 판단을 했는데 그때까지 그런 전략적 사고를 한 사람은 별로 없었다. 와난강은 예리하게 한 가지를 지적했다.

"듣자하니 창힐이 공상에 큰 도시를 건설했다고 합니다. 거기서 보름마다 식량을 날라 온다 하지 않았습니까? 그 식량이 계속 도착하면, 지나족은 다시 힘을 내서 싸우러 올 것입니다."

치우천은 고개를 끄덕였다.

"좋은 말씀입니다. 와난강님도 생각이 깊으시군요. 허나 그것도 준비해 두었습니다."

와난강도 이번에는 정말 깜짝 놀랐다.

"벌써요?"

"아까도 말씀드렸습니다만 지나족은 이미 빼앗은 땅에 아무도 없다는 큰 착각을 하고 있습니다. 저는 작은 주신에 사람을 보내 몇 갈래로 숨어서 먹을거리를 나르는 지나족을 막고 보급품을 빼앗거나 불태우라는 명령을 내려 두었습니다. 그들이 성공한다면 더 싸울 필요도 없이 유망의 부대는 공상까지 도망칠 것입니다."

"먹을거리를 나르는 지나족의 수도 만만치 않을 텐데요? 그들을 어떻게 이기겠습니까? 실례인지 모릅니다만 작은 주신의 전사들이 그렇게 많습니까?"

와난강이 묻자 치우천은 웃으며 고개를 저었다.

"이백 명씩, 세 부대를 보냈습니다. 작은 주신의 전사들은 그렇게 많지 않지요."

"고작 이백 명으로 수많은 지나족을 이길 수 있겠습니까?"

치우천은 딱 잘라 말했다.

"이길 수 있습니다!"

"작은 주신의 전사들이 강하다는 것은 잘 압니다만…… 지나족의 수십천 명 먹을거리를 나르는 사람들이라면 적어도 몇천 명, 아니, 몇십천 명에 가까울지도 모릅니다. 수의 차이가 크지 않겠습니까?"

와난강의 집요한 물음에 치우천은 막힘없이 술술 대답했다.

"말씀하신 대로 수십천 명의 먹을거리를 나르는 일은 보통 일이 아닙니다. 물론 사람 수는 많겠지요. 허나 비록 수천 명, 수십천 명이 나른다 해도 짐에 때문에 지쳐 있을 것입니다. 지나족은 땅을 전부 차지했다고 착각하고 있습니다. 누가 자신들을 공격한다고는 생각도 하지 않고 있습니다. 도끼나 방패나 창도 제대로 들고 있지 않을 것입니다. 더구나 소나 돼지, 양 떼를 잔뜩 몰고 있을 것입니다. 습격받으면 혼란에 빠져 싸움 한번 제대로 못할 것입니다."

와난강은 진심으로 감탄하여 고개를 끄덕였다. 이번에는 치우벌이 나섰다.

"지나족이 그렇게 착각한다는 것은 어떻게 아시오?"

"지나족이 착각하지 않았다면 칠십천 명의 군대를 한데 모으는 바보 짓을 했을 리 없습니다. 그렇게 많은 전사가 있다면 오십천 명 정도만 모으고, 나머지 이십천 명 정도는 흩어져서 곳곳을 지키게 하여 뒤를 돌보게 했어야죠. 마을을 그대로 두고 군대를 남겨 먹을거리를 나르는 부대를 지키게 했어야 합니다. 그러나 그들은 밀고 나가는 데에만 신경을 쓰며 서두른 나머지 뒤에 군대도 남기지 않았고 마을도 불태워 버렸습니다. 이젠 아무도 없는 빈 땅이 되었다고 착각하고 있는 것이 분명합니다.

단 하나 문제는, 제가 보낸 부대들이 먹을거리를 나르는 지나족 부대를 찾아내느냐 못 찾아내느냐 정도입니다. 거의 열에 아홉은 찾아내리라고 생각합니다만……."

치우천이 논리정연하게 설명하자 부족장과 대장 들의 만면에 화색이 가득해졌다. 그러한 대국적 견지에서 전략을 세우는 일을 지금까지 듣지도 못했던 사람들이 대부분이라 놀라움과 감탄은 더했다.

"대단합니다! 정말 대단합니다!"

그날 잔치는 흥겹게 끝났다. 대부분의 부족장은 싸움이 끝난 것이나 다름없다고 생각하여 한껏 들떠 있었다. 잔치가 끝난 후에야 치우 형제는 아버지 치우우레를 만나 밤새도록 이야기를 나누게 되었다.

치우천이 입을 열었다.

"아버님, 유망이 물러가면 신시로 돌아가고 싶습니다."

그 말에 치우우레가 흔쾌히 고개를 끄덕였다.

"당연히 그래야지! 유망이 물러간다면 네 공이 으뜸이다! 더구나 너는 작은 주신의 부족장이니 아무도 너를 어찌할 수 없을 거다."

"한웅님도 뵈올 수 있을까요?"

"한웅님은 몸이 아프시지만…… 이번 같은 일에는 반드시 만나 주실게다. 보통 일이 아니니까."

"그러면 그때 여기 계신 부족장들도 같이 가서 한웅님을 뵙게 해 주십시오. 아버님께서 부족장들께 권해 보십시오."

치우우레는 의외라는 듯 눈을 굴렸다.

"그거야 누가 마다하겠느냐? 그래 보마. 그런데 굳이 왜 그래야 하느냐?"

치우천은 쓸쓸히 웃으며 대답하지 않았으나 속으로는 이렇게 중얼거리고 있었다.

'그래야 제가 죽지 않을 것입니다, 아버님.'

치우천의 예상은 적중했다. 형천이 대군을 이끌고 떠난 후 유망의 본진은 초토화되어 있었다. 사상자는 별로 없었으나 막사며 창고며 식량을 쌓아 둔 곳들이 불에 타 버린 것이다. 매일 밤만 되면 여기저기서 수백 명씩 숨어들어 불을 질러 대는 것을 도저히 막을 수 없었다.

그들 대부분은 지나족에게 마을과 가족을 잃고 처절한 복수심에 불타는 사람들이었다. 그들은 죽음도 두려워하지 않았다. 화살을 수십 대나 맞으면서도 끝내 횃불을 던져 불을 지르고 웃으며 죽어 가는 자도 있었고, 자기 몸에 불을 붙인 채 뛰어들어 불을 지른 자도 있었다. 심지어는 여자나 조그마한 아이들마저도 숨어들어 불을 질렀다. 여자들은 지나 전사를 유혹하여 방심시킨 뒤 보초를 살해하고 불을 지르기 일쑤였고 꼬마 아이들은 생각도 못한 조그마한 틈새나 개구멍을 파고 들어왔다.

유망은 아직도 약 기운이 가시지 않아 묶여 있는 터라 그를 대신해 제대로 지휘할 대장조차 없었다. 굶주림에 지친 형천의 부대가 간신히 본진에 도착했을 때 유망의 부대는 귀환한 부대보다 더 거지꼴이 되어 있는 실정이었다. 게다가 축융은 상처가 덧나서 앓아눕고 말았다. 형천은 이를 갈면서 엉성하나마 주변에 울타리를 급히 치고 경계를 엄중히 했으나 그래도 밤마다 산발적으로 벌어지는 습격을 막을 수는 없었다. 굶주림과 피로에 지쳐 지나 전사들은 급속도로 쇠약해져 갔다.

그런 판국에 믿어지지 않는 소식이 형천에게 전해졌다. 공상에서 식량을 싣고 오던 부대가 도중에 습격을 받아 뿔뿔이 흩어져 버렸다는 소식이었다. 그것도 하나가 아니라 두 개의 부대가 흩어진 것이다. 형천은 고민에 싸였다.

'창힐이 다시 식량을 보내긴 할 것이다. 창힐도 바보는 아니니 이번에는 전사들을 많이 딸려 보내겠지. 그러나 그것이 도착하려면 두 달도 넘게 걸린다. 두 달 동안 여기서 무엇을 먹고 버틴단 말인가? 우리가 잘못했다. 크게 잘못했다. 뒤를 든든히 지키지 않고 앞으로만 나갔구나. 내 책임이다. 여기서는 일단 물러설 수밖에 없다.'

공상으로 돌아가서 다시 준비를 갖추고 오자고 결심한 형천은 여전히 묶여 있는 유망에게 가서 엎드려 울며 고했다.

"염제 신농께 아룁니다. 물러서는 것밖에는 방법이 없습니다. 저 형천이 재주가 모자라고 생각이 짧아서, 염제 신농님의 이름을 더럽히고 지나족을 패하게 만들었습니다. 죽을죄를 지었습니다, 죽을죄를 지었습니다!"

유망은 아직도 묶여 있기는 했으나 전에 비하면 상당히 제정신으로 돌아온 것 같았다. 유망은 도리어 평안한 눈으로 형천을 내려다보며 잠시 생각하다가 눈을 감으며 고개를 끄덕여 보였다. 그것을 보고 형천은 목을 놓아 울며 외쳤다.

"억울하고 억울한 일입니다! 우리의 힘은 충분하지만, 녀석들의 얕은꾀에 빠졌습니다. 염제 신농께서는 공상으로 돌아가시어 이 원수를 반드시 갚아 주소서!"

형천이 칼을 빼 자결을 하려 하자 유망은 몸을 꿈틀거리면서 고개를 가로저었다. 옆에서 유망을 지키던 대전사들도 재빨리 달라붙어 형천을 말리려 했으나, 형천은 무서운 힘으로 대전사들을 떨치며 외쳤다.

"나는 염제 신농님께 반드시 이기겠다고 약속했다! 약속을 지키지 못했으니 죽어 마땅하다!"

"그러지 마십시오! 형천님! 형천님이 이러시면 우리들을 누가 다스립니까?"

대전사들이 울며 매달렸으나 형천은 듣지도 않고 유망을 보며 외쳤다.

"염제 신농이시여! 어리석은 저를 아까워 마십시오. 염제 신농께서 나서신다면, 마갸르나 미아우는 물론 주신도 염제 신농님의 상대가 못 되나이다! 이, 형천, 죽음으로 맹세하오니 염제 신농께옵서는 반드시 이기십시오! 반드시 이기십시오!"

형천은 진심으로 외치면서 칼을 목에 찔러 넣으려 했다. 그때 한 명의 대전사가 머리를 써서 재빨리 유망의 입을 막은 천 조각을 빼냈다. 유망은 찢어지는 목소리로 외쳤다.

"형천!"

유망의 낯익은 목소리에 형천은 움찔했다. 그러자 유망은 아주 권태로운 듯한, 그 특유의 목소리로 빈정대듯 말했다.

"네가 언제 약속을 했어? 난 못 들었는데……? 너 지금 뭐 하는 거야? 장난 치냐? 누구 앞에서 칼을 뽑는 거야?"

빈정대는 말투였으나, 유망을 누구보다 잘 아는 형천은 말에 깃들어 있는 뜻을 깨닫고는 고개를 숙이며 외쳤다.

"죄송합니다! 염제 신농이시여!"

형천은 고개를 숙인 채 엉엉 목을 놓아 울었다. 그러자 유망은 슬며시 눈물을 한 방울 떨구다가 차분히 말했다.

"머저리같이 왜 울어? 누가 죽었어? 전사들은 아직 멀쩡한데, 너도 멀쩡하고 나도 멀쩡한데 왜 우는 거야? 형천…… 땅은 다시 빼앗으면 되는 거야. 머저리같이 굴지 마."

형천은 감격하여 고개를 더 깊이 숙였다. 그러자 유망은 빈정대듯 말을 이었다.

"아, 지겹군그래. 우리 공상으로 일단 돌아가자구. 마갸르 미아우 놈들이 마을을 세우기를 기다렸다가 또 밟아 주면 재미있지 않겠어? 그렇지? 하하하."

"그…… 그렇습니다. 공상으로 돌아가십시다."

형천은 간신히 울음을 멈추고 유망을 묶은 줄을 풀려고 했다. 그러자 유망이 소리를 버럭 질렀다.

"아직 안 돼! 형천…… 날 다시 바보로 만들 거야?"

형천은 눈물을 쓱쓱 닦아 낸 다음, 대전사의 손에서 천 조각을 받아 들고는 유망의 입을 조심스레 막았다. 유망은 만족스러운 듯 옅은 미소를 띠며 입이 막히기 전에 마지막으로 말했다.

"공상에 도착할 때까지는 풀지 마……."

형천은 유망의 입을 막은 뒤 거친 발걸음으로 막사를 나서며 커다랗게 외쳤다.

"공상으로 돌아간다!"

형천은 속으로 부르짖었다.

'이것으로 끝난 게 아니다. 치우천…… 치우비…… 주신…… 나는 반드시 돌아올 것이다. 반드시 너희를 이기고 이 땅을 차지할 것이다! 그때까지 기다려라! 기다려라!'

맥달의 고향

유망의 대군이 공상으로 철수하고 있다는 소식은 며칠이 지나자 치우우레와 치우천 등에게도 전해졌다. 많은 마갸르와 미아우 부족장들은 환호하면서 지나족을 물리쳤다고 좋아서 떠들어 댔다. 치우천은 빙긋이 웃으며 차분하게 그들을 지켜보다가 어느 정도 주변이 조용해진 후 입을 열었다.

"유망은 다시 옵니다. 허나 공상까지 갔다가 준비를 한 다음 와야 할 테니 올해는 움직이지 못할 것입니다. 겨울을 공상에서 나고 일러야 내년 봄에 움직일 것이니, 그전에 여기서 그들을 막을 준비를 해야 합니다."

"우리 땅으로 돌아가서 지키는 게 좋을 것 같은데요?"

몇몇 부족장의 말에 치우천은 웃으며 타이르듯 말했다.

"돌아가셨다가 지나족이 움직인다는 소리가 들리면 바로 이곳으로 모여야 합니다. 언제든지 떠날 수 있도록 준비해 두었다가 말이죠. 집 같은 것을 너무 공들여 짓지 않는 것이 좋습니다."

"우리 땅을 그냥 비워 둔단 말이오? 또 지나족에게 짓밟히게 한단 말이오?"

부족장 중 한 명이 투덜대자 친두 부족장인 아사큔도 거들었다.

"아예 지나족 땅과 마주치는 곳에서 지나족을 막는 게 어떻겠소?"

치우천은 딱 잘라 말했다.

"그래서는 지나족을 막을 수 없습니다. 지나족의 수는 많고 형천의 전사들은 용감하기 그지없습니다. 그렇게 몰아 두었다가 지면 끝장입니다. 지난번에 뒷길을 잘 지켜야 한다는 것을 가르쳐 주었으니 이번에는 형천도 마구 들어오지 못할 것입니다. 뒤에 많은 전사를 남기면서 올라오겠죠. 여기쯤 오면 기세도 꺾이고 수도 반 정도 줄어들 것입니다. 그때 물리쳐야 합니다. 유망은 물러갔지만 크게 진 것이 아닙니다. 내년에는 더 무섭게 쳐들어올 테니까요."

"마을이 타 버렸는데 새로 지어야 하잖소? 그러면 언제쯤 우리가 마을로 아주 돌아갈 수 있다는 거요?"

치우천이 미소를 지으며 대답했다.

"한번 유망을 크게 쳐부수어 다시는 남의 땅을 넘보지 못하게 한 다음에야 돌아갈 수 있을 것입니다."

치우천은 그러면서 남은 마갸르와 미아우족의 부족장들에게 지나족이 다시 쳐들어오면, 절대로 혼자 싸우지 말고 이리로 모여서 싸워야 한다는 것을 다른 부족장들에게도 널리 알리라 했다.

그러고는 덧붙였다.

"싸울 수 없는 여자, 노인, 아이 들은 전사를 붙여서 외딴곳에 숨어 있도록 하십시오. 여기 모일 때는 전사들만 와야 합니다. 마갸르, 미아우의 전사들이 모인다면 지나족의 수가 제아무리 많아도 두려워할 것이 없습니다."

부족장들은 치우천의 전략을 이해하고 갈채를 보냈다. 치우천과 치우우레는 부소다솔과 치우벌로 하여금 그곳에 모인 전사들을 지휘하여 지나족을 막을 수 있는 커다란 요새를 짓도록 했다. 그때 포리가 치우천에게 말했다.

"도깨비 포리가 말합니다. 나무 울타리는 좋긴 합니다만 불탈 위험이 있습니다."

"어떻게 하면 좋겠느냐?"

치우천이 묻자 포리가 진지하게 대답했다.

"돌로 벽을 쌓으면 좋습니다만, 힘이 들기도 하고 돌도 별로 없습니다. 그러니 나무 울타리를 세우긴 하되 둘레에 깊은 연못을 파서 물을 채우고 울타리 아랫부분을 흙으로 덮어서 나무가 불에 타지 않도록 하는 것이 좋겠습니다. 주변에도 가시나무와 대나무를 심어 두면 좋습니다."

"가시나무는 알겠는데 대나무는 왜?"

포리가 싱긋 웃었다.

"지나족이 쳐들어오면 대나무를 삐죽삐죽하게 잘라 버립니다. 그러면 창을 꽂은 것이나 다름없으니 지나족이 쳐들어오기 쉽지 않을 것입니다."

치우천은 감탄하여 고개를 힘차게 끄덕였다.

"좋은 생각이다. 너는 재주가 있구나. 좋다, 포리. 너도 여기 남아서 치우벌님과 부소다솔님을 도와 울타리를 짓도록 해라."

"천 안다, 포리더러 남으라니? 그러면 너는 어디로 갈 거냐?"

치베가 묻자 치우천은 미소를 지었다.

"신시로 가야 한다. 때가 된 것 같아."

"정말?"

치우비는 신시로 돌아간다는 말을 듣자 기뻐했다. 몇 년 만에 돌아가는 고향이던가. 치우천은 치우비가 들떠하는 것을 보고 웃었으나 기쁘기는 마찬가지였다. 허나 단단히 타일러 두는 것을 잊지 않았다.

"비야, 신시는 아직 안전한 곳이 못 된다. 고시울률님이나 치우가람, 바람 형제가 힘을 쥐고 있는 곳이야. 조심해야 한다. 신시에 가면 할 일이 많다."

치우천은 포리뿐만 아니라 리미, 마냥, 비울걸도 이곳에 두고 가기로 했다. 자칫하면 작은 주신이 도깨비들의 소굴이라는 소문이 날까 두려웠기 때문이다. 그리고 그들을 책임질 사람을 고민하다가 치베에게 일을 맡기기로 했다.

마침내 치우천은 치우비, 무라, 알한, 울라트와 함께 백 명의 전사만 거느리고 신시로 향하기로 했다. 물론 치우우레와 수많은 부족장들도 함께였다. 거기엔 기쁨의 재회를 한 울쿠타 야쿠타도 끼어 있었다. 치우 형제는 훌륭하게 자란 울쿠타 야쿠타를 보고 기뻐하면서 이번 기회에 함께 신시에 가서 정식으로 사울아비 이름을 얻자고 권한 것이다.

유망의 침공에 대비하기 위해 요새를 세우는 곳은 지금의 산동 지방 남서쪽 부근이었다. 거기에서 신시까지는 서두르면 보름 남짓 걸려 갈 수 있는 거리였다. 가는 길 내내 치우우레는 아들들과 이야기를 나누었는데, 절반은 신시의 사정에 대한 것이고 절반은 치우 형제의 결혼 이야기였다.

치우우레는 답답한 듯 두 형제를 몰아세웠다.

"너희는 이름도 받았고, 카린산에서 괴물을 물리쳤으니 성인식도 통과한 셈이다. 그러니 이제는 혼인을 서둘러야 할 게 아니냐?"

치우비는 얼굴만 붉히며 고개를 돌렸고 치우천은 못 들은 척 입을 다물고 있었다. 치우우레는 가슴을 치며 말을 이었다.

"이번에 신시에 가면 혼인을 올리거라! 이러다가는 손자 녀석도 보지 못하고 죽겠구나! 마음에 둔 여자라도 있는 게냐?"

치우우레가 치우비를 뚫어지게 쳐다보며 묻자 치우비는 머뭇거리다가 입을 열었다.

"그게…… 좀…… 그러니까요……."

"뭐? 있냐? 있는 게냐? 그게 누구냐? 응?"

"그게……."

"있으면 어서어서 말해 봐라! 혹시 너……."

치우우레는 눈을 크게 뜨며 다그쳤다.

"혹시 그…… 태산 회의 때 보았던 발이라는 아가씨를 마음에 두고 있는 게냐?"

치우비의 얼굴이 금세 붉어졌다. 치우우레는 한숨을 길게 내쉬었다.

"결국 그렇게 되는구나. 비야, 이건 보통 문제가 아니다. 헌원은 대부족장인데 그리 만만히 딸을 얻을 수 있겠느냐? 더구나 그런 아가씨가 작은마누라로 들어오려 하겠느냔 말이다."

"네? 작은마누라라뇨?"

치우비의 눈이 커졌다. 그러나 치우우레는 못 본 듯 중얼거렸다.

"아무리 그래도 주신 사람을 큰며느리로 맞아야 하느니라. 그래야 네 큰아들이 주신에서 계속 살아갈 것 아니냐?"

"작은마누라는 생각도 해 본 적 없습니다!"

치우비와 치우우레는 옥신각신했다. 그것을 옆에서 지켜보던 치우천은 간이 콩알만 해졌다. 공손발이라면 차라리 낫지만 자신은 소녀와 좋아하는 사이가 아닌가? 더구나 아버지에게 알리지도 않고 혼인을 해 버렸으니 말이다. 치우우레는 한참이나 타이르다가 급기야는 화를 버럭 내다가 마음을 가라앉히고 말했다.

"좋다. 비 이 녀석! 네가 이제는 말도 안 듣는구나. 뭐, 알아서 해라.

너는 작은아들이니 네 자식 생각일랑은 별 관심 없다는 게냐? 그래도 상관없다면 나도 상관없으니. 그런데 헌원이 네게 딸을 준다더냐?"

"그게……."

치우비가 말끝을 흐리자 치우우레는 고개를 설레설레 저었다.

"내, 듣자 하니 헌원과 싸움까지 했다던데, 그게 정말이냐?"

"네."

"그런데 헌원이 딸을 주겠느냐? 응?"

치우비는 금세 얼굴빛이 어두워져서 한숨만 내쉬었다. 치우우레는 안쓰럽다는 듯 쯧쯧 혀를 차다가 치우천에게로 고개를 돌렸다.

"그런데 천아!"

"네……."

치우천이 조그맣게 대답하자 치우우레가 다짐하듯 물었다.

"너는 설마 문제없겠지! 네가 큰아들 아니냐? 그러니 네 색시는 반드시 내가 골라 주마. 너는 주신 사람 마누라를 얻어서 대를 이어야 돼! 안 그러냐?"

치우천 역시 꿀 먹은 벙어리처럼 아무런 말을 하지 못했다. 그러다가 치우천은 마침내 용기를 내어 입을 열었다.

"아버님. 신시에 가면 말씀드리려 했습니다만, 말씀드리겠습니다. 사실…… 저는 이미 혼인을 했습니다."

"뭐?"

치우우레는 놀라 하마터면 말에서 굴러떨어질 뻔했다. 치우천은 용기를 내어 말을 이었다.

"미리 알려 드리지 못해 죄송하기 짝이 없습니다. 더구나…… 그 여자는 주신 사람도 아닙니다."

치우우레는 멍한 표정이 되었다가 이내 억지로 웃음을 지으려는 듯 얼굴이 씰룩거렸다.

"그…… 그게 정말이냐? 이…… 이 녀석이……."

치우우레가 별안간 껄걸 웃음을 터뜨렸다. 그러고는 얼굴을 밝게 펴고는 말했다.

"솔직해서 좋구나. 좋다, 이 녀석! 사내라면 그럴 수도 있다! 좋다! 내 이해한다! 밖에서 오래 고생하다 보면 그럴 수도 있는 게지!"

의외로 치우우레가 호탕하게 웃어넘기자 치우천도 한껏 졸였던 마음을 풀었다. 치우비도 금세 웃는 얼굴이 되었다.

치우우레가 목소리를 낮춰 조그맣게 물었다.

"그래, 우리 며느리는 예쁘냐?"

치우비가 웃으며 대신 대답했다.

"그렇게 예쁠 수가 없습니다."

"그래? 허허! 이 녀석, 보는 눈은 있구나, 날 닮았어! 그래, 똑똑하냐?"

이번에도 치우비가 대답했다.

"형수님은 똑똑하시죠. 특히 물건 소리를 잘 내어서 듣기만 하면 기분이 좋아진답니다. 못하는 일이 없고 이젠 주신 말도 잘하십니다."

치우우레의 얼굴에 점점 웃음이 번졌다.

"그래? 그거 복덩어리구나. 작은마누라로 두기에는 딱 좋겠다."

그 말을 듣는 순간 치우천이 서둘러 되받았다.

"아버님, 저는 마누라를 여럿 얻을 생각이 없습니다."

치우우레는 버럭 고함을 질렀다.

"그건 안 돼!"

치우우레의 목소리가 하도 커서 치우천과 치우비는 찔끔했다. 치우우레는 화난 표정으로 외쳤다.

"너는 큰아들이다! 그러니 주신 사람을 얻어야 한다! 안 그러면 우리 집안은……. 안 된다! 안 돼!"

치우천과 치우비는 둘 다 아무 말도 하지 못했다. 치우우레는 한동안 씨근거리더니 약간 누그러진 목소리로 말했다.

"그건 내 며늘아기에게 잘 타일러 보마. 사람을 차별하자는 것은 아니지만, 우리 치우 집안은 그래서는 안 된다. 지금은 비록 힘이 없다만, 그래도 고시, 부루, 신지, 부소씨와 함께 주신의 다섯 집안 중 하나가 아니냐? 언젠가는 한웅님이 나올 수도 있는 집안이란 말이다. 그렇기 때문에 치우 집안 큰아들의 아내는 반드시 주신 사람이 되어야 하는 것이다. 한웅님은 하늘에 고하여 안파견 한님께 제사를 드리시는 분인데 어찌 다른 부족의 피가 섞인 사람이 될 수 있단 말이냐?"

치우우레가 길게 타이르자 치우천과 치우비는 조용히 들을 수밖에 없었다. 치우우레의 말이 옳기는 했다. 치우우레가 다시 물었다.

"그러니 그렇게 잘 타이르면 며늘아기도 똑똑하니 이해해 줄 것이니라. 그런데…… 어느 부족 사람이냐?"

치우천이 기어들어 가는 목소리로 대답했다.

"카린……족입니다."

그 말을 듣는 순간 치우우레의 동공이 커졌다.

"뭐? 아니…… 너 그럼 혹시……!"

치우천은 입을 굳게 다물고 고개를 숙였다. 치우우레가 다그치듯 외쳤다.

"혹시 소녀님이냐! 응?"

치우천이 무겁게 고개를 끄덕이자 치우우레의 눈에 눈물이 핑 돌더니 급기야 큰 소리로 울부짖었다.

"이럴 수가! 어찌 이럴 수가 있느냐? 천, 네 이놈! 네 이놈! 내 너를 죽여 버리리라!"

치우우레가 도끼를 꺼내 들려 했다. 깜짝 놀란 치우비는 얼싸안듯 아버지를 붙잡고 매달렸다. 치우천도 아버지가 왜 이러는지 몰라 놀라서 얼어붙다시피 했다. 치우우레는 치우비에게 잡히자 꼼짝하지 못했으나 계속 외쳐 댔다.

"천! 이놈 네가 나를 속이고 한웅님을 속였구나! 네놈은 정말 소녀님과 좋아지냈구나! 안파견 한님! 안파견 한님! 왜 저놈을 사막에서 건져 주셨습니까?"

치우우레가 길길이 날뛰며 화를 내자 치우비는 황급히 말리며 외쳤다.

"그게 아닙니다! 그게 아니에요!"

치우천도 곧 외쳤다.

"절대 그렇지 않습니다! 아버님! 저는 떳떳합니다!"

"뭐가 떳떳하냐?"

"사막에 버려지기 전까지만 해도 저는 소녀님과 아무 일 없었습니다. 그런데 같이 사막에 버려져서 고생을 하고, 그 뒤에 싸움을 할 때에도 소녀님이 목숨을 걸고 몇 번이나 저를 구해 주기까지 했습니다. 그러면서 정이 든 것입니다. 정말입니다!"

치우천이 애절하게 외치자 치우우레는 그제야 마음을 가라앉히고 물었다.

"정말이냐?"

"아버님, 제가 아버님께 거짓말을 하겠습니까?"

"에휴……. 일이 그렇게 되었구나. 내가 흥분했다. 틀림없는 사실이겠지?"

"물론입니다."

울쿠타, 야쿠타, 알한 등이 치우 부자 사이에 소동이 일어났다는 말에 놀라서 달려왔다. 몇몇 부족장도 달려왔다. 치우비는 아무 일도 아니라며 식은땀을 흘리면서 그들을 돌려보냈다. 그사이 치우우레는 한참이나 뭔가 생각하다가 근심에 찬 표정으로 치우천에게 말했다.

"천아, 이건 보통 문제가 아니다. 너는 사막에서 살아났고, 유망을 물리치는 큰 공을 세웠으니 신시로 갈 수 있다. 허나 소녀님을 마누라로 맞았다는 것은…… 또 꼬투리를 잡힐 수 있는 일이야. 나만 해도 놀라서 흥분하지 않았느냐? 더구나 너를 좋지 않게 보는 사람들이 신시에는 많단 말이다. 아무래도 이 일은 비밀로 해야겠구나."

치우우레의 말에 치우천은 고개를 끄덕였다. 치우우레는 근엄하게 덧붙였다.

"아직은 마누라를 얻었다는 말을 흘리지 마라. 부하들에게도 입단속하라 이르고 말이다. 그리고…… 아무리 그렇더라도 큰마누라는 주신 사람이어야 한다! 내가 나중에 타일러 볼 것이다. 알았느냐?"

마누라라는 말에 치우우레가 힘을 주어 말하자 치우천은 마지못해 고개를 끄덕일 수밖에 없었다. 자신의 생각보다 문제가 더 커질 수 있다는 것을 깨달았기 때문에 일단은 여기서 끝내자고 생각했다.

그럭저럭 며칠 동안 길을 가던 일행은 지금의 북경보다 약간 북쪽에 위치한 어느 지역에 들어섰다. 주신의 변경이라 주로 마갸르족이 살고 있었는데, 마갸르족과 주신족은 비교적 사이가 좋은 편이라 별일은 없었다.

어느덧 날이 저물어 일행은 쉴 마을을 찾았다. 황량한 벌판만이 이어지던 곳에 산으로 둘러싸인 좋은 땅이 나타났다. 강이 흘러 물이 많고 대나무가 우거지며 짐승도 많은 풍요로운 곳이었다. 신시나 동북쪽으로 가려면 반드시 지나야 하는 곳이기도 했다. 물이 많고 풍요로운 그곳을 보고 사람들은 감탄했다.

"살기 좋은 곳이군요. 근처는 전부 황무지인데."

알한이 말하자 치우천도 고개를 끄덕였다.

"그렇군요."

그곳이 바로 탁록이었다. 당시 그곳에 사는 마갸르인은 마갸르 말로 '대나무골'이라는 평범한 이름으로 불렀다. 그곳에서 어느 중간 정도 크기의 마을을 찾은 일행은 그날 밤을 그곳에서 묵기로 했다. 치우천은 그날 밤에 치우비를 끌고 마을 부근으로 나섰다.

"왜 돌아다니는 거야?"

치우비가 고개를 갸웃거리자 치우천이 대답했다.

"이런 중요한 장소가 있을 줄은 미처 몰랐다. 미리 봐 둬야 한다."

"무슨 소리야? 여기엔 물이 많고 살기 좋기는 하지만, 뭐가 중요하단 거야?"

"아주 중요한 곳이다. 생각해 보렴. 지나 땅에서 주신으로 가려면 크게 두 갈래 길이 있다. 하나는 남쪽에서 북쪽으로 올라가는 길, 하나는 서쪽에서 동북쪽으로 올라오는 길. 그런데 여기는 그 두 갈래 길이 모이는 부근에 있지 않느냐?"

"그건…… 그렇군."

"여기는 물도 많고, 나무와 풀도, 짐승도 많다. 땅도 기름진 것 같더라. 많은 전사들을 먹여 살릴 수 있단 말이다. 여기에 전사들을 두면 지나와 주신 사이의 길을 내리누를 수 있다."

치우천은 주변을 돌아보다가 멀찌감치 떨어져 있는 나지막한 산등성이를 발견했다. 해는 넘어가 주변에 어둠이 깔리기 시작했으나 치우천은 아랑곳하지 않았다.

두 사람은 횃불을 지펴 들었다.

"저기 올라가 보자."

치우천과 치우비는 산등성이로 올라섰다. 밑에서 보기에는 높을 것 없는 낮은 산이었으나, 막상 올라가자 눈앞이 탁 트였다. 주변이 하도 평평하여 조금만 올라왔는데도 먼 주변까지도 전부 눈에 들어왔다. 치우비도 놀랐다.

"야, 아주 잘 보이는데?"

"기막힌 자리구나. 더구나 산 위도 평평하구나. 아주 좋다, 아주 좋아."

치우천은 좋은 지형을 발견하자 흡족하게 웃으며 말했다. 그때 치우천의 눈에 무엇이 들어왔다.

"저건 뭐지?"

치우천이 가리킨 곳에는 나무로 깎은 막대기가 서 있었다. 치우비가 다가가 보니 막대기에 누가 무슨 무늬를 조각해 놓은 듯했다.

"사람이 깎은 것 같은데?"

치우천은 다가가서 횃불을 들이대 보고는 깜짝 놀랐다. 치우비는 치우천이 왜 놀라는지 어리둥절하여 물었다.

"왜 그래? 잘 깎은 것도 아닌데?"

"이 무늬…… 본 적이 있다."

치우천은 무늬를 손으로 더듬으며 자세히 살펴본 뒤 품에 손을 넣어 무엇을 꺼냈다. 그 손에는 작은 목걸이가 들려 있었다.

"맥달님?"

그것은 바로 치우천이 맥달에게 얻은 목걸이였다. 치우천은 얼른 목걸이를 살펴보았는데, 과연 목걸이에 새겨진 무늬와 나무 막대에 새겨진 무늬가 똑같았다. 치우비도 신기해했다. 무늬는 상당히 복잡하여 우연히 똑같은 무늬가 새겨졌다고는 볼 수 없었다.

"이럴 수가. 맥달님이 새긴 걸까?"

치우비가 중얼거리자 치우천은 고개를 저었다.

"아니다. 저건 새긴 지 수십 년은 되었어. 나무가 썩어 있잖니? 이건…… 알아봐야겠다."

치우천과 치우비는 서둘러 산을 내려갔다. 근처 마을 사람들에게 목걸이를 보여 주며 혹시 아는 바가 있는지 여기저기 물어보았지만 아는 사람은 아무도 없었다. 그러다가 마침내 한 노인이 중얼거리는 것을 들었다.

"이 목걸이 혹시…… 그 사람이 새긴 것 아닌가?"

"누구 말입니까?"

치우천이 묻자 노인은 웅얼거리는 소리로 대답했다.

"저 아래로 십 리 정도만 가면 다른 마을이 있는데, 거기 목걸이 만드는 늙은이가 산다오. 그 마을에서 사람을 찾아 물어보시구려."

치우천 치우비는 그 길로 십 리 길을 달려서 건너편 마을로 갔다. 그곳에서 이 사람 저 사람 찾아 물어보니, 마침내 그중 한 사람이 목걸이 만드는 노인의 움집을 알려 주었다.

"저리 가 보세요."

치우천 치우비가 움집에 도착해 물어보자 머리가 하얗게 세고 이마에 주름이 가득한 노인이 나왔다.

"무슨 일인가?"

"안녕하십니까?"

치우천이 정중히 인사하자 노인이 힐끗거리며 말했다.

"주신 사람인가? 구리 무기를 찬 걸 보니 사울아비 같구먼."

"그렇습니다."

"그런데 나한테 뭔 일인가?"

"물어볼 것이 있어서 그렇습니다. 이 목걸이 말인데요……."

치우천이 목걸이를 내밀자 노인은 오만상을 찌푸리며 목걸이를 들여다보았다.

"보자, 내가 만든 것 같기는 헌데……. 요새 눈이 어두워져서 말야……. 아! 내가 만든 거 맞구먼. 근데 이거 어디서 났나?"

"우연히 얻었습니다. 이걸 누구에게 만들어 주셨습니까?"

"내가 만든 목걸이가 수십천 개야. 어떻게 일일이 기억하겠어?"

"그 목걸이에 새겨진 무늬와…… 저 언덕 위 나무에 새겨진 무늬가 똑같더군요. 그게 대체 어떻게 된 일인지……."

그러자 노인은 비로소 미간을 펴며 무릎을 쳤다.

"아! 그렇군! 생각나는구려! 그 사람 거였구먼! 아…… 거의 잊고 있었는데……."

"누구 말입니까?"

노인은 돌연 경계하는 태도로 물었다.

"그거…… 어디서 난 것인가?"

노인의 눈빛이 좋지 않아 치우천은 둘러대었다.

"주운 것입니다. 그냥 궁금해서요. 이야기해 주실 수 없습니까?"

치우천이 묻자 노인은 천천히 지난 이야기를 들려주었다.

"꽤 오래전 일이지. 스무 해는 넘게 지났을 것 같구먼. 저 아래에 이상한 남자 하나가 들어와 산 적이 있지. 주신 사람이라고 들었네."

"주신 사람이요?"

"그렇네. 주신에서 온 사람인데, 처음에는 뭐에 쫓기다 왔는지 지치고 굶주려 쓰러진 것을 마을 사람들이 데리고 왔지. 마을 사람들이 그를 살려 냈는데 갈 데도 없는 것 같아 눌러 살라고 집까지 대충 만들어 줬지……."

그 남자는 자신의 이름도 무슨 일을 하던 사람인지도 밝히지 않았다. 아는 것이라고는 주신 사람이라는 것과, 얼굴이 희고 잘생겼으며 손발이 고와서 평생 거친 일은 해 본 적 없는 사람 같았다는 것뿐이었다. 그래서 사람들은 그냥 그 사람을 '주신 사람, 주신 사람' 하고 불렀다. 그 사람은 아는 것이 많고 마음씨도 친절하여 마을 사람들을 많이 도와주었다.

그런데 그 사람은 종종 훌쩍 사라졌다가 며칠이나 지난 후에야 다시 나타나곤 했다. 그 사람이 어디를 다녀오는지는 알 수 없었으나 몇몇 본 사람들에 의하면 산에 올라간다고 했다. 사람도 살지 않는 산에서 무엇을 하는지는 알 수 없었다. 사냥을 하는 것 같지도 않았고, 나무를 하는 것 같지도 않았다. 그러나 산에 갔다 올 때면 남자의 얼굴은 항상 싱글벙글 흐뭇한 표정이었다.

"그러다가 말이야, 어느 날 그 주신 사람이 여자를 한 명 데려오지 않았겠나? 아름답고 귀하게 생긴 여자였는데, 어디서 온 여자인지도 알 수 없었다네. 여자는 주신 사람을 따라올 적부터 배가 불러 있었지."

"그 사람의 마누라였습니까?"

치우천이 묻자 노인은 고개를 끄덕였다.

"그래. 그 여자는 남자와 함께 오자마자 집 안에 틀어박혀 나오지 않았다네. 본 사람도 몇 없을 거야. 나는 그 앞에 살았기에 보았지만 말이네."

"그래서요?"

치우천이 되묻자 노인은 느릿느릿한 목소리로 이야기를 이어갔다.

어느 날 밤 노인의 귀에 아기 울음소리가 들렸다. 뒤이어 목을 놓아 울부짖는 소리도 들려왔다. 주신 사람의 집에서 들리는 소리였다. 노인이 놀라서 달려가 보니, 주신 사람은 갓 태어난 아기를 안은 채 울부짖고 있었고 여인은 잠자듯 누운 채 움직이지 않았다. 고운 얼굴이 놀랄 정도로 해쓱해져서 무서울 정도였다. 숨이 끊어져 있었다. 난산으로 죽은 것 같은데 여인은 조금도 흐트러지지 않은 자세로 누워 있어서 으스스한 기분마저 들었다. 언뜻 듣기로 그 여자는 도를 닦던 선인이었다는 것 같았는데, 선인이 저렇게 쉽게 죽을 리가 없다고 하여 노인은 믿지 않았다.

"그땐 내 마누라도 살아 있었지. 그래서 할멈이 아기 탯줄을 잘라 주고 씻겨 주고 했다네. 여자는 저 산비탈에 묻어 주었다네. 주신 사람은 그 뒤로 정신 나간 사람이 되어서 아무것도 하지 않고 며칠씩이나 가만히 집구석에 앉아서 아기를 노려보곤 했다네. 그 착하던 사람이, 눈빛이 무섭기가 그지없더군."

듣기만 하던 치우비가 입을 열었다.

"아기를 노려보았다고요? 왜요?"

"나도 잘은 모르네만, 그 주신 사람은 여자를 너무 사랑했던 것 같아. 그래서 아기가 태어나면서 여자를 죽였다고 생각한 모양일세."

"그럴 리가요! 아기가 무슨 잘못입니까? 오히려 여자가 남긴 자식이니 더 예뻐해야 하는 것 아닌가요? 자기 자식이었던 것 같은데……."

치우비가 도저히 이해가 가지 않는 듯 툴툴대자 치우천이 말했다.

"네 말이 맞다. 하지만 그 사람…… 불쌍하구나. 자기는 그런 생각을 하고 싶어서 그랬겠니? 사람 마음이 그렇게 마음대로 되는 것만은 아니지……."

노인도 치우천의 말에 맞장구를 쳤다.

"그렇다네. 그 주신 사람이 간혹 혼잣말로 미친 사람처럼 중얼거리곤 했는데, 우연히 집 밖에서 들은 적이 있다네. 자네가 한 말과 똑같았어. 하지만 주신 사람이 아무리 그렇게 생각하려고 해도 자꾸 좋지 못한 마음이 드는 것 같았네. 아기는 귀엽고 예쁘게 생겼는데, 죽은 우리 마누라가 그 아기를 아주 귀여워했다네. 마누라는 혹시 주신 사람이 이상해져서 아기를 어떻게 할까 봐 계속 그 집에 가서 아기를 돌보아 주곤 했다네. 아기가 하도 예뻐서 마을 사람들이 번갈아 돌보곤 했지."

그러면서 노인은 이상하게 슬쩍 눈을 비비면서 이를 갈았다.

"그렇게 돌봐 주어서는 안 되는 거였는데……."

노인의 뜻밖의 태도에 치우천 치우비는 깜짝 놀랐다.

"예? 아니, 왜요?"

"더 들어 보라구!"

그 이후로 주신 사람은 폐인이 되어 차차 정신까지 이상해지는 것 같았다. 밭일도 하지 않고 사냥도 가지 않아서 무엇을 먹고 지내는지도 알 수 없었고 나날이 마르고 수척해져만 갔다. 노인과 노인의 마누라는 먹을 것도 가져다주고 아기도 돌보아 주고 해서 부녀를 살렸다. 한번은 주신 사람과 노인의 마누라가 크게 다투었다. 노인이 놀라서 달려가 보니 주신 사람이 아기에게 욕을 퍼붓고 있었다.

'너는 괴물이구나! 도깨비구나! 어미를 잡아먹은 것으로도 모자라느냐? 응?'

노인의 마누라가 버럭 소리쳤다.

'자기 자식에게 뭐 하는 소리예요? 그런 말도 안 되는 소리를 하다뇨?'

주신 사람은 술에 취해 있었다. 노인의 집에 술이 생겨 노인의 마누라가 불쌍히 여겨 갖다 주었는데, 그것을 마시고 주정을 부린 것이다. 그러면서 주신 사람은 노인을 붙잡고 울었다.

'내 자식이지만…… 저것이 대체 무엇입니까? 나는 무섭습니다. 무서워요!'

노인이 왜 그러느냐고 묻자 주신 사람은 흐느꼈다.

'저것이 갑자기 날카로운 소리로 웁니다. 그러면, 그러면 사람이 죽습니다! 저런 것이……. 저것을 어떻게 하나요? 어떻게 해야 하나요? 나를 보고 울면 나도 죽을 겁니다. 어떻게 합니까?'

노인의 마누라는 말도 되지 않는 헛소리라고 욕을 했지만 주신 사람은 계속 그렇게 외치고 있었다. 노인이 한참 달래서 물어보니 놀라운 이야기가 주신 사람 입에서 흘러나왔다. 태어날 때 아기는 이상하게 아주 높게 삑삑거리는 소리로 울었고, 잠시 후 아기 어머니가 죽었다. 그때만 해도 별로 이상하게 생각하지 않았다. 주신 사람도 그때는 그저 아내를 잃은 슬픔에 멍해져 아무것도 신경 쓰지 않았던 것이다.

그런데 주신 사람은 이상한 사실을 알아차렸다. 아기를 돌보아 주러 온 아낙들 중 건너에 사는 뚱뚱한 할멈이 있었는데, 그 할멈은 아기가 귀엽다며 장난삼아 잠자는 아기의 뺨을 살짝 꼬집었다. 그러자 아기가 눈을 뜨면서 어미가 죽었을 때처럼 높은 소리로 삑 울음을 터뜨렸다. 보통 때 칭얼거리며 우는 소리가 아닌, 높은 소리로 삑삑 울더라는 것이다. 할멈이나 주신 사람이나 그때는 별로 신경 쓰지 않는데, 다음 날 그 할멈은 물에 빠져 죽은 채 발견되었다.

듣고 있던 치우비가 놀라 물었다.

"어떻게 그럴 수가 있나요? 우연히 일어난 일 아닐까요?"

"나도 그때는 그렇게 생각했네. 그러나 주신 사람의 말을 들으니 그렇게만 생각할 수 없더군."

어느 날 얼굴이 둥그런 아낙이 아기를 구경하러 왔는데, 또 아기가 그렇게 울었다. 주신 사람은 그때 무엇 때문에 아기가 울었는지는 못 보았지만 아낙이 무안한 듯 중얼대는 소리를 들었다고 했다. 다음 날 저녁, 아낙은 열매를 주우러 갔다가 갈기갈기 찢긴 채 발견되었다. 근처에 무서운 짐승이 있다는 이야기가 없었는데 어떻게 된 일인지 사람들은 의아하게 여겼다.

그때부터 주신 사람은 아기를 의심하기 시작했다. 그런 불운은 계속되었다. 아기가 소리를 높여 미친 듯 울 때마다 아기가 보고 있던 사람은 며칠 내 반드시 죽었다. 여섯 번째 사람이 죽자 주신 사람은 극도로 불안해하기 시작했다. 조금이라도 아기의 비위를 거스르면 죽는 수밖에 없다고 여긴 것이다.

"난 믿을 수 없어요."

치우비는 고개를 휘휘 저으며 말을 이었다.

"어떻게 아기가 그럴 수가 있나요?"

"하지만 이상한 일이었네."

치우천이 뭔가 생각하다 물었다.

"그 아기는 여자애였나요?"

"그렇다네."

그 말을 듣고 치우천은 묵묵히 고개를 끄덕였다. 그 여자 아기가 맥달이라 생각한 것이 틀림없었다. 치우비도 그렇게 생각했는지 변명해 주듯 말했다.

"그 아기가 사람을 죽인 게 아니라, 죽을 사람에게 알려 주려고 운 것이 아닐까요?"

"좋게 생각하려면 그렇지만 그렇게 생각할 수가 없었네. 아기를 만난 사람 중에 늙은이도 있었는데, 그냥 곱게 집에서 죽은 사람도 있었어. 그러나 아기는 그런 사람을 만나서는 울지 않았다네. 결국 아기에게 뭔가 잘못 보인 사람들만이 이상한 일을 만나 죽어 가는 것이었네. 정말 무서운 일이었지……."

결국 주신 사람은 먼 마을에 사는 유명한 마갸르족의 무당을 불러서 푸닥거리를 청했다. 그 무당은 주술력이 대단한 사람으로 알려져 있었는데 그 사람은 들어와서 아기를 보자마자 부르짖었다.

'이럴 수가! 이럴 수가! 나는 할 수 없소! 할 수 없소!'

그때 아기가 큰 소리로 목을 높여 울었다. 소리를 듣자마자 무당은 뒤도 돌아보지 않고 미친 듯 달려서 도망쳤는데, 도망치다가 발을 헛디뎌 길옆으로 굴러떨어졌다. 그다지 높은 곳이 아니었는데도 무당은 떨어지면서 뾰족한 돌에 머리를 부딪혀 피를 흘리며 죽었다.

이쯤 되자 문제는 심각해졌다. 마을 사람들은 저주라고 수군거리기 시작했고, 아기를 불쌍히 여기는 사람도 없어졌다. 급기야는 그렇게 아기를 예뻐했던 노인의 마누라마저도 아기의 울음소리를 듣고 말았다. 다른 사람들에게는 말도 되지 않는 소리라고 말하던 그녀도 자신이 직접 아기의 울음소리를 듣자 안색이 변했다. 그녀는 이틀 동안 시름시름 앓으며 누워 지냈는데 그러다가 갑자기 가슴을 부여잡고 헉헉대다가 숨을 거두었다.

일이 여기까지 이르게 되자 마을의 부족장은 조치를 취하기 위해 주신 사람을 찾았다. 마을 사람들은 두려움과 공포에 떨면서 횃불을 피워 들고 주신 사람의 집을 에워쌌다. 주신 사람은 미친 것처럼 머리를 산산이 풀어 헤치고 아기를 안고 나오며 말했다.

'이제…… 나도 갈 겁니다. 나를 보고 울었습니다. 나를 보고 울었어요……. 그동안 죄송했습니다. 내 손으로 처리하겠습니다.'

결국 주신 사람은 스스로 처리하기로 약속하고는 아기를 안고 사라졌다. 며칠이 지난 다음 먼 곳에서 주신 사람의 시체가 발견되었다는 소문이 돌았다. 아기의 시체는 함께 발견되지 않았다. 사람들은 주신 사람이 모질게 마음을 먹고 아기를 처치했을 테지만, 결국은 자신도 저주에서 벗어날 수 없었다고 몸을 부르르 떨었다.

"그 목걸이는 아기가 태어나기 전에 주신 사람에게 내가 선물한 것일세. 주신 사람이 쓰던 무늬를 그대로 옮겨 새긴 것이야. 그 무늬가 새겨진 뒷산에 있는 나무는 주신 사람의 마누라를 묻은 곳이지. 그 여자는 도를 닦던 사람이라 높은 곳에 묻어 달라고 했다더군. 이게 내가 아는 전부일세. 그 무서운 아기 생각만 하면 지금도 밤잠을 설치곤 한다네. 근방에서 아기를 주워 기른 사람이 없으니 아기는 주신 사람이 잘 처리했겠지만……."

노인은 입맛을 쩝쩝 다시며 말을 맺었다. 치우천과 치우비는 해쓱하게 안색이 변한 채 노인에게 고맙다고 말하고 물러섰다. 치우비는 이야기의 대가로 조개껍질을 한 움큼 노인에게 쥐어 주고는 얼른 형의 뒤를 따라갔다. 치우천은 낯빛이 변한 채 입을 다물고 걷다가 치우비가 다가오자 입을 열었다.

"틀림없다. 맥달이다."

치우비는 무거운 심정으로 되받았다.

"난 믿기 어려워. 왜 그리 사람들이 픽픽 죽어 갔을까? 맥달님이 정말 그랬을까?"

치우천은 고개를 저었다.

"뭐라고 말할 수가 없구나. 좌우간 맥달은 그렇게 버려졌고 그다음 자부 선인께서 주워다 기른 것이 틀림없다. 비야, 자부 선인께서는 맥달에게 말도 가르치지 않고 그냥 자라게 했지. 나는 그것을 오해하기도 했는데, 이제 보니 맥달은 생각보다 더 무서운 여자구나."

치우비는 애써 생각을 가다듬으며 되받았다.

"내 생각에 맥달님은 앞날을 볼 수 있는 힘을 타고난 것 같아. 그래서 사람들이 죽을 걸 미리 알고서 그렇게 운 것 같아. 사람들을 해쳐 죽였다고 볼 수는 없어."

치우천은 고개를 저었다.

"나도 그렇게 생각하고 싶다. 허나 그 사람이 말하지 않았니? 조용히 죽은 사람도 있다고 말야. 그리고 그렇게 생각하기에는 너무 많은 사람이 죽었어. 뭔가 수상해."

치우비는 뭐라 대답할 수 없어서 입을 다물었다. 치우천은 한숨을 쉬며 말했다.

"자부 선인께서 맥달을 그렇게 놔둔 이유를 알겠어. 아, 나는 잘 알지도 못하고 자부 선인께 대들어 결국 맥달을 풀어 주게 했구나. 만약에 맥달이 정말 그렇게 무서운 힘을 가지고 있다면 큰일이다."

"맥달님은 이제 그렇지 않잖아. 주신에서도 잘 지내시는 것 같던데……."

"아직 모른다. 만약 맥달이 그런 무서운 힘을 발휘하면 어떻게 하겠니? 언젠가 본색을 드러내서 사람들을 죽게 하고, 주신을 위험하게 만들지 누가 알겠니? 그렇게 된다면 다 내 잘못이다. 내가 자부 선인에게 대들어서 사람에게 주어진 일은 사람이 떠맡도록 해야 한다 외치지만 않았어도……."

치우천은 눈을 빛내며 덧붙였다.

"신시에 가면 맥달을 만나 보아야겠다. 사람들은 그 여자의 정체를 몰라. 말해도 아무도 믿어 주지 않을 거다. 그러니 위험하다고 생각되면……."

치우천은 말을 끊었다가 무섭게 눈을 빛내며 말했다.

"내가 처치해 버릴 거다. 내 책임이니까……."

치우비는 그렇지 않을 것이라고 말하려 했지만, 형의 표정이 하도 단호하여 입을 열 수가 없었다. 그저 걱정스레 연신 한숨만 내쉴 뿐이었다.

신시(神市)

법으로 이끌고 형벌로 다스릴 때
백성들은 무슨 일을 저질러도 부끄러워하지 않는다.
오로지 도덕으로 이끌고 예로써 다스릴 때
백성들은 비로소 부끄러움을 알고 바른 길을 가게 된다.
— 공자(孔子), 『논어(論語)』 「위정(爲政)」 편에서

치우 형제는 착잡한 마음으로 길을 갔다. 치우우레에게는 맥달의 출생에 관한 이야기는 하지 않았다. 며칠을 더 가자 주신 땅으로 들어서게 되었다. 오랜만에 말도 통하고 사람 사는 모습도 비슷한 곳에 오니 좋았다. 국경 지방에 사는 사람들은 지나족을 물리친 사울아비들이 왔다고 기뻐하며 환대해 주었다. 어느새 소문이 여기까지 퍼진 모양이었다. 무라는 여전히 담담했지만 알한이나 울쿠타 야쿠타는 주신에 왔다고 기뻐했다.

치우비는 그들에게 웃으며 말했다.

"여기도 주신이기는 하지만 신시에 가면 더 깜짝 놀랄 거다."

"신시가 그렇게 커?"

야쿠타가 흥분되는지 얼굴이 상기되어 묻자 치우비는 웃으며 대답했다.

"크기도 크지만, 아주 깨끗하고 멋지단다."

국경 지방에서 환대를 받은 일행은 안쪽으로 들어섰다.

국경에서 벗어나 중심지로 들어갈수록 사람들의 살림살이는 깨끗해지고 나아져 갔다. 그러나 그에 반비례하여 일행에 대한 대접은 별 볼일 없어져 갔다. 주신 땅 안으로 한참 들어서게 되자 이제는 사울아비들을 보아도 시큰둥하며 본체만체하기 시작했다.

마침내 신시 부근에 이르자 먼발치에 신시의 거대한 성벽이 눈에 들어왔다. 성벽 밖에는 많은 마을들이 다닥다닥 붙어서 끝도 없이 펼쳐져 있었다. 그렇게 크고 높은 돌 성벽은 처음 보는 것이라 알한이나 무라마저도 놀라워했다. 돌 성벽은 높이가 사람 키의 다섯 배는 될 듯했다. 그것을 만드는 데 백년 이상이 걸렸다는, 신시의 상징이나 다름없는 성이었다. 울쿠타 야쿠타는 먼발치에서 보기에도 많은 집들과 사람들에 놀라워했다.

그러나 신시 바로 부근에 이르자 지나가는 사울아비를 보면서 비웃거나 앞에서 길을 피하는 사람마저도 생겨났다. 부유한 사람들은 보통 사람이 구경조차 해 보기 힘든 고운 색으로 물들인 옷을 입고 옥이며 보석, 금붙이를 화려하게 걸쳤으며 얼굴도 희고 살쪄 있었다. 반면 비쩍 마르고 몰골이 추레한 사람들도 많았다. 그들은 대부분 종살이를 하는 사람들 같았는데 고생을 하는 듯했다. 그것을 보고 먼저 입을 연 것은 종살이를 해 보았던 울쿠타 야쿠타였다.

"주신에서는 종을 너무 심하게 부리는 것 아니야? 우리 형제도 친두 부족에서 종살이를 고달프게 했고 주인을 많이 원망했지만 그래도 저 정도는 아니었다구."

안쓰럽게 여위고 지친 늙은 종을 보고 울쿠타가 말하자 치우비는 마치 자신의 잘못인 양 얼굴을 붉히며 대답하지 못했다. 그러자 치우천이 입을 열었다.

"문제가 있다. 전에 거서기 형, 삼 형에게 들은 적이 있지만 신시는 정말 많이 변했구나. 좋지 않다, 좋지 않아."

그때 치우천은 기이한 사람을 발견했다. 늙고 병든 늙은이였는데, 길가에서 계속 지나는 사람들을 붙잡고 뭐라고 간청하고 있었다. 가만히 보니 지나가는 사람들에게 조금씩 먹을 것을 달라는 것 같았다. 구걸을 하고 있었다.

마음씨 고운 치우비가 달려가 늙은이에게 물었다.

"어르신, 왜 이런 고생을 하십니까? 집에 아무도 없습니까?"

늙은이는 닳고 닳은 듯 억지로 과장되게 슬픈 표정을 지으면서 부르짖었다.

"자식 놈들은 높은 분께 곡식을 못 내서 종으로 팔려 갔소. 아들 둘 딸 하나가 모조리 팔려 갔으니 이제는 난 굶어 죽는 수밖에 없소. 날 도와주시오."

치우비가 놀라 목소리를 높였다.

"늙은 아버지를 놔두고 자식을 전부 종으로 데려가다뇨? 아무리 곡식을 못 내도 그렇지, 그런 법이 어디 있습니까?"

죄를 짓거나 빚을 갚지 못하면 종살이를 하는 경우는 있었지만, 아무리 그래도 주신에서는 늙은 부모를 놓아두고 자식을 전부 데려가는 일은 없었다. 부모를 죽게 만드는 것이나 다름없었기 때문이다. 법이라기보다는 기본적으로 지키는 일종의 윤리 같은 것이었다. 그러자 노인은 울면서 말했다.

"그런 것을 누가 따진답니까? 나 같은 늙은이는 죽건 말건 아무도 아랑곳하지 않습니다. 창피스럽게도 얻어먹으며 살고 있지만, 그나마 주신 사람은 도와주질 않아요. 지나가는 다른 부족 사람이 오히려 더 잘 도와줍니다."

"어르신 처지가 안됐습니다."

"나만 아니라 그런 늙은이들이 수도 없다오. 나와 같이 지내던 두 늙은이는 결국 굶어 죽었다오. 한 할멈은 불을 못 때서 지난 겨울에 얼어 죽고."

치우비는 화가 나서 눈물이 나오려 했다. 마음속에 울컥 치밀어 오르는 것을 간신히 억누르면서 치우비는 입고 있던 좋은 가죽 겉옷을 벗어 노인에게 걸쳐 주고 허리에 찼던 마른 고기도 건네주었다. 노인이 고마워하여 연신 고개를 숙이며 절을 하려 하자 치우비는 자리를 떴다.

치우비는 치우천에게 달려오더니 눈물까지 글썽이며 분통을 터뜨렸다.

"세상에! 몇 년 사이에 신시 인심이 이렇게 변하다니! 가뭄이 든 것도 아니고 병이 돌거나 홍수가 난 것도 아닌데 신시 부근에서 멀쩡하게 굶어 죽는 사람이 있다구? 이것이 신시야? 주신 제일의 신시가 어째서 이런 꼴이 되었지?"

치우천도 마음이 아파 표정이 숙연해졌다. 치우우레도 언짢은 듯 말했다.

"너희도 다 컸으니 내, 말해 주마. 이것이 지금의 신시다. 땅을 많이 차지한 사람들이 그 땅에서 나는 곡식을 점점 많이 빼앗아 가고 있다. 없는 사람은 더 없게 되고, 있는 사람은 더 많아진다. 한쪽에서는 귀한 옷을 입고 한 끼니에 소 한 마리씩을 잡아 좋은 부분만 먹고 버리는 짓을 하는데, 한쪽에서는 굶어 죽는 사람이 즐비하다. 나도…… 나도 이런 꼴이 보기 싫다. 그래서 신시에는 잘 오려 하지 않는단다."

"한웅님께서는 이런 일을 아십니까?"

"한웅님께서는 몇 년 전부터 몸이 안 좋으시다. 그래서 나오시지 못하지. 그 틈을 타서 신시의 높은 사람들이 오만 짓을 다하고 있는 게야. 답답한 일이다만, 조심하거라. 신시 안에서는 함부로 입을 놀려서는 안 된다. 신시 밖에서는 별 문제 아니다만 신시 안에서 떠들다간 쥐도 새도 모르게 잡혀간다."

"뭐가 쥐도 새도 모르게 잡아갑니까? 귀신이라도 있습니까?"

치우비가 또 분통을 터뜨리자 치우우레는 고개를 저었다.

"하늘 군대가 잡아간다."

치우비는 기가 막혀 외쳤다.

"하늘 군대가요? 아니, 하늘 군대는 주신 사람을 잡으라고 만든 군대입니까?"

"말하기조차 부끄럽구나. 차차 알게 될 것이다."

말하는 사이 저만치 구석에 숨어 있던 초라한 몰골의 사람들이 웅성거리며 치우우레에게 다가왔다.

"치우우레님! 치우우레님!"

그들은 더럽고 가난한 사람들이었는데, 치우우레를 알고 있는 듯했다. 주신 사람보다는 다른 부족에서 온 사람들이 훨씬 많은 것 같았다. 치우우레는 별말을 하지 않고 입을 꾹 다문 채 그냥 담담한 태도로 싣고 있던 음식이나 물건들을 그 사람들에게 나누어 주었다.

받은 사람들도 한두 번 고개를 끄덕였을 뿐 굳이 공치사는 하지 않았다. 치우우레의 성격이 공치사를 듣는 것을 대단히 싫어한다는 사실도 알고 있는 듯했다. 그들은 다만 고마움이 가득 담긴 눈빛으로 치우우레님 덕분에 산다고 자기들끼리 쑥덕거리며 가 버렸다. 치우우레는 오래전부터 신시에 올 적마다 힘없고 불쌍한 사람들을 돕느라 전력을 다하고 있었던 것이다.

그것을 보고 무라가 치우비에게 말했다.

"훌륭하신 아버님을 두셨어요."

치우비는 기쁘다기보다는 눈물이 날 것만 같은 기분이었다. 그렇게 많지도 않은 물건을 말없이 나누어 주는 아버지의 모습이 당당하고 멋지다기보다는 왠지 한없이 가련하고 지쳐 보였기 때문이다. 치우비는 달려가서 아버지를 도와주었다. 치우천은 그런 아버지와 신시 주변의 모습을 가만히 지켜보고 있었다.

알한이 치우천에게 다가와 물었다.

"무슨 생각을 하십니까?"

치우천은 감정을 억누른 목소리로 대답했다.

"죄송합니다. 눈물이 나올 것 같아서 참고 있는 중입니다. 신시에 오시라고 해서 못 볼 것을 보여 드리는군요."

알한이 한숨을 길게 쉬었다.

"어디에나 있는 일입니다. 신경 쓰시지 마십시오. 투르크에도 가난한 사람들과 부자들이 득시글거립니다. 허허."

무라도 한마디 끼웠다.

"어떻게 할 수 없는 일이잖아요. 도울 수 있는 데까지는 도와야겠지만……."

치우천은 고개를 저었다.

"안파견 한님께서는 모든 사람을 이롭게 하라고 가르치셨는데, 누구는 잘살고 누구는 못사는 것은 좋지 않습니다. 잘난 사람이 잘살고 못난 사람이 못사는 것은 할 수 없지만, 못산다고 해도 굶어 죽을 지경까지 만들어서야 되겠습니까?"

"하지만 수많은 사람들을 무슨 수로 다 돕는단 말입니까? 더구나 게을러서 못살게 된 사람까지 다 도울 수는 없는 일입니다. 누구나 자신이 열심히 일해서 살아가야 하는 법이니까요."

알한의 말에 치우천은 쓸쓸히 웃었다.

"그건 맞습니다만, 열심히 일하지 않아 못살게 된 것이 아닌지도 모르지요. 아무리 열심히 일하려 해도 일할 게 없다거나 일을 해 보았자 저것밖에 안 된다면 문제 아니겠습니까? 아버님이 저들을 돕는 것도 좋은 일입니다만 저렇게는 안 됩니다. 모두가 열심히 일할 수 있게 만들어 주고, 일하고 땀 흘린 만큼 얻는 것이 있도록 만들어 주어야 합니다. 그것이 안파견 한님의 뜻일 것입니다. 그런데 지금 신시는……."

치우천은 말을 맺지 못하고 눈물을 감추려는 듯 하늘을 쳐다보며 말을 이었다.

"신시 한가운데에는 솟대가 있습니다. 구리로 만든 아주 큰 솟대입니다. 저는 어릴 적, 신시에 들어가 그 솟대를 보면 참 자랑스러웠습니다. 그런데 지금은 그걸 보기가 부끄럽습니다. 쳐다볼 수 없을 것 같아요."

그날 일행은 신시에 들어가지 못했다. 무슨 절차가 그리 복잡하고 따지는 것이 많고 까다로운지 알 수 없었다. 치우우레는 늘상 신시에 드나들던 사람이고, 치우천 치우비도 주신 사람이라 상관없지만, 알한이나 무라, 다른 부족장들은 허락을 받아야 한다고 했다. 게다가 작은 주신에서 같이 온 백 명의 전사들은 들어갈 수조차 없었다.

치우우레가 보다 못해 자신이 직접 이야기해 본다고 먼저 신시로 들어섰으나 그날 밤이 되도록 나오지 않았고 결국 신시의 문은 굳게 닫혀 버렸다. 덕분에 일행은 신시 밖에 있는 허름한 빈집에서 하룻밤을 지낼 수밖에 없었다.

신시에 들어가지 못하는 사람들을 위해서인지는 몰라도 다행히 신시의 문 밖에는 빈집들이 많이 지어져 있었다. 하도 절차가 까다로워서 짜증 내는 부족장이 많았으나 신시를 지키는 하늘 군대의 사울아비들은 들은 척도 하지 않았다.

허름한 빈집에는 신시에 들어가고 싶어 하는 다른 부족 사람도 많았는데, 심하게는 대엿새씩 기다리는 사람도 있다고 했다. 투덜거리지 않는 사람이 없었지만 신시 안의 물건이 제일 좋기 때문에 쉽게 포기하는 사람이 드물었고, 며칠씩 기다리더라도 들어가려 했다. 대부분의 다른 부족 사람들은 물건을 사기 위해 수십 일씩 걸려서 신시까지 오기 때문에 여기서 며칠 더 걸리더라도 물건을 사가고야 만다는 것이다.

넌지시 들리는 말에는 값진 물건을 몇 개 건네면 기다릴 것도 없이 쉽게 들어갈 수 있다는 얘기도 있었다. 치우비는 통탄스러워서 치우천에게 중얼거렸다.

"예전에 신시에 들어가고 나가는 것은 어느 부족 사람이건 마음대로였잖아. 이게 대체 무슨 일이지? 이런 고약한 법이 어디 있어?"

"전에 사울아비 벗들이 하던 말의 뜻을 이제야 알 것 같구나. 신시는 썩어 가고 있어. 아니, 이미 썩어 버렸다."

치우천이 눈을 빛내며 말하자 치우비가 넌지시 물었다.

"이렇게 된 판에 신시에 와서 무엇해? 그냥 작은 주신에서 우리끼리 사는 게 낫지 않을까?"

치우천은 고개를 저으며 말끝에 힘을 주었다.

"그건 안 된다. 작은 주신이 비록 많이 커졌다고는 하지만, 아직 조그마한 부족에 지나지 않아. 신시를 바꿔야 한다. 반드시……."

다음 날 아침, 날이 밝자 치우우레가 신시에서 불만스러운 얼굴로 나왔다. 이제야 이야기가 되었다며 치우우레는 부족장들에게 연신 미안하다고 말했다. 치우천이 차분하게 물었다.

"도대체 누가 신시에 못 들어가게 하는 겁니까?"

"고시울률님이다."

"역시……."

치우천이 무심코 중얼거리자 치우우레는 낯빛을 흐렸다. 치우우레의 괴로운 마음을 치우천은 잘 알고 있었다. 고시울률은 치우우레의 아내

이자 치우 형제의 어머니인 미리내의 아버지였다. 때문에 치우우레에게 고시울률은 아버지나 마찬가지였다. 그래서 아무리 치우우레가 고시울률에게 화가 나고, 일이 잘못되어 간다는 생각이 들어도 치우우레의 처지에서는 아무 말도 할 수 없었다.

간혹 형제끼리 죽이거나 부모가 아이를 죽이는 일도 벌어지던 때였지만, 그래도 자식이 부모를 해치는 것은 앞서의 일들과는 비교도 되지 않는 엄청난 짓으로 생각되던 때였다. 그 때문에 옴짝할 수 없는 입장이 된 치우우레로서는 마음이 괴롭기도 했으리라.

치우우레가 짧게 말했다.

"항상 조심하거라. 그리고 잘해 주기 바란다."

그 말을 하고 치우우레는 돌아서서 부족장들에게 가 버렸다. 치우천은 숨을 한 번 깊이 쉬고는 신시 안으로 들어섰다.

신시 안에서는 치우천과 치우비를 맞이하기 위해 몇몇 반가운 사람들이 나와 있었다. 풍백 비렴과 태산 회의 때 만났던 젊은 벗들 중 사울아비가 아닌 도단이, 질쾌, 스름이가 마중 나와 있었던 것이다. 오랜만에 보는 비렴의 든든한 모습에 치우천과 치우비는 반가워했다. 다른 사람들도 무척 기뻐했다. 비렴은 싱글벙글 웃으면서도 여전히 무게 있는 음성으로 입을 열었다.

"잘되었구나, 잘되었어. 너희 형제가 살아 돌아오다니 안파견 한님이 도우신 것이구나."

"그동안 별일 없으셨사옵니까?"

"천, 이제 부족장이 되었다면서? 그래, 좋구나. 이번에 큰 공을 세웠다는 이야기는 들었다. 아무나 할 수 있는 일이 아니지. 내, 한웅님께도 아뢰었느니라. 좀 있다가 다른 부족장들과 함께 한웅님을 뵙도록 하자."

"한웅님은 어떠십니까?"

치우천이 걱정스레 묻자 질쾌가 대답했다.

"한웅님은 몸이 좋지 않으시지만, 그래도 오늘은 한결 정신이 맑아지셨어."

"그러냐? 스름이님은 한결 예뻐졌군요."

치우천이 농담을 하자 음침한 스름이의 얼굴에 밝은 미소가 감돌았다.

"예뻐지긴 뭐가요. 아직도 남자들이 슬슬 피하기만 하는데."

그러자 빙그레 미소만 머금고 있던 도단이가 차분한 목소리로 끼어들었다.

"천 형, 비 형. 이렇게 다시 만나게 되니 반가워. 나는 천 형 형제가 죽지 않고 무사할 걸로 믿었어. 이럴 때는 눈을 번쩍 떠서 보고 싶은데…… 하하."

치우천 치우비는 한동안 그들과 환담을 나누었다. 도단이는 박수 중에서도 상당히 높은 지위에 올라 있었고, 질쾌도 의술을 인정받아 작은 단군이 되어 있었다. 스름이는 최근에 운사 신지울태의 제자가 되었다고 했다.

알한과 무라는 기분 좋은 표정이 아니었다. 그들은 지나족의 수만 대군을 물리친 영웅 중의 영웅들이라 할 수 있었다. 그런 공을 세운 사람들에게 베풀어 주는 환영식이 전혀 없어 이상했다. 상은 고사하더라도 예전에 친했던 몇몇 벗들이 나와 맞아 주는 것 말고는 잘했다는 말 한마디 건네는 사람이 없었다. 알한은 무라와 목소리를 낮춰 이야기를 나누었다.

"투르크에서는 이 정도로 큰 전쟁에서 이긴 영웅에게는 엄청난 잔치를 베풀어 주고 으리으리하게 환영식을 열어 주는데 주신은 다르긴 다른가 봅니다."

말수 적은 무라는 얼굴만 살짝 찡그려 보였을 뿐 말이 없었다.

그러자 울쿠타와 야쿠타도 한마디 거들었다.

"아무래도 이상해. 주신 사람들은 이긴 것을 반기는 것 같지 않아."

치우천은 알한과 무라, 울쿠타, 야쿠타, 그리고 부족장들을 비렴과 벗들에게 인사시켰다. 부족장들은 태산 회의 때의 젊은 영웅들을 다시 보게 되어 반가워했다. 특히 세상에 이름이 드높은 주신 삼사 중의 한 사람인 비렴을 만나 영광스럽게 생각하는 눈치였다. 부족장들은 치우 형제와 작은 주신의 전사들의 활약으로 수만 명에 달하는 유망의 군대를 물리친 이야기를 떠들어 댔다. 그러자 비렴은 웃으며 고개를 끄덕였다.

"그 이야기는 나도 들은 바 있소이다. 대단한 일이라 하지 않을 수 없소. 주신에서도 사울아비들을 많이 보낼 수 없는 처지여서 걱정이 많던 참인데 작은 주신에서 지나족을 물리쳐 준 것은 정말 기쁜 일이오. 어서 안으로 들어갑시다. 한웅님께옵서 기다리고 계시오."

비렴은 성큼성큼 걸어 앞장을 섰고 일행은 뒤를 따랐다.

신시는 사방이 높은 성벽으로 둘러싸여 있었으며, 벽 안쪽으로 집들이 들어서 있었다. 신시의 중앙에는 커다란 길이 네 갈래로 나 있는데 남쪽 길 주변에 큰 시장이 있었다. 세상에서 가장 솜씨 좋은 기술자들이 신시에 모여 있었다. 신시가 번화하기도 했지만 특이한 법이 있어서 신시의 기술은 으뜸이 될 수밖에 없었다.

바로 '솜씨 겨룸'이라는 것이었는데, 신시에서 장사를 잘하는 기술자라 하더라도 다른 기술자가 솜씨 겨루기를 청할 수 있었다. 이 솜씨 겨룸은 반드시 받아들여야만 했고 솜씨 겨룸에 응하지 않는 사람은 신시에서 장사를 할 수 없었다. 만약 새 기술자가 와서 솜씨를 겨루어 이기면, 진 사람은 말없이 장사하던 터를 버리고 떠나는 것이 불문율이었다. 그 때문에 신시의 기술자들은 항상 치열하게 솜씨를 닦아야만 했다.

신시 안에서 파는 물건은 그런 이유 때문에 밖에서 파는 물건의 대여섯 배 값을 받을 수 있었으며, 그럼에도 물건이 모자라서 난리였다. 이런 제도 덕분에 신시, 나아가서 주신은 으뜸의 기술을 가진 부족으로 발전할 수 있었다.

신시의 서쪽은 하늘 군대가 머무는 곳이었다. 신시의 동쪽은 높은 귀족이나 이름난 집안의 으뜸 어른들이 사는 거주지였다. 신시의 중앙에는 커다란 솟대가 있는데, 그 주위에는 솟대 소속 단군들의 집이 있었으며 하늘에 제사를 지내는 제단, 무당과 박수 들의 거주지가 있었다. 마지막으로 신시의 북쪽은 한웅이 있는 곳으로 한웅의 거주지와 회의장이 함께 있었다. 물론 한웅을 모시는 사람들의 거주지도 함께 있었으며 한웅의 거주지는 신시 안에서도 꽤 높은 성벽으로 둘러싸여 있었다. 커다란 솟대 아래를 지나면서 치우천은 남몰래 고개를 숙이며 속으로 맹세했다.

'안파견 한님이시여, 저는 신시를 바꿀 것입니다. 주신을 바꿀 것입니다. 도와주소서.'

치우천과 치우비도 신시에 드나든 적은 많았지만 한웅의 처소에 들어가 보기는 처음이었다. 신시 북쪽의 작은 성벽을 지날 때 다시 한참 복잡한 절차를 거쳐야 했으며, 무기도 놓아두어야 했다. 그런 뒤에도 많은 하늘 군대 사울아비들의 까다로운 절차를 거친 다음에야 한웅의 처소로 들어갈 수 있었다. 그러나 고시울률이나 다른 높은 귀족은 하나도 보이지 않았다.

한웅의 거처는 화려하고 으리으리했다. 먼지 한 톨 없이 깔끔하게 정돈이 되어 있어서 엄숙함이 더했다. 많은 부족장들은 그러한 분위기만으로도 기가 죽었다. 그리고 나서도 여러 개의 문을 통과한 후에야 비로소 일행은 사와라 한웅을 볼 수 있었다. 사와라 한웅의 양옆에는 우사 병예와 운사 신지울태가 있었다.

"왔느냐?"

사와라 한웅이 힘없는 목소리로 입을 열었다. 치우우레가 슬쩍 눈짓을 하자 치우천과 치우비는 함께 앞으로 나서서 사와라 한웅의 앞에 무릎을 꿇고 앉았다. 치우천이 낭랑한 목소리로 말했다.

"작은 주신의 부족장 치우천이 인사드리옵니다."

"그래…… 이야기는 들었다. 유망을 물리쳤다면서?"

"혼자 한 것이 아니옵니다. 뒤에 계시는 많은 부족장들이 도와주셨나이다."

사와라 한웅은 몇 번 기침을 하더니 슬쩍 힘없이 웃었다.

"그래…… 안다, 알아. 여러 부족장님들, 반갑구려. 내 몸이 좋지 않아 일일이 반겨 드리지 못하는구려."

부족장들도 나서서 사와라 한웅에게 인사를 했다. 한동안 이야기를 나누면서도 사와라 한웅은 과거 치우 형제를 사막에 내친 것에 대해서는 언급하지 않았다.

어느 정도 이야기를 나눈 끝에 사와라 한웅이 눈짓을 하자 사울아비 여러 명이 구리거울과 장신구를 가져와 부족장들에게 선물로 내렸다. 그러고는 사와라 한웅은 몸이 불편하다며 안으로 들어가 버렸다. 부족장들은 허탈해했으나 사와라 한웅 대신 주신 삼사가 부족장들을 접대했으므로 그리 불만스러운 기색을 보이지는 않았다.

신지울태가 슬쩍 치우천에게 귀띔했다.

"한웅님께옵서 너희 형제를 따로 보고 싶으신 모양이야. 그러니 조금 있다가 살짝 빠져나가 뒷방으로 가야 할 것이야. 내가 밖에서 기다릴 것이니 나오도록 해야 할 것이야."

치우천은 눈짓으로 알았다고 응답한 후 잠시 시간을 보냈다. 그런 다음 치우천은 슬쩍 치우비를 불러 함께 밖으로 나왔다. 밖에서는 신지울태가 기다리고 있었다. 그녀는 치우 형제를 데리고 여러 사울아비들이 삼엄하게 지키고 있는 복도를 한참 지나 어느 화려한 새 무늬 장식이 있는 문 앞에서 걸음을 멈추었다.

신지울태는 당부의 말을 잊지 않았다.

"한웅님은 편찮으시니 행여라도 기분을 상하게 하면 아니 될 것이야. 지난날 한웅님께서 너희 형제를 사막에 버리셨지만, 그렇다고 한웅님을 원망해서는 아니 될 것이야. 물론 그러리라 믿지만. 그렇지?"

치우천은 고개를 힘 있게 끄덕여 보였다. 그러자 신지울태는 조심스러운 목소리로 방 안에 일렀다.

"치우 형제를 데리고 왔사옵니다."

"들어오라 하게."

안에서 사와라 한웅의 목소리가 들려왔다. 치우 형제는 안으로 들어갔다.

방 안은 의외로 깔끔하고 장식 하나 없이 밋밋하기 그지없었다. 태산회의 때도 그러했는데, 아무래도 사와라 한웅은 장식 같은 것을 싫어하는 듯했다. 사와라 한웅은 고운 이불을 덮고 누워 있었고, 그 옆에서 두 사람의 시녀가 시중을 들고 있었다. 사와라 한웅은 누운 채 시녀들을 보고 말했다.

"너희는 나가 있거라."

시녀들이 나가자 사와라 한웅은 몇 번 거세게 기침을 한 다음 가슴을 탁탁 치며 말했다.

"천아, 비야. 그동안 잘 지냈느냐? 하하, 내가 너희를 죽이려 해 놓고 이제 와서 이런 말 하기는 우습다만……"

치우천, 치우비는 동시에 황급히 말했다.

"천만의 말씀이옵니다."

사와라 한웅은 쓸쓸하게 미소 지었다.

"허나 할 수 없었느니라. 그때는 나도 그것이 옳다고 생각했을 뿐. 그런데 안파견 한님이 너희를 돌보아 주셔서 살아났으니, 내 새삼 무엇을 말하겠느냐? 사막에서 어찌 살아났는지는 모르지만 내 원망을 참 많이 했겠지?"

"그런 일 없사옵니다."

치우천이 정색을 하며 말하자 사와라 한웅은 힘없이 웃었다.

"원망해도 괜찮느니라. 그러나 할 수 없었어. 한웅이란 자리도 쉬운 자리는 아니거든."

"정말 그렇지 않았사옵니다."

사와라 한웅은 말하기가 힘든 듯 잠시 말을 끊었다가 천천히 말했다.

"하긴, 너희는 착한 녀석들이지. 너희 아버지 치우우레, 그 사람을 나는 참 좋아한다. 그 사람의 아들들이니 핏줄이 어디 가겠느냐? 듣자하니 천, 너는 부족장이 되었다면서? 이름이…… 좁은 주신이더냐?"

"작은 주신이옵니다."

"허허, 그래. 작은 주신. 너희가 나를 원망했다면 새 부족에 그런 이름을 붙이지도 않았을 것이고, 전사들을 몰고 지나족과 싸우러 가지도 않았을 테지. 너희가 그렇지 않다는 것을 알고 있었다. 내 그래서 너희를 불렀다."

치우천은 속으로 사와라 한웅이 비록 늙고 아프지만 세상일을 보는 눈은 여전히 뛰어나다고 생각했다. 사와라 한웅이 계속 말했다.

"안 그래도 유망이 마갸르와 미아우로 쳐들어갔다는 이야기를 듣고 걱정했느니라. 그러나 사울아비를 보낼 만한 처지가 되지 않았어. 삼사는 보내야 한다고 말하지만 귀족들이 반대하니 나도 별수 없었느니라. 귀족들은 주신 사울아비들이 마갸르나 미아우 때문에 피를 흘리는 것을 좋지 않다고 여기기 때문이지. 그래 나가려는 사람은 말리지 않기로 하고, 아무튼 주신에서 사울아비들을 많이 움직이지는 않기로 한 것이다. 헌데 너희가 유망을 물러서게 만들었다니, 대단하구나."

치우천과 치우비는 대답하지 않고 고개만 숙였다. 사와라 한웅이 물었다.

"들자 하니 유망의 군대는 수십천이 넘었다는데 너희 작은 주신 부족이 그렇게 크냐? 전사들이 수십천이나 있느냐?"

치우천은 조용히 대답했다.

"작은 주신의 전사라야 기껏 이천 명 정도가 있을 뿐입니다. 부족 사람을 다 모아도 육칠천 명밖에 안 됩니다."

사와라 한웅은 놀라는 듯했다.

"겨우 이천 명으로 어떻게 수십천을 물러서게 했느냐?"

흐트러짐 없는 자세로 치우천이 대답했다.

"사실 그중 천 명은 아직 훈련이 덜 되어서 이번에 끌고 나온 것은 천 명 정도밖에 안 되었습니다."

"허허, 이럴 수가. 그러면 작은 주신 전사들은 전부 비 너처럼 힘이 세고 강한 게냐?"

치우비는 황망히 고개를 저으며 공손히 말했다.

"아닙니다. 그럭저럭 용감한 전사들이지만 한 사람씩 겨루면 주신의 보통 사울아비들과 싸워도 이기기 힘들 것입니다."

"그러면 대체 어떻게 한 것이지? 천 명으로 어떻게 수십 배의 사람과 싸워 이길 수 있단 말이냐?"

이번에는 치우천이 차분한 목소리로 말을 이어 나갔다.

"저희 전사 한 사람과 다른 부족 전사 한 사람을 싸우게 한다면 누가 이길지 말하기 어려울 것입니다. 그러나 저희 전사 열 명과 다른 부족 전사 열 명을 싸우게 한다면 저희가 이깁니다. 저희 전사 백 명이면 다른 부족 전사 삼백 명도 이길 수 있고, 천 명이면 다른 부족 전사 다섯천 명도 이길 수 있을 것입니다. 다만 이번에 지나족과는 직접 싸운 것이 아니라 물러서게만 만들었을 뿐입니다. 유망이나 형천, 축융은 대단한 사람들이니 결코 이대로 물러서지 않을 것입니다. 감히 말씀드리건대 한웅께옵서는 지나족을 조심하시옵소서."

사와라 한웅은 눈을 빛냈다.

"아마도 네 재주가 있어서 전사들이 그리 강해진 것이겠지?"

"제가 무슨 재주가 있겠사옵니까? 벗들이 잘해 주는 까닭이옵니다."

"그건 나도 안다. 태산 회의 때 유명해진 젊은 영웅들이 너희 부족에 많이 가 있다더구나. 그러나 그것만으로는 그렇게 될 수가 없느니. 네 힘이 있기에 그리할 수 있었을 것이다. 안 그러냐?"

사와라 한웅이 날카롭게 지적하자 치우천은 고개를 숙여 보였다. 사와라 한웅이 말을 이었다.

"천아, 나는 원래 너희 형제를 하늘 군대 큰스승에 두려고 했다. 너희 형제의 사람됨을 내가 잘못 본 것은 아니었어. 다만…… 지난 일이 마음에 걸리는구나. 너희 형제는 정말 그 일을 다 잊을 수 있겠느냐?"

"물론이옵니다!"

"그러면 되었다. 너희 형제는 이미 큰 공을 세웠으니 전에 말한 대로 하늘 군대의 큰스승으로 두기로 하마."

그러면서 한숨을 길게 쉬었다.

"내가 늙고 몸이 아프니, 사람들도 내 말을 듣지 않는다. 이제는 이름만 한웅이지, 힘이 없어. 게다가 움직일 수도 없으니 마음이 답답하다. 나는 젊은 사람들의 힘이 필요한 거다. 알겠느냐?"

치우 형제는 깊이 고개를 숙였다. 사와라 한웅은 두 형제의 모습을 보고 흡족한 듯 웃으며 타이르듯 말했다.

"앞으로 잘해 주기 바란다. 너희는 다 좋은데, 사람들과 사이는 별로 안 좋은 듯하더구나. 사이가 좋은 사람과는 아주 좋은데, 사이가 안 좋은 사람과는 아주 안 좋아. 그런 것은 좋지 않다. 신시에 있으려면 말야."

치우비는 사와라 한웅이 치우가람 형제와 고시울률을 말하는 것 같아 찔끔했다. 그러나 치우천은 딱 자르듯 말했다.

"하늘 군대 큰스승으로 두어 주심은 감사하옵니다만, 저희는 신시에 있을 수 없사옵니다."

사와라 한웅은 놀란 듯 눈을 크게 뜨고 물었다.

"그건 왜냐?"

"저는 작지만 부족장이옵니다. 제 부족을 버려두고 신시에 들어가 살 수는 없사옵니다. 다만…… 다만…… 감히 청할 것이 있사옵니다."

"무엇인데 그러느냐? 말해 보아라."

"제 부족 전부를 주신 사람으로 받아 주소서. 그것이 제가 바라는 것이옵니다."

사와라 한웅만이 아니라 치우비마저도 놀랐다. 주신은 원래 혈족 의식이 강해서, 잘 지내는 타 부족 사람이라도 그들을 주신 사람을 받아들이는 데에는 인색하기 그지없었다. 큰 공을 세운 사람이라야 간신히 주신 사람으로 받아 주는 실정이었다. 그런데 한두 명도 아니고 육칠천 명이나 되는 부족 사람을 통째로 받아 달라는 것이 아닌가? 그야말로 유례가 없는 일이었다. 사와라 한웅은 난감한 듯 물었다.

"너희 부족은 원래 어느 부족이었느냐?"

"마갸르, 미아우, 타타르, 키탄, 몽골, 카린족, 거기다가 창족이나 다른 수많은 사람들로 이루어진 부족입니다."

"허, 하나도 아니고 그 많은 다른 사람들을 그렇게 주신 사람을 만드는 건…… 아무도 쉽지 않다. 안 그래도 요즘 귀족들은 다른 부족을 하나도 곱게 보고 있지 않느니라. 몇 사람이라면 모르지만…… 그렇게 많은 사람을…… 주신에 충성할지도 의문이고…….”

치우천도 쉽지 않을 것이라 짐작은 하고 있었다. 더구나 그 사람들은 주신보다는 치우천을 떠받드는 사람들이다. 그리고 수십 배나 많은 유망의 군대를 물리친 정예 병력이다. 그 때문에 귀족이나 다른 사람들이 치우천의 존재를 거북하게 여길 것은 불을 보듯 뻔한 일이었다.

사와라 한웅도 생각이 깊은 사람이니 그런 것을 모를 리 없었다. 그러나 치우천은 물러설 수 없었다. 지금 이대로 아우와 함께 몸만 신시로 들어와 버린다면 기반이 없는 그들은 뜻을 펴기커녕 소리 소문 없이 당해 버릴 수도 있었다. 어떤 일이 있더라도 이것만은 성공시켜야 했다. 그때 치우천이 뜻밖의 제안을 했다.

“모든 사람이 주신에 큰 공을 세우면 주신 사람이 되는 데 문제가 없지 않겠습니까?”

“그건 그렇지만……. 어떻게 그러려느냐?”

치우천은 마음을 가다듬고 엄청난 말을 했다.

“지금 주신은 지나족 유망 때문에 힘들 것입니다. 유망은 반드시 계속 쳐들어와서 주신과 지나족 사이에 있는 마갸르와 미아우를 몰아내려 할 것입니다. 그 땅을 지나족이 차지하면 주신으로서도 문제가 커집니다. 그렇지요?”

“그건 그렇다만…….”

“지나족 유망이 그 먼 길에서 계속 공격할 수 있는 것은 공상 때문입니다. 유망이 동쪽으로 나아가 창힐을 시켜 공상을 건설한 것은 북쪽으로 밀고 나오려는 생각 때문입니다. 공상이 없으면 유망은 북으로 치고 올라올 수 없고, 당연히 마갸르나 미아우는 조용해집니다. 한웅이시여,

지금이 기회입니다. 공상을 쳐서 빼앗으면 유망은 움직일 수 없습니다!"

치우천이 열변을 토하자 사와라 한웅은 홀린 듯 물었다.

"공상을……?"

"그렇습니다. 유망의 지나족도 큰 부족입니다. 사람은 셀 수도 없이 많고 지닌 땅도 주신보다 큽니다. 그런 유망과의 힘겨루기는 한두 해로 끝나지 않습니다. 그러나 공상을 빼앗으면 단숨에 이길 수 있습니다!"

사와라 한웅은 놀란 나머지 말까지 약간 더듬었다.

"물론…… 네…… 네 말이 맞다. 그러나 천아, 너 공상이 여기서 얼마나 먼지 아느냐? 공상을 빼앗으려면 공상까지 가는 땅을 다 빼앗아야 한다. 더구나 공상에는 수많은 지나족이 살고 있다. 그런데 어떻게 공상을 빼앗는다는 것이냐? 그러려면 얼마나 많은 사울아비가 있어야 하는지 알고 있느냐? 그런 많은 사울아비를 움직일 힘이 없느니라. 설마 작은 주신의 전사들만으로 공상을 빼앗겠다는 것은 아니겠지?"

치우천이 힘 있게 말했다.

"물론 그럴 수야 없습니다. 허나 사울아비 삼천 명을 두 해만 맡겨 주소서. 제가 공상을 빼앗아 보이겠습니다."

"자신 있느냐?"

"일이 되고 안 되고는 하늘에 달린 것이옵니다만, 열에 여덟은 자신이 있나이다. 그것을 해내면 작은 주신 전부를 주신으로 받아 주소서. 간절히 드리는 부탁이옵니다."

치우천이 말하면서 고개를 숙이자 사와라 한웅은 깊은 생각에 잠겼다.

'이 녀석의 말은 너무도 놀랍다. 도대체 지나족 땅 깊숙이 자리잡은 공상을 무슨 수로 점령한단 말인가? 그것도 겨우 삼천 명의 사울아비로? 말도 안 된다. 허나 삼천 명이라면 적지도 않지만 많지도 않으니, 한번 걸어 볼 만하지 않을까? 어차피 이대로라면, 유망은 계속 쳐들어

올 것이고, 그 정도는 손해를 입을지 모른다. 그러나 치우천이 공상으로 내려간다면 유망도 그들에 걸려서 섣불리 쳐 올라오지 못할 것 아니겠는가? 일단 한 해는 벌 수 있을지도…… 그렇게 생각한다면 손해 보는 일은 아닐 것이다.'

사와라 한웅의 생각은 이어졌다.

'이 녀석의 부탁은 맹랑하다. 수천 명을 주신 사람으로 만들어 달라니. 이루어질 수 없는 일을 바라는 것이니 들어주는 척해도 상관없겠구나. 공상을 점령할 수 있을 리도 없지만 점령한다면 그 정도 부탁은 들어줄 수도 있을 테고, 실패하면 부탁의 의미가 없어지는 것이니 내가 손해 볼 일은 없지 않은가?'

한참 생각하던 사와라 한웅은 이윽고 입을 열었다.

"진심으로 해 보겠다면, 좋다. 해 보거라."

"감사하옵니다!"

치우천이 고개를 숙이자 사와라 한웅이 덧붙였다.

"황당한 이야기 같으나 너도 생각 없는 사람은 아니니 네 말을 한번 믿어 보기로 하겠다. 대신 실패하면 혼날 줄 알거라."

"여부가 있겠사옵니까?"

사와라 한웅을 만난 뒤, 그날 밤 잠자리에 들기 직전 치우비는 걱정스러운 표정으로 치우천에게 말을 건넸다.

"형님, 지나친 것 아니야? 겨우 삼천 명의 사울아비로 공상을 점령한다고?"

치우천은 싱긋 웃으며 말했다.

"나도 그 말은 하지 않으려 했다만 그 정도를 걸지 않으면 작은 주신이 받아들여질 리 없지 않겠니?"

"아무리 그래도 무리야. 겨우 삼천……."

치우천이 웃으며 치우비의 말을 잘랐다.

"삼천이 아니다. 이천이다."

"뭐?"

"삼천의 사울아비는 물론 내주시겠지만 그들을 믿을 수 없어. 우리 작은 주신의 이천 명만으로 해내야 한다."

치우비는 눈이 뒤집힐 듯 놀랐다.

"그건 말도 안 돼!"

치우천은 치우비가 놀라는 것을 보고도 연신 싱글거렸다.

"난 아까 말했다. 열에 여덟은 자신 있다고."

"형, 형님. 공상에 지나족 전사가 얼마나 많은지 잊어버렸어? 적게 잡아도 백천(십만)이라고! 그걸 고작 이천 명으로 이긴다고? 더구나 유망과 형천, 축융이 있는데?"

치우천은 여전히 태연했다.

"된다, 비야. 너 겨울에 눈을 굴리며 논 적이 있지?"

"난데없이 웬 눈 타령이야?"

"그것과 마찬가지다. 눈덩이는 처음에는 작지만 굴리면 점점 커져서 나중에는 사람만 한 눈사람이 된다. 그것과 마찬가지야. 단, 때를 놓치면 안 된다."

"무슨 소리를 하는지 알아들을 수가 없어."

"나중에 알게 될 거다. 참, 비야. 내일 나와 함께 오랜만에 불쇠 할아범을 만나러 가 보자."

불쇠 할아범은 신시의 유명한 대장장이였다. 치우우레의 도끼도 그가 만들었다. 주신에서 구리 무기 다루는 솜씨로는 그를 제일로 쳤다.

치우비는 고개를 저었다.

"난 내일 같이 못 가. 할 일이 좀 있어서."

"그래? 그럼 나 혼자 가 보마. 무슨 일인데?"

치우천이 묻자 치우비는 이상하게 얼버무렸다.

"그냥…… 그런 일이 있어."

그날 밤 형제는 잠을 제대로 이루지 못했다. 치우비는 제아무리 형의 머리가 뛰어나다고는 해도, 이천 명 남짓한 작은 주신의 전사로 공상을 점령한다는 것은 도저히 믿어지지 않아 그 걱정으로 제대로 잠을 이룰 수가 없었다. 반면 치우천은 스스로 생각한 전략에 흥분되어, 그것을 다듬고 또 다듬느라 제대로 잠을 이루지 못했다.

새로운 무기

치우는 모래나 돌, 쇳덩이들을 밥으로 삼아 매일 먹었다.[*]
—『용어하도(龍魚河圖)』,『술이기(述異記)』에서

다음 날 치우천은 불쇠 할아범을 찾아갔다. 치우비는 어디로 갔는지 아침 일찍부터 보이지 않았다. 불쇠 할아범은 얼굴이 대춧빛처럼 그을렸고 키는 작았지만 어깨가 떡 벌어지고 팔다리가 굵은 노인이었다. 머리며 수염은 허옇게 세었으나 눈빛만큼은 날카로웠고, 평소에 인자했지만 한번 성질을 부리면 아무도 말릴 수 없었다. 구리 다루는 솜씨는 실로 주신에서 제일가는 것이어서 그는 이 신시의 솟대 큰길가에 대장간을 낼 수 있었다. 구리 만지는 것이 좋아 장가도 가지 않고 화로를 마누라 삼아 혼자 살 정도였으니 말이다.

지금 불쇠 할아범은 대장간 앞에 뻣뻣하게 서서 맞은편의 키가 작달막하고 이상하게 생긴 남자를 쏘는 눈빛으로 바라보고 있었다. 치우천은 불쇠 할아범에게 다가가려 했으나 분위기를 눈치채고 아는 체하지 않고 곧바로 구경꾼들 틈에 끼어 사태를 지켜보았다.

---

* 그것들을 진짜 먹었다기보다는 그것을 사용하여, 무엇을 만들어 냈다는 의미로 보는 편이 타당하다.

불쇠 할아범 맞은편의 키가 작달막한 남자는 주신 사람이 아닌 것 같았다. 낮은 코에 눈썹이 짙고 눈이 둥글며 얼굴빛이 거무스레한데다 머리가 곱슬곱슬한 것이 멀리에서 온 사람 같았다.

"그래, 그러니까 자네가 나보다 더 좋은 칼을 만든다, 이건가?"

불쇠 할아범은 벌써부터 성질을 내고 있었다. 맞은편의 작달막한 남자가 고개를 끄덕였다.

"신시 거리는 재주 좋은 사람이 가게를 여는 법. 자네 재주가 나보다 낫다면 그러는 게 당연하지만 길고 짧은 것은 대 봐야 알 것이다."

그 말을 듣고 치우천은 고개를 갸웃거리며 생각했다.

'솜씨를 겨루자는 것이구나. 이거 불쇠 할아범에게 솜씨를 겨루자고 하다니, 대단한 사람인데?'

솜씨 겨룸에서 진다면 불쇠 할아범은 두말없이 삶터를 내주어야 했기에 구경하던 치우천은 긴장했다.

'설마 불쇠 할아범이 질까. 그러나…… 저 작자는 뭔가 있는 것 같다. 아주 먼 길을 온 모양인데 무슨 준비가 있을 거야…….'

치우천이 생각하는 사이 불쇠 할아범은 집 안으로 들어가더니 커다란 구리도끼를 들고 나왔다. 치우천이 보니 그것은 치우천의 아버지 치우우레의 것과 거의 비슷한 도끼였다. 불쇠 할아범이 그것을 대장간 앞에 있는 나뭇등걸에 쿵 하고 내려놓자 힘을 준 것도 아니었는데 도끼날이 나무에 푹 박혔다. 보기 드물 정도로 날카로운 무기였다. 구경꾼들은 와, 하면서 갈채를 보냈다.

그런데 그 이상한 사람은 번쩍번쩍 빛나는 희한하게 생긴 조그마한 칼을 꺼냈다. 두 뼘 정도의 길이에 보통 칼처럼 길쭉한 것이 아니라 여기저기 구부러지고 휘어져 기묘하게 생긴 칼이었다. 그것을 보는 순간 치우천은 놀라 속으로 부르짖었다.

'저것이다! 저 칼을 가지고 있다니!'

그것은 바로 전에 첸누의 보물 속에서 시기르타가 찾아내어 치우비에게 주었던 크리스라는 단검이었다. 크리스는 무척이나 강해서 치우비가 그것을 사용하여 형천의 도끼를 부숴 버린 적이 있었다. 치우천은 은근히 걱정되기 시작했다.

'이번 승부는 불쇠 할아범에게 불리할 것 같다. 이를 어쩌지?'

치우천이 생각하는 사이 그 사람은 불쇠 할아범의 도끼를 쑥 잡아 빼고 날을 위로 가게 하여 거꾸로 세우더니, 칼로 도끼날을 내리쳤다.

사람들은 그 사람이 무슨 짓을 하는지를 보다가 대뜸 칼로 도끼날을 치자 어! 하고 소리쳤다. 작은 칼날이 도끼날을 푹 파고 들어갔다. 분명 그리 힘을 준 것도 아닌 듯했는데 칼날이 날카로운 도끼날을 깨고 박힌 것이다. 완전히 박히지는 않았지만 도끼날이 칼날에 상해 버린 것만은 틀림없었다.

남자는 도끼날과 부딪힌 부분을 손으로 집은 뒤 칼날을 꺼내서는 구경꾼들에게 보여 주었다. 칼날은 매끄러운 것이, 조금도 상하지 않은 것 같았다. 구경하던 사람들이 놀라 웅성거렸다. 불쇠 할아범도 얼굴이 하얗게 질렸다.

불쇠 할아범은 칼날에 맞아 깨진 도끼날을 질린 표정으로 내려 보고 있다가 입을 열었다.

"그게 자네가 만든 칼인가?"

그 남자가 고개를 끄덕였다. 불쇠 할아범은 이대로 물러설 수 없다는 듯 움집 안으로 들어가 한참 동안 뭔가를 찾아서 가지고 나왔다.

불쇠 할아범이 손에 쥐고 나온 것을 본 구경꾼들은 탄성을 내질렀다. 그것은 낯선 이의 칼만큼이나 작은 단검이었다.

몸통이 검은 구리로 되어 있었고 칼날에 금색을 입혀 햇살을 받아 번

찍거리는 것이 정말로 기가 막힌 물건이었다. 당시 대부분의 사람들은 돌을 갈아 만든 석기를 사용하고 있었으며, 구리 무기는 사울아비 정도가 되어야 만져 볼 수 있었다. 그중에서도 검은 구리(청동)로 만든 무기는 특히 귀했는데, 그런 검은 구리에 금색 날을 둘러 만든 칼은 구경꾼들로서는 난생처음 보는 것이었다.

옛날에 치우천은 불쇠 할아범에게서 그런 칼을 하나 뺏다시피 얻은 적이 있었다. 태산 회의 때 카린의 누루마이에게 주었던 바로 그 칼이다. 지금 불쇠 할아범이 가지고 나온 칼은 그 칼보다도 몇 배는 좋고 예리해 보였다. 불쇠 할아범이 애지중지하여 아무에게도 보여 주지 않은 보물 중의 보물이었다.

불쇠 할아범은 칼을 들고 한참이나 만져 보다가 그 사람에게 말했다.

"자네의 칼이 내 이 칼마저 날을 상하게 하거나 부러뜨린다면 내가 깨끗이 진 것일세."

남자는 눈이 부신 듯 빛나는 훌륭한 칼에 조금도 걱정하지 않는 듯이 고개를 끄덕였다. 그때 불쇠 할아범이 덧붙였다.

"칼을 부딪치는 것은 우리 둘 말고 다른 사람이 하도록 하지. 힘으로 칼을 꺾는 게 아니라, 어느 칼이 강한지 확인할 수 있도록 힘이 없는 사람을 골라야 해."

구경꾼들이 맞다고 맞장구를 쳤다.

"맞다. 그래야 한다."

그중 나이 지긋한 사울아비 한 사람이 나섰다.

"손만 빠르면 나뭇잎으로도 돌을 자를 수 있다. 손재주를 겨루는 게 아니라 어느 칼이 강하고 날카로운지만 보면 된다."

그 말에 남자도 좋다고 했고, 불쇠 할아범은 누가 칼을 부딪쳐 보겠느냐고 외쳤다. 다들 칼을 만져 보고 싶어 하긴 했지만, 자칫 실수할까 봐 선뜻 나서지는 못했다. 그때 치우천이 번쩍 손을 들고 절룩거리며 앞으로 나갔다. 뜻밖에 치우천이 나타나자 불쇠 할아범은 어, 하면서 치우천에게 얼른 고개를 끄덕여 보였고 남자는 의아한 눈빛으로 치우천을 바라보았다.

앞으로 나서며 치우천이 남자에게 말했다.

"불쇠 할아버지와 난 아는 사이요. 하지만 난 보다시피 다리가 온전치 못하고 그리 힘도 없는 사람이니 내가 칼을 부딪쳐 보겠소이다. 힘을 주지도 않고 그리 날래게 하지도 않을 것이니 염려 마시오."

불쇠 할아범은 한참 열이 올랐던 참이라 두말없이 좋다고 했고 남자도 눈을 기이하게 빛내더니 좋다고 했다. 그러나 치우천의 속셈은 따로 있었다. 칼을 직접 만져 보고 싶었던 것이다. 이런 생각도 있었다.

'크리스를 만드는 법을 안다고 했으니, 얼굴을 익혀 두어야지.'

치우천은 불쇠 할아범의 칼을 먼저 받았는데 묵직하고 날카로운 것이 대단했다. 칼을 받으며 날에 손톱을 살짝 대 보았는데 손톱이 쑥 베어져 들어갈 정도로 날카로웠기 때문이다. 남자의 칼은 과연 치우비가 가진 크리스와 비슷했다. 다만 구불구불한 모양이나 크기가 치우비의 칼과는 약간 달라 보였다. 무게도 치우비의 크리스보다 조금 더 가벼웠다.

'이건 이상하군. 모양이 다르고 크기도, 무게도 다르구나. 만드는 법이 여러 가지인 것일까?'

치우천은 이유를 곰곰이 생각해 보았다. 무엇이든 치우천은 깊이 생각하는 버릇이 있었다. 구경꾼들은 기다리기 지루하다는 듯 치우천에게 어서 해 보라고 재촉했다. 치우천은 들은 척도 하지 않고 양손에 칼을 잡고 이쪽으로 쥐었다 저쪽으로 쥐었다 해 보았다. 그러다가 치우천은 키 작은 남자에게 물었다.

"정말 해도 되겠소?"

키 작은 남자는 태연하게 고개를 끄덕였고 불쇠 할아범은 조급하게 치우천을 보고 외쳤다.

"해도 된다!"

치우천은 키 작은 남자를 향해 물었다.

"이건 구리가 아닌데요? 뭘로 만든 건가요?"

키 작은 남자가 서툰 주신 말로 대답했다.

"말해 줄 수 없소."

"구리는 아니지요?"

집요하게 묻는 치우천이 성가시다는 듯 남자도 조급하게 외쳤다.

"그래. 어서 하시오!"

마침내 치우천은 양손에 힘을 주고는 두 칼을 똑바로 세웠다가 눈을 질끈 감고 세게 부딪쳤다. 물론 암암리에 불쇠 할아범의 편을 들 마음이 있었으므로 불쇠 할아범의 칼은 조금이라도 힘이 더 센 오른손에 쥐고 남자의 칼은 왼손에 쥐었다. 그러나 칼날이 부딪히는 순간 쩽! 하는 소리와 함께 두 칼이 똑같이 튕겨져 나갔다.

놀란 눈으로 치우천이 재빨리 살펴보니 두 칼 모두 부러지지 않고 멀쩡했다. 다만 두 칼에 약간씩 날에 흠이 가 있었는데, 불쇠 할아범의 칼날이 조금 더 깊이 들어간 것 같았다. 다급한 목소리로 치우천이 얼버무렸다.

"어! 둘 다 괜찮군?"

속으로 치우천은 불쇠 할아범의 칼이 크리스에 버금갈 정도로 강한 것을 보고 놀랐다. 그러나 구경꾼들은 박수를 치면서 더 센 힘으로 다시 해 보라고 외쳤다. 일단 상대의 칼이 각각 일격을 감당해 내자 불쇠 할아범과 남자는 모두 놀란 듯했다.

치우천은 속으로 안 되겠다 싶었지만 구경꾼들이 외쳐 대는 데에는 방법이 없었다. 다시 한번 힘을 모아 있는 힘껏 두 칼을 부딪치자 쨍그 랑 소리가 나면서 칼 하나가 두 동강이로 부서져 날아갔다. 불쇠 할아범 의 칼이었다. 구경꾼들은 와! 하고 흥분하여 고함을 질렀다.

불쇠 할아범은 땅에 떨어진 금빛 반짝이는 칼이 자기 목이라도 되는 것처럼, 십 년은 늙어 버린 얼굴로 처연하게 칼날을 내려다보다가 천천 히 주저앉았다.

치우천이 재빨리 외쳤다.

"저런! 이분의 칼이 이겼네요!"

남자는 흡족하게 이빨을 드러내며 웃어 보였다.

치우천은 불쇠 할아범에게 다가갔다.

"저분이 이겼네요. 불쇠 할아범, 미안한 이야기지만 이제 가게를 비 워 줘야겠습니다."

치우천의 말이 야속하게 들렸는지 불쇠 할아범은 떨리는 목소리로 말했다.

"나도…… 안다만……."

"솜씨를 겨루어서 졌을 경우 가게를 비워 주고 신시 밖으로 나가야 합니다. 이건 정해진 약속이라구요."

치우천이 일부러 호들갑을 떨며 크게 외치자 구경꾼들은 우, 하고 소 리쳤다. 아무리 구경꾼들이라 해도 대부분은 주신 사람이고, 불쇠 할아 범과는 안면이 있는 처지였다. 그중 많은 사람은 치우천과 불쇠 할아범 이 친하다는 것을 알고 있었다. 그런데 치우천이 앞장서 불쇠 할아범을 몰아세우자 구경꾼들에게는 영 마음에 들지 않았던 것이다. 그중 몇몇 은 화를 내며 욕을 하기도 했지만 치우천은 못들은 척 커다랗게 외쳤다.

"왜 나를 욕하는 거요. 이제는 저분이 여기서 대장간을 할 겁니다. 그 렇겠죠?"

남자가 흡족한 표정으로 고개를 끄덕이자 치우천은 재빨리 외쳤다.

"저희 집에서 저분에게 이것하고 똑같은 칼 서른 자루하고 도끼 스무 자루를 부탁할 거요. 내가 제일 먼저 부탁한 거니깐 다른 분들도 순서를 지키시오!"

남자의 얼굴이 일그러졌다. 그것을 보고 치우천은 속으로 됐다 싶어 쾌재를 불렀다. 남자의 칼은 치우천이 한 번도 본 적 없는 재료로 만들어진 것이었다. 그렇다면 이 재료는 지극히 구하기 어렵거나 만들기 까다로울 것이 틀림없었다.

치우천은 다짐하듯 그 남자에게 말했다.

"어떻소? 이제 불쇠 할아범 대신 당신이 칼을 만들어야 하니 잘해야 합니다. 날짜를 못 지키면 우리 아버지가 도끼를 들고 쫓아올지도 모르니까요."

그 말을 듣자 남자의 얼굴이 경직된 것처럼 보였다.

"그…… 그건……."

"기간은 보름이면 되겠지요? 이런 좋은 칼을 만들 수 있는 대장장이니까 더 빨리 되겠지만, 처음 오신 거니까 그 기일로 해 드리지요."

"아…… 안 돼요. 그 칼 재료는 아주 구하기 어렵……."

"구하기 어려운 건 난 모릅니다. 다만 여기서 내기를 한 건 이런 좋은 칼을 팔려고 그런 거 아닙니까? 그러니 팔아야죠. 보름에 칼 서른 자루, 도끼 스무 자루요."

"안 되오. 그렇게는 만들 수 없소이다. 이건…… 이건…… 십 년에 칼 하나만큼도 구하기 어려운 재료란 말입니다."

치우천은 눈을 크게 뜨고 물었다.

"아니, 그럼 이 칼을 더 팔 수 없단 말인가요?"

"그래요……. 나중에……."

"나중이라구요? 아니, 그러면 왜 이 칼로 재주를 겨루었죠? 자신이 팔 수 있는 물건을 보여 주어야 하는 것 아닙니까?"

"이건…… 이건 재주 겨룸이었소. 팔 물건을 놓고 겨룬 것이 아니라……."

"그렇다면 이 겨룸은 엉터리 아니오? 팔 물건을 놓고 겨룬 게 아니니 말이오."

"아니오! 나도 보통 구리 무기를 만들 수 있고 그러니까……."

남자가 뭐라고 항변하려 하자 치우천은 계속 따지고 들었다.

"그렇다면 구리 무기를 만들어 가지고 와서 다시 겨루어야 합니다. 여기 신시에서 가게를 내는 것은 많은 사람에게 좋은 물건을 대 주라는 뜻으로 한웅님이 허락해 주신 것입니다. 그런데 팔지도 않을 물건을 가지고 와서 겨루고, 나중에 구리 무기의 질이 떨어진다면 어쩌죠? 당신의 실력은 인정하겠습니다. 그러나 대장간을 놓고 겨룸을 하려면 우리에게도 팔 수 있고 항상 만들 수 있는 무기로 실력을 겨뤄야 하는 것 아니겠습니까? 사람들에게 팔지 않을 거라면 여기 대장간이 있는 이유가 뭐요?"

치우천이 조목조목 따지자 구경꾼들도 이제야 치우천의 의도를 이해하고는 맞다고 아우성을 쳤다. 사실 그 칼 자체는 기이하고 훌륭한 것이었다. 그러나 계속 만들어 줄 수 없다면 큰 의미가 없지 않은가? 불쇠 할아범의 얼굴에 화색이 돌았고 남자의 얼굴은 흙빛이 되었다.

불쇠 할아범이 헛기침을 몇 번 하더니 입을 열었다.

"내, 이 나이까지 살면서 그런 좋은 칼은 처음 보네. 그러나 내가 여기서 이 나이가 되도록 일하는 것은 사람들에게 좋은 무기, 좋은 기구를 만들어 주기 위해서일세. 내, 그런 칼을 만들 수 없다는 것은 인정하네만, 자네가 대장간을 맡으려면 항상 만들 수 있는 구리 무기를 가지고 나와 다시 한번 겨루세나."

남자는 안 되겠다 싶었는지 묵묵히 자기 칼을 집어넣고 돌아섰다. 그 모습이 안돼 보여서 치우천은 앞을 막아서며 넌지시 물었다.

"기분 나빠하지 마시구려. 그 칼, 팔 수는 없소?"

"안 파오! 하나밖에 없는 것이오!"

"말 다섯 마리와도 바꿀 수 없소?"

치우천의 말을 듣고 사람들은 놀랐다. 말 다섯 마리라면 좋은 구리칼 다섯 개와 바꿀 수 있었다. 그러나 남자는 고개를 세차게 저었다.

"안 돼, 안 돼! 이건 바꿀 수 없소! 나는…… 나는 이제 여기 있을 수 없소!"

치우천이 목소리를 한껏 낮춰 말했다.

"솔직히 당신은 그 칼 하나뿐이고, 대장장이 재주는 그렇게 좋지 않은 것 같소만? 당신이 가게를 하면 큰일 날 거요. 우리 아버지 같은 이는 정말 물건이 시원치 않으면 도끼를 들고 달려오실 테니 말이요. 당신을 일부러 훼방 놓은 것이 아니라, 도우려고 그런 것입니다. 이해해 주시기 바랍니다."

"됐소. 난 가겠소."

돌아서려는 남자를 재빨리 붙잡고 치우천은 귓속말로 남자에게 살짝 속삭였다.

"당신은 그 크리스를 어디에서 얻었소?"

그 말을 듣는 순간, 남자의 얼굴에는 노기가 사라지고 놀라는 눈빛으로 치우천을 쳐다보았다. 그러다가 남자는 말없이 고개를 돌리고는 사람들 사이로 사라지려 했다.

치우천이 다급히 남자를 붙잡았다.

"잠깐만, 나와 이야기합시다. 조용한 곳에서 말이오."

"당신하고 할 말이 없소."

남자는 이상하게 두려운 눈빛을 하고 돌아서서 가려 했으나 치우천이 씩 웃으며 물었다.

"왜 나를 피하는 겁니까? 그 칼이 크리스란 것을 알아보는 게 두렵기라도 합니까?"

남자는 두려운 눈빛으로 치우천을 돌아보더니 작은 목소리로 되받았다.

"제발 떠들지 마시오. 크리스, 크리스 하지 말란 말이오."

"이름조차 부르지 못할 게 뭐 있습니까?"

"이건 아주 귀한 물건이고…… 흠…… 그리고 또…… 이름을 불러서는 안 되는 신기한……."

남자가 변명을 주섬주섬 늘어놓자 치우천은 코웃음을 쳤다.

"귀한 것은 맞지만 이름을 부르면 안 된다는 소리는 처음 듣는군요. 내 아우도 크리스가 하나 있지만, 잘만 쓰고 있습디다."

"뭐? 당신 아우도 크리스가 있다고?"

"그렇소. 어느 힘센 괴물을 물리치고 얻었소. 그런데 아까 당신, 크리스를 만드는 법도 안다고 들었는데 말해 줄 수 없겠소? 재료가 구하기 어렵다고 했는데, 무슨 재료를 쓰는 거요?"

남자는 흰 이를 드러내 보이며 웃었다.

"그런 비밀을 쉽게 말해 줄 것 같소?"

비아냥거리는 남자를 보며 치우천이 차분하게 말했다.

"내가 보기에 당신은 뭔가에 쫓기는 것 같구려. 당신은 먼 남쪽에서 온 사람 같은데, 멀리 주신까지 와서 뭐가 그리 두려운 것이오? 전에 어떤 장사꾼에게서 크리스 이야기를 들었는데, 먼 남쪽 부족은 이것을 아주 중요하게 생각해서 부족 전체의 목숨을 걸고도 바꾸지 않는다던데?

당신이 두려워하는 이유는 어쩌면……?"

치우천이 슬쩍 넘겨짚어 보았는데 그게 들어맞은 것 같았다. 남자의 표정에 불안감이 감돌았다. 치우천이 한참을 좋게 설득하고 조용한 곳으로 가서 좋은 음식과 술도 대접하자 남자는 마침내 입을 열기 시작했다.

"당신 생각이 맞소. 나는 도망쳐 온 것이오. 당신 말대로 나는 여기서 아주 먼 남서쪽의 부족에서 온 사람이오. 고향을 떠나온 것도 이 크리스 때문이오. 아, 제길! 우리 부족은 아마 내가 죽을 때까지 나를 쫓아다닐 거요."

"그 크리스는 훔친 것이구려."

치우천의 말에 남자는 한숨을 쉬었다.

"나도 구리를 다루던 사람이었소. 그런데 제사장이 가진 이 칼이 내가 만든 어떤 구리 무기보다 강하다는 걸 알게 된 거요. 자존심이 상했소. 나는 크리스를 만드는 법을 알아내고 싶었소. 그래서 우리 부족에 전해지던 크리스를 훔쳐 달아난 거요. 그러나……"

남자는 힘없이 웃으며 말을 이었다.

"이 크리스는 만들 수 없소."

"왜 만들 수 없는 거요?"

"이것의 재료는 하늘에서 내리는 것이오. 사람이 구할 수 없소."

"하늘에서?"

치우천은 의외라는 생각에 멍한 태도로 물었다. 남자는 술을 마시며 고개를 끄덕였다.

"그렇소. 하늘에서 내려 주는 것이오. 왜, 밤하늘을 가만히 보면 별똥이 떨어지지 않소. 그것을 찾아내 만든 것이오."

치우천은 깜짝 놀랐다.

"크리스는 별똥별로 만드는 것이오?"

"그렇소! 그러니 생각해 보시오. 하늘을 보면 별똥별이 많이 떨어지지만 그것을 어디서 찾을 수 있단 말이오? 그리고 별똥별 재료 중에서도 크리스를 만들 수 있는 것은 많지 않소. 보석 같은 것이 떨어지기도 하고, 푸석푸석한 돌멩이가 떨어지기도 하니까."

"그런 것을 어떻게 찾는단 말이오?"

남자는 술기운이 거나하게 돌았는지 실실 웃으며 말했다.

"그냥은 가르쳐 주기 곤란한데."

치우천은 허리에 찼던 구리칼을 끌러 남자의 손에 쥐어 주었다.

"말해 보시구려."

남자는 구리칼이 상당히 좋은 것임을 확인하고는 웃으면서 고개를 끄덕였다.

"하늘에서 떨어지는 별똥은 굉장히 빠르오. 그래서 그게 떨어진 다음에는 땅에 구멍이 뻥 뚫려 있는 경우가 많소. 별똥은 몹시 뜨겁기 때문에 구멍 주변에 돌이 녹은 것처럼 뭉쳐 있소. 말로 설명하기는 힘든데, 찾다 보면 알아볼 수 있을 거요. 나는 우리 부족에서 크리스를 만들기 위해 별똥을 바치러 온 사람들을 많이 보아서 알 수 있소만……. 그게 문제요. 온 부족 사람들이 몇 해를 뒤져도 한 조각을 찾기도 어려우니 그만큼 귀한 거요."

치우천은 잠시 생각하다가 물었다.

"그다음에는 어떻게 만드는 거요?"

남자는 실실 웃으며 손을 내밀었다. 남자가 염치없어 보였지만, 호기심이 컸으므로 치우천은 입고 있던 아주 좋은 가죽옷까지도 벗어 주었다. 남자는 그제야 입을 열었다.

"보통 구리는 녹여야 하지만 별똥은 녹지 않소. 더구나 별똥을 불에 달구면 재료를 망친다고 하오. 그러니 조금씩조금씩 서서히 두들겨서 만들어야 상하지 않고 단단한 칼이 되는 것이오. 아주 단단해서 두들겨도 거의 변하지 않는데 꾹 참고 계속 두들겨야 하오. 한 개를 만드는 데 몇 년이 걸리기도 한다오. 그래서 별똥의 모양을 그대로 살리기 때문에 크리스 하나하나마다 모양이 다른 거라오. 이제 되었소?"

치우천은 약간 낙심한 표정을 지었다.

"재료도 그렇게 구하기 어렵고, 만들기도 그렇게 힘들다니 귀한 물건이구려. 많이 만들 수는 없겠군."

남자가 낄낄거리며 웃었다.

"안 그러면 귀한 물건이라 할 수 있겠소? 내친김에 별똥도 보여 드릴까?"

돌연 치우천의 눈이 빛났다.

"가지고 있소?"

"한 개 가지고 있소. 같이 훔친 거요. 그러나 너무 단단해서 몇 년이나 두들겨도 만들 수가 없지 뭐요, 제길. 어차피 신시에서 장사하기도 글러 먹었으니 이제는 대장장이 짓도 집어치우고 싶구먼. 당신, 이것에 관심이 많은 듯 한데 사지 않겠소?"

치우천이 단호하게 대답했다.

"사겠소."

"비싸다는 건 알겠지?"

"뭘로 값을 치르는 게 좋겠소? 짐승? 구리 물건?"

"소 백 마리만 내시오. 그 정도면 어느 조그만 부족에 자리 잡고 살 수 있겠지."

남자는 자못 엄청난 값을 제시했으나 치우천은 가볍게 되받았다.

"소 백 마리? 좋소. 그러나 소 백 마리는 가져가기 힘들 것이니, 이건 어떻소?"

그러면서 치우천은 품 안에서 가죽 주머니를 꺼내 커다란 보석들을 보여 주었다. 싱카에게서 얻은 보석들인데 알도 굵고 광채가 휘황찬란했다. 비상용으로 보석 중 일부를 주머니째 가지고 다녔는데 요긴하게 쓰이게 된 것이다. 보석들을 보자 남자의 얼굴은 탐욕스러움으로 번들거렸다.

"그것도 좋소."

치우천은 엄숙한 표정으로 말했다.

"이 보석을 줄 테니, 별똥과 당신이 가진 크리스를 주시오. 나도 크리스를 가져 봐서 알지만, 이 보석들은 크리스의 값어치를 넘어서는 것이오. 어떻소?"

"크리스까지 달라고? 별똥만으로 만족하시오."

치우천이 웃으며 고개를 저었다.

"당신은 크리스 때문에 쫓기는 몸이 되었지 않소? 이제 지긋지긋하지 않소? 그것을 깨끗이 나에게 넘기고 이 보석을 팔면 죽을 때까지 놀고먹어도 충분할 거요. 물건은 값어치를 알아보는 사람에게 팔아야지, 아무나 이렇게 비싼 값을 치르겠소? 잘 생각해 보구려."

남자는 한참 동안 고민하는 눈치이더니 이윽고 입을 열었다.

"조금만 더 내시오."

치우천은 한숨을 길게 내쉬었다.

"더 주고 싶지만, 그리 값어치 있는 것을 가지고 있지 않소. 지금 아니면 당신에게 이 같은 기회가 다시는 없을 거요. 나도 이제 곧 먼 길을 떠나야 하기에 다시 당신을 만나리라고는 장담할 수가 없소. 이 보석으로 부자가 될지 대장장이 자리를 찾아 떠돌든지 알아서 하시오."

남자는 마침내 결심한 듯 말했다.

"좋소!"

그러면서 남자는 품 안에서 가죽으로 겹겹이 싸둔 거무튀튀한 작은 쇳덩이 같은 물건을 꺼내 치우천에게 내밀고, 조금 전 불쇠 할아범과 내기를 했던 크리스도 꺼내 치우천에게 건넸다. 쇳덩이 같은 물건은 손가락 서너 개 정도의 작은 것이었으나 보기만 해도 거무튀튀하게 번들번들한 것이 강해 보였다. 치우천도 보석을 주머니째 건네주었다. 남자는 싱글벙글하면서 말했다.

"고맙구려. 이제부턴 편히 살겠군, 그럼 잘 있으시오."

남자는 마지막 잔을 들이켜고는 자리를 벗어나 왁자지껄한 사람들 사이로 사라져 버렸다. 치우천은 새 크리스와 별똥 재료까지 얻고 나니 가슴이 두근거렸다. 치우천은 흥분을 가라앉히고 생각했다.

'이제 보니 크리스는 별똥으로 만드는 것이었구나. 별똥은 찾기 어렵지만 그렇다고 못 찾으리란 법은 없다. 이런 무기를 더 만들어 낼 수만 있으면 어떤 적도 무섭지 않다. 불쇠 할아범과 상의해 보아야겠구나.'

치우천은 행여나 잃어버릴까 크리스와 별똥 쇳덩어리를 조심스레 갈무리하고 불쇠 할아범에게로 갔다.

불쇠 할아범은 안 그래도 오랜만에 만난 치우천이 자기를 위기에서 구해 주자 기뻐하며 치우천을 찾고 있었다. 그러다가 치우천이 나타나자 불쇠 할아범은 반색을 하며 나와 맞았다.

"희네야! 희네야! 이거 정말이지, 네가 죽었다고 들었는데……. 나는 슬퍼서 며칠 동안 술만 마시고 지냈단다. 그런데 불쑥 나타나서 나를 도와주니, 뭐라 고맙다 해야 할지 모르겠구나!"

불쇠 할아범이 쇠가 깨지는 목소리로 떠들어 대자 치우천은 웃으며 말했다.

"저는 죽지 않았습니다. 여러 번 죽을 뻔하긴 했지만요. 그리고 지금은 희네가 아니라 천, 치우천이라 합니다. 한웅님께 이름을 받았답니다."

"그러냐? 우하하! 내 그럴 줄 알았지! 너는 보통 아이들과는 달랐어! 정말……."

불쇠 할아범이 계속 떠들려 하는데 치우천이 얼른 말을 끊었다.

"들어가서 이야기하실 수 있나요?"

"무슨 일이냐?"

"조금 아까 보았던 그 사람의 칼에 대해 말할 게 있습니다."

치우천은 놀라는 불쇠 할아범을 떠밀듯이 대장간 안으로 데리고 들어갔다.

공상 진격

소인과 다투지 마라. 소인에겐 그의 적이 따로 있다.
군자에게 아첨하지 마라. 군자는 그렇다 해서 은혜를 베풀지 않는다.
—『채근담(菜根譚)』에서

"형! 어서 일어나!"

불쇠 할아범과 밤늦도록 이야기를 나누다가 새벽녘에야 돌아와 잠든 치우천을 치우비가 깨웠다. 잠든 지 얼마 되지 않았던 터라 치우천은 피곤한 듯 눈을 비비며 천천히 몸을 일으켰다.

"왜 그러냐?"

"한웅님께서 부르신대. 어서 가 봐야 해."

치우천은 깜짝 놀라 눈을 번쩍 떴다.

"벌써?"

치우비가 고개를 끄덕였다.

"그래. 그리고 오늘 형이 만나 봐야 할 사람도 있는데……."

치우천은 한웅이 자신을 찾는다는 말에 치우비의 뒷말은 귓전으로 흘려들으며 급히 밖으로 나갔다. 치우우레가 이미 깨끗한 옷으로 갈아입고 기다리고 있었다.

"무엇 하느냐? 한웅님이 찾으신다. 서둘러라."

치우천은 황급히 준비를 갖추었다. 그사이 치우우레가 초조한 듯 서성거리다가 이내 다가와 물었다.

"어제 한웅님을 뵈었는데 오늘 다시 찾으시다니……. 그것도 신시의 높은 귀족을 다 부르신 모양이다. 어제 무슨 일이 있었느냐?"

치우천은 대수롭지 않게 대답했다.

"제가 말씀을 하나 드렸습니다."

"말씀을?"

"공상을 치겠다고 했습니다."

"뭐?"

치우우레의 안색이 순식간에 허옇게 질려 버렸을 뿐만 아니라 뭐라 말조차 제대로 하지 못했다. 치우천은 갈 채비를 마쳤다. 치우우레가 더듬거리며 물었다.

"공상…… 유망이 새로 쌓았다는 공상 말이냐?"

"다른 공상이 있겠습니까?"

"그…… 그곳을 어떻게 친다는 게냐? 사울아비를 수십천, 수백천을 부려도 아니 될 것인데……."

"한웅님께는 사울아비 삼천만 빌려 달라 했습니다."

"너……!"

"서두르시지요. 한웅님께옵서 기다리시겠습니다."

치우우레가 기가 막혀 말조차 제대로 하지 못하는 사이 치우천은 살짝 웃으며 먼저 집 밖을 나섰다. 치우비가 걱정스러운 표정으로 뒤를 따랐다.

신시 가장 북쪽에 위치한 한웅의 큰 집, 그 중앙에 위치한 널따란 회의실에는 많은 귀족이 모여 있었다. 풍백, 운사, 우사의 삼사는 물론이고 주신의 가장 큰 다섯 집안, 즉 고시씨, 부소씨, 신지씨, 부루씨, 치우씨 집안의 웃뜸들이 모여 있었다. 그중 두 사람이 치우천의 눈길을 끌었다. 고시씨 집안의 웃뜸인 고시울률과 치우씨 집안의 웃뜸인 치우괄괄을 대신하여 나온 치우가람이었다.

고시울률은 회의장으로 들어서는 치우천을 편치 않은 눈길로 바라보고 있었다. 고시울률은 키가 크고 몸도 다소 뚱뚱했으나 풍채가 좋은 편이었고 긴 수염을 멋지게 기르고 있었다. 그의 표정에는 오랜만에 보는 외손자가 마땅찮다는 느낌으로 가득했다.

건너편에는 치우가람이 눈을 가늘게 뜨고 묘한 미소를 머금으며 치우천을 노려보고 있었다. 치우천은 감정 없는 무심한 눈빛으로 고시울률을 쳐다보았고, 치우비는 잡아먹을 듯이 이글거리는 눈빛으로 치우가람을 노려보았다. 고시울률은 조용히 치우천을 바라보았고 치우가람은 비웃는 표정으로 치우비의 시선을 슬쩍 피했다. 그러자 옆에 있던 귀족 한 사람이 고시울률을 향해 입을 열었다. 부루 집안의 웃뜸인 부루위단이었다.

"듣자하니 이 아이들을 아신다 들었습니다만……."

고시울률은 무심한 표정으로 부루위단에게로 눈을 돌리며 짧게 대답했다.

"모르오."

"그렇습니까? 들리는 바에 따르자면 따님 가운데 한 분이 이 아이들의 어머니라 하는 것 같았습니다만……."

부루위단의 말이 채 끝나기도 전에 고시울률이 잘라 말했다.

"그런 딸은 둔 적 없소. 그러니 이 아이들도 모를밖에."

치우천은 속으로 역시 그렇구나 생각했다. 부루위단이 머쓱하여 입을 다물자 고시울률이 툭 던지듯 말했다.

"미꾸라지 한 마리가 흙탕물을 일으키고 있으니 어쩌겠소. 우리도 그래서 모인 것 아니겠소."

우사 병예가 나섰다.

"저들은 지나족 유망의 군대를 막아 낸 아이들이오. 어찌 미꾸라지라 말하시오?"

그 말을 귀족 중 한 사람이 되받았다.

"그 아이들이 유망의 군대를 막았는지 아닌지 어떻게 아오?"

"무슨 말씀이시오?"

고시울률이 비아냥거리며 끼어들었다.

"유망이 죽었소? 아니면 형천이나 축융이 죽었소? 지나족의 군대가 그리 많다는데 그들이 다 죽기라도 했소?"

"그것은 아니지만 유망이 마갸르와 미아우를 치다 말고 물러간 것은 이 젊은이들의 힘이란 말이오."

"그랬는지 안 그랬는지 어떻게 알겠소? 유망의 목을 베어 왔다면 모르지만 말이오."

"싸움이란 것이 꼭 누구를 죽여야만 끝나는 것이 아니오!"

병예가 화를 벌컥 내자 고시울률도 지지 않고 맞받았다.

"그래서 싸움이 끝났소? 도리어 더 큰 싸움이 벌어질지도 모르지 않소? 애초에 유망이 무슨 짓을 하든 건드리는 것이 아니었소!"

보아하니 삼사와 고시울률은 이미 틈이 많이 벌어져 있는 모양이었다. 예전부터 의견 차이가 심하기는 했다. 허나 이번 유망의 일 때문에 삼사와, 고시울률을 필두로 한 귀족들과의 사이는 극도로 악화되어 있었다. 치우천과 치우비는 입을 다물고 있을 수밖에 없었다. 비렴과 신지 울태도 별다른 말은 하지 않았다. 병예가 계속 귀족들과 아옹다옹하는데 외치는 소리가 들렸다.

"한웅께서 납십니다!"

그 말에 모든 사람이 입을 다물고 줄을 지어 섰다. 곧이어 사와라 한웅이 누운 채로 네 사람이 떠멘 들것에 실려서 들어왔다. 그 뒤로 부루버들과 여러 무녀들, 단군들이 줄을 지어 들어왔다.

들어오기 전부터 연신 기침을 해 대는 사와라 한웅은 부루버들의 부축을 받아 한웅의 자리에 앉았다. 사와라 한웅은 기침이 조금 잦아들자마자 입을 열었다.

"오늘 모이라 한 것은 다름이 아니라 한 가지 알릴 일이 있어서요. 다름 아닌 유망에 대한 문제 때문이오. 유망 일 때문에 내 골치가 아프다오."

고시울률이 앞으로 나아가 말했다.

"한웅님께 아룁니다. 유망이 공상으로 물러났습니다만 제가 알기로는 전사가 그리 많이 상한 것은 아니라 들었습니다. 유망은 무슨 짓을 하건 그대로 두고 차라리 그자를 달래서 싸움을 그치게 하는 것이 어떨까 하옵니다."

"유망이 쉽게 싸움을 그만둘까?"

사와라 한웅이 입 끝을 약간 씰룩이며 묻자 고시울률이 정중히 되받았다.

"마갸르나 미아우의 일 따위에 더 신경을 쓸 필요는 없는 듯하옵니다. 유망이 그들을 어찌하건 그냥 두시고……."

비렴이 걸걸한 목소리로 외쳤다.

"그것은 아니 되옵니다!"

"비렴, 왜 그러나?"

사와라 한웅이 비렴에게 눈길을 보내자 고시울률은 자기 말을 끊은 비렴을 화난 눈초리로 바라보았다. 그러나 비렴은 주저하지 않고 당당히 말했다.

"마갸르와 미아우는 주신의 좋은 벗입니다. 그들이 있기 때문에 주신은 지나족과 다투지 않고 지낼 수 있었습니다. 그들을 내버려 두는 것은 옳지 못한 일입니다."

그러자 성난 목소리로 고시울률이 외쳤다.

"고작 마갸르나 미아우 때문에 주신 사람의 피를 흘려도 된단 말이오? 지나가 아무리 사람이 많다고 해도 주신을 넘보지는 못할 것이오! 그런 판에 굳이 마갸르나 미아우 때문에 싸움에 끼어들어야 하는 이유가 대체 뭐요?"

"고시울률님, 지나족이 마갸르 미아우의 땅을 다 차지하고 난 다음 주신을 넘보지 않으리라고 어찌 장담하실 수 있습니까?"

"지나족도 바보는 아니오. 주신을 치는 것보다 사이좋게 지내는 것이 더 좋은 줄을 알 것이오. 그러니 우리는 이제 마갸르나 미아우 같은 작은 부족들은 잊어버리고 큰 부족인 지나족과 사이좋게 지내면 될 것 아니겠소?"

"마갸르와 미아우를 잃고 지나가 그 땅을 차지하면 키탄이나 다른 서쪽 부족과의 길도 끊기게 됩니다! 그러면 주신은 더 이상 세상 제일이 아니게 됩니다!"

"말만 좋은 세상 제일이 무슨 소용이오? 그런 작고 힘없는 부족들 때문에 피를 쏟고 물건을 낭비하느니 알차게 사는 것이 낫지 않소?"

"안파견 한님의 뜻은 모든 사람을 이롭게 하라는 것이었습니다! 주신이 그 뜻을 받들자면 세상 제일이 되어야 하고, 작고 힘없는 부족일지라도 제대로 살게끔 만들어 주어야 하는 것입니다!"

비렴과 고시울률이 논쟁을 벌이자 병예나 신지울태, 다른 귀족들도 두 패로 나뉘어 말싸움을 벌이기 시작했다. 소란스러워지자 사와라 한웅이 외쳤다.

"그만들 하게나."

시끄러운 속에서 사와라 한웅의 목소리가 잘 들리지 않은 듯 소란은 수그러들지 않았다. 사와라 한웅은 두 번이나 더 조용히 하라고 소리쳤고 그제야 모두들 입을 다물었다. 사와라 한웅은 한숨을 쉬며 말했다.

"도대체 얼마나 더 같은 이야기로 싸워야 끝이 나겠는가? 한두 번도 아니고 몇 년째 다투니 이제는 지긋지긋하다네. 어차피 이야기가 합쳐지지 못하니 내가 말하겠소. 들으시오."

사와라 한웅이 자못 강경한 어조로 말하자 귀족들은 조용히 고개를 숙여 보였다. 사와라 한웅은 몇 번 헛기침을 하더니 치우천을 손가락으로 가리켰다.

"자네, 앞으로 나오게."

치우천이 천천히 앞으로 나서자 귀족들의 눈길이 치우천을 향했다. 질시가 어리거나 비웃는 눈빛이 대부분이라 치우천은 뒤통수가 따끔할 지경이었다.

사와라 한웅이 웃으며 말했다.

"이 사람은 치우천이라 하오. 태산 회의 때 솜씨를 보였던 아이요. 아, 이제는 아이라고 하면 안 되지. 작은 주신이라는 부족을 세운 부족장이라오. 사실 나는 태산 회의 때 이 아이에게 하늘 군대의 큰스승 자리를 주려고 했는데 일이 잘되지 않았소. 그러나 이제 그가 돌아왔고, 유망의 군대를 물리는 데 큰 힘이 되었다 하니 하늘 군대의 큰스승 자리를 주려고 하오."

사람들이 웅성거렸다. 고시울률의 안색도 좋지 않았다. 그러자 고시울률을 대변하듯 부루위단이 나섰다.

"한웅님께 아룁니다. 그가 한 일이 작지 않다고는 하나 하늘 군대의 큰스승도 결코 작지 않은 자리입니다. 그렇게 갑자기 그런 자리를 내리시는 것은 무리인 줄로 아뢰오."

옆에 섰던 교활해 보이는 귀족 하나가 한마디 보탰다.

"하늘 군대의 큰스승은 사울아비의 으뜸입니다! 그만큼 싸움에 능하고 기술이 뛰어나야 합니다. 헌데 다리병신을 큰스승에 앉히다니요!"

그 말에 귀족들이 큰 소리로 웃었다. 치우천은 약간 다리를 끌고 있을 뿐 심하게 절지도 않았으나 귀족들은 치우천의 다리가 불편하다는 것을 알고 있었다. 치우가람이 소문을 냈을 터였다. 치우천의 낯빛이 약간 해쓱해졌다.

귀족들이 치우천을 비웃자 별안간 뒤쪽에서 우두둑 소리가 커다랗게 들려왔다. 귀족들이 놀라 바라보니 저만치 뒤쪽에 서 있던 치우비가 불길이 치솟는 듯한 이글거리는 눈빛으로 주먹을 꽉 쥐고 있는 모습이 눈에 들어왔다. 그 소리는 분노를 이기지 못해 치우비가 두 주먹을 불끈 쥘 때 터져 나온 뼈마디가 꺾이는 무시무시한 소리였다.

이토록 많은 사람들의 앞에서 형이 모욕을 당하자 치우비의 분노는 극에 달했다. 치우비의 이글거리는 눈빛을 본 귀족들은 황급히 시선을 돌리면서 웃음을 거두고 속으로 생각했다.

'뭐 저런 괴물이 다 있나? 아까는 바보 같았는데 무슨 눈빛이 저리도 무섭게 변할 수가 있는가?'

몇몇 귀족들은 치우비의 무시무시한 눈빛을 보고는 다리가 후들거리기도 했다. 치우비는 단지 주먹을 쥐고 눈을 부릅떴을 뿐 다른 행동은 전혀 하지 않았는데 몸에서 발산되는 무서운 기운에 숨이 막힐 지경이었다. 그것을 보고는 사와라 한웅이 껄껄 웃었다.

"치우천은 다리가 불편하지만, 힘센 아우가 있으니 둘이 함께 애를 쓰면 큰일을 할 수 있을게요. 저 아이는 치우비라고 하는데, 저 아이도 하늘 군대 큰스승으로 앉히려 하오."

사와라 한웅이 딱 잘라 말하자, 치우비가 내뿜는 기운이 너무도 무서운지라 이번에는 귀족들이 찍소리 않고 입을 다물었다. 그것을 보고 사와라 한웅이 덧붙였다.

"하지만 여러분 말씀대로 하늘 군대 큰스승 자리는 그리 쉬운 것이 아니오. 더구나 저들은 작은 주신 부족 전체를 주신 사람으로 받아들여 달라는 부탁을 하였소그려."

그 말에 귀족들이 다시 웅성거리며 일제히 들고일어났다.

"그건 아니 되옵니다."

"어디서 사는 누군지도 모르는 것들을 주신 사람으로 받아들이시다니요!"

"작은 주신은 도둑들의 무리라고 알려져 있습니다! 주신의 이름에 먹칠을 하는 일입니다!"

사와라 한웅은 다시 몇 번이나 소리를 쳐서 귀족들의 아우성을 가라앉혔다. 그러고는 여유 있게 웃으며 말했다.

"알아들었으니 그만들 하시오. 그러니까 여러분은 작은 주신 부족을 받아들이는 것은 어렵다는 말씀이시오?"

"그러하옵니다!"

고시울률이 강경하게 외치자 사와라 한웅은 고개를 끄덕였다.

"나도 그렇게 여기오. 아무 공도 없는 자들을 주신 사람으로 받아들일 수는 없는 법. 그래서 나는 조건을 하나 걸었소이다. 늙은이의 장난이라 여겨도 좋고, 이 늙은이가 유망 때문에 골치가 아파 견딜 수 없어서 망령이 들었다고 보아도 좋소이다. 나는 저 아이…… 아니, 작은 주신 부족장에게 사울아비 삼천을 내줄 것이니, 작은 주신족으로 하여금 공상을 쳐 빼앗으라 하였소!"

귀족들은 경악하는 얼굴빛이 되었다. 비렴이나 병예, 신지울태의 얼굴빛도 변했다. 사람들은 사와라 한웅이 제정신인지 아닌지 의아하게 생각했다. 적지 깊숙이 있는 거대한 도시 공상을 단지 삼천의 사울아비로 빼앗는다는 것은 상상조차 할 수 없는 일이었다. 사와라 한웅은 아직 아무에게도 치우천의 제안을 이야기하지 않았던 것 같았다. 고시울률마저도 당황하며 말을 더듬거렸다.

"도…… 도대체 그것은 될 일이 아니옵니다! 유망의 군대는 수십천, 수백천이 넘고 오랫동안 북쪽을 노리며 훈련받은 강한 전사들입니다. 더구나 형천과 축융 같은 무서운 장사들이 있으며 공상은 주신에서 수천 리나 떨어진 곳이온데……"

"나는 분명 치우천과 약속하였소. 치우천, 말해 보게. 공상을 점령할수 있는가, 아닌가?"

치우천은 조용하지만 단호하게 대답했다.

"해 보이겠사옵니다."

그 말이 끝나기가 무섭게 귀족들은 치우천에게 소리를 질러 댔다. 미친놈이라는 욕설까지도 퍼부었다. 그 와중에 부루위단이 목청을 높여 외쳤다.

"흥! 그럴 수 없을 것이다! 백 년이 걸려도 거기까지 진격도 할 수 없을 것이다!"

사와라 한웅이 재미있다는 듯 빙그레 웃으며 되받았다.

"작은 주신 부족장은 두 해 안으로 공상을 빼앗을 수 있다 하였소."

귀족들은 기가 막혀 말조차 제대로 하지 못했다.

"두 해?"

그럴 법도 했다. 싸움을 좀 아는 귀족들은 나름대로 계산을 해 보았다. 공상까지는 그냥 달려가기만 해도 두 달은 넘게 걸린다. 하물며 곳곳마다 공격해 올 것이 분명한 지나족을 물리치고 가려면 공상까지 진격하는 데에만도 두 해로는 턱없이 모자랄지도 몰랐다. 하물며 공상에 도달한다 쳐도 성벽을 높이 쌓아 올리고 수많은 사람이 지키는 공상을 공격해 무너뜨리기란 금방 할 수 있는 일이 아니었다.

압도적인 수의 사울아비로 공격해도 두 해는 더 걸릴지도 몰랐다. 그런데 수만의 전사가 있는 공상을 삼천의 사울아비로 공격한다는 것은 제아무리 사울아비들이 강하고 날래도 불가능한 일이었다. 솔직히 주신의 모든 사울아비를 긁어모아 공격해도 이긴다고 장담할 수 없었으며, 아무리 짧게 잡아도 다섯 해는 족히 걸릴 일이었다.

"미친 짓입니다! 한웅께옵서는 올바로 생각하시어 이런 미친 수작에 속지 마소서!"

"싸움을 모르는 철부지 어린애들의 말에 삼천 사울아비의 목숨을 버리지 마소서!"

귀족들이 이구동성으로 부르짖었다. 사와라 한웅은 재미있다는 듯 빙글빙글 웃으며 그 말을 잠자코 듣다가 입을 열었다.

"다른 건 모르겠는데 싸움을 모른다는 말은 하지 마시구려. 비렴, 자네 이 아이들이 요즘 무슨 일을 했는지 들었다면서? 어디 말해 보겠나?"

비렴은 사와라 한웅의 말이 의외라는 듯, 몇 번 헛기침을 하여 목청을 가다듬더니 약간 떨리는 목소리로 말했다.

"흠, 다른 부족들을 도우러 보낸 사울아비들에게 들은 바는 조금 있습니다만……."

"무슨 이야기를 들었는지 말해 주게나. 작은 주신의 전사들이 한 일 말이네."

"작은 주신의 전사 오백이 저번 유망의 공격 때…… 지나족의 오천 군사를 짓밟았다고 합니다."

"오백으로 오천을?"

귀족들이 놀라 웅성거리는 틈을 타 비렴은 얼른 덧붙였다.

"한나절 정도 걸렸다고 합니다. 저쪽에서 살아 나간 사람은 몇십 명도 안 된다 들었고요."

귀족들이 더 믿지 못하는 안색이 되자 고시울률이 소리쳤다.

"작은 주신 전사들은 전부 귀신이란 말이오? 목숨을 걸고 싸워도 힘든 일일 텐데, 뭐 한나절?"

비렴은 마지막으로 일침을 놓으려는 듯 말끝에 힘을 주었다.

"작은 주신 오백 명 전사 중에 죽은 자는 하나도 없다고 하더이다. 마갸르나 미아우는 작은 주신 전사들을 도깨비 군대나 하늘 전사들이라 부르고 있소."

귀족들은 도저히 믿을 수 없다는 표정을 지으며 입조차 열지 못했다. 사와라 한웅이 재미있다는 듯 킥킥 웃었다.

"그러니 한번 해볼 만하다 여기오. 공상을 빼앗는다면…… 그렇게만 된다면 유망도 더 이상 북쪽으로 치고 올라올 수 없을 것이니 이 늙은이도 편해질 것이고, 작은 주신족의 용감함도 분명한 것이니 주신 사람으로 못 받아 줄 것도 없지. 못한다면 알아서 책임을 지겠지, 허허. 난 이제 늙어서 그런지, 젊은이들이 씩씩하게 나서는 모습을 보면 즐겁구려. 그러니 더는 말하지 마오. 나는 치우천 부족장에게 공상 공격을 맡기려 하오."

사와라 한웅이 말하자 귀족들은 작은 소리로 웅성거리기만 할 뿐 반발하며 나서는 사람은 없었다. 고시울률도 뭔가 말하려다가 그냥 코웃음을 치고 입을 다물었다. 분명 될 일이 아니라고 생각하여 무시하는 것 같았다.

사와라 한웅은 치우천에게 가까이 오라고 일렀다.

"치우천 족장, 만약 두 해 내로 공상을 빼앗는다면 작은 주신을 주신 족으로 받아 줌은 물론, 자네에게 하늘 군대를 맡길 수도 있다네. 그러니 잘해 보게나, 허허."

마지막 말은 폭탄선언과 같았다. 하늘 군대의 큰스승도 모자라 하늘 군대의 최고의 자리를 준다는 것은 치우천을 최고의 귀족 중 하나로 만든다는 말이나 다름없었다. 하늘 군대의 웃뜸 스승은 적어도 지위상으로는 삼사와 비슷하거나 삼사보다도 높은 자리로, 지금은 전쟁이 많지 않아 비어 있는 자리였다.

그 말을 듣고 부루위단이 못마땅하다는 말투로 내뱉었다.

"그것은 나중에 이야기해도 늦지 않습니다. 그보다는 이런 말도 되지 않는 싸움이 정말 잘될 수 있을지 생각하는 것이 중요합니다."

"나는 분명, 한다고 말했네. 잘되기만 한다면 이보다 좋게 풀릴 수 없지 않겠나?"

사와라 한웅의 말이 끝나자마자 고시울률이 한 걸음 나아가서 말했다.

"그렇게 되기만 한다면야 좋겠사옵니다만 모든 일이 마음처럼 되는 것은 아니옵니다. 더구나 삼천 명의 사울아비 목숨이 걸린 일이며, 나아가서는 유망과 주신이 큰 싸움을 벌여야 될지도 모를 일이옵니다. 공상을 빼앗으면 좋겠으나 빼앗지 못할 때는 유망도 가만있지 않을 것입니다. 이런 일을 섣불리 결정하기는 크나큰 무리인 줄 아옵니다."

"내가 정한다고 하는데도 말인가?"

사와라 한웅이 노기를 띠는데도 고시울률은 까딱도 하지 않았다.

"하늘의 뜻을 물어야 하옵니다. 솟대에 제사를 지내고 단군과 무당, 박수 들에게 하늘의 뜻을 물어야 하옵니다."

고시울률이 고집을 꺾지 않았고 부루버들까지도 줄곧 고시울률의 말이 옳다고 귓속말을 해 대자 마침내 사와라 한웅은 할 수 없다는 듯 말했다.

"좋네. 아무래도 내 말을 듣기 싫다면 하늘의 뜻을 묻기로 하지. 어느 날이 좋겠는가?"

사와라 한웅이 옆에 있는, 수염을 길게 늘어뜨린 단군의 우두머리인 솟대 단군에게 물었다. 그는 의사나 무당, 점술사, 학자 등을 겸하는 뭇 단군들의 우두머리로서 제사의 날짜를 정하는 것이 주 임무였다. 솟대 단군은 수염을 몇 번 쓰다듬으며 골똘히 생각하다가 입을 열었다.

"하늘은 싸움에 이기고 지는 것은 잘 가르쳐 주시지 않사옵니다. 그러나 이것이 주신에 좋은 일이 될지 안 좋은 일이 될지는 알려 주시리라 생각되옵니다. 내일모레 정도가 적당하겠사옵니다. 이런 큰일을 물어 보려면 큰굿을 해야 하니 준비할 시간도 필요하옵니다."

"그래, 그럼 그렇게 하게……. 그리고 그 선인님께도 여쭈어 보세."

선인 이야기가 나오자 솟대 단군이 정색을 하며 되받았다.

"이를 데가 있사옵니까? 그토록 신통하신 분께 여쭙지 않으면 누구에게 여쭙겠사옵니까?"

결국 그렇게 하여 공상으로 출병하는 일은 하늘의 뜻을 물은 연후에 정하기로 하고 그로써 회의는 끝났다. 비렴은 회의가 끝난 다음 한웅의 집을 나오면서 치우천과 치우비를 불렀다. 한웅의 집을 둘러싼 높은 담장의 호젓한 곳으로 두 사람을 불러낸 비렴은 주위에 사람이 없는 것을 확인한 다음 둘에게 말했다.

"너희는 내 생각보다도 더 엄청난 말을 하였구나. 공상을 점령하기는 결코 쉬운 일이 아닐 터인데 정말 할 수 있겠느냐?"

"저는 사실 걱정스럽습니다만, 형이 생각한 것이 있는 듯하옵니다."

치우비가 걱정스레 말하자 비렴은 치우천을 보며 물었다.

"정말 자신 있느냐?"

치우천은 슬며시 미소를 지으며 대답했다.

"될 것 같사옵니다. 그보다는 하늘의 뜻을 묻는 제사를 지낸다는데 그것이 더 걱정이옵니다."

비렴은 치우천의 말뜻을 알아듣고 고개를 끄덕였다.

"그건 그렇다. 단군과 박수, 무당은 고시울률님과 가깝지. 그러니 그들과 사울아비들이 어떻게 친해질 수 있겠느냐? 설마 싶기는 하지만 단군이 고시울률님 편을 들어 점괘를 다르게 뽑지 않을까 걱정되는구나."

비렴의 이야기에 담긴 심각함이 별로 대수롭지 않다는 듯 치우비가 순진하게 물었다.

"설마하니 하늘의 뜻을 전하는 단군이나 무당이 누구 편을 들어 이야기하려고요?"

"그것은 모르는 일이다. 세상에 사람의 마음을 어찌 알겠느냐? 사실 이번 일은 보통 일이 아니다. 귀족들은 내내 지나족을 건드리는 것에 반대해 왔는데, 너희가 유망의 본거지나 다름없는 공상을 직접 치겠다고 하지 않았느냐? 그러니 단군이 편을 들 수도 있다. 더구나 이번 일이 잘 된다면 너희는 하늘 군대의 웃뜸 스승이 된다. 벌써 수십 년 동안 하늘 군대 웃뜸 스승은 없었느니라."

"왜 하늘 군대의 웃뜸 스승이 없었습니까?"

치우비가 묻자 비렴이 차분하게 대답했다.

"웃뜸 스승이 있으면 사울아비들은 하나로 뭉친다. 그러면 그 힘이 대단해지지. 그러면 귀족들의 힘이 약해질 수밖에 없는 법. 그래서 귀족들은 오랫동안 그럴 만한 공을 세운 사람이 없다고 하여 웃뜸 스승을 세우지 못하게 해 왔느니라. 허나 너희가 삼천의 사울아비로 공상을 점령한다면 아마 주신이 세워진 이래 이보다 더 큰 공은 없을 것이야. 그러니 하늘 군대의 웃뜸 스승 자리도 당연하긴 하다만……. 조심하거라.

정말 조심하여야 한다. 유망과의 싸움도 그렇지만 귀족들도 조심하여야 하느니라. 이런 일 정도라면 그들은 못할 짓이 없느니. 한웅님께옵서도 귀족들을 마땅찮게 여기시지만 그들을 쉽게 건드리지는 못하시는 판인데, 네가 빌미를 준 것이다. 아마 그들은 너희를 그냥 두려 하지 않을지도 모른다."

비렴이 걱정스레 말하자 치우비는 의아해했다.

"아무리 그래도 우리는 주신에 공을 세우려는 것뿐인데 귀족들이 어찌 해코지까지 하겠습니까?"

"그것은 모르는 일이다. 아, 귀족들이 언제 주신을 생각했더냐? 그들은 제 몸과 집안만 챙기려 할 뿐이다. 너희 형제가 하는 일이 하나에서 열까지 주신을 위한 것임을 나는 안다. 허나 속 좁은 자들은 그렇게 생각하지 않을 수도 있느니. 더구나 너희같이 젊고 뜻을 굽히지 않는 사람이 웃뜸 스승이 된다면 귀족들로서도 편치 않을 것이니 그것을 조심하여야 한다는 말이다. 알아듣겠느냐?"

비렴이 진정으로 자신의 자식이나 손자처럼 걱정해 주자 치우천은 고마웠으나 내색은 하지 않고 다만 고개를 끄덕이며 대답했다.

"조심하겠습니다. 염려 마소서. 그런데 만약 하늘의 뜻을 묻는 점괘가 좋지 않게 나온다면 모든 것이 틀어집니다. 무슨 방법이 없겠습니까?"

"그것에는 방법이 없다."

그때 치우비가 생각났다는 듯이 한마디 끼웠다.

"아까 한웅님께옵서 선인님에게도 묻는다 하시지 않았습니까? 선인님은 누구십니까?"

치우천도 고개를 끄덕이며 덧붙여 물었다.

"저도 그게 궁금했습니다. 신시에 선인님이 머물게 되었습니까? 궁금합니다."

비렴은 빙그레 웃었다.

"너희는 잊어버린 모양이구나. 너희도 잘 아는 분이다."

"누구 말이옵니까?"

치우천 치우비가 궁금해하자 비렴이 여유 있게 대답했다.

"맥달님이시다. 그러고 보니 그분이야말로 너희에게 도움을 주실 수도 있을 것 같구나."

맥달이라는 이름에 치우천은 몸을 움찔하며 입을 다물었다. 하지만 치우비는 반가운 표정을 지으며 목소리를 높였다.

"난 또 누구라고! 선인님이 맥달님이셨군요! 그런데 다들 선인님이라 부르시는 모양이군요!"

"그렇다. 맥달님은 통 바깥출입도 하지 않으시고 한 달에 세 번, 한웅님께서 찾으실 때만 앞날을 일러 주시곤 한다. 그 말씀이 틀리는 법이 없어서 이제는 선인님이라 부른다. 더구나 맥달님은 자부 선인님에게서 배우신 분이라지 않더냐? 지금 하늘 아래 선인님들 중에 자부 선인님보다 더 큰 분이 어디 계시겠느냐? 모두가 존경하고 믿는 것이 당연하지. 아마도 단군이나 무당이 뭐라 해도 맥달님의 말은 그 누구라도 믿을 것이니 그분을 믿자꾸나."

깐깐한 비렴이 흐뭇한 표정을 짓자 뜻밖에 치우천은 냉랭한 목소리로 되받았다.

"그 여자는 선인이 아닙니다."

엄청난 말에 비렴은 깜짝 놀랐다.

"무슨 소리냐? 선인이 아니라니?"

치우천은 고집스런 표정으로 말했다.

"선인이 아니라 괴물입니다. 저는 그 여자를 믿을 수 없습니다."

"그게 무슨 소리냐?"

"선인은 도를 닦은 후 기를 얻어서 되는 것입니다. 그러나 그 여자는 도를 닦은 것도 아니고, 재주를 타고난 것뿐입니다. 지금은 비록 조용히 있지만, 사람을 해치고 망하게 만드는 무서운 존재입니다!"

치우천이 과격하게 말하자 비렴의 낯빛이 변했다. 치우비가 형을 잡아 뒤로 끌며 얼른 말을 돌렸다.

"형님이 뭔가 오해하고 있는 듯합니다. 괘념치 마십시오."

"그렇다, 천아. 너 그것만은 잘못 생각하는 것이다. 그분은 조용히 머물며 도움을 주실 뿐인데……."

치우천은 완강하게 고개를 저었다.

"앞날을 읽어 내어 말하는 것 자체가 사람에게는 재앙입니다. 저는 그 여자에 대해 잘 압니다. 자부 선인께서 그녀를 선인으로 거두신 것도 아니고, 오히려 사람들에게 해를 줄까 두려워 묶어 두신 것입니다! 앞날을 아는 사람과는 같이 지내서는 아니 됩니다!"

"도대체 무슨 소리냐? 그분은 너를 도와 목숨을 건져 주시지 않았느냐? 사막에 버려지기 전에 그분이 아니었다면 네 목숨이 지금까지 어찌 붙어 있을 수 있었겠느냐?"

이제 비렴도 화를 내기 시작했으나 치우천은 고집을 꺾지 않았다.

"제가 입은 은혜는 은혜일 뿐, 이것은 다른 일입니다. 앞날을 미리 안다는 것은 무서운 일입니다. 세상에 신수나 나쁜 선인, 괴물이 있다 해도 그보다 더 위험한 것은 없사옵니다. 지금은 조용히 있더라도 그 여자가 무슨 속셈을 가지고 있는지는 아무도 모릅니다. 위험합니다. 너무도 위험합니다."

"네가 그렇게 떠드는 것까지도 그분이 아신다면?"

비렴이 정색을 하며 묻자 치우천은 당당하게 대답했다.

"그래서 더 떠드는 것입니다. 그래야 제가 무사하지요. 그 여자는 아무리 몰래 움직여도 다 알 수 있을 것이니, 도리어 대놓고 여기저기 떠드는 것이야말로 그 여자에게 맞서는 단 하나의 길입니다. 비렴님, 전에 치우가람 형제는 우리 형제를 사막에 버리면서 우리를 손끝 하나 건드리지 않았습니다. 우리가 다치면 그들이 한 짓인 줄 누구나 알게 되기에 그런 것입니다. 그것과 같은 이치입니다. 무서운 존재에게서 몸을 지키려면, 아니 제가 살기 위해서라도 사람들에게 그 여자의 위험함을 알려야 합니다."

치우천이 흥분을 가누지 못해 열심히 설명했으나 비렴은 허허, 헛웃음만 지을 뿐 고개를 돌려 버렸다. 치우천은 하늘을 보며 탄식했다.

"아, 비렴님마저도 몰라주시니 세상에 그 여자를 두려워하는 것은 저 하나뿐인 것 같습니다. 비렴님, 그 여자는 마음만 먹으면 주신만 아니라 세상을 통째로 뒤엎을 수가 있습니다. 비렴님 말씀대로 착하기만 하다면 다행입니다만, 만에 하나라도 그렇지 않거나 마음이 변한다면 세상은 뒤집어집니다. 그러니 무서운 것입니다. 신수가 산을 뒤엎고 땅을 갈라지게 하는 힘이 있어도 앞날을 아는 그 여자의 힘에는 발치에도 미치지 못합니다. 조심해야 합니다. 경계해야 합니다. 그 여자의 힘을 빌리는 일 따위는 절대 해서는 아니 됩니다! 아니, 그 여자의 말은 아무것도 들을 필요가 없습니다!"

치우천은 자신이 옳다고 믿었다. 세상에 그보다 무서운 존재는 없다는 것이 치우천의 솔직한 심정이었다. 허나 그의 말은 지나치게 추상적이어서 현명한 비렴조차도 제대로 이해하지 못하고 등을 돌렸다.

"네가 좀 이상하구나. 나중에 다시 이야기하자."

비렴이 자리를 뜨자 치우비는 아직도 흥분하여 씩씩거리는 형을 보고 말했다.

"형, 대체 왜 그래? 왜 맥달님을 그리도 미워하지?"

"미운 것이 아니다. 무서운 것이다. 비야, 너는 알겠느냐? 그 여자가 얼마나 무서운지?"

흥분하는 치우천과는 달리 치우비는 이상하게 말끝을 흐렸다.

"나는 도대체 알 수가 없어. 그런 착한 분이 왜 무섭다는 거야?"

치우천은 치우비를 쳐다보며 답답하다는 듯이 탄식했다.

"몇 번이나 이야기했는데도 알아듣지 못하는구나. 대체 그런 존재는 도무지……."

치우천의 말이 채 끝나기도 전에 치우비가 한마디 던졌다.

"형, 맥달님을 풀어 달라고 할 때 형이 했던 말을 다 잊었어? 어째 형이 조금씩 변해 가는 것 같아."

"무슨 소리냐? 나는 변하지 않았다. 더구나 맥달을 내가 풀어 주었기에 어깨가 더 무거운 것이다. 그 여자를 알아보는 것은 나뿐이니……."

치우비가 정색을 하며 치우천에게 물었다.

"형, 기억나? 전에 발귀리 선인님을 만났을 때……."

"음? 뜬금없이 그 이야기는 왜 하니?"

치우천이 묻자 치우비는 갑자기 생각이 바뀌었는지 말끝을 흐렸다.

"응, 아냐. 문득 생각이 나서……. 아무튼 형, 너무 지나치게 생각하지 마. 비렴님조차도 형을 이상하게 생각하는데 자꾸 그런 이야기를 해서 뭐가 좋겠어? 나조차도 이해할 수가 없는데……."

그때 누가 뒤에서 말을 건넸다.

"저는 이해할 수 있습니다."

차분하고 고요하며 맑은 여자의 음성이었다. 치우천과 치우비는 깜짝 놀라 뒤를 돌아보았다. 그곳에 서 있는 사람은 한없이 온화하고 조용해 보이며 세상의 티끌이라고는 하나도 묻은 것 같지 않아 보이는 젊은 여자였다. 약간 슬픈 표정을 짓고 있는 그 여자는 맥달이었다.

앞날을 보는 자

옛사람이 말하길 '자신이 가진 소중한 보물을 써 보지도 않고
남에게 구걸하지 말라'고 했다.
이는 자신이 가진 것을 소홀히 하거나 낮출 필요가 없다는 뜻이다.
옛사람이 또 말하길 '남에게 자신을 자랑 말라.
다른 사람이 가진 것이 그대보다 적으리란 법이 없으니'라고 했다.
이는 자신이 가진 것을 자랑하지 말라는 훈계이다.
이 두 가지는 학문을 하는 사람이 마땅히 함께 갖춰야 할 교훈이다.
—『채근담(菜根譚)』에서

'이거 어떻게 하지? 형이 말한 걸 다 들었겠네?'

치우비는 맥달이 나타나자 어쩔 줄을 몰라 얼굴까지 하얗게 질렸다. 허나 치우천은 약간 입술을 깨물었을 뿐 오히려 침착하게 되받았다.

"역시 알고 있었구려. 언젠가 이렇게 나타날 줄 알았소."

맥달은 억지스럽게 살짝 웃어 보였다. 하지만 그녀의 표정은 슬픔에 가득 차 있었다. 치우비는 그제야 당황스럽게 말했다.

"맥달님, 언짢게 생각하지 마십시오. 형이 오해를……."

치우천이 날카롭게 치우비의 말을 잘랐다.

"난 오해한 것 없다. 내 입에서 나온 말, 내 머리로 한 생각이니 감추려 할 것 없다!"

맥달은 도리어 고개를 끄덕이며 말했다.

"그래야 치우천님답지요."

치우천은 맥달을 바라보며 뭔가를 생각하다가 이윽고 입을 열었다.

"맥달님, 나는 당신이 세상에서 가장 위험한 존재라고 믿고 있소. 지

나족이나 신수보다도 무섭다고 말이오."

맥달은 그 말을 듣고도 생긋 웃으며 이내 고개를 끄덕였다.

"고맙사옵니다."

"고맙다니? 뭐가 고맙다는 거지요?"

"비록 저를 위험하다 여기시지만, 그것은 저를 이해해 주신다는 뜻이기도 하니까요."

"이해?"

맥달은 아이처럼 환한 미소를 지어 보이며 차분하게 말했다.

"저를 이해하시기에 무섭다 여기시는 것이지요. 안 그렇습니까?"

"나는 당신이 싫소. 다른 사람은 몰라도 나는 당신을 경계할 것이오! 나를 어떻게 하든 맘대로 하시오. 두렵지 않소!"

치우천이 날카롭게 경고조로 말했지만 맥달은 온화한 목소리로 받아넘겼다.

"제가 어찌 그러겠습니까? 치우천님은 제 은인이온데."

"은인이라니?"

"이제는 거의 아시지 않사옵니까? 제가 어디서 어떻게 태어났는지, 어떻게 살아왔는지 말이지요."

치우비가 둘 사이에 끼어들었다. 아무래도 형이 지나친 듯하여 둘의 분위기를 부드럽게 해 보려는 생각에서였다.

"저도 까맣게 잊어버렸다가 이제 생각이 났습니다. 전에 태산 회의로 가는 길에 맥을 타고 오셨던 분이 맥달님이시지요?"

맥달은 조용히 웃어 보였다. 그 미소는 아무리 보아도 세상 때가 묻지 않은 해맑은 웃음이라 치우비는 눈이 부실 지경이었다.

"우리는 맥달님이 태어난 곳에 들렀습니다. 대나무골 말입니다. 형님께 주신 목걸이 때문에……."

말을 제대로 잇지 못하는 치우비를 보며 맥달은 살포시 고개를 끄덕였다. 치우천이 외쳤다.

"당신은 이미 다 알고 있지 않았소? 목걸이를 내게 주었을 때부터 우리가 그곳을 찾으리라는 걸 알았을 것 아니오?"

맥달이 천천히 고개를 저었다.

"그때는 그렇지 않았습니다. 오히려 반대입니다."

"반대라고?"

"그것을 드리면 치우천님이 제가 태어나 겪은 일을 아시고 저를 흉하다 생각하실 것임을 알았습니다. 그래도 드리고 싶어서 드린 것입니다."

치우천은 이해할 수 없다는 표정을 지었다. 맥달이 말을 이어갔다.

"제가 치우천님을 도우면 도울수록, 치우천님께서는 저를 위험하다, 흉하다 여기시겠지요? 그래도 할 수 없었습니다. 총명하신 분이니 짐작하시리라 믿습니다."

치우천은 혼란에 빠졌다.

'그렇구나! 맥달이 앞날을 다 안다면, 나를 도우면 내가 자기를 더 의심하고 두려워한다는 것도 알 수 있었을 것이다. 그럼에도 욕을 먹으며 나를 돕는 까닭은 무엇인가? 혹시……'

치우천은 문득 자기 몸에 걸려 있는 저주가 떠올라 얼굴을 붉혔다. 그 생각을 하자 맥달에 대한 반감이 되살아났다.

"맥달님, 나를 돕는 까닭이 무엇이오? 왜 나를 돕는다고 하는 것이오? 그렇게 하여 내 마음을 붙잡아, 나중에 손아귀에 쥐고 흔들 생각이시오? 아니, 이미 다 알고 계실지도 모르지. 언젠가는 나도 맥달님에게 넘어가게 되어 있는 것이오? 그렇소? 대답해 보시오!"

맥달은 그 말을 듣고 눈물을 흘릴 듯이 슬픈 얼굴이 되었다가 이윽고 입술을 뗐다.

"한 가지만 분명히 말씀드리겠사옵니다. 모든 것이 정해져 있는 것은 아니옵니다."

"모든 것이 정해져 있지 않다?"

"그러하옵니다. 많은 것은 정해져 있으며, 그것이 바로 하늘의 뜻이란 것입니다. 허나 사람도 하늘과 통하는 하늘과 같은 존재이니 사람의 뜻이 오로지 하늘에서 정해진 대로만 따라가게 되는 꼭두각시는 아니옵니다. 길은 열려 있어서, 사람이 어느 길을 택하느냐에 따라 많은 것이 달라지게 되옵니다. 같은 길을 걷더라도 어떤 마음가짐으로, 어떻게 걷느냐에 따라 달라지는 것이옵니다."

치우천은 잠시 생각해 보다가 물었다.

"정해진 대로 따라간다면 그만이지, 그 안에서 뭐가 달라지는 것이 있겠소?"

맥달이 차분한 목소리로 대답했다.

"하나 예를 들겠사옵니다. 사람은 누구나 죽습니다. 그러나 죽을 때 죽기 싫어서 애걸하며 원통하게 죽느냐, 당당하게 죽음을 받아들이고 자신의 삶을 정리하고 죽음을 맞이하느냐는 다르옵니다. 그렇지요?"

"그건…… 그렇소만……."

"치우천님, 그와 비슷한 것이옵니다. 자신에게 주어진 길을 걷더라도 당당히 걷느냐, 억지로 걷느냐는 사뭇 다르옵니다. 같은 험한 산에 오르더라도 스스로 산을 구경하려고 오르는 사람은 행복하고 힘이 나며, 남이 시켜 마지못해 심부름으로 오르는 사람은 불행해하고 발이 저절로 땅에 끌리지 않겠습니까. 하늘이 정한 큰길이 있고, 사람이 그것을 따르게 되어 있다 하여 사람이 꼭두각시인 것만은 아니옵니다. 사람은 사람의 길을 걷고, 그것이 모여 하늘의 뜻이 되는 것이옵니다."

잠시 호흡을 고르다가 맥달이 덧붙였다.

"치우천님, 치우천님이 지금의 저를 있게 하셨습니다. 자부 선인께 말씀하시어 저를 풀려나게 하셨을 때 치우천님은 말씀하셨지요? 하늘이 저 같은 요물을 낳아도 그것은 하늘의 뜻이 있기 때문이니, 그 뜻을 넘겨짚지 말라고요. 저는 그때야 살 마음을 가졌습니다. 그리고 제 앞날이 바뀌는 것을 느낄 수 있었습니다. 치우천님, 앞날은 완전히 정해진 것이 아니옵니다. 저 자신의 앞날도 제가 생각하지 못하는 방향으로 바뀌었사옵니다. 치우천님, 저를 위험하다 여기시겠지만, 저를 도와주시옵소서. 저를 도와주시옵소서."

그러면서 무릎을 꿇고 공손히 치우천에게 머리를 숙여 보였다. 치우비는 깜짝 놀라 어쩔 줄 몰라 했고, 치우천마저도 놀라서 안색이 변했다. 치우천이 다급하게 말했다.

"그게 무슨 말이오? 내게서 무슨 도움을 청한다는 것이오? 난 이런 절을 받을 수 없으니 어서 일어나시오!"

맥달은 고개를 들지 않고 차분한 목소리로 말했다.

"치우천님은 앞날을 깨뜨리시는 분입니다. 앞날을 열고 하늘의 뜻을 바꿀 수 있는 분이십니다. 치우천님만이 저를 도우실 수 있사옵니다."

"대체 무슨 소리인지 알 수가 없소! 앞날을 아는 당신이 뭐가 모자라서 나에게 부탁을 한다는 거요? 믿을 수가 없소!"

"제가 앞날을 안다고 하나 정해지지 않은 것은 알 수 없사옵니다. 치우천님은 앞날을 스스로 여시는 분이옵니다. 앞으로 여러 천 년에 걸쳐 사람들의 앞날이 치우천님에게 달려 있사옵니다. 치우천님이 택하시는 길, 걸으시는 길에 따라 모든 것이 달라집니다. 이는 하늘이 내리신 것이니 스스로의 길을 소중히 걸으소서. 그리고 저를 도와주시옵소서."

"내가 앞날을 연다고? 허튼 소리 마시오!"

"하늘은 치우천님에게 앞날을 붙이셨습니다. 치우천님이 생각하지 못하신다 하여도, 치우천님이 하시는 일이 바로 하늘의 앞날을 정하는 것입니다. 이러한 분은 몇십 번을 다시 태어나도 만날 수 없사옵니다. 그 때문에 치우천님만이 저를 도우실 수 있는 것이옵니다."

맥달의 하소연은 간절했고, 거짓도 보이지 않았다. 더구나 맥달의 말에는 사람의 마음을 움직이는 힘이 있었다. 치우비는 더는 참지 못해 끼어들었다.

"맥달님, 어떻게 도우면 되겠습니까? 저는 맥달님을 믿습니다."

그러자 치우천이 나지막하게 호통을 쳤다.

"비야!"

치우비는 쑥스러운 듯 물러서며 치우천을 쳐다보았다.

"형님, 아무리 생각해도 맥달님은 좋은 분이야. 일단 무슨 이야기인지 들어는 봐야 되지 않겠어? 형에게 도움을 청하는데 이야기도 듣지 않을 거야?"

"하지만 이 여자는……."

"형님은 누구든 도움을 청하는 사람을 거절한 적이 없잖아?"

치우비의 말에 치우천은 일부러 날카롭게 닫아 둔 맥달을 향한 마음의 문을 조금 열었다. 아니, 아무리 치우천이 마음을 굳게 닫으려 해도 한 톨의 가식이나 거짓이 없어 보이는 맥달의 부드러운 태도에 꺾이지 않을 수가 없었다. 맥달은 예쁘고 아름답기도 했지만 그보다는 조용하고 우아했기에 악함이나 교활함이 티끌만큼도 보이지 않았다. 조금씩 마음이 누그러졌다. 치우천은 잠시 생각하다가 한결 부드러운 목소리로 말을 건넸다.

"내가 무엇을 도울 수 있는지 모르겠소. 하늘의 뜻을 받았다는 말 같은 것은 없었던 걸로 해 둡시다. 게다가 나는 아직도 당신을 위험하다고 여기오. 하지만 말은 들어 보겠소. 당신은 위험한 것이오? 아니면 무슨 문제가 있는 것이오?"

맥달은 비로소 얼굴을 펴며 고개를 들었다.

"치우천님, 구태여 많은 말씀이나 설명은 드릴 필요가 없다고 생각하옵니다. 치우천님의 생각은 다 맞습니다. 저는 위험한 재주를 지니고 있으며, 그 때문에 많은 사람이 다칠 수도 있습니다. 제가 원하지 않아도, 제가 입을 잘못 놀리면 하늘의 뜻을 빗나가게 하여 저와 많은 사람을 망칠 수도 있사옵니다. 그러니 제게 도움이 필요한 것이옵니다."

"알았으니 말해 보시오. 나도 묻고 싶은 것이 많소."

치우천은 눈을 빛내며 되받았다. 마음은 누그러졌어도 치우천의 이성은 아직 긴장을 풀지 않았다. 그러자 맥달이 말했다.

"이곳은 사람들이 드나드는 곳이니 이야기를 나누기에는 좋지 않사옵니다. 조금 뒤면 여러 사람이 지나갈 것이옵니다."

"그것을 어떻…… 아니, 당연히 알겠지. 좋소. 그럼 어디로 갈까요?"

"일단 제 집으로 가시지요. 솟대 부근에 있사옵니다. 긴 이야기가 될지도 모르오니 그곳에서 이야기를 들으시지요. 좋은 술도 준비해 두었습니다."

"내가 가리란 것을 다 아시었단 거요? 음, 하긴 그렇겠지."

치우천이 복잡한 표정을 짓자 맥달은 살짝 웃으며 말했다.

"치우천님께는 숨기지 않겠사옵니다. 그런 것은 대강 알 수 있사옵니다."

"그러면 내가 따라간다는 것도 이미 아는 것이오?"

"아니옵니다. 치우천님은 가실 수도 가시지 않을 수도 있사옵니다. 그렇지 않으면 제가 무엇하러 그리 간절히 청했겠사옵니까?"

"그럼 가지 않……."

던지듯 말하려다가 치우비가 옆구리를 세게 쿡 찌르는 바람에 치우천은 말을 내뱉지 못했다. 하도 세게 찔러서 치우천이 움찔거리는 틈을 타 치우비가 재빨리 속삭였다.

"형, 그건 안 좋아. 형님도 궁금한 것이 많았는데 잘됐잖아? 일단 가보자구."

그러면서 치우비가 나섰다.

"가신답니다! 가신답니다, 맥달님."

맥달은 살짝 웃고는 앞장서서 걷기 시작했다. 치우천은 화난 듯 치우비를 쳐다보았으나 치우비는 헤헤 웃는 표정을 지었다. 좋아하는 아우가 그렇게 나오자 치우천도 할 수 없다는 듯 허, 하고 헛웃음을 흘리면서 맥달의 뒤를 따랐다.

사람이 북적거리는 신시였는데도 맥달이 가는 길에는 이상하게 사람이 하나도 없었다. 약간 좁은 구석진 곳으로 가기는 했어도 한 사람도 마주치지 않는 것이 희한했다. 치우비는 신기해했으나 치우천은 이내 생각해 보고 물었다.

"지금 사람이 없는 곳으로만 골라 가시는 거요?"

맥달은 걸음을 멈추지 않고 대답했다.

"그러하옵니다. 혹 저와 같이 있는 것을 다른 사람이 보면 누가 된다 여기실까 봐요."

"다른 사람 눈에 띄면 어떻게 되오?"

치우천이 심각하게 물었으나 맥달은 아무렇지도 않은 듯 대답했다.

"눈에 띄지 않사옵니다."

치우천은 그 말에 심사가 뒤틀려 소리를 버럭 질렀다.

"사람 살려!"

치우비는 치우천이 왜 소리를 지르는지 몰라서 깜짝 놀랐으나 맥달은 빙긋이 웃을 뿐이었다. 치우천이 그 큰 목소리로 고함을 질렀는데도 이상하게 아무도 달려 나오지 않았다. 치우천이 얼빠진 표정을 짓자 맥달이 재촉했다.

"우리가 가는 길에서는 아무도 만나지 않사옵니다. 어서 가소서."

치우비는 신기해했지만 치우천은 또 기분이 언짢아졌다. 누가 뭐라 해도 치우천은 이렇게 정해진 길을 걷는다는 것이 마음에 들지 않았고 그런 것을 다 아는 맥달도 미웠다. 치우천은 울컥 성질이 치밀어 그 자리에 주저앉았다.

"나는 가지 않겠소. 여기서 이야기하겠소."

당황하는 기색 없이 맥달이 되받았다.

"그럼 그리하소서."

치우천은 예상과는 달리 맥달이 순순히 나오자 순간 맥이 빠졌다.

"그럼 내 마음대로 된 거요?"

맥달은 곱게 웃으며 고개를 끄덕였다.

"그렇게 생각하소서."

치우천이 기분이 흡족해져서 아예 다리를 꼬고 앉자, 그 모습을 보며 치우비가 킥킥 웃었다.

"형, 자리라도 펴고 앉아. 나도 앉게."

"자리?"

치우천이 놀라서 둘러보니, 자신은 맨땅이 아니라 풀을 이어서 만든 자리 위에 앉아 있었다. 약간 어두운데다 아래를 주의 깊게 보지 않아 자리 위에 앉은 것도 몰랐던 것이다. 치우천은 깜짝 놀라 외쳤다.

"이게 뭐요? 혹시……?"

치우천이 말을 끝내기도 전에 맥달이 바로 옆에 있는 큰 나무 뒤에서 술병과 토기 잔들을 꺼내 오는 것이 아닌가? 치우천은 너무도 놀라 기가 꺾여 버렸다.

"맥달…… 당신은 이미 알고 있었구려. 내가 여기서 주저앉을 것까지도……. 그래서 자리를 깔아 두고…… 또……."

치우비는 재미있고도 놀라워 손뼉을 치며 껄껄 웃었다. 치우천의 기분은 참담했다. 치우천은 속으로 생각했다.

'정말 당할 수가 없구나. 이런 여자를 어떻게 상대한단 말인가? 무서운 여자다. 지금 칼로 목을 베어 버릴까?'

치우천은 살의를 느꼈으나 생각을 고쳤다.

'내가 지금 무슨 생각을 하는 건가? 아무리 그래도 이유 없이 칼질을 할 수는 없지 않은가? 더구나 그것도 저 여자는 다 알고 있을지도 모르는데…….'

맥달이 공손히 술 한 잔을 치우천에게 내밀었다. 아주 맑고 향기가 좋은 술이었다. 치우비는 큼큼 술 냄새를 빨아들이듯 맡더니 들뜬 목소리로 외쳤다.

"야! 이건 하늘 술이로군요! 어떻게 구하셨습니까?"

맥달이 내민 것은 신시에서 하늘에 제사를 올릴 때에만 쓰는 하늘 술이었다. 많은 과일과 곡식으로 배합하여 만든다는 술인데, 향기가 좋고 맛도 뛰어나 가장 좋은 술로 쳤다. 다만 만드는 법이 철저하게 비밀에 부쳐진데다가 하늘 제사를 올리는 술이라 하여, 보통 사람은 평생 구경조차 할 수 없는 술이었다.

술 귀신인 치우비는 벌써 가슴이 두근거렸으나 치우천은 맥이 풀려 술 냄새도 느껴지지 않았다. 치우천은 마지못해 술잔을 받았다. 술잔을 받다가 맥달의 희고 고운 손과 손가락이 슬쩍 닿자 찌르르 하고 기이한 느낌이 흘러들었다. 치우천은 놀랐으나 내색하지 않고 얼버무리듯이 물었다.

"당신은 정말 모든 것을 아는군요. 내 마음속도 다 아시겠군요?"

맥달은 곱게 고개를 저으며 치우비에게도 술을 따라 주었다.

"사람 마음속을 어찌 알겠습니까? 다만 겉으로 보이는 것만 알 뿐이옵니다."

치우천은 맥달에게 일부러 충격을 주려고 험악하게 말했다.

"나는 방금 한칼에 당신 목을 쳐 버리려고 생각했소."

맥달은 순간 놀라서 술을 조금 흘렸다. 치우비도 놀라서 눈을 크게 떴다. 맥달은 약간 부르르 떨다가 평정을 되찾았는지 차분한 표정으로 치우천의 얼굴을 쳐다보았다.

"그러지 않으실 것인데요. 하지만 놀랐습니다."

맥달의 눈에 눈물이 글썽거렸다. 치우천은 속으로 생각했다.

'일부러 꾸민 행동은 아닌 듯하구나. 다행히 사람 마음속까지는 읽지 못하는가 보구나. 다행이다.'

치우천이 자세를 고치며 정중하게 말했다.

"놀라게 했다면 미안하오. 허나 내 마음은 아직 그와 같소. 너무 가까운 척할 필요 없소."

미안하다고는 했으나 매몰찬 말투였다. 맥달은 조용히 고개를 끄덕였다.

"이해하옵니다. 치우천님이 저를 싫어하시는 것만큼 저도 제 자신이 싫으니까요."

치우천은 그 말에는 대꾸하지 않고 되물었다.

"한 가지 알고 싶은 게 있는데 솔직히 대답해 주시겠소?"

"그러겠사옵니다."

"당신의 앞날을 보는 힘은 나면서부터 있었던 것이오?"

"그렇습니다. 이미 치우천님은 제가 어릴 적의 일을 들으셨으리라 믿습니다."

"그렇소, 들었소."

"제가 가리키기만 하면 사람들이 죽어 나갔다고 들으셨겠지요?"

"그렇소."

"변명은 아니옵니다만 저는 기억하고 있사옵니다. 저는 결코 사람들을 해코지한 것이 아니옵니다. 곁에 있던 가까운 사람이 느닷없이 죽어서 사라지게 된다는 것이 놀라워서 그랬던 것이옵니다. 그것이 보이기 때문에 놀라 울었던 것이지, 결코 누구를 어찌할 생각으로 그런 것은 아니옵니다."

치우비는 고개를 끄덕였다. 그러나 치우천은 무심하게 다음 질문을 이어갔다.

"그래서 버려진 당신을 자부 선인이 주우신 것이오?"

"자부 선인께옵서 저를 주우신 것이 아니라 맥이 저를 주웠사옵니다. 자부 선인께서도 저를 귀여워하셨으나, 제가 세상에 누가 될까 싶으셨는지 아무것도 가르치지 않고 그냥 두셨나이다."

"자부 선인께서 말도 가르치지 않으셨소?"

"그러하옵니다. 앞날을 볼 줄 아는 제가 철없이 말을 배워 떠들게 되면 뒷감당을 누가 하겠습니까? 그래서 자부 선인께서는 말을 가르치시지 않았사옵니다."

"나와 처음 만났을 때, 그러니까 태산 회의 때도 말이오?"

"그렇사옵니다."

치우천이 싸늘하게 웃었다.

"당신의 말이 믿기지 않는구려. 내가 당신 말을 믿지 못하는 이유가 세 가지 있소. 그 세 가지가 내 마음에 걸리기 때문에, 나는 당신을 믿지 못하는 것이오."

"저는 거짓을 말하지 않사옵니다."

맥달의 말에 치우천은 고개를 갸웃해 보이며 되받았다.

"먼저 첫째, 당신은 태산 회의 전까지는 어리고 말도 모르는 아이였소. 그런데 태산 회의가 끝나고 나서는 이렇게 자라서 말뿐만 아니라 모든 것을 다 아는 여인이 되어 내 앞에 나타났소. 그 둘이 같은 사람이란 것을 나는 믿기 힘드오."

맥달은 순순히 대답했다.

"물론 믿기지 않으시겠지요. 허나 자부 선인께옵서는 대선인이시옵니다. 그분은 제가 어린 채로 있는 것이 견디기 쉽다 여기셔서, 자라는 것을 막아 두셨다고 들었습니다. 그런데 치우천님을 만나시고 난 후, 자부 선인께옵서 막았던 시간을 풀어서 저를 자라게 해 주셨나이다. 그리고 그사이 저에게 말과 모든 것을 가르치셨나이다. 치우천님의 시간으로는 며칠 되지 않았겠지만, 저는 자부 선인께옵서 막아 두신 시간만큼 몇 년을 배우고 공부했는지 모르옵니다. 치우천님의 얼굴을 잊어버릴 뻔할 정도로 길었나이다."

맥달은 마지막 말을 하면서 맑게 웃었다. 치우비는 아, 하고 놀라는 소리를 냈으나 치우천은 믿어지지 않아 다시 물었다.

"시간을 그렇게 마음대로 하실 수도 있단 말이오?"

"자부 선인께옵서 못하시는 일은 거의 없사옵니다. 시간을 뒤로 돌리는 것은 안 되지만, 빠르게 가거나 느리게 가게 하실 수는 있다 들었사옵니다."

믿어지지 않는 이야기였지만 치우천은 한동안 생각한 끝에 그럴 수도 있겠다 싶었다. 자부 선인 정도의 대도력을 지닌 사람이 무엇을 못하겠는가? 치우천은 첫 번째 의문이 너무도 쉽게 풀리자 당황해하면서도 마음 한 켠에는 이상한 안도감이 들었다. 그런 마음을 억누르고 치우천은 퉁명스럽게 입을 열었다.

"또 한 가지 말이 되지 않는 것이 있소. 당신은 나와 처음 만났을 때, 정말 말을 할 줄 몰랐단 말이오?"

"그렇사옵니다."

"그러면 어떻게 내 말을 다 알아들었소? 말이 안 되지 않소?"

맥달이 살풋 웃었다.

"그때, 쉰네가 대답할 때 시간이 조금씩 오래 걸린 것을 기억하시온지요?"

"그런 것 같긴 하오만."

"쉰네는 앞날을 볼 수 있사옵니다. 그래서 앞날을 보고 치우천님의 말한 뜻을 미루어 알아낸 것이지, 말을 알아들은 것이 아니옵니다. 상상하기 어려우실 것입니다만, 치우천님은 충분히 납득하시리라 믿사옵니다."

그 말에 치우천은 놀라움에 겨워 흠칫거렸다.

'그럼 내 말을 알아들은 것이 앞날을 보고 그런 것이란 말인가? 그럴 수도 있겠구나! 그러면 내 의심은 헛된 것이었나?'

치우천이 입을 다물고 있자 맥달이 말을 이었다.

"치우천님이 저를 두려워하시고 저어하시는 것은 지극히 당연한 일이옵니다. 쉰네 스스로가 생각해도 쉰네가 가진 힘은 두려운 것이며 사람을 지치게 만드는 것이옵니다."

맥달은 공손하게 술을 권하며 덧붙였다.

"앞날을 안다는 것의 무게는 치우천님의 말씀대로 너무나 크옵니다. 세상의 재앙이 되고, 모든 것을 망가뜨릴 씨앗이 될지도 모르지요. 허나 이제 그렇게는 되지 않을 것이옵니다."

"왜 그렇게 되지 않는다는 게요?"

"치우천님이 계시기 때문이옵니다. 다른 분도 아닌, 하늘이 정하신 분이 저를 다스리신다면 저는 세상에 해를 끼치지 않을 것이옵니다. 오히려 도움이 될 수도 있겠지요."

뜻밖의 말에 치우천은 하마터면 술잔을 엎을 뻔했다.

"내가 당신을 다스린다고?"

맥달은 엎어질 뻔한 술잔을 침착하게 잡아 바로 세우면서 차분하게 말했다.

"생각해 보신 일이 있는지요? 앞날을 안다는 것이 얼마나 불행한 일인지 말입니다."

잠자코 두 사람의 말을 듣던 치우비가 물었다.

"뭐가 그리 불행합니까? 좋을 것 같은데요?"

맥달은 약간 쓸쓸한 미소를 지으며 대답했다.

"앞날을 알게 되면 자신이 죽을 날과 죽을 모습부터 알게 되옵니다. 그것이 과연 행복하겠사옵니까?"

치우비는 놀란 표정을 지었다. 그러나 치우천은 굳은 표정을 지었을 뿐 놀라지 않았다. 그만한 것은 이미 생각한 바가 있었기 때문이다.

맥달의 말이 이어졌다.

"그뿐이 아니옵니다. 세상을 살 어떤 재미나 낙도 느끼지 못하게 되옵니다. 언제 무슨 일이 일어날지 알고 있는데 세상을 사는 재미가 어디 있겠사옵니까? 해도 될 일, 해서는 안 될 일, 이루어질 일과 이루어지지 않을 일을 다 아는데 무엇에 애를 쓰겠사옵니까? 저와 같은 재주가 생기게 된다면, 결국 꿈꾸게 되는 것은 단 하나뿐이옵니다."

"그게 무엇이오?"

치우천이 묻자 맥달은 처연하게 말했다.

"무엇이라도 좋으니 내 생각이 틀리게 되는 일, 아니 내가 알아볼 수 없는 일을 찾는 것이옵니다. 그래야 그나마 사는 재미가 있지 않겠사옵니까?"

"재미, 재미 하는데 사는 것은 재미로 사는 것이 아니오."

"물론 그렇사옵니다만 한번 생각해 보시지요. 매일같이 이야기를 듣게 되어 있는데 이미 다 알고 있는 이야기만 듣는다면, 이야기를 듣는 것이 좋겠습니까? 듣지 않는 것이 좋겠습니까?"

치우천은 무거운 표정을 지은 채 대답하지 않았으나 치우비가 순진하게 고개를 끄덕이며 대답했다.

"듣지 않는 것이 좋지요. 같은 이야기를 계속 듣는다면 저는 짜증이 나서 화를 낼 것입니다."

맥달은 고맙다는 듯 치우비를 향해 웃어 보이고는 치우천에게 말했다.

"물론 사는 것이 중하나 사는 재미가 하나도 없다면 어떻게 하겠사옵니까? 어떻게든 사는 재미를 찾으려 하는 것이 사람 아니겠사옵니까?"

치우천은 무겁게 입을 열었다.

"그게 내게 바라는 도움이란 것이오? 당신을 다스려 달라는 것이?"

"그렇사옵니다. 치우천님은 앞날을 이끄시는 분이오니 저 같은 것은 치우천님의 앞날은 다 읽을 수가 없사옵니다. 그 때문에 저는 살 생각을 하게 되었사옵니다. 기억해 보시지요. 치우천님을 처음 뵈었을 때의 저는 말도 하지 못하고 아무것도 모르는 멍한 아이였습니다. 그러나 저는 치우천님의 앞날이 정해져 있지 않으며 오로지 치우천님의 뜻에 달려 있다는 것을 알았사옵니다. 제가 이전에 한 번도 만나 뵌 적이 없으면서 치우천님을 반가워한 것도 다 그러한 이유이옵니다."

치우천도 무심코 고개를 끄덕였다. 비로소 맥달의 행동이 이해가 되었기 때문이다.

"사실 저는 몹시 위험했사옵니다. 철없는 저로서는 자부 선인님만 아니었다면 어떻게든 제가 보는 것을 틀리게 만들려고 무슨 짓이라도 하게 되었을 것이옵니다. 그 결과가 어찌 되었건 말이지요."

너무도 엄청난 말이라 치우천이 놀라서 물었다.

"앞날을 본 것과 다르게 만들 수 있소?"

"방법이 있사옵니다."

"어떻게 말이오?"

"될 사람에게 알리면 되오이다."

"될 사람이란 무엇이오?"

"바로 치우천님 같으신 분이옵니다. 앞날을 스스로 일구어 바꿀 수 있는 운명을 받은 분, 그런 분에게 앞날을 일러서 정해진 방향을 어느 정도 비트는 것은 가능하옵니다. 하늘의 뜻이란 대략은 정해진 것이옵니다. 거의 대부분 틀림없이 맞게 되어 있사옵니다. 허나 그것이 틀리는 일도 있습니다. 또 맞지 않게 비틀기도 가능은 하옵니다. 물론 저처럼 앞날을 볼 줄 아는 사람이 있어야 되겠지요."

"그렇소? 헌데 왜 그렇게 하지 않은 거요?"

맥달이 생긋 웃으며 대답했다.

"치우천님은 잘 아시지 않사옵니까? 그것이 얼마나 위험한 일인지 말입니다. 세상일이란 한없이 복잡하여, 무엇 하나를 흩뜨리면 어떤 결과가 올지 모르는 것이옵니다."

"예를 들자면요?"

치우비가 묻자 맥달은 차분하게 설명해 주었다.

"가령 가뭄이 들 것을 짚어 미리 연못을 파고 물을 모아 두었다고 하십시다. 그러하오면 좋은 일 같아 보이오나, 그렇게 되지 않을 수도 있사옵니다. 가령 연못을 파다가 누가 실수로 떨어져 죽거나 다쳤다고 하십시다. 물론 연못을 파는 일꾼은 종이나 하인 같은 낮은 사람이겠지만, 먼 훗날 그 사람의 후손 중에서 한 나라를 일으켜 세우는 사람이 나오면 어떻게 되겠는지요?"

치우비는 놀랍다는 듯이 눈을 크게 떴다.

"어이쿠! 그러면 그 나라는 없어지겠군요!"

맥달은 웃으며 고개를 저었다.

"하늘의 뜻은 그리 쉽게 변하지는 않사옵니다. 그렇게 되어도 그 나라는 서게 됩니다. 허나 다른 사람에 의해 약간 다르게 서게 되지요. 그 때문에 큰 싸움 한 번 날 것이 두 번 날 수 있습니다. 이것이 문제입니다. 가령 큰 싸움이 한 번 더 나면 수천, 수십천 명이 더 죽을 수도 있습니다. 원래 죽지 않아야 할 사람들이 더 죽는 것이지요."

더욱 놀라움이 커진 치우비가 물었다.

"그럼 그 사람들 후손 중에 또 그런 사람이 나온다면 어쩝니까?"

"그렇게는 되지 않습니다. 하늘의 뜻이 이그러진 것을 되잡는 길이기 때문에 그 가운데 더 희생되는 사람은 하늘 뜻과는 관련 없이 되게 마련이지요. 그러나 그것만 하여도 무서운 일이옵니다. 생각해 보소서. 저 때문에 많은 사람이 죽게 되는 것이옵니다. 그러면 어찌 그런 말을 할 수 있겠사옵니까? 그러나 일단 그런 일이 알려지면, 당장 눈앞의 사람들은 가뭄이 언제 오는지 알려 주지 않는다고 저를 원망하옵니다. 참으로 힘든 일이 되지요."

"조용히 살면 될 것 아니오?"

"그것도 마음대로 안 되옵니다. 앞날을 아는 자는 어떤 일을 자신이 해야만 하는지 알고 있사옵기에……."

"허, 그거 참 딱하군요."

치우비가 탄식하자 맥달이 서글픈 목소리로 되받았다.

"앞날을 아는 자는 무엇 하나 마음대로 할 수 없사옵니다. 하늘은 내가 해도 될 말과 안 될 말을 정해 놓고 있는 것이옵니다. 천님은 누구를 꼭두각시 삼는다 하셨지만 저야말로 꼭두각시라 생각하지 아니할 수 없사옵니다. 그러니 꼭두각시에서 벗어나고자 어떻게든 앞날을 바꾸어 보려고 생각하게 되옵니다. 제 목숨을 버리고 수많은 목숨을 버리게 되더라도 제가 본 것과 다르게 앞날을 틀고 싶어지게 마련인 것입니다. 생각이 그렇게 비틀리게 되옵니다. 치우천님께서 저를 두려워하신 까닭도 거기에 있을 것이고요. 그렇지 않사옵니까?"

"맞소. 바로 그거였소. 그래서 나는 당신을 죽이려고까지 생각한 것이오."

무심코 대답하면서 치우천은 어느새 맥달의 말에 귀를 기울이고 있는 자신을 발견했다.

'내가 왜 이러는가? 이 여자에게 넘어가는 것 아닌가? 허나 이 여자의 말이 맞다. 내가 미처 생각 못했던 것까지 말하고 있다. 그러면 굳이 귀를 막을 이유는 없지 않은가? 옳은 말은 어쨌거나 들어야 하지 않는가?'

마음속에서는 아직도 맥달이 거북살스러웠지만 치우천의 이성은 그렇게 외쳤다. 맥달이 계속 이야기했다.

"저만 해도 아슬아슬했사옵니다. 물론 자부 선인께서 옆에 계시었으니 무슨 짓을 할 수는 없었겠지요. 그러나 자부 선인께옵서 시간을 느리게 만드실 수는 있어도, 아주 멈추실 수는 없었사옵니다. 결국 저는 말은 배우지 못했어도 말과 생각은 다 깨닫게 되었습니다."

"어떻게 혼자 깨닫는단 말이오?"

"다른 사람의 앞날을 보면서 배우면 그만이옵니다."

"허…… 그것 참. 허나 자신의 앞날도 보일 것 아니오?"

"그건 아니옵니다. 스스로의 앞날을 직접 볼 수는 없사옵니다. 다만 다른 사람의 앞날을 봄으로써 미루어 짐작할 수 있을 뿐이지요. 그 때문에 내가 죽는 날이나 죽는 모습은 알 수 있어도, 그때 내가 무슨 생각을 하고 죽게 될 것인지까지는 모르옵니다."

"그래서 삶의 재미가 없다는 것이오?"

"그렇게 오랜 시간 생각하게 되어, 결국 스스로가 할 일은 그냥 목숨을 끊는 것밖에 없다고 여기게 될 것이옵니다. 사는 것에 아무런 보람이 없으니까 말이옵니다. 예정보다 먼저 죽으면 비록 죽더라도 지긋지긋하게 정해진 그대로인 앞날을 한 번이라도 비틀어 보게 되는 셈이니까요."

"죽지 않고 다른 사람의 앞날을 바꿀 수도 있는 것 아니오?"

그 물음에 맥달은 진지하게 대답했다.

"그런 일은 단 한 번밖에 못하옵니다. 정해진 앞날을 바꾸면 저 스스로가 제일 먼저 죽음을 맞게 되옵니다. 아무 이유도 없이, 다 타 버린 촛불처럼 명이 다하는 것이옵니다. 앞날을 아는 자의 숙명이옵니다."

치우천과 치우비는 입을 꾹 다물고 있을 뿐 차마 뭐라 대답하지 못했다. 맥달도 마음이 무거워지는지 힘없이 말을 이었다.

"결국 세상을 사랑하느냐 그렇지 않느냐에 모든 것이 달렸다 하겠사옵니다. 세상을 사랑하오면 세상을 위해 마음을 억누를 것이옵고, 미워하게 된다면 세상을 엉망으로 만들어 버릴 수도 있겠지요. 치우천님, 저를 도와주시옵소서. 제가 세상을 사랑하게 만들어 주소서. 저는 어떻게 해야 할지 알 수 없사옵니다."

"무슨 말이오?"

"세상을 어찌 사랑할는지요? 세상은 어수선하고, 사람들 간에 싸우고 죽이는 슬픈 일이 많사옵니다. 좋은 일도 있지만, 좋은 일 열 가지가 모여도 끔찍한 나쁜 일 한 가지가 더 제 마음을 파고듭니다. 앞으로도 얼마나 오랫동안 이런 죽음과 고통이 계속될지…… 상상도 하실 수 없을 것이옵니다. 정말…… 너무도 무서운……"

맥달이 말하다가 참지 못하여 낯빛이 변하더니 흐느끼기 시작했다. 그 모습을 보는 순간 치우천은 맥달이 불쌍하다는 생각이 들었다.

"세상은 점점 살기 좋아지지 않겠소?"

"그…… 그것이…… 모르겠사옵니다. 분명 많은 것이 나오고 편해집니다만…… 사람들이 더 행복해지는지는…… 저는 모르겠사옵니다. 오히려 생각도 할 수 없는 끔찍한 일들이 터지고…… 아아……."

맥달이 눈물을 주르륵 쏟기 시작하자 치우비가 안쓰러워 급히 말했다.

"맥달님, 그런 것은 보지 마십시오. 좋은 일만 보십시오. 아니, 보지 마십시오!"

맥달은 듣지 못하는 듯했다. 얼이 빠진 듯 정신이 나간 것 같았다. 희고 곱던 얼굴은 극도의 공포에 휘말려 있었고 온몸을 와들와들 떨고 있었다. 보다 못해 치우천이 버럭 소리를 질렀다.

"그만!"

치우천이 크게 소리를 지르자 맥달은 화들짝 놀라며 예지 상태에서 벗어났다. 맥달은 매무새를 추스르며 눈물을 감추었다.

"죄송…… 죄송하옵니다. 무심코 그만……. 하지만 먼 미래에…… 여러 천 년 후에는 너무도 흉한 일들이……. 여러 백천, 아니 천의 천의 사람들이 죽고……."

말이 끝나기도 전에 치우천은 목소리에 힘을 주어 또박또박 말했다.

"그, 만, 하, 시, 오!"

맥달은 얼굴이 붉어져서 고개를 조아리며 말했다.

"예……. 그만두었사옵니다. 감사하옵니다."

치우천은 비로소 맥달의 처지가 불쌍하게 생각되었다.

'알고 보니 이 여자의 처지가 퍽이나 딱하구나! 내 생각보다 더 심한 것 같구나. 여러 천의 천의 사람이 죽는다고? 헤아릴 수 없을 정도로 수

많은 사람들이 죽다니! 더구나 모든 무서운 짓이나 말도 안 되는 끔찍한 짓들까지 다 보일 것 아닌가? 정말 무섭구나! 좋은 일 열 가지 보여도 무서운 일 한 가지를 보면 정신이 달아날 것이다. 그런 것을 본다는 것까지는 생각하지 못했다. 나라면 아마 진작 미쳐 버리거나 맥달이 말한 대로 스스로 죽어 버렸을 것이다.'

치우천은 진정으로 맥달을 불쌍히 여기며 부드럽게 말을 건넸다.

"맥달님, 내 한마디만 해 주겠소. 세상의 모든 짐을 혼자 어깨에 지지 마시구려."

"예? 무슨 말씀이온지?"

"맥달님, 왜 그리 먼 앞날을 보십니까? 그런 먼 앞날까지 꼭 맥달님이 간섭하셔야 합니까? 제가 본 사람 중에서는 쑤앙마이께서 가장 오래 사셨지만, 그래도 수천 년을 사시지는 않았습니다. 쑤앙마이께서도 보실 수 없을 정도의 먼일을 왜 걱정하십니까? 저는 앞으로 백 년도 못 살고 죽을 것이고, 맥달님도 별로 다르지 않으리라 생각합니다. 사람이 아무리 가진 힘이 있고 세상을 바꾼다 해도, 죽고 나면 모든 것이 끝입니다. 그때는 다른 사람들이 태어나서 살게 되고 모든 일을 해 나갈 것입니다. 앞날의 일은 앞날의 사람들에게 맡기면 되는 것입니다. 눈을 돌리십시오. 괴로움이 덜어질 것입니다."

치우천이 간곡하게 말하자 맥달의 얼굴에 희미하나마 생기가 돌기 시작했다. 맥달은 한참 생각하다가 돌연 생긋 미소를 짓더니 치우천에게 정중히 고개를 숙여 보였다.

"감사하옵니다. 마음의 짐을 많이 덜게 될 것 같사옵니다."

맥달의 진정으로 감사하는 마음이 치우천에게도 전해져 오는 것 같아 치우천은 오히려 어색해졌다. 치우천은 어색함을 감추려고 얼버무렸다.

"별말도 아닌데 무슨……. 그리고 아까 세상을 사랑한다는 말 말입니다. 그것에 대해 한마디 해도 되겠습니까?"

옆에서 치우비는 히죽 웃었다. 어느새 형의 말투가 '했소' 투에서 '했습니까'라고 바뀌었던 것이다. 이것은 형이 상대를 존중하기 시작했다는 의미였다. 맥달을 좋은 사람이라 여기는 치우비로서는 기쁜 일이었다. 맥달은 반색을 하며 재촉했다.

"말씀해 주소서."

치우천이 빙긋 웃으며 입을 열었다.

"세상은 원래 엉망입니다. 많은 사람이 죽고 다치고 하죠. 뭐, 저는 모릅니다만 먼 미래도 그 모양인가 보군요. 그러나 사람은 누구나 죽습니다. 죽고 새사람이 태어납니다. 수십천 또 그에 수십천의 사람들이 죽는다니 앞날에는 사람이 참 많아지는 모양이군요. 되레 사람이 많아졌으니 더 번창하게 된다는 뜻 아니겠습니까?

맥달님, 나는 이 세상이 좋습니다. 지금 세상에도 뭐라 말할 수 없는 끔찍한 일이 많지만, 그렇다고 이 세상이 싫지는 않습니다. 세상이란 끔찍하다고 싫어할 수 있는 것이 아닙니다. 싫건 좋건 지금 세상 속에서 사는데 무엇을 따집니까? 한 사람이라도 덜 죽고 덜 다치게 만들고 한 사람이라도 덜 고통스럽고 웃으며 살게 만들려고 노력하면 되는 것 아닙니까? 물론 아무리 애를 쓰고 아무리 먼 앞날이 되어도 모든 사람이 다 행복하고 다 웃으면서 살 수는 없을 것입니다. 하지만 안 될 일이라도 애쓰는 게 옳지, 무서워하거나 피한다면 그것은 사람의 길이 아니라 봅니다."

치우천이 당당하게 말하자 맥달은 연신 고개를 끄덕이다가 이내 살짝 눈물을 지었다.

"고맙습니다. 진정으로 고맙사옵니다. 정말…… 정말 저는 잊고 있었사옵니다."

치우천은 맥달을 보고 웃으며 한마디 덧붙였다.

"정해진 앞날을 산다는 것도 괴로워 마십시오. 저는 어릴 때 비 녀석과 활쏘기나 칼 겨룸을 많이 하고 놀았습니다. 비 녀석은 보다시피 무척이나 세니 제가 이긴다는 것은 어림도 없었죠. 허나 하면 질 것이 뻔한데도 저는 비 녀석과 노는 것이 즐거웠습니다. 맥달님, 이루어지는 일만 생각하시지 말고 이루어지는 과정을 생각하십시오. 정해진 일이라도 그것을 이루어지게 하는 것과 이루어지는 것을 지켜볼 수 있다면 충분히 재미있을 것입니다.

결과만 보지 마시고 과정을 보십시오. 저는 결코 살 희망이나 재미가 없다고 생각할 수는 없습니다만, 앞날을 안다고 하셔도 정해진 것만 이루십시오. 생각을 바꾸시면 충분히 사는 보람을 느끼실 수 있으리라 봅니다."

마지막 말을 하면서 치우천은 온화하게 웃으며 맥달을 바라보았다. 맥달은 주르륵 눈물을 쏟았다. 슬퍼서 흘리는 눈물이 아니라 기쁨의 눈물이란 것을 치우천이나 치우비는 알 수 있었다. 맥달은 눈물을 연신 훔치며 치우천에게 고맙다고 말하려 했으나, 목이 메어 말이 입 밖으로 나오지 않았다. 맥달은 간신히 안녕히 가시라는 말만 남긴 채 이내 몸을 돌려 어둠 속으로 사라져 버렸다.

그러고 보니 꽤 시간이 지나 주변은 완전히 깜깜해져 있었다. 치우비는 어느새 맥달이 들고 온 술을 다 마셔 버려 얼굴이 벌게져 있었다. 치우비는 형의 얼굴을 슬쩍 보며 물었다.

"형님, 기분 좋아지셨수?"

치우천은 웃으며 말없이 맥달이 따라 놓은 술을 훌쩍 마셔 비워 버렸다. 치우천이 굳이 대답하지 않아도 치우비는 치우천의 맥달에 대한 마음이 많이 풀렸다는 것을 눈치챘으나 일부러 다시 강조했다.

"거봐, 맥달님은 나쁜 분이 아니라니깐?"

치우천이 고개를 끄덕였다.

"네 말이 맞는 듯하구나. 악한 사람은 아닌 듯하니 그리 염려할 것은 없겠다."

"내 말이 맞지? 형은 너무 의심이 많아."

"그러나 의심할 만한 일이긴 하다. 앞으로도 주의해야 한다. 앞날을 본다는 것이 얼마나 위험한지 너도 알게 되지 않았느냐?"

치우비가 웃으며 허리에 찬 커다란 도끼를 들어 보였다.

"이것도 맞으면 위험하지만, 이게 함부로 휘둘러지는 것 봤수?"

"그거야……."

치우천은 모든 게 사람 마음에 달렸다는 뜻임을 알아채고는 그냥 웃으며 말을 이었다.

"알겠다. 맥달이 좋은 사람이라고 해 두자. 생각보다도 훨씬 무거운 짐을 진 가엾은 사람이더구나. 허나……."

"또 뭔데?"

"좀 더 두고 봐야겠다. 그러고 보니 세 번째 이유를 이야기하지 못했군."

"그게 뭔데?"

치우비가 물었으나 치우천은 대답하지 않았다. 자신의 몸에 걸린 저주에 대해 말하고 싶지는 않았기 때문이다. 치우천은 속으로 스스로에게 다짐하듯 중얼거렸다.

'그렇다고 당신 사람이 되지는 않을 거요, 맥달. 당신이 나쁜 사람 같진 않지만 나에겐 소녀가 있으니까.'

집으로 돌아간 치우 형제는 깜짝 놀랐다. 누가 방 안에 들어와 이것 저것을 헤쳐 놓고, 벽이며 바닥에 칼자국을 그어 놓고 사라진 것이다. 더구나 그때는 집에 치우우레와 종들로 벅적거릴 무렵이었다. 그런데도 침입자가 있었다는 것을 아무도 몰랐다. 치우비는 칼자국들을 보자마자 흥분하여 도끼를 움켜쥐었으나 치우천이 말렸다.

"이미 갔으니 흥분할 거 없다."

"하지만 이게 뭐야? 왜 이렇게 엉망으로 만들어 놨지?"

치우천은 냉랭한 표정으로 흥 하고 코웃음을 쳤다.

"이건 경고다."

"경고?"

치우천은 그에 대답하지 않고 중얼거리듯이 말했다.

"우리가 일찍 와서 자고 있었다면 위험했을 수도 있었겠구나. 하지만 우리가 오지 않으니까 그냥 경고만 남기고 간 거다. 앞으로도 조심해야 한다."

"대체 누가 이런 짓을?"

치우비가 묻자 치우천은 웃으며 대답했다.

"나중에 알게 되겠지. 우리는 오늘만 해도 적을 아주 많이 만들었으니까."

아하, 하며 치우비 역시 씩 웃으면서 되물었다.

"형, 그런데 재미있지 않아?"

"뭐가?"

"분명 맥달님은 이것도 알고 있었던 것 같단 말야. 그래서 굳이 오늘 우리를 불러낸 것 아니겠어? 그러니 염려 말라구. 아무래도 맥달님이 보이지 않게 우리를 지켜 주시는 것 같으니까."

치우비가 흐뭇해하며 말하자 치우천은 고개를 저었다.

"적이 될 것 같지 않지만 그렇다고 아주 믿지도 못하겠다. 그런 생각은 나중에 하자."

그날 밤 치우천은 늦게까지 잠을 이루지 못했다. 자객이 들어왔다간 때문이 아니라 맥달 때문이었다. 맥달이 정말 자신을 지켜 주는 것인지, 그녀를 믿을 수 있는지, 그녀의 마음의 고통이 얼마나 큰지 자신도 모르게 깊이 생각하며 밤새 뒤척이다가 새벽녘이 되어서야 자신도 모르게 스르르 잠이 들었다.

반면 치우비는 자객이 또 오지는 않을까 싶어 밤새 경계하다가 잠을 설치고 말았다.

제사

만, 이, 저, 강 등의 이민족 또한 비록 군신의 차례는 없어도
의혹을 결정할 때는 역시 점을 치는 풍속이 있었다.
쇠와 돌을 쓰기도 하고 나무나 풀을 써서 점을 치는 등 나라에 따라 각각 풍습이 달랐다.
그러나 모두 점을 근거로 하여 전쟁을 일으키고 공격을 하고 군사를 나아가게 하여
승리를 바랐다. 각각 그들의 신령을 믿고 점에 의해서
장차 올 일들을 알 수 있다고 생각하였기 때문이다.
— 사마천(司馬遷), 『사기(史記)』, 「귀책열전(龜策列傳)」 중에서

치우 형제에게 이틀은 눈 깜짝할 사이에 지나갔다. 치우천이 겨우 삼천의 사울아비로 공상을 친다는 소문이 퍼져서, 그동안 알고 지냈던 많은 사울아비 벗들이 치우천을 찾아왔기 때문이다. 거서기나 삼, 심한 화상을 입은 부달 등은 몸이 회복되지 않아 찾아오지 못했으나 양역, 부루벼락, 쇠돌이에다가 도단이, 스름이, 질쾌 등등까지 치우 형제를 찾아와 소문이 사실이냐고 물었다.

그럴 때마다 치우천이 웃으며 대답했다.

"해 봐야 알겠지만…… 쉽지는 않겠지요."

벗들은 믿어지지 않는다는 표정이면서도 그래도 치우천이 하는 일이니 믿는 눈치였다. 부루벼락이나 쇠돌이는 아예 탁 터놓고, 가게 되면 자신들도 데려가 달라고 부탁했다. 치우천은 웃으며 말했다.

"그럴 수 있으면 나도 힘을 빌리고 싶답니다. 벼락 형이나 쇠돌이의 힘이 누구보다 필요한 일이니까요."

"신시에 뭉개고 앉아 높은 것들 눈치나 보느니 그런 후련한 싸움에

나가고 싶다네. 잘 도와주게."

치우비는 걱정이 앞섰다.

"안 그래도 힘든 일인데 소문이 이렇게 퍼지면 유망이 미리 알고 대비할까 봐 걱정이야. 누구에게 들었지?"

치우천이 여전히 웃음을 머금으며 태연히 대꾸했다.

"왜 소문이 안 나겠니? 숨긴다 해도 유망은 다 알 거다. 내가 공상으로 간다는 걸 유망에게 알리지 못해 안달난 사람도 있을지 모르는데?"

도단이가 다가와 말을 건넸다.

"이보게 천 형, 난 그게 누군지 알 듯도 하다네."

치우천도 조금 음성을 낮추었다.

"정말인가?"

"그래. 나는 눈이 멀어서 그런지 사람들이 내 앞에서는 조심을 좀 안 하는 편이지 그래서 이상한 이야기를 주워들었다네."

"그게 뭔가?"

치우천이 묻자 도단이는 조심스레 대답했다.

"치우가람 형제의 일이네. 지나족으로 보이는 사람들이 그 형제의 집에 자주 드나든다네. 주신 말에 능숙해서 다들 주신 사람으로 알지만 나는 알 수 있다네."

도단이는 장님이니만치 남보다 귀가 몇 배는 예민했다. 아무리 주신 말에 능숙하다 해도 그 사람이 지나족 출신인지 아닌지 구별할 수 있었다.

치우천은 일부러 태연하게 되받았다.

"지나족이 드나든다고 의심할 것까지야 뭐 있겠는가?"

"그게 아닐세. 이상한 것이, 기세등등한 치우가람 형제들이 그 사람 앞에서는 기를 못 편다는 말일세. 아무에게나 눈을 내리깔고 보는 녀석들이 쩔쩔매는 지나족이라니, 수상하지 않은가?"

치우천이 대답하지 않고 입을 다물고 있자 도단이는 작은 소리로 분통을 터뜨렸다.

"아무래도 그놈들이 수상하네. 그놈들은 이제 고시울률님의 힘을 업고 하늘 군대를 거의 손에 넣었다네. 치우 집안의 웃뜸인 셈이니 머잖아 대단해질 걸세. 그런데 그런 녀석이 지나족의 편을 든다면 문제가 있네. 주신에서 지나족과 싸우지 않고 넘어가려는 게 그 녀석들 때문이라는 소문도 있고."

치우천이 나지막한 목소리로 타이르듯 말했다.

"그건 대단히 위험한 소리네. 확실하지 않은 이야기는 해서는 안 된다네."

"그럼, 그냥 내버려 둘 건가?"

치우천은 순간 아주 작은 목소리로 도단이에게만 들리도록 말했다.

"아니지. 자네와 내가 한번 크게 싸워야 할 것 같네."

도단이가 놀라서 감은 눈을 치뜨자 치우천은 도단이의 어깨를 툭 쳤다.

이틀 후, 제사 준비가 완료되었다. 신시 한복판에 거대하게 우뚝 선 솟대 부근에는 울긋불긋한 꽃으로 제단이 세워지고 커다란 나무를 깎아 만든 제사용 상이 펴졌다. 주변의 단군들 집에서 제사상에 올릴 술이며 음식을 날라 오고, 제물로 올릴 소는 온몸에 꽃단장을 한 채 이른 아침부터 신시의 여기저기로 끌려 다녔다. 그렇게 소를 사람들에게 보인 이후에야 제물로 바쳤다.

근래에는 주신이 농사도 잘되고 전쟁도 없어서 사람들은 오랜만에 하늘에 올리는 제사를 보는 셈이라 아침부터 솟대 부근에 와글와글 모여들었다. 제사는 저녁때야 시작되는데도 자리를 잡으려고 미리 나온 사람들이 많았다. 사람들이 많이 모이자 하늘 군대가 깨끗한 흰옷을 입고 나와 사람들이 제단을 건드리지 못하도록 경계했다.

솟대 단군은 제단 가운데 앉아 다른 단군들과 함께 제사에 쓸 불을 지피며 치성을 드리고 있었다. 제사에 쓸 불은 반드시 솟대 단군이 붙여야 했다.

이윽고 해가 어둑하게 저물기 시작하자 단군들은 솟대 단군의 지휘 하에 다시 들어가 옷을 갈아입고 나왔다. 모두가 화려한 옷이었고 몇몇은 특별한 새털 옷이나 가죽옷을 걸치기도 했다. 이윽고 제사에 쓸 불을 솟대 단군이 장작더미에 붙이자 거대한 불기둥이 솟대 바로 밑에 솟아올랐다. 그 불기둥 옆에 치우 형제가 서게 되었다. 그들이 이번 제사에서 하늘의 뜻을 묻는 주역이기 때문에 맨 앞에 서게 된 것이다. 치우비는 긴장된 표정이었으나 치우천은 마냥 태평했고 따분하다는 표정까지 지었다.

불이 활활 타오르자 단군들과 제사를 맡은 사람들이 요란하게 악기를 연주했다. 그에 맞추어 춤이 시작되었다. 제사 전에 추는 단군들의 춤은 무척 화려하고 의미가 깊어서 사람들이 가장 좋아했다. 어느새 솟대 부근에 몰려든 구경꾼 수만도 몇백 명을 넘어 천 명이 가까울 듯했다. 단군들이 추는 춤은 안파견 한님이 멀리서부터 동쪽으로 해를 따라와서 자부 선인의 힘과 천부인의 힘을 빌려서 사나운 맹수들과 신수들을 굴복시키고 사람을 평안하게 하며 주신을 세우는 내용이었다.

이것은 주신의 건국 설화라고도 할 수 있는 신성한 춤이라 춤을 맡은 단군들은 열심히 연습을 해야만 했다. 때문에 춤은 몹시 유연하고 조금의 틀린 데도 없이 손발이 척척 맞아 들어가 구경꾼들의 갈채를 받았다.

안파견 한님 역을 맡은 단군은 솟대의 단군 중 하나였는데 나이가 일

흔이 넘었다고 하는데도 춤 솜씨가 대단하여 손짓 발짓 하나하나에 구경꾼들과 마음이 그대로 통하는 것 같았다. 자부 선인의 역을 맡은 젊은 단군도 그에 뒤지지 않을 정도로 능숙한 춤 솜씨를 보였다. 안파견 한님이 호탕하고 씩씩하면서도 자상한 몸놀림이 필요하다면, 자부 선인은 우아하면서도 차분하고 그러면서도 정확한 몸놀림이 필요하였는데 두 사람은 훌륭한 솜씨를 보여 주었다.

다른 짐승이나 신수, 삼사 역을 맡은 단군들도 열심히 춤을 추어 그들을 빛나게 했다. 치우천도 춤을 무척 흥미 있게 지켜보았다. 치우비는 눈이 빠져라 춤추는 모습을 쳐다보며 입을 열었다.

"내 저렇게 멋진 솜씨는 처음이야. 저분들은 싸움 솜씨도 정말 뛰어나겠어."

"무슨 소리냐? 춤추는 것을 보고 싸움이라니?"

"싸움도 몸을 놀리는 것이고 춤도 몸을 놀리는 것인데, 저 정도로 몸놀림이 틀림없다면 싸움 기술도 뛰어날 수밖에."

치우천은 치우비가 그저 싸움밖에 모르는가 싶어 혀를 찼다.

이윽고 안파견 한님이 주신을 세우고 하늘의 으뜸이 되시려 몸을 버리고 널리 사람을 이롭게 하라는 유언을 남긴 채 하늘로 올라가는 것으로 춤은 마무리되었다.

사람들은 자신들도 모르게 감동하여 우레 같은 박수를 보냈다. 그러자 이번에는 다른 곡조의 가락으로 딱딱이 소리가 요란하게 울려 퍼졌다. 곧이어 구리로 만든 거울을 두드리자 맑은 소리가 흘러나왔다. 악기가 그리 많지 않아 타악기와 부는 피리 위주였지만 그래도 규모가 대단했다.

단군들과 무녀들이 나와서 춤을 추기 시작했다. 신을 모시기 위해 몸을 푸는 것이었다. 그때쯤 귀족들도 하나둘씩 나와 제사를 보기 시작했다. 고시울률이나 부루위단의 모습이 보였다. 높은 귀족들은 가마에서 내리지 않고 가마를 들고 있게 한 채 제사를 구경했다. 그들의 시선이 단군들의 춤보다도 치우 형제에게 못 박힌 것 같아서 치우비는 기분이 언짢았다.

"왜 우리만 쳐다보는 거야?"

치우비가 살짝 형에게 말하자 치우천이 아무렇지도 않게 대꾸했다.

"우리가 못마땅한가 보지, 뭘. 신경 쓸 것 없다."

그때 큰 소리로 누가 외쳤다.

"한웅님께서 납신다!"

사람들은 길에서 물러서며 머리를 숙였다. 다만 춤추는 단군들은 신을 모시기 때문에 한웅의 행차에 신경 쓰지 않아도 되었다. 제사는 주로 단군들이 집전하지만, 그래도 하늘에 올릴 제물을 바치거나 하늘의 뜻을 묻는 것 등은 하늘과 직접 통할 자격이 있는 한웅이 직접 해야만 의미가 있었다.

사와라 한웅은 흰옷을 입고 다소 힘든 표정으로 제단에 올랐다. 그 뒤로 삼사가 따르고 있었으며, 삼사 뒤에는 삼사가 키우는 제자들이, 그 맨 뒤에는 뜻밖의 사람이 따르고 있었다. 치우비가 휘둥그레 눈을 뜨고 놀라 말했다.

"저거…… 맥달님 아니야?"

"맥달이 한웅님과 같이?"

치우천도 의아해했다. 맥달은 선인으로 존경받고 있다니까 삼사의 제자라고는 볼 수 없었다. 그런데 왜 한웅의 뒤를 따라온 것일까? 제사에 참여하고 싶으면 따로 오면 그만이었다. 그런데 왜 굳이 한웅의 뒤를, 그것도 삼사의 뒤를 맨 뒤에서 따라온 것일까? 치우비나 치우천도 의미를 알 수 없어 어리둥절했다.

그때 솟대 단군이 제사의 시작을 알렸다.

"하늘이시여! 하늘에 계신 안파견 한님이시여! 안파견 한님의 뒤를 이은 주신의 한웅이 하늘의 뜻을 묻습니다. 부디 저희의 뜻을 갸륵하게 여기시어 제물을 받으시고 하늘의 뜻을 일러 주소서!"

솟대 단군이 크게 외치자 큰 장작불 옆에 수십 개의 작은 불이 붙여졌다. 일곱 마리의 황소가 한웅의 손짓하에 순서대로 목이 잘렸으며 잘린 머리는 제사상에 바쳐졌다. 크게 타오르는 장작불에는 많은 물건들이 바쳐져 불에 태워졌다. 하늘에 바치기 위함이었다.

단군들은 정신을 모아 신을 부르기 위해 더 힘차게 춤을 추었고, 춤이 무르익으면 안파견 한님은 그들 중 한 명에게 내리셔서 말씀을 전했다. 그것이 잘되지 않으면 안파견 한님이 아직 마음에 들어 하시지 않는 것이니 제물을 더 올리고 더 열심히 춤을 추어야 했다. 그렇게 되면 단군들이 술을 마실 수도 있었다. 그리고 마음을 비워 신을 받들기 위해 더더욱 맹렬하게 춤을 추어야 했다. 하룻밤 내내 춤을 추다가 지쳐 죽는 자가 나올 정도로, 신을 모시는 것은 힘든 일이었다.

치우천이 불안한 듯 치우비를 쳐다보았다.

"비야, 춤추는 단군들은 왜 다들 저리 젊으냐? 우리가 전에 보던 단군들은 왜 안 나왔느냐?"

치우천은 몸이 아팠기 때문에 의원 역할을 하는 솟대의 단군들과는 매우 가까웠다. 그러면서 신을 모시고 춤추는 단군도 몇몇 알게 되었지만 솟대의 단군과는 말 한번 제대로 나누지 못했다. 지금 나온 단군들은 전부 처음 보는 사람들이었다. 치우천이 신시를 떠난 지 여러 해가 되었다 해도 제사에서 춤을 추는 단군은 그리 쉽게 바뀌는 것이 아니었다.

"나도 모르지."

치우비가 고개를 갸웃하자 치우천은 입술을 깨물었다.

"당했다!"

춤출 단군을 고르는 것은 솟대 단군의 일이었다. 그런 솟대 단군이 고시울률과 가깝다는 것은 치우천도 알았지만, 미처 거기까지는 신경을 쓰지 못했던 것이다.

"무슨 소리야?"

"저 단군들은 아무래도…… 너무 젊다. 우리가 알던 단군은 하나도 보이지 않고…… 저건…….."

고시울률이 제사를 방해하려고 일부러 뽑은 단군들일지도 모른다고 말하려다가 치우천은 입을 다물어 버렸다. 아무리 그렇다고 해도 증거가 없는 이상 함부로 말할 수는 없었다. 이런 하늘 제사를 놓고 함부로 입을 놀렸다가는 불경스럽다 하여 목이 떨어져도 할 말이 없었다. 치우천은 불안해졌다.

'이럴 수가 있나? 고시울률이 단군들을 바꿔 버린 게 분명하다. 감히 생각할 수 없는 일이지만, 단군들이 거짓되게 한님을 모신 척하여 출정하면 좋지 않다는 말을 전한다면 이 일은 끝장이다! 하늘 제사에까지 손을 쓰다니! 어떻게 그럴 수가 있지?'

치우천은 참담한 심정이 되었다. 그때 사와라 한웅이 앞으로 나서더니 입을 열었다.

"오늘은 춤을 추어 한님을 모실 필요가 없느니라."

그러자 솟대 단군이 놀라서 물었다.

"무슨 말씀이십니까? 그렇지 않고서 어떻게 한님을 모십니까?"

"선인님의 특별한 말씀이 계셨느니라."

사와라 한웅이 돌아보자 한 사람이 앞으로 천천히 걸어 나왔다. 맥달이었다. 우아한 모습으로 맥달이 나타나자 사람들은 존경과 감탄의 소리들을 토해 냈다. 맥달이 그간 몇 년 동안 얼마나 사람들의 마음을 끌었는지 알 것 같았다.

맥달이 조용한 목소리로 입을 열었다.

"오늘 한님께옵서는 사람의 입을 빌리기보다 누구라도 알 수 있는 징조를 직접 보여 주실 것입니다. 제사를 정성껏 모시면 반드시 응하실 것이니 정성을 다하소서."

솟대 단군의 표정이 약간 일그러졌으나 맥달의 말이라 듣지 않을 수 없는 듯했다. 치우천은 재빨리 저 멀리 고시울률과 부루위단의 표정을 살펴보았다. 그들은 놀라고 당황한 듯 보였다.

치우천은 고개를 끄덕이며 속으로 생각했다.

'역시……'

고시울률의 가마 밑으로 누가 재빠르게 나타났다. 사람들 틈에 가려 잘 보이지 않았지만 치우가람 치우바람 형제가 틀림없었다. 그들은 급히 고시울률과 이야기를 나누고 있었다. 치우천은 그것을 보다가 고시울률과 눈이 마주칠 뻔했다. 치우천은 얼른 고개를 돌려 맥달을 바라보았다.

맥달의 목소리가 이어지고 있었다.

"안파견 한님이 기꺼워하신다면 반드시 하늘에 조짐을 보이실 것이고 기꺼워하지 않으신다면 아무 일도 일어나지 않을 것입니다. 밤하늘이 밝아지고 하늘에 칼이 나타나면 안파견 한님이 기꺼워하신다는 뜻으로 아소서."

사람들은 의아해했다.

'밤하늘이 어떻게 밝아진단 말인가? 그리고 어떻게 하늘에 칼이 나타나는가? 말도 안 되는 것 같은데?'

치우천이 듣기에도 그것은 의외의 말이었다. 아무리 하늘이 징조를 보여서 기적이 일어난다 해도 그런 기이한 일이 일어나는 것은 상상조차 되지 않았다. 하늘이 조짐을 보인다 해도 보통은 나뭇가지가 꺾어지거나 피어오르던 불이 꺼지거나 더 거세진다거나 하는 등의 징조가 대부분이었던 것이다.

솟대 단군도 믿어지지 않는다는 듯이 물었다.

"정말 한님께옵서 그런 조짐을 보이실 것이란 말이오?"

맥달은 웃으며 차분히 대답했다.

"제사를 받자옵는다면 징조를 보이실 것이고 그렇지 아니하다면 보이시지 않을 것입니다."

맥달은 예언에 있어서는 절대적인 존재가 되었는지 솟대 단군조차 별말을 하지 못하고 고개를 숙이며 물러섰다. 치우비와 치우천은 반신반의하며 정말 그런 일이 일어날까, 하늘이 그런 조짐을 보일까, 걱정이 앞섰다.

맥달은 한술 더 떠서 덧붙였다.

"이번 제사는 지나족을 칠 것이냐 말 것이냐 하는 일을 하늘에 묻는 것으로 아옵니다. 하늘이 칼을 보이게 하신다면 그 칼의 방향으로 알 수 있겠지요. 칼이 아래를 향하면 하늘이 기꺼워하신다는 것이고 칼이 위를 향하면 그렇지 않다는 것이겠지요. 전에 보이지 않은 조짐을 보이실수록 하늘의 뜻이 더 굳다는 것을 아실 수 있을 것이옵니다."

맥달은 일이 일어나기 전부터 해석까지 내리고 있었다. 사실 하늘의 조짐이 나타나는 것도 중요하지만 그것을 풀어 해석하는 데에도 큰 문제가 있었다. 하늘이 직접 말로 가르쳐 옳다, 그르다 하는 것이 아닌지라 귀에 걸면 귀걸이고 코에 걸면 코걸이가 되는 것이다. 그러나 맥달이 딱 잘라 말하자 더 이상 이견을 제시할 수조차 없었다.

한 켠에서 고시울률이 치우가람에게 귀엣말로 물었다.

"저것이 무슨 소리인가? 하늘에 어찌 칼이 나타나는가?"

치우가람은 재빨리 대답했다.

"맥달님이 말하는 칼 모양은 아마 별똥을 말하는 듯합니다. 그것 말고는 없겠지요. 하지만 글렀습니다. 염려 마십시오."

"어째서 그런가?"

"맥달님은 칼끝이 아래를 향해야 이 일이 이루어진다 했습니다. 하지만 별똥이 떨어지더라도 별똥은 위에서 아래로 떨어지는 것이니 칼끝이 아래를 향하는 일은 없을 것입니다. 맥달님도 이 일에는 반대하시는 모양입니다."

옆에 있던 치우바람은 말도 하지 못하고 황홀한 듯 맥달의 얼굴만 바라보고 있었다. 치우가람이 옆구리를 찔렀으나 치우바람은 정신조차 차리지 못했다. 치우가람이 다시 한번 세게 치우바람의 옆구리를 찌르며 속삭였다.

"내가 아버지께 널 보살피겠다고 맹세만 하지 않았어도 넌 내 손에 죽었어. 바보 멍청이 놈! 정신 못 차려?"

고시울률이 수염을 쓰다듬으며 나직하게 말했다.

"뜻밖이군. 맥달님은 저 녀석들 편을 들 것으로 생각했는데……?"

치우가람 역시 나지막이 되받았다.

"이상하기는 합니다. 어쩌면 이런 것이 아닐까요?"

"뭐 말인가?"

"이번에 공상으로 싸우러 가는 것은 말도 되지 않는 일입니다. 그래서 저 형제를 살리려고 일을 그르치게 하는 것이 아닌지 모르겠습니다."

"그럴 수도 있겠군. 허, 그러면 그냥 둘걸 그랬나?"

고시울률의 말에 치우가람은 사악한 미소를 지어 보이며 속삭였다.

"염려하실 것 없습니다. 제가 있으니까요."

그때 그들 뒤에서 누가 흠칫 놀라는 것을 아무도 보지 못했다. 그 사람은 머리에 긴 수건을 눌러쓴 여자였는데, 치우가람과 고시울률과는 상당히 멀리 떨어져 있었다. 그 여자가 곧 사람들을 헤치고 급히 빠져나가느라 약간 소란을 피웠어도 치우가람은 그쪽을 힐끗 보았을 뿐 더 이상 신경 쓰지 않았다. 이야기를 들을 수 없는 거리였기 때문이다.

맥달을 흘끔거리며 치우바람이 고시울률에게 말했다.

"고시울률님, 맥달님을 반드시 우리 편으로 만들어야 하옵니다. 신시에서 맥달님의 힘은 너무도 크옵고 따르는 사람도 많사옵니다. 그러니……"

치우가람이 다시 치우바람의 옆구리를 세게 내지르며 말했다.

"조심하십시오. 그 사람은 선인이라 어떤 것에도 유혹되지 않습니다. 적이 되지 않게만 조심하시면 별일 없을 것이옵니다. 여차하면 제가 처리하겠사옵니다."

고시울률은 수염을 쓰다듬으며 고개를 끄덕였다.

"자네 형제가 내 앞길을 치워 주니 든든하기는 하네만…… 무작정 처리한다면 뒷일을 감당하기 어려워질 수도 있어."

"하지만 치워야 한다고 여겨지면 미루지 말고 치워야 합니다. 그러지 않으면 화를 부릅니다."

"자네에게 맡김세. 단, 이번 일을 잘 살펴보고 나서 말야."

고시울률은 연신 수염을 쓰다듬으며 말을 이었다.

"안파견 한님은 내가 하는 짓을 눈감아 주실 걸세. 주신을 위해 이러는 것이니까……"

고시울률의 말이 채 끝나기도 전에 치우가람 형제가 허리를 굽실거리며 대답했다.

"여부가 있사옵니까?"

맥달의 말 때문에 춤추던 단군들은 맥이 풀린 듯했지만 그래도 한웅과 많은 사람들이 보는 앞이라 춤사위를 눈에 띄게 늦추지는 못했다. 사람들은 맥달의 말을 전해 듣고 믿어지지 않는다는 듯 웅성거렸다. 치우 형제도 불안해하는 기색을 보였으나 맥달은 차분한 태도를 잃지 않았다. 그렇게 얼마나 지났을까? 돌연 하늘을 계속 지켜보고 있던 단군 중 한 사람이 소리쳤다.

"저기다!"

사람들의 시선이 일제히 하늘을 향했다. 그리고 보니 어두웠던 밤하늘이 어느새 약간씩 밝아져 가고 있었다. 사람들이 여기저기서 소리쳤다.

"하늘이 조짐을 보이신다!"

"하늘을 보자!"

순간 하늘이 확 밝아지자 사람들은 놀라서 저절로 입이 벌어졌다. 보통 별똥은 하늘 위에서 아래로 비스듬히 내리꽂히듯 떨어지는 법이었는데, 이번만은 정말 땅에서 하늘로 불덩이 같은 별 하나가 솟구치고 있었다. 그것도 밝고 길게 꼬리를 끌고 있는 커다란 별이었다. 더구나 별이 올라감과 동시에 하늘에서 작은 별똥 하나가 엇갈리게 스치고 지나가서, 순간 하늘에는 정말 칼 모양이 만들어졌다. 그리고 칼끝은 맥달이 말한 대로 아래쪽을 향하고 있었다.

"저…… 저건……!"

치우비도 놀라고 신기하여 벌린 입을 다물 줄 몰랐다. 치우천도 신기하기는 마찬가지였으나 이내 생각을 가다듬었다.

'맥달의 말이 맞았구나. 헌데 하늘이 정말 조짐을 보이신 것인가? 아니면 맥달이 이미 이렇게 될 것을 알고 말한 것인가?'

치우가람 바람 형제나 고시울률도 놀란 나머지 뭐라 말을 할 수가 없었다. 살아생전 이런 신기한 일은 본 적이 없었다. 사와라 한웅도 병들고 지친 몸을 자신도 모르게 벌떡 일으켜 세웠고 여러 단군들이나 솟대 단군도 입을 딱 벌렸다. 일반 백성들의 경우는 더 말할 것도 없었다.

"하늘이 조짐을 보이셨다!"

"안파견 한님이 하늘에 조짐을 보이셨다!"

별이 꼬리를 끌며 사라지고 밤하늘이 다시 어두워지자 사람들은 웃으며 소리를 질러 댔다. 제사에 관심 없어 잠들었던 사람들도 일어나 밖으로 달려 나오기까지 했다. 사와라 한웅은 오랜만에 크게 웃으며 외쳤다.

"안파견 한님께서 조짐을 보이셨느니라! 이번 싸움은 주신에 크게 이로울 것이니 힘을 내라! 오늘은 마음껏 즐기고 뒤풀이를 하여도 좋다!"

하늘이 뚜렷한 조짐을 보여 준 것은 반갑고 길한 일이었다. 사와라 한웅의 말이 떨어지자 사람들은 좋아서 환호성을 올렸다. 이럴 때는 단군들이나 구경꾼들이 한데 어울려 신명나게 노는 것이 당연한 수순이었다. 누가 시키지도 않았는데 사람들이 몰려와서 제사의 주인공인 치우 형제를 둘러메고 노래를 부르며 여기저기를 돌아다녔다. 그러다가 치우천과 맥달의 눈이 마주치는 순간 맥달은 살짝 웃고만 있다가 조용히 사라졌다. 삼사도 기분이 좋아 크게 웃으며 술을 마셨고 사와라 한웅조차도 병든 몸이었지만 술 한 잔을 따라 단군들에게 술을 들라고 권했다.

음악이 떠들썩하게 울려 퍼지고 횃불과 모닥불이 곳곳에 피워졌으며, 사와라 한웅의 명령대로 한웅의 창고에 보관되었던 좋은 술과 음식이 끝없이 날라져 왔다. 사람들은 마음껏 먹고 마시며 노래하고 춤추며 놀았다. 다만 고시울률과 몇몇 귀족, 치우가람 형제만이 인상을 찌푸린 채 말없이 돌아갔을 뿐이다.

뒤풀이가 무르익어 갈 때쯤 치우 형제의 벗들인 젊은 사울아비들이 몰려와 치우천과 치우비에게 축하한다는 인사를 건넸다. 그즈음 치우천은 많은 사람들이 권한 잔으로 벌써 얼굴이 붉어져 있었다. 부루벼락과 쇠돌이가 치우천과 함께 가겠노라고 제의하자 치우천은 호기 있게 좋다고 말했다. 치우비는 쇠돌이와 어깨동무를 하고 저만치 가서 아예 술독을 통째로 말리고 있었다. 그때 도단이가 치우천에게 다가가 말을 건넸다.

"천 형. 축하하네. 이제 공상 싸움에서 이기기만 하면 천 형의 앞날은 탁 트인 것이야."

치우천은 전에 없이 취한 듯 껄껄 호탕하게 웃어 보였다. 질쾌도 한마디 거들었다.

"천 형이 우리를 잘 이끌어 주기 바라네."

"그래서 말인데……."

질쾌 옆에 있던 도단이가 조심스럽게 약간 쑥스러운 듯 덧붙였다.

"나도 이번 싸움에 함께 갈 수는 없겠는가? 신시에 있으니 답답하기도 하고, 이런 큰 싸움에 뭔가 도움이 되고 싶기도 한데……."

그러자 치우천은 딱 잘라 말했다.

"그건 안 되네."

벗들에게 친절했던 치우천이 뜻밖의 태도를 보이자 주위에 모여 있던 벗들이 의아해하며 치우천을 쳐다보았다.

치우천이 웃으며 덧붙였다.

"자넨 도움이 안 돼."

도단이가 무안한 듯 머쓱하게 되받았다.

"그런가?"

옆에서 부루벼락이 치우천의 옆구리를 쿡 찔렀다.

"에이, 이봐, 천. 그래도 말이 심하지 않은가?"

치우천은 부루벼락을 보고 은근한 목소리로 충격적인 말을 했다.

"눈 훤히 뜬 사람도 위험할 싸움입니다. 눈 먼 사람 뒤치다꺼리까지

할 수는 없잖습니까? 허허."

도단이는 순간 안색이 하얗게 변했다. 질쾌도 인상을 찌푸렸다. 부루벼락이 깜짝 놀라 목소리를 높였다.

"이보게, 천. 자네 취했군."

도단이는 조용히 말했다.

"그렇군. 나는 소경이라 싸움터에서 앞가림을 못할지 모르겠네. 그럼 다리병신인 자네는 어떤가?"

치우천은 술잔을 내던지며 자리에서 벌떡 일어섰다. 순식간에 분위기가 흉흉해지자 질쾌는 도단이를 끌고 뒤로 물러섰고 부루벼락은 치우천을 안다시피 하며 앞을 막아섰다.

"왜들 그러나? 다들 취했구먼! 취했어!"

질쾌가 으르렁거리듯 소리쳤다.

"천 형, 자네 그리 안 봤는데, 변했군. 부족장인지 뭔지 되고 나더니 변한 건가?"

치우천이 냉랭히 눈을 돌리며 되받았다.

"맘대로 생각하게. 내 아우가 곁에 없었던 걸 다행으로 여기게."

질쾌나 부루벼락은 그 뜻을 알고 있었으나 어이가 없어 되물었다.

"무슨 소린가?"

"앞으로 나와 마주치지 않는 것이 좋을 걸세."

치우천이 싸늘히 말하자 질쾌는 순간 발을 구르며 땅에 침을 두어 번 뱉고는 도단이를 끌고 사람들 사이로 사라져 버렸다. 그들의 뒷모습을 보며 부루벼락이 치우천에게 속삭였다.

"이봐 이봐, 천. 자네 왜 그래? 정말 취했군, 취했어!"

치우천은 흥 하고 코웃음을 쳤다.

"난 취하지 않았습니다. 전혀요."

다음 날이 되자 치우천은 술에서 깨어났다. 치우천이 간밤에 한 말을 들어 알고 있었기에, 치우비는 눈을 뜨자마자 형을 나무랐다.

"형, 어제 정말 이상했어. 도단이에게 어떻게 그럴 수 있지? 형 같지가 않았다구. 형이 잘못한 거야."

치우천이 웃으며 태연스레 물었다.

"그렇게 보였느냐?"

"당연하지! 형, 그러면 안 돼! 나 아주 실망했다구!"

치우비가 벌컥 성을 내자 치우천은 선선히 웃으며 말했다.

"그래, 미안하구나. 그러면 도단이에게 내 사과하마. 네가 말을 전해 줄 수 있겠느냐? 내가 가기는 그렇구나."

사람 좋은 치우비는 형이 사과한다는 말에 금세 화를 누그러뜨리며 흔쾌하게 대답했다.

"그럼! 역시 어젠 취한 거구나. 내, 금방 다녀올게."

치우비가 나가자 치우천은 치우비의 뒷모습을 보며 소리 없이 웃었다.

치우비가 도단이를 찾아갔지만 도단이는 치우비를 만나 주지 않았다. 종을 시켜서 만날 수 없다는 말만 되풀이할 뿐이었다. 몇 번을 더 간곡히 사과하러 왔노라고 청했지만 성의 없는 대답만 돌아오자 치우비는 속이 뒤틀렸다.

'이런, 도단이도 속 좁은 놈이었구나!'

결국 치우비는 부아가 치밀어 도단이의 집 밖에서 소리를 고래고래 질러 댔다. 근처 사는 사람들이 싸움이 났나 하고 구경나올 정도였다. 그래도 도단이는 끝끝내 나와 보지 않았다. 치우비는 욕을 퍼붓고 돌아와 버렸다.

씨근거리며 치우비는 형에게 말했다.

"형, 이제 보니 도단이도 많이 변했더구먼. 내가 그렇게 간곡히 말해도 코빼기도 안 비치다니, 그럴 수가 있어?"

치우천은 자못 한숨을 지어 보였다.

"할 수 없지 어쩌겠느냐? 엎질러진 물이다."

치우 형제와 도단이가 다투었다는 소문은 신시에 확 퍼진 것까지는 아니더라도 알 만한 사람은 알 정도로 퍼져 나갔다. 치우 형제는 그날부터 싸움 준비를 하느라 눈코 뜰 새 없이 바빠서 그 일에 신경을 쓸 시간조차 없었다.

그날 밤, 도단이와 질쾌는 누가 볼세라 어둠에 숨어 누군가의 집을 향하고 있었다. 신시 동쪽에 있는 큰 집이었다. 바로 치우웃뜸인 치우괄괄의 집, 다시 말해 치우가람과 치우바람의 집이었다. 문 앞에서 두 사람은 사람을 불렀다. 지키는 종이 나타나자 도단이와 질쾌는 자신들의 이름을 대며, 치우가람 치우바람을 만나러 왔다고 말했다. 종은 안으로 들어가더니 한참이나 시간을 끈 뒤에 나와서 따라오라고 전했다.

도단이와 질쾌가 종의 안내를 받아 치우가람 치우바람 형제의 처소를 찾아갔을 때, 그 안에서는 여자의 울음소리와 낄낄대는 술 취한 목소리가 들려왔다. 질쾌의 미간이 꿈틀거렸으나 도단이는 마치 그 장면을 환하게 보는 것처럼 질쾌에게 고개를 저어 보이고는 안으로 넉살 좋게 들어섰다.

"오랜만이구려?"

안에 들어서는 순간 질쾌는 눈살을 찌푸렸다. 술을 마시는 것은 그렇다 쳐도, 방 안에는 다른 부족으로 보이는 여자들이 옷도 제대로 걸치지 않고 있었다. 울고 있는 것으로 보아 필경 자기 발로 온 것은 아닌 것 같았다. 치우바람과 치우가람은 도단이와 질쾌가 들어오자 취한 듯한 눈을 조금 치떴다.

"너희가 웬일이냐? 난데없이 우릴 찾아오고."

그 말을 도단이가 되받았다.

"찾아오면 안 되는 거요?"

"올 사람이 아닌데 왔으니까 그렇지."

질쾌가 짐짓 굽실거리며 나섰다.

"저희가 방해가 되었나요? 아이쿠, 그럼 죄송합니다. 나중에 다시 옵죠."

"이 자식들이! 너희가 좋으면 오고 아니면 나가고! 너희 맘대로냐?"

"나가려면 기어서 나가! 개 같은 것들아!"

치우바람과 치우가람이 욕을 퍼붓자 질쾌는 화가 났으나 내색하지 않고 오히려 간사해 보이는 미소를 지으며 넌지시 말했다.

"전에 보니 치우천 치우비 그것들하고 뭔가 잘 안 맞으시는 것 같던데…… 내 얘기가 필요 없으시다면 우린 가겠수."

순간 치우가람이 바람에게 슬쩍 눈짓을 하자 치우바람이 불러 세웠다.

"잠깐!"

질쾌와 도단이가 멈추어 서자 치우바람이 물었다.

"너희, 그게 무슨 소리냐? 치우천 녀석들 이야기는 왜 해?"

"그냥 해 본 거요."

두 사람을 보며 치우가람이 냉랭하게 말했다.

"흥! 너희는 그놈들 편 아니었나? 무슨 바람이 불어서 나한테 온 거냐?"

"못 믿겠으면 관두시오."

치우바람은 흥, 코웃음을 치며 비아냥거렸다.

"그럼 관둬라, 자식들아! 어디서 개수작이야? 뭔 꿍꿍이냐?"

치우바람은 느닷없이 질쾌의 발을 걸어 넘어뜨렸다. 도단이를 부축하고 있던 질쾌가 넘어지자 도단이 역시 넘어지고 말았다. 질쾌는 넘어지면서 꽥 소리를 질렀다.

"이런 젠장할! 난데없이 사람은 왜 쳐? 이래 봬도 한웅님을 모시는 단군이란 말이다! 네 놈들도 천이나 비 놈들처럼 똑같은 치우씨구나! 내 서러워서!"

질쾌 말엔 관심 없다는 듯이 치우바람은 코웃음을 쳤다.

"무슨 꿍꿍이인지 말해 봐. 왜 여길 기웃거리지? 희네 자식이 보냈지? 너희는 못 나가, 바른대로 털어놓지 않으면 여기서 죽을 줄 알아."

그 말이 끝나기가 무섭게 도단이가 소리쳤다.

"뭐? 희네라면 치우천 말이냐? 너희야말로 그놈하고 한패지? 젠장, 질쾌 이 바보야! 같은 치우씨라고 내 못 믿는다 했지? 좋아, 여기서 죽여라! 난 소경이라 싸울 수도 없으니 원통하구나!"

도단이가 희게 뒤집힌 눈에 줄줄 눈물까지 흘리자 치우바람은 어안이 벙벙하여 치우가람을 돌아보았다. 치우가람이 물었다.

"너흰 태산 회의 때부터 희네 형제하고 죽이 맞아 시합에도 같이 나갔던 그놈들 편 아니냐? 내가 너희를 어떻게 믿어?"

도단이는 여전히 으르렁거리는 목소리로 되받았다.

"흥! 너희야말로 하나만 알고 둘은 모른다. 굴러 온 돌이 박힌 돌 뺀다고, 난데없이 나타난 놈들이 오랫동안 고생한 우리 친구들을 밀어내고 급기야 대용사 자리까지 처먹었는데 벗으로서 분하지도 않느냔 말이다! 다른 녀석들은 몰라도 우린 겉으로만 그냥 할 수 없이 그랬지, 속으로 좋게 생각하진 않았어. 더구나……."

있을 법한 일이라 치우바람은 슬쩍 고개를 끄덕였다. 치우가람은 잠시 말을 멈춘 도단이를 보며 채근했다.

"더구나 뭐?"

"그놈들은 변했어. 무슨 부족장이니 뭐니 한웅님한테 철썩 붙어서 큰 싸움까지 맡게 되었잖느냐 말이다. 이제 높으신 몸이 되니 전에 알았던 사람들을 걸레짝처럼 내팽개치는 판인데 분하지 않느냐 말야!"

도단이와 질쾌를 데려왔던 종이 치우가람과 바람에게 작은 소리로 귓속말을 했다. 치우가람은 몇 번이나 틀림없느냐고 묻는 듯했고 종은 틀림없다고 고개를 끄덕였다.

이윽고 치우가람이 물었다.

"그래서 우리에게 바라는 게 뭐냐?"

도단이는 부드득 이를 갈며 대답했다.

"너희가 보다시피 난 날 적부터 소경이라 속으로 항상 피눈물을 흘리며 살았다. 그것을 싸잡아 놀린 놈은…… 결코 용서할 수 없어. 나는 바라는 것 없다. 다만 내 분한 것을 풀 수만 있다면…… 무슨 짓이라도 하고 싶다."

그 말에 이어 질쾌도 한마디 거들었다.

"나도 마찬가지다. 난 너희 같은 사울아비들이 싫다. 세상이 다 자기들 것인 양 알고, 우리 같은 단군 박수는 발가락에 낀 때만도 안 보잖느냐. 우리는 귀족도 아니고, 사울아비들이 제일 센 세상이니 뭐를 더 어쩌겠느냐? 분하다! 분해!"

두 사람의 말에 치우가람은 안색을 바꾸어 음험하게 웃으며 질쾌와 도단이를 일으켜 주었다. 그리고 울고 있는 여자들에게 외쳤다.

"너희, 재수 좋구나. 썩 꺼져!"

여자들이 사라지자 치우가람은 손수 술을 따라 질쾌와 도단이에게 건네주었다.

"내 몰라 뵈었군. 나쁘게 생각 말게."

"빰치고 어르고, 이게 뭐여?"

질쾌가 씨근거리자 치우바람이 허허 웃었다.

"희네인지 치우천인지 하는 놈이 여간 여우 같은 놈이 아니라서 우리도 조심해야 하거든."

치우가람 역시 웃으며 끼어들었다.

"그러니 말해 보시지. 분명히 말하는데, 난 아직 자네들을 믿지 않아. 말이 조금이라도 이상하면 살아 나갈 생각일랑 하지 않는 게 좋을걸?"

그러면서 치우가람은 슬쩍 옷깃을 제쳤는데, 거기에는 번들번들한 구리 가시가 돋친 채찍이 둘둘 말려 있었다. 도단이는 봉사라 보지 못했으나 질쾌는 그것을 보고 과연 무서운 녀석들이라는 생각에 속으로 혀를 내둘렀다.

어깨를 으쓱하며 치우가람이 한마디 더 했다.

"두 사람 다 돌 던지기로 아주 솜씨가 좋으시다더군. 허나 막사 안에선 내 손가락 하나 못 당할걸."

질쾌나 도단이는 돌 던지는 솜씨가 대단하다지만 이렇게 좁은 공간에서는 칼이나 채찍 같은 무기를 결코 당해 낼 수가 없다. 치우가람은 보기와는 달리 결코 만만한 녀석이 아니었다.

두 사람의 표정을 살피며 치우바람이 나섰다.

"우린 항상 개망나니지. 그래야 우릴 개망나니로 알고 우습게 본 개들이 붙거든."

"그러면 간단히 잡아먹지. 뼈도 안 남겨. 우린 그런 사람들이야. 알겠어? 그러니 똑똑히 말해."

도단이와 질쾌의 표정이 일순 진지해졌다. 도단이가 엄숙해진 목소리로 말했다.

"다행이군."

"뭐가 다행인가?"

"정말로 개망나니였다면 우리가 죽여 없앴을 거다. 우리 이야기가 새 나가면 안 되니까."

도단이가 차갑게 웃으며 손을 펼쳐 보이자 도단이의 손가락 사이에 끼어 있는 네 개의 작은 돌멩이가 보였다. 그 돌멩이는 무엇을 묻혔는지 보통 것과 달리 푸른빛이 기분 나쁘게 빛나고 있었다.

질쾌도 히죽거리고 웃으면서 말했다.

"내가 만든 독을 바른 돌멩이다. 우리는 이미 다른 약을 써서 독이 들지 않지만 다른 이는 스치기만 하면 살이 썩어 들어간다."

"너희야말로 비밀을 지킬 자신이 있느냐? 우리와 힘을 합치겠느냐? 그렇지 않으면 차라리 같이 죽자."

마지막 도단이의 말에 치우바람과 치우가람은 얼굴을 마주 보았다. 도리어 치우가람의 얼굴에 흡족한 미소가 피어올랐다.

치우가람이 물었다.

"너는 무엇을 줄 수 있나? 그리고 뭘 바라나?"

"네가 정말 줄 수 있나?"

"네가 정말로 주면, 나도 준다."

도단이가 말했다.

"난 우사가 되고 싶다. 여기 질쾌는 솟대 단군이 되기를 원한다."

박수인 도단이로서 올라갈 수 있는 최고의 직위는 우사였고, 솟대 단군은 단군인 질쾌가 얻을 수 있는 최고의 직위였다. 원래 치우가람 정도에게 할 수 있는 말이 아니었다. 그러나 놀랍게도 치우가람과 치우바람은 태연했다.

"너희…… 진짜 같군."

"줄 수 있나?"

치우가람이 고개를 끄덕였다.

"너희가 주는 게 그만하다면."

"우리가 줄 것은 작은 것과 큰 것이 있다."

"작은 것부터 말해 봐."

"그것에도 값을 치러야지."

이번엔 치우바람이 되받았다.

"작은 것의 값은 너희 목숨이다. 살려 보내 주마."

"태산 회의 시합의 영웅 치우천 치우비의 값이 그 정도밖에 안 되느냐?"

"너희에겐 너희 목숨이 더 비싸지. 그리고 우사와 솟대 단군은 그놈들보다 비싸."

치우가람의 말에 치우바람이 킥킥 웃었다.

"그리고 그놈들은 이제 똥값이거든. 죽은 목숨이나 다름없으니까."

치우바람이 으스대듯 말하자 치우가람이 그의 어깨를 툭 쳤다.

"바람아, 그래도 들어 두자. 좋다. 조개껍질 다섯 꾸러미와 돌소금 두 말을 얹어 주마."

조개껍질 한 꾸러미면 좋은 말이 두 필이었고 돌소금도 생활에 꼭 필요한 귀한 것이라 이만큼의 재물도 대단한 것이었다. 그때 질쾌가 침을 꿀꺽 삼키자, 그 소리가 자못 긴장되었던 분위기를 가볍게 깨뜨렸다. 치우바람이 웃으며 말했다.

"젊고 용한 단군께서도 욕심은 있으시군."

질쾌는 무안한 듯 얼굴을 붉히며 되받았다.

"누구는 밥 안 먹고 사나?"

마침내 치우가람이 껄껄 웃음을 터뜨렸고 한결 누그러진 태도로 품에 있던 가시 돋친 구리 채찍을 꺼내 구석에 던져 버렸다. 그러자 도단이도 그 소리를 듣고 웃으며 돌멩이를 품 안에 넣었다.

치우가람은 그것을 보고 혀를 내둘렀다.

"눈뜬 이보다 눈이 더 밝으시군."

도단이가 웃으며 대꾸했다.

"눈 대신 귀로 살아왔으니까."

"이야기나 들려주게. 이야기가 가치 있는 것이면, 내 반드시 너희가 바라는 것을 이루게 해 주지."

"자네들이 그럴 힘이 있는가?"

치우바람은 웃으며 호기 있게 말했다.

"우리는 그저 겉보기에는 하늘 군대의 큰스승 정도지. 그러나 실제로는 삼사도 우리 마음대로 할 수 있다. 티 내지 않을 뿐이다."

그러자 도단이가 심각한 목소리로 물었다.

"이번에 치우 형제가 공상을 쳐 빼앗는 데 성공한다면, 일이 아주 잘못될 것이다. 그렇지 않으냐? 더구나 한웅님도 그놈들을 밀어주고 계시지 않으냐?"

"그건 그렇지. 그러나 공상을 뺏는 것이 만만한 일은 아닐 텐데?"

"나는 그놈들이 어떻게 할지 대강 안다. 그렇게 쉽게 생각해서는 안 된다. 그놈들은 무서운 놈들이야. 어쩌면 공상을 정말 빼앗을지도 모른다."

치우가람이 눈을 빛내며 물었다.

"어떻게 그럴 수 있다는 거냐? 고작 삼천 명의 사울아비로 뭘 어쩐다는 거지?"

"삼천 사울아비뿐이 아니다. 그놈은 작은 주신의 부족장이기도 하다."

"그래 봐야 전사도 몇 안 되는 조그마한 부족 아닌가? 그것도 멀리 떨어져 있는."

치우가람의 말에 도단이는 고개를 저으며 웃었다.

"그 작은 부족의 몇 안 되는 전사가 신수를 잡은 것을 아는가?"

치우가람과 바람은 깜짝 놀랐다.

"신수를? 그게 정말이냐?"

"그렇다. 그리고 작은 주신의 전사 오백이 지난번 싸움에서 유망의 지나 전사 오천과 싸워 이긴 것을 아는가?"

"그건 들어서 알고 있지만……."

"한 번이 아니다. 쉴 새 없이 싸워서 한 달 사이에 다섯 번, 그러니까 스물다섯천의 지나 전사들을 죽여 없앴다. 나는 그것을 같이 싸웠던 사울아비들에게서 직접 들었다."

치우가람과 치우바람의 안색이 굳어졌다. 믿어지지 않는다는 눈치였다. 이윽고 치우바람이 외쳤다.

"믿을 수가 없다! 그놈들은 괴물이냐?"

"신수도 이긴 놈들이다. 괴물보다 더하다. 작은 주신에 어떤 놈들이 모여 있는지 아느냐?"

치우가람이 흥분을 감추지 못하자 이번에는 질쾌가 나섰다.

"괴물 같은 치우비 놈은 물론이고 태산 회의 때 두 번째를 차지한 몽골의 치베, 개명수를 부리는 카린의 무라, 몽둥이 시합에서 금천에게 아깝게 진 투르크의 알한, 같은 시합에서 세 번째를 한 키탄의 야율쿠리, 벌 떼를 부리는 미아우의 초초룬이 거기 있다. 타타르족의 유명한 용사도 잔뜩 모여 있고 부족장도 여럿 거느리고 있다고 들었다. 놈들은 타타르의 도깨비 왕도 데리고 있으며 도깨비 군대까지 거느리고 있다. 그러니 신수도 이길 수 있지."

야율쿠리나 초초룬은 그들과 함께 지내고 있지 않았지만 질쾌는 그렇게 말했다. 치우가람은 느닷없이 바닥을 주먹으로 쾅 쳤다. 치우바람도 화를 버럭 내며 소리쳤다.

"작은 주신은 괴물들만 모인 곳이냐? 뭐? 타타르의 도깨비 왕? 그게 정말이냐?"

"정말이다."

치우바람은 기가 막힌 듯 고개를 저었다.

"타타르의 도깨비 왕은 타타르나 몽골 전체를 벌벌 떨게 만드는 괴물인데, 그런 놈까지 데리고 있다고? 도대체 믿을 수가 없다!"

치우가람이 흥분을 가라앉히고 냉랭하게 말했다.

"그게 문제가 아니다. 치우천 놈은 공상 싸움에서 이기면 그놈들을 전부 주신 사람으로 받아들여 달라고 한웅님께 말했다. 그게 더 큰 문제다."

"뭐? 그 괴물 같은 놈들을?"

"괴물이라기보다는 힘센 놈들이 많긴 하다. 그런 놈들을 전부 주신으로 끌고 오겠다는 말은 뭐냐? 그놈들이 주신으로 들어오면 아무도 치우천 놈을 함부로 건드릴 수 없을 것이다. 그놈은 거지 떼 같고 쓰레기 같은 야만족의 힘을 업고 주신을 휘둘러 보겠다는 거다."

"이거 큰일이다. 그놈의 뜻은 우리가 생각했던 것보다 더 컸구나."

치우가람과 치우바람이 낭패한 표정을 짓자 도단이는 흡족한 미소를 흘리며 말했다.

"그 정도 되는 놈이니 그런 황당한 소리를 한 것이다. 그러니 내 도움이 필요할 것이고."

"네가 무슨 도움을 줄 수 있단 거지?"

치우가람이 대들듯 외치자 도단이는 대답했다.

"치우천 놈은 주신에서 자기편을 들 놈들을 이번 싸움에 많이 데리고 가기로 했다. 그런데 너도 알다시피 나와는 말이 통하는 벗들이 좀 있지. 치우천 녀석과도 친하다만 나와도 멀지 않으니 나에게 말을 숨기지는 않는다. 나는 그놈들이 어떻게 움직일지 알고 있다."

치우가람의 눈이 빛났다.

"그럼 말해라. 그것만 알면, 놈이 공상에 가기도 전에 뼈를 묻게 만들어 줄 수 있지."

도단이는 뜨지 못하는 눈을 찡긋거리며 물었다.

"몰래 다른 사울아비들을 보낼 거냐?"

"그러지 않고도 방법이 있다."

"유망과도 말이 통하느냐?"

도단이가 묻자 치우가람이 대답하지 않고 치우바람이 대신 말했다.

"우리는 누구와도 통할 수 있다. 삼사도 사실 우리 손바닥 위에 있지."

도단이는 무심한 듯 고개를 끄덕이며 천천히 입을 열기 시작했다. 치우가람과 치우바람은 눈을 빛내며 그의 이야기를 경청했다. 이야기가 끝나자 치우가람과 치우바람은 한숨을 내쉬었다. 치우바람은 믿어지지 않는다는 듯 중얼거렸다.

"그런 게 통할 리가 없어. 어떻게 그렇게 말처럼 쉽게……."

고개를 젓는 치우바람을 날카롭게 쏘아보며 치우가람이 큰 소리로 나무랐다.

"닥쳐. 그럴 법하다. 치우천 그놈은 괴물이다. 괴물이야."

"이제 할 말은 다했다. 약속은 지킬 줄로 믿겠다."

도단이가 말하자 치우가람은 돌연 히죽히죽 웃었다.

"아직은 안 되지."

"무슨 소리냐? 이것이 중요한 이야기가 아니란 말이냐?"

"아주 중요한 이야기다. 하지만 우사 자리와 솟대 단군은 이 정도 이야기 하나보다는 비싸다."

"뭘 바라는 거냐? 너희에게 이보다 중요한 이야기가 어디 있다는 거냐?"

"이야기는 좋다만, 너희가 우리 편이라는 보장이 있어야지. 너희가 한 가지 일을 해 주어야 너희를 믿을 수 있겠다. 할 수 있겠느냐?"

"무슨 일 말이냐? 우리가 싫다면?"

치우가람은 눈을 빛냈다.

"그러면 너흰 죽는다. 내가 셋을 세기도 전에."

질쾌가 발끈하려는 것을 도단이가 제지하며 물었다.

"무엇을 바라는 거냐?"

"한 사람을 없애 주었으면 한다."

"누구를 없애 달라는 거지? 우린 그럴 힘이 없다. 돌 던지기 밖에는 재주가 없지 않는가?"

어느새 도단이의 등에 식은땀이 흘러내렸다. 그것을 아는지 모르는지 치우가람이 느물거리며 말했다.

"우리는 그 사람에게 다가가기 어렵지만 너희는 쉽게 갈 수 있을 것이다. 가는 것이 어렵지, 해치우기는 쉬울 것이다. 어린아이만큼 쉬울 것이다."

"그게 대체 누구냐?"

질쾌가 불끈거리며 묻자 치우가람이 조용히 대꾸했다.

"요즘 신시에 들어와 설치고 다니는 여자가 한 명 있지 않으냐? 선인이라고 사람들이 떠받드는 여우 말이다. 그 계집을 없애 주어야겠다."

도단이와 질쾌는 깜짝 놀라 동시에 외쳤다.

"맥달님을…… 말인가? 그건 어째서?"

치우바람이 갑자기 눈물이 글썽글썽한 눈으로 형을 쳐다보며 더듬거렸다.

"형…… 허나 맥달님은…… 그녀는……."

치우가람이 빽 악을 썼다.

"머저리 같은 녀석! 바로 너, 머저리 때문에 그 계집을 없애는 거다! 고맙다는 소리는 못할망정, 계집에게 눈이 돌아서는……!"

치우가람은 화난 눈을 도단이에게 돌리며 외쳤다.

"알아들었지? 계집을 죽여서 딴마음이 없다는 것을 보여라. 너희는 단군, 박수이니 그 계집에게 가까이 다가가기는 쉽지 않은가. 그렇지 않으면, 너희는 소리 소문 없이 죽어 없어질 것이다. 그 계집만 없애면, 다음 우사와 솟대 단군 자리는 너희 것이다. 알아서들 해라!"

치우가람은 소리 치고는 자리를 박차고 밖으로 나갔다. 치우바람도 눈물을 주룩 흘리면서 형을 부르면서 밖으로 나가 버렸다. 도단이와 질쾌는 뜻밖의 일에 멍하니 서로의 얼굴을 바라볼 뿐이었다. 아무래도 잘못 걸린 것 같았다.

맥달의 죽음

소인을 엄하게 대하는 것은 어렵지 않으나 그들에게 미움을 사지 않기는 어렵다.
군자를 공경해 받드는 것은 어렵지 않으나 적당하게 예의를 갖춰 하기는 어렵다.
─『채근담(菜根譚)』에서

하늘에 올린 제사의 성공으로 이제 치우천의 공상 출병은 기정사실
화되었다. 사와라 한웅은 다음 날 주신의 귀족들과 삼사, 높은 직위의
사울아비들을 모이게 하여 공상으로 출병하러 갈 삼천 명의 사울아비
를 뽑도록 했다.

고시울률이나 부루위단의 안색은 좋지 않았지만 하늘의 뜻이 전해진
다음이라 별다른 토를 달지는 못했다. 다만 고시울률은 조심스레 삼천
명의 사울아비를 빼내는 것은 큰일이며 공상 출병도 만만한 일은 아니
니 신중히 가려 뽑아야 할 것이라고 말했다.

치우천이나 치우비는 삼천 명의 사울아비를 직접 뽑고 싶다고 말했
지만 고시울률은 그들의 의견을 묵살했다.

"자네들은 이제 신시로 돌아온 지 얼마 되지 않았잖은가? 사울아비
들을 뽑는 일은 신시에 있던 사람들이 더 잘할 것이네. 그저 자네들은
잘 싸워 주기나 하게. 자네들 책임이 크니까."

고시울률의 말은 타당성이 있었기에 아무도 이견을 제시하지 못했

다. 그 외에는 한없이 무료한 의식적인 일만이 남아 있었다. 누구를 만나고 누구에게 설명을 듣고, 잔소리를 듣고 충고를 듣고…….

하루 종일 한웅의 집에서 시달린 치우비는 밖으로 나서면서 몸서리를 쳤다.

"어이구, 이거 참 힘드네. 뭐가 그리 복잡한 거야? 싸우는 것보다 더 힘드네."

진저리를 치는 치우비를 쳐다보며 치우천이 웃었다.

"주신에서 한웅님이 제일 힘드시다. 사와라 한웅님은 늙고 병드셨지만 그래도 좋은 분이셔."

치우비는 걱정스러운 듯 물었다.

"그런데 고시울률님 말을 어떻게 생각해?"

"뭐 말이냐?"

"고시울률님이 사울아비들을 뽑으면 분명히 그 안에 사람들을 많이 심어 놓을 것 같아. 그래서 우리를 감시하려 들지도 모르잖아."

치우천이 맑은 소리로 하하 웃었다.

"너도 이제는 제법 머리가 돌아가는구나. 허나 그것뿐일까?"

"그럼 뭐?"

"내 말이 맞는지 틀리는지 두고 보아라. 내 보기엔 싸우지 못할 사람들만 뽑아 보낼 것이다."

"뭐? 사울아비가 왜 싸우지 못한단 말야?"

"싸우지 못하는 것이 아니라 싸울 마음이 없거나, 지려고 작정한 사람들만 보낼지도 모른단 말이다."

치우비는 믿어지지 않는 듯 고개를 갸웃했다.

"말도 안 돼. 아무리 그래도 고시울률님이 주신을 지게 만든다고까지는……. 더구나 싸움이란 게 그렇지 않잖아. 한창 싸우는 데 힘을 다

하지 않으면 자기가 죽는 판인데 싸우지 않을 리 없잖아?"

치우천은 웃으며 고개를 저었다.

"싸우기 전에 도망가 버리면 싸우다 죽지 않아도 되겠지."

"사울아비들인데……."

"염려 말거라, 비야. 생각했던 대로란다. 어차피 나는 그 삼천 명으로 싸우자는 것이 아니란다."

"그럼 작은 주신의 이천 명 전사로 싸운다는 거야? 너무 적잖아."

치우천은 주위를 둘러본 다음 잔뜩 목소리를 낮췄다.

"공상처럼 큰 성을 공격하려면 이천이든 오천이든 상대가 안 되는 건 마찬가지다. 그렇게 싸우는 게 아니지."

"잘 모르겠어."

"비야, 자세한 건 공상에 가서 말해 주마. 그나저나 올 때가 되었는데……."

"누가?"

치우비가 의아한 듯 묻는데 때마침 저만치에서 알한이 달려오는 것이 보였다.

"무슨 일입니까, 알한님?"

치우천이 묻자 알한은 숨을 몰아쉬며 입을 열었다.

"다행히 만났군요. 누가 찾아왔습니다."

"누가 말입니까?"

"미아우 사람인데 치우천님, 치우비님을 잘 안다고 하더군요."

"미아우 사람? 그럼 초초룬이나 툰툰입니까?"

"아뇨, 젊은 남자입니다."

치우천과 치우비는 누가 찾아왔는지 감이 잡히지 않아 알한과 함께 집으로 돌아갔다. 돌아가 보니 얼굴이 앳되고 귀엽게 생긴 소년 한 명이

서 있었다. 소년은 두 사람을 보고 퍽 반가워했지만 막상 두 사람은 그를 어디서 본 것 같기는 한데 누구인지 전혀 기억할 수가 없었다.

소년이 웃으며 작은 구리단검 하나를 꺼내 보였다.

"기억 안 나세요?"

치우비는 이마를 탁 치며 외쳤다.

"그렇구나! 너, 유쌍이구나! 툰툰의 막내 유쌍 맞지? 많이 컸구나!"

그는 몇 년 전 태산 회의에 가던 길에 툰툰의 집에서 만난 툰툰의 막내, 유쌍이었다. 그때는 어린 아이였는데, 어느새 부쩍 자라 아이 티를 벗어 가고 있었다. 곱게 자라서 그런지 아직도 행동이나 웃는 모습이 귀여웠다.

유쌍은 귀엽게 씽긋 웃으며 말했다.

"제가 뭘요, 나래님. 아니, 치우비님에 비하면 조그만 아이 같네요."

치우비는 껄껄 웃으며 스스럼없이 장난삼아 유쌍의 머리를 흐트러뜨렸다. 치우천도 오랜만에 반가운 사람을 만나 흐뭇한 표정을 지으며 물었다.

"그런데 무슨 일이냐? 전에 비가 신시로 찾아오라 하여 찾아온 것이냐?"

"그것도 있지만, 큰일을 알려 드리려구요."

"무슨 일이냐?"

"아버님이 꼭 전해야 한다고 하셨습니다. 천님, 비님의 벗들이 위험합니다."

"그게 무슨 소리야? 누가 위험하다는 거냐?"

치우비와 치우천이 동시에 묻자 유쌍은 즉시 대답했다.

"야율쿠리님과 초초룬님입니다. 두 분 다 큰일 났습니다."

"대체 무슨 일인데 그러느냐? 말해 보아라."

치우천과 치우비가 안색이 변하여 묻는 사이 무라와 울라트가 치우천과 치우비의 처소로 왔다. 울라트는 안 그래도 답답해 죽을 지경이었다. 신시까지 왔는데도 두 오라버니는 여기저기 불려 다니느라 바빠서 울라트에게 신경을 쓸 여유가 없었다.

무라는 사람들을 꺼리는 성격인데다 외모가 특이하여 눈길을 끄는 게 싫어 아예 밖으로 나가지 않았고 알한도 투르크족이라 용모가 다르다는 것을 알았기에 참을성 있게 집에만 있었던 것이다. 활달한 울라트는 단짝이던 도깨비들도 없고 아무도 자신과 놀아 주지 않자 답답해서 폭발할 것 같았는데 이런 소식을 듣고 나오지 않을 수 없었다.

"도대체 어떤 놈이! 야율쿠리님하고 초초룬 언니에게 무슨 짓을 했담? 어서 말해 봐요!"

"그럼 이야기합니다."

야율쿠리는 거칠어도 영리하고 힘이 세어 태산 회의 이후 키탄족에서 으뜸가는 젊은이로 인정받았으나 서자여서 형들의 질시를 받고 있었다. 치우천에게 하소연한 적이 있을 정도였다. 초초룬 역시 비록 여자였지만 태산 회의 때 이름이 알려졌는지라 오빠들에게 질시를 받았다. 그런데 초초룬의 부모는 남자 같고 거친 초초룬이 거추장스럽고 형제 간에 알력이 벌어지는 것이 싫어서 초초룬을 얼른 시집보내려고 마음 먹었다. 거기까지는 치우천 치우비도 대강은 알고 있는 일이었다.

"그런데? 세세하게 말하지 말고 요점만 얼른 말해."

치우비가 채근하자 유쌍이 고개를 저었다.

"저도 마음이 급하지만 중요한 일이라 들었습니다. 중요한 일이니 차분하게 말해야 옳지요."

치우천은 고개를 끄덕이며 말했다.

"네 말이 맞다. 비야, 잘 듣기나 해라."

유쌍은 차분히 조리 있게 설명했다.

초초룬은 마음에 드는 남자가 없다고 성질을 부리고, 미아우 남자들은 유명한 여걸 초초룬을 두려워하는지라 마땅한 남편감을 구하기 힘들었다. 그래서 초초룬의 부모는 나이만 늘어 가는 딸을 위해서, 생각다 못해 부족을 달리하여 키탄족에게까지 청혼을 넣었다. 이유인즉슨 태산 회의 때 초초룬이 야율쿠리와 친했다 하니 혹여 일이 이뤄지지 않을까 하는 막연한 기대감에서였다.

그것이 키탄족 사정과도 대강 맞아 떨어졌다. 그 무렵 야율쿠리를 그나마 귀여워하던 키탄 울크리 부족장이 아파 누워서 큰아들인 야율판이 부족의 일을 맡았는데, 야율판은 소심한 성격이라 힘센 아우를 얼른 치워 버리려는 생각을 갖고 있었다. 그래서 야율판은 야율쿠리에게 알리지도 않고, 아예 야율쿠리를 미아우의 데릴사위로 보내 버리겠다고 말한 것이다.

치우비는 기가 막히기도 하고 우습기도 하여 껄껄 웃었다.

"두 사람은 원래 엮일 팔자였군그래! 그래서 어떻게 되었지? 뭐가 위험하다는 거야?"

유쌍은 한숨을 쉬며 말했다.

"그렇게 일이 되었으면 위험하다 할 까닭이 없지요. 더 들으세요."

유쌍은 말재주가 좋았다. 무기는 잘 쓰지 못할 듯한 몸이었지만 말재주 하나는 실로 그럴듯해서, 그 자리에 모인 사람들은 마치 자신이 직접 본 일처럼 사건들을 전해 들을 수 있었다.

키탄과 미아우의 혼사는 당사자들은 까맣게 모르는 채 척척 진행되어 소상한 것까지 다 결정되어 버렸다. 그런데 언제까지 당사자들을 모르게 할 수는 없는 법이라, 양측의 부모는 은근히 자식들에게 물었다. 야율쿠리의 몸 아픈 아버지는 초초룬이 어떤 아가씨냐고 묻고, 초초룬의 부모는 야율쿠리가 어떤 남자냐고 물어본 것이다. 두 사람은 만나면 아옹다옹하지만 속으로는 친한 벗 사이라 당연히 입에 침이 마르도록 훌륭한 사람이라고 칭찬을 늘어놓았고 양측의 부모는 이제 성사된 것이나 다름없다고 생각했다. 소동은 그때부터였다.

야율쿠리는 자기가 결혼한다는 것, 그것도 초초룬에게 데릴사위로 간다는 이야기를 듣고 처음에는 농담 말라며 믿지 않았다고 한다. 그러다가 사실이라는 것을 알자 불같이 화를 내며 길길이 날뛰었다고 한다.

'초초룬은 좋은 여자지만 그건 벗일 때 이야기다. 나는 그런 우락부락한 여자와 살고 싶지는 않다!'

초초룬도 마찬가지였다.

'야율쿠리는 영웅이지만 싸움판에서의 이야기다. 그 녀석은 싸움밖에 모르는 놈이니 좋은 전사이기는 해도 좋은 남편은 죽어도 못된다. 그런 놈과 사느니 차라리 죽어 버리는 것이 낫다.'

여기서부터 문제가 터졌다. 야율쿠리의 울크리 부족이나 초초룬의 미아우족은 모두 큰 부족으로, 부족장끼리 한 약속을 함부로 어길 수 없는 처지였다. 더구나 두 사람이 결혼하기 싫어서 해 댄 이야기들이 눈덩이처럼 보태져서 상대방의 귀에 들어갔다. 상대방의 험담을 듣고 두 사람은 길길이 날뛰었다.

야율쿠리는 당장 초초룬을 때려죽인다고 달려 나가려다가 말리는 종 두 명을 반쯤 죽일 정도로 두들겨 패기까지 했고, 초초룬은 야율쿠리를 독살해 버린다고 날뛰어서 아무도 접근조차 하지 못했다.

치우비는 우습기도 하고 놀라기도 해서 혼잣말로 중얼거렸다.

"원 참, 그렇다고 둘이 서로 죽인다고 날뛸 건 또 뭐야? 정말 둘이 싸울 건가?"

그러자 평소에는 말 한마디 없던 무라가 불쑥 입을 열었다.

"그렇지는 않을 것입니다. 두 사람은 쑥스러워 그러는 것뿐이죠. 사실 두 사람은 혼인하면 괴로워질 겁니다. 벗으로 지내면 죽을 때까지 변치 않을 것입니다만……."

치우천과 치우비, 알한과 울라트는 놀라서 무라를 바라보았다. 무라가 이렇게 말을 많이 한 일도 드물거니와, 말투가 딱딱하지 않고 감상적이어서 신기했다. 무라는 시선이 자신에게 쏠려 있다는 것도 눈치채지 못하고 계속 덧붙였다.

"남자와 여자 사이라고 하여 혼인을 하여야만 된다는 법은 없습니다. 좋은 벗으로 지내는 것이 좋을 수도 있지요. 저는 그렇게 생각……."

무라는 말을 하다가 사람들의 시선을 느끼고는 금세 입을 다물고 다시 돌 같은 원래의 모습으로 돌아왔다. 치우비는 마음에 찡하는 것을 느꼈다. 무라의 마음을 무심코 들여다본 것 같아서였다. 그것은 잇달아, 억지로 잊고 있던 해묵은 감정을 건드려 치우비를 괴롭히기 시작했다.

치우비는 둔하고 멍한 것 같아 보이지만, 감정적인 면에는 본능적으로 예민한 감각을 가지고 있었기에 머리보다 가슴으로 더 빨리 느끼고 있었다. 무라도 표정은 다시 딱딱해졌으나 속으로는 당황하고 있는 듯했다.

눈치 빠른 치우천이 그런 두 사람의 심정을 눈치채지 못할 리 없었다. 치우천은 얼버무리듯 유쌍을 쳐다보았다.

"그래서 어떻게 되었느냐? 궁금하구나."

유쌍은 아무것도 모르는지라 "네" 하며 다음 이야기를 이어 갔다. 울라트와 알한은 의미 있게 웃으며 사람들을 지켜보기만 할 뿐이었다.

두 사람은 부족 내에서 큰 소동을 일으켰다. 부족 간 약속이니 절대 어길 수 없다는 다그침을 받자 두 사람은 괴로워했다. 그러다가 마치 약속이라도 한 것처럼 두 사람은 부족에서 사라져 버렸다. 양측의 부모들은 놀라서 두 사람이 어디로 갔을까 찾아다녔다.

두 사람의 행방은 찾을 수 없었다. 야율쿠리의 형은 아우가 부족을 망신시켰다고 생각하여 가족회의를 열었다. 마침 다른 형들도 야율쿠리를 눈엣가시로 생각하던 터라 가족들은 야율쿠리를 영원히 쫓아내기로 하고 돌아오면 죽어 버린다는, 지나치게 과격한 결정을 내려 버렸다.

야율쿠리의 부모는 안 된다고 외쳤지만 도리어 그것이 빌미가 되어 집안 식구끼리 싸움이 일어났다. 병든 아버지는 아들들에게 갇혀 부족장 자리를 빼앗기고 어머니도 감금되었다. 일을 저지르고 나자 야율쿠리의 형들은 뒷일이 무서워졌다. 야율쿠리는 힘이 세고 사람이 좋아 부족 간에 인망이 높았는데, 못된 짓을 저지른 형들은 뒤가 켕겨서 한술 더 떠 못된 짓을 해 버렸다.

그들은 야율쿠리의 생모를 잡아 인질로 삼으려 했던 것이다. 쫓기던 야율쿠리의 생모는 아들에게 짐이 되니 차라리 죽는 것이 낫다 싶었는지 벼랑에서 몸을 던져 죽음을 택했다. 일이 그렇게 되자 야율쿠리의 아버지도 울화가 도져서 병으로 세상을 떠났다. 형들은 책임을 미루며 싸움을 시작하여 이제 울크리 부족은 산산이 쪼개져 싸우는 피바다가 되었고, 다른 키탄족마저 나뉘어 편을 들다가 말려들어 키탄족은 대혼란에 빠졌다는 것이다.

거기까지 이야기를 듣던 치우비는 한숨을 내쉬었다.

"어떻게 그런 일이……!"

알한도 한마디 거들었다.

"야율쿠리님 한 분 때문에 이런 일이 생기다니, 도무지 믿어지지 않는군요."

치우천이 말했다.

"야율쿠리 때문에 생긴 일이 아닙니다. 키탄족이 전부터 안고 있던 불씨가 터진 것뿐이죠. 그런데 야율쿠리는 어디로 갔지?"

"우선 미아우 이야기도 들으십시오."

"그래. 미아우는 또 어떻게 되었느냐?"

미아우는 미아우대로 불똥이 터졌다. 초초룬이 사라진 것이 야율쿠리의 경우처럼 큰 문제가 되지는 않았으나, 초초룬의 미아우족은 난데없는 부족의 습격을 받아 크게 당했다. 사라진 줄 알았던 식인 부족, 가리족이었다. 가리족이라는 이름이 나오자 치우천은 깜짝 놀라 외쳤다.

"가리족은 전에 번개범을 섬겼다는 식인종 아니냐? 비럼님께서 그자들은 오래전에 망했다고 하셨는데……?"

"그들의 수가 많은 것은 아닙니다. 몇 안 되는 자들이 쳐들어왔을 뿐입니다. 허나 그들에게는 무서운 무기가 있기 때문에 미아우가 당한 것이죠. 재주가 뛰어난 초초룬님이라도 있었다면 어찌했겠지만……."

"무슨 무기가 있기에?"

"그놈들은 신수를 앞세우고 왔습니다."

그 말을 듣고 치우천과 비가 동시에 소리쳤다.

"번개범!"

"그렇습니다. 신수 번개범이 앞장서서 날뛰었답니다. 대체 세상에 누가 신수를 당할 수 있겠습니까? 그 때문에 미아우족은 싸우지도 못하고 도망쳐 버렸습니다. 사람들이 많이 죽은 것은 아니라 들었습니다만, 미아우의 마을은 폐허가 다 되고 이제 가리족이 날뛰고 있습니다. 지난번 유망의 공격 이후로 미아우족의 작은 부족들은 산산이 흩어졌는데, 그나마 가장 큰 부족이었던 초초룬님의 부족마저 그 모양이 되었으니 미아우족도 난리가 난 셈입니다."

알한이 나서서 물었다.

"그런데 초초룬님과 야율쿠리님은 어찌된 것인가? 그분들이 위험하다 하지 않았는가? 그분들이 사라졌다면서 위험한지는 어떻게 아는가?"

"아까는 사라졌다 말했지만 저는 얼마 전에 두 분을 뵈었습니다."

"두 사람을 보다니?"

"두 분은 약속이라도 한 것처럼 우리 마을을 찾아오셨거든요. 며칠 터울을 두고요."

당연히 그럴 거라는 생각에 치우천이 고개를 끄덕였다.

"그래. 툰툰의 부족은 키탄과 미아우 중간에 있지. 거기서 신시로 올 수도 있고. 두 사람은 갈 데가 없으니 그리로 찾아간 것 같구나. 여차하면 신시로 우리를 찾아오려 했는지도 모르고."

"그런데? 너희 부족에 잘 있다면 위험할 것 없잖아."

울라트가 한마디 끼우자 유쌍은 고개를 저었다.

"지금은 안 계시니까 문제죠."

"그게 무슨 소리야?"

"두 분은 처음 우리 마을에서 만나자마자 며칠 동안 싸움만 하셨습니다. 말씀을 하다가 주먹질까지 하더군요. 초초룬님이 그렇게 무서운지 저는 처음 알았습니다. 힘센 야율쿠리님에게도 지지 않고 대들며 서로 두들겨 패더군요."

치우비는 기가 막혀 피식 웃었다.

"그거야 야율쿠리가 봐주는 거지. 사실 힘으로는 어떻게 상대가 되겠느냐? 야율쿠리가 여자를 정말 있는 힘을 다해 때릴 사람은 아니거든. 그래서?"

"그러다가 두 분은 며칠 동안 술만 마시더군요. 그러더니 불쑥 함께 떠나 버렸어요. 아버님이 저보고 급히 치우천님께 알리라 해서 이렇게 온 겁니다."

"왜 떠났기에?"

울라트가 초조하게 묻자마자 치우천도 물었다.

"툰툰님이 무엇을 알리라고 했느냐?"

유쌍이 머리를 긁적이며 대답했다.

"아버님이 두 분의 이야기를 엿들었대요. 두 분은 어차피 돌아갈 수도 없고, 자기들 때문에 큰일이 생겼으니 힘을 합해 번개범을 죽이겠다고 했나 봐요. 야율쿠리님이나 초초룬님이나 전에도 상대한 적이 있다면서 호기를 부렸다나요. 그런데 사실은 두 분은 죽으러 간 것 같다고 아버님이 말씀하셨어요. 어차피 죽을 것, 치우천님 비님의 원수와 싸우는 것이 낫다고 생각하셨다고……"

치우천은 얼굴이 하얗게 질려서 바닥을 주먹으로 내려쳤다.

"바보들! 그건 안 돼!"

치우비도 놀라서 외쳤다.

"야율쿠리나 초초룬이 약하지는 않지만, 단 둘이 어떻게 번개범을 이긴다는 거야? 아이쿠, 이거 큰일이네, 이거 큰일이야!"

무라와 울라트, 알한도 얼굴이 하얗게 질렸다. 울라트가 간신히 입술을 움직이며 말했다.

"두 사람은 자기들 때문에 부족에 큰일이 생기니까 죽으려 하는 것 같아요. 하지만…… 하지만…… 하필 또 번개범이라니…… 이건 도대체가……"

알한도 한숨을 내쉬며 심각한 목소리로 말했다.

"갑자기 큰일들이 터졌군요. 어떻게 해야 할지 갈피를 잡을 수 없습니다."

치우천은 얼굴이 하얗게 되어서 중얼거리듯 말했다.

"안 된다. 그 둘을 죽게 둘 수는 없어. 우리 목숨을 여러 번 구한 벗들이다. 절대, 절대 죽게 내버려 둘 수 없다!"

"그것도 하필 번개범! 어머니의 원수!"

치우비가 무섭게 눈을 빛내며 주먹을 불끈 쥐자 치우천은 결심한 듯 크게 소리쳤다.

"번개범과는 어차피 결말을 지어야 했다. 더 이상 미룰 수 없다. 무라님, 카와 슈는 근처에 있습니까?"

무라도 긴장한 듯 곧바로 고개를 끄덕였다.

"신시에 데리고 올 수는 없었습니다만 신시 밖에 잘 숨어 있습니다. 필요합니까?"

"카와 슈만큼 빠른 동물은 없겠지요. 무라님, 서두르면 작은 주신까지 며칠 만에 가실 수 있겠습니까?"

무라는 잠시 헤아려 본 다음 대답했다.

"닷새면 갈 수 있습니다."

치우천은 초조한 표정으로 유쌍을 쳐다보았다.

"유쌍, 야율쿠리와 초초룬이 너희 마을을 떠난 것이 언제지?"

"일곱 날이 지났습니다."

"늦다. 너무 늦어."

신음하듯 내뱉는 치우천을 쳐다보며 치우비가 침통하게 말했다.

"일곱 날이면 두 사람은 번개범이 사는 곳에 가고도 남을 시간이야. 이미 늦지 않았을까?"

치우천은 세차게 고개를 저었다.

"아니다. 번개범은 가리족과 함께 미아우족을 쳤다고 했으니, 원래 살던 구름골에 있지 않고 그 근방에 있을 것이다. 거기서 초초룬의 부족 땅까지 가려면 며칠 더 걸릴 것이다. 더구나 가리족과 함께 있으니 두 사람도 섣불리 번개범과 싸우지는 않을 거야. 우선 상황을 살펴보려 할 테니 아직 대엿새 정도는 시간이 있다. 허나 작은 주신에 오가기에는 너무 촉박하다."

알한이 물었다.

"사울아비들은 안 됩니까? 삼천의 사울아비를 받기로 하지 않았습니까?"

"그들은 신수와 싸우는 훈련이 전혀 되어 있지 않습니다. 할 수 없지. 무라님, 얼른 작은 주신으로 떠나 주십시오. 그리고 제 말을 전해 주십시오."

"전사들을 최대한 빨리 끌고 오겠습니다. 그래야……."

무라의 말이 채 끝나기도 전에 치우천은 고개를 저었다.

"아닙니다. 전사들을 모으기는 하되 치베에게 이렇게 이르십시오. 보돈차르님과 힘을 합하여 키탄을 치라고요."

사람들은 깜짝 놀랐다.

"아니, 왜 난데없이 키탄입니까?"

알한이 놀라 부르짖자 치우천은 조리 있게 설명하기 시작했다.

"야율쿠리를 구해도, 그가 돌아갈 곳이 없으면 죽은 것이나 마찬가지입니다. 야율쿠리를 구하지 못하면, 그의 원한이라도 풀어 주어야 합니다. 무엇보다 키탄이 저렇게 서로 싸우면 분명 지나족에게 먹혀 버립니다. 주신을 위해서도 그것은 좋지 않습니다. 무라님, 전사들을 보낼 곳은 키탄족입니다. 작은 주신에는 치베와 구르, 키타야족이 있으니 보돈차르님의 도움을 받으면 서로 싸워 산산조각 난 키탄족을 금세 수습할수 있을 것입니다."

"키탄 전사도 몇만이나 될 텐데 수천의 우리 전사로 잘될까요? 더구나 키탄과 서로 피를 흘리면……."

치우천은 힘 있게 고개를 끄덕였다.

"작은 주신 전사들에게, '우리는 야율쿠리님의 부대다!' 라고 소리

지르게 하십시오. 그러면 키탄족은 싸우려 들지도 않을 것입니다. 치베에게 말해서 화살로 적의 대장만 노리라고 하십시오. 대장만 쓰러뜨리면 큰 싸움은 없을 것입니다."

무라는 감탄하여 고개를 끄덕이며 물었다.

"그러면 여기는 어떻게 하시려고요? 번개범은?"

"작은 주신에 도착하시는 대로, 비울걸에게 전해 주십시오. 그는 재주가 많으니 금방 올 수 있을 것이며 혼자만으로도 한 군대와 맞먹으니 큰 힘이 됩니다. 비울걸과 신시의 뜻 맞는 사울아비들, 그리고 아버님의 사울아비들을 움직여 본다면 싸워 볼 만합니다!"

그러고는 치우비를 쳐다보며 다급하게 외쳤다.

"비야, 다른 사람은 믿을 수 없다. 부루벼락 형과 쇠돌이에게만 전갈을 보내라. 아버님께는 내가 여쭈마. 최소한 오백 사울아비는 필요하다. 고시울률이 보내 올 허수아비들은 도움이 되지 않는다. 어떻게든 용감한 사람들로 오백은 모아야 한다. 작은 주신의 전사가 백 명 있으니 사백은 더 모아야 번개범을 잡을 수 있다!"

"그런데 아버님이 사울아비를 내주실까? 워낙 엄한 분이라……."

치우비가 난감한 표정을 짓자 유쌍이 당당하게 말했다.

"우리 툰툰족도 오십 명의 전사가 있습니다. 저와 함께 왔습니다. 신시 밖에서 기다리고 있지요!"

일의 가닥이 잡혔다는 생각에 알한도 웃으며 호기 있게 외쳤다.

"아, 재미있습니다. 재미있어요! 치우천님, 신시에도 투르크의 떠돌이가 많더군요. 신시에 돈을 받고 싸움해 주는 투르크 전사들이 있는 것 아닙니까?"

"그렇소?"

"예. 그 두목이 전에 내 밑에 있던 놈이더군요, 허허. 놈을 비틀면 오십 명은 토해 낼 것입니다. 싸움터에서 잔뼈가 굵은 놈들이니 사울아비들에게도 그리 뒤지진 않을 겁니다."

치우천은 크게 웃으며 목소리를 높였다.

"좋습니다. 그럼 그것으로 해봅시다. 사울아비를 움직이면 고시울률님이 방해할 것이 분명하니 사울아비들은 쓰지 않겠습니다. 알한님, 그들은 돈을 받고 싸움을 해 준다 하셨습니까?"

"그렇습니다. 창피한 일이지만요."

치우천은 품에서 주머니 하나를 꺼냈다. 비상용 주머니 하나는 크리스를 사느라 사용했고, 다시 준비한 주머니에는 오색이 영롱한 보석이 잔뜩 들어 있었다. 그것은 전에 형요의 보물을 찾은 것과 싱카가 바친 보물들을 잘 갈무리한 주머니였다.

"이것이면 몇 명이나 더 움직일 수 있겠습니까?"

알한은 눈을 휘둥그렇게 뜨며 대답했다.

"그거라면 그들을 전부 살 수도 있습니다. 놈들의 목숨은 이제 치우천님 것이 될 것입니다. 그들은 거칠기는 하지만 도망치거나 약속을 어기지는 않습니다. 상대가 신수라고 해도요."

"좋습니다, 알한님. 애써 주십시오."

알한에게 주머니를 건네고 나서 치우천은 크게 외치며 주먹을 움켜쥐었다.

"된다. 이길 수 있다!"

치우천의 외침에 다들 힘이 솟는 듯했다. 치우천은 불타는 눈으로 말을 이었다.

"여러 곳에서 큰일이 터졌지만, 어느 것도 버릴 수는 없습니다. 어느 하나도 바로잡기 어려운 일입니다만 다른 것도 아닌 나를 위해 목숨을 걸었던 벗들의 일입니다! 우리도 목숨을 걸어야 합니다! 하나도 포기해서는 안 됩니다!"

"당연히!"

치우비가 맞장구를 치자 울라트도 소리쳤다.

"나도! 그리고 잊지 말아요! 울쿠타 야쿠타도 있어. 내가 바로 끌고 올게!"

무라도 조용하지만 들뜬 목소리로 말했다.

"좋습니다! 몸이 부서지더라도 나흘 만에 달려가 전하겠습니다. 키 탄족 싸움에는 저도 끼겠습니다."

알한이 호탕하게 웃으며 한마디 보탰다.

"역시! 역시! 전사로 태어나서 한 번만 해 보아도 원이 없을 일들이 치우천님 곁에서는 줄줄이 생기는군요! 사람은 자리를 잘 잡아야 하는 겁니다! 저를 믿으십시오!"

"모두…… 대단해요! 대단합니다……. 여러분은 정말 이야기 듣던 대로 영웅이고…… 그리고……."

유쌍은 생전처음 느껴 보는 벅찬 감격에 눈물을 글썽였다. 그러자 치 우비가 씩 웃으며 유쌍의 어깨를 두들겼다.

"대단하다고? 너도 이제 우리 중 하나다!"

유쌍은 기쁨을 이기지 못해 그만 울음을 터뜨렸다. 그때 누가 밖에서 외쳤다.

"치우천님! 치우비님! 큰일입니다! 나와 보세요."

치우천의 집에서 부리는 나이 많은 종의 목소리였다. 치우천이 웃으 며 말했다.

"또 큰일인가? 이거 정신이 없군."

치우천은 혼자 밖으로 나갔다. 곧이어 치우천의 목소리가 들려왔다.

"비야!"

치우비는 형의 목소리가 심상치 않자 놀라서 급히 달려 나갔다. 그러자 충격으로 얼어붙은 형의 얼굴이 보였다. 키탄의 분열이나 벗들의 위급한 소식을 듣고도 그런 표정을 짓지 않았던 치우천이었다. 치우비는 아직 듣지도 못한 일이지만 가슴이 철렁 내려앉아 목소리를 높였다.

"무슨 일이야?"

치우천은 차마 말을 잇지 못하고 고개를 돌렸다. 그러자 소식을 가져온 종이 대신 말했다.

"신시에 큰 난리가 났습니다요. 선인 맥달님이 돌아가셨대요! 세상에 그런 고우신 선인님을 누가 해친 것인지……! 신시가 하늘의 저주를 받을까 두렵습니다요! 난리가 났어요."

그 말에 치우비도 뭐라 말할 수 없는 충격으로 몸을 비틀거렸다.

맥달과 그렇게 친한 것은 아니었다. 허나 맥달이 죽음을 당했다는 말은 감정적으로 충격이라 할 수밖에 없었다.

치우천은 가까스로 정신을 가누며 나지막이 중얼거렸다.

"도대체 어떻게 이럴 수가 있는가? 누가…… 누가 그녀를 해칠 수 있단 말인가? 앞날을 보는 사람을 누가 어떻게……?"

치우비는 도저히 믿지 못하겠다는 듯이 종에게 다시 한번 물었다.

"맥달님을 누가 죽인 것이 분명한가?"

"당연합죠! 등 뒤에서 칼을 꽂았다는데요? 단군 질쾌님의 말씀이시니 분명한 사실입죠. 벌써 신시는 발칵 뒤집혔습니다."

그러면서 종은 작은 소리로 재빨리 말했다.

"두 분은 어서 피하십쇼."

"무슨 소리냐?"

치우비가 소리를 버럭 지르자 종은 울상이 되어 대답했다.

"맥달님을 따르던 사람들이 이리 많은 줄은 정말 몰랐습니다요. 그들이 떠들더군요. 치우천님이 죽인 것이라고……."

"형님이 언제!"

치우비가 흥분하여 발을 구르자 치우천은 힘없이 고개를 저었다.

"내가 항상 그녀를 욕하고 다니지 않았느냐? 사람들이 그러는 것도 당연하다."

"형님은 안 그랬잖아!"

"내가 어떻게 그럴 수 있느냐? 하지만 그것을 누가 믿어 주겠느냐?"

"형님은 한웅님을 만나고 있었고, 그다음에는 여기서 우리와 함께 내내 이야기를……."

"'우리와 함께 있었다'란 말은 사람들이 믿지 않는다."

치우천은 온몸의 기운이 빠져나간 듯이 허탈하게 말했다.

"그들이 두려운 것이 아니다. 나는…… 나는 믿을 수 없다. 그녀는 아무도 죽일 수 없을 것인데…… 분명 아무도 죽일 수 없는데…… 어째서? 스스로 죽음을 택한 것인가? 죽을 것을 알고도 피하지 않은 것인가? 그렇다면 왜?"

치우천은 감정보다도 이성적으로 심한 혼란에 빠진 듯했다.

어느새 치우천의 집 밖에서는 사람들의 아우성이 들리기 시작했다.

"선인님을 해친 벌 받을 놈들은 나와라!"

"너희 놈들이 선인님을 해치다니! 하늘이 무섭지 않으냐?"

그때 말굽 소리가 요란하게 울리면서 사람들이 와, 하고 흩어져 갔다. 아버지 치우우레가 사울아비들을 몰고 달려온 것이다. 그렇게 되자 사람들도 더 이상 소란을 피울 수가 없었다. 치우우레는 집으로 들어오며 외쳤다.

"천아! 비야! 맥달님이 돌아가시고…… 사람들이 떠드는 것 들었느냐? 응?"

"형님은 절대 아닙니다!"

"그건 당연하지. 그런데 왜 그런 소문이 도는 것이냐? 이건…… 이건 이해가 가질 않는구나!"

치우천은 비로소 약간 평정을 찾은 듯했다. 치우천은 잠시 생각하다가 입을 열었다.

"함정입니다."

"함정?"

"공상 싸움을 바라지 않는 사람들의 함정입니다. 신경 쓰실 것 없습니다. 허나…… 맥달님이 어떻게 죽을 수 있는지……."

"등에 칼이 꽂히면 죽는 수밖에 더 있겠느냐? 등에 칼을 꽂고 집에 불을 질러서 시체까지 타 버렸느니라. 솟대 단군이 틀림없다 하였으니 믿을 수밖에. 참혹하여 볼 수가 없더라. 그렇게 좋은 분이었는데……."

치우우레는 감정이 격한 듯 울먹였다. 치우천은 일부러 냉랭히 말했다.

"아버님이 왜 우십니까?"

"이 녀석아, 너는 잊었느냐? 그분이 너를 구해 주신 일을……."

치우천은 멍한 표정이 되어 비틀거리며 땅에 주저앉았다.

"잊지 않았지요. 잊지 않았습니다. 그러나…… 그러나 납득이 가질 않습니다. 아니, 정말 이상합니다. 그리고…… 그리고 왜 이리 마음이 텅 빈 것 같을까요?"

치우비가 눈물을 글썽이며 물었다.

"어떻게 하지, 형?"

간신히 힘을 짜내 치우천은 냉정하게 되받았다.

"뭘 어쩌느냐? 맥달이 우리랑 무슨 상관이냐? 우리는 정한 대로 움직인다. 신경 쓸 것 없다."

"움직인다니 무슨 소리냐?"

치우우레가 의아하여 묻자 치우천은 아버지에게 말했다.

"아버님, 공상으로 떠날 사울아비가 준비되려면 몇 날이나 걸리겠습니까?"

"그야 두어 달은 걸리겠지. 그 정도 준비는 해야……."

"되었습니다. 저는 내일 어디를 좀 떠나야 할 것이니 뒤를 부탁합니다."

"뭐? 떠나? 이 녀석아, 한웅님께옵서 찾으시면 어쩌고 떠난단 말이냐? 응?"

치우천은 들은 체도 하지 않고 치우비를 끌고 처소로 들어가 버렸다. 치우비가 언뜻 보니 치우천의 안색은 하얗게 질려 있었고 온몸에는 힘이 없어 보였다.

치우비가 당황하여 얼른 물었다.

"형? 왜 그래? 어디 아파?"

"아니다. 아프지 않아. 비야, 너도 어서 움직여라. 신시가 난리이니 어차피 사울아비들도 움직일 수가 없다. 아버님께는 알리지 말고 아까 말한 대로 준비해라. 헌데……."

치우천은 탄식하듯이 말했다.

"내가 왜 이러는지 모르겠구나. 맥달이 죽은 건 잘된 일인데……. 그렇게 생각해 왔는데……. 왜 이리 마음이 무거운 것이지? 왜 이리 힘이 없는 것이지?"

치우비는 형을 보며 생각했다. 자신도 그런 경험이 있었다. 바로 발을 만나지 못해 작은 주신에서 애태울 때 그러했다. 치우비는 그때 자신의 모습과 지금 형의 모습이 겹치자 순간 흠칫했다.

"그렇다면 형님이……? 설마……. 형님은 그분을 싫어했잖아. 이제 겨우 조금 안 것뿐인데……."

치우비는 억지로 그런 생각을 지웠으나, 여전히 치우천의 얼굴은 침통했다.

4권에 계속

❀ 주신족 ❀

치우천(蚩尤天, 희네)

이야기의 주인공. 성인이 되기 전의 이름은 희네인데 얼굴이 희고 여자보다 잘생긴 용모를 지녔기에 그런 이름을 얻었다. 치우비의 쌍둥이 형이지만 이란성 쌍둥이라 닮지는 않았다. 주신의 사울아비로 이야기의 장을 여는 인물이다. 힘은 세지 않으며 절맥(絶脈)으로 인해 다리를 절어서 말조차 잘 타지 못하는, 사울아비로서는 크나큰 단점을 지녔지만 뛰어난 지략과 올곧은 마음, 큰 그릇을 가진 청년이다. 후에 주신 14대 자오지 한웅으로 등극하는 치우천왕이 바로 그이다.

치우비(蚩尤飛, 나래)

치우천의 동생이며 치우천과 함께 이야기의 주인공. 비길 데 없는 힘과 침착함과 성실함을 타고난 장사이며 대용사이다. 치우천의 쌍둥이 동생이며 언뜻 둔해 보이지만 실은 그렇지 않다. 형 치우천을 숭배하여 형의 말이라면 무엇이든 따르며, 형을 누구보다 좋아하고 형을 가장 잘 알고 감탄하는 사람이기도 하다. 따를 자가 없을 정도의 힘과 용맹을 지녀 대영웅으로 알려지지만 의외로 수줍고 아이들을 좋아하는 따뜻한 성격이다.

❈ 지나족 ❈

유망(炎帝神農, 염제 신농)

헌원 이전에 지나족을 지배했던 대부족장. 염제라는 직함과 신농이라는 직함을 가지고 있는데 최초에 농사와 약을 알아내 가르쳤다는 신농씨의 후손이다. 대영웅의 그릇을 가졌으나 독과 마약 때문에 서서히 몸과 마음을 잠식당하여 파멸해 가는 비운의 영웅이기도 하다.

공손헌원(公孫軒轅)

후에 황제(黃帝)로 알려지게 되는 지나족의 대족장, 우두머리. 핏줄로는 주신족 갈래였던 소전(小典)의 아들이지만 스스로는 지나족이라 굳게 생각하고 있다. 역시 비길 데 없이 큰 그릇과 지략, 큰 뜻을 품은 영웅으로 흩어져 있는 지나족을 모아 하나로 뭉치게 하고 결국에는 주신을 정복하여 모든 부족을 통일하려는 야망을 지닌 인물이다. 중국(지나인)의 시조로 받들어지는 인물이기도 하다.

공손발(公孫魃)

헌원의 막내딸로 버릇없이 자라 망나니처럼 보이는 유쾌한 아가씨이다. 치우비와 만난 것 때문에 인생이 바뀌게 되고 후일 엄청난 비극의 주인공이 된다. 천하를 통일하려는 생각뿐인 아버지를 따르기 싫어하고 반항하여 성격마저 제멋대로인 말썽꾼처럼 보이지만, 속마음은 곱고 따뜻하다. 뛰어난 용모이지만 제멋대로인 성격 때문에 남자들은 그녀를 슬슬 피한다.

위(危)

유망의 으뜸가는 부하인 형천이 데리고 있는 대장 격의 전사. 음험하고 잔인한 성격이며 한번 마음에 담은 상대는 반드시 해치고야 마는 모진 성격이다. 과거 알유와 시합을 하다가 실수로 왼쪽 눈을 잃게 되었는데, 그 때문에 나중에 많은 일을 벌이게 된다. 지나족으로서는 드물게 말을 타고 싸울 수 있는 기마술에 능하다.

❂ 카린족 ❂

소녀(素女)

카린(곤륜)산 쑤앙마이(서왕모)에게 키워져 유망에게, 다시 사와라 한웅에게, 치우천에게, 마지막으로 헌원에게 보내지는 여자로, 모든 남자의 넋을 잃게 할 만큼 요기에 가까운 매력을 지닌 여인. 치우천을 마음속으로 흠모하나 이루어지지 않자 복수에 불타기도 한다. 겉으로는 단지 매력적인 여인 같지만 속으로는 매서운 강단과 독한 마음도 품고 있는 여자다. 지금까지 전해지는 방중술의 표본인 책『소녀경』을 낳게 되는 주인공이기도 하다.

비냐, 유우, 가나

쑤앙마이가 직접 길러낸 열세 작은 자매의 사람들. 열세 작은 자매는 모두가 독특한 지식과 기술을 가지고 있으며, 열세 작은 자매는 무라, 비냐, 유우, 가나, 아란다, 지스카, 그리고 여섯 무녀와 소녀이다.

❈ 훈족 ❈

나단선우

훈족의 부족장으로 용맹하지만 머리는 그리 좋지 못하다. 카린산의 싸움에서 용맹을 떨쳤지만 큰 부상을 입어 치우 형제를 원수로 생각한다. 특히 도깨비들에 대한 증오심이 강해진다.

❈ 마갸르족 ❈

와난수

태산 회의 때 도단이 등과 돌을 겨루었다가 아깝게 진 마갸르족의 유명한 부자(父子) 용사로 와난강의 아버지이다. 후에 금나라의 국성(國姓)이 되는 완안씨의 시조로 설정되어 있다.

와난강

마갸르족 와난수의 아들이며 용감한 용사이다.

❈ 기타 종족 ❈

시기르타

후대의 서하, 누란 등 중앙아시아 출신의 장사꾼으로, 품위 없어 보이는 뚱보지만 실제로는 대단히 명석한 인물이다. 치우천의 신뢰와 사람됨을 보고 그와 계속 거래하여 많은 도움을 준다.

❀ 선인 ❀

맥달

선인 발귀리의 자손이며 미래를 손바닥처럼 내다볼 수 있는 능력을 지닌 천하의 재녀. 미래를 보는 무서운 능력 때문에 아기일 때 버림받고 자부 선인에게 구원받아 신수인 맥에 의해 키워졌다. 그 때문에 치우천에게 맥달이라는 이름을 받는다. 미래를 내다보는 힘에 대해 끝없는 부담을 느끼지만 치우천에 대한 애정 때문에 모든 것을 견디어 낸다. 후에 우사의 지위에 오르며『해동감결』을 쓰게 되는, 최고의 대예언가이다.

❀ 신수 ❀

첸누

공룡 시대 이전 고생대, 중생대 때의 거북류가 원형인 신수. 변온 동물인 파충류(거북)였으나 기이하게 얼음과 차가움을 좋아하게 되어 도력을 얻게 된 특이한 존재이다. 우연히 같은 굴에 들어간 뱀과 같이 도를 닦아서 둘이 한 몸이 된 것처럼 항상 같이 다니며 사고나 사유도 공유한다. 그 때문인지 맥을 제외한 다른 신수에 비해 머리가 좋고 사람의 말을 가장 잘 알아듣는 편이다. 사방을 얼리는 냉기를 뿜고 우박과 눈을 내리는 능력까지도 지닌 신수이다. 후에 사신(四神) 중의 현무(玄武)의 원형이 된다.

치우천왕기 3 : 신시에 이는 바람

1판 1쇄 2011년 5월 7일 | 1판 9쇄 2023년 10월 6일

지은이 이우혁

책임편집 임지호 | 편집 지혜림
디자인 윤종윤 이원경 | 저작권 박지영 형소진 최은진 서연주 오서영
마케팅 정민호 서지화 한민아 이민경 안남영 김수현 왕지경 황승현 김혜원 김하연
브랜딩 함유지 함근아 고보미 박민재 김희숙 정승민 배진성
제작 강신은 김동욱 이순호 | 제작처 영신사

펴낸곳 (주)문학동네 | 펴낸이 김소영
출판등록 1993년 10월 22일 제2003-000045호

주소 10881 경기도 파주시 회동길 210
문의 031) 955-8892(편집) 031) 955-2696(마케팅) 031) 955-8855(팩스)
전자우편 editor@elmys.co.kr | 홈페이지 www.elmys.co.kr
인스타그램 @elixir_mystery | 트위터 @elixir_mystery

ISBN 978-89-546-1459-7 04810
       978-89-546-1456-6 (세트)